Jan Gerhard

Feuerschein in den Beskiden

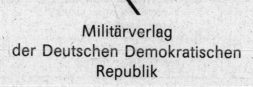

Militärverlag
der Deutschen Demokratischen
Republik

Aus dem Polnischen von Ruth Matz

ISBN 3-327-00655-5

3. Auflage, 1988
1. Auflage in dieser Ausstattung
Originaltitel: Luny w Bieszczadach, © MON, Warschau 1960
© der deutschen Übersetzung beim Militärverlag der Deutschen Demokratischen Republik
(VEB) – Berlin, 1964
Lizenz-Nr. 5
Printed in the German Democratic Republic
Lichtsatz: INTERDRUCK Graphischer Großbetrieb Leipzig – III/18/97
Druck und buchbinderische Verarbeitung:
Druckerei des Ministeriums für Nationale Verteidigung – 30 346·7
Umschlaggestaltung: Harry Jürgens
Lektor: Karola Nickel
Typografie: Günter Molinski
LSV: 7221
Bestellnummer: 747 110 9
00730

Die Geschicke der Menschen
sind verschlungen
wie die Wege und Pfade
in den Bieszczady.
Immer aber
hängt des Menschen Schicksal
von einem anderen Menschen ab.

An Stelle eines Vorworts

Nachts arbeiten die Kurzwellenfunkgeräte im Gebirge schlechter als am Tage. Nur von Gipfel zu Gipfel läßt sich eine einwandfreie Verbindung aufrechterhalten. In den Tälern ist sie schlecht. Die Ionisation der hohen Luftschichten und die absorbierende Wirkung der Geländefalten sind ein ernstes Hindernis. Alle Funker wissen das und stellen den Sprechfunk bei Anbruch des Abends ein. Bis zum Morgengrauen nehmen sie Telegrafieverkehr auf, obgleich auch das nicht einfach ist.

Die beiden Funker eines Abschnittsstabes der Grenztruppen, die in einer Winternacht des Jahres 1945 Dienst hatten, duselten wie üblich vor sich hin. Meldungen von Stützpunkten, die entlang der kürzlich wiedererrichteten Grenze der Republik errichtet waren, erwarteten sie nicht. Nachts liefen nie Meldungen ein. Es kam höchstens einmal vor, daß ein Kollege, der sich langweilte, mit Morsezeichen nach der Uhrzeit fragte und auch das nur zur Übung. Von oben, von den übergeordneten Dienststellen, trafen bei Nacht keine Befehle ein. In Kraków und noch weiter oben, in Warschau, schlief man um diese Zeit und plagte seine Unterstellten nicht. Zumindest war dies die Ansicht all derer, die in dem unlängst errichteten Abschnittsstab der Grenztruppen Dienst taten.

Die Nacht war hell und still. Der Frost hatte Gehsteige und Dächer der kleinen Stadt versilbert. Der neblige Hof um den Mond kündete baldigen Schnee an. Die Straßen waren leer. Der Wachposten vor dem Stabsgebäude stampfte mit den Füßen, um sich zu erwärmen. Das war das einzige Lebenszeichen in dieser Stille.

Gegen ein Uhr machte der diensthabende Offizier, Oberleutnant Siematycki, einen Kontrollgang. Er bedachte den Wachposten am Treibstofflager mit einigen derben Worten. Ihm war nicht entgangen, daß der Soldat versucht hatte, eine glimmende Zigarette im Ärmel verschwinden zu lassen. Der Oberleutnant versprach ihm feierlich, diese Verletzung der Dienstvorschrift zu ahnden, obwohl er wußte, daß dabei doch nichts heraussprang. Die Soldaten waren unmittelbar von der Front hierhergekommen, sie scherten sich nicht um die Vorschriften des Garnisondienstes und vermochten nicht, sich daran zu halten. Mit Strafen war bei ihnen nichts zu erreichen. Vor sich hin fluchend, betrat er das Stabsgebäude. Beinahe wäre er noch über die letzte Stufe gestolpert.

4

«Das Band läuft. Warum nehmen Sie es nicht ab?» Er rüttelte den Funker, Unteroffizier Herman, an der Schulter.

Tatsächlich, der alte Morseapparat, der auf dem Tisch stand, hämmerte schon eine ganze Weile. Langsam glitt der Papierstreifen zu Boden und ringelte sich zu einem Knäuel zusammen. Herman rieb sich die Augen. Er unterdrückte ein Gähnen und verscheuchte den Schlaf nur widerstrebend. Ärgerlich versetzte er dem zweiten Funker, Gefreiten Kwapiński, einen Stoß in die Seite.

«Wird schon abgenommen.»

Er strich sich das Haar glatt und begann, die Striche und Punkte auf dem Papierstreifen zu entziffern.

«Das ist Krosno», murmelte er. «Was?» fragte er plötzlich verwundert. «Wir sollen sofort auf Funkempfang gehen. Beunruhigende Meldungen von der Grenze. Sie sind verstümmelt. Man fragt an, was wir von dort wüßten, Bürger Oberleutnant.»

Herman war jetzt hellwach. Gespannt blickte er den Vorgesetzten an. Der Gefreite Kwapiński hatte, ohne den Befehl abzuwarten, die Kopfhörer des Funkgeräts aufgesetzt. Mit Morsezeichen rief er die einzelnen Stützpunkte an.

«Banden», sagte Oberleutnant Siemiatycki nachdenklich. «Bestimmt Banden.» Er zündete sich eine Zigarette an und heftete den Blick auf die beiden Funker. Im Zimmer herrschte Stille, in die hinein nur das gleichmäßige Klappern des Funkgeräts und das ungeduldige Hämmern des Morseapparats fiel.

Der Stützpunkt in Smolnik meldete sich erst gegen zwei Uhr nachts. Der Inhalt des Funkspruchs, den Unteroffizier Jan Herman dem Oberleutnant verlas, lautete folgendermaßen: «Liegen seit zwei Stunden unter Beschuß. Banditen ... Granatwerfer, Panzerbüchsen ... Einschläge im Gebäude ... Es brennt. Erwarten ..., falls sie angreifen ... Befehl gegeben ... Tote ... Erbitten ...»

An dieser Stelle war die ohnehin schlechte Verbindung mit dem Stützpunkt in Smolnik abgerissen. Die Funkstelle des Stabes rief sie in dieser Nacht vergeblich.

Die Stützpunkte in Mokre, Kulaszne, Szczawne und Rzepedź schwiegen. Erst nach geraumer Zeit gelang es, Verbindung mit Komańcza herzustellen.

«Angriff von Banditen», meldete der dortige Funker. «Überlegene Kräfte des Feindes ... Erbitten Hilfe ...»

Der Abschnittskommandeur, der alarmiert und aus dem Schlaf gerissen worden war, befahl, Kraków anzurufen. Doch der Fernsprecher funktionierte nicht. Die Leitung war beschädigt. Der Telegraf in Krosno war ebenfalls verstummt.

«Die Banditen müssen die Drähte durchgeschnitten haben», stellte der

Stabschef fest und befahl den beiden Funkern, mit Kraków und Warschau Verbindung aufzunehmen.

Dies gelang nach großer Mühe. Immerhin wußten bereits gegen drei Uhr morgens die höchsten Kommandostellen der Grenztruppen, daß sich im östlichen Teil der Beskiden, im Bieszczady-Abschnitt, schlimme Dinge zugetragen hatten. Niemand kannte jedoch Einzelheiten. Die fast völlig verstümmelten Meldungen der Stützpunkte in Wetlina und Wola Michowa, die ebenfalls angegriffen worden waren, hatten wenig Licht in die Angelegenheit gebracht. Der Kommandant von Wola Michowa hatte gemeldet, daß er einen großen Feuerschein am Horizont sehe. Es war die letzte Meldung, die von den Stützpunkten dieses Abschnitts der Grenztruppen einlief.

Um vier Uhr morgens starteten von Kraków aus zwei Aufklärungsflugzeuge. Man konnte nicht mehr tun, als den überfallenen Stützpunkten eine Bereitschaftskompanie der Grenztruppen und einen Zug aus Krosno entgegenzuschicken. Diese Abteilungen wurden auf alte Lastkraftwagen vom Typ «SIS» verladen, die den ganzen Krieg mitgemacht hatten, und in Richtung Lesko–Baligród in Marsch gesetzt.

Die Flugzeuge erfüllten ihren Auftrag exakt. Sie erkundeten die Eisenbahnlinie Mokre–Nowy Łupków und patrouillierten über dem San. Damit war ihre Mission beendet. Sie landeten auf dem Flugplatz bei Krosno, wo man inzwischen nach Instandsetzung der Fernsprechleitungen die Verbindung mit dem Abschnittsstab wiederaufgenommen hatte. Die Flieger hatten Brände gesehen. Auf der ganzen Flugstrecke Brände. Es brannten die Stützpunkte in Mokre, Kulaszne, Szczawne, Rzepedź, Komańcza, Osławica, Nowy Łupków, Wola Michowa, Maniów, Kalnica, Wetlina und Smolnik. An einigen Stellen glaubten die Flieger Spuren von Kämpfen gesehen zu haben. Auf ihre Erkennungssignale, die sie, wie festgesetzt, mit grünen Leuchtkugeln gaben, antwortete keiner der Stützpunkte. Zweimal wurden sie sogar von den Banditen beschossen. Die Geschosse hatten in den Tragflächen des einen Flugzeuges Einschläge hinterlassen.

Der Abschnittskommandeur der Grenztruppen, Oberstleutnant Karol Kowalewski, ein nervöser Mensch, schlug mit der Faust auf den Tisch. Er war machtlos. Sein Zorn entlud sich über Oberleutnant Siemiatycki, der ihn zu spät alarmiert hatte. Die Bemerkung des Oberleutnants, daß man «sowieso keine Truppen gehabt hätte, um den Stützpunkten zu helfen», überhörte er. Der Stabschef starrte schweigend auf die Karte.

Die Funker riefen ununterbrochen und ohne jeden Erfolg die Decknamen der Stützpunkte. Ein trüber Tag brach an, dickleibige Wolken zogen niedrig über die Erde. Am Tage bessert sich selbst im Gebirge die Verständigung zwischen Kurzwellenfunkstationen. Diesmal jedoch kam keine Verbindung zustande. Und alle waren sich darüber im klaren, daß in dieser Nacht in dem

Grenzdreieck mit den Spitzen Komańcza, Ustianowa und Sianki zwölf Stützpunkte aufgehört hatten zu bestehen. Was mit den Besatzungen dieser Stützpunkte geschehen war, davon hatte niemand auch nur eine Ahnung. In jedem hatten sich acht bis zwölf Soldaten mit einem Offizier oder Unteroffizier befunden, insgesamt etwa hundertundzwanzig Mann. Die Kraftfahrzeuge mit dem verspäteten Einsatz quälten sich unterdessen irgendwo durchs Gelände, immer wieder mußten sie Motorschäden reparieren und Reifenpannen beheben.

Es stand fest, daß ihre Hilfe mehr als illusorisch war.

«Man müßte endlich zu einem Entschluß kommen», empfahl der Stabschef gegen Mittag.

Der Kommandeur schnauzte ihn ärgerlich an. Seit Stunden dachte er selber darüber nach. Doch er blieb dem Stabschef die Antwort schuldig, denn in diesem Augenblick erreichte ihn ein Anruf aus Warschau. Er erblaßte und ging, das Koppel zurechtrückend, zum Fernsprecher.

Der General meldete sich. Mit seiner leicht näselnden Stimme fragte er den Kommandeur zunächst, ob er irgendwelche neuen Meldungen über die Vorgänge der letzten Nacht habe. Daß dieser die Frage verneinte, schien er nicht zu beachten, vielmehr bat er den Oberstleutnant, sich im Laufe der nächsten vierundzwanzig Stunden in Warschau einzufinden. Damit war das Gespräch beendet. Voll böser Ahnungen setzte sich der Abschnittskommandeur der Grenztruppen an den Tisch, der neben dem Funkgerät stand, und starrte auf die Wellenskala. In Gedanken legte er sich seinen Bericht zurecht.

Die erste Meldung von der Bereitschaftskompanie traf gegen Abend ein. Der Kompaniechef, Hauptmann Wieczorek, hatte Komańcza erreicht. Von den fünf Stützpunkten, die an seinem Wege lagen, waren nur Brandstätten geblieben. Überall fand er die halbverkohlten Leichname der Stützpunktbesatzungen. In Mokre schlossen sich ihm drei Soldaten an. Sie waren mit dem Leben davongekommen, da sie zum Zeitpunkt des Überfalls einen Patrouillengang gemacht hatten. Auch den schwerverwundeten Schützen Karasiński vom Stützpunkt in Komańcza fand er. Die Banditen hatten ihn gefangengenommen, schrecklich mißhandelt und liegengelassen. Die Familie Kuźmin aus Komańcza hatte sich des Verwundeten angenommen. Der Hauptmann sagte: «Schrecklich mißhandelt», erklärte aber nicht, was darunter zu verstehen sei. Der Verwundete, der jetzt bei Bewußtsein war, wurde vom Kompaniearzt behandelt. Karasiński sagte aus, daß er zum Zeitpunkt des Angriffs auf den Stützpunkt vor dem Gebäude Posten gestanden habe. Er sei mit einem «stumpfen Gegenstand» betäubt worden. Wieder bei Besinnung, habe er festgestellt, daß er sorgfältig mit Stricken gefesselt am Boden liege und bewacht werde.

Der Schütze sagte weiter aus, er habe eine heftige Schießerei gehört und deutlich MG- und Granatwerferfeuer unterschieden. Es habe mehrere Stunden angedauert, wie lange, vermöge er nicht genau zu sagen. Er habe Feuer gesehen und erkannt, daß das Stützpunktgebäude brannte. Er behauptete, es seien sehr viele Banditen gewesen, hundert, vielleicht sogar mehr. Dies habe er gleich nach Beendigung der Schießerei festgestellt, als sich die Angreifer auf einer Lichtung sammelten. Dann habe man ihn mit dem Licht einiger Taschenlampen geblendet, irgendwohin geschleppt und mißhandelt. Vor Schmerz habe er abermals das Bewußtsein verloren. Wie er in das Haus der Kuźmins gekommen sei, wisse er natürlich nicht.

Das war alles, was Hauptmann Wieczorek, der Führer der Bereitschaftskompanie der Grenztruppen, melden konnte.

Krosno erhielt etwa zur gleichen Zeit ähnliche Mitteilungen von dem «ins Gelände» entsandten Zug. Die weiter südöstlich gelegenen Stützpunkte, die der Zug aufsuchte, existierten nicht mehr. Sie waren in der vorangegangenen Nacht in Brand gesteckt, ihre Besatzungen ermordet worden. Der Zugführer berichtete von verkohlten Leichen. Nirgends hätte er eine Menschenseele angetroffen.

Jetzt konnte der Abschnittskommandeur der Grenztruppen seinen Bericht konkretisieren. Er sandte einen recht chaotischen Funkspruch an die Vorgesetzten in Kraków (der Kommandeur konnte sich nicht unmittelbar mit Warschau in Verbindung setzen, da der Dienstweg eingehalten werden mußte), der eigentlich aus einer Mischung von dienstlicher Mitteilung und privater Deutung der Vorgänge bestand und den Zweck verfolgte, die eigene Verantwortung herabzumindern. Aus dem Funkspruch ging hervor, daß die seit Einstellung der Kriegshandlungen in diesem Gebiet auftretenden Banden der sogenannten Ukrainischen Aufständischen Armee – UPA – in der kritischen Nacht vermutlich mit überlegenen Kräften die zwölf Stützpunkte der Grenztruppen angegriffen hätten. Aus Mangel an entsprechenden beweglichen Reserven und Transportmitteln sei man nicht in der Lage gewesen, Hilfe zu leisten.

Außer den Einheiten der Grenztruppen befänden sich in diesem Gebiet noch kleine Garnisonen der Division von Oberst Sierpiński. Sie seien unterbesetzt. Aus ihrem Mannschaftsbestand habe man kurz zuvor die Abteilungen der Grenztruppen gebildet. Hierzu habe man eine beträchtliche Anzahl Soldaten abkommandieren müssen. Verstärkungen hätten die Garnisonen jedoch nicht erhalten. Wie die Grenztruppen verfügten sie über zu wenige Transportmittel. Im übrigen sei es ihre Aufgabe, die Eisenbahnlinien und eine Reihe wichtiger Objekte zu schützen. Kampfhandlungen ernsthafterer Art seien sie nicht imstande durchzuführen. In dieser Situation seien die Stützpunkte der Übermacht des Feindes erlegen und liquidiert worden.

Es folgten eine Aufstellung der vermutlichen Verluste und die Erklärung, daß unter den Bedingungen der Bandentätigkeit eine andere Methode der Grenzbewachung angewandt werden müsse. Feste Stützpunkte, die in dem bergigen Gelände völlig isoliert seien, könnten wegen der geringen Mannschaftsstärke nicht erfolgreich verteidigt werden. In etwas mürrischem Ton gestattete sich der Abschnittskommandeur der Grenztruppen, daran zu erinnern, daß er zu diesem Thema bereits verschiedene Vorschläge unterbreitet habe.

In Kraków und Warschau wurde der Funkspruch aufmerksam gelesen. Den Satz mit dem Hinweis, es sei notwendig, neue Methoden anzuwenden, unterstrich der General mit Rotstift. Er dachte schon geraume Zeit daran, doch nicht alle seine Gedanken ließen sich sogleich in die Tat umsetzen.

Die übergeordnete Dienststelle in Kraków und die noch höhere in Warschau nahmen die Nachricht von dem, was sich in den Bieszczady ereignet hatte, weitaus ruhiger auf als der Abschnittskommandeur der Grenztruppen. Wie jeder Kommandeur, sah Oberstleutnant Kowalewski vor allem seinen eigenen Wirkungsbereich und sorgte sich hauptsächlich um das, was in seinem Abschnitt geschah. In Kraków betrachtete man die Angelegenheit schon in größerem Maßstab und in Warschau in einem noch größeren. Menschen kamen damals täglich um. Sie starben einzeln und in Gruppen. Militärangehörige und Zivilisten. Schüsse krachten Tag und Nacht, in den Wäldern, in den Bergen, auf Straßen und Verbindungswegen. Besonders schwierig war die Lage in den Wojewodschaften Białystok, Lublin und Rzeszów. Die Banden der Organisation «Freiheit und Unabhängigkeit» – WIN –, der «Nationalen Streitkräfte» – NSZ –, der UPA und anderer Vereinigungen traten in Aktion, wo immer sie konnten. Täglich war in amtlichen Berichten die Rede von ihren alarmierenden Ausschreitungen. Der Bericht der Grenztruppen jedoch lenkte die Aufmerksamkeit des Oberkommandos auf folgendes: Dank ihren günstigen geographischen Bedingungen konnten die Karpaten, insbesondere aber die Bieszczady, zu einem Sammelbecken und einer wichtigen Ausfallbasis der Banditen werden. Dem galt es entgegenzuwirken. Und so wurde auch beschlossen.

I

Ciszewski ging die Marszałkowska zum Platz des Erlösers hinab. Die Straße war dunkel, beim schwachen Schein der in weiten Abständen aufgestellten Laternen nahmen sich die Ruinen der Häuser gespensterhaft und drohend aus. Ein scharfer Wind peitschte den Regen vor sich her und wehte die Schöße seines abgetragenen Mantels auseinander. Vom Mützenschirm lief ihm das Wasser unangenehm die Schläfen hinunter. Ecke Hożastraße stieß er auf einige Männer, die sich angeregt mit mehreren Prostituierten unterhielten. Ein Milizionär, der in einer Tornische stand, salutierte vor Ciszewski, der erwiderte den Gruß nur unwillig. Er hatte die Hände entgegen der Dienstvorschrift in die Manteltaschen gesteckt und verspürte wenig Lust, sie herauszuziehen.

Trotz der herrschenden Dunkelheit und des Regens war die Straße voller Menschen. Die Warschauer hatten nicht die Absicht, die Ruinen ihrer Stadt zu verlassen. Im Gegenteil, vor über einem Jahr von den Deutschen vertrieben, kehrten sie jetzt in Scharen zurück.

Ab und zu leuchteten die Taschenlampen der Vorübergehenden auf. Ein paarmal wurde Ciszewski von einem Lichtbündel geblendet. Dann fluchte er vor sich hin und kniff die Augen zusammen. Immer wieder mußte er einen langen Schritt machen, um den zahlreichen Pfützen auszuweichen. Er stolperte über einen vorspringenden Bordstein, beachtete es aber nicht weiter. Die Welt erschien ihm heute verdammt grau, und das nicht nur des Wetters wegen. Es gibt nichts, was endgültig ist, der Mensch kann sich vornehmen, was er will, doch alles ändert sich, unabhängig von ihm, in einem einzigen Augenblick. In Gedanken legte er sich die ersten Sätze des Gesprächs zurecht, das er mit Barbara führen wollte. Er setzte sich damit bereits seit dem Morgen, genauer seit elf Uhr, auseinander, seit dem Augenblick, da er vom Kommandanten des Ausbildungszentrums der Infanterie in Rembertów erfahren hatte, daß er seine Lehrgangsvorbereitungen auf höheren Befehl abzubrechen und spätestens am nächsten Tag nach Sanok abzureisen habe. «Dort muß etwas mit den Banden schiefgegangen sein», hatte der Kommandant gesagt. «Man zieht Verstärkungen zusammen, und Sie hat man ebenfalls abkommandiert.» – «An dem Lehrgang ist mir viel gelegen, außerdem wollte ich heiraten», versuchte Ciszewski einzuwenden, aber der Kommandant zuckte mit den Schultern. «Das sind Ihre privaten Angelegenheiten», murmelte er. «Den Lehrgang werden Sie später absolvieren, und die Heirat läuft Ihnen auch nicht davon; im übrigen ist der Befehl völlig eindeutig.»

Ciszewski verabschiedete sich in aller Eile von den Kameraden, packte seine Siebensachen und holte sich den Marschbefehl. All das verrichtete er völlig gleichgültig. Ihn beherrschte nur der eine Gedanke: Abreise! Um den Lehrgang ging es ja gar nicht. Er pfiff darauf. Ob er ihn beendete oder nicht war ebenso unwichtig wie seine ganze Militärdienstzeit. Einst – ihm war, als sei eine Ewigkeit seitdem vergangen – hatte er zu malen begonnen. Sein Talent war verheißungsvoll. So wenigstens lautete das Urteil jener Leute, die etwas von Malerei verstanden. Der Krieg machte ihm einen Strich durch die Rechnung. Wie Millionen andere, warf er Ciszewski hin und her. Er überraschte ihn in Paris, als er gerade die sooft und von so vielen Künstlergenerationen im Bilde festgehaltenen engen Gäßchen von Montmartre skizzierte. An die Front ging er ungern, mehr aus dem Pflichtgefühl heraus, das die traditionelle Erziehung seiner Generation diktierte, als aus tiefer Überzeugung. In der Maginotlinie verletzte ihn ein Granatsplitter und trug ihm einige Monate deutscher Gefangenschaft ein. Dank der Initiative eines Mitgefangenen gelang ihm die Flucht, als man sie aus einem Lazarett in ein anderes überführte. Unter abenteuerlichen, für jene Zeit aber keineswegs ungewöhnlichen Umständen schlug er sich nach England durch, nachdem er unterwegs noch ein paar Monate in dem berüchtigten spanischen Lager Miranda de Ebro gesessen hatte. Wieder nahm sich das Militär seiner an. Er war in Afrika, in Italien, landete in Frankreich und sprang am Fallschirm bei Arnhem ab. In dieser Zeit vergaß er das Malen. Er wurde auf den hohen, schäumenden Wogen des Krieges fortgetragen, und wenn er nicht an den Klippen zerschellte, so war es nur ein Zufall. Ein ebensolcher Zufall wie der, dem ein großer Teil der anderen Beteiligten ihr Leben verdankten, obwohl die Wissenschaft, die Technik und der menschliche Erfindergeist alles daransetzten, ihnen dieses Leben zu nehmen.

Barbara lernte Ciszewski im August des Jahres 1939 kennen. Sie war mit einer Touristengruppe in Paris: eine Auszeichnung für das gut bestandene Abitur. Paris, Montmartre, ein heißer Sommer, der junge verheißungsvolle Künstler und das Mädchen, das mit großen braunen Augen, in denen sich tausendmal am Tage das Feuer der Bewunderung entzündete, in die Welt blickte. Niemals konnte er das vergessen. Er küßte sie das erste Mal am Jardin du Luxembourg auf einem sonnenüberfluteten Boulevard, zu einer Tagesstunde, da die Eisenstaketen, welche die Rasenplätze einfaßten, lange, regelmäßige Schatten warfen. Ein beinamputierter Invalide, der in seinem Wägelchen das Trottoir entlanggefahren kam, lächelte dem jungen Paar zu. Sie gingen eng aneinandergeschmiegt und verbrachten eigentlich Barbaras ganzen Aufenthalt in Paris mit solchen Umarmungen. Gegen Ende August reiste Barbara nach Warschau ab. Ciszewski verabschiedete sich von ihr auf dem Gare de l'Est. Er erinnerte sich daran, daß man Sonnabend, den 26. August, schrieb. Barbara hatte ein Telegramm von den Eltern erhalten, in dem sie die Tochter aufforderten, sofort nach Hause zurückzukehren. In Polen rechnete man mit dem Ausbruch eines Krieges. Das junge Paar lachte darüber. Sie verabredeten sich für Weihnachten in Warschau, denn sie hatten beschlossen, so schnell wie möglich zu heiraten. Eine Entscheidung, die man in ihrem Alter gewöhnlich für unwiderruflich hält. Auf dem Bahnhof herrschte reger Betrieb. Laute Zurufe der Reisenden und des Eisenbahnpersonals, das Pfeifen der Lokomotiven und das Zischen des Dampfes. Sie aber hörten und sahen nur einander.

«Du kommst unbedingt zu Weihnachten», sagte Barbara. «Lange Trennungen schaden der Liebe», fügte sie lächelnd hinzu.

«Ich komme bestimmt und bleibe dann immer bei dir.»

Kaum eine Woche später brach der Krieg aus.

Monatelang dachte Ciszewski immer nur an das blonde, braunäugige Mädchen. Wie viele andere glaubte er, der Krieg werde bis Weihnachten beendet sein, und er werde das Versprechen, das er Barbara gegeben hatte, einlösen können. Der Krieg aber nahm auf private Pünktlichkeit keine Rücksicht. Im Laufe der Zeit mußte sich der Soldat Ciszewski mit vielen Dingen befassen, die mit Barbara wenig zu tun hatten. Er dachte immer seltener an sie, aber da er ein Malergedächtnis besaß, blieben die Bilder der Sommertage des Jahres 1939 – im Mittelpunkt die Mädchengestalt mit dem lachenden Mund, der so hingebungsvoll zu küssen verstand – für immer in ihm haften.

Auf den Straßen des Krieges war für dauerhafte Liebe kein Platz. Ciszewskis Treue und seine Beständigkeit in den Beziehungen zu Barbara nahmen keinen Schaden durch die gelegentlichen Abenteuer einer Nacht oder die unvergleichlich kürzeren Eroberungen von Frauen aus Militärkantinen, öffentlichen Häusern, Hilfsdienstorganisationen und ähnlichen Einrichtungen. Gleich nach Beendigung der Kriegshandlungen schrieb der junge Mann dem Mädchen einen kurzen Brief. Kurz deshalb, weil er, offen gestanden, nicht damit rechnete, sie wiederzufinden. Er war ehrlich erschüttert, als er eine Antwort bekam. Barbara lebte wieder in Warschau. Mit der ersten Rückwandererwelle war sie in die Hauptstadt zurückgekehrt. Von dem, was sie durchgemacht hatte, schrieb sie nichts. Zum Schluß erwähnte sie, daß er es zwar versäumt habe, Weihnachten 1939 zu ihr zu kommen, wenn er sich aber beeile, käme er noch zum gleichen Fest im Jahre 1945 zurecht.

Ciszewski befand sich seit Anfang November in der Heimat. Man hatte ihn nicht eher aus seiner Einheit entlassen wollen. Sein Kommandeur behauptete, der Oberleutnant (diesen Rang bekleidete Ciszewski bei Kriegsende) müsse ein rechter Wirrkopf sein, daß er so bald zu den Kommunisten zu fahren gedenke. Man müsse ihm daher, bevor dieser Schritt genehmigt würde, Bedenkzeit geben. Ciszewski änderte seinen Entschluß, der sich als anstekkend erwies, jedoch nicht; denn noch einige andere Offiziere und sehr viele Soldaten reichten ähnliche Gesuche ein. Der Major erschrak über diesen unerwartet ungünstigen Einfluß und schickte Ciszewski fort, ohne ihm – als Zeichen seiner Verachtung – zum Abschied die Hand zu reichen.

Entgegen seinem Wunsche, wurde Jerzy nicht vom Militär entlassen. Allzu viele Offiziere waren an der Front gefallen, und neue hatte man noch nicht ausgebildet. Jeder wurde gebraucht. Ciszewski behielt die Uniform an, deren Schulterstücke jetzt ein dritter Stern zierte. Die Malerei mußte noch warten.

Das Wichtigste war, daß er Barbara wiederhatte.

Seit zwei Wochen trafen sie sich regelmäßig jeden Abend. Barbara beendete gerade ihr Studium. Sie wohnte bei einer Kollegin. Das Mädchen hatte sich wenig verändert. Ihre Züge waren strenger geworden, aber die braunen Augen lachten wie damals in Paris, die Haare ruhten in demselben schweren Knoten im Nacken, und das Gesicht konnte denselben andächtigen Ausdruck annehmen wie damals, wenn Ciszewski über irgend etwas sprach.

Sie standen beide völlig allein. Ciszewski hatte die Mutter verloren, als er noch ein Kind war, sein Vater war beim Aufstand ums Leben gekommen. Die Einsamkeit, der Tod der nächsten Angehörigen, der traurige erste Nachkriegsherbst, all das brachte sie einander nahe wie damals in Paris. Ciszewski fragte nicht nach den Erlebnissen, die Barbara während der Jahre der Trennung gehabt hatte, und sprach auch nicht von seinen «Abenteuern»; sie zählten nicht, wußte er doch nicht einmal mehr, wie jene Frauen ausgesehen hatten.

Bereits am dritten Tage nach seiner Ankunft beschlossen sie zu heiraten.

Sie hielten diesen Schritt für selbstverständlich. Das Versprechen, das sie einander in Paris gegeben hatten, war für sie bindend.

Die Verhältnisse schienen ihre Pläne zu begünstigen. Ciszewski sollte nach dem Besuch eines Lehrganges in Rembertów Dozent im Ausbildungszentrum der Infanterie werden und dem Offiziersnachwuchs seine Fronterfahrungen vermitteln. Nach einer gewissen Zeit sollte er aus dem Militärdienst ausscheiden. Dann würde er sich endlich ungehindert der Malerei widmen können. Auf jeden Fall drohte ihm keine Versetzung und damit kein neuerliches Abschiednehmen von Barbara. Dieser Meinung war er bis zum heutigen Tage gewesen, und in dieser Überzeugung hatte er Barbara bestärkt, die nichts so sehr fürchtete wie eine Trennung.

«Trennungen, besonders solche langen, schaden der Liebe», sagte sie und wiederholte damit ihre Ansicht, die sie seit Paris nicht geändert hatte. «Ich möchte dich nicht verlieren, Jerzy.»

13

Er spürte ihre Angst vor der Trennung. Diese Angst hatten damals viele Menschen, die die Okkupation miterlebt hatten und wußten, daß jedes Fortgehen ein Abschied für immer sein konnte. Von diesem Eindruck kam Barbara nicht los. Die Okkupation hatte ihre frühere Ansicht noch gefestigt. Zu den Eltern hatte sie auch nach einer Stunde zurückkehren sollen und sie doch nie wiedergesehen. Auf ähnliche Weise seien viele ihrer Freunde und Bekannten fortgegangen, erklärte sie Ciszewski. Sie fürchtete sich, allein zu bleiben. Jerzy stand ihr von allen Menschen am nächsten, er war für sie eine Welt wiedergewonnener Hoffnungen. Er drückte sie sanft an sich und versicherte ihr, daß sie nun immer zusammenbleiben würden. Nichts sollte sie mehr trennen können.

Heute ging er zu ihr mit der fatalen Nachricht. Wie soll ich es ihr sagen? dachte er verzweifelt und fühlte sich unwillkürlich so schuldig, als habe er das Mädchen wissentlich belogen.

An der düsteren, von Geschossen durchlöcherten Kirche des Erlösers überquerte er die Marszałkowska. Er verlangsamte den Schritt und ging noch gebeugter. Ecke Litewskastraße stieß er mit einem Passanten zusammen. Er fluchte nach Frontsoldatenart und war plötzlich wieder in der Gegenwart. Er stand vor dem Haus, in dem Barbara wohnte.

Das Treppenhaus war ausgebrannt, aber die Mauern und der ganze Seitenflügel des ehemaligen großen Mietshauses waren unversehrt geblieben. Ciszewski fand sich hier im Dunkeln zurecht und erreichte ohne Mühe Barbaras Tür.

Sie hatte seine Schritte gehört und öffnete, noch bevor er angeklopft hatte. So war es täglich. Vor dem Licht, das ihn umgab, kniff er die Augen zusammen. In diesem Augenblick füllte Barbaras Gesicht sein ganzes Blickfeld aus. Das Mädchen schlang die Arme um seinen Nacken, auf seinem Mund spürte er ihren warmen Atem, und er nahm den Duft ihres Haares wahr. So begrüßte sie ihn an jedem Abend. Er bemühte sich, ihr ebenso herzlich zu begegnen, aber das gelang ihm nicht so recht. Er war weniger impulsiv als Barbara, langsamer in den Reaktionen und – wie er glaubte – verschlossener. Im Innern litt er darunter, konnte jedoch die eigene Natur nicht ändern.

Sie entließ ihn aus der Umarmung. Er nahm die Mütze ab und knöpfte langsam den Mantel auf. Wenn sie mein Gesicht sieht, dachte er, merkt sie sofort etwas. Er wußte, daß sich Stimmungen immer deutlich in seinem Gesicht abzeichneten. Vor niemandem vermochte er dies zu verbergen, am wenigsten vor Barbara.

Er hatte sich nicht getäuscht.

«Was ist los? Weshalb bist du so blaß?» fragte sie, als er ihre Kollegin, Zofia, begrüßte. Sie war eine energische, mollige fünfundzwanzigjährige Person, die mit der Schnelligkeit eines Maschinengewehrs Worte herauszuschleudern verstand und auf allen Gebieten, außer auf sexuellem, Ansichten vertrat, die vor einem halben Jahrhundert gültig gewesen sein mochten.

Eigentlich war er Barbara dankbar für die Frage. Sie erleichterte ihm die Sache wesentlich.

Er hantierte noch eine Weile am Kleiderhaken herum, strich Falten an seinem Mantel glatt, die es gar nicht gab, legte sorgfältig die durchnäßte Mütze und das Koppel mit der schweren Pistolentasche an ihren Platz. Seine Bewegungen waren langsam. Er vermied es, Barbara anzusehen, aber er spürte ihren Blick und wußte, daß sie eine Antwort erwartete. Angestrengt überlegte er, wie er ihr die Nachricht möglichst schonend beibringen könnte.

«Bitte zu Tisch, Herr Jerzy», forderte Zofia auf. «Trinken Sie etwas Tee. Was für ein Wetter das ist! Nach diesem Krieg hat sich sogar das Wetter verändert. Sie sind bestimmt schrecklich durchfroren!»

Er setzte sich neben Barbara auf das mit einem Kelim bedeckte Sofa. Wie gewöhnlich schaute von der gegenüberliegenden Wand das große Porträt eines breitschultrigen Mannes mit kurzgeschorenen Haaren in der Uniform eines Konteradmirals der Kriegsmarine auf sie herab. Es war der im Jahre 1936 verstorbene Großvater Zofias. Niemand wußte mit Sicherheit zu sagen, auf welchem Schiff der alte Seebär gefahren war. Jedenfalls hatte er an einigen verlorenen Kriegen teilgenommen und sich als treuer Soldat in fremden Diensten nach dem Vaterland gesehnt. Er war der Stolz der Familie und das als Märtyrer verehrte Schaustück eines in Wohlstand und auf den Höhen seiner Stellung schwer leidenden Patrioten. In einer bestimmten Periode seines Lebens war er Freund und Ratgeber des schnurrbärtigen Marschalls Piłsudski geworden. Er starb an Paralyse im fortgeschrittenen Stadium, hervorgerufen durch eine Krankheit, an welche die Familie nicht gern erinnert wurde. Das Porträt war wie durch ein Wunder erhalten geblieben und bildete einen sonderbaren Gegensatz zu der Enge der Wohnung, die aus einem winzigen Zimmerchen und einer Küche bestand, den einzigen Überresten eines ehemals großen Appartements, das angesichts der chronischen Wohnraumnot unter drei Familien aufgeteilt worden war.

«Sag endlich, was los ist!» drängte Barbara, die die Geduld verlor.

«Quäl ihn doch nicht, Kätzchen! Was soll los sein? Du siehst doch, daß der Junge abgespannt ist. Warum peinigst du den Unglücklichen?» plapperte Zofia von neuem los.

Ciszewski war sich darüber im klaren, daß er endlich etwas sagen mußte.

«Ich habe eine unangenehme Neuigkeit, Barbara. Nichts Schreckliches, aber etwas Unangenehmes.»

Sie runzelte die Stirn.

«Ich habe Befehl erhalten, für einige Zeit fortzugehen.» Er fühlte sich plötzlich erleichtert.

«Auf lange?» fragte sie ruhig, aber ihre Finger krallten sich in der Sofadecke fest, und diese Bewegung war Ciszewski nicht entgangen.

«Vermutlich für einige Wochen.»

«Für einige Wochen», wiederholte sie. «Mit Weihnachten wird es wieder nichts», sagte sie kopfschüttelnd. «Mit diesem Fest haben wir einfach kein Glück, Jerzy. In Zukunft werden wir einen anderen Termin festlegen müssen.»

«Und was wird aus eurer Heirat?» fragte Zofia, einen Frontalangriff startend. Sie war daran unmittelbar interessiert. Ciszewski und Barbara wußten sehr gut, weshalb. Sie wollte über die Wohnung verfügen. Barbaras Gegenwart brachte Unbequemlichkeiten mit sich. Sie erschwerte Zofias Liebesangelegenheiten beträchtlich, kein Wunder, daß die Kollegin hoffte, Barbara werde nach ihrer Heirat aus der Wohnung ausziehen.

«Dem steht doch nichts im Wege. Wir heiraten vor Jerzys Abreise», erklärte Barbara.

Sie blickte Ciszewski fragend an, den in diesem Moment ein eiskalter Schauer überlief. Mit Mühe schluckte er den Speichel hinunter.

«Ich muß spätestens morgen früh abreisen», stammelte er. «So lautet der Befehl.»

Zofia schlug verzweifelt die Hände zusammen. «Hab' ich's nicht gesagt!»

Barbara war aufgestanden. Sie lief einige Male im Zimmer auf und ab. Ihre Kollegin ging mit einer wahren Wortlawine zum Angriff über, aber niemand antwortete ihr. Das dauerte so lange, bis Ciszewski endlich begriff, daß es an der Zeit sei einzugreifen.

«Ich glaube, daß ich wirklich bald zurückkommen werde», sagte er mit einem flehenden Blick auf Barbara.

«Eines kann ich nicht verstehen», sagte das Mädchen, ohne seine Versicherung zu beachten, «warum mußt du so plötzlich und so überstürzt abreisen? Wir haben doch keinen Krieg mehr!»

«Aber wir haben Banden.»

Barbara schaute ihn fragend an. Man sah, daß sie mit sich rang. Sie hörte auf, zwischen den eng stehenden Möbeln umherzugehen, und setzte sich wieder zu Ciszewski auf das Sofa.

«Du gehst also wieder in den Krieg, Jerzy», sagte sie weich.

«Das ist kein Krieg», leugnete er. Er spürte, daß sie ihm nicht zuhörte.

«Brudermord», stöhnte Zofia.

«Könnte ich dich nicht begleiten?» fragte Barbara.

Er breitete hilflos die Arme aus. «Das sind Aktionen, die große Beweglichkeit erfordern. Wir werden vermutlich dauernd von Ort zu Ort ziehen. Übrigens deine Universität ...»

«Ich fühle, daß wir uns so bald nicht wiedersehen, Jerzy. Du weißt selbst recht gut, daß diese Reise länger dauern wird als ein paar Wochen», sie sagte es mit einem Ausdruck innerer Sammlung, den er an ihr nicht kannte. In ihren Worten lag eine schmerzliche Fremdheit, sie warfen einen Schatten, der Ciszewski frieren machte.

Es klopfte an der Tür. Zofia setzte ihr bezauberndstes Gesicht auf. Die heftige Entrüstung, die eben noch darin gestanden hatte, war, ohne daß sich die Besitzerin anstrengte, wie weggewischt. Mit einem Lächeln drehte sie den Schlüssel im Schloß um.

Zwei Männer betraten den Raum. Der eine, brünett und etwas kleiner als Ciszewski, bekleidet mit einem grauen Mantel, den Kragen hochgeschlagen, begrüßte Zofia und Barbara ungezwungen. Artig küßte er ihnen die Hand, herzlich war das Händeschütteln, das er mit Jerzy tauschte. Dann putzte er seine beschlagene Brille und setzte sich, unaufhörlich redend und ohne die Aufforderung abzuwarten, an den Tisch. Der andere gab sich bescheiden. Ein toller Kerl, dachte Ciszewski, eine recht zutreffende Bezeichnung für den soeben erschienenen Besucher. Er war bedeutend größer als Ciszewski und von schlankem Wuchs, die ins Auge fallenden geschmeidigen Bewegungen verrieten den Sportsmann. In seinem gutgeschnittenen Anzug sah er elegant aus. Mit einer lässigen Handbewegung strich er sich über das helle Haar und verbeugte sich mehrmals, während er sich mit Barbara bekanntmachte. Er küßte ihr nicht die Hand, wie es sein älterer Begleiter getan hatte. Diese Geste sparte er sich für Zofia auf, offenbar berücksichtigte er ihre Einstellung zu diesen Dingen.

«Mein Name ist Zębicki», sagte er deutlich und drückte Ciszewski kräftig die Hand.

«Ich habe mir erlaubt, Herrn Ingenieur Zębicki mitzubringen. Er ist heute aus Łódź eingetroffen und kann nirgends eine Unterkunft finden. Ich habe mich seiner angenommen», erklärte der Brünette, der, das wußte Ciszewski von Barbara, Zofias Liebhaber Nummer eins war. Jerzy hatte sich nie für diesen Mann interessiert, der «Herr Präses» tituliert wurde. Alles, was in diesem Hause geschah, kümmerte ihn wenig. Er wollte Barbara so schnell wie möglich von hier fortbringen. Und das wäre selbstverständlich auch geschehen, wenn man ihn nicht abkommandiert hätte.

Zofia und der Brünette redeten ununterbrochen. Die Teelöffel klapperten. Ciszewski und Barbara schwiegen, in unerquickliche Gedanken versunken. Zębicki sprach selten, und wenn er es tat, immer maßvoll. Auf die Nachricht von Ciszewskis Abreise ließ der Brünette eine Flasche «Klaren» öffnen. Der Hauptmann trank viel, Zofia und dem «Präses» eifrig Gesellschaft leistend. Barbara ließ sich nicht zum Trinken überreden. Zębicki war, wie in allem, zurückhaltend. Ein ausgesprochener Frauentyp, dachte Ciszewski, dem der Alkohol immer mehr zu Kopfe stieg. Beim grellen Licht der Lampe fiel der dunkle Bartwuchs des Hauptmanns besonders unangenehm auf. Er hatte an diesem Tag nicht die Zeit gefunden, sich zu rasieren. Am Morgen war er zu niedergeschlagen gewesen, als daß er darauf Wert gelegt hätte. Er hatte etwas Schnaps auf die Uniform verschüttet. Seiner Gewohnheit entsprechend, saß er leicht gebeugt auf dem Sofa und blickte Barbara aus seinen grauen, ein wenig verschleierten Augen unverwandt an.

Das Mädchen wich seinem flehenden Blick aus. Hätte Ciszewski ihre Gedanken gekannt, wäre er sofort nüchtern geworden. Eigentlich wußte er so gut wie gar nichts von Barbara, wie er überhaupt von Frauen nicht viel wußte. Barbara war für Jerzy dasselbe kleine Mädchen geblieben, das naiv und zuversichtlich in die Welt blickte, wie er es sechs Jahre zuvor in Paris kennengelernt hatte. Äußerlich hatte sie sich ja kaum verändert. Der Hauptmann hatte keine Ahnung, was diese sechs Jahre unter deutscher Okkupation für die Menschen bedeutet hatten. Ihm wurde nicht bewußt, daß die Barbara, die er an einem Sonnentag im Jahre 1939 vor den Staketen des Jardin du Luxembourg geküßt hatte, nicht die Barbara aus dem Jahre 1945 war. Er hatte nie darüber nachgedacht.

Er schlief schon halb, als der «Präses» und Zębicki eine Taxe besorgten und ihn nach Rembertów bringen ließen. Sein Rausch war zu stark, als daß er Barbaras kühlen Abschiedskuß gespürt hätte. Er lallte, er werde ihr schreiben und bald zu ihr zurückkommen. Seine Worte gingen unter in dem heiseren Motorengeräusch des alten Automobils.

Der betrunkene Hauptmann Jerzy Ciszewski und die von bitteren Gedanken erfüllte Barbara ahnten nicht, daß an demselben Abend kaum einige Straßen von Zofias Wohnung entfernt jene Entscheidungen fielen, die ihre Pläne durchkreuzten.

Es war im Arbeitszimmer des Generals «Walter» – Świerczewski –.

Ein Arbeitszimmer wie jedes andere: ein schwerer Mahagonischreibtisch, ehemals die Zierde eines der Junkerschlösser in der Gegend von Olsztyn, eine Lampe mit der traditionellen grünen Glasglocke, die ein mildes, warmes Licht ausstrahlte, einige zweitrangige Bilder von Chełmoński, die der diensteifrige Quartiermeister hier aufgehängt hatte, ein weicher Teppich, ein länglicher Konferenztisch, um den acht Stühle standen, und ein zweiter, großer rechteckiger, auf dem eine Karte ausgebreitet war. Der General liebte die Bilder von Chełmoński nicht, doch am meisten irritierte ihn der Schreibtisch. «Er ist zu pompös», sagte er empört, als man ihn hereinstellte. Man erklärte ihm, daß die Repräsentation in Friedenszeiten es so verlange. Mit dieser Erklärung mußte er sich abfinden und sich eingestehen, daß er auf diesem Gebiet nicht kompetent sei. Perioden des Friedens hatte er in seinem Leben nur selten kennengelernt; seit 1936, als der Krieg in Spanien ausbrach, war er eigentlich, von einer zweijährigen Unterbrechung abgesehen, ständig im Felde gewesen. Wie er die gegenwärtige Periode bezeichnen sollte, wußte er noch nicht. Der Schreibtisch, die Bilder und der Teppich waren zweifellos schmückendes Beiwerk der Repräsentation in Friedenszeiten, die Karte aber mit der darauf eingezeichneten Situation sprach allzu nachdrücklich von dem tobenden Kampf. Ein Widerspruch, über den der General in seinen wenigen freien Minuten immer wieder nachdachte.

Die Karte des Generals sah recht eigenartig aus. Vergeblich hätte man darauf eine Frontlinie, Markierungen von Truppenkonzentrationen oder von Waffen und Gerät gesucht. Vor allem stachen verschiedenfarbige Kreise ins Auge: blaue, schwarze, gelbe, violette, grüne. An einigen Stellen vereinigten sich unterbrochene mit fortlaufenden Linien derselben Farbe, kreuzten sich irgendwelche Pfeile, neben denen mit schwarzer Farbe kleine Ziffern vermerkt waren. Zahlen bedeckten auch die Ränder der Karte. Zwischen den Kreisen steckten rote Fähnchen der verschiedensten Formen: dreieckige, rechteckige, quadratische. Von ihnen wiederum gingen Schlangenlinien und Pfeile aus, die jedoch immer auf jene Kreise hinzielten und sie manchmal ausstrichen. Außerdem waren ganze Landstriche mit Buntstiften schraffiert. All das sah aus wie der Plan eines ungewöhnlichen Labyrinths, in dem sich nur der Eingeweihte zurechtfand.

Es war eine Karte, die das Operationsgebiet der Banden, welche in der Nachkriegszeit auf polnischem Territorium ihr Unwesen trieben, und deren Bekämpfung festlegte, und der General verstand sie vorzüglich zu lesen. Die farbigen Kreise bezeichneten die Banden der verschiedenen Organisationen, die fortlaufenden Linien ihre bekannten und am häufigsten benutzten, die unterbrochenen ihre angenommenen Verbindungswege. Die roten Fähnchen waren die Abteilungen der Armee, der Sicherheitsorgane, der Grenztruppen, der Miliz und der freiwilligen zivilen Einheiten, die gegen die Banden kämpften. Die roten Linien und Pfeile bezeichneten die Kampfhandlungen der Formationen, welche dem General unterstanden, die durchgestrichenen Kreise liquidierte Banden, die Zahlen waren Daten der Kämpfe und Anschläge sowie die Verluste auf beiden Seiten, die schraffierten Flächen die Kampfgebiete. Die meisten Kreise bedeckten die östlichen und südöstlichen Teile Polens, doch fehlten sie auch nicht an anderen Stellen. «Der Aussatz am Körper der Republik», sagte eines Tages ein alter Freund des Generals, gleich ihm Mitglied des Oberkommandos, als er auf die Karte blickte. «Der Aussatz soll unheilbar sein, aber diese Krankheit besiegen wir bestimmt», berichtigte der General den Vergleich. Der Freund merkte sich die Metapher und beschloß, sie in der nächsten Ansprache an die Soldaten – er hielt Ansprachen für sein Leben gern – zu verwenden. Das war seine einzige Schwäche, sonst war er ein guter Kommandeur.

Der General war kein Freund von langen Reden. Wenn er in eines jener Gebiete fuhr, die auf seiner Karte so stark hervorgehoben waren – und er tat dies häufig –, traf er sich mit den Sodaten in ihren verräucherten Unterkünften, in den Wäldern, wo sie Hinterhalte gegen die Banditen legten, auf den Biwakplätzen ihrer vom Marsch erschöpften Abteilungen oder an kleinen Bahnstationen, wo sie die Gleisanlagen bewachten. Er wärmte sich mit ihnen die Hände über ihren Feuerstellen, erteilte Ratschläge beim Rösten der Kartoffeln, zeigte ihnen, wie man mit einer Hand eine Zigarette dreht und auf welche Weise man dem Unteroffizier stets beweisen kann, daß das Gewehr gereinigt ist. Die herkömmlichen Inspektionsgewohnheiten kümmerten ihn wenig. Es kam vor, daß er sich ganz einfach von seiner Umgebung fortstahl und sie in hellen Aufruhr stürzte. Plötzlich tauchte er wieder auf, und es stellte sich heraus, daß er die Nacht beispielsweise bei den Kavalleristen im Heu oder bei den Fahrern einer Fahrzeugkolonne verbracht hatte, die ein prächtiges Quartier auf irgendeinem Dachboden besaßen. Der General setzte sich gern über festgelegte Formen hinweg, aber die anderen Mitglieder des Oberkommandos, durch sein Verhalten befremdet, oftmals geradezu verärgert, mußten zugeben, daß er von solchen Reisen weitaus mehr Informationen über das Leben und die Bedürfnisse der Soldaten mitbrachte als jeder andere. Selbst die boshaftesten Krittler wagten nicht, gegen ihn den Vorwurf zu erheben, er verfahre so, um billige Popularität unter den Soldaten zu ernten. Der General war hart, aber gerecht, er konnte einem Vergehen bis ins kleinste nachgehen und dann den Missetäter empfindlich bestrafen. Wer durch das Verhalten des Generals allzu dreist wurde und sich zu Vertraulichkeiten verstieg, wurde sehr bald – meist durch Ironie – in die Schranken gewiesen. Es war allgemein bekannt, daß er in den Kämpfen an der Front persönlichen Mut bewiesen und sich mancher Gefahr ausgesetzt hatte. Man nahm ihn also, wie er war, und man schätzte ihn weitaus mehr, als daß man ihn kritisierte, was in höheren Kommandostellen nicht gerade oft vorkam.

Der General neigte seinen kahlen Kopf so manches Mal über die erwähnte Karte. Es kam vor, daß er sie stundenlang anstarrte. Dann schürzte er seine vollen, etwas sinnlichen Lippen oder pfiff eine spanische Melodie vor sich hin – einen Flamenco. Er tat es oft in Gegenwart Dritter, was als eine seiner Schrullen galt. Während solcher Betrachtungen durfte man ihn nicht stören. Niemand hatte dann Zutritt zu seinem Arbeitszimmer. Der Adjutant hütete die Tür und bediente das Telefon. Die Offiziere, die im Nebenzimmer darauf warteten, vorgelassen zu werden, gähnten, rauchten unzählige Zigaretten, fluchten im stillen, konnten aber nichts daran ändern. Wer den General gut kannte, der wußte, daß hinter der verschlossenen Tür manche Angelegenheit entschieden wurde, die eben ihn betraf. Die Zeit des Wartens war also nicht verloren.

So auch an diesem Abend. Ein beleibter Oberst mit den Waden eines Gladiators, deren mächtigen Umfang nicht einmal die weiten Schäfte seiner Feldstiefel verbergen konnten, ein Major mit Brille und ein glattrasierter Oberstleutnant mit Bürstenschnitt hatten fast eine Stunde im Vorzimmer zugebracht, ehe sich die Tür zum Arbeitsraum des Generals öffnete. Nacheinander, streng die militärische Rangfolge beachtend, traten sie ein. Ebenfalls der Reihe nach schlugen sie die Hacken zusammen und meldeten sich zur Stelle. Der General blickte von der Karte auf und lächelte. Sein breites, leicht gedunsenes, finsteres Gesicht hellte sich im Nu auf. Er spürte, daß die Offiziere vom Warten ungeduldig waren. Mit einem Lächeln entschuldigte er sich bei ihnen. Es fiel den Besuchern schwer, diesem Lächeln zu widerstehen.

Mit einer Handbewegung bat er sie an die Karte. Dann beschrieb er mit einem in Messing gefaßten Vergrößerungsglas einen kurzen Bogen.

«Hier, in diesem Raum, müssen innerhalb von fünf Tagen die Verstärkungen für Ihre Truppe eintreffen, Oberst», sagte er.

Der Divisionskommandeur, Oberst Sierpiński, neigte den Kopf und streckte eine Hand mit überraschend langen Fingern nach dem auf der Karte liegenden Zirkel aus. Die Schenkel des Zirkels begannen zu wandern: von der Gegend um Wrocław bis nach Sanok. Lautlos die Lippen bewegend, berechnete der Oberst die Entfernung.

«Wenn die Eisenbahn nicht versagt, ist es möglich, Bürger General.»

Er sprach mit etwas heiserer Stimme und betonte die Anfangssilben der Worte stark.

«Hoffen wir, daß sie nicht versagt», warf der glattrasierte Oberstleutnant ein. «Ist es erlaubt zu rauchen, Bürger General?»

«Selbstverständlich. Entschuldigen Sie vielmals, daß ich Ihnen noch nichts angeboten habe.» Der General ging rasch zum Schreibtisch. Er holte eine Schachtel Zigaretten und Streichhölzer. Der Major zog ein großes Feuerzeug hervor, das aus der Messinghülse eines Geschosses gefertigt war.

«Solche vorzüglichen Feuerzeuge verstand nur einer zu machen», der General seufzte.

«Der Wachtmeister Kaleń», flüsterte der Major.

«Richtig.»

«Sie haben ein ausgezeichnetes Gedächtnis, Bürger General», beeilte sich der Oberstleutnant hinzuzufügen, er wollte dem Vorgesetzten ein Kompliment machen.

Sie zogen den Rauch der Zigaretten ein. Der beleibte Oberst und der Major blickten auf die Karte. Der Oberstleutnant nahm ein Heft und einen Bleistift aus seiner Aktenmappe. Der General ging ein paarmal auf dem weichen Teppich hin und her und begann dann zu erklären: «Also, wir gehen jetzt ernsthaft daran, die Banden der UPA und der Organisation WIN im Bieszczady-

Gebiet zu liquidieren. Es ist höchste Zeit ... Während wir hinter den Banditen in den Wojewodschaften Lublin und Białystok her waren, hatten die in den Bieszczady Ruhe. Sie wurden frech. Oberstleutnant Kowalewski (er warf einen kurzen Blick auf den glattrasierten Oberstleutnant) hat dies am eigenen Leibe erfahren. Im Laufe einer Nacht hat sein Abschnitt der Grenztruppen fast hundertzwanzig Mann verloren. Die Grenzstützpunkte wurden in Brand gesteckt ... Sie kennen die Vorgänge, damit muß ein für allemal Schluß gemacht werden.»

Der General hieb mit der Hand durch die Luft, eine für ihn charakteristische Bewegung, und blieb vor der Karte stehen. Den Blick darauf gerichtet, sprach er weiter. «Die Division von Oberst Sierpiński betraue ich sehr ungern mit dieser Aufgabe. Der Krieg ist beendet, jetzt müßte die Ausbildung der Soldaten im Vordergrund stehen. Ein guter Grundsatz, aber leider können wir es uns nicht leisten, ihn zu verwirklichen. Die Sicherheitsorgane sind fast ausschließlich mit der Bandenbekämpfung und dem Schutz von Objekten in anderen Wojewodschaften beschäftigt, die Formationen der Miliz sind zahlenmäßig zu schwach. Es bleibt uns gar nichts anderes übrig, als Militär zu entsenden. Die Entlassung der Frontsoldaten muß sich noch verzögern. Man könnte sich ohrfeigen, aber gibt es einen anderen Ausweg?»

Die rhetorische Frage blieb im Raum stehen. Keiner der drei Offiziere unterbrach den Monolog des Generals. Außerdem kannten sie die von ihm geschilderte Situation.

«Kurzum», der General kam zum Kern der Angelegenheit zurück, «ich weiß, die Soldaten werden fluchen, daß man sie nicht demobilisiert, daß man sie nicht nach Hause entläßt. Sie haben recht, aber unser Beweggrund ist stärker. Ihn zu erläutern, ist Ihre Aufgabe, Major Preminger, aber auch die anderen Kommandeure sollten sich damit befassen. Den Soldaten unsere Gründe darzulegen ist eine Pflicht, die man nicht auf die Politoffiziere abwälzen darf, Oberst Sierpiński.»

Der Nacken des Generals lief rot an. Ein Zeichen nervöser Anspannung.

«Lernen Sie, die Banden zu bekämpfen. Es gibt dafür keine fertigen Rezepte, was an der Front gültig war, ist hier nicht anwendbar. Mit der Zeit werden Sie genügend Erfahrungen sammeln ... Ihr Plan, Kowalewski, ist genehmigt worden. Wir werden die Grenzen mit Hilfe beweglicher Abteilungen bewachen. Die Ausgangspunkte sind Komańcza, Cisna und Wołkowyja. Wir werden sie mit Pferden versehen. Kleine Stützpunkte werden wir nicht mehr einrichten. Die schriftlichen Befehle in dieser Frage gehen Ihnen zu.»

Oberstleutnant Kowalewski blickte von seinem Heft auf, in das er eben noch schnell die vom General erörterten Punkte eingetragen hatte. Die Nervosität, mit der er nach Warschau gefahren war, hatte schon nach der ersten Begegnung mit dem General vor einigen Tagen nachgelassen. Jetzt war sie völlig vergangen. Der General hatte ihm keine Vorwürfe gemacht. «Wir begingen einen Fehler, indem wir die kleinen Stützpunkte zu weit auseinanderlegten, einen Fehler, der um so schwerer wiegt, weil wir den Feind nicht richtig einschätzten», hatte der General gemeint und Kowalewskis Plan auf der Stelle gebilligt. Jetzt bestätigte er ihn.

«Sie, Oberst», er wandte sich erneut an Sierpiński, «haben eine seltsame Front vor sich. Sie sehen ja, wie das auf der Karte aussieht ... Die Banditen sind beweglich, seien Sie noch beweglicher. Ich glaube, dort draußen werden Sie den Sinn meiner Worte sofort verstehen. Und den Soldaten sagen Sie, daß sie um so eher nach Hause zurückkehren, je früher sie mit den Banden Schluß machen. Das ist im Augenblick wohl die beste Parole, was, Preminger?»

Der Major lächelte verwirrt. Die sprunghaften Gedankengänge des Generals brachten ihn jedesmal in Verlegenheit. Er wußte nie, ob sie spaßhaft oder ob sie ernst gemeint waren.

«Bürger General, wie steht es mit Stiefeln? Die Soldaten haben völlig abgetragenes Schuhwerk», ließ sich wieder Oberst Sierpiński vernehmen.

Seine hellblauen Augen begegneten dem Blick der braunen Augen des Generals. Aus diesem Blick las Sierpiński die Antwort. Rechne nicht sobald damit, Bruder, sagte der harte Blick des Generals. Wir haben keine Stiefel, obwohl wir wissen, daß es in den Einheiten daran fehlt. Wir wissen auch, was für Sorgen dir das macht, aber was hilft es. Wir haben keine Stiefel.

Im Zimmer herrschte Schweigen. Alle Anwesenden wußten, daß es nicht nur an Stiefeln, sondern auch an ordentlichen Uniformen, warmer Wäsche und Socken mangelte. Die Soldaten trugen noch immer die Sachen von der Front. Die Ausrüstung war in einem mehr als beklagenswerten Zustand.

Der General unterbrach seine Wanderung durch das Zimmer. Er trat hinter den Schreibtisch. Im Lichtkreis der Lampe mit dem grünen Schirm befanden sich jetzt nur seine Hände. Sein Kopf schwamm im Dunkel. Das ließ ihn größer erscheinen, als er in Wirklichkeit war.

«Gibt es noch irgendwelche Fragen?»

Die Stimme des Generals wirkte jetzt trocken und offiziell. Sie klang nasaler als gewöhnlich.

«Ich möchte wissen, ob ich für die letzten Verluste Ersatz bekomme», fragte der Abschnittskommandeur der Grenztruppen.

«Drei Operationsgruppen. Das ist alles, was wir geben können, Oberst», antwortete der General. «Sind noch weitere Fragen?»

Das Telefon schrillte. Der General legte die Hand auf den Hörer, nahm ihn jedoch nicht ab. Das Läuten wiederholte sich, aufdringlich, hartnäckig.

«Keine Fragen mehr? Nun, dann ...»

Er trat hinter dem Schreibtisch hervor. Auf das Läuten des Telefons achtete er nicht. Sein Gesicht hatte einen starren, müden Ausdruck bekommen. Das war immer so, wenn er sich über etwas ärgerte. Sierpiński hatte ausgerechnet die heikle Angelegenheit der Stiefel berühren müssen. Ohnmacht konnte der General nicht ertragen. Und in diesem Falle wußte er sich keinen Rat.

Kräftig drückte er den drei Offizieren die Hand.

«Kopf hoch, Preminger, und verlieren Sie nicht die Brille», sagte er lachend, bemüht, sein Gleichgewicht zurückzugewinnen. Mit schnellen Schritten ging er zum Telefon.

«Wir sehen uns bald!» rief er den bereits hinausgehenden Offizieren nach.

Er bemerkte das Lächeln Major Premingers, der als Rangniedrigster zuletzt hinausging und leise die Tür hinter sich schloß.

In diesen Zeiten den Eisenbahnverkehr aufrechtzuerhalten war nicht einfach. Er hatte drei Hauptfeinde: den veralteten und durch den Krieg arg in Mitleidenschaft gezogenen Wagenpark, die abgenutzten Gleis- und Signalanlagen sowie die Banden. Die Fahrpläne einzuhalten war daher mehr als problematisch. Die Züge fuhren langsam und erreichten nur mit Mühe ihr Ziel.

Lokomotiven gingen entzwei, Achsen schliffen sich ab, Signale und Weichen versagten plötzlich den Dienst, die Banden sprengten Gleise und hielten die Züge an. Die Eisenbahner taten, was in ihrer Macht stand, um diese Hindernisse zu überwinden, doch nicht immer gelang ihnen das. Bedauernswert waren die Eisenbahner, und die Fahrgäste litten.

Oberst Sierpiński, der dem General die Zusage gegeben hatte, daß die Verstärkungen aus der Gegend von Wrocław innerhalb von fünf Tagen nach Sanok gelangten, mußte alle diese Schwierigkeiten in Betracht ziehen. Er bemühte sich, den Befehl genau auszuführen. Doch was bedeutete schon die beste Absicht eines Kommandeurs angesichts der Zustände, die damals bei der Bahn herrschten. Woher sollten die Eisenbahnverwaltungen eine derart große Anzahl Waggons nehmen, wie sie Oberst Sierpiński brauchte? Formelle Befehle halfen da wenig. Die Züge wurden Waggon für Waggon in den Raum Wrocław gebracht. Die Folge war, daß sich die Transporte über die ganze Strecke, von Wrocław nach Kraków und weiter bis nach Sanok, verteilten. Von der termingerechten Ankunft am Zielbahnhof konnte nicht die Rede sein: Der erste Transport setzte sich erst nach fünf Tagen in Bewegung, zu einem Zeitpunkt also, da er sich bereits am Ziel befinden sollte.

Die Waggons ratterten, kreischende Mißtöne von sich gebend, über die Schienen. Bei Tage waren sie naß vom Regen, bei Nacht von einem glitzernden Eispanzer bedeckt. Die Soldaten in ihren leichten Mänteln zitterten vor Kälte. Die Wachposten an den Geschützen und Kraftfahrzeugen auf den offenen Güterwagen waren steif gefroren. Wegen der gebotenen Eile war man nicht dazu gekommen, die Waggons für den Truppentransport herzurichten:

Es gab weder Öfen noch irgendwelche anderen Heizvorrichtungen. Nur bei Aufenthalten wurden entlang der Gleise kleine Feuer entfacht, und die Soldaten streckten die vor Kälte erstarrten Hände über die Flammen. Diese Feuer waren eine Plage für Offiziere und Unteroffiziere. Die unternehmungslustigen Frontsoldaten benutzten zum Feuermachen alles, was ihnen in die Hände fiel und zum Verbrennen taugte. Dazu gehörten Ersatzschwellen, Bretterzäune, die sich in der Nähe der Gleise befanden, sowie das Vorratsholz, das in den Schuppen der Bahnstationen lagerte. Es hagelte Ermahnungen und Verweise, den auf frischer Tat Ertappten wurden Strafen angedroht, wobei es zu Wortgefechten kam.

Die Aufenthalte, insbesondere die zwangsweisen auf kleinen Bahnstationen, Nebengleisen oder freier Strecke, waren eine Qual. Sie dehnten sich ins Unendliche. Stunden vergingen, der Zug fuhr nicht weiter. Immer wieder liefen die Offiziere zu den zuständigen Beamten der Eisenbahnverwaltungen. Sie intervenierten. Sie fuchtelten ihnen mit amtlichen Schriftstücken, allen möglichen Befehlen und Anordnungen vor der Nase herum. Sie schimpften. Es half nichts. Die Eisenbahner breiteten die Arme aus. An einer Stelle hatte der Zug einen Lokomotivschaden, an einer anderen wurden die am Vortage von den Banditen gesprengten Gleise ausgebessert, und an einer dritten waren drei Waggons des Transportes aus den Schienen gesprungen ... Jedesmal ein triftiger Grund. Unterdessen rissen die Soldaten den Zaun der Station zum Feuermachen ab. Darüber regten sich die Eisenbahner auf. Die Kommandeure schufen Ordnung, und der Streit um die Weiterfahrt des Zuges entbrannte von neuem. Offiziere und Soldaten hatten stopplige, von der Kälte blaue oder blasse Gesichter, blutunterlaufene Augen und heisere Stimmen. Die Gesichter hellten sich nur auf, wenn die Abfahrt des Zuges angekündigt wurde. Sofort wurde ein Freundschaftspakt mit den Eisenbahnern geschlossen, und Zigaretten, die man einander anbot, glimmten auf. Man versprach sich gegenseitig, die Sache mit den verfeuerten Zäunen und der Verspätung des Transportes auf sich beruhen zu lassen. Man reichte einander die vor Kälte erstarrten Hände, und der Zug fuhr weiter. Die Soldaten, die sich vorübergehend aufgewärmt hatten, stimmten ein Lied an. Ihr Gesang mischte sich in das Gepolter der Waggons und das Klirren der an den Wänden hängenden Ausrüstungsgegenstände. Dann verstummten sie, die Waggontüren wurden geschlossen, und der Zug wand sich wie eine lange, aus vielen Segmenten bestehende Schlange durch die mit Rauhreif bedeckten Felder.

Der Divisionsstab und seine Hilfsabteilungen mit Oberst Sierpiński verfolgten von Sanok aus das Schneckentempo, mit dem sich die Verstärkungen vorwärts bewegten. Sierpiński, dessen Stabschef, Oberstleutnant Rojewski, und der Politoffizier, Major Preminger, hielten sich ständig bei der Funkstation und an den Fernsprechern auf. Alle drei hatten sich ebenso wie die Kommandeure der Transporte heiser geschrien, aber viel konnten auch sie nicht ausrichten.

Auf Wegen, die außer ihnen niemand kannte, verfolgten die Banden die Truppentransporte. Sie nutzten die Situation, solange sie noch ungehindert vorgehen konnten. Die Eisenbahnbrücke dicht hinter Nowy Zagórz flog in die Luft, desgleichen die über den San bei Lesko. Der Eisenbahnweg in das Gebiet südlich von Sanok wurde auf diese Weise abgeschnitten. Die gesprengte Straßenbrücke war von untergeordneter Bedeutung. Man konnte den Fluß auch durchwaten. Der San ist in dieser Gegend nicht tief; Wasserhindernisse solcher Art hatten die Soldaten an der Front oft bezwungen.

Der korpulente Oberst Sierpiński war eine kaltblütige Natur. Er ließ sich telefonisch mit dem General in Warschau verbinden und meldete·ihm mit völlig beherrschter Stimme von·der Tat der Banditen. Es war nicht die erste derartige Meldung, die von Oberst Sierpiński aus den Bieszczady kam. Die Division, die sich aus an der Front stark gelichteten Truppen zusammensetzte, operierte hier seit Juli 1945. Im Kampf gegen die Banden tat sie, was sie konnte, aber ihre Kräfte waren nach den an der Front erlittenen Verlusten und der Abkommandierung einer beträchtlichen Anzahl von Soldaten in die neu formierten Einheiten des Grenzschutzes gering. Die Bewachung einer Reihe strategisch wichtiger Objekte und Punkte nahm der Division die Beweglichkeit. Die Situation sollte sich erst jetzt ändern. Verstärkungen waren unterwegs.

Die Nachricht, die Sierpiński ihm übermittelte, nahm der General, wie gewöhnlich, ruhig auf. Unverzüglich ordnete er an: In den nächsten Tagen wird der Division ein Panzerzug zur Verfügung gestellt, der den Schutz der Strecke übernimmt. Die Eisenbahnlinie Nowy Zagórz–Komańcza muß betriebsfähig bleiben.

Nach diesem Gespräch erklärte Oberst Sierpiński seinen beiden engsten Mitarbeitern, daß der General von nun an besonderen Wert auf die Liquidierung der Banden in diesem Gebiet lege. Die Entsendung eines Panzerzuges sei schließlich keine Kleinigkeit.

Hauptmann Ciszewski reiste allein, mit Personenzügen. Seit der Abfahrt von Warschau war er in Kielce und in Kraków umgestiegen. Er hatte recht guten Anschluß: In Kielce wartete er auf seinen Zug sechs, in Kraków acht Stunden. Er zeigte deshalb keinerlei Ungeduld. So eilig hatte er es wiederum nicht. Auf der ersten Etappe des Weges, bis nach Kielce, schlief er. Tags zuvor, als er von Barbara Abschied genommen, hatte er entschieden zuviel Schnaps getrunken. Jetzt hatte er einen schweren Kopf, stumpfe Gedanken und einen unüberwindlichen Hang zum Schlafen.

Im Abteil war es heiß, doch nicht dank der Heizung (denn die funktionierte nicht), sondern infolge der Enge. Zehn Personen hatten auf den Bänken Platz genommen, zwei waren in die Kofferfächer gekrochen, das Gepäck hatte man auf dem Fußboden verstaut. Niemand konnte sich rühren. Der violette Rauch der Zigaretten umgab alles mit einem dichten Schleier und vermengte sich mit den Ausdünstungen der Menschen, dem Geruch von nassen Mänteln und von Federvieh, das die Bauern in Körben mit sich führten. Die Gespräche drehten sich um Schwarzhandel und um die Preise der verschiedenen Waren. Ciszewski kannte diese Angelegenheiten aus den Unterhaltungen mit Fräulein Zofia. Sie hatten ihn nie interessiert. Er schlief sehr bald ein, und sein Kopf fiel sanft auf die Schulter der neben ihm sitzenden üppigen Blondine. Die Frau stieß den jungen Mann nicht zurück. Bis Kielce konnte er ruhig schlafen.

Als er ausstieg, ließ ihn die feuchte Kälte auf dem vollgepfropften Bahnsteig schaudern. Ciszewski zog seinen zerknautschten Mantel zurecht und zwängte sich durch das Gewühl der Menschen zum Ausschank. Hier hörte er sich drei Stunden lang die Geschichten eines alten Mannes an, der von seinem Sohn erzählte und von dessen unzähligen Sorgen bei der Einrichtung seiner Wirtschaft in den Westgebieten. Zwei Stunden quälte er sich mit einem Brief an Barbara herum. Eine Stunde – er hatte den Brief endlich zustande gebracht – ging er auf dem Bahnsteig umher, denn jeden Augenblick sollte sein Zug eintreffen.

Der Brief, auf Zetteln geschrieben, die er aus seinem Dienstblock gerissen hatte, sollte Barbara beruhigen und ihr sagen, daß ihre Trennung diesmal nicht lange dauern werde. Ciszewski versicherte dem Mädchen, daß alles «ins Lot kommen» werde. Es fiel ihm schwer. Er hatte keine Argumente und war ein schlechter Briefschreiber. Er fühlte, daß er Barbara nach dem vorangegangenen Abend eine Erklärung schuldig sei, fand aber nicht die passenden Worte und stellte verzweifelt fest, daß die Aufgabe seine Kräfte überstieg. Gereizt zerriß er die vollgeschriebenen Zettel und verzichtete schließlich darauf, den Brief abzusenden.

Bis Kraków mußte er im überfüllten Gang stehen. Er langte in der Nacht an und saß bis zum Morgen im Warteraum. Er bemühte sich zu schlafen, aber es gelang ihm nicht. Seine Gereiztheit war stärker und verscheuchte den Schlaf.

Gegen Abend des folgenden Tages stieg er auf dem Bahnhof von Sanok aus. Nach der stickigen Luft, die in den Waggons geherrscht hatte, empfand er die scharfe Gebirgsluft als Wohltat. Auf dem Bahnsteig war es glatt. Der Dezemberfrost hatte zugepackt.

Die Frau, die vor Ciszewski ging, verlor plötzlich das Gleichgewicht. Sie wäre gefallen, hätte der Hauptmann sie nicht gestützt. Er hörte ein wohlklingendes «Dankeschön» und konnte im schwachen Licht einer Bahnhofslaterne das ihm zugewandte Gesicht mit stark gewölbten, dunklen Augenbrauen und einem kleinen Mund erkennen, den ein flüchtiger Schmerz verzerrte. Ciszewski grüßte und wandte sich dem Ausgang zu.

Er empfand eine plötzliche Leere in seinem Herzen. Er war sehr einsam. So hatte eigentlich sein ganzes Leben ausgesehen, und nie hatte er sich damit abzufinden vermocht. Ob dieses Gefühl nur von der Sehnsucht nach Barbara herrührte, dessen war er sich nicht gewiß.

II

Żubryds Abteilung lag seit dem Morgengrauen neben der Chaussee im Hinterhalt. Der Ort war gut gewählt, auf der höchsten Erhebung der Łysa Polana nämlich. Die Straße fiel von hier nach beiden Richtungen in Serpentinen ab: nach Zagórz und zum San hin. Das ganze Gelände im Umkreis von mindestens sechs Kilometern war zu übersehen. Kein näher kommendes Kraftfahrzeug, kein Bauernfuhrwerk konnte der Aufmerksamkeit der Männer entgehen, die sich in einem weiten Halbkreis um die noch im Kriege ausgebrannte Schenke von Goldblum gruppiert hatten. Vor rund einem Jahr hatte sich hier eine Gruppe deutscher und ungarischer Soldaten gegen die sowjetischen Truppen verschanzt. Sie behauptete sich einige Tage und hätte an diesem Ort bedeutend länger ausgehalten, wäre nicht das gezielte Feuer der Granatwerfer gewesen, die man eigens herangeschafft hatte.

Die Żubryd-Leute besetzten die alten ungarischen und deutschen Schützenlöcher, schaufelten sie vom Schnee frei und warteten. Der Kommandeur hatte ihnen das Rauchen, ja sogar das Sprechen erlaubt. Hier riskierten sie nichts. Ruhig verhalten mußten sich lediglich Jastrząb und Piorun, deren Beobachtungsfeld eingeengt war, da sie im Gebüsch am Straßenrand hockten.

Alles wäre gut gewesen, hätte nicht solche Kälte geherrscht. Sie hatte sich vom frühen Morgen an bemerkbar gemacht. Auf dem Marsch war sie noch zu ertragen gewesen, aber jetzt, da sich die Leute einige Stunden nicht vom Fleck gerührt hatten, setzte sie ihnen hart zu. Sie fluchten im stillen, um so mehr, als der Kommandeur ihnen kategorisch verboten hatte, auch nur einen Schluck Alkohol zu sich zu nehmen. Diese Sitte hatte er vor einigen Wochen eingeführt: Während einer Kampfaktion durfte nicht getrunken werden. Früher, in der Zeit, da sich die Abteilung formiert hatte, war Żubryd weniger streng gewesen. Er erlaubte anderen, die Gurgel zu spülen, und verachtete auch selber den Schnaps nicht. Gegenwärtig tranken sie ausschließlich nach der Aktion, im Unterschlupf. Das gefiel ihnen nicht sonderlich, aber insgeheim gaben sie dem Anführer recht. Zuviel Militär strömte neuerdings in diese Gegend. Da hieß es, auf der Hut sein, sich gut zu tarnen und die Augen offen zu halten.

Żubryd stand unter einer Kiefer, die von einem Artilleriegeschoß geknickt und schwarz geworden war. Er schaute ein ums andere Mal aufmerksam in Richtung Zagórz. Er trug einen ungarischen kurzen Kavalleriemantel und polnische hohe Stiefel. Sein rundes Gesicht mit leicht gedunsenen Wangen und Lippen, das ein englisches Bärtchen zierte, wurde überschattet von dem funkelnden Schirm einer Offiziersmütze mit Majorsabzeichen. Die Mütze war neu. Vor knapp zehn Tagen hatte sie ihm ein Verbindungsmann aus Kraków mitgebracht: gleich nach Eintreffen der Ernennung. An dieser Ernennung ergötzte sich Żubryd fortwährend. Vor dem Kriege, als er einfacher Berufsunteroffizier gewesen war, hätte er mit einer solchen Ehre nicht rechnen können. Selbst während der Okkupation hatte er es nur bis zum Oberfeldwebel gebracht, obwohl er seinen Dienst in den «Nationalen Streitkräften», den NSZ, peinlich genau versehen hatte. Und nun plötzlich ... Major. Der Gedanke daran ließ ihn nicht eine Sekunde los. Er wachte mit ihm auf und schlief mit ihm ein. Da bekleidete er also denselben Rang wie seinerzeit in Grudziądz sein höchster Vorgesetzter, Major Pełka, der Schwadronschef. Das war so großartig und erschütternd zugleich, daß Żubryd seine ganze Kraft aufbieten mußte, um nicht die Fassung zu verlieren. Offensichtlich maßen die Vorgesetzten dort im fernen München der Tatsache, daß es ihm an Bildung fehlte, keine Bedeutung mehr bei, einer Tatsache, die ihm selbst in den Nationalen Streitkräften eine Beförderung unmöglich gemacht hatte. Folglich begann man endlich, seine Verdienste entsprechend zu würdigen. War er im hiesigen Gelände nicht ebenso Kommandeur wie der in der Umgebung von Nowy Targ tätige Ogień? Beide waren sie vor dem Kriege Unteroffizier gewesen. Jetzt bekleideten sie Offiziersränge. Trotz der zunehmenden Bolschewisierung im Lande hatten sie die Fahne des Polentums hochgehalten. Sie hatten das Gewehr nicht aus der Hand gelegt, sie hatten Männer um sich geschart und kämpften weiter. So würde es sein bis zur Befreiung. Dessen war Żubryd gewiß. Immer wenn er an Ogień dachte, durchdrang die Kälte des Neides sein Herz. Ogień war berühmter als er. Im stillen mußte er das stets zugeben. Ogieńs Aktionen, sein Schwung, seine Einfälle und Heldentaten fanden im ganzen Lande Widerhall. Żubryds Gefechtskonto war bedeutend bescheidener. Allerdings mußte man einräumen, daß er noch nicht so lange dabei war wie jener Widersacher aus Podhale. Dies war jedoch keine Entschuldigung. Er mußte mit Ogień, den ihm die Führung in München übrigens als Vorbild hingestellt hatte, gleichziehen. Er besaß den Ehrgeiz, mit Ogień in Wettstreit zu treten, ihn darin zu schlagen, Ruhm zu ernten und in ganz Polen berühmt zu werden. Dann würde man ihn vielleicht zum Oberstleutnant, später zum Oberst oder gar zum General ernennen.

Warum nicht? War er doch auch mit einem Schlag vom Oberfeldwebel zum Major befördert worden ...

Von diesen Erwägungen schwindelte Żubryd der Kopf, die Jahre, die er im Kasernendienst und nachher auf ziemlich untergeordneten Posten zugebracht, hatten ihm die Fähigkeit genommen, scharf zu denken. Er bemühte sich, wenigstens äußerlich Major Pełka zu kopieren. Wie dieser, war auch er gegenüber seinen Untergebenen unzugänglich, sprach mit ihnen in kurzen, abgehackten Sätzen und duldete keine Diskussion. Leider befand er sich in einer Lage, die schwieriger war als die des Majors Pełka. Diesem standen prächtige Kasernen in Grudziądz zur Verfügung, die er äußerst selten betrat. Die Soldaten wußten kaum, wie er aussah, die Unteroffiziere bekamen ihn nur anläßlich größerer Feierstunden oder auf den selten stattfindenden Besprechungen zu Gesicht. Hoch zu Roß oder in der mit zwei Braunen bespannten Britschka thronend, schaute Major Pełka dann auf sie herab. Diesem Umstand war es zu danken, daß er Distanz zu den Untergebenen halten konnte. Żubryd hatte weder Kasernen noch eine Britschka, ein Pferd dagegen besaß er, ein zottiges Goralenpony, das (er mußte sich das als ehemaliger Kavallerist eingestehen) leider Gottes eher für die Deichsel als zum Reiten geeignet war. Außerdem mußte Żubryd ständig mit seinen Leuten zusammen sein. Das ließ sie vertraulich werden. Als er anfing, sich bessere Quartiere zu suchen, wenn die Abteilung rastete, und sich eine Ordonnanz nahm, murrten sie. Sie wußten, daß er vor dem Kriege nur Berufsunteroffizier gewesen war.

Wie sollte man unter solchen Bedingungen Abstand wahren?

Żubryd ließ sich jedoch von diesen bitteren Betrachtungen nicht unterkriegen. Er hielt auf eine fast kasernenmäßige Disziplin in der Abteilung. Er setzte eine militärische Rangordnung fest, verlangte die Ehrenbezeigung, führte mit seinen Untergebenen im Walde Übungen durch und bestrafte jedes Vergehen streng.

Mit der Zeit kleidete er sie in Beuteuniformen des Militärs und der Miliz. Da Militär und Miliz bislang im Raume Sanok nicht oft zu sehen war, hatte er mit seinen Aktionen gegen die armseligen, eben erst entstehenden Genossenschaften der Bäuerlichen Selbsthilfe, gegen abgeschieden lebende Funktionäre der neuen Behörden und all jene Leute, die ihm persönlich mißfielen, recht guten Erfolg.

Den heutigen Hinterhalt hatte er einem LKW gelegt, der Verpflegung für die Erdölfelder in Wańkowa fuhr. Er versprach sich reiche Beute, denn Weihnachten stand vor der Tür, und er glaubte, die Kumpel würden zum Fest etwas Besseres bekommen als Hering, den die Abteilung beim letzten Überfall erbeutet hatte. Die Aktion war sehr schwierig, galt es doch, den Heiligen Abend in der Abteilung auszurichten. Die Leute hatten Weihnachtsurlaub von ihm verlangt. Sie wollten die Feiertage zu Hause verbringen. Żubryd war außer sich. Wie sollte man diesen Dummköpfen klarmachen, daß sie nicht nach Hause gehen durften? Sie konnten ja die ganze Abteilung verraten. Und wie sollte er sie dann wieder sammeln? Er ließ sich nicht in lange Diskussionen ein. Zwei Tage zuvor hatte er einen Tagesbefehl herausgegeben, den sein Stellvertreter, Hauptmann Piskorz, vor der Front der Abteilung «Brennendes Herz» verlas (so nannte sich Żubryds einhundertzwanzig Mann starke Abteilung), und angeordnet, daß niemand Weihnachtsurlaub bekommen werde. Weihnachten und Neujahr würden sie auf feierliche Weise gemeinsam begehen. Urlaub werde es bald geben …, nach dem Sieg.

Major Żubryd wischte die Gläser seines Feldstechers sorgfältig mit dem Taschentuch blank und setzte ihn an die Augen. Das war im Moment überflüssig, denn man konnte auch so erkennen, daß auf der Chaussee keinerlei Verkehr herrschte. Ihn dünkte jedoch, daß er seine Autorität als Kommandeur unterstrich, wenn er durch den Feldstecher blickte. Aber Piskorz verdarb ihm gründlich die Andacht, mit der er diese Tätigkeit ausübte.

«Gib nicht an.» Er versetzte dem Kommandeur mit dem Ellbogen einen Stoß in die Seite. «Das verfluchte Auto kommt nicht. Das sieht man auch ohne dein Fernglas. Du solltest lieber mit den Leuten reden, sie werden gleich verrückt vor Kälte und vor Wut über dieses Weihnachten.»

Żubryd schaute unwillig in Piskorz' kleines Gesicht mit der Stülpnase und den hellen Haarsträhnen, die sich unter der Mütze hervorstahlen. Gegenüber seinem Stellvertreter hatte er immer Hemmungen. Piskorz besaß höhere Schulbildung, war von Beruf Journalist und gebrauchte Ausdrücke, die sich Żubryd schon öfter hatte aneignen wollen, ohne daß es ihm gelungen wäre. Diesen Stellvertreter hatte man Żubryd vor drei Monaten aus Kraków geschickt. Er begann sogleich in der Abteilung herumzukommandieren. Alle fügten sich ihm. Sie spürten, daß dieser Mann über eine ungeheure, in seinem Innern verborgene Energie verfügte, und fürchteten ihn mehr als Żubryd, der seinerseits Piskorz im stillen zu derselben Kategorie Menschen zählte wie Major Pełka, zu jenen Leuten also, die von klein auf ans Befehlen gewöhnt waren.

Seine Würde als Kommandeur ließ es nicht zu, sofort den Vorschlag des Untergebenen zu befolgen. Er verzog ein wenig das Gesicht und scharrte mit der Stiefelspitze im Schnee.

«Da gibt's nicht viel zu bereden. Sie müssen besser gehorchen lernen», sagte er.

«Mit Kasernenhoftricks wirst du ihnen keinen Gehorsam beibringen», erwiderte Piskorz, boshaft lachend. «Du vergißt, in welcher Zeit wir leben. Partisanendasein ist etwas anderes als Militärdienst, und die heutige Zeit ist nicht die deutsche Okkupation. Wenn du nicht mit deinen Leuten lebst, werden sie dir weglaufen, und die Abteilung wird dir dahinschmelzen wie dieser Schnee, in dem du jetzt mit dem Stiefel bohrst.»

Żubryd brach in ein so lautes und fröhliches Gelächter aus, daß einige Männer in den ihm am nächsten gelegenen Löchern neugierig den Kopf hoben.

«Du bist gut, Piskorz, wirklich famos!» Er strich sich mit den Handrücken über den Schnurrbart und lehnte sich gemächlich an den Stamm der Kiefer. «Du weißt ja nicht, was du redest. Meine Abteilung», er sprach jetzt in ernstem, beinahe feierlichem Ton, «hat sich im Laufe der letzten fünf Monate ständig vergrößert; ich habe heute doppelt soviel Leute wie bei Kriegsende, und der Zustrom von Freiwilligen hält an. Da sprichst du vom Zerfall der Abteilung ... Du willst doch ein intelligenter Mensch sein!»

Piskorz schaute den Vorgesetzten lange an, in seinen Augenwinkeln sprangen Fünkchen von Ironie auf. Schnell wandte er den Blick von Żubryds Gesicht und sagte, nun ebenfalls in offiziellem, gekünsteltem Ton: «Es tut mir leid, aber mir scheint, ich sehe etwas weiter ... Das alles fängt erst an. Außerdem ...» Er brach mitten im Satz ab und blinzelte, die hellen Augen halb geschlossen, in Richtung Zagórz. «Mir scheint, dort kommt etwas gefahren.»

Żubryd brauchte nicht erst den Feldstecher zu nehmen. Ein Lastkraftwagen quälte sich zu ihnen herauf. Sein Weg war schwierig. Er mußte eine kurvenreiche, steile Serpentine überwinden, die vereist war. Man glaubte, den Motor keuchen zu hören.

«Soldaten, Achtung!» schrie Żubryd. «Durchgeben an alle: Fertigmachen zum Angriff! Bajonett pflanzt auf!» Wohlgefällig lauschte er der eigenen Stimme, als er das Kommando gab.

«Herr Hauptmann, schicken Sie einen Melder zu Jastrząb und Piorun. Er soll sie warnen und ihnen mitteilen, daß sich das Auto nähert.»

In wichtigen Augenblicken verhandelte er mit Piskorz in offiziellem Ton und redete ihn mit «Herr» an.

«Wir haben noch wenigstens zehn Minuten Zeit, bis das Auto hier ist, außerdem hören die beiden an der Chaussee bei so klarer Luft bestimmt das Brummen des Motors.» Er konnte sich diese Bemerkung nicht verkneifen.

«Ich ersuche Sie, den Melder loszuschicken», schrie Żubryd wütend. Er zog die Pistole, betrachtete sie eine Weile und lud sie, immer noch vor Zorn bebend, mit einer heftigen Bewegung durch. Dann tat er ein paar Schritte nach vorn und duckte sich, auf einem Bein kniend, hinter einen Wacholderbusch, das Gesicht der Chaussee zugewandt. Er sah gerade noch den Rücken des in einer Schlucht verschwindenden Melders. Mit einer gewissen Befriedigung bemerkte er, daß Piskorz, seinem Beispiel folgend, ebenfalls die schußbereite Parabellum in der Hand hielt. Feldwebel Zawieja, ein schlaksiger, schwarzhaariger Kerl aus der Gegend von Krosno, stützte die Leuchtpistole aufs Knie.

Eine rote Leuchtkugel sollte das Signal zum Sturm sein. Das war zwar nicht notwendig, aber Żubryd liebte solche militärischen Effekte.

Hinter einer Biegung tauchte jetzt die grüne Motorhaube des LKWs auf. Der Motor keuchte schwer. Das Knirschen der Gangschaltung drang bis zu ihnen herauf. Man sah, daß das Fahrzeug große Mühe hatte, den Steilhang zu bezwingen.

Vorn an der Chaussee krachte der erste Schuß. Auf Żubryds Befehl hatte Jastrząb in dieser Weise den Wagen zu stoppen. Gleichzeitig sollte Piorun einen improvisierten und im Gebüsch gut getarnten Schlagbaum herunterlassen, an dem eine Tafel mit der Aufschrift «Halt!» angebracht war.

Alles verlief programmgemäß.

«Vorwärts, Soldaten! Freiheit und Vaterland! Sprung auf, marsch, marsch!» schrie Żubryd aus voller Kehle.

Sie sprangen sofort auf. Endlich konnten sie die vor Kälte erstarrten Glieder strecken. In einer Wolke von Schnee, die sie mit den Füßen aufwirbelten, rannten sie die abschüssige Wiese zur Chaussee hinunter, und ihre Bajonette funkelten in den Strahlen der Wintersonne. «Hurra!» Ihr Schrei zerriß die Stille und hallte in vielfachem Echo von den Bergen wider. Żubryd jagte auf dem linken Flügel dahin, die Pistole in der vorgestreckten Hand. Einen Augenblick lang bildete er sich ein, Herr Wołodyjowski zu sein, mit dem er sich seiner kleinen Statur und insbesondere seines Schnurrbarts wegen sehr gern verglich, seit er den Roman von Sienkiewicz in Grudziądz gelesen hatte. In der Mitte der Schützenlinie lief Hauptmann Piskorz. Er blieb etwas hinter den anderen zurück, denn er blickte allzuoft vor sich nieder. Er fürchtete auf dem unebenen Boden zu stolpern.

«Vorwärts! Vorwärts!» schrie Żubryd.

Die Abteilung antwortete ihm mit einem nicht enden wollenden Hurra.

Sie hatten die Chaussee erreicht. Żubryd hatte die Breite des Straßengrabens nicht richtig abgeschätzt. Er stieß gegen dessen Rand und fiel der Länge nach in den Schnee. Das entfachte seinen Zorn und seine Kampfeswut nur noch mehr.

Der Sturmangriff gelang vortrefflich, und das um so mehr, als vom LKW her kein einziger Schuß fiel. Auch Żubryds Untergebene eröffneten das Feuer nicht. Die erste Phase des Hinterhaltes war mit Jastrząbs Warnschuß beendet gewesen.

In dichtem Haufen umringten sie den Lastkraftwagen.

«Alles sofort aussteigen!» kommandierte Żubryd.

Der Fahrer, ein älterer Mann in abgeschabter Lederjacke und abgenutzter Pelzmütze, kletterte aus der Fahrerkabine. Sein Gesicht war voll blauer Flecke. Ein Zeichen, daß er viele Jahre auf den Erdölfeldern gearbeitet haben mußte. Lässig nahm er die Hände hoch. Man sah, daß er eher neugierig war als erschrocken. Neben ihm stand eine junge Frau in städtischer Kleidung. Ihr Kopf war von einem warmen Schal umhüllt, so daß ihr Haar bedeckt blieb. Nur die dunklen, stark gewölbten Brauen über ihren blauen Augen und ihr kleiner, sehr roter Mund zogen die Aufmerksamkeit auf sich. Sie war bleich und konnte ein leichtes Zittern nicht unterdrücken, was Piskorz, der kein Auge von ihr ließ, sichtbares Vergnügen bereitete. Elf Personen arbeiteten sich nacheinander unter der Plane hervor. Einige blickten teilnahmslos, andere erschrocken.

Forschend ließ Żubryd seinen Blick über ihre Gesichter wandern. Der Kommandeur der Abteilung «Brennendes Herz» bemühte sich, seine Wut und Enttäuschung um jeden Preis zu verbergen. Er hatte bereits bemerkt, daß das Fahrzeug keine Waren geladen hatte und daß die Leute vor ihm entweder Bauern aus der Umgebung oder Arbeiter von den Erdölfeldern in Wańkowa und Ropienka sein mußten.

«Wo ist die Ladung?» fragte er den Chauffeur.

«Welche Ladung?»

«Halte mich nicht zum Narren, Alter. Ihr solltet heute Lebensmittel für Weihnachten holen.»

«Das sollten wir, sie sind aber nicht eingetroffen.»

«Herr Major! Füge ‹Herr Major› hinzu, alter Esel. Siehst du nicht mit wem du sprichst?» warf Piorun ein, der Żubryd stets auf irgendeine Weise zu gefallen suchte. Jetzt hatte er sein beinahe mädchenhaft anmutendes Gesicht zu einer wütenden Grimasse verzerrt und fuchtelte dem Fahrer mit dem Bajonett vor der Nase herum.

«Herr Major …», sagte der Alte friedfertig.

«Also, was ist mit der Ladung?»

«Sie ist nicht aus Warschau eingetroffen, Herr Major!»

«Und wann wird sie dasein?»

«Keine Ahnung.»

«Füge ‹Herr Major› hinzu, sonst kriegst du eine Ohrfeige», zischte Piorun abermals.

Der Fall war klar, sie führten keine Ladung mit sich. Żubryds Gesicht verfinsterte sich. Er spürte, daß dieser Reinfall ihn vor der Abteilung lächerlich machte und er sich jetzt irgendwie aus der Affäre ziehen mußte. Er wußte nur nicht, wie er das bewerkstelligen sollte, und sah Hauptmann Piskorz mit einem fragenden Blick an.

«Feldwebel Zawieja, prüfen Sie die Papiere dieser Personen», sagte Hauptmann Piskorz. Mit Genugtuung stellte er fest, daß die neben dem Fahrer stehende junge Frau noch mehr erbleichte.

«Die Männer auf die linke, die Frauen auf die rechte Straßenseite!» kommandierte Zawieja mit Stentorstimme. Er wußte nicht, wozu er diese Anordnung traf, aber irgendwann während der Okkupation hatte er beobachtet, daß die Deutschen es so machten. Auch Żubryd ging für gewöhnlich so vor.

Von den Leuten der Żubryd-Abteilung umgeben, blieben drei Frauen übrig, die Männer befanden sich auf der gegenüberliegenden Seite der Chaussee.

«Alle Mann Hände hoch!» schrie Zawieja. «Unteroffizier Piorun zu mir!»

Zusammen mit Piorun trat er auf die Gruppe der neun Männer zu. Ohne weitere Umstände knöpften sie ihnen die Mäntel und Pelze auf und durchstöberten gewaltsam den Inhalt der Taschen, Klappmesser, wie sie die Bauern benutzen, zerknüllte Taschentücher, Tabaksbeutel und Pfeifen flogen in den Schnee. Zawieja trampelte verächtlich auf diesen Gegenständen herum. Seine ganze Aufmerksamkeit richtete sich auf den Inhalt der Brieftaschen. Geld rührte er auf Befehl Żubryds nicht an. Übrigens fand er auch nur sehr kleine Beträge. Sorgfältig sah er lediglich die Ausweise durch, aber wie zum Trotz fand er darin nichts Interessantes. Mit wachsendem Zorn warf er sie den Durchsuchten vor die Füße. Diese blickten stumpf vor sich hin, ihre Arme, aus denen das Blut geströmt war, sanken immer tiefer herab.

«Hände im Nacken falten!» rief er ihnen gnädig zu. Erleichtert kamen sie diesem Befehl nach.

Flüchtig prüfte er die alte Kennkarte des Chauffeurs und näherte sich dem letzten Fahrgast unter den Männern.

«Sie stammen nicht aus dieser Gegend?» fragte er gedehnt. Er hob das bedruckte Papier in die Höhe und streckte es mit bedeutsamem Augenzwinkern Żubryd entgegen. Die Antwort des Befragten wartete er gar nicht ab.

«Wir haben einen tollen Fang gemacht, Herr Major!» rief er dem näher tretenden Kommandeur zu. «Herr Nathan Wasser, repatriiert», erklärte er, Żubryd das Dokument aushändigend.

«Ah, Herr Wasser ...» Żubryd nickte, Mitgefühl heuchelnd. «Sie haben großes Pech, daß Sie uns begegnet sind ... Wohin fahren wir so in aller Eile, wenn man fragen darf?» Żubryds graue, für gewöhnlich etwas verschleierte Augen blitzten jetzt vor Freude. Die Operation war gelungen. Sie hatten einen Juden geschnappt, ein glücklicher Fang, den man nicht alle Tage machte.

«Nun?»

«Ich fahre zu meiner Tochter nach Lesko», antwortete der Befragte mit ruhiger, tiefer Stimme. Über den Ernst der Situation war er sich völlig im klaren. Żubryds Ansicht, daß er Pech habe, teilte er restlos. Wirklich, was für ein Pech, wenige Kilometer vor dem Ziel diesen Banditen in die Hände zu fallen! dachte er verzweifelt. Er bemühte sich, das nervöse Zittern seiner Beine zu unterdrücken. Eine gewisse Übung besaß er noch aus der Zeit der Okkupation. Er dachte nicht an sich. Wenn sie nur sie nicht entdecken! wiederholte er immer wieder im stillen. Wenn sie nur sie nicht ... Fieberhaft überlegte er, was er jetzt tun sollte.

«So seid ihr mit dem Leben davongekommen? Die Deutschen haben euch nicht gefunden, was, Jude?» fragte Żubryd, die Stimme hebend.

«Ich war auf der anderen Seite des Bug. Bauern hielten mich versteckt ...»

«Und die Tochter?»

«Sie war die ganze Zeit über in Lesko ...»

«Es gibt in Lesko also Leute, die Juden versteckt haben. Die werden wir uns noch vorknöpfen», brüllte Żubryd.

Einen Augenblick herrschte Stille. Die Fahrgäste des gestoppten Kraftfahrzeugs und die Leute der Abteilung starrten den Kommandeur und den Befragten erwartungsvoll an. Sie fühlten, daß jeden Augenblick etwas geschehen würde.

«Sie werden nicht zu Ihrer Tochter fahren, geehrter Herr Wasser», sagte er mit gekünstelter Höflichkeit. «Sehen Sie sich diese Gotteswelt noch einmal gut an ... Das Ende naht, Herr Wasser ... Packt ihn!» brüllte er aus voller Kehle, aber es war schon zu spät.

Wasser drehte sich plötzlich um, sprang über den Straßengraben und rannte in Richtung Zagórz davon. Die Beine des alten Mannes, der die Fünfzig bereits überschritten hatte, im Laufe der Jahre vom regungslosen Hocken in allen möglichen engen Schlupfwinkeln der Anstrengung entwöhnt und jetzt vom Stehen auf der Chaussee vor Kälte steif gefroren, konnten ihn nicht weit tragen. Wasser wußte von vornherein, daß ihm die Flucht nicht gelingen würde. Er war sich darüber klar, daß sie ihn erschießen würden; er wollte lediglich die Aufmerksamkeit von ihr ablenken.

Beim Sprung über den Graben hatte er seine Mütze verloren. Sein grauer Kopf wankte ungeschickt auf den Schultern hin und her. Seinem Mund entrang sich pfeifend der Atem. Mehrmals stolperte er über Ackerfurchen. Warum schießen sie nicht? dachte er, während er weiterlief, und dieses Warten auf die Salve kam ihm unheimlich lange vor.

Żubryd hatte gleich erkannt, daß Wasser nicht imstande war zu entfliehen. Beim Anblick seiner Sprünge und Verrenkungen wollte er bersten vor Lachen. Der dunkle Rücken des Flüchtenden bot ein vortreffliches Ziel. Eine Salve war gar nicht nötig. Mit einer Handbewegung beschwichtigte er seine unruhig gewordenen Leute.

Auf ein Zeichen von ihm eilte Jastrząb mit der Maschinenpistole herbei.

«Schieß!» befahl er in ruhigem Ton.

Jastrząb entsicherte die Waffe, kniete auf ein Bein nieder und zielte einen Augenblick. Dann gab er einen kurzen Feuerstoß auf Wassers Rücken ab. Der Flüchtende blieb sofort stehen. Er hob den Kopf in die Höhe, als bemerke er am Himmel etwas ungemein Wichtiges, und sank langsam zu Boden.

In diesem Augenblick gellte in der Frauengruppe ein herzzerreißender Schrei, ein schmerzerfülltes Geheul, das in ein lang anhaltendes Wehklagen überging. Es war so durchdringend, daß nicht nur die Bauern erbleichten, die noch immer mit im Nacken gefalteten Händen dastanden und die in dieser Gegend doch schon manches während der Okkupation gesehen hatten, sondern auch Żubryds Leuten das Blut erstarrte.

Hauptmann Piskorz jedoch verlor den Kopf nicht. Mit hartem Griff, einer Zange gleich, packte er den Arm der schreienden Frau. Mit der anderen Hand versetzte er ihr eine heftige Ohrfeige. Sie wankte und fiel zu Boden. Sie hörte nicht auf zu jammern, aber Piorun brachte sie mit einigen Fußtritten zum Schweigen. Anscheinend hatte sie das Bewußtsein verloren.

Jetzt erst betrachteten sie sie genauer. Sie war eine alte, bäuerlich gekleidete Frau. Während man sie hin und her gezerrt hatte, war ihr Kopftuch zu Boden geglitten. Ihr ergrautes Haar, die vorspringende Nase und die krampfhaft zuckenden Wangen kamen zum Vorschein.

Feldwebel Zawieja sah die Papiere der am Boden Liegenden durch. «Wassers Frau, Herr Major», meldete er, Żubryd ein ebensolches Papier reichend, wie sie es vor wenigen Minuten bei dem Erschossenen gefunden hatten.

Żubryd pfiff durch die Zähne. «Wie sie sich getarnt haben. Seht euch das an, der Jude hat dichtgehalten. Hat sich mit keinem Sterbenswörtchen verraten. Offensichtlich dachte er, wir würden sie nicht entdecken.»

Er stieß mit der Stiefelspitze gegen die Liegende. «Erledigen, die Hündin», befahl er. «Nur schade um die Patronen ...», fügte er nach einer Weile des Nachdenkens hinzu.

Drei Żubryd-Leute stießen die Frau in den Graben. Sie wehrte sich nicht, sie war bewußtlos. Ruhig, ohne Eile trat Piorun auf sie zu. Gewandt sprang er in den Graben. Das Tuch, das die am Boden Liegende zuvor um den Kopf getragen hatte, wickelte er sorgsam um den Gewehrkolben. «Damit er nicht schmutzig wird», erklärte er den Schützen, die ihm zuschauten. Dann hob er das Gewehr in die Höhe und holte zu einem Schlag aus, wie es die Straßenbauer tun, wenn sie Pflastersteine in der Fahrbahn befestigen wollen. Diese Bewegung wiederholte er ein paarmal. Der Kopf der Frau verwandelte sich unter den Kolbenschlägen in einen unförmigen Brei. Ihr Körper streckte sich ein einziges Mal und wurde starr. Darauf riß Piorun mit dem Fuß das blutbefleckte Tuch vom Kolben und kletterte wieder auf die Chaussee.

«Befehl ausgeführt, Herr Major!» meldete er. «Ohne Verwendung von Munition», fügte er liebedienernd hinzu.

Die Ausweiskontrolle der beiden anderen Frauen ergab nichts Besonderes. Die eine war die Frau eines Landwirts aus Ropienka, die andere – für die sich Hauptmann Piskorz so stark interessierte – war die neue Lehrerin für Baligród.

«Beruhigen Sie sich», sagte der Hauptmann in warmem Ton zu ihr. «Ihnen passiert doch nichts. Man braucht uns nicht zu fürchten, Ewa ...»

Es war Mittagszeit. Hell glitzerte der Schnee in der Sonne. Żubryd schaute auf die Uhr. Er wollte unbedingt vor Anbruch der Dunkelheit in Niebieszczany sein, wo sich das Winterquartier der Abteilung befand. Er hatte nur noch zwei geringfügige Formalitäten zu erledigen.

«Dafür, daß du Juden mitnimmst und es nicht gemeldet hast», er wandte sich an den Fahrer, «bekommst du jetzt fünf Stockhiebe. Das nächste Mal werden wir einen passenden Ast für dich aussuchen ...»

Der Alte zuckte mit dem Schnurrbart, er sagte nichts. Widerspruchslos legte er sich auf einen Steinhaufen an der Straße. Die Zähne mit aller Macht zusammenbeißend, stöhnte er nur leise auf, als Zawieja ihm, den Ladestock in der schweren Pranke, die festgesetzten Hiebe verabreichte. Dann wurde mit einigen Schüssen der Motor des Fahrzeugs zerstört. Der alte Chauffeur schaute mit solchem Bedauern zu, daß Hauptmann Piskorz vermutete, dies schmerze ihn mehr als die eben bezogenen Prügel. Er ahnte nicht, wie sehr er damit recht hatte.

«Auf Wiedersehen, Ewa», sagte er, als die Abteilung bereits in einer langen Schlange den Hügel zu erklimmen begann, von dem aus sie kurz zuvor das Kraftfahrzeug angegriffen hatte. «Auf Wiedersehen!» wiederholte er herzlich. «Ich werde versuchen, Sie wiederzutreffen. Ich denke doch, daß Sie mich noch von unseren Kursen her kennen», flüsterte er leise, damit die anderen es nicht hörten. «Ich werde Sie bestimmt besuchen.» Sie wandte den Kopf ab.

Er wartete vergeblich auf eine Antwort. Er winkte ihr zum Abschied zu und folgte der Abteilung.

Die kleine Schar der Überfallenen ging zu Fuß nach Lesko weiter. Die Bauern hatten erst noch den toten Wasser vom Felde geholt und ihn neben seine Frau in den Graben gelegt. Beide Leichname bedeckten sie mit der Plane, die sie vom Wagen abnahmen, dann bekreuzigten sie sich und machten sich auf den Weg, den wankenden Chauffeur stützend. Sie ließen Goldblums ausgebrannte Schenke hinter sich, den schlimmen Ort, an dem sich im Laufe der letzten Jahre nicht wenige grauenerregende Dinge abgespielt hatten.

Stolz auf das Gelingen der Aktion, begaben sich nun Major Żubryd, sein intelligenter Stellvertreter, Hauptmann Piskorz, und alle ihre Untergebenen im Eilmarsch nach Niebieszczany; wie die am Leben gebliebenen Opfer des Überfalls ahnten auch sie nicht, daß man sie beobachtete. Die oben erwähnten Ereignisse – die Besetzung der Stellung im Hinterhalt, die Exekution des Ehepaars Wasser, den Abzug der Żubryd-Leute – verfolgte mit aufmerksamen Blicken ein Dritter: der Gendarmerieführer des «Bataillons» oder, wie man es auch nannte, des «Kurins», Berkut, in Begleitung seiner Leute.

Seit dem vorangegangenen Abend hatten sie Żubryd nicht mehr aus den Augen gelassen. Mit fünfzehn Pferden, denen sie die Hufe mit Lappen umwickelt hatten, folgten sie der Abteilung auf Schritt und Tritt. In der Frühe verbargen sie die Pferde im Wald und legten sich, nicht mehr als hundertfünfzig bis zweihundert Meter von der Abteilung entfernt, auf die Lauer. Berkut stellte bei dieser Gelegenheit mit Verachtung fest, daß Żubryd weder an Rücken- noch an Flankensicherung gedacht hatte. Ein sträflicher Leichtsinn, den sich die Ukrainische Aufständische Armee niemals erlaubt hätte. Doch was kümmerte das Berkut. Der Anführer des Kurins, Ren, hatte ihm den Befehl gegeben, Żubryds Bewegungen zu beobachten; denn der Kommandeur der polnischen WIN-Abteilung verletzte fortwährend Gebiete, die zum Wirkungsbereich der UPA gehörten. Er tat dies, obwohl man in München die Operationsgebiete der polnischen und der ukrainischen Untergrundabteilungen klar gegeneinander abgegrenzt hatte und obwohl die verantwortlichen Kommandeure durch einen Verbindungsmann erst vor drei Monaten darüber informiert worden waren. Die Disziplinlosigkeit, die Żubryd und Mściciel an den Tag legten, stiftete nicht nur Verwirrung (schließlich konnten sie sich bei einem zufälligen Zusammentreffen mit der UPA gegenseitig umbringen), sondern brachte vor allem Unordnung in das Versorgungssystem, das Ren kunstvoll aufgebaut hatte. Die Bauern wußten wirklich nicht mehr, wem sie gehorchen und wem sie Lebensmittel liefern sollten: Żubryd, Mściciel, Kosakowski, Wołyniak oder den drei Hundertschaftsführern von Rens Kurin, Hryn, Bir und Stach.

Verärgert über den Mangel an Loyalität bei den Verbündeten, die auf seine Briefe, welche er ihnen durch Boten zustellte, überhaupt nicht antworteten oder ihm in dürftigen Schreiben ins Gesicht logen, entschloß sich Ren, Beweise gegen sie zu sammeln und eine Beschwerde über Żubryd und die anderen Kommandeure der WIN nach München zu schicken. Das Material für diese Beschwerdeschrift sollte Berkut mit seiner Gendarmerie liefern. Er registrierte die Grenzverletzungen, die die Abteilung «Brennendes Herz» und andere Gruppen der WIN begingen, und vermerkte alle Requisitionen und Aktionen, die ihrer Vereinbarung zuwiderliefen.

Żubryds heutige Aktion gehörte zu eben dieser Kategorie. Statt entlang der Achse Sanok–Krosno zu operieren, war seine Abteilung nach Süden gezogen und hatte in unverschämter Weise auf dem Gelände der Hundertschaft Hryns eine Aktion durchgeführt.

Auf dem Stamm eines gefällten Baumes sitzend, hatte Berkut soeben den Verlauf dieser Aktion in seinem Meldeblock festgehalten, jetzt klappte er das Notizbuch zu und steckte den Bleistift in die Brusttasche der Uniform.

«Fertig», sagte er zu Pika, einem seiner Gendarmen, den er zum Beobachtungspunkt mitgenommen hatte.

Auf dem gewohnten Pfad zogen sie über die Łysa Góra, die Gruszka und den Gabry Wierch in südlicher Richtung zum Chryszczata-Wald. Die Pferde, von der langen Rast ungeduldig geworden, drängten vorwärts, die Reiter ließen ihnen jedoch die Zügel erst schießen, als sich die Gäule erwärmt hatten und sie sich bereits hinter dem Kamm der Łysa Góra in Höhe des Dorfes Tarnawa befanden. Den Schnee hoch aufwirbelnd, galoppierten sie an dem unter ihnen liegenden Dorf Dziurdziów vorbei. Offenbar wurde in den Bauernhütten gerade das Mittagessen gekocht, denn der würzige Duft drang in der reinen Gebirgsluft bis zu ihnen herauf.

«Ich würde mich gern mal so richtig satt essen», sagte laut seufzend der Gendarm Mak, dessen Grauschimmel Kopf an Kopf mit Berkuts Reitpferd ging.

«Wir essen im Lager. Ich möchte vor Anbruch der Dunkelheit dort sein», erwiderte der Anführer.

Sie beugten sich tiefer über die Hälse der Pferde und beschleunigten das Tempo.

Alle wollten noch vor Anbruch der Dunkelheit das Ziel erreichen. Doch der Weg war schwierig. In der Nähe von Nowosiółki kam ein längerer Anstieg. Die Pferde setzten sich fest auf die Hinterbeine und erklommen unter Anspannung aller Muskeln den Steilhang. Rechter Hand hatten sie die geschlossene Wand des Waldes, linker Hand – tief unten im Tal – das Dorf und die Chaussee, die sich nur wenig von den verschneiten Feldern abhoben. Sie schauten nach links, in Richtung des Dorfes, über dessen Häusern winzige Rauchfahnen schwebten. In allen Dörfern wurde um diese Tageszeit das Mittagessen gekocht. Berkut wußte sehr gut, woran seine Untergebenen jetzt dachten. Sehnsucht überkam sie, ganz einfach Sehnsucht nach einem normalen Leben, das es für die Männer, die in den Wäldern lebten, nicht gab. Er kannte dieses Gefühl zur Genüge. Er liebte solche Augenblicke nicht, er mußte hart sein gegen sich selbst und erst recht gegen die Untergebenen. Um die Schwäche zu verscheuchen, rief er: «Pika und Mak, vierhundert Meter voraus! Den Weg beobachten! Die andern in Reihe mir nach! Abstand zwischen den Pferden: fünfzehn Meter! Schluß mit dem Durcheinander!»

Die Gruppe löste sich auf und führte den Befehl gehorsam aus. Sie näherten sich eben der Höhe 514. Von dort würde man den Pferden wieder die Zügel schießen lassen.

«Pane komandir», erklang plötzlich die wohltönende Stimme Pikas. Er jagte ihnen entgegen, wandte aber den Kopf der Chaussee zu. In diese Richtung streckte er auch den Arm aus.

«Was ist los?»

Die Frage war überflüssig. Berkut hatte sie völlig gedankenlos gestellt. Worauf Pika seine Aufmerksamkeit lenkte, hatte er zur gleichen Zeit wie die Gendarmen bemerkt.

Zwischen den Häusern von Nowosiółki quoll wie die mächtige Zunge eines angeschwollenen Flusses ein Menschenstrom hervor und ergoß sich auf die Chaussee. Er wuchs, wurde länger, füllte die ganze Straße aus und schob sich unablässig in südlicher Richtung vorwärts. Er war von grünlichbrauner Farbe und voll metallischer Blitze. Er riß nicht ab. Meter um Meter verschlang er das schneeige Weiß der Chaussee.

«Militär!» sagte atemlos keuchend Gendarm Pika.

«Militär», echote es von Berkuts Lippen, aber im selben Augenblick besann er sich, daß er einen Befehl erteilen müsse.

«In den Wald, marsch, marsch! Volle Deckung rief er mit unterdrückter Stimme, als fürchte er, die Menschen da unten könnten ihn hören.

Geschickt führten sie den Befehl aus, indem sie die Pferde nach Westen wandten. Blitzschnell erreichten sie die Kiefernschonung, drangen in ihr grünes Dickicht, wurden unsichtbar.

Berkut führte das Manöver bedeutend langsamer aus. Erst nach einer Weile saß er ab und nahm, auf einem Bein kniend, den Feldstecher aus dem Futteral. Er wußte, daß die auf der Chaussee vorrückende Kolonne sie in dieser Höhe auf keinen Fall bemerken konnte, trotzdem wollte er die Leute an gefechtsmäßiges Verhalten gewöhnen und die eigene Überraschung, so gut es ging, vertuschen. Noch nie hatten sie in dieser Gegend Militär in so großer Zahl gesehen.

Durch das sechsfach vergrößernde Glas des Feldstechers sah Berkut den Feind deutlich.

Die Infanterie marschierte in Viererreihen ohne Sicherung. Dem rhythmischen Schritt entnahm er, daß die Soldaten sangen und demnach das Marschziel bald erreicht haben würden. Lautlos die Lippen bewegend, begann er die Viererreihen, die Züge, die Kompanien und schließlich die Bataillone zu zählen. Als die Spitze der Kolonne kurz vor Zahoczewie angelangt war, erblickte er LKWs mit Geschützen und dahinter zwei berittene Batterien, schwere Granatwerfer und schließlich Troßfahrzeuge.

«Ein Infanterieregiment», sagte er leise zu sich selbst. «Sie quartieren sich entweder in Baligród ein, weil das die einzige Ortschaft an ihrem Wege ist, die so viele Menschen aufnehmen kann, oder in einigen kleinen Dörfern. Auf jeden Fall haben wir jetzt Nachbarn», murmelte er, wobei er an den Chryszczata-Wald dachte.

Er hatte sich erhoben. Pedantisch klopfte er den Schnee von seinem Knie und steckte den Feldstecher ein. Dann schaute er auf die Uhr. Bis zur Abenddämmerung verblieb ihnen nur eine Stunde. Man mußte sich beeilen.

«Pika und Sub zu mir!»

Gebückt kamen sie zu ihm gelaufen, meldeten mit gedämpfter Stimme und knieten sich hin. Zufrieden stellte er fest, daß sie sich gefechtsmäßig verhielten. Wie alle Gendarmen der Ukrainischen Aufständischen Armee waren sie durch die Schule der SS-Galizien gegangen. Aber er fühlte, daß der Anblick dieser Militärkolonne großen Eindruck auf sie machte. Er beschloß, ihn auf irgendeine Weise zu verwischen.

«Steht auf, in dem Schnee werden noch eure Hosen naß», sagte er scherzend. «Leider werdet ihr nicht mit uns zum Klößeessen ins Lager reiten. Die Polen machen uns heute noch ein wenig Arbeit ... Ihr reitet so lange hinter dieser Kolonne her, bis ihr feststellt, daß sie haltmacht. Vermutlich wird sie nicht mehr weit marschieren, höchstens bis Baligród, aber wir müssen uns davon überzeugen. Das ist euer Auftrag. Danach kehrt ihr zum Chryszczata zurück und macht Meldung. Verstanden?»

«Jawohl, pane komandir!»

Er schaute ihnen eine Weile nach, bis sie in der Schlucht eines zur Baligróder Chaussee steil abfallenden Gebirgsbaches verschwunden waren, und blickte sich noch einmal nach der Kolonne um. Dann gab er dem Rest der Gendarmen ein Zeichen, saß auf und zeigte schweigend auf den Berghang des Gawgan.

Das große Waldmassiv des Chryszczata war in dieser Zeit die Festung der Hundertschaften von Hryn und Stach, die Wetlińska-Alm und Umgebung die Domäne der Hundertschaft von Bir. Der ganze Landstrich aber unterstand dem Kommandeur des Kurins, Ren, der seine Hundertschaften abwechselnd aufsuchte. Seit drei Tagen war er zu Gast bei Hryn.

Hier fühlte er sich immer am sichersten. Das Lager befand sich auf dem völlig bewaldeten Hügel Maguryczne, hatte ausgezeichnete Zugangswege nach Mików und Smolnik im Westen sowie nach Rabe im Osten, was die ständige Versorgung mit Lebensmitteln und die Verbindung mit der Außenwelt gewährleistete. Der Chryszczata umschloß dieses Lager mit dichtem Mischwald, welcher sich viele Kilometer weit in alle Richtungen erstreckte. Der Wald schützte vor einem Überfall zu Lande und vor jeglicher Beobachtung aus der Luft. Zwei Gebirgsbäche am Fuße des Maguryczne versorgten das Lager mit Wasser. Diese natürlichen Verteidigungsbedingungen hatte Hryn durch ein System von Befestigungsanlagen verstärkt. In einem Umkreis von zwei Kilometern zog sich eine Doppelpostenkette, die sich verschanzt hatte, um das Lager. An den Straßen nach Mików, Smolnik und Rabe lagen drei Minendepots. Sobald Gefahr drohte, konnten hier kaum zu überwindende Sperren errichtet werden. Ein Netz von Schützengräben war auch über die Hänge des Maguryczne ausgebreitet. Die Ausgänge dieser Gräben mündeten außerhalb des Lagers, damit man es verlassen konnte, selbst wenn der Feind es einkreisen sollte, was unter diesen Voraussetzungen unwahrscheinlich erschien. Die Erdbunker, in denen die Hundertschaft wohnte, waren tief, warm und geräumig. Jeder besaß einen Behelfsofen, Petroleumbeleuchtung und Pritschen mit gut gestopften Strohsäcken. Außerdem hatte man an entsprechende Unterkünfte für die fast zwanzig Pferde gedacht, welche die Hundertschaft zu Aufklärungszwecken verwendete, an Vorratslager für Lebensmittel, an eine kleine Mühle zum Mahlen von Getreide und an ein vorläufig noch leeres Lazarett.

Es war ein mustergültiges Lager, berühmt in allen Einheiten der UPA, ein Vorbild für die anderen Hundertschaften und die Kurine Berkuts (nicht zu verwechseln mit dem Führer der Gendarmerie), Bajdas und Żeleźniaks, deren Aktionsradius von Hrubieszów über Tomaszów Lubelski bis Sianki sowie von Jasło über Krosno bis Przemyśl reichte. In diesem Lager konnte man getrost den neuen Weltkrieg abwarten, der in den nächsten Monaten ausbrechen sollte. Von hier aus operierten sie ungefährdet im Rücken der bolschewistischen Abteilungen der Polen, Tschechoslowaken und Russen, gegen die die Einheiten der Ukrainischen Aufständischen Armee zur Zeit ebenfalls kämpften. Das Lager des Hundertschaftsführers Hryn war beispielgebend für die gesamte Gruppe «West» der UPA, die auf polnischem Territorium wirkte. Diese Meinung vertrat Ren, dieser Ansicht waren die anderen Kommandeure: Orest, der an der Spitze der Gruppe «San» stand, und Stiah, der Landesprowidnik der OUN, der Organisation Ukrainischer Nationalisten – des politischen Organs der Bandera-Leute –, Theoretiker der Bewegung, Autor vieler Arbeiten zum Thema ihrer Kämpfe und Freund Stefan Banderas, der jetzt alles vom fernen München aus leitete.

Am Abend desselben Tages aßen Ren und Hryn ruhig im Befehlsbunker Abendbrot. Sie waren fröhlich und angeregt durch die Anwesenheit Marias. Der Bezirksprowidnik, Ihor, Leiter der hiesigen Gruppierung der OUN, hatte sie aus dem nahe gelegenen Mików mitgebracht.

Der kleine, rundliche Ren hatte sich schon ein paarmal den Schweiß von der Stirn gewischt. Ihm war heiß. Er knöpfte sein dunkles, wattiertes Jackett auf und spielte zufrieden mit der Kette seiner goldenen Taschenuhr. Wie Ihor trug er Zivilkleidung, wie dieser hätte er ebensogut ein friedlicher Beamter sein können, der sich nur zufällig hierher verirrt hatte. Seine spärlichen grauen Haare klebten an dem rosigen Schädel, seine hellen Augen blitzten Maria und den neben ihr sitzenden Hryn lustig an. Er zog einen Zahnstocher aus der Westentasche und fuhr sich damit, geschickt die Hand vorhaltend, im Mund herum. Mit dem Rücken lehnte er an einem gemusterten kleinen Kelim, der an der Wand des Bunkers hing, die Beine streckte er zu dem glühenden eisernen Ofen hin.

«Sie sind das schönste Paar, das ich kenne», sagte Bezirksprowidnik Ihor, sich mit einem Lächeln an Ren wendend, der aber nur kurz nickte, weil er die Manipulationen mit dem Zahnstocher nicht unterbrechen wollte. Er schenkte Ihor dabei keinen Blick, er zog es vor, Maria anzuschauen. Was für ein Rasseweib! dachte er und betrachtete ihre hochgewachsene, kräftige Gestalt, ihre stark ausgeprägten Schultern, die sich wie ihre Brüste deutlich unter der dünnen grünen Bluse abzeichneten. Ungeniert starrte er auf ihre Knie, die sie vergeblich zu verbergen suchte, indem sie an dem etwas zu kurz geratenen Rock zupfte. Hryn strich dieser Frau, die ungewöhnlich regelmäßige Gesichtszüge hatte, mit der rechten Hand über die hellen Haare und schaute ihr, ohne seine Umgebung zu beachten, in die Augen, in denen sich das Blau aller Kornblumen der Karpatenfelder vereint zu haben schien.

Die Ordonnanz Mikolka brachte den Hasenbraten herein. Maria konnte einen Seufzer der Erleichterung nicht unterdrücken. Der neue Gang befreite sie von den lästigen Blicken der Männer und den Liebkosungen Hryns, der nur eine gesunde Hand besaß. Seine Linke war gelähmt. Ein Andenken an eine Aktion bei Zamość, in deren Verlauf er – damals Kommandeur einer von den Deutschen organisierten Polizeiabteilung – angeschossen wurde, und zwar rein zufällig, von einem Untergebenen. Der Schuß erwies sich als verhängnisvoll, Hryns Hand blieb steif. Dieses Gebrechen veränderte sein Wesen, er wurde noch finsterer als vor dem Kriege, als er Pferdeknecht auf dem Gut des Herrn Czerwiński bei Tarnopol gewesen war. Sein dunkelhäutiges Gesicht erhellte sich nie. Auf Hryns schmalen Lippen, seit seiner Kindheit von einer Narbe durchschnitten, hatte wohl nie jemand ein Lächeln gesehen. Mit seinen grauen, glänzenden Augen schien er jeden, mit dem er sprach, zu durchbohren, und es gab nur wenige Menschen, die sich unter der Last dieses Blickes nicht unbehaglich gefühlt hätten. Hryn hielt nichts von Vergnügungen. Im Unterschied zu seinen Altersgenossen lernte er nicht tanzen und saß während der Dorfvergnügen immer auf einer Bank an der Wand und starrte finster auf die wirbelnden Paare. Bei diesen Vergnügen trank er stark und nahm dann an den traditionellen Schlägereien teil, bei denen er sich durch besondere Grausamkeit hervortat. Während einer dieser Schlägereien spaltete er seinem Stiefvater mit einer Axt den Schädel. Das war im Jahre 1928. Der Fall wurde lange verhandelt. Hryn kam in mehrere Gefängnisse und wurde schließlich in der x-ten Instanz aus Mangel an Beweisen freigelassen. In der Zelle lernte er ukrainische Nationalisten kennen. Ihre Ideale fanden in seinem von Haß zerfressenen stumpfen Gehirn einen ausgezeichneten Nährboden. Er wurde Faschist, lange vor dem Kriege. In dieser Zeit begegnete er auch Ren, der sich damals Iwan Mizerny nannte und – wie sich im Laufe der Jahre herausstellte – zu den Urhebern des Attentats auf den Innenminister Pieracki gehörte. Hryns Konto war bedeutend bescheidener. Erst als die Deutschen kamen, fühlte er, wozu er berufen war. Seine erste Tat war damals, Herrn Czerwiński umzubringen. Auch an Judenpogromen beteiligte er sich, was ihm bis zum Ende der Okkupation den Dienst in der deutschen

Polizei und sogar den Rang eines Wachtmeisters in ihren Formationen ein-
trug. Als er die langwierige Geschichte mit der Hand hatte, pflegte ihn Maria,
die Tochter des Distriktkommandeurs der Polizei – vor dem Kriege Advokat
und Parteiführer der UND (Ukrainische Nationaldemokratie). Sie war siebzehn Jahre alt und hielt den finsteren, aber gutaussehenden Hryn für einen
Helden. Das hartnäckige Schweigen verbarg vortrefflich die abgrundtiefe
Leere, die in seinem Schädel herrschte. Marias Bemühungen brachten im
Herzen Hryns, der bis dahin die Frauen konsequent gemieden hatte, eine
Saite zum Klingen. Er legte eine dermaßen erfolgreiche Initiative an den Tag,
daß das Mädchen binnen kurzem schwanger war. Sie heirateten schneller als
gedacht, weil Marias Vater, der sich einer solchen Lösung hätte widersetzen
können, eines Tages durch den wohlgezielten Schuß eines Partisanen und
Patrioten vom Erdboden weggefegt wurde. Seitdem war Maria mit Hryn verbunden und teilte sein Los. Im Jahre 1944, die Wehrmacht befand sich bereits
auf dem Rückzug, begegneten sie Ren wieder. Er ließ eine Hundertschaft
aufstellen, die von den Deutschen mit Waffen ausgerüstet und bei Drohobycz
zurückgelassen wurde. In dieser Gegend ging es heiß her – die hier operierenden sowjetischen Abteilungen wurden sehr viel leichter mit den Bandera-
Leuten fertig als die Einheiten des im Aufbau begriffenen polnischen Staates.
Dies war der Grund dafür, weshalb sich die Hundertschaft auf der polnischen
Seite, im Chryszczata-Wald, aufhielt; Maria kam in Mików unter, wo sie mit
ihrem mehrere Monate alten Sohn jede Bequemlichkeit hatte und nicht das
strapazenreiche Waldleben der Abteilung zu führen brauchte. Sie hatte ungehinderten Zugang zum Lager und besuchte ihren Mann oft.

«Auf dein Wohl, Waldfee!» rief Ren und erhob sein Glas, das mit vorzügli-
chem, blaßblauem, in Hryns Lagerbrennerei hergestelltem Selbstgebrannten
gefüllt war.

Hryn erhob gehorsam sein Glas, Bezirksprovidnik Ihor wollte etwas sagen, aber sein vorstehender Adamsapfel zuckte nur komisch, und er brachte
kein einziges Wort heraus. Er hatte den Mund voll Essen, seine Hände waren mit Bratenfett beschmiert. Eilfertig legte er das Fleisch hin und griff ebenfalls zum Glas.

Maria lächelte gezwungen. Ihr allein kam dieser Erdbunker nicht gemüt-
lich vor. Er war ihr zu heiß und zu dunkel vom Tabakrauch. Außerdem er-
faßte sie, wenn sie nicht bei ihrem Sohn war, eine noch stärkere Unruhe als
sonst, von der sie sich nicht befreien konnte. Sie fürchtete sich. Die Angst begleitete sie seit der Geburt des Kindes. In schlaflosen Nächten hoffte sie, der
Krieg möge doch zu Ende gehen. Als es aber soweit war, blieb die Angst, sie
wurde nur noch größer. Von Politik hatte sie nie etwas verstanden, aber die
Gerüchte, über einen neuen Krieg schienen ihr wenig wahrscheinlich. Und
dennoch warteten Ren, Ihor, ihr Mann, Berkut und Bir auf diesen Krieg. Brä-

che er nicht aus, wären sie verloren. Sie waren sicher, das er ausbrechen würde. Wenn das nun aber nicht eintraf? Was wäre dann? Und der schlimmste Gedanke: Angenommen, es käme zu einem neuen Krieg. Er würde wiederum Jahre dauern. Er wäre wohl kaum kürzer als der vergangene ... Und nie mehr könnte sie sich eines friedlichen Lebens mit Mann und Kind erfreuen. Sie war bestürzt. Sie ahnte die Katastrophe voraus. Jedesmal fuhr sie mit einem Fünkchen Hoffnung in das Lager der Hundertschaft im Chryszczata-Wald, aber immer kehrte sie niedergedrückter als vor der Abreise zurück.

«Warum sagst du nichts, Maria?»

Sie zuckte zusammen. Ren sah sie mit seinen flinken Augen unverwandt an, wie stets zudringlich und mit betontem Entzücken, das sie peinlich berührte.

«Ich habe nachgedacht.» Sie bemühte sich, ihrer Stimme einen möglichst ruhigen Klang zu verleihen.

«Darf man wissen, worüber, Fee?»

Bezirksprowidnik Ihor fing an zu kichern und schenkte ihr ein. «Na, worüber denn?» wiederholte er.

«Ich habe an das bevorstehende Weihnachtsfest gedacht», log sie. «Wie werden wir die Feiertage verbringen?»

«In dieser Sache sollten Sie das Wort ergreifen, lieber Doktor.» Ren zeigte mit übertrieben höflicher Geste auf Bezirksprowidnik Ihor. Er wußte, daß Ihor es liebte, wenn man sich auf diese Weise an ihn wandte. Den Doktortitel hatte er noch einige Monate, bevor die Deutschen abzogen, als Arzt in dem nahe gelegenen Turka am Stryj getragen. Wie Marias Vater, der Advokat Lewicki, war auch er vor dem Krieg aktiver Führer der UND gewesen. Das Oberkommando der UPA, Gruppe «West», betraute ihn mit dem Aufbau des Zivilnetzes in Rens Operationsbezirk. Dieses Ehrenamt übernahm er ohne Begeisterung, aber ihm blieb keine andere Wahl. In Turka und Umgebung wußte jedermann, daß er zwei schwerverwundete Partisanen, die man in einer Dezembernacht des Jahres 1943 zu ihm in die Praxis gebracht, der Gestapo ausgeliefert hatte. Der Name «Dr. Zhorlakiewicz» stand jetzt auf der Liste der Kriegsverbrecher, nach denen diesseits und jenseits der Grenze gefahndet wurde. Er mußte einen Decknamen annehmen und die Befehle von Orest, dem Stellvertreter Stiahs, von Orlan, Ren und anderen ausführen. Ihor, alias Zhorlakiewicz, fand in dieser Gegend einen guten Unterschlupf für seine Frau und ging daran, in den Dörfern der Umgebung das sogenannte Netz aufzubauen. Fast in jeder Ortschaft hatte er seine lokalen Prowidniks; durch ihre Vermittlung leitete er die konspirativen Gruppen. Dazu gehörten Informatoren, «Proviantmeister», welche die von Ren festgesetzten Lebensmittelkontingente beschafften, Kuriere, Wächter für die Poststellen der UPA und Leute, die Medikamente und Geld sammelten. Die konspirative Tätigkeit lastete unerträglich schwer auf ihm. Er war an das bequeme Leben gewöhnt, das ruhig und schläfrig in dem kleinen Städtchen dahinplätscherte. Aber er hatte es sich verpfuscht, indem er auf den Sieg der Deutschen setzte. Die Natur hatte ihn weder mit Mut noch mit einem Übermaß an Gewissenszweifeln ausgestattet. Er schickte die verwundeten Partisanen in den Tod aus Furcht, er könne Kopf und Kragen verlieren. Aus demselben Grund diente er den Bandera-Leuten. Er lebte ständig in Angst. Die fortwährende Anspannung der Nerven ließ ihn abmagern. Seine Hände zitterten, und er ertappte sich oftmals bei Selbstgesprächen. Obwohl erst vierzig Jahre alt, sah er aus, als wäre er in den Fünfzigern. Er bedauerte es zutiefst, die behagliche Wohnung und die guteingerichtete Arztpraxis in Turka, den großen Patientenkreis und die Möglichkeiten der persönlichen Bereicherung eingebüßt zu haben. Doch er war kein solcher Raufbold wie Hryn oder ein Berufsterrorist und Vagabund vom Schlage Rens. Mit der gegenwärtigen Lebensweise vermochte er sich nicht abzufinden. Er war intelligent genug, sich klarzumachen, daß die UPA bisher in diesem Bezirk keinen Gegner gehabt hatte. Er wußte, daß ihnen die eigentlichen Kämpfe noch bevorstanden und der Ausbruch des dritten Weltkrieges wiederum nicht so sicher war, wie er es in seinen Ansprachen behauptete, die er bei den heimlichen Zusammenkünften auf verschiedenen Ebenen der Organisation hielt. Er träumte nur von einem: sich von hier abzusetzen und nach München zum UHWR, dem Obersten Ukrainischen Befreiungsrat, zu gehen. Um wieviel ruhiger würde man dort leben können! Er malte sich aus, wie er in der fernen Zentrale der Bewegung mit seinem Organisationstalent glänzen, wie er von dort Direktiven erlassen und Anordnungen treffen würde. Dann könnte er langsam seine Emigration vorbereiten, irgendwohin nach Übersee, in eines jener weiten Länder Lateinamerikas, wo niemand von seiner Tätigkeit wußte. Dort würde er ein neues Leben beginnen, womöglich sogar als Arzt. Da Stefan Bandera jedoch bis jetzt offensichtlich nicht die Absicht hatte, Bezirksprowidnik Ihor in seinen Stab zu berufen, Zhorlakiewicz auch nicht sicher war, ob der Befehlshaber überhaupt von seiner Existenz wußte, mußte er hier weiterhin Dienst tun. Er sah keinen anderen Ausweg.

«Das Weihnachtsfest ist gemäß ihren Anweisungen vorbereitet worden», sagte er sanft zu Ren, wobei er Maria einen freundlichen Blick zuwarf. Er war bestrebt, sich mit der Frau des finsteren Hryn, der in ihm stets eine instinktive, unerklärliche Furcht weckte, so gut wie möglich zu stellen. «Die Hundertschaft des Kommandeurs Hryn wird von den Einwohnern Miłóws aufgenommen und bewirtet, Birs Hundertschaft von den Einwohnern ...»

«Stopp!» Ren schlug leicht mit der Hand auf den Tisch, worauf er seinen dicken Zeigefinger auf die Lippen legte. «Sie vergessen, Doktor, daß es Kommandeur Hryn nichts angeht, wo Birs Hundertschaft den Weihnachtsabend verbringt. Konspiration! Stimmt's?»

Vor Verlegenheit wurde der Bezirksprowidnik bis über die Ohren rot. Er kam sich vor wie ein Schüler, den der Lehrer zurechtwies. Jäh begegnete er dem harten Blick des schweigsamen Hryn und fühlte, daß er in dieser Gesellschaft völlig fremd war. Um seine Verwirrung zu verbergen, lächelte er gezwungen, zog sein Taschentuch hervor und putzte sich laut die spitze, lange Nase, die in seinem hageren, ausdruckslosen Gesicht der charakteristischste Teil war.

«Die Einwohner von Mików haben alles vorbereitet», begann er von neuem und stellte erleichtert fest, daß Ren nach dieser Verletzung des Konspirationsprinzips bereits zur Tagesordnung übergangen war und keine Anstalten machte, ihn zu unterbrechen. «Es gibt Christbäume, kleine Geschenke für unsere Soldaten und ein gutes Abendessen. Man hat auch ein paar Mädchen eingeladen, weil es doch an ihrer Gesellschaft im Walde am meisten fehlt.» Er kicherte.

«Ja, Maria, es wird eine richtige Familienweihnacht sein», meinte Ren.

Hryn räusperte sich, ein Zeichen, daß er das Wort ergreifen wollte. «Ich sehe es nicht gern, wenn meine Hundertschaft mit Zivilisten zusammentrifft und in die Dörfer hinuntergeht.»

Hryns Stimme stand in seltsamem Kontrast zu seiner Erscheinung. Sie war dünn, fast piepsig. Wer diesem Mann zuhörte, konnte sich nicht genug darüber wundern, daß aus einer so breiten, mächtig gewölbten Brust eine so schwache Stimme kam.

«Sei nicht gar zu streng.» Ren brach in Gelächter aus, und der Bezirksprowidnik stimmte unsicher mit ein.

«Nach solchen Besuchen ist die Abteilung ‹angeschlagen›», behauptete Hryn hartnäckig. Offensichtlich war ihm heiß, denn er knöpfte mit einer heftigen Bewegung den Kragen des deutschen Uniformrocks auf, dessen Spiegel mit einem primitiv aus dünnem Blech geschnittenen Bandera-Dreizack versehen waren.

«Einmal im Jahr, zu den Feiertagen, kann man doch ...», warf Ihor zaghaft ein, den Blick fragend auf Ren gerichtet Offensichtlich erwartete er von ihm Zustimmung.

«Selbstverständlich. Du wirst dich auch ein wenig zerstreuen, Hryn.»

«Ich?» Der Kommandeur der Hundertschaft verzog den Mund, aber gleich darauf nahm sein Gesicht den vorherigen Ausdruck an.

«Ist er bei dir auch immer so wortkarg, Maria?» Ren versuchte, die junge Frau ins Gespräch zu ziehen.

«Immer. Er ist wie sein Deckname: Hryn – ‹Meerrettich›. Scharf wie Meerrettich und bitter ...» Sie sagte es mit einem Lächeln, aber in ihren Worten schwang ein gewisser Vorwurf und ein Bedauern, daß der Ehemann so und nicht anders war.

«Das ist schlecht. Einer Frau kann man nicht oft genug versichern, daß man sie liebt. Liebe verlangt Worte», meinte der Kommandeur des Kurins, den Untergebenen scherzhaft ermahnend.

«Liebe beweist man durch Taten», fügte der Bezirksprowidnik hinzu, der es früher im Kreise seiner Freunde in Turka – dem dortigen Apotheker und dem Kreisrichter sowie deren Frauen – fertiggebracht hatte, derartige Gespräche bis ins Unendliche zu führen.

Hryn bewegte sich unruhig und horchte nach draußen. Ein Stimmengewirr hatte sich dort erhoben, und der Schnee knirschte unter den Füßen vieler Menschen. In diesem Augenblick klopfte es an der Bunkertür.

«Herein!» rief Hryn laut.

Mit einem heftigen Ruck wurde die Tür weit aufgerissen. Ein Wachposten in kurzem Pelz trat ein, er bückte sich in dem niedrigen Rahmen. Mit der rechten Hand hielt er die vor seiner Brust pendelnde Maschinenpistole fest, die Linke preßte er steif an die Seite. «Pane komandir, ich melde, Gendarmerieführer Berkut ist eingetroffen und möchte Sie dringend sprechen.»

«'reinlassen!»

Der Wachposten wollte eine stramme Kehrtwendung machen, aber dazu fehlte der entsprechende Platz. Er fluchte im stillen, als er sich den Ellbogen an der Wand stieß, gegen die er sich lehnen mußte, damit Berkut an ihm vorbeikam.

«Setz dich, Berkut! Wie geht's?» fragte Ren freundlich, aber seine Augen forschten aufmerksam im Gesicht des Ankömmlings.

Berkut nahm die Feldmütze ab, die den gleichen Dreizack trug wie Hryns Uniformkragen, öffnete den ungarischen Artilleriemantel und nahm sich eine Zigarette vom Tisch. Bei dieser Bewegung sah man auf seiner rechten Brustseite das rote Emailemblem von «SS-Galizien» mit dem goldenen Bildnis des heiligen Wladimir aufblitzen. «Darf ich rauchen?» fragte er mit einem Blick auf den Wachposten.

«Du kannst abtreten», sagte Hryn zu jenem.

«Rede schon, Berkut», drängte Ren.

Der Führer der Gendarmerie zog den Rauch der Zigarette ein, strich sich über den krausen Haarschopf und überlegte eine Weile, wobei er die Oberlippe schürzte und so die Anwesenden einige seiner Goldzähne und seine seltsam spitzen Schneidezähne sehen ließ.

«Ich habe viele Neuigkeiten, aber ich werde von vorn beginnen ...»

«Vielleicht beginnen Sie mit dem Wichtigsten», schlug Ihor vor.

«Ganz gleich. Mag er endlich reden», unterbrach ihn Hryn schroff.

Berkut zog den Meldeblock aus der Tasche, blätterte ein wenig darin und sagte dann: «Ich bin Żubryd gefolgt, wie befohlen … Er war mit seiner Abteilung in Wielopole, Tarnawa, Czaszyn und Huzele. Überall beschlagnahmte er Lebensmittel und ließ sie mit Fuhrwerken in den Wald bei Łukawica bringen. Dem Ortsprowidnik von Czaszyn gab er eine Maulschelle, als dieser gegen die Beitreibungen protestierte. Jedem dieser Dörfer erlegte er auch eine Geldkontribution auf. Zahlungstermin ist der zweite Januar.»

«Kommt nicht in Frage!» knurrte Ren.

«Verdammt noch mal, das sind unsere Bezirke!» fluchte Ihor.

Der Führer der Gendarmerie schüttelte den Kopf. «Erlauben Sie …»

«Weiter!»

«In Huzele hängte Żubryd den Landwirt Majewski an den Beinen auf, weil dieser der Abteilung ‹Brennendes Herz› vermutlich etwas nachgeredet hat. Ich habe nicht eingegriffen, denn Majewski ist Pole.»

«Einerlei, es ist in unserem Bezirk geschehen, und Żubryd ist nicht berechtigt, hier Aktionen durchzuführen», meinte Ihor, der sich nicht beherrschen konnte.

«Bitte, Doktor, unterbrechen Sie nicht», ermahnte ihn Ren.

«Auf der Straße von Zagórz nach Lesko stoppten die Żubryd-Leute einen LKW aus der Raffinerie Wańkowa-Ropienka und erschossen zwei Personen, einen Mann und eine Frau. Was da los war, weiß ich nicht. Näheres darüber werden wir sowieso durch Prowidnik Ihors Netz erfahren. Was die Tätigkeit Żubryds im Laufe der letzten drei Tage betrifft, wäre das alles. Jetzt ist seine Abteilung nach Niebieszczany gezogen. Dort wird sie vermutlich das Fest verbringen.»

«Mit diesem Żubryd wird man sich noch einmal unterhalten müssen.» Ren dehnte die Worte, er war in Nachdenken versunken. «Setzen wir einen Termin für eine Zusammenkunft fest. Doktor! Könnten Sie so schnell wie möglich Verbindung zu ihm aufnehmen?»

«Nichts einfacher als das, pane komandir.»

«Was gibt es noch, Berkut?»

«Ich komme zum Wichtigsten …»

«Bitte.»

«Bei Nowosiółki habe ich Militär gesehen.»

«Grenztruppen?»

In diesem Augenblick erbleichte Maria. Sie fühlte alles Blut aus ihrem Gesicht weichen und das Herz in der Brust stocken. Unter dem zürnenden Blick ihres Mannes schlug sie die Augen nieder. Er allein wußte, wie es um sie stand. Mehrmals hatte sie ihm von ihren Befürchtungen gesprochen.

Jetzt jedoch achtete niemand auf Maria. Alle wußten, daß Berkut gleich etwas sehr Wichtiges sagen würde. Das Waldleben hatte in ihnen den Instinkt ausgebildet. Im übrigen kannten sie einander nur zu gut; alle, sowohl Ren als auch Ihor, selbst der primitive Hryn, waren sich darüber im klaren, daß Berkut diesen Augenblick des Schweigens und die Tatsache, im Mittelpunkt des Interesses zu stehen, auskostete.

«Es war reguläres Militär. In der Kolonne befanden sich Geschütze, LKWs und Troßfahrzeuge. Wir begegneten ihr südlich von Nowosiółki. Sie bewegte sich in Richtung Baligród. Das wird wohl auch ihr Marschziel gewesen sein.»

«Wieviel Militär war es? Was für eine Kolonne? Melde, wie sich's gehört, verdammt noch mal!» Ren verlor plötzlich die Geduld.

«Die Kolonne zählte rund zweitausend Mann, achtundvierzig Lastkraftwagen, vierundzwanzig Geschütze, einige Pferde, Fuhrwerke und Granatwerfer», meldete Berkut, ohne sich aus der Fassung bringen zu lassen. Er war sich der Wichtigkeit seiner Mitteilungen bewußt.

«Ein Infanterieregiment», zischte Hryn.

«Feldmarschmäßig ausgerüstet», ergänzte Ren.

«Wohin marschierte das Regiment?»

«Ich habe zwei Gendarmen zu seiner Beobachtung zurückgelassen. Ich bin, wie gesagt, der Meinung, daß es nach Baligród marschierte.»

Wieder herrschte Schweigen im Bunker. Beide Kommandeure durchdachten die soeben erhaltene Nachricht noch einmal, Bezirksprowidnik Ihor war von dem, was er gehört hatte, derart betäubt, daß er überhaupt nicht imstande war zu denken. Er wußte nur eines: Mit Militär in dieser Stärke hatten sie es hier noch nie zu tun gehabt. Die Division, die sich in dieser Gegend aufhielt – sie war von den Kampfhandlungen an der Front stark angeschlagen und eigentlich nur dem Namen nach eine Division –, mußte Verstärkungen erhalten haben.

Ren schenkte sich das Glas langsam mit Selbstgebranntem voll. Es schien, als nähme ihn diese Tätigkeit völlig in Anspruch. Plötzlich besann er sich, daß er nicht allein war, er bat Maria mit einem Blick um Verzeihung und näherte die Flasche ihrem Glas. Sie lehnte mit energischem Kopfschütteln ab. Darauf goß er den anderen ein, der Reihe nach, gemäß der Rangordnung: Ihor, Hryn und Berkut. Andächtig, als handele es sich um einen außerordentlich wichtigen Akt, leerten sie die Gläser.

«Man darf das nicht so tragisch nehmen», meinte Ren schließlich, als sie zum Schnaps einen Bissen gegessen hatten und zu rauchen begannen. «Dieses Regiment ist halb so wichtig. Was ist das schon, gemessen an unserem weiten Operationsgebiet. Sie werden uns suchen wie Stecknadeln in einem Heuschober, unterdessen aber werden wir sie zausen und durch unverhoffte Aktionen plagen, ohne uns in offene Gefechte einzulassen. Einen genauen Plan werden wir noch erarbeiten, wenn wir präzisere Angaben über den Feind besitzen.»

«Und was geschieht, wenn dieses Regiment nicht das einzige ist? Wenn hier noch größere Einheiten auftauchen?» fragte Berkut, der die reiche Front-erfahrung eines Aufklärers deutscher Schule hatte.

«Viel mehr Truppen können nicht hier sein. Die Kommunisten haben ge-nug Sorgen in den Wojewodschaften Lublin und Białystok. Jene Gebiete sind für sie wichtiger als die Berge.»

«Hm», brummte Hryn, und es war nicht klar, ob er die Ausführungen Rens billigte oder verneinte.

«Wir sollten uns heute den Kopf nicht gar zu sehr belasten», folgerte der Kommandeur des Kurins. «Wir werden ja sehen, wie sich die Situation ent-wickelt. Auf jeden Fall wird man den Ankömmlingen einen tüchtigen Hieb versetzen müssen. Einen Hieb», er ballte die Faust und tat so, als schlüge er mit einer Streitkeule zu, «der sie zerschmettert. Das ist sehr wichtig. Wir wer-den morgen darüber reden. Erledigen wir jetzt einige dringende Angelegen-heiten. Es muß sofort», er wandte sich an Hryn, «ein Verbindungsmann los-geschickt werden, der Orest Meldung macht. Bei der Gelegenheit kann er unterwegs komandir Bajda informieren. Ein anderer Verbindungsmann wird zu Bir und Stach reiten. Die Befehle für die beiden werde ich gleich schrei-ben. Berkut bereitet die weitere Beobachtung des Militärs vor. Sollte die Zahl der uns zur Verfügung stehenden Leute nicht ausreichen, wird komandir Hryn sie aus dem Mannschaftsbestand seiner Hundertschaft ergänzen … Für alle Hundertschaften werde ich Alarmbereitschaft anordnen. Wir müssen je-doch rasch handeln und unser Prestige bei den eigenen Leuten und bei der Zivilbevölkerung wahren, indem wir zeigen, daß in diesem Gelände wir herrschen und dem Militär überlegen sind, daß wir keinen Gegner fürchten und eine Macht darstellen. Zu diesem Zweck werden wir die entsprechen-den Kräfte mobilisieren.»

«Werden wir eine Konzentration durchführen wie bei der Liquidierung der Stützpunkte der Grenztruppen?» fragte Ihor.

«Ich werde darüber nachdenken, aber Sie sollten sich um Ihre Angelegen-heiten kümmern, Doktor. Die Aufklärungstätigkeit in den Dörfern muß ver-stärkt werden. Die Bauern könnten den Mut verlieren, wenn sie sich plötz-lich einer größeren Anzahl Soldaten gegenübersehen. Ich bitte das zu bedenken. Die Informatoren Ihres Netzes müssen ebenfalls etwas lebhafter zu Werke gehen. Ich bitte um mehr Energie, Herr Bezirksprowidnik.»

Ren sprach jetzt mit harter Stimme. Der wohlwollende Ausdruck war aus seinem Gesicht verschwunden. Man sah ihm an, daß er scharf nachdachte und in aller Eile die Linie ihres Vorgehens entwarf. Ihor wußte, daß das Pre-stige, von dem der Kommandeur des Kurins gesprochen hatte, das Wichtigste war. Über welche Kräfte die Kampforganisation tatsächlich verfügte, war eigentlich nur wenigen Personen bekannt – und zwar ausschließlich Ange-hörigen der obersten UPA-Führung. Das Oberkommando der Gruppe «San» war bestrebt, in seinen Abteilungen und in den Dörfern den Eindruck zu erwecken, als ob ihm Tausende von Kämpfern unterständen. Die Siege über die bislang in geringer Zahl auftretenden kleinen Einheiten, welche die Grenze bewachten, erleichterten diese Propaganda. Die Kommandeure der einzelnen Hundertschaften, ganz zu schweigen von den einfachen Mitgliedern der UPA, waren dank gewissenhafter Beachtung der Konspirationsprinzipien über die Gesamtmannschaftsstärke der Organisation nicht orientiert und kannten nur ihre eigene Abteilung. Wenn vor größeren Aktionen die Einheiten zusammengezogen wurden, versicherte man ihnen, daß sie einen verschwindend kleinen Teil der UPA-Streitkräfte darstellten. Ihor gehörte ebenfalls nicht zu den Eingeweihten. Er wußte Bescheid über den ihm unterstehenden Bezirk; was sich in den anderen tat, entzog sich seiner Kenntnis. Er ahnte jedoch, daß es um diese Macht, was ihre zahlenmäßige Stärke betraf, nicht sehr gut bestellt war. Warum zum Beispiel ließ Ren, dessen Kurin aus drei Hundertschaften mit insgesamt etwa vierhundert Mann bestand, überall verbreiten, er sei fünfmal so groß? Das wurde nicht nur den Bauern in den Dörfern eingeredet, sondern auch den eigenen Hundertschaften. Wenn es sich mit den übrigen UPA-Streitkräften ebenso verhielt – und Ihor bezweifelte das nicht –, dann stimmte die Propagandathese von der Macht der «Armee» mit der Wirklichkeit nicht überein.

Während Ren Anordnungen traf, dachte Ihor über die Lage nach. Seine anfängliche Erregung hatte sich gelegt. Rens Ruhe übte auf ihn immer eine geheimnisvolle Wirkung aus, aber nur solange er mit dem Kommandeur des Kurins zusammen war. Allein geblieben, wurde er unweigerlich das Opfer seiner deprimierenden Gedanken. Jetzt hielt er sich jedoch gut. Er straffte sogar seinen vornübergeneigten Körper und verlieh seiner Stimme einen militärischen Klang, als er feierlich erklärte: «Ich werde mir Mühe geben, damit alles in Ordnung geht, pane komandir!»

Er bat darum, das Lager sogleich verlassen zu dürfen, um Rens Befehle auszuführen. Der Kommandeur des Kurins entsprach dieser Bitte.

«Schade, Maria, daß der Abend so endet, aber da ist nichts zu machen», sagte er zu Hryns Ehefrau, den Redefluß des Bezirksprowidniks unterbrechend. «Das ist der Krieg», sagte er, immer noch der Frau zugewandt, die ihn voller Unruhe ansah. «In der Welt mag er vorübergehend beendet sein, aber hier ist Kampfgebiet. Leb wohl, Maria! Wir sehen uns bestimmt zu Weihnachten.»

Er stand auf und strich ihr über die Wange. Dann zog er den Pelz an, den Berkut ihm dienstfrig reichte. Hryn knöpfte sich den Uniformrock zu. Nur Ihor half Maria mit einer vornehmen, ihm seit Jahren eigenen Geste in den Mantel und wartete geduldig, bis sie den warmen weißen Schal um ihren Kopf geschlungen hatte.

Sie traten hinaus in die dunkle, frostige Nacht, unter den sternenübersäten Dezemberhimmel. Der Chryszczata-Wald schien friedlich zu schlafen in unendlicher Stille, die einen so lebhaften Gegensatz bildete zu den Gedanken dieser fünf. Es schlief auch Hryns Hundertschaft. Nur aus einem der Bunker kamen die Klänge einer Mundharmonika.

«Gute Nacht, Maria, gute Nacht, meine Herren!» sagte der Kommandeur des Kurins, Ren.

«Gute Nacht, pane komandir!»

Maria sprach kein einziges Wort. Kalt und flüchtig berührten ihre Lippen den Mund ihres Mannes, als dieser ihr den Abschiedskuß gab, kurze Zeit später fuhr sie in einem Pferdeschlitten nach Mików. Sie bemühte sich, die Worte des immerzu auf·sie einredenden Bezirksprowidniks zu überhören. Sie hatte heute mit ihren eigenen Gedanken zu tun.

In dieser Nacht war Ren wenig Ruhe beschieden. Zweimal weckten ihn Kuriere aus dem Schlaf, der eine kam vom Kommandierenden der Gruppe «San», Orest, der andere vom Kommandeur des benachbarten Kurins, Bajda. Die Nachrichten, die sie überbrachten, waren alles andere als erfreulich. Neue Militärabteilungen hatten sich in Olchowce und Lesko einquartiert. Orest vermochte die Stärke dieser Truppeneinheiten nicht exakt zu bestimmen. Er fragte an, ob man im Bezirk von Rens Kurin Bewegungen des Feindes beobachtet habe. Bajda nahm an, daß die Abteilung in Lesko ein Infanteriebataillon sei. Er stellte Ren die gleiche Frage wie Orest.

Erst nach längerer Überlegung gewann Ren ein genaues Bild von der Lage. Die Sache war weitaus ernster, als er anfänglich geglaubt hatte. Er ließ Hryn wecken, der übrigens angekleidet schlief und daher im Handumdrehen erschien. Er befahl ihm, noch einmal Melder an dieselben Stellen zu schicken. Er verheimlichte seinem Untergebenen die gegenwärtige Situation nicht, trotzdem äußerte er die Überzeugung, daß «alles gut werde».

Hryn hörte den Kommandeur des Kurins schweigend an. Er knallte die Hacken zusammen und trat ab, um den Befehl auszuführen.

III

Der Winter in den Bieszczady war launenhaft an der Wende des Jahres 1945. Gegen Ende Dezember wichen in den Bergen plötzlich die Fröste, die dünne Schneedecke schmolz, es wehte ein fast frühlingshafter Wind und brachte trügerische, feuchte Wärme. Von Zeit zu Zeit stahl sich die Sonne hinter den Wolken hervor. Dann dampfte die Erde, über die Berghänge zogen zerfetzte Nebelschwaden, und eine unangenehme, klebrige Kälte kroch den im nassen

Straßenschmutz umherwatenden Menschen gewaltsam unter die Mäntel.

An einem solchen Tag kam Hauptmann Ciszewski in einem rüttelnden und die Wasserlachen weithin verspritzenden Lastwagen in Baligród an. Der Fahrer machte auf dem Marktplatz des Städtchens halt.

«Ich biege jetzt rechts ab. Ihr Weg führt schräg nach links. Ich habe das einzige trockne Fleckchen auf diesem großartigen Platz ausgesucht. Bitte das zu berücksichtigen», sagte er zu Ciszewski und Major Preminger, der auf Befehl des Divisionskommandeurs die Unterbringung des Regiments überprüfen und bei dieser Gelegenheit Jerzy Oberstleutnant Tomaszewski vorstellen sollte.

Nacheinander kletterten sie aus der engen Fahrerkabine. Während sich Ciszewski von den Soldaten, die unter der Zeltplane im Wagenkasten mitfuhren, seinen Koffer geben ließ, stampfte Preminger mit dem gefühllos gewordenen Bein auf.

«Nicht so laut, Bürger Major», sagte der Fahrer und lachte, «Sie wecken die Makkabäer!»

Der Major blickte ihn fragend an. Er verstand den Scherz nicht.

«Bitte sehen Sie mal nach, worauf Sie tanzen ... Das sind nämlich Grabplatten.»

Mit seinem ölbeschmierten Finger zeigte er auf die Erde. Preminger schaute vor sich nieder. Er stand tatsächlich auf Steinplatten mit hebräischen Inschriften.

«Ein Werk der Deutschen», erklärte der Soldat, der lässig auf den Ellbogen gestützt im Fenster der Fahrerkabine lehnte. «Sie wollten den ganzen Markt mit Steinen vom jüdischen Friedhof pflastern, aber aus irgendeinem Grunde wurden sie damit nicht fertig, oder sie verwarfen den Plan.»

Er verzog angewidert das Gesicht und machte eine Handbewegung, die den ganzen Marktplatz einschloß. «Ein elendes Nest, nicht Baligród, sondern Diabligród, Teufelsstadt. Alles stinkt hier nach Blut», sagte er mit Überzeugung.

«Sie übertreiben», entgegnete Ciszewski. «Man hat euch in den Westgebieten verwöhnt.»

«Ich übertreibe?» Der Fahrer war entrüstet. «Mehr als tausend Ermordete liegen auf der Wiese hinter den ausgebrannten Häusern uns gegenüber in einer flachen Grube, die nur mit Rasen abgedeckt ist. Sie wurden neunzehnhundertzweiundvierzig erschossen. Männer, Frauen und Kinder. Dann gab es während der ganzen Okkupation nicht eine Woche, wo die deutschen Faschisten nicht jemand umgebracht hätten. Sie verscharrten die Opfer in den Straßengräben. Weshalb sollten sie sich ihretwegen noch große Umstände machen. Und es ist noch kein Jahr her, da richteten die Bandera-Leute in Baligród ein Blutbad an. Fast aus jedem Haus wurde einer mitgenommen und erledigt. Insgesamt sechsundvierzig Personen. All jene, die sie für ihre Gegner hielten. Es war ihnen gleichgültig, ob es sich um Polen oder um Ukrainer handelte. Auch jetzt kommt in diesem Nest noch alle vier Wochen jemand um. Vorgestern erst haben sie einen Bauern im Wald aufgehängt. Und weshalb? Weiß der Teufel ... Das ist Teufelsstadt, Bürger Hauptmann. Hier liegen alle Konfessionen zusammen in der Erde, gewissermaßen eine religiöse Gleichschaltung von Katholiken, Juden und Griechisch-Orthodoxen.» Er lachte sarkastisch auf.

Preminger und Ciszewski schwiegen. Der mit Vollgas gestartete Motor begann unregelmäßig zu knattern. Der LKW, unter dessen Rädern der Straßenschmutz aufspritzte, fuhr über den holprigen Marktplatz. Der Fahrer beugte sich aus dem Fenster und wandte, als habe er sich plötzlich daran erinnert, daß er den Offizieren Respekt schulde, den Kopf vorschriftsmäßig nach links. «Viel Glück in Teufelsstadt!» rief er ihnen noch nach.

«Die Jungen sind wirklich verlottert», bemerkte Ciszewski, als er mit Preminger allein geblieben war. Der Major aber schüttelte nur den Kopf. Er konnte sich von dem Anblick der steinernen Grabplatten nicht losreißen. Er war sichtlich ergriffen.

«Meine Eltern sind auch in einem Städtchen wie Baligród ums Leben gekommen; ebenso meine beiden kleinen Schwestern und das Mädchen, das ich heiraten wollte ...», sagte er mit erstickter Stimme. Man wußte nicht recht, ob er mit sich selbst sprach, oder ob er sich an Ciszewski gewandt hatte.

«Es gibt viele solcher Tragödien. Mein Vater ist beim Aufstand umgekommen», murmelte Jerzy. Er war ungeduldig. Er wollte so schnell wie möglich die mit seiner Versetzung verbundenen Formalitäten erledigen und sein Quartier aufsuchen. Er hatte schon zwei Wochen in Sanok beim Divisionsstab verbummelt, wo er auf die Zuweisung zum Regiment hatte warten müssen. Das reichte ihm.

«Wir müssen den Regimentsstab suchen», schlug Preminger vor. «Wegweiser haben sie natürlich auch nicht aufgestellt», fügte er mißbilligend hinzu.

Es war Mittagszeit, der Marktplatz lag verlassen da. An der einen Seite – sie war von niedrigen, ausgebrannten Häusern eingefaßt – führte die Chaussee nach Sanok vorbei, auf der sie hergekommen waren. Gegenüber stand das lange, düstere Gebäude einer zerstörten Synagoge aus dem 18. Jahrhundert, deren Fensterrahmen herausgerissen waren, so daß ein Stück Mauerwerk zum Vorschein kam, das die Farbe kürzlich angetrockneten Blutes hatte; schräg gegenüber erblickte man den kuppelförmigen Holzbau einer von Bäumen umstandenen griechisch-katholischen Kirche. In ihrer Nähe befand sich ein gemauertes Kirchlein mit einem Glockenturm. In der Mitte dieses von den Gotteshäusern der drei Konfessionen gebildeten Dreiecks, im

Zentrum des Marktes, stand auf einem Steinpostament ein kleiner Panzer: ein Denkmal, das die Soldaten jener Armee errichtet hatten, die aus dem Osten gekommen war und ohne Schutz eines religiösen Sinnbilds die Urheber des Baligróder Unglücks verjagte. Nach dem Anblick zu urteilen, den die Symbole der vier verschiedenen Bekenntnisse boten, glaubten die Bewohner der kleinen Stadt an gar nichts mehr. Die Synagoge war nur noch eine Ruine und konnte niemandem mehr dienlich sein, die Türen der griechisch-katholischen Kirche schien der Pope, der sich der durchziehenden Hundertschaft Hryns angeschlossen hatte, für alle Zeiten vernagelt zu haben, das katholische Kirchlein machte einen sonderbar vereinsamten und verlassenen Eindruck, das Denkmal aber ertrank fast in den Pfützen; das Kanonenrohr des Panzers ragte gegen den Himmel, die Inschrift auf dem von Rost zerfressenen Blechschild war längst verschwunden. Alle Häuser an den beiden Begrenzungsstraßen des Marktes, die auf die Chaussee stießen, waren abgebrannt. Geblieben war nur eine zweite Reihe von Gebäuden, die mit der Rückfront zum Markt zeigten, als wollten sie den jämmerlichen Anblick des öden Platzes meiden. Ihre Giebelfronten waren anderen Straßen zugewandt, die parallel zum Markt verliefen. Niemals hatten sie einen Platz am Markt beansprucht. Erst der Brand von Baligród, vielmehr die Brände während der Okkupationszeit, hatten ihren Rang erhöht. Nur eine Häuserzeile gegenüber der Chaussee war unversehrt geblieben. Es waren einige wenige Häuser. Von ihren Wänden fiel der Putz, die Fensterkreuze vermoderten vom Regen, die eingeschlagenen Scheiben waren durch Pappstücke oder Sperrholzplatten ersetzt, die Dächer hatten sich verzogen und verbogen.

Ciszewski ging auf eines dieser Häuser zu. Er bummerte mit der Faust gegen die Tür. «Ist hier jemand?»

Schweigen. Er wiederholte die Frage und stellte sich auf die Fußspitzen, um durch die trüben Fensterscheiben blicken zu können. «Seid ihr taub!» rief er ärgerlich. «Was geht hier vor?»

Hinter der zerstörten Synagoge kam ein Soldat hervor. Er trug eine vom Regen verwaschene Feldmütze, bekleidet war er mit einem Mantel, der in Kniehöhe ein handtellergroßes Brandloch aufwies. Über die Schulter hatte er lässig ein Gewehr mit aufgepflanztem Bajonett geworfen. «Worum handelt es sich, Bürger Hauptmann?» fragte er phlegmatisch, sich Ciszewski nähernd. «Es hat keinen Sinn, gegen die Tür zu schlagen. Sie antworten doch nicht. Hier haben alle Leute Angst.»

«Wo ist der Regimentsstab?»

«Hundertfünfzig Meter von hier, die Chaussee entlang, in der Villa des Notars.»

«Können Sie keine anständige Meldung machen?» Ciszewski explodierte beinahe.

Der Soldat warf ihm einen erstaunten Blick zu. «Jawohl, Bürger Hauptmann!» sagte er ironisch.

Ciszewski patschte durch einige Pfützen und trat zu Preminger. «Ich weiß jetzt, wo der Stab ist, Major. Wir können gehen. Und was ich noch sagen wollte, ein derartiges Regiment habe ich noch nicht gesehen. Soldaten sind das ...»

«Sie werden sie schätzen lernen, Hauptmann.» Preminger lächelte das erste Mal, seit sie sich in Baligród aufhielten, und Ciszewski fand, daß es ein angenehmes, gutes Lächeln war.

Ohne Mühe erreichten sie die Villa des Notars, ein blaugestrichenes Gebäude mit mehreren Glasveranden, umgeben von einem Garten, den ein Drahtzaun gegen die Chaussee abschloß. Die Farbe der Fassade war abgewaschen, der Zaun hatte viele Löcher, aber für Baligród nahm sich die Villa recht stattlich aus. Die Straße vor dem Gebäude sperrte ein Schlagbaum, der von einem Posten bewacht wurde; als dieser die Offiziere erblickte, stand er stramm.

«Des Herren Auge macht die Pferde fett!» meinte Ciszewski, laut auflachend. «Wenigstens vor dem Stab salutieren sie.»

«Sie sind auch sonst nicht schlecht. Der Schein trügt», erwiderte Preminger leise, damit der Posten es nicht hörte. «Lassen Sie sich nicht täuschen.»

Der diensthabende Offizier des Stabes, ein unrasierter Oberleutnant mit einer großen Pistole am Koppel, trat ihnen auf der Freitreppe der Villa entgegen. Er erkannte Preminger sofort und meldete, daß er Offizier vom Dienst sei und daß es keine besonderen Vorkommnisse gebe. Ciszewski fertigte er mit einem kühlen Händedruck und einem trägen Blick ab. «Der Regimentskommandeur ißt gerade Mittag. Ich werde ihn sofort verständigen ...»

«Danke!» Der Major nickte. «Wenn möglich, suchen wir ihn gleich auf. Wir haben auch noch nichts gegessen.»

Oberstleutnant Tomaszewski hielt sich im sogenannten Kasino auf. Es war ein dämmriger Raum mit rotgestrichenem Holzfußboden, getünchten Wänden und niedriger Decke. Die Offiziere saßen an Einzeltischen verschiedener Form und Größe. Ein Büfett mit Messingbalustrade und alte Bretterregale deuteten darauf hin, daß diese Mauern ehemals eine der Baligróder Schenken beherbergt hatten. Über dem Büfett hing noch ein Ölbild, ein Hirsch, der den Kopf zu einem knallig gelben Mond emporhob. Wie das Büfett und die Regale, war er eine Hinterlassenschaft der Schenke.

«Willkommen auf meinen Besitzungen! Bitte fühlen Sie sich wie zu Hause.» Tomaszewski erhob sich lebhaft von seinem Stuhl und streckte Major Preminger seine breite, einer Schaufel ähnelnde Hand entgegen. Er war ein untersetzter Mann mit blondem Haar, scharfem Blick und etwas unruhigen Bewegungen. Seine Uniform lag eng an, ohne ein Fältchen zu werfen.

Ein ganz Zackiger, dachte Hauptmann Ciszewski beim Anblick seines künftigen Kommandeurs. Gleichzeitig aber wunderte er sich, daß das Äußere des Oberstleutnants so kraß abstach von dem vernachlässigten Aussehen der Soldaten.

«Setzen Sie sich doch!» forderte Tomaszewski sie auf. «Ich lasse Ihnen gleich etwas zu essen bringen.»

Begleitet von den neugierigen Blicken der Offiziere, die an den Nachbartischen saßen, nahmen sie zu beiden Seiten des Oberstleutnants Platz. Die vierte Person an ihrem Tisch war ein großer, wie eine Hopfenstange dünner, schwarzhaariger Offizier mit Brille, den Tomaszewski als Hauptmann Wiśniowiecki, Chef der Aufklärungsabteilung beim Regimentsstab, vorstellte.

«Wie sind Sie untergebracht, Oberstleutnant?» fragte Preminger, nachdem man die ersten Höflichkeitsfloskeln ausgetauscht hatte.

«Bei Tisch soll man sich nicht über Dienstangelegenheiten unterhalten. Ich habe mich selbst davon überzeugt, daß die Verdauung darunter leidet.» Der Regimentskommandeur brach in lautes Lachen aus. «Schauen Sie nur, wie Hauptmann Wiśniowiecki aussieht: Er ist trocken wie Pergament. Das kommt davon. Er will beim Essen immer über seine Sorgen sprechen.»

Der Aufklärer antwortete dem Vorgesetzten mit einem kaum merklichen ironischen Blick, langte nach der Flasche und füllte schweigend die vom diensthabenden Soldaten servierten Gläser mit Schnaps der Marke «Perle». Nichts ging in diesen Zeiten ohne Schnaps ab.

«Kameraden, ich stelle Ihnen den neuen Kommandeur des zweiten Bataillons, Hauptmann Ciszewski, vor», sagte Oberstleutnant Tomaszewski mit donnernder Stimme. «Ihm zu Ehren erhebe ich dieses Glas!»

Ciszewski stand auf und machte eine leichte Verbeugung wie ein Schauspieler auf der Bühne.

«Wohlsein!» sagte Wiśniowiecki leise zu ihm.

«Haben Sie alle Ihre Truppen hier, Oberstleutnant?» fragte Preminger.

«Nein! In Baligród stehen zwei Bataillone. Das dritte mußte ich in Lesko unterbringen. Ich selbst habe hier Quartier bezogen ... Aber weshalb, zum Teufel, sprechen wir schon wieder über dienstliche Angelegenheiten. Ach, Major!»

«Wir haben nicht viel Zeit.»

«Zeit genug für ‹der Landsleute nächtliche Gespräche›. Ich möchte Sie auf die Forellen aufmerksam machen. Sie sind wirklich ganz vorzüglich.»

Ciszewski schaute sich im Kasino um. Die Offiziere waren besser gekleidet als die einfachen Soldaten, die er bisher getroffen, aber ihre Uniformen waren ebenfalls sehr abgenutzt. Sie hatten darin während des Krieges vermutlich Tausende Kilometer zurückgelegt, den ganzen Kampfweg des Regiments, bis zu seiner letzten Schlacht bei Bautzen. Die Gesichter der Offiziere waren jung, ihre Züge jedoch seltsam scharf und streng. Vielleicht sah es aber auch nur so aus beim Schein der wenigen Petroleumlampen.

«In meinem Regiment ist der älteste Offizier achtundzwanzig Jahre alt», sagte Tomaszewski, als habe er den Gedankengang des neu hinzugekommenen Hauptmanns erraten. «Außer mir. Ich bin etwas älter.»

«Aber nicht sehr viel», entgegnete Preminger.

«Ich könnte Ihr Vater sein.» Wieder lachte der Oberstleutnant laut auf. «Achtundvierzig Jahre sind keine Kleinigkeit. Davon neunundzwanzig Jahre in Uniform!»

«Als Sie anfingen, waren Sie so jung wie Ihre Offiziere hier, Oberstleutnant.»

«Aber weitaus disziplinierter.»

«Das ist nicht ihre Schuld. Sie haben den Kasernenhofdrill nicht kennengelernt.»

«Eben ...»

Das klang wie ein Vorwurf, dem sich Ciszewski im stillen anschloß. Er selbst hatte einen langen Garnisondienst in England durchgemacht. Es fiel ihm nicht leicht, sich an die Frontsoldatenmanieren zu gewöhnen, wie sie die Kameraden in der Heimat an sich hatten.

«Revolutionsarmeen sind immer so», sagte Preminger, den Gesprächsfaden wieder aufnehmend.

Tomaszewski verzog kaum merklich das Gesicht. «Militär bleibt Militär. Es gibt bestimmte Vorschriften.»

«Trotz dieser Vorschriften haben wir den Krieg neunzehnhundertneununddreißig verloren. Unsere neue Armee mußten wir aus den Menschen aufstellen, die gerade zur Verfügung standen – wieder entgegen den Vorschriften, der Krieg erforderte es; im Partisanenkrieg ging es ebenfalls nicht nach den sogenannten Vorschriften, und das, was uns hier erwartet, unterliegt sicherlich auch keinerlei Vorschriften», meinte der Major, seinen Standpunkt verteidigend.

Der Regimentskommandeur fand offenbar keine neuen Argumente. Schweigend leerten sie wieder die Gläser. Inzwischen begann sich das Kasino zu leeren. Die Offiziere gingen einzeln oder in Gruppen hinaus. Ihre Bewegungen waren langsam, träge.

«Was machen sie jetzt?» fragte Preminger.

«Sie lassen die Kompanien und Züge zum Abendappell antreten, kontrollieren die Posten und kehren zu einem Glas ‹Perle› zurück, spielen Karten und gehen schließlich zu Bett. Das ist Teufelsstadt, verehrter Bürger Major. Eine Oper haben wir nicht zur Verfügung. Hier sagen sich eben die Füchse gute Nacht.»

Der große Raum wirkte in der Dämmerung länger. Die Lichtkreise, die die auf den Tischen stehenden Petroleumlampen warfen, schnitten helle Inselchen aus dieser Dunkelheit. Wiśniowiecki hatte die Augen geschlossen. Er schien zu schlafen. Preminger dachte angestrengt über etwas nach. Tomaszewski blickte ihm angriffslustig ins Gesicht, offenbar hoffte er auf eine Erwiderung. Ciszewski war mit sich beschäftigt. Er glaubte, in einem Morast zu versinken, aus dem es kein Entrinnen gab. Dieses Baligród, das am Ende der Welt lag, die schweigenden Berge, in denen der unsichtbare Gegner Unterschlupf nahm, das Regiment Verbannter, das in dieser Umgebung wie verloren schien, und er selbst inmitten «Perle» trinkender, sich zu Tode langweilender Offiziere … Er wußte, daß der Weg zum normalen Leben, zu Barbara und zur Malerei sehr weit war. Vielleicht gab es überhaupt keinen Weg mehr.

«Gehen wir und sprechen wir über die dienstlichen Angelegenheiten.» Oberstleutnant Tomaszewski unterbrach das Schweigen. «Bürger Hauptmann, bitte rufen Sie den Stabschef», wandte er sich an Wiśniowiecki. Seine Stimme hatte den ironischen Klang verloren. Sie kam Ciszewski traurig und mutlos vor.

Das Dienstzimmer des Regimentskommandeurs befand sich im ehemaligen Arbeitsraum des Notars.

«Hier hatten sich der Reihe nach einquartiert: der deutsche Kommandant, irgendein ungarischer Major, ein sowjetischer Oberst, ein Bandera-Kommandeur, ein Major der Grenztruppen, wieder der Bandera-Kommandeur, ein sowjetischer Major und nun ich. Diese Besuche zerrütteten die Nerven des Notars, und nach dem zweiten Besuch des UPA-Banditen türmte er nach Kraków, nicht ohne dieses schöne Wesen hier mitzunehmen», erklärte Tomaszewski im Tonfall eines Museumsführers, wobei er mit einer theatralischen Gebärde auf die Fotografie eines Mädchens zeigte, das Barbara ungewöhnlich ähnlich sah.

«Das Töchterchen des Notars.» Er seufzte. «Solche Frauen gibt es hier nicht und wird es wohl auch nie geben. Ein Unglück für das Militär und so weiter … Bring noch eine Lampe!» befahl er dem Sodaten, der vor einer Weile in der Tür erschienen war. «Ein Jammer mit diesem Licht. Die Elektrizität muß man einfach vergessen. Wenn uns nur nicht das Petroleum ausgeht!»

Er entrollte eine Karte, die er dem massiven Notariatsschrank entnahm. «Das ist unser Gebiet. Die Grenzen der Republik bilden hier, wie Sie sehen, ein sonderbares Dreieck mit einer weich gekrümmten Spitze. Erinnert Sie das nicht an etwas?»

«Nein!» sagte Preminger kurz, durch die Geschwätzigkeit des Regimentskommandeurs offensichtlich nervös geworden.

«Haben Sie auch keine Assoziationen, Hauptmann?» Tomaszewski redete seinen neuen Untergebenen an.

«Nein, Bürger Oberstleutnant!»

«Ihnen fehlt es an Vorstellungskraft, meine Herren.» Der Oberstleutnant schüttelte mit gespielter Traurigkeit den Kopf. «Das ist doch deutlich als ein Blinddarm zu erkennen. Ein Wurmfortsatz. Sehen Sie die weiche Spitze des Dreiecks bei Sianki?»

«Ein treffender Vergleich!» rief Preminger lachend aus.

«Natürlich. Wir befinden uns im Wurmfortsatz, im Blinddarm der Republik. Der Fortsatz ist krank, er ist vereitert. Herausschneiden können wir ihn nicht. Wir sind das Penicillin, das ihn heilen kann», fuhr Tomaszewski in belehrendem Ton fort.

«Man muß einen Weg zu den Bakterien finden», warf Preminger ein.

«Eben.»

In diesem Augenblick trat Hauptmann Wiśniowiecki in Begleitung eines zweiten Majors ein, der wie er von hohem Wuchs war.

«Chef des Regimentsstabes, Major Pawlikiewicz», stellte sich der Ankömmling vor.

Der ist sicher nicht älter als dreiundzwanzig Jahre, dachte Ciszewski, als er das jungenhafte Gesicht und die lustigen, lebhaften Augen des athletisch gebauten Majors betrachtete.

«Bitte nicht stören!» zischte Tomaszewski und kehrte zu seinem Vortrag zurück. «Der verehrte Major vom Divisionsstab hat mit Recht bemerkt, daß ein Weg zu den Bakterien gefunden werden muß, das heißt zu den Banditen. Eine richtige Feststellung. Nur, wie diesen Weg finden? Da hat die Sache, über die ich mir seit meiner Ankunft in dieser sagenhaften Gegend den Kopf zerbreche, ihren Haken. Leider ist es in dem Blinddarm dunkel und stikkig ... Wie Sie sehen, bleibt mein Karte jungfräulich rein. Das Penicillin hat eine seltsame Front vor sich. Wo ist der Gegner? Wie ihn suchen? Welche Kräfte stehen ihm zur Verfügung? Wie sind diese Kräfte zu überwinden? Das sind die Fragen, die ich mir stelle. Man kann hier keinen Lageplan entwerfen. An der Front war alles klar. Hier befanden sich unsere Positionen, da die feindlichen. Die Front hatte eine gewisse Gestalt und ergab sich aus einem Komplex von Faktoren, auf die wir unsere Aktionen zuschnitten. Hier gibt es nichts dergleichen. Ich bekenne offen, daß ich etwas ratlos bin ... In welche Richtung soll ich einen Schlag führen und wohin mich wenden? Ich weiß es nicht. Das Gelände ist riesengroß. Der Blinddarm mißt an seiner Grundlinie etwa hundertundfünfzig Kilometer, seine Seiten belaufen sich jede auf ein Drittel mehr. Das Aktionsgelände des Regiments hat einen Flächeninhalt von nahezu fünfzehntausend Quadratkilometern. Bergiges Gelände, meine Herren! Wieviel kann ich mit meinen Leuten an einem Tag schaffen? Sagen wir dreißig, vierzig, fünfzig Kilometer ... Das ist gar nichts. Wir tappen im dunkeln, stoßen mit der Nase an Berge und Wälder, ohne zu wissen, wo die Banditen stecken. Das ist das Problem der Bandenbekämpfung! Wir müssen eine Stecknadel im Heuschober suchen.»

Preminger trommelte mit den Fingern auf den Tisch. Er erinnerte sich daran, was einige Wochen zuvor der General in Warschau gesagt hatte. «Es gibt keine Rezepte für diesen Kampf, Bürger Oberstleutnant. Sie sind doch ein erfahrener Offizier ...»

«Ich habe neunundzwanzig Dienstjahre, zwei Kriege und ein gutes Dutzend Feldzüge hinter mir.»

«Was gedenken Sie also zu tun?» Preminger drängte.

«Was gedenken wir zu tun, meine Herren?» Tomaszewski wandte sich an Pawlikiewicz und Wiśniowiecki.

«Wir werden Nachrichten über den Feind sammeln und auf der Grundlage dieser Angaben zuschlagen», antwortete der Aufklärungsoffizier des Regiments.

«Wir werden eine Demonstration der Stärke organisieren, die darin besteht, daß wir durch die Dörfer marschieren und unsere Einheiten an vielen Punkten gleichzeitig zeigen, was einerseits das Vertrauen der Bevölkerung zu uns stärken und andererseits das Prestige des Feindes und die Moral in seinen eigenen Reihen schwächen dürfte», ergänzte Pawlikiewicz.

Sie leiern es herunter wie eine auswendig gelernte Lektion, dachte Ciszewski, der sich über die Verworrenheit der Lage völlig im klaren war.

«Außerdem muß man denjenigen Bewohnern der Dörfer Schutz gewähren, die in unsere Westgebiete umsiedeln oder in die Sowjetunion ausreisen wollen», sagte Preminger, der den soeben geschilderten, nach Ciszewskis Einschätzung jammervollen Aktionsplan mit Stillschweigen überging.

«Ich weiß. Ich erhielt einen entsprechenden Befehl von Oberst Sierpiński. Eine zusätzliche Belastung für das Militär: Zivilisten, Frauen, Kinder und deren Kühe beaufsichtigen.» Der Regimentskommandeur schaute verdrießlich drein.

«Die Sache ist ernst. Die UPA- und WIN-Banditen haben Flugblätter verteilt, in denen sie allen, die es wagen sollten, diese Gegend zu verlassen, die Verbrennung ihrer Habe und den Tod androhen», sagte Preminger mit Nachdruck.

«Aber das gibt uns doch eine ausgezeichnete Angriffsmöglichkeit!» meinte Wiśniowiecki, plötzlich lebhaft geworden. «Der Feind wird die Umsiedler überfallen wollen, und dabei erwischen wir ihn!»

«Ich bin dessen nicht so sicher. Wir können doch nicht überall zu gleicher Zeit sein», widersprach Tomaszewski.

Die Lampe auf dem Tisch blakte.

Tomaszewski starrte auf das Porträt der Tochter des Notars, als hoffte er, vom Gesicht des unbekannten Mädchens werde ihm eine Erleuchtung kommen. «Ich habe drei Bataillone», sagte er wie im Selbstgespräch, «eins in Lesko und zwei hier. Dann habe ich noch Artillerie. Das alles muß in Bewegung gesetzt werden. Das Blindekuhspielen beginnt. Ich komme mir vor, als habe man mir die Augen verbunden und befohlen, jemand bei den Rockschößen zu fassen, der gar nicht daran denkt, sich an die Spielregeln zu halten ... Ich bin neugierig zu erfahren, was die anderen Regimentskommandeure unserer Division machen!»

«Sie befinden sich in der gleichen Lage wie Sie, Bürger Oberstleutnant, ja sogar in einer schlimmeren», erwiderte Preminger.

«Wieso in einer schlimmeren?»

«Sie haben doch noch die berittene Manövergruppe der Grenztruppen aus Cisna und die Feldwache aus Wołkowyja zur Verfügung, ihre Kameraden dagegen nicht.»

«Das ist aber was – Grenztruppen!»

«Bitte keine Gegnerschaft! Die Grenztruppen besitzen in diesem Gelände bereits allerlei Erfahrung ...»

«... die ihnen die Banditen auf den Hintern gebleut haben.»

«Das ist auch was wert.»

«Wenn ich mich nicht irre, sind mir die Kommandeure dieser Gruppen in operationsmäßiger Hinsicht unterstellt?»

«So ist es.»

Tomaszewski brummte etwas vor sich hin. Wiśniowiecki fragte, ob es gestattet sei zu rauchen.

«Leider nicht», sagte der Oberstleutnant übel gelaunt. «Die Lampe verräuchert die Bude schon zur Genüge.»

«Sie, Hauptmann», er wandte sich jetzt an Ciszewski, «übernehmen, wie ich schon sagte, das Kommado über das zweite Bataillon. Ihr Vorgänger hat sich auf einem Ritt durch Chabówka von Ogień totschlagen lassen. Er ist wie ein Dummkopf gefallen, denn statt auf die Banditen zu schießen, ließ er sich mit ihnen in einen Handel ein, ob er die Stiefel ausziehen solle oder nicht. Sie entkleiden die Soldaten, weil es ihnen an Uniformen fehlt. Er war nie ein guter Offizier, aber wie dem auch sei, für uns bedeutete es einen Verlust. Er schien mir immer allzu verträumt zu sein. Ein Denker. Wahrscheinlich ein Schriftsteller. Die Soldaten entglitten ihm völlig. Auf solche Kommandeure warten sie nur. Ich bin gespannt, ob Sie es besser machen werden als er. In Ihren Augen flackert es auch so merkwürdig, wenigstens habe ich den Eindruck. Was sind Sie eigentlich von Beruf?»

«Ich wollte Kunstmaler werden», sagte Ciszewski.

«Was bitte?» fragte der Regimentskommandeur mit saurer Miene.

«Ich wollte malen.»

«Es ist wirklich ein Unglück.» Der Oberstleutnant schüttelte traurig den

Kopf. «Ein Unglück für mich und dieses Bataillon, das aus den Händen eines Schriftstellers in die eines, mit Verlaub zu sagen, Kunstmalers übergeht. Von einem Künstler zum anderen. Eine typische Tragödie des Krieges, wenn in den Reihen der Armee Schwärme von Zivilisten auftauchen, Sterne bekommen und glauben, kommandieren zu können.»

«Bürger Oberstleutnant, ich melde, daß ich den ganzen Krieg über an verschiedenen Fronten gewesen bin.» Ciszewski war erregt.

«Aber jetzt möchten Sie gern nach Hause und … malen?»

«Jawohl!»

«Genau dasselbe wie mit dem Schriftsteller.» Tomaszewski seufzte. Offensichtlich hielt er das Thema für erschöpft und jede weitere Diskussion für zwecklos. Er winkte ab und schaute wieder auf das Porträt der Tochter des Notars. «Wir können es nicht ändern … Morgen früh übernehmen Sie das Bataillon. Hauptmann Wiśniowiecki bringt Sie in Ihr Quartier. Ich weiß nicht, ob in diesem Nest noch etwas frei ist, aber der Aufklärer hat es bisher immer verstanden, einen Schlafplatz aufzustöbern. Übrigens wird Ihnen nicht viel Zeit bleiben, im Quartier herumzufaulenzen. Wir gehen nämlich auf Banditensuche.»

Er fuhr mit dem Finger über die Karte. «Lassen Sie mich jetzt mit dem Major und dem Stabschef allein. Ich wünsche von ganzem Herzen gute Nacht und angenehme Träume. Und daß keine Wanzen dasein mögen!»

Die Nacht war stockfinster und erfüllt von klebriger Feuchtigkeit. Nicht der geringste Lichtschein fiel aus den Fenstern der Häuser, die Ciszewski auf dem Wege zur Villa des Notars gesehen hatte. Die Luft war unnatürlich reglos, als ob alle lebenden Wesen ringsum ausgestorben wären.

«Nicht mal ein Hund schlägt an», bemerkte Ciszewski.

Der Chef der Aufklärungsabteilung brach in lautes Gelächter aus. «Hier gibt es keine Hunde. Die Banden haben es in allen Dörfern verboten, welche zu halten.»

«Ja?»

«Nun ja. Die Hunde würden doch bei jeder Annäherung von Fremden bellen.»

Ciszewski fluchte, er war in eine tiefe Pfütze geraten. «Ist es weit bis zu meinem Quartier?» fragte er.

«Noch habe ich keins. Wir gehen zum Gemeindevorsteher. Der wird bestimmt etwas für Sie finden.»

Sie bemühten sich, den Pfützen auszuweichen, von denen jede einem kleinen Brunnen glich. Trat man hinein, reichte sie einem bis über die Knöchel. Ciszewski konnte kaum noch den Koffer tragen. Seinen Körper überlief ein leichtes Frösteln. Nichts wünschte er sehnlicher herbei als den Schlaf.

«Halt!» Ein heiserer Schrei zerriß die Luft.

Sie blieben stehen, angestrahlt vom Licht mehrerer Taschenlampen. «Gut Freund», antwortete Wiśniowiecki.

«Näher kommen und Parole angeben!» befahl die Stimme aus der Dunkelheit.

«Eine Patrouille Ihres Bataillons», erklärte Wiśniowiecki, er schickte sich an, dem Befehl nachzukommen.

«Passieren!» sagte der Patrouillenführer jetzt in gewöhnlicher Lautstärke.

«Warum brüllte er so, als er uns anhielt?» fragte Ciszewski, während sie an den vier Soldaten vorübergingen, die von einem Unteroffizier geführt wurden.

«Befehl vom Oberstleutnant. Mit drohendem Anruf sollen sich die Wachposten und Patrouillen Respekt unter der Bevölkerung verschaffen und die Informanten der Banditen schrecken, an denen es in Baligród gewiß nicht fehlt.

«Sie schreien sich ja die Kehle aus dem Hals», brummte Ciszewski ungehalten.

Sie verließen die Straße und betraten einen Hof. Wiśniowiecki klopfte an die Tür. Sie mußten lange warten, ehe ihnen geöffnet wurde. Ciszewski war überzeugt, daß die Bewohner des Hauses schliefen, aber der Aufklärer beruhigte ihn. Sie säßen bestimmt im Dunkeln, um Petroleum zu sparen, meinte er.

Er hatte recht. Nach einiger Zeit leuchtete in den Fenstern ein schwacher Lichtschein auf, dann begann jemand am Schloß zu hantieren, und endlich öffnete sich die Tür einen Spalt. Fade Wärme und ein Geruch von Milch oder Tieren oder auch nur von nassen Lumpen schlug ihnen entgegen.

«Ich bitte Sie nicht herein; die Herren Offiziere werden entschuldigen, meine Frau ist krank», erklärte der Gemeindevorsteher.

Die Kerze, die er mit der Hand abschirmte, beleuchtete sein gedunsenes Gesicht, das er seit vielen Tagen nicht rasiert zu haben schien. Er hatte sich einen abgetragenen Schafpelz übergeworfen. Seine Augen wurden von einer Mütze verdeckt, deren Schirm in der Mitte gebrochen war.

«Ein Quartier? Für den Herrn Hauptmann? Oje, woher soll ich das nehmen? So viele Herren sind hier ... Aber selbstverständlich werden wir mal überlegen. Ich komme gleich, ich schlüpfe nur schnell in die Stiefel. Wenn die Herren die Güte haben zu warten», sagte er mit monotoner Stimme, sichtlich unzufrieden.

«Ein Ex-Blauer aus Krosno», erläuterte Wiśniowiecki, als sie auf den Gemeindevorsteher warteten. «Die Leute vom Sicherheitsdienst in Lesko behaupten, er habe sich bei der polnischen Polizei während der Okkupation anständig benommen. Man kann ihm nichts nachweisen. Auf jeden Fall wird man ihn im Auge behalten müssen, diesen Herrn Trzebnicki ...»

«Hoffentlich besorgt er mir ein Quartier», sagte Ciszewski, den die Personalien des Gemeindevorstehers von Baligród wenig interessierten.

Ihm folgend, tapsten sie durch die Dunkelheit. Ciszewski hätte am liebsten seinen immer schwerer werdenden Koffer auf die Erde geworfen. Zum Glück begegneten sie noch einmal der Patrouille, und ein Soldat nahm ihm auf Geheiß Wiśniowieckis das unglückselige Gepäckstück ab. In Begleitung der gesamten Patrouille gingen sie weiter.

«Beim Priester war ein Zimmer frei, aber seit einigen Tagen bewohnt es die Schwester seiner Haushälterin, sie kam aus Góra Kalwaria. Bei Szponderski ist die neue Lehrerin eingezogen, und der Gutshof liegt voller Militär ... In allen anderen Quartieren sind die Herren Offiziere untergebracht. Es hilft nichts, wir müssen zu Frau Rozwadowska gehen. Ich wollte ihr niemanden schicken, weil sie mich darum gebeten hat. Aber was soll ich machen?» sagte der Gemeindevorsteher leise.

«Wir sind hierhergekommen, um euch vor den Banditen zu schützen, ihr solltet uns mit offenen Armen aufnehmen», erwiderte Wiśniowiecki hochmütig.

«Gewiß Herr Hauptmann, wir tun es ja auch – von ganzem Herzen. Nur, daß Frau Rozwadowska ...»

«Die Launen der Frau Rozwadowska interessieren uns nicht! Wir müssen irgendwo wohnen. Wir verjagen die Banden und ziehen ab. Es dauert nicht lange.»

«Gott gebe es!» Der Gemeindevorsteher seufzte.

Das Haus von Frau Rozwadowska stand in einer schmalen Nebenstraße, die zum Fluß führte, sein eintöniges Plätschern war hier deutlich zu hören. Es gehörte zu den wenigen Häusern von Baligród, die normal beleuchtet waren.

«Ein schönes Haus», sagte der Soldat, der Ciszewskis Koffer trug, als sie auf der Veranda stehenblieben und der Gemeindevorsteher leise an die Tür klopfte. Da niemand antwortete, drückte er sacht die Klinke herunter und lehnte sich dagegen. Die Tür war nicht verschlossen.

«Vielleicht gehe ich zuerst hinein?» Der Gemeindevorsteher machte diesen Vorschlag, wie es Ciszewski schien, mit flehender Stimme.

«Bitte», Jerzy willigte ein. Er wünschte sich, die ganzen einleitenden Formalitäten, die mit der Beschlagnahme des Quartiers verbunden waren, so schnell wie möglich erledigt zu sehen.

Sie waren schneller abgewickelt, als er gedacht hatte. Wie der Blitz war der Gemeindevorsteher wieder da.

«Frau Rozwadowska ist, Gott sei Dank, weggegangen», erklärte er, «sie holt Milch. Nur Herr Janek ist zu Hause. Er war gleich einverstanden. Der Herr Hauptmann kann sein Zimmer beziehen. Es ist wohl eines der besten in Baligród. Bitte hier entlang!» Er zeigte Ciszewski den Weg zu einem geräumigen Vorzimmer.

«Sie brauchen uns nicht mehr, Hauptmann. Bitte schlafen Sie sich gut aus. Morgen beginnt der Baligróder Alltag», sagte Wiśniowiecki. «Gute Nacht! Ihr Bataillon liegt auf dem Gutshof. Der Weg ist leicht zu finden.»

Sie drückten einander die Hand. Die Soldaten der Patrouille steckten sich umständlich Zigaretten an, ohne die Anwesenheit der Offiziere zu beachten. Eine Weile hörte Ciszewski noch die sich entfernenden Schritte.

«Bitte hier entlang», wiederholte der Gemeindevorsteher. Er nahm die im Vorzimmer stehende Lampe und trat in ein Zimmer zur Rechten. Ciszewski folgte ihm.

Sogleich stach ihm die Einrichtung des Zimmers in die Augen: ein breiter Schreibtisch mit geschwungenen Beinen, ein dazu passender Sessel im Stil Ludwigs XV., ein massives Eichenbett, über dem eine Kopie von Memlings «Verkündigung» hing, und ein niedriger, plumper Schrank, der vermutlich das Gewicht eines Geldschranks hatte. Auf dem Boden lag ein großes Bärenfell. Unter dem mit einer grauen Portiere verhängten Fenster spreizte ein Gummibaum in einem grün bemalten hölzernen Blumentopf seine steifen Blätter.

«Ein großartiges Zimmer!» rief der Gemeindevorsteher begeistert aus.

«Wem nehme ich es weg?» fragte Ciszewski, sich umschauend.

«Niemandem, Herr Hauptmann. Dieses Arbeitszimmer gehörte Herrn Vizestarost Rozwadowski, als er noch hier wohnte.»

«Ist das der Mann der Besitzerin?»

«Ja, aber er wohnt jetzt ständig in S. Sie leben seit langem getrennt ... Kann ich gehen, Herr Hauptmann?»

«Ich möchte mich meinen Wirtsleuten noch vorstellen», sagte Ciszewski.

«Tun Sie das, wenn Frau Rozwadowska zurück ist. Gute Nacht, Herr Hauptmann!»

«Und der Sohn?»

Der Gemeindevorsteher machte eine unbestimmte Handbewegung. «Gute Nacht, Herr Hauptmann!» wiederholte er.

Ciszewski blieb allein. Er trat vor den goldgerahmten, an einer violetten Schnur hängenden Spiegel; aufmerksam betrachtete er sein Gesicht, die blauen Ringe um die Augen, und strich sich unzufrieden über das zerzauste Haar. Ich sehe aus wie ein Gespenst, stellte er fest. Er wollte sich waschen und unverzüglich schlafengehen. Verärgert merkte er, daß dies nicht möglich war: Im Zimmer waren weder Wasser noch Bettwäsche vorhanden. Die Kontaktaufnahme zu den Hausbesitzern erwies sich nicht nur aus Gründen der Höflichkeit als notwendig.

Jerzy entschloß sich, dies gleich zu erledigen. Er musterte seine verdreckten Stiefel, die zerknitterte Uniform und überlegte einen Augenblick, ob er nicht erst die Kleidung in Ordnung bringen sollte. Doch dann verwarf er diesen Gedanken und verließ das Zimmer.

Er klopfte an eine Tür, durch deren Spalt ein schmaler Lichtstreifen fiel.

«Bitte!» sagte eine wohlklingende Männerstimme. Ein Mann in Ciszewskis Alter, bekleidet mit einem dunkelblauen Schlafrock, saß am Tisch beim Schein einer Lampe, die einen rosafarbenen Seidenschirm hatte, wie er in den zwanziger Jahren modern gewesen sein mochte. Er rauchte geruhsam eine Zigarette. Bei Jerzys Eintritt richtete er seine seltsam starren Augen auf ihn. Ciszewski fiel das sofort unangenehm auf. Überrascht war er auch über die völlig grauen Haare des Mannes, sie bildeten einen ungewöhnlichen Kontrast zu seinem jungen, energischen Gesicht, das auf der rechten Wange von zwei Narben gezeichnet war.

«Sie sind der Hauptmann, der bei uns wohnen soll?» fragte er.

«Jawohl, ich heiße Ciszewski», bestätigte Jerzy schroff. Er fühlte sich empfindlich verletzt: Der Hausherr hatte die ihm entgegengestreckte Hand geflissentlich übersehen.

«Bitte, setzen Sie sich!»

«Danke, ich bin recht müde. Ich wollte mich Ihnen nur vorstellen und Sie bitten, mir zu zeigen, wo ich mich waschen kann, und mir Bettwäsche zu geben, natürlich nur, wenn dies möglich ist. Ich werde nicht länger stören.»

«Mein Name ist Rozwadowski. Jan Rozwadowski», sagte der Grauhaarige. «Sie stören überhaupt nicht. Wir haben genug Platz. Waschwasser muß leider aus dem Brunnen geholt werden. Die Rohre sind im vergangenen Winter geplatzt, und wir haben niemanden, der sie repariert. Was die Wäsche betrifft, so wird sie Ihnen meine Mutter geben. Sie muß jeden Augenblick wiederkommen.»

Er blickte immerfort auf einen Punkt irgendwo über Ciszewskis Kopf. Als er sich vorstellte, reichte er ihm nicht die Hand. Die Zigarettenasche fiel auf die Tischdecke, aber Rozwadowski schien es nicht im mindesten zu bemerken.

«Sie versengen die Decke!» rief Ciszewski, als jener die Hand, in der er die Zigarette hielt, recht ungeschickt auf den Tisch legte.

«Verzeihung», sagte Rozwadowski sanft. Ein nervöses Zucken lief über sein Gesicht. Ciszewski sah, daß er heftig die Kinnbacken zusammenbiß.

Draußen wurden schnelle Schritte laut. Die Haustür knarrte. Jemand hantierte im Vorzimmer. Einen Augenblick später stand eine Frau von ungefähr fünfzig Jahren in der offenen Tür, mit grauen Haaren wie Rozwadowski und Zügen, die eine fast naturgetreue Kopie seines Gesichts waren. Die Ähnlichkeit war verblüffend.

«Ich habe unterwegs den Gemeindevorsteher getroffen. Er sagte mir, daß er Sie bei uns untergebracht hat. Ich beziehe Ihnen gleich das Bett», sagte sie und kam damit seiner Bitte zuvor.

Sie reichte ihm ihre schmale, kühle Hand, schenkte ihm jedoch keinen Blick. Angespannt betrachtete sie das Gesicht ihres Sohnes. «Rauch nicht soviel, Janek!» sagte sie weich. «Du wirst wieder nicht schlafen können.»

«Gut, Mama.»

Mit einer sanften Bewegung nahm sie ihm die Zigarette aus den Fingern und drückte den Stummel sorgfältig im Aschenbecher aus. Rozwadowski ließ sie gewähren.

«Hauptmann Ciszewski bittet um Wasser, Mama. Um Waschwasser ...»

«Ich besorge gleich welches für alle.»

«Ich bitte Sie, ich hole mir das Wasser selber», erklärte Ciszewski mit Nachdruck. Es empörte ihn, daß sich der Grauhaarige so bedienen ließ.

Die Eimer standen im Vorzimmer. Ciszewski nahm beide und ging in den Garten. Mit Leichtigkeit fand er den Brunnen. Frau Rozwadowska kam noch einmal und zeigte ihm das Bad. Das Bett war in wenigen Minuten bezogen. Jerzy packte seinen Koffer aus, stellte Barbaras Bild auf den Schreibtisch, seufzte und streckte sich erleichtert unter dem weichen Daunenbett aus. Eingewiegt vom gleichförmigen Rauschen des nahen Flusses, schlief er ein.

Ruhe war dem ermüdeten Hauptmann Ciszewski in dieser Nacht jedoch offenbar nicht beschieden. Er glaubte den Kopf eben erst in die Kissen gelegt zu haben, als ihn Lärm weckte, der von draußen an sein Ohr drang. Noch verschlafen, horchte er einen Augenblick darauf und sprang mit einem Satz aus dem Bett. Er zitterte vor Kälte. Das Zimmer war vermutlich monatelang nicht mehr geheizt worden. Er nahm sich nicht die Zeit, die Petroleumlampe anzuzünden. Hastig begann er sich anzukleiden. Trotz der dichten Fenstervorhänge hörte er deutlich die rhythmischen Feuerstöße weit entfernter Maschinengewehre, einen Kommandoruf ganz in der Nähe und Stimmengewirr.

«Alarm!» rief jemand dicht vor dem Fenster.

Ein metallisches Klingen wurde laut, das Ciszewski von der Front her gut kannte. Man schlug gegen eine Schiene oder ein Metallrohr.

Fluchend schob er die Füße in die noch feuchten Stiefel, knöpfte die Uniform zu, zog den Mantel mit dem Koppel zusammen, an dem die schwere Pistolentasche hing, und drückte die Mütze in die Stirn. Mechanisch blickte er auf das Leuchtzifferblatt seiner Uhr. Es war zwei Uhr morgens.

Auf der Veranda begriff er sogleich die Ursache des Alarms. Über Baligród stand hellroter Feuerschein. Er umfaßte den ganzen Himmel, der völlig die Farbe verändert hatte. Scharf zeichneten sich die Konturen der Häuser und weiter im Hintergrund die wellige Linie der Berge von dem Glühen ab. Jenseits des Waldes blitzte eine Garbe leuchtender Streifen auf. Gleichzeitig vernahm man einen dumpfen, einförmigen Wirbel, als ob jemand mit einem Stock gegen den Boden eines leeren Topfes schlüge. Ein Maschinengewehr schoß. Ein zweites, auf der anderen Seite von Baligród, begleitete es. Nach einer Weile verwandelte sich das Duo in ein Trio. Das dritte MG mußte sich weit hinter den Häusern befinden, denn seine Mündungsblitze waren nicht zu sehen. Die MGs schossen systematisch, gemeinsam oder einzeln, in Abständen von einigen Minuten, wie bei Gefechtsübungen. Andere Waffen waren nicht zu hören.

Während Ciszewski zum Himmel aufblickte, wäre er beinahe mit einer Frau zusammengestoßen, die an der Gartenpforte stand. Er erkannte Frau Rozwadowska. «Ist das ein Feuerschein!» sagte er. «Wissen Sie nicht, was da so brennt?»

«Wahrscheinlich Huczwice ...» Sie sprach mit leiser Stimme und sehr gelassen.

«Ist es weit von hier?»

«Nein! Zehn, zwölf Kilometer.»

«Sie werden sich erkälten», meinte er warnend, als er bemerkte, daß sie lediglich einen Schlafrock trug, über den sie einen Mantel geworfen hatte, und ohne Kopfbedeckung war.

«Ich bin daran gewöhnt.»

«Was ist dort los, Mama?» hörten sie Rozwadowski aus dem Haus fragen.

«Ich komme gleich, ich komme!»

«Das nenne ich kindliche Anhänglichkeit!» Ciszewski lachte trocken. «Der Sohn hat Sie auf Erkundung geschickt, er selber aber tut keinen Schritt aus dem Haus ... Sie könnten ja nachsehen, was los ist!» rief er Rozwadowski zu. Die seltsame Unbeweglichkeit des jungen Mannes, den er am Abend zuvor kennengelernt hatte, ließ ihn jetzt die Fassung verlieren.

Ganz verdutzt fühlte er mit einemmal, daß sich die Hand der Frau wie eine Zange um seinen Oberarm legte. «Wie können Sie es wagen!» zischte sie. «Wie können Sie es wagen, sich in fremde Angelegenheiten einzumischen! Sehen Sie nicht, daß er nicht herauskommen kann, daß es nichts gibt, weswegen er herauskommen sollte! Er ist blind! Verstehen Sie? Blind!»

Mit einem Ruck befreite er seinen Arm aus der Umklammerung ihrer Hand. Ein plötzlicher Schauer überfiel ihn, als er beim blutigen Schein des Feuers das vor unsagbarem Schmerz verzerrte Gesicht der Frau erblickte. In ihren Augen schimmerten Tränen.

«Ich komme, Janek, ich komme gleich zu dir!» rief sie in Richtung des Hauses. Sie bemühte sich, ihrer Stimme einen völlig ruhigen Klang zu verleihen.

«Verzeihung!» stammelte Ciszewski.

Sie beachtete ihn nicht. Jerzy eilte auf die Straße. Er wußte nicht, wo sich die Soldaten sammelten. Die Anlage der Stadt war zum Glück unkompliziert, so daß Ciszewski mühelos die Hauptstraße erreichte, die unmittelbar zur Villa des Notars führte, in der er den Stab wußte. Überall erblickte er geschäftige Bewegung.

Vom rosigen Schein des Feuers übergossen, traten die Soldaten gerade entlang der Chaussee in Kompanien an. Einen übermäßig großen Eindruck schien der Brand auf sie nicht zu machen. Die einen stritten sich mürrisch über irgend etwas herum, sichtlich gereizt, weil man sie geweckt hatte. Andere warteten noch halb schlafend auf weitere Befehle. Wieder andere schnallten rasch einen Riemen ihrer Ausrüstung fest und brachten in Ordnung, wozu sie in der Eile nicht gekommen waren. Von Zeit zu Zeit erschallten Kommandorufe, durch die die schläfrige Masse der Soldaten in Bewegung geriet; Entscheidendes unternahm man aber nicht.

Ciszewski ging an mehreren Grüppchen von Offizieren vorüber, die nach Nordwesten blickten, wo der Himmel das tiefste Rot angenommen hatte. Dort mußte sich der Brandherd befinden. Die Maschinengewehre ratterten immer seltener. Niemand beachtete sie.

Jerzy fühlte sich gar nicht wohl. Es genierte ihn, daß er bei diesem Alarm ohne Aufgabe war, sein Bataillon kannte er noch nicht, er wußte nicht einmal, wo jener Gutshof lag, auf dem die ihm unterstellten Soldaten Quartier bezogen hatten. Er war in dieser Nacht nur passiver Zuschauer.

Vor der Villa des Notars entdeckte er Oberstleutnant Tomaszewski, die Majore Pawlikiewicz und Preminger, Hauptmann Wiśniowiecki sowie einige andere Offiziere, die er nicht kannte. Er wurde kaum bemerkt. Nur Preminger nickte ihm zu.

«Ihre Autos möchte ich am liebsten in das Feuer da schleudern, damit ich sie nicht mehr sehe!» Der Regimentskommandeur schäumte vor Wut.

Vor ihm stand ein Oberleutnant von kleinem Wuchs, der in unverhohlener Erregung die Kinnbacken zusammenbiß. Wie man der Szene entnehmen konnte, handelte es sich um den Chef des Kraftfahrzeugdienstes des Regiments. «Bürger Oberstleutnant, Sie wissen, was für Fahrzeuge wir haben ... Nach dem Einsatz an der Front müßten sie überholt werden ... Die Motoren springen nicht an. Was kann ich dafür? Ich habe es gemeldet ...» Der Oberleutnant war bemüht, eine Entschuldigung vorzubringen.

Tomaszewski ließ ihn nicht ausreden. Er erklärte, er habe Lust, dem Oberleutnant Osiecki mitsamt seiner ganzen «vertrackten Transportkompanie» zu befehlen, alle Soldaten des Regiments auf den eigenen Schultern in das brennende Huczwice zu tragen, damit die Kraftfahrer ein für allemal lernen, daß sich die Motoren zu drehen haben. Weiterhin erklärte er den Versammelten, daß sich die Transportkompanie mehr mit der Suche nach Weibern und Selbstgebranntem befasse als mit dem Zustand der Fahrzeuge, womit jetzt jedoch endgültig Schluß gemacht werde. Endlich – er war schon ganz erschöpft – fragte er: «Wann also treffen die Fahrzeuge ein, Oberleutnant Osiecki?»

«Spätestens in zwanzig Minuten, Bürger Oberstleutnant», antwortete Osiecki.

«In zwanzig Minuten! Denken Sie, die Banditen warten solange, bis wir geruhen, auf dem Schauplatz zu erscheinen? Ich werde euch alle dem Gericht überantworten!» Tomaszewski stöhnte. In einem plötzlichen Wutanfall stampfte er mit dem Fuß auf. Straßenschmutz spritzte gegen Premingers Mantel, der der ganzen Szene schweigend zusah. Auch er wußte keinen Ausweg.

«Die Banditen haben Huczwice überfallen», flüsterte Major Pawlikiewicz Ciszewski zu. «Ganz in unserer Nähe. Sie haben ihre Drohung wahr gemacht. In zwei Tagen sollten von dort einige Familien in die Westgebiete und die Sowjetunion ausreisen. Ein frecher Überfall! Sie wollen der Bevölkerung beweisen, daß wir machtlos sind.»

«Was sind das für MGs, die da schießen?»

«Unsere, aus den drei Wachbunkern, die wir auf den Hügeln um Baligród gebaut haben. Auf Befehl des Oberstleutnants feuern sie wild in die Gegend, nur zur Abschreckung.»

Jerzy kam es vor, als schwinge in der Stimme des Chefs des Regimentsstabes ein ironischer Unterton. In der Tat, was konnten die Maschinengewehre dem Feind anhaben, wenn sie aus dieser Entfernung «zur Abschreckung» in die Luft schossen? Ciszewski war sich über die Sinnlosigkeit dieses Feuers im klaren.

Die Kraftwagen der Transportkompanie kamen früher angefahren, als ihr Kommandeur erwartet hatte. Die großen, klapprigen «SIS» und «Studebaker» rollten ratternd, zischend und schnaufend mit aufgeblendeten Scheinwerfern die Chaussee entlang. Etwa zwanzig Stück. Sie fuhren vor die Villa des Notars und hielten, ohne daß die Fahrer die Motoren abstellten, sie ließen sie laufen, weil sie offenbar Schwierigkeiten beim nochmaligen Ankurbeln befürchteten.

«Das Bataillon von Major Grodzicki auf die Fahrzeuge!» rief Oberstleutnant Tomaszewski.

Ein unbeschreibliches Getöse hob an. Unter den Schreien der Unteroffiziere, die sich bemühten, Ordnung zu schaffen, stürmten die Soldaten die Wagen. Flüche kreuzten sich mit Befehlen. Einige Soldaten rannten von Fahrzeug zu Fahrzeug, sie wußten nicht, wo sie aufsteigen sollten, andere verließen die bereits eingenommenen Plätze und sprangen wieder ab. Vom Licht der Scheinwerfer geblendet, prallten sie gegeneinander, stießen sie sich, rempelten sich an und begannen abermals in heilloser Verwirrung hin und her zu laufen.

«Wenn uns jetzt die Banditen von den Bergen hier unter Beschuß nähmen, würden sie Kleinholz aus uns machen!» sagte Hauptmann Wiśniowiecki.

Major Preminger und Ciszewski verständigten sich mit einem Blick. Sie dachten ebenso.

Einige Minuten später saßen die Soldaten endlich auf den Fahrzeugen. Die aus zwanzig «SIS» und «Studebakern» bestehende Kolonne setzte sich in Bewegung. Einer nach dem andern schoben sich die Wagen an Oberstleutnant Tomaszewski vorbei, der salutierend auf der Chaussee stand. Vor dem Hintergrund des Feuerscheins, der den Himmel erhellte, umrahmt von der düster schweigenden Bergwelt, nahm er den unwillkürlich zustande gekommenen Vorbeimarsch des in das brennende Dorf fahrenden Bataillons ab. Die letzten vier LKWs zogen Geschütze hinter sich her.

«Sollen sie sehen, daß wir Artillerie besitzen! Das wird sie Mores lehren», sagte Tomaszewski ruhig, als die Kolonne um eine Wegbiegung verschwand. Sein Zorn war verraucht. Er war beinahe zufrieden. Plötzlich zuckte er zusammen, als erinnere er sich an etwas. «Sind die Sechsundsiebzigmillimetergeschütze in Stellung, Major?» Er wandte sich an Pawlikiewicz, der hinter ihm stand.

«Selbstverständlich, Bürger Oberstleutnant.»

«Ausgezeichnet! Dann bitte ich Sie, Oberleutnant Nalewajko sofort anzuweisen, auf Huczwice fünf Salven von je fünf Schüssen abzugeben. Das wird unsere Artillerievorbereitung sein. Bevor die Kolonne das Dorf erreicht hat, bekommen die Banditen die Granaten auf den Kopf. Sie sehen dann, daß wir einen langen Arm haben.»

Alle waren bestürzt. Die Offiziere blickten einander an.

«Bürger Oberstleutnant, Huczwice hat doch Einwohner. Was gibt uns die Gewißheit, daß die Granaten die Banditen und nicht sie treffen?» fragte Major Preminger verwundert.

Beim blutrot-violetten Schein des Feuers, das allen Gegenständen fast die gleiche Farbe verlieh, sahen sie nicht, daß der Oberstleutnant bis über die Ohren rot wurde. «Mir scheint, ich kommandiere hier, Bürger Major?» stieß Tomaszewski mühsam hervor. «Wollen Sie mich, einen alten Sodaten, lehren, was ich zu tun habe? Sie begreifen offenbar nicht, Bürger Major, daß hier gekämpft wird. Und im Kampf kann man auf solche Einzelheiten keine Rücksicht nehmen. Da kann man nicht viel Federlesens machen. Wo gehobelt wird, fallen Späne!»

In der danach eintretenden Stille war nur das Sausen des Morgenwindes zu hören, der gegen die Wand der Wälder hoch über Baligród anstürmte.

«Ich bitte, den Befehl auszuführen, Major Pawlikiewicz!» ertönten die harten Worte des Regimentskommandeurs.

«Bürger Oberstleutnant, im Namen des Divisionskommandeurs hebe ich diesen Befehl auf. Ich übernehme die volle Verantwortung hierfür», erklärte Major Preminger gelassen.

Tomaszewski blickte den Stellvertreter des Divisionskommandeurs an, als überlege er, ob er ihn erdrosseln oder aber auf der Stelle erschießen solle. Offensichtlich verwarf er beide Möglichkeiten, denn er seufzte, Resignation heuchelnd, und sagte bereits wieder in kaltem Ton: «Ich werde daraus die Konsequenzen ziehen, Bürger Major, darauf können Sie sich verlassen ...»

Er drehte sich auf dem Absatz um und ging mit energischem Schritt auf das Gebäude des Regimentsstabes zu. Preminger folgte ihm langsam.

«Was soll ich jetzt machen?» Ciszewski wandte sich an Pawlikiewicz.

«Bitte gehen Sie schlafen. Es ist drei Uhr. Ihr Bataillon nimmt ohnehin nicht an der Aktion teil, und bis zum Wecken bleiben noch vier Stunden. Übrigens sind Sie bei diesem Alarm unnötigerweise aufgestanden. Sie betraf er noch nicht.»

«Na, dann gute Nacht!»

«Wie gefällt Ihnen unser Alter?» Der Chef des Regimentsstabes hatte offenbar Lust zu einer Plauderei.

«Er ist recht unbeherrscht in seinen Reaktionen», sagte Ciszewski diplomatisch.

«Er ist ein hochanständiger Kerl. An der Front war er tapfer und wußte immer, was er zu tun hatte. Hier ist er irgendwie kopflos ... Offen gesagt, keiner von uns wäre klüger. Es ist ein Kampf anderer Art. Weiß der Teufel, welcher.»

«Wo ist Hauptmann Wiśniowiecki geblieben?» Ciszewski wechselte das Thema.

«Wie denn, haben Sie es nicht bemerkt? Er ist auf das letzte Auto gesprungen und mit Grodzickis Bataillon gefahren. Er hat sich verkleidet, um etwas über die Banditen in Erfahrung zu bringen. Der hat Energie! Sie werden es noch erleben ...»

Eine Weile standen sie da und beobachteten den Feuerschein im Nordwesten, der nicht schwächer werden wollte. Dann gingen sie auseinander, wobei sie sich noch einmal gute Nacht wünschten, obwohl nur Ciszewski schlafen durfte. Pawlikiewicz begab sich zur Funkstation, um die Informationen von Major Grodzickis Bataillon entgegenzunehmen.

Den Rückweg fand Jerzy sicher. Das Haus, in dem er wohnte, lag ganz in der Nähe der Villa des Notars. Die Entfernung war ihm nur anfangs größer vorgekommen.

Frau Rozwadowska öffnete ihm Er wunderte sich, daß sie so schnell zur Tür gekommen war. Offensichtlich hatte sie noch nicht geschlafen. Er wollte sie um Entschuldigung bitten. Das war nicht ganz einfach. Es war ihm peinlich, daß er das Gebrechen ihres Sohnes nicht gleich bemerkt und sie beim

Verlassen des Hauses so aufgeregt hatte. Jetzt war er verlegen. Die Frau antwortete ihm mit keinem Wort. Den Glaszylinder der Petroleumlampe mit der Hand abschirmend, leuchtete sie ihm, damit er den Weg zu seinem Zimmer finde. Schnell schlüpfte er hinein und schloß leise hinter sich die Tür.

Er schob den Vorhang zur Seite, damit er am Morgen rechtzeitig aufwachte. Ohne Licht anzuzünden, zog er sich wieder aus. Im blutroten Schein des Feuers konnte er hinreichend sehen. Er nahm sich vor, sofort einzuschlafen, aber der Schlaf floh ihn. Unruhig warf sich Jerzy von einer Seite auf die andere. Er versuchte, die auf ihn einstürmenden Gedanken zu verscheuchen. Sogar das Rauschen des Flusses wurde unerträglich, es ließ ihn nicht einschlafen. Es wuchs an, wurde stärker, erfüllte das ganze Haus. Es führte Jerzy immer weiter und weiter von Baligród weg. «Trennungen schaden der Liebe», hörte er Barbara sagen. Er sah ihre Silhouette, konnte aber ihr Gesicht nicht finden. Sie kehrte ihm den Rücken zu. Ihre Schultern wurden vom Schluchzen geschüttelt. Er wollte sich ihr mit Worten des Trostes nähern, aber in diesem Moment bemerkte er, daß es nicht möglich war. Barbara ging fort. Sie ging eine unbekannte, völlig menschenleere Straße entlang. Jerzy wußte, daß sich diese Straße in Paris befand. Sie war durchflutet von Sonne, deren Strahlen von der Kuppel der Sacré-Cœur zurückgeworfen wurden. Ciszewski wollte das Mädchen rufen, aber die Kehle war ihm wie zugeschnürt. Er brachte keinen Ton heraus. «Blind! Blind! Völlig blind!» heulte etwas in ihm. Er versank in tiefe Dunkelheit. Barbara war verschwunden. Aber er spürte ihre Gegenwart hinter dieser Wand von Dunkelheit, die dicht war und undurchsichtig und aus einer gallertartigen schwarzen Masse zusammengeleimt zu sein schien. Nicht einmal die Silhouette des Mädchens vermochte er zu erkennen. Machtlos, verzweifelt irrte er umher. Er hatte Barbara etwas so Wichtiges zu sagen. Er fand jedoch keine Worte. Alle hatte er vergessen. Sehen konnte er auch nicht, und mit Entsetzen begriff er, daß er sie nie mehr zu Gesicht bekommen würde.

Entkräftet und mit Kopfschmerzen, aber auch mit einem Gefühl der Erleichterung, daß all dies nur ein Traum gewesen, erwachte er. Er beschloß, noch am selben Tage einen Brief an Barbara zu schreiben.

Das Bataillon war in Linie zu zwei Gliedern vor dem Gutshof der ehemaligen Besitzer von Baligród angetreten. Ein leichter Wind trug den Geruch faulenden, den Waldboden bedeckenden Laubes her, der sich mit dem Brandgeruch mischte. Das Feuer in Huczwice war offensichtlich noch nicht gelöscht, oder die Brandstätte schwelte noch.

Straff gespannt wie eine Saite, meldete Oberleutnant Rafałowski, der Kommandeur der ersten Kompanie, die Mannschaftsstärke des Bataillons. Ciszewski legte die behandschuhte Rechte an den Mützenschirm.

«Morgen, –ürger –auptmann!» brüllten die Soldaten, und das Echo dieses Gebrülls hallte irgendwo jenseits des Flusses spöttisch von den Bergen wider. Die Ansprache, die Ciszewski anläßlich der Bataillonsübernahme hielt, gefiel vor allem ihm selber. Er knüpfte darin an den Brand von Huczwice an, sprach von der entkräfteten Republik, vom Kampf gegen den Faschismus, von der Notwendigkeit, Leben und Besitz der Bürger zu verteidigen, von den erhabenen Traditionen des Regiments und der Armee überhaupt sowie von der unausbleiblichen, raschen Liquidierung der Banditen. Die Soldaten räusperten sich, husteten, niesten und schnuffelten. Sie froren. Mit blauangelaufener Hand preßte jeder das Gewehr an die rechte Seite. Im zweiten Glied stampften sie unauffällig mit den Füßen, um sich zu erwärmen. Sie gaben sich noch nicht einmal den Anschein, als mache Ciszewskis Ansprache irgendeinen Eindruck auf sie. Besser noch als das abgerissene Schuhwerk, die abgetragenen Uniformen und die unternehmungslustig aufgesetzten Mützen deuteten ihre nonchalante Haltung, ihre gleichgültigen Mienen und die Art, das Gewehr zu halten, darauf hin, daß sie die Frontschule hinter sich hatten. Du hast gut reden! schien ihr Schweigen zu sagen. Wir haben zu kämpfen, dagegen kann man nichts tun. Wozu langweilst du uns? Wir wissen nicht, was für einer du bist. Mit uns an der Front warst du nicht. Du bist hier neu. Was wir von dir zu halten haben, wird sich zeigen …

Ciszewski schwieg betroffen. Er spürte, daß seine Worte bei den Soldaten nicht ankamen. Kurzerhand ordnete er den Vorbeimarsch an. Schnell defilierten die Kompanien der Oberleutnante Rafałowski, Wierzbicki und Zajączek an ihm vorüber. Die Soldaten stampften im Gleichschritt die holprige Straße hinab und drehten vor dem kleinen Hügel, auf dem ihr neuer Kommandeur stand, die Köpfe nach rechts. Ciszewski salutierte in strammer Haltung. Eine Schar Kinder aus dem Ort umringte ihn, aufrichtig interessiert an dem Schauspiel. Der Wind frischte auf. Der Brandgeruch war jetzt stärker als vorher. Jerzy hatte das lebhafte Bedürfnis, die ganze Zeremonie so schnell wie möglich zu beenden. Er befahl den Kompanien, wieder ihren Beschäftigungen nachzugehen, den Kommandeuren aber zu bleiben.

«Was können Sie mir über die Situation im Bataillon sagen, Oberleutnant?» wandte er sich an Rafałowski, als die Offiziere unter sich geblieben waren. Der Befragte, ein kleiner braunhaariger Mann, der mit singendem Wilnaer Akzent sprach, zuckte nur leicht die Achseln. Er schürzte die Lippen und lächelte spöttisch.

«Die Situation im Bataillon ist die gleiche wie im ganzen Regiment. Die Soldaten haben es satt. Sie möchten nach Hause. Der Krieg ist zu Ende, und man kann sie verstehen. Die vom Lande zieht es zu den Frühjahrsarbeiten. Und die Burschen aus den Städten haben ebenfalls ihre Gründe.»

«Könnte man denn diese Stimmungen nicht irgendwie beeinflussen?»

Oberleutnant Zajączek lachte trocken und blickte Ciszewski in die Augen. Er überragte ihn um Haupteslänge, obwohl auch Jerzy nicht zu den Kleinsten gehörte. «Wir führen Schulungen durch, Bürger Hauptmann», sagte er spöttisch.

«Die Sache ist sehr viel ernster», fuhr Rafałowski fort. «Wir haben bereits einige Fälle von Desertion.»

Es hatte sich herausgestellt, daß auf der Strecke von Wrocław nach Sanok vier Soldaten vom Regiment desertiert und zwei weitere nach dem Eintreffen am Bestimmungsort verschwunden waren. Unter den Deserteuren befand sich auch ein Mann aus Ciszewskis Bataillon.

«Wahrscheinlich werden die meisten nach Hause zurückkehren, es besteht jedoch der Verdacht, daß sich auch welche den Banden anschließen», bemerkte der gutmütig aussehende blonde Chef der zweiten Kompanie, Oberleutnant Wierzbicki.

«Woher stammt dieser Verdacht?»

«Die Banden der WIN treiben energische Propaganda. Erst vor zwei Tagen wurden wir mit Flugblättern überschüttet, sie waren mit dem Vervielfältigungsapparat abgezogen; die Soldaten wurden darin zur Desertion aufgefordert», erklärte Rafałowski.

«Was schreiben sie in diesen Flugblättern?»

«Sie sprechen das Gefühl an. Sie behaupten, daß die Demobilisierung nicht erfolgen werde, weil der Krieg vor der Tür stehe, daß die Kampfhandlungen nur für kurze Zeit unterbrochen seien und die Soldaten die Pause nutzen sollten, um ihre Familien zu sehen, daß sie endlich wählen müßten, auf wessen Seite sie stehen, denn wenn die Amerikaner uns mit ihren Atombomben angriffen, dann würden die Fetzen nur so fliegen, und es wäre im Handumdrehen mit uns allen vorbei.»

«Und die Soldaten glauben das?»

«Es gibt auch Offiziere, die daran glauben.»

«Sauerei!»

«Gewiß, aber die Leute sind müde, Bürger Hauptmann. Sie meinen, man solle neue Jahrgänge einberufen, denn sie hätten das Ihre bereits an der Front getan. Außerdem verbreiten die WIN-Leute die Ansicht, daß ein Pole nicht auf einen Polen schießen sollte. Das wirkt ebenfalls.»

«Die Soldaten müßten eine konkrete Aufgabe haben. Nichts ist schlimmer als Abwarten», sagte Ciszewski nachdenklich.

«Freilich!» Oberleutnant Zajączek lachte kurz auf. «Wir sind alle dieser Meinung, nur daß wir keine Front vor uns haben und der Feind wie Nebel ist: Schlägt man zu, so verweht er.»

Ciszewski wollte etwas erwidern, gewahrte aber in diesem Augenblick eine ungewöhnliche Bewegung auf der Straße. Von der Anhöhe aus, auf der sie standen, war ganz Baligród und die Biegung der nach Mchawa führenden Chaussee zu übersehen. Von dort her näherte sich langsam eine Art Karawane, Fuhrwerke, Menschen, die irgendwelche Bündel schleppten, und Vieh. Der Zug nahm die ganze Breite der Chaussee ein, quoll über die Ränder hinaus und floß zu beiden Seiten in schmalen Nebenarmen das Feld entlang.

«Die Abgebrannten aus Huczwice», stellte Wierzbicki fest.

Schnell gingen sie ihnen entgegen. Unweit des Regimentsstabes stießen sie auf Oberstleutnant Tomaszewski, Major Preminger und einige andere Offiziere. Sie schlossen sich ihnen an. Erst in der Nähe der Kirche blieben sie stehen und schauten zu, wie sich der Baligróder Marktplatz allmählich mit den Abgebrannten füllte.

Es waren Bauern, wie man sie in der hiesigen Gegend öfter antraf. Nur wenige hatten Fuhrwerke und kleine, zottige Pferdchen davor, die meisten trugen die Bündel auf dem Rücken. Armselige Bauernhabe schaute aus diesen Bündeln hervor: abgeschlagenes emailliertes Küchengeschirr, Blecheimer, verschiedenerlei Gerätschaften und Lumpen. Alles lag unordentlich übereinander, was auf die Eile deutete, in der die Leute das Heimatdorf verlassen hatten. Die Gesichter der Männer und Frauen waren starr vor dumpfem Schmerz. Niemand weinte, niemand schrie, niemand klagte oder jammerte. Selbst den kleinen Kindern, die sich in dem Gedränge befanden, teilte sich die Stimmung der Erwachsenen mit. Die Stoffpuppen und kleinen Holzspielzeuge an die Brust drückend, blickten die Mädchen und Knaben ihre Eltern unverwandt an, bemüht, deren Verhalten genau nachzuahmen. Nur hier und da wimmerte ein in Tücher gehüllter Säugling. Größte Verwirrung stifteten die an Stricken gezogenen oder frei vorwärts getriebenen Kühe. Sie brüllten, stürmten in die Menge und stießen die bereits abgesetzte Habe um. Die Soldaten aus Major Grodzickis Bataillon, das den Zug eskortierte, sowie einige Männer aus Ciszewskis Bataillon, die jetzt herbeieilten, halfen tatkräftig, die Tiere zu bändigen. Erstaunt stellte Jerzy fest, daß der Ausdruck der Gleichgültigkeit, der bisher in den Gesichtern der Soldaten gestanden hatte, verschwunden war. Aus ihren Augen sprach Mitgefühl.

Ein Mann in langen, beschmutzten Stiefeln und offenem Schafpelz trat auf die Gruppe der Offiziere zu. Er lüftete den Hut vor Oberstleutnant Tomaszewski, wobei sein kahler Kopf zum Vorschein kam. Mit seinen dunklen Augen blickte er forschend. Trotz sichtlicher Ermüdung sprachen Hartnäckigkeit und Entschlossenheit aus ihnen.

«Der Regimentskommandeur?» fragte er und nannte, nachdem er eine bejahende Antwort erhalten hatte, seinen Namen. «Drozdowski, Kreissekretär der Partei.»

«Tomaszewski. Sehr angenehm ... Sie haben die Reise bis nach Huczwice gewagt?»

«Das Risiko ist nicht groß. Ich fuhr mit drei anderen, und wir besitzen Gewehre.»

«Wenn Sie nun auf die Banditen gestoßen wären!»

«Wir fahren immer so.»

Die Offiziere, der Regimentskommandeur nicht ausgenommen, betrachteten voller Interesse den Mann, der mit solcher Ruhe darüber sprach, in diesem Gelände eine viele Kilometer lange Strecke in Begleitung dreier Zivilisten zurückgelegt zu haben, die nur mit Gewehren und wenig Munition bewaffnet waren.

«Womit kann ich Ihnen dienen?» fragte Tomaszewski.

«Es geht darum, sich dieser Leute anzunehmen, Genosse Oberstleutnant.» Drozdowski zeigte mit der Hand auf die Flüchtlinge.

«Was denn, das Dorf können wir ihnen vorerst nicht wiederaufbauen.» Der Regimentskommandeur zuckte die Achseln.

«Das erwarten sie auch nicht von Ihnen.» Der Sekretär blieb ihm die Antwort nicht schuldig. «Ich möchte Sie lediglich bitten, ihnen bis Zagórz eine Eskorte zu geben. Dort stellen wir Waggons bereit. Fast alle wollen ja in die Westgebiete ausreisen oder die sowjetische Grenze überschreiten. Hier haben sie doch nichts mehr ...»

Es herrschte peinliches Schweigen. Tomaszewski runzelte die Stirn. Offensichtlich überlegte er. Er muß verrückt geworden sein, wenn er es abschlägt, dachte Ciszewski. Er war sich darüber im klaren, daß man die Abgebrannten den zwanzig Kilometer langen Weg zur Bahnstation nicht allein zurücklegen lassen konnte. Die Leute hatten das uneingeschränkte Mitgefühl aller auf ihrer Seite. Eine Weile zuvor war Ciszewski Zeuge eines kurzen Gesprächs zweier Soldaten gewesen. «Ach, Brüderchen», sagte der eine, «wenn sie dein Dorf so zurichten würden wie dieses Huczwice, was würdest du dann sagen!» – «Das Fell würde ich ihnen gerben!» gab der andere zurück. Beide schafften in einer Decke fünfzehn bis zwanzig Laibe Brot für die Einwohner von Huczwice herbei. Sie hatten sie offenbar spontan gesammelt, denn niemand hatte eine solche Anordnung getroffen. Ihre Kameraden mühten sich eifrig und sachkundig um das lebende Inventar der Flüchtlinge. Sie beruhigten die tobenden Kühe, warfen den Pferden Heu vor und erteilten den bekümmerten Bauern fachmännisch Ratschläge.

«Wenn ich hier das Kindermädchen für die Abgebrannten spielen soll, dann bleiben mir nicht genügend Kräfte gegen die Banditen», sagte Tomaszewski halsstarrig.

Der Sekretär schüttelte den Kopf. Sein Gesicht verfinsterte sich, er blickte den Offizieren, die den Oberstleutnant umringten, etwas ratlos in die Gesichter, als suche er bei ihnen Hilfe.

«Ich kenne Ihre Möglichkeiten nicht», sagte Drozdowski. «Wir werden also den Schutz dieser Leute irgendwie selbst übernehmen müssen ... Ich werde die hiesigen Milizionäre und die aus Hoczew zusammenziehen. Es sind zwar wenige, dafür aber um so tapferere Jungs.» Mit einer energischen Bewegung drückte er den Hut in die Stirn und mischte sich unter die Abgebrannten. Er sammelte eine kleine Schar Männer um sich und sagte etwas zu ihnen, wobei er die Hände zu Hilfe nahm. Eine größere Anzahl Soldaten hörten ihm gleichfalls zu.

«Ich meine, Oberstleutnant, man sollte den Flüchtlingen doch Militär mitschicken», sagte Major Preminger, nachdem der Sekretär gegangen war. Der schmächtige, hübsche Major Grodzicki mit den leicht ergrauten Schläfen und dem fröhlichen Blick, der sich in der Nacht nach Mchawa begeben hatte, unterstützte den Stellvertreter des Divisionskommandeurs lebhaft.

«Unbedingt, Oberstleutnant! Wir dürfen diese Leute nicht allein gehen lassen», sagte er beschwörend. «Wenn Sie wüßten, was dort geschehen ist, was die erlebt haben! Zwölf Familien sind verwaist. Die Banditen wollten offensichtlich mit ihnen abrechnen. Hauptmann Wisniowiecki untersucht die Angelegenheit noch. Vor den Augen der Frauen und Kinder henkten sie die Männer. Das muß schrecklich gewesen sein. Das ganze Dorf wurde niedergebrannt. Nicht ein Haus blieb stehen. Ich bin bestimmt nicht zimperlich, Sie kennen mich ja, Oberstleutnant, aber das, was ich gesehen habe, war erschütternd. Als wir eintrafen, waren von den Häusern nur noch die Schornsteine übriggeblieben. Sie wissen, wie diese Holzhäuser brennen ... Die Banditen gingen ganz systematisch vor. Auf die Einwohner, die den Brand löschen wollten, schossen sie. Dabei töteten sie zwei Frauen und ein junges Mädchen – eine Waise, die in dem Dorf aufgewachsen war. Ich berichte nicht chronologisch, zuerst nämlich henkten sie die zwölf Männer. Sie trieben die Einwohner auf der Straße zusammen. Die Familien der Verurteilten ließen sie festhalten, damit sich niemand losreißen und stören konnte. Sollte dies trotzdem geschehen, drohten sie an, alle zu erschießen. Als Galgen dienten ihnen die Weiden an der Straße ... Sie henkten alle, die für die Ausreise in die Westgebiete oder in die Sowjetunion agitiert hatten. Die Frauen verdeckten den Kindern die Augen, um ihnen den Anblick zu ersparen. Hol's der Teufel! Es war einfach gespenstisch.»

«Fortgeschrittenes Stadium der Verrohung», folgerte der Regimentsarzt, Major Doktor Pietrasiewicz, ein Mensch, der sich nur dann äußerte, wenn er etwas Wichtiges zu sagen hatte, und von dem man wußte, daß er jeden Morgen ein Glas Schnaps trank. Er behauptete, so könne er all das leichter überwinden, was er seit 1939 erlebte. Die Bandenbekämpfung hielt er für eine Verlängerung der Kriegshandlungen.

«Man muß ihnen helfen, Bürger Oberstleutnant», drängte Major Grodzicki. Tomaszewski schlenkerte ungeduldig mit den Händen. «Löchern Sie mich nicht fortwährend mit Ihrem ‹man muß, man muß›. Ich weiß selber, was ich zu tun habe ... Stellen Sie eine Kompanie ab, Bürger Major Grodzicki, die die Huczwicer so lange eskortiert, wie es notwendig erscheint. Diese Geschichte hat Ihre Soldaten ja ganz aus der Fassung gebracht ...»

«Sie hat sie nicht aus der Fassung gebracht. Sie beginnen zu begreifen, worum es hier geht. Sie sind die ersten in diesem Regiment, die zu begreifen beginnen», antwortete Major Preminger für Grodzicki, und Ciszewski spürte, wie sehr der Stellvertreter des Divisionskommandeurs damit recht hatte. Was die Soldaten aus Grodzickis Bataillon in der Nacht gesehen hatten, war überzeugender als hundert solcher Ansprachen wie die, die er heute früh an sein Bataillon gehalten hatte.

Sie gingen zum Regimentsstab zurück. Unterwegs versicherte Major Grodzicki Hauptmann Ciszewski, daß der Regimentskommandeur ein herzensguter Mensch und ein tüchtiger Soldat sei, daß er lediglich etwas schrullig und ungewöhnlich starrköpfig sei. «Manchmal ist das gut und manchmal schlecht», behauptete er. «Jetzt ist der Oberstleutnant nervös, weil er wahrscheinlich wie wir alle nicht weiß, was er tun, wie er gegen die Banditen vorgehen, wie er sie packen soll. Aber das wird sich geben», meinte er.

«Haben Sie nicht versucht, die Bande, die Huczwice angegriffen hat, zu verfolgen?» erkundigte sich Ciszewski.

Grodzicki schüttelte den Kopf. Von den Banditen hatte jede Spur gefehlt. Das Bataillon war zu spät abmarschiert. Der Feind mußte sich in die Berge zurückgezogen haben. Der Major hegte eine bestimmte Vermutung, was die von der Bande eingeschlagene Richtung betraf. Nach seiner Annahme hatte sie sich zum Waldmassiv des Chryszczata begeben. Das waren die größten Wälder in dieser Gegend und die unzugänglichsten. Er machte dem Obersten über Funk davon Meldung, aber der untersagte die Verfolgung, zumal sie wenig Aussicht auf Erfolg hatte, da konkrete Spuren nicht gefunden wurden.

«Womit sollten wir sie auch verfolgen? Mit unseren Autos? Das Gelände hier ist doch völlig unwegsam! Und dazu noch mit unseren Geschützen», sagte Grodzicki.

«Wozu mit den Geschützen und weshalb, zum Teufel, mit den Autos? Ist denn mit der Infanterie nichts zu machen?» mischte sich plötzlich Doktor Pietrasiewicz in ihre Unterhaltung. Er zwinkerte nervös mit den Augenlidern und zog ein paarmal an seiner kurzen Pfeife.

Im Regimentsstab wartete eine unangenehme Sache auf Oberstleutnant Tomaszewski. Hauptmann Wiśniowiecki meldete sich bei ihm, um den Fähnrich Książek, einen hageren Blondschopf in einem abgetragenen Artilleristenmantel, vorzuführen. Der Fähnrich hatte den Abgebrannten zwei Wandteppiche beschlagnahmt, die er unverzüglich an Szponderski, den Eigentümer der Baligróder Schenke, zu verkaufen suchte. Wiśniowiecki erfuhr von dieser

Transaktion und gab die Teppiche an die Besitzer zurück. Książek aber mußte auf der Stelle zum Rapport erscheinen.

Tomaszewski geriet über das Vorkommnis in schreckliche Wut. Mit der Faust vor der Nase des Hageren herumfuchtelnd, schrie er: «Sie haben sich wie ein Lump aufgeführt, Bürger Fähnrich! Nicht wie ein Offizier. Wie ein abgefeimter Schurke! Ich werde Sie dem Kriegsgericht überantworten! Ich dulde keine Plünderungen in meinem Regiment! An der Front habe ich Spekulanten das Handwerk gelegt, und auch hier liquidiere ich eine derartige Gemeinheit mit eiserner Faust. Verstehen Sie, Bürger Fähnrich Książek? Ich dulde keine Schufte in meiner Umgebung. Aus der Not anderer Menschen schlagen Sie Kapital, Bürger? Wodurch unterscheiden Sie sich denn von den Banditen, Lumpenkerl, der Sie sind. In der polnischen Uniform erdreisten Sie sich zu plündern, Bürger Fähnrich? Sie wagen es, diese Uniform zu beflecken? Diese Uniform!»

Er war so aufgebracht, daß ihm fast der Atem wegblieb. Die Stirnadern schwollen ihm an, die Haut im Nacken schien unter dem Blutandrang platzen zu wollen. Książek stand bleich da, er hatte die Augen zu Boden geschlagen. Er wußte nichts zu seiner Rechtfertigung vorzubringen.

Der Regimentskommandeur hatte sich nach einigen Minuten wieder in der Gewalt. Die Beine gespreizt, stellte er sich vor dem Fähnrich hin. «Laut Gesetz werden Sie sich vor Gericht zu verantworten haben, Bürger Fähnrich. Dort wird man über Ihre Schuld befinden. Bis dahin werden Sie unter Hausarrest gestellt. Major Pawlikiewicz», er wandte sich an den Chef des Regimentsstabes, «ich bitte Sie, dem Fähnrich die Pistole abzunehmen.»

Książek legte ohne ein Wort das Koppel mit der Pistolentasche ab. Im Zimmer herrschte peinliches Schweigen. Der Regimentskommandeur starrte auf das Porträt der Tochter des Notars und verharrte auch dann noch so, als der Fähnrich, die Hacken zusammenschlagend, sein Wegtreten meldete. Erst als sich die Tür hinter ihm geschlossen hatte, sagte er zu Ciszewski: «Mir scheint, ich habe Ihr Bataillon von einem großen Schandfleck befreit, Bürger Hauptmann. Dieser Książek hätte Ihnen kein Glück gebracht ...»

Ciszewski kam nicht dazu, ihm zu antworten. In diesem Augenblick meldete der diensthabende Offizier, Herr Dwernicki wünsche den Regimentskommandeur zu sprechen.

«Ausgerechnet jetzt habe ich Zeit für Gespräche mit Zivilisten!» Tomaszewski war entrüstet. «Bitte sagen Sie ihm, daß wir uns ein andermal unterhalten.»

Ciszewski war ans Fenster getreten. Er blickte durch die Scheiben und sah, wie der Offizier einem hochgewachsenen Mann etwas erklärte, auf dessen Gesicht sich wegen der Absage deutlich Enttäuschung malte. Das Gesicht und die ganze Gestalt Dwernickis frappierten durch ihre Ungewöhnlichkeit. Ein breitschultriger Riese, der die Fünfzig schon überschritten haben mußte. Er war bekleidet mit einem grauen, pelzgefütterten Mantel von ausgefallenem Schnitt – eine Art Żupan, mit Schlaufen geschlossen, mit einem breiten Schafpelzkragen geschmückt und stark tailliert. Als Kopfbedeckung diente Dwernicki, abenteuerlustig aufs Ohr geschoben, eine hellgraue Schafpelzpapacha. An den Füßen hatte er weiche Stiefel mit langen Schäften, die heutzutage niemand mehr trug. Sein altpolnischer Bart fiel besonders auf, er war schwarz wie Pech und von außergewöhnlichen Dimensionen. Seine von buschigen Brauen überschatteten Augen verliehen dem Gesicht ein ungewöhnlich kriegerisches Aussehen.

«Sage und schreibe ein Landedelmann aus dem siebzehnten Jahrhundert», flüsterte Reminger, der ebenso wie Jerzy Herrn Dwernicki durch das Fenster beobachtete.

«Als wäre er einem Roman von Sienkiewicz entstiegen», sagte Jerzy lachend.

Unterdessen ging Dwernicki zur Pforte. Er blickte sich mehrmals kopfschüttelnd um, als erwarte er, doch noch zurückgerufen zu werden. Dann beschleunigte er seinen Schritt.

«Auf mein Wort, ihm fehlt nur der Säbel an der Seite», meinte Ciszewski. «Schade, daß Sie ihn nicht empfangen haben, Bürger Oberstleutnant. Es wäre interessant zu erfahren, was er auf dem Herzen hat.»

«Bringen Sie mich nicht aus dem Konzept», brummte der Regimentskommandeur. «Ich bitte um etwas mehr Aufmerksamkeit. Wir kommen jetzt zur Besprechung unseres Aktionsplanes. Es wird Zeit, die Verfolgung der Banditen aufzunehmen, meine Herren!»

Er begann, seinen Plan zu erläutern.

Vor allem müsse man die Ruhe und Ordnung auf den Straßen wiederherstellen. Seiner Meinung nach überwinterten die Banden in den Dörfern, denn was hätten sie wohl im Winter in den Wäldern verloren. Das Regiment werde sich also an die einzelnen Dörfer heranpirschen – selbstverständlich an die entlegensten – und dann unversehens über die Banditen herfallen. Das werde bestimmt Ergebnisse zeitigen. «Bei dieser Gelegenheit entdecken wir mit Sicherheit konkretere Spuren von ihnen und erfahren, wo sie sich aufhalten.» Er verbreitete sich ausführlich über den Plan, an dessen Wirksamkeit er selbst nicht recht glaubte, aber irgendwo mußte man ja beginnen, und von den Banden wußte fast niemand etwas Genaues.

Die Offiziere beugten sich über die Karten, notierten die geplanten Marschrouten, stellten verschiedene Fragen. Die Beratung zog sich schon eine gute Stunde hin, als sich der Offizier der militärischen Abwehr des Regiments, Hauptmann Matula, meldete. Er bat, die Beratung für einen Augenblick unterbrechen zu dürfen, da er – wie er behauptete – eine überaus wichtige Angelegenheit vorzubringen habe. Oberstleutnant Tomaszewski sah den kleinen Hauptmann mit dem eiförmigen Kopf und dem winzigen Bürstenschopf unwillig an.

«Sie erscheinen wieder einmal, ohne den Mantel zugeknöpft zu haben, Bürger Hauptmann. Trotz Ihrer Funktion sind Sie doch Angehöriger der Armee und unterliegen der Dienstvorschrift.» Er reagierte übel gelaunt auf Matulas Bitte. «Nun also ... Reden Sie, aber schnell!»

Der Offizier hakte ohne jede Eile seinen Kragen zu, dann nahm er die beschlagene Brille ab. Er hatte blaßblaue Augen mit leicht geröteten Rändern. «Bürger Oberstleutnant haben den Fähnrich Książek unter Arrest gestellt. Vermutlich wegen der Wandteppiche ... Eben deshalb komme ich. Ich habe den Eindruck, daß die Arretierung zu Unrecht erfolgte. Fähnrich Książek ist ein sehr loyaler Offizier ...»

«Von wessen Standpunkt aus?» unterbrach ihn Tomaszewski.

«Vom allgemeinen. Ich kenne ihn seit langem. Ich möchte annehmen, daß hier ein Mißverständnis vorliegt.»

«Was wünschen Sie also!» fragte der Regimentskommandeur seltsam beherrscht.

«Ich möchte Sie um eine nochmalige Untersuchung der Angelegenheit bitten, Bürger Oberstleutnant.»

Tomaszewski erhob sich, ging einmal im Zimmer auf und ab und blieb am Fenster stehen, vor dem es schon dämmrig wurde. Dann erst sagte er, ohne sich umzuwenden: «Herr Matula, als Offizier der militärischen Abwehr haben Sie sich mit diesen Fragen zu befassen. Ich kenne die Gründe für Ihre Intervention nicht. Für mich ist der Fähnrich ein Offizier meines Regiments. Er hat sich genauso diszipliniert zu verhalten wie jeder andere. Aber er hat sich schändlich benommen. Derartige Plünderungen dulde ich nicht. Eben deshalb habe ich ihn mit Arrest bestraft. Über das Verbrechen als solches wird das Gericht befinden. Ich ändere meine Entscheidung nicht. Verstehen Sie, Bürger Hauptmann Matula?»

Hauptmann Matula antwortete nicht. Noch einmal unterbrach Oberstleutnant Tomaszewski die Stille. Es war, als führe er ein Selbstgespräch. «In der Armee muß die Befehlsgewalt einheitlich sein. Im Regiment befehle ich, denn ich bin der Kommandeur. Die Abwehrorgane sollen mich unterstützen, und zwar bei der Bekämpfung des Feindes. In ihrem eigenen Bereich.»

Hauptmann Matula ging. Die Beratung wurde fortgesetzt. Ciszewski spürte, daß zwischen dem heftigen Oberstleutnant und seinen Offizieren mit einem Schlage eine herzlichere, wärmere Atmosphäre herrschte. Matula war hier offenbar unbeliebt.

Am Abend desselben Tages begab sich Jerzy, wie es die Dienstvorschrift vorsah, zum Quartier des Fähnrichs, um festzustellen, ob dieser entsprechend dem Befehl des Regimentskommandeurs die Strafe absaß. Książek war nicht zu Hause. Auf dem Tisch fand Ciszewski einen kurzen Brief mit vielen Rechtschreibfehlern. In wenigen Sätzen, die mit beleidigenden Äußerungen gegen Oberstleutnant Tomaszewski und die ganze Armee gespickt waren, ließ der Fähnrich wissen, daß er «auf die richtige Seite» übergehe und von nun an «gegen die Bolschewisten» kämpfen werde.

Tomaszewski nahm die Meldung völlig ruhig entgegen, obwohl Książek schon der fünfte Deserteur seines Regiments war. «Der Schmutz fällt von uns ab und wird noch auf verschiedene Weise von uns abfallen», sagte er.

Major Preminger telefonierte mit dem Divisionskommandeur, Oberst Sierpiński, und bat, ihn noch in Baligród zu belassen. Er erhielt die Erlaubnis, so lange beim Regiment zu bleiben, wie er es für notwendig erachte.

IV

Weihnachten wurde in Hryns Hundertschaft festlich begangen. Zum Festessen am Heiligabend hatte man die Schützen nach Nationalitäten getrennt und einzeln oder in Gruppen den Hütten der verschiedenen Bewohner zugeteilt: Ukrainer, Deutsche, einige Franzosen der ehemaligen «Antibolschewistischen Legion» Pétains, zwei Belgier der Legion «SS-Wallonien» des Hauptsturmführers Degrelle, sechs Ungarn der Polizei Szálasis und mehrere Rumänen aus den Sturmscharen Horias Simas. Alle diese Gruppen waren mit Berkuts Vertrauensleuten durchsetzt, damit die Fremdstämmigen «in den Bauernhütten nicht dummes Zeug reden, wenn ihre Köpfe umnebelt sind», wie sich der vorsichtige Bezirksprowidnik Ihor ausdrückte. Die Kommandierenden nahm der Dorfschulze von Mików persönlich in seiner Hütte auf: Hundertschaftsführer Hryn mit Maria, Bezirksprowidnik Ihor, die Zugführer Resun, Ukleja und Stjenka, den Arzt der Hundertschaft, Doktor Franz Kemperer, ehemaliger Stabsarzt des 212. Panzergrenadierregiments, sowie den Quartiermeister des Kurins, Demian. Auch der griechisch-katholische Geistliche, der Kaplan aus Rens Kurin, Malotyja war gekommen.

Für völlige Sicherheit war gesorgt. Berkuts Gendarmerie und etwa zwanzig Mann der Hundertschaft hielten auf den umliegenden Hügeln Wache. In den hellerleuchteten warmen Hütten herrschte eine angenehme Feiertagsatmosphäre. In allen Sprachen, deren sich die Schützen bedienten, erklangen Weihnachtslieder. Die Frauen und Mädchen an den Tischen wurden gedrückt, was die Hausherren mit scheelen Blicken verfolgten, aber sie sagten nichts, weil sie glaubten, daß unter Hryns wachsamem Auge und dem der anderen Kommandeure die Grenzen des Anstands gewahrt blieben. Die Stimmung wäre geradezu ideal gewesen, wären auch die jungen Männer von

Mików zu den Feiertagen im Heimatdorf erschienen. Die einen hatte der Krieg irgendwohin verschlagen, sie kehrten nicht wieder, denn der Weg zurück ist stets schwierig, die anderen hatte Ren in seine Reihen eingegliedert, und die Dienstvorschrift der UPA erlaubte es nicht, daß sie das Dorf besuchten, aus dem sie stammten (die Behaglichkeit der eigenen Hütten hätte ihnen mehr gefallen können als die Lagerfeuer der Waldbiwaks), wieder andere – man sprach in Mików besser nicht darüber – dienten in der polnischen Armee. Die Familien und Verwandten hatten sich daran gewöhnt, aber zu Weihnachten war die Traurigkeit wieder da, es wurde einem schwer ums Herz, und manche Träne fiel in das Glas mit dem bläulichen Selbstgebrannten.

> «Unser ist die Macht, denn unser sind die Säbel;
> unser sei der Ruhm für alle Zeit.»

So schallte es durch die armseligen Hütten von Mików. Es war das Lied von dem berühmten Hetman Iwan Mazeppa, mit dessen Traditionen Stefan Bandera ebensoviel gemein hatte wie Adolf Hitler mit ... Bohdan Chmelnizki. Weit öfter erklangen die Petljura-Lieder. Und das war nicht verwunderlich, führte doch die UPA das gleiche Symbol – den Dreizack – wie jener bekannte, wenn auch vor einem Vierteljahrhundert besiegte Ataman. Der Feind war ebenfalls derselbe geblieben: die Kommunisten. Die Petljura-Tradition war von Bandera peinlich genau übernommen worden. Da hieß es immer, wie der Bezirksprowidnik zu verkünden wußte, die Geschichte wiederhole sich nicht, aber hier hatte man ja den Beweis: Wieder hatten die Bolschewisten den unüberwindlichen «Dreizack» gegen sich, das kunstvoll ineinander verschlungene Monogramm von Wladimir und Olga – den Schutzherren der Ukraine. Abermals, wie vor so vielen Jahren, waren die unter diesem Symbol kämpfenden Abteilungen von den geschlagenen Deutschen gebildet worden. Der Kampf dauerte an. Diesmal mußte er vom Sieg gekrönt werden. Jeden Monat, vielleicht schon im Frühjahr, spätestens im Herbst, nach der Ernte – Kriege brechen immer nach der Ernte aus! –, konnte der neue Weltkrieg ausbrechen, und die Kommunisten würden vom Erdball weggefegt ... Die Ukrainische Aufständische Armee entfaltet ihre Fahne an der Seite der westlichen Alliierten. Die Hundertschaften stürzen aus diesen Bergen hier in die Steppen der Ukraine hinunter wie reißende Bäche, die sich rasch in Ströme verwandeln und zum Ozean werden. Millionen würden unter dem «Dreizack» marschieren, vom Dunajec bis zur Wolga und zum Kaspischen Meer. So und nicht anders mußte es sich in absehbarer Zeit entwickeln.

Wie schön und angenehm träumte es sich bei den immer wieder mit Selbstgebranntem vollgeschenkten Gläsern! Die Worte, die Bezirksprowidnik Ihor, die drei Zugführer und der Geistliche Malotyja auf ihrem Rundgang durch die Hütten sprachen, in denen man den Heiligen Abend feierte, versanken weich im abgestumpften Bewußtsein der Schützen.

«Es lebe der Herr Hundertschaftsführer Hryn! Es lebe Bandera! Es lebe der Herr Bezirksprowidnik!»

Der Sieg schien gewiß. Tränen der Rührung flossen über die glühenden Gesichter der Betrunkenen, sie mischten sich mit viel Schweiß. Die Hütten erbebten unter Hurrarufen. Aufgesperrte Münder ließen Zahnreihen sehen; kahle, graue, schwarze und blonde Schädel zuckten wie im Krampf, Hände reckten sich empor, die Gläser voll jener Flüssigkeit umklammernd, welche bedeutend besser als Worte den Mut weckte, wenn auch nur für kurze Zeit.

«Nieder mit Polen, Juden und Kommunisten!»

Über dem kleinen Mików, dem abgeschiedenen Dorf in den Bieszczady, erhob sich der Geist scheinbarer Größe. Die Leute aus Hryns Hundertschaft glaubten eine Macht darzustellen, der nichts widerstehen konnte.

Stabsarzt Kemperer übersetzte die Worte der Anführer den Deutschen und den anderen Ausländern. Sie bildeten immerhin den dritten Teil der Abteilung. Unter ihnen herrschte weit weniger Begeisterung. Man konnte sagen, sie war gar nicht vorhanden. Kemperer konnte offenbar nicht mit ebensolchem Feuer reden wie die übrigen führenden Mitglieder der Abteilung. Geradezu beunruhigend schwach reagierten die Landsleute des Stabsarztes.

Sie waren an diesem Tag sentimental gestimmt und ohne ein Fünkchen Kampfgeist. Der Selbstgebrannte rief in ihrem Innern eine andere Reaktion hervor. Er weckte alle Zweifel, die sie schon lange hegten. Worin hatten sie sich eigentlich verstrickt? Wie würde dieses ungewöhnliche Abenteuer enden? Selbst wenn ein neuer Krieg ausbrechen sollte, wieviel besser wäre es, auf ihn in der eigenen Heimat zu warten! Leider war dies nicht möglich. Die Front hatte sie von Deutschland so weit weggeführt, daß keine Rede davon sein konnte, diese Entfernung zu überwinden. Außerdem würden sie – wie die UPA-Führung versicherte – unterwegs dem Feind in die Hände fallen. Ehemalige Wehrmachtsangehörige erwarteten in solchen Fällen Gefangenenlager, ehemalige SS-Leute dagegen – Gerichtshöfe, die Kriegsverbrecher aburteilten. Eine ausweglose Situation. Wie sie tatsächlich war? Der Teufel wußte es. Abgeschnitten von Zeitungen und Radio, der Sprache dieses Landes kaum mächtig, wußten sie nicht, was in der Welt vorging. Ihr Gewissen war zu sehr belastet, als daß sie das Gerede der Bandera-Leute nicht hätten glauben sollen. Die Sehnsucht nach dem Vaterland ließ sie jedoch nicht los. So viele Jahre hatten sie ihr Zuhause nicht gesehen. Und was stand ihnen noch bevor? Die Zukunft war düster und unübersehbar wie die Tiefe der Wälder hier. Sie verachteten die Bandera-Leute aus ganzem Herzen, es zu bekunden, fanden sie nicht den Mut. Das wäre ihnen teuer zu stehen gekommen. Dennoch war es schwer, den fast völligen Analphabeten Hryn ernst zu nehmen und wirklich als Kommandeur anzuerkennen und die schmutzigen, primitiven «Untermenschen» seiner Hundertschaft als ihre Kameraden anzusehen.

Die Deutschen betrachteten Doktor Kemperer argwöhnisch, während er seine Propagandarede hielt. In den Hütten war es höllisch heiß. Sie hatten die alten Uniformblusen aufgeknöpft. Sie kratzten sich die behaarte Brust, sie stützten das Kinn in die Hände. Traurig glitt ihr Blick über die Wände, an denen sich anspruchsvoll die naiven Porträts der Dorfheiligen breitmachten. Der bärtige Heinz stocherte gedankenlos mit einem Streichholz in den Zähnen. Der blutjunge Rudi, dem gerade der erste Flaum sproß, schob den Arm um die Hüfte des neben ihm sitzenden Mädchens. Das nahm ihn ganz gefangen. Er beachtete weder die Worte des Stabsarztes noch den unwilligen Blick des Gastgebers – er war der Vater des Mädchens. Die anderen sprachen dem Selbstgebrannten zu. Ihr Blick wurde immer trüber und stumpfsinniger.

«Hoch! Die Ukrainische Aufständische Armee, hoch! Hurra!» riefen sie teilnahmslos als Antwort auf Kemperers Trinkspruch.

Die Augen Hryns, der den Stabsarzt auf dem Rundgang durch die Hütten begleitete, diese Augen mit dem schweren, vernichtenden Ausdruck durchbohrten die deutschen Schützen mit forschenden, gefährlichen Blicken. Der Kommandeur der Hundertschaft wußte, woran seine ausländischen Untergebenen dachten, er wußte aber auch, daß sie ihm gehorchen mußten, weil sie keine andere Wahl hatten. Einst waren sie die Vorgesetzten, jetzt waren sie ein Nichts. Überbleibsel der ehemaligen Achtung und Bewunderung für die deutsche Kraft und Stärke vermengten sich mit der Hoffart der Gegenwart: Er war ihr Kommandeur! Verachtung vergalt er mit Verachtung. Jetzt konnte er es sich erlauben.

«Stille Nacht, heilige Nacht ...»

Das sentimentale Weihnachtslied verabschiedete Hryn und Kemperer beim Verlassen der letzten Hütte.

Bei den Belgiern und Franzosen herrschte ähnliche Stimmung. Sie war zwar weniger festtäglich, dafür aber ebenso wehmütig. Nicht einmal Trinksprüche wurden ausgebracht. Sie saßen in einer Hütte mit den Rumänen, welche die Ungarn nicht leiden konnten und in der Hundertschaft immer die Gesellschaft ihrer romanischen Stammesbrüder suchten. Hier führte der blatternarbige René aus Lyon das Regiment. Er mußte in seiner Heimatstadt viel Unheil gestiftet haben, denn er behauptete selber, daß man ihn, wenn er sich dort blicken ließe, einen Kopf kürzer machen würde. Das sei so sicher wie das Amen in der Kirche. Die in dieser Hütte Versammelten dachten wenigstens nicht an die Rückkehr in die Heimat. Jeder von diesen Schützen war mehr oder weniger in der gleichen Lage wie René. Das brachte jedoch ihre Sehnsucht nach dem Zuhause nicht zum Schweigen. Sie hatten sich dermaßen betrunken, daß es gar keinen Sinn hatte, eine Ansprache zu halten. Hryn und Kemperer blieben eine Weile in ihrer Mitte, hörten sich Renés gepfefferte Anekdoten an und gingen wieder.

Die Ungarn hatten Tische und Bänke beiseite gerückt. Sie tanzten zu den Klängen einer Mundharmonika, auf welcher der rothaarige Sándor, vor dem Kriege ein gewiefter Schmuggler, wirklich meisterhaft zu spielen verstand. Die Röcke der tanzenden Mädchen rauschten, die Stube schien vom Stampfen der Füße bersten zu wollen. Die an den Wänden stehenden Bauern aus Mików schauten voller Ernst diesem Tanz zu. Ihre Gesichter waren verschlossen, ausdruckslos. Man wußte nicht, tadelten oder lobten sie.

Hryn runzelte die Stirn. Niemand beachtete ihn und Kemperer. Es war klar, daß man an diese Leute, die sich so prächtig amüsierten, keine Worte zu verlieren brauchte. Besser, man ließ dem Vergnügen seinen Lauf. Einige Minuten schauten sie sich das sonderbare Gemisch aus Csárdás und Hopak, wie ihn die Lemken tanzen, an und zogen sich aus der Hütte zurück.

Gegen zehn Uhr abends bekam Mików unerwarteten und ungewöhnlichen Besuch. Mit einer Eskorte von fast zwanzig Pferden, die die berittene Hundertschaft Stachs gestellt hatte, erschien Kurinnij Ren in Begleitung zweier englischer Journalisten, John Curtis und Derek Robinson.

Eingehüllt in Pelze und riesige Wollschals, mit kuppelförmigen Fuchsfellmützen auf dem Kopf und pelzgefütterten Stiefeln an den Füßen, sahen die beiden Engländer aus, als wollten sie eine Polarexpedition unternehmen. Dies war um so belustigender, als draußen gar kein Winterwetter herrschte. Seit einer Reihe von Tagen war das Thermometer nicht mehr unter den Gefrierpunkt gesunken. Das war auch der Grund, weshalb die Schützen, die auf die Nachricht von der Ankunft der Gäste aus den Hütten gelaufen kamen, versteckt lachten und die Bauern von Mików unter ihren Bärten schmunzelten. Die Dunkelheit verbarg das Lächeln und die ironischen Blicke.

Man führte die Fremden sogleich in die Hütte des Dorfschulzen, nahm ihnen die Pelze ab und bewirtete sie mit Selbstgebranntem. Der große blonde Curtis verzog schmerzhaft das Gesicht, als er die feurige Flüssigkeit getrunken hatte.

«Krepko!» sagte er. Zufällig kannte er ein paar Worte Russisch. Dann redete er schnell auf den mageren Robinson ein, der schweigend die Umgebung betrachtete.

Kurinnij Ren ergriff das Wort. «Dies ist ein feierlicher Augenblick für uns, Schützen. Diese beiden Engländer hier haben weder die Beschwernisse noch die Gefahren der Reise gescheut, sie sind zu uns gekommen, um unser Leben kennenzulernen und über den Kampf zu schreiben, den wir führen. Es sind hochgeschätzte Journalisten, bekannt in ihrer Heimat und in der ganzen Welt. Sie sind hergereist, um ein Buch über uns zu schreiben ... Wir werden ihnen alles zeigen, was sie interessiert, und sie gastfreundlich aufnehmen, damit sie sich bei uns so wohl wie möglich fühlen.»

Die Engländer warfen neugierige Blicke auf die am Tisch sitzenden Personen, auf Hryn, Bezirksprowidnik Ihor, den Geistlichen Malotyja, Stabsarzt Kemperer, Maria, Ren, den sie bereits kannten, und die Dorfältesten von Mików, die sich in der Hütte des Schulzen versammelt hatten. Die Unterhaltung wurde nun in Deutsch geführt, da die beiden Engländer diese Sprache leidlich verstanden. Außerdem kramten Bezirksprowidnik Ihor und Kemperer ihre Englischkenntnisse hervor. Das machte bestimmt einen günstigen Eindruck auf die Gäste.

«Mister Orest sagte mir, Ihre Hundertschaft, Mister Hryn, sei die aktivste Abteilung seiner Armee», begann Robinson, den Decknamen des Hundertschaftsführers schrecklich verstümmelnd.

Hryn verbeugte sich schweigend. Er wußte nicht, was er sagen sollte. Ren, der für ihn das Wort ergriff, versicherte, daß diese Hundertschaft tatsächlich zu den besten zähle, daß aber auch alle anderen überaus tapfer seien. Damit brach die Konversation einstweilen ab. Robinson hatte sichtlich Gefallen am Selbstgebrannten gefunden, denn er schüttete plötzlich ein ganzes Glas voll in sich hinein, ohne das Gesicht merklich zu verziehen. Er war offenbar weniger empfindlich als sein Kollege.

«Wie sind sie zu uns gelangt?» fragte der Bezirksprowidnik leise.

«Wie, das ist nicht unsere Angelegenheit. Stiah und Orest haben sie geschickt. Das ist alles», antwortete der Kommandeur des Kurins streng.

Curtis heftete inzwischen seinen Blick auf Maria. Die wohlgestaltete Ehefrau des Hundertschaftsführers gefiel ihm sehr. Als er in Erfahrung gebracht hatte, wer sie war, sagte er: «Das ist ja eine romantische Geschichte. Ich muß darüber schreiben. Liebe zwischen Bergen und gefährlichem Kampf. Unsere Leser begeistern sich für solche Sachen.»

Hryn war anderer Meinung. Er folgerte logisch, daß die Kommunisten ebenfalls englische Zeitungen lasen und auf diese Weise Maria entdecken konnten. Entweder ist dieser Engländer ein Dummkopf, oder er hält mich für einen solchen, fuhr es dem Hundertschaftsführer durch den Kopf. Er empfand Abneigung gegen Curtis. Doch es zuckte kein einziger Muskel in seinem Gesicht, seine Miene blieb undurchdringlich. Er beschloß lediglich, mit Ren über die Angelegenheit zu sprechen.

«Die Herren sind in einem kritischen Augenblick zu uns gekommen», hörte er Bezirksprowidnik Ihor sagen «Die Bolschewisten haben beträchtliche Streitkräfte gegen die Ukrainische Aufständische Befreiungsarmee zusammengezogen, aber es zeigt sich, daß all das nichts nützt. Schon die beiden ersten Wochen haben bewiesen, daß wir mit ihnen ebensogut fertig werden wie bisher. Gegenüber unseren Aktionen sind sie völlig machtlos. Jede

Kampfhandlung bringt uns einen Sieg. Das Militär findet uns nicht. Wir spielen mit ihm Blindekuh, wobei die Initiative ganz in unserer Hand liegt. Sind sie hier, sind wir da ... Sind sie da, sind wir hier ...» Er schob eine Brotschnitte auf dem Tisch hin und her.

Die Engländer nickten höflich. Curtis ließ kein Auge von Maria. Sie tat so, als bemerke sie es nicht. Sie konnte jedoch nicht die Röte verbergen, die ihr ins Gesicht stieg. Die Bauern verfolgten mit Interesse die Manöver des Bezirksprowidniks. Der Chorgesang der Deutschen und laute Schreie aus den Hütten, in denen die Ukrainer feierten, waren bis hierher zu hören.

Der Geistliche Malotyja berührte sanft die Hand des Kurinnij Ren. «Wenn wir jetzt nicht beginnen, fürchte ich, treffen wir niemanden mehr an, mit dem wir beginnen können», sagte er mit weicher Stimme, wobei er eine beredte Geste in Richtung der Fenster machte.

«Ja! Diese Schweine lassen sich vollaufen bis zum Stehkragen.» Ihm pflichtete Ren bei. «Meine Herren», wandte er sich an die Versammelten, «es ist Zeit, daß wir unsere Feier beginnen. Wir freuen uns, auch den Gästen etwas Interessantes zeigen zu können», er deutete – den schweren Kopf neigend – auf die Engländer.

Hryn erhob sich. Die Zugführer Resun, Ukleja und Stjenka sprangen auf, warfen die Mäntel über und liefen auf den Hof. Gleich darauf erschallten weithin vernehmbar ihre Stimmen. Sie gaben Kommandos. Die ganze Hundertschaft versammelte sich auf dem Hof. Der Geistliche Malotyja zog sich unter tiefen Verbeugungen aus der Stube zurück. Er mußte die liturgischen Gewänder anlegen. Die Engländer, denen Ihor und Kemperer behilflich waren, mummten sich wieder in ihre Pelze ein. Sie hatten jetzt trübe, ausdruckslose Augen. Offenbar wirkte der Selbstgebrannte jetzt.

Unterdessen hatten sich draußen zwei Reihen Leute mit Fackeln aufgestellt. Bei ihrem flackernden Schein nahm Hundertschaftskommandeur Hryn die Meldung des Führers des ersten Zuges, Resun, entgegen, der im Namen der ganzen Hundertschaft meldete. Die Schützen standen, in Linie zu zwei Gliedern angetreten, vor ihm stramm. Das Gewehr präsentierten sie nicht, denn ihre Waffen waren zu verschieden und ungeeignet für eine geschlossene Übung.

Mit weithin vernehmlicher Stimme meldete nun Hryn seinerseits dem Kurinnij Ren. Sie drückten einander die Hand. Der korpulente Ren wandte sich mit einer geschickten Körperdrehung den angetretenen Schützen zu.

«Guten Abend, Jungs!» rief er laut.

«Bandera, Bandera, Bandera!» antworteten sie im Chor.

Hryn übernahm das Kommando. Die Hundertschaft führte eine Wendung nach rechts aus und marschierte in Zweierreihen zum Festplatz.

Dort war bereits das ganze Dorf versammelt. Die Bauern trugen Pelze, die

Frauen und Mädchen waren in Tücher gehüllt; sie warteten vor der kleinen griechisch-katholischen Holzkirche. Die Dorfältesten hatten sich gegenüber in einer gesonderten Gruppe aufgestellt. Die Hundertschaft formierte sich zu einem Karree links vom Glockenturm, unter dem an einer Art Feldaltar einsam der Geistliche Malotyja wartete. Dicht daneben standen in zwei Reihen Stühle, auf denen Ren, Hryn, Ihor, der Quartiermeister Demian, Stabsarzt Kemperer, Curtis und Robinson Platz nahmen. Die Männer mit den Fackeln hatten einen Halbkreis gebildet, bemüht, den Platz so gut wie möglich zu beleuchten.

Es herrschte Stille. Priester Malotyja wandte den Versammelten den Rükken zu, er betete andächtig. Die Frauen bekreuzigten sich. In inbrünstiger Zwiesprache mit der Vorsehung breitete Malotyja die Arme aus und legte sie wieder zusammen. Ein paarmal kniete er nieder, worauf Unruhe in die Reihen der Hundertschaft kam: Einige Schützen folgten dem Beispiel des Geistlichen, andere traten, um ihnen Platz zu machen, zur Seite. Jemand hatte einen lauten Schluckauf, vermutlich einer von den Deutschen oder Franzosen, die sich bei religiösen Feierlichkeiten immer ziemlich gleichgültig verhielten.

«Schützen der Ukrainischen Aufständischen Armee!» rief Priester Malotyja endlich von den Stufen des Altars herab. «An diesem Heiligen Abend haben wir uns hier versammelt zu einer erhabenen Zeremonie. In wenigen Augenblicken errichten wir hier das Kreuz des Sieges, das unseren Kampf verewigen wird. Das Denkmal ist bescheiden, denn für ein anderes fehlen uns heute noch die Mittel, aber eines Tages wird sich hier und an vielen anderen Stellen ein Steinobelisk erheben, der künftigen Generationen für alle Zeiten von uns künden soll ...»

Die weitere Ansprache des Priesters war eigentlich eine Wiederholung dessen, was die Schützen bei jeder Gelegenheit zu hören bekamen, so auch an diesem Abend von den Kommandeuren während ihres Rundgangs durch die Bauernhütten. Da war also die Rede von dem kommenden, sicheren und baldigen Sieg, von der Selbstaufopferung, von Stefan Bandera, von den westlichen Alliierten, die an die UPA dachten, es fehlte auch nicht an Anspielungen auf die Anwesenheit der beiden Engländer, was jene Aufmerksamkeit der westlichen Alliierten bestätigen sollte. Die Genannten schauten der Zeremonie schläfrig zu. Sie nickten, als Kemperer ihnen die Worte des Geistlichen übersetzte, ließen sich jedoch nicht dazu herab zu zeigen, ob die an sie gerichteten Bemerkungen auch Eindruck auf sie machten. Ihre Gesichter blieben unbeweglich.

Die Predigt war mit zahlreichen Zitaten aus der Heiligen Schrift gespickt, die sich auf diese wie auf jede andere Gelegenheit anwenden ließen.

«Schützen der Ukrainischen Aufständischen Armee», rief Priester Malotyja mit donnernder Stimme, «es ist ein Akt von ungemein wichtiger Bedeutung, den wir jetzt dieser unsrer heiligen Erde erweisen ...»

Würdevoll ergriff er mit seinen kurzen Fingern ein vom Dorfschulzen ausgeborgtes, mit einem grobleinenen Handtuch bedecktes Holztablett, auf dem eine verkorkte Bierflasche und eine kleine Papierrolle lagen. Er übergab das Tablett dem Zugführer Ukleja, der auf der ersten Stufe des Altars niederkniete. Er selber aber entrollte das Papier und begann zu lesen:

«Gegeben zu Mików im Jahre des Herrn eintausendneunhundertfünfundvierzig, am Heiligen Abend durch die Truppen des Gottesknechtes Orest, den Kurin Rens, die Hundertschaft Hryns, die unbescholtenen Ritter im Krieg gegen die Mächte der Hölle ... Durch diesen Akt geloben die Schützen der Ukrainischen Aufständischen Armee ihrer Sache ewige Treue. Sie geloben, für sie ihr Blut und ihr Leben hinzugeben. Sie geloben, sich keiner Marter dieser Erde zu beugen. Sie geloben, weder Mühen noch unsägliche Qualen zu scheuen. Sie geloben, die Befehle ihrer Kommandeure blindlings auszuführen. Bis daß der Sieg errungen werde ... Und so weihen sie jetzt diesen Akt ihrer heimatlichen Erde, auf daß er für alle Zeiten darin bleibe und Zeugnis ablege von ihrer Treue. Zugleich möge dieses Dokument der Beweis dafür sein, daß sich die heilige Handlung auf einem bereits befreiten Stück Erde zugetragen hat, wo das bolschewistische Polen und Rußland für immer begraben wurden, wie es dieser Akt auch bestätigt ... So wird es hier und allerorten sein, vom Dunajec bis zum Kaspischen Meer, vom Schwarzen Meer bis zum Pripjat ... So wahr uns Gott helfe. Amen.»

Ren, Ihor und Hryn traten der Reihe nach an den Altar. Sie knieten nieder und setzten mit einem besonders hierfür vorbereiteten Gänsekiel ihre Unterschriften unter den von Malotyja verlesenen Text. Sie tauchten die Feder in die mit dem Blut eines vorher eigens zu diesem Zwecke geschlachteten Lamms gefüllte Flasche. Zur Unterschrift wurden ferner aufgefordert: Der Dorfschulze, drei der reichsten und daher im Dorfe höchstes Ansehen genießende Bauern sowie nach einiger Überlegung Stabsarzt Kemperer.

Langsam rollte Malotyja das Papier zusammen, küßte es ehrfürchtig, entkorkte die Bierflasche und schob das Schriftstück mit einiger Mühe hinein. Dann verkorkte er die Flasche wieder und stellte sie auf das Tablett zurück, das er abermals ergriff, und schritt, es vor sich haltend, die Reihen der Hundertschaft ab. Jeder der Schützen beugte das Haupt und küßte demütig das Glas. Da die Männer aber nicht mehr nüchtern waren und die geheimnisvolle Zeremonie, der sie beiwohnten, sie stark erregte, begeiferten sie die Flasche dermaßen, daß die Franzosen, Belgier und Deutschen nur mit allergrößtem Abscheu ihrer Pflicht nachkamen.

«Gemeine Barbaren!» hörte Malotyja jemand in den Reihen flüstern. Es war jedoch zu dunkel, als daß er dessen Gesichtszüge hätte erkennen können.

Er wischte mit dem Handtuch, das das Tablett bedeckte, den Schleim ab und ersparte den Ungarn und Rumänen den Verdruß, den er ihren Vorgängern bereitet hatte. Dann küßten die Bauern und die sich furchtsam bekreuzigenden Frauen die Flasche.

Malotyja kehrte zum Altar zurück. Die Leute mit den Fackeln traten näher und beleuchteten nun eine tiefe Grube, die man dicht hinter dem Glockenturm ausgehoben hatte. Der Priester befestigte einen Strick am Flaschenhals und ließ sie vorsichtig in die Grube hinab. Hryn kommandierte «stillgestanden!». Zwei Schützen bedeckten die Flasche mit einer blau-gelben Flagge, die in ihrer Mitte den Dreizack trug, zwei andere machten sich daran, die Grube schnell zuzuschaufeln. Manche Frauen schluchzten laut. Ihnen war, als befänden sie sich auf einer Beerdigung.

Darauf herrschte Stille. Der Priester betete, leise vor sich hin murmelnd. Sechs Bauern näherten sich der zur Hälfte zugeschütteten Grube. Schwer schnaufend schleppten sie ein ungeheuer großes Birkenkreuz herbei – das Kreuz des Sieges. Mit Mühe richteten sie es auf und setzten es in die Grube. Die Schützen gingen noch energischer mit den Schaufeln zu Werke. Über der Grube und rund um das Kreuz wuchs ein Erdhügel. Er wurde immer höher. Malotyja schlug die vom Selbstgebrannten und von echter Rührung tränenden Augen zum düsteren Nachthimmel auf. Mit seinem vorspringenden Kinnbärtchen und dem viereckigen liturgischen Barett auf dem Kopf sah er aus wie ein zorniger Prophet, der leibhaftig dem Alten Testament entstiegen war. Vom blutroten Schein der brennenden Fackeln übergossen, verharrte er eine Weile in dieser Haltung. Die Schützen klopften unterdessen die Erde auf dem Hügel mit den Schaufelblättern fest. Der Priester bedeutete ihnen, sich zu entfernen. Mit dem Handtuch, das solange auf dem Tablett gelegen hatte, umwand er den Schaft des Kreuzes. Unablässig etwas vor sich hin murmelnd, ging er dreimal um den Hügel und bespritzte ihn mit dem Lammblut aus der Flasche. Darauf hielt er den Gänsekiel an eine der Fackeln. Er ging sogleich in Flammen auf.

«Das Leinen am Kreuz des Sieges, Schützen», rief er mit dröhnender Stimme der Hundertschaft zu, wobei er auf das Handtuch zeigte, «das ist der unlösbare Knoten, der uns mit der großen Sache der Befreiung verbindet; durch das Blut des unschuldigen Lammes, das jetzt in diesen Hügel sickert, ist eure ewige Vermählung mit der Erde vollzogen; der Feind aber möge zerstreut werden wie die Asche dieser Feder, die der Wind verweht!» schrie er hysterisch.

Unter dem metallischen Geklirr der Waffen knieten die Schützen nieder. Die Bauern und die immerfort schluchzenden Frauen folgten ihrem Beispiel.

Malotyja machte über der ganzen Menge dreimal das Zeichen des Kreuzes. Er war bemüht, dabei so majestätisch wie möglich auszusehen, aber – war nun der Alkoholgenuß oder der schlüpfrige Boden schuld – er glitt plötzlich aus und fiel der Länge nach auf die Erde.

«Ein böses Zeichen!» sagte einer der alten Bauern zum Dorfschulzen, jedoch laut genug, daß Ren und Bezirksprowidnik Ihor die Worte auffingen. Schnell liefen sie zu dem Geistlichen und stellten ihn wieder auf die Beine.

«Du hast dich besoffen, du Schwein!» flüsterte Ren ihm zu. Der Priester schüttelte verneinend den Kopf.

«Schmeckt unsere Heimaterde, o Schützen!» rief er und führte die schmutzbeschmierte Hand an seine Zunge.

Auf ein Zeichen von Hryn nahm jeder der Bandera-Leute mit den Fingerspitzen ein paar Erdkrumen und berührte sie mit den Lippen.

«So habt ihr den Treueid auf diese Erde verwirklicht, o Schützen!» Malotyja gebärdete sich wie ein Wilder. «Wer den Eid bricht, den möge ein langer und überaus schrecklicher Tod treffen! Schwört ihr das, o Schützen?»

«Bandera, Bandera, Bandera!» donnerte die Hundertschaft.

Die Zeremonie war beendet. Ein leichter warmer Südwind spielte mit den Flammen der Fackeln. Den klebrigen Straßenschmutz zerstampfend, trennten sich die Leute und gingen schweigend nach Hause.

Die Hundertschaft unter dem Kommando von Hryn marschierte nach dem Wald ab. Ein gutes Dutzend Betrunkener wurde auf Fuhrwerken abtransportiert. Der Rest, vom Selbstgebrannten angeheitert, nahm in rauflustiger Stimmung und mit viel Geschrei Abschied von den Mików er Vertreterinnen des schönen Geschlechts. Auf der Straße zum Chryszczata-Wald verschwanden die abziehenden Schützen allmählich in der nach dem Verlöschen der Fackeln herrschenden Dunkelheit.

Nicht alle im Dorf legten sich gleich schlafen. In der Hütte des Dorfschulzen wurden Ren und Ihor von den Mików er Ältesten umringt. Die Bauern saßen schweigend an den Wänden. In der verräucherten Stube blakten zwei Petroleumlampen. Die verlängerten Schatten der Männer an der Zimmerdecke schwankten. Der an Jahren älteste Bauer und Besitzer der Wassermühle in Mików, Stanicki, unterbrach das Schweigen. «Wie steht es, pane komandir, werdet ihr die Kommunisten bald schlagen?»

Ren brach in ein freies, unbekümmertes Lachen aus. «Du siehst doch selbst, daß wir die Herren sind in diesem Gebiet. Die Kommunisten können mit uns nicht fertig werden. Sie haben hier sehr viel Militär zusammengezogen. Und was ist die Folge? Wir feiern friedlich Weihnachten. Wir machen, was wir wollen. In einigen Monaten wird Krieg sein, und dann hat das alles ein Ende.»

Stanicki schüttelte den ergrauten Kopf und sog heftig an seiner kurzen

Pfeife. «Pane komandir ... Zu uns können Sie nicht so sprechen wie zu Ihren Schützen. Sie sagen, das Militär wird nicht mit Ihnen fertig, obwohl eine ganze Menge hier liegt. Vorerst trifft das zu, aber ich denke so: Ein großer Mühlstein dreht sich langsamer als die kleine Handmühle des Bauern. Je größer der Stein, desto länger die Zeit, die er braucht, um sich zu drehen. Hat er sich aber einmal in Bewegung gesetzt, dann mahlt er alles kurz und klein! So ist es auch mit dem Militär. Es ist wie ein riesiger Mahlstein, der noch nicht in Schwung gekommen ist. Aber wenn es geschieht, wie bringt ihr ihn zum Halten?»

«Bevor es soweit kommt, bricht der Krieg aus», warf Ihor ein. «Wie oft soll ich euch das noch sagen!»

Der Dorfschulze von Mików strich sich das lange Haar zur Seite, das er mit Speck eingerieben hatte, damit es glänzte. Er lächelte, wobei er seine schadhaften, schon gelb werdenden Zähne zeigte. «Und wenn der Krieg nicht so bald ausbricht?» fragte er.

«Wir lesen Zeitung», fügte Nazar hinzu, der eine zehn Hektar große Wirtschaft besaß, «von Krieg steht nichts drin. Die Russen sprechen mit den Engländern und Amerikanern, sie richten sich in Deutschland ein. Hier in Polen teilen die Kommunisten überall den Boden auf. Es heißt, daß man bei Wrocław und Olsztyn noch bessere und größere Wirtschaften als hier unentgeltlich bekommen kann. Mit diesem Krieg stimmt etwas nicht ...»

«Ihr lest kommunistische Zeitungen, und die lügen.» Ren zuckte die Achseln. «Was wollt ihr eigentlich? Wollt ihr, daß die Kommunisten auch hier herrschen? Sie werden euch den Boden und euer Vermögen wegnehmen, alles wird staatlich, euch gehört dann nichts mehr. Wollt ihr das?» fragte er heftig.

«Das wollen wir nicht, aber die Sache verhält sich nicht ganz so, wie ihr sagt, pane komandir», begann Stanicki von neuem. «Die Kommunisten aus Lesko haben hier einige Güter aufgeteilt. Sie haben den Bauern in Hoczew, Jabłonki und Wetlina Boden gegeben. Als deren Eigentum. Das ist eine Tatsache. Eine ganze Reihe armer Bauern haben jetzt Arbeit auf den staatlichen Gütern. Die Waggonfabrik in Sanok stellt neue Arbeiter ein. Die Erdölraffinerien in Ropienka und Wańkowa ebenfalls.»

«Wer Land von den Kommunisten annimmt, dessen Hof werden wir in Brand stecken», unterbrach ihn Ren rachsüchtig.

Stanicki schüttelte mißbilligend den Kopf. «Nichts für ungut, pane komandir ... Sie kommen von weither. Sie kennen die Gegend hier nicht so genau. Unsere Bauern sind arm, die Wirtschaften klein. In den Dörfern gibt es viele, die überhaupt nichts besessen haben. Sie wollen Land. Es ist nicht ihre Schuld, daß sie es nehmen, wenn man es ihnen gibt ...»

«Mit dem Niederbrennen hat es seine Not, pane komandir», warf Nazar

ein. «Die Leute lehnen sich dagegen auf, wenn man ihnen die Häuser an-
steckt. In den Dörfern sagt man auch, daß ihr nicht gut daran tut, die aufzuhängen, die in die Fabriken arbeiten gehen wollen oder zu ihren Familien
auf der russischen Seite oder in diese Gebiete – wie nennt man sie gleich? –,
in die nördlichen und westlichen Grenzgebiete fahren möchten.»

«Also, was wollt ihr eigentlich?» fragte der Kommandeur des Kurins finster. Er mußte sich zur Ruhe zwingen.

Die Bauern schauten vor sich hin. An ihren Augen konnte man nichts ablesen. Tabakqualm stieg träge aus den kurzen Pfeifen, die Schatten an der Zimmerdecke schwankten hin und her. In der Hütte war es unerträglich stickig.

«Polen und Rußland in einer Flasche zu vergraben und ein Kreuz darüber
zu errichten ist leicht», brach der Dorfschulze das Schweigen. «Seien Sie uns
nicht gram, pane komandir, wir sind doch Ihre Freunde, Mików war Ihnen
von Anfang an ein gastfreundliches, ergebenes Dorf. Wir unterhalten uns
nur so mit Ihnen, was weiter geschehen soll. Sie sagen, es gibt Krieg. Nun
gut. Wir sind keine gebildeten Menschen. Aber die Kommunisten haben den
letzten Krieg doch gewonnen, sie haben die Deutschen geschlagen.»

«Den Krieg mit Amerika gewinnen sie nicht», äußerte Ihor.

«Amerika ist eine große Macht, aber es ist weit.» Nazar stieß einen Seufzer
aus, in dem etwas wie Zweifel schwang.

Der Dorfschulze ergriff wieder das Wort. «Vorerst haben wir es schwer.
Die Hundertschaften müssen wir versorgen, die Kommunisten haben auch
Ablieferungskontingente festgesetzt, aber von einem Krieg ist nichts zu merken. Übrigens», er dämpfte die Stimme, «ich will Ihnen sagen, was die Leute
reden. Sie wollen keinen Krieg. Was ist hier nicht alles im letzten Krieg verbrannt und zerstört worden! Wenn ein neuer Krieg ausbricht – sagen sie –,
geht der letzte Rest in Rauch auf. Die Leute wollen ihre Ruhe haben, pane
komandir.»

«So reden Verräter, und Sie, Schulze, sollten sie uns angeben!» Ihor war
entrüstet. «Wir werden diese jämmerlichen Politikaster zu beruhigen wissen.»

Stanicki schüttelte den Kopf und reckte sich, daß seine starken Schulterge-
lenke knackten. «Es wären allzu viele, die man zur Ruhe bringen müßte»,
murmelte er und preßte mit einer ärgerlichen Grimasse die Lippen auf dem
Pfeifenmundstück zusammen.

«Ich frage noch einmal: Was wollt ihr?» knurrte Ren.

«Es ist gut zu wissen, was man will», äußerte der pockennarbige Landwirt
Siemienko, «die Leute wissen es jedoch selten. Wir fragen nur so aus Besorgnis, pane komandir. Sehen Sie, es gab einmal in dieser Gegend eine Zeit, es
ist lange her, als hier in den Bieszczady und weiter weg, in den Gorgany und
in der Czarnohora, ein gewisser Oleksa Dowbusch, auch Dobosz genannt,

umging. Es war ein Bauer aus unserer Gegend. Er sammelte eine Hundertschaft um sich und streifte mit ihr in den Bergen umher. An den Straßen legte er sich auf die Lauer. Er überfiel die Postkutschen und rupfte die Kaufleute, die mit Waren und Gold aus Ungarn gezogen kamen. Er war gerecht: Was er den Reichen nahm, gab er den Armen. Er ließ nicht zu, daß den Bauern Unrecht geschah. Mißhandelte ein Pan seine Bauern, so wurde sein Hof niedergebrannt und ihm der Kopf abgeschlagen. Manches Gutshaus ging in Flammen auf. Dobosz war ein guter Mensch. Er sagte, der Frondienst muß abgeschafft und das Land der Herren unter die Bauern aufgeteilt werden. Er wußte, was er wollte. Von der Gerechtigkeit für die Armen sprach er auch dann noch, als er schon unter dem Galgen stand. Für die Wahrheit wurde er von den Österreichern gehenkt ...»

«Was hat Dobosz und diese ganze Sage mit uns zu tun?» Ren war ehrlich erstaunt.

«Och ... Nichts, pane komandir! Ich erzähle es nur so, weil die Kommunisten jetzt dasselbe sagen wie damals Dobosz. Und die Leute hören ihnen gern zu, zumal sie wirklich die Herrenhöfe aufteilen und in dieser Gegend niemand zuviel Boden besitzt. Der größte Besitz eines Bauern sind höchstens zehn Hektar. Das ist bei uns schon ein reicher Mann! Ich habe selbst am letzten Sonntag in Lesko gehört, wie der Parteisekretär Drozdowski eine Rede hielt und aufzählte, wo die Aufteilung des Bodens schon durchgeführt ist.»

«Wir werden auch Land geben», unterbrach ihn Ihor ungeduldig.

Die Bauern nickten friedfertig, und Stanicki flüsterte so leise, daß nur seine beiden nächsten Nachbarn ihn verstanden: «Die Kommunisten haben es schon gegeben.»

«Wir haben noch einen langen Weg vor uns», murmelte Nazar.

«Eure Loyalität wird belohnt werden», versicherte Ren.

Die Bauern erhoben sich. Einer nach dem andern drückten sie dem Kommandeur des Kurins und Bezirksprowidnik Ihor mit ernster Miene die Hand. Tief in Gedanken, gingen sie hinaus. Als alle die Stube verlassen hatten, trat der Dorfschulze zu Ren.

«Haben Sie das gesehen, pane komandir?» Er hielt einen bedruckten Bogen Papier in der Hand. Ren setzte die Brille auf und begann mit leiser Stimme zu lesen. Ihor blickte ihm über die Schulter.

«An die Bevölkerung der Wojewodschaft Rzeszów!» las der Kommandeur des Kurins. «Der Kampf gegen die Banden der UPA und WIN, die die Gegend von Rzeszów, Przemyśl, Brzozów, Krosno und Sanok unsicher machen, tritt in seine entscheidende Phase. Die Regierung Volkspolens hat gegenwärtig die erforderlichen Truppen und Mittel bereitgestellt, die dem Bandenunwesen ein Ende machen. Alle Bewohner der von den Banden heimgesuchten Gebiete werden aufgefordert, den Behörden in ihrer Tätigkeit jede Unterstützung zu gewähren. Dies liegt im Interesse der Bevölkerung. Die Banditen, die all jene Bürger morden, welche sich dem Staat gegenüber loyal verhalten, die deren Habe rauben, ungesetzliche Kontributionen erheben, Dörfer und Kleinstädte niederbrennen, verhindern die Rückkehr zu einem friedlichen Leben und die Wiederherstellung einer normalen Lage.

Bewohner der Wojewodschaft Rzeszów! Laßt euch nicht durch die Banditen der UPA und WIN terrorisieren. Schenkt ihrer lügenhaften Propaganda keinen Glauben. Beseitigt die Kriegszerstörungen, geht an den Wiederaufbau, macht euch an die Arbeit auf euren Äckern und in euren Werkstätten; der Krieg ist beendet, den Banditen aber wird das Handwerk bald gelegt werden ...»

Ren verständigte sich durch einen Blick mit Ihor, übersprang zwei Abschnitte und las weiter:

«... allen denen, die den Banden der UPA und WIN Hilfe leisten, wird gleichzeitig gerichtliche Strafe angedroht. Banditen, die mit der Waffe in der Hand angetroffen werden, werden Standgerichten übergeben. Alle Mordtaten und Brandstiftungen werden mit dem Tode bestraft ...»

Der Kommandeur des Kurins unterbrach die Lektüre, nahm die Brille ab und legte das Flugblatt mit einer übertrieben lässigen Bewegung auf den Tisch. «Es ist nicht der erste Aufruf dieser Art.» Er gähnte.

«Das stimmt, pane komandir, aber jetzt stehen wir vor einer anderen Situation. In der Gegend liegt viel Militär, und die Menschen lesen das anders. Sie sehen die Macht, vorher haben sie sie nicht gesehen. Außerdem wollen sie ihre Ruhe. Eine große Müdigkeit ...»

«Sie reden dummes Zeug!» brauste Ren auf.

Der Dorfschulze verbeugte sich tief und breitete ratlos die Arme aus. Bezirksprowidnik Ihor schlug vor, man möge sich zur Ruhe begeben. Der Vorschlag wurde angenommen.

Nur in der Bauernhütte, die den beiden britischen Journalisten als einstweiliges Quartier diente, schlief man zu dieser später Nachtstunde noch nicht. Robinson, von den Strapazen des langen Ritts und vom Selbstgebrannten völlig erschöpft, schnarchte schon seit einiger Zeit, Curtis aber, der jünger war, unterhielt sich mit Maria. Sie sprachen deutsch. Der Journalist war von der Schönheit der Ehefrau des Hundertschaftskommandeurs tief beeindruckt. Eine Silberpappel in der Karpatenwildnis, so nannte er sie in Gedanken, und mit diesem Begriff gedachte er auch in den Reportagen zu operieren, die er über diese Gegend schreiben würde. Er wußte, daß er Frauen gefiel. Er war sich seiner Überlegenheit über den finsteren Hryn sicher, den er mitsamt den anderen Bandera-Leuten für einen Wilden, für einen Barbaren hielt.

Der Schlaf war von ihm gewichen. Er saß mit Maria in der behaglichen, mit Kelimteppichen ausgelegten Stube, im warmen Lichtkreis der Petroleumlampe; aus der offenen Ofentür ströhmte es glühend heiß, die blutroten Flammen züngelten. Marias kleiner Sohn schlief in seinem Holzbettchen. Curtis hielt die Hand der Frau. Sie entzog sie ihm nicht. Er war sich des Sieges gewiß, der seine Eindrücke von dieser Reise bereichern sollte. Aber Maria wich einer Unterhaltung über das Thema Liebe aus.

«Sie kommen aus England, Herr Curtis», sagte sie. «Wollen Sie mir bitte sagen, was aus uns wird?» Sie blickte ihn voller Besorgnis an.

«Ich bin nur ein kleiner Journalist, Darling.» Er lächelte, seine gleichmäßigen, weißen Zähne schimmerten im Halbdunkel. «Mit Propheten habe ich nichts zu tun. Ich denke jedoch, es wird noch alles allright, Sie haben so schöne Hände und Augen ...»

«Werdet ihr uns helfen, oder überlaßt ihr uns dem eigenen Schicksal, wie so viele andere?»

«Wozu plagt sich ein so hübsches Köpfchen mit Politik? Bei Ihrer Schönheit können Sie doch nicht untergehen ...»

«Ich frage Sie allen Ernstes, Herr Curtis.»

«Soll ich antworten wie unsere Staatsmänner? ‹Die Regierung Seiner Königlichen Majestät verfolgt aufmerksam die Entwicklung in diesen Gebieten.›»

«Ich möchte, daß Sie offen sagen, wie Sie darüber denken.»

«England vergißt seine Verbündeten nie.»

Sie vermochte keinerlei ernsthaftere Antwort aus ihm herauszubekommen. Er hatte seinen Kopf auf ihre Knie gelegt. Nachdenklich streichelte sie das blonde Haar des Engländers und starrte in die zuckenden Flammen. «Wie denken Sie über uns, Herr Curtis?» fragte sie nach einer Weile des Schweigens.

«Oh!» Der Journalist seufzte, er hob den Kopf nicht. «Sie sind wirklich wundervoll! Und das alles ist so exotisch ...»

«Wie bei den Buschmännern, nicht wahr?» Sie lachte trocken.

Er beachtete ihre Ironie nicht. Seine Hand liebkoste behutsam ihre Taille. Er wußte, daß er dem Sieg schon sehr nahe wahr. Doch plötzlich stand die Frau auf. Sie tat es so heftig, daß Curtis fast das Gleichgewicht verloren hätte und gefallen wäre. Sie trat an das Bett des Kindes. Dann richtete sie sich auf und ordnete mit einer weichen Handbewegung ihr Haar. Für eine Weile wandte sie dem Journalisten den Rücken zu und lauschte dem ruhigen Atem des schlafenden Knaben. Curtis näherte sich Maria und legte ihr die Hand auf die Schulter. Sie wich ihm aus, stand ihm aber gleich darauf von Angesicht zu Angesicht gegenüber, so daß er auf seinem Mund ihren warmen Atem spürte.

«Hören Sie mich an, Herr Curtis», sagte sie, eindringlich flüsternd. «Ich sage Ihnen: Ich glaube an nichts, ihr lügt alle und belügt euch gegenseitig!

Schon lange glaube ich an nichts mehr, und die Dinge, die sich hier abspielen, sind mir gleichgültig. Ich liebe nur einen Menschen», ihre Stimme klang jetzt sehr weich, sie streckte die Hand nach dem schlafenden Kind aus, «ihn! Dies kleine Wesen will ich retten. Es weiß von nichts und ist so wehrlos! Es soll leben und irgendwann einmal glücklich sein. Das ist mein einziges Ziel ... Ihr Land hat den Krieg hinter sich, Herr Curtis», sie rang mühsam nach Worten, denn ihr Schuldeutsch war schlecht, «auf der Welt herrscht im Augenblick doch wohl Ruhe. Nur hier ist Krieg, und der geht böse für uns aus. Lassen Sie mich ausreden ... Ich bin dessen gewiß, und auch Sie wissen es. Für ihn», wieder zeigte sie auf das Kind, «bin ich zu allem bereit. Sie sind doch ein Gentleman ... Helfen Sie mir, ihn zu retten?»

Der Engländer war ernst geworden. «Was verlangen Sie?» fragte John Curtis.

Sie zögerte. Einen Augenblick sah sie ihn forschend an. «Bitte, ich möchte, daß es unter uns bleibt. Ich will, daß Sie mir und meinem Sohn helfen, ins Ausland zu kommen.» Sie stieß die Worte in einem Atemzug hervor.

«Wann?»

«Haben Sie keine Angst!» Ihr Lachen hatte einen bitteren Unterton. «Nicht gleich heute. Diese ..., diese Komödie wird noch eine Weile dauern. Wenn Sie mir nur die entsprechenden Papiere vorbereiten würden, damit ich abreisen kann, wenn es nötig ist. Können Sie das für mich tun?»

«Ich werde es versuchen, Maria.»

«Versprechen Sie es?»

«Ja!»

«Auf welche Weise könnte ich in den Besitz der Dokumente gelangen?»

«Zum geeigneten Zeitpunkt werde ich es Sie wissen lassen.»

Sie nickte. Sie wehrte sich nicht, als er sie umschlang und ungeduldig ihr Kleid aufzuknöpfen begann. Sie schob ihn lediglich sanft beiseite, um die Lampe auszublasen. An der Wand blieb der flackernde Schein des Feuers, der aus der offenen Ofentür fiel.

Als Ort der Begegnung zwischen Ren und dem Kommandeur der Abteilung «Brennendes Herz» der Organisation «Freiheit und Unabhängigkeit», Major Żubryd, wählte Bezirksprowidnik Ihor das Kloster der Schwestern S. in der Ortschaft R.

Unter dem Schutz der wachsamen Gendarmen Berkuts begab sich der Kommandeur des Kurins mit Ihor und seinen britischen Gästen dorthin. Ihre Route führte durch Jaworne und Jabłonki, über den Łopienik, am Flüßchen Solinka entlang und über die Hügel Połoma und Tołsta. Sie ritten flott und waren gutgelaunt. Das Wetter war warm, fast frühlingshaft. Die gutgefütterten Pferde gingen leicht und trugen sie mühelos. Curtis und Robinson konnten sich überzeugen, daß die Ukrainische Aufständische Armee dieses Gebiet völlig beherrschte. Nirgendwo stießen sie auf Militär. In der Nähe von Jabłonki wurden sie von einer Patrouille der berittenen Hundertschaft Stachs angehalten. Die Schützen erkannten ihren Kommandeur und begrüßten ihn freundschaftlich. Voller Neugier starrten sie auf die Engländer. An der Solinka mußten sie den Wachposten der Hundertschaft Birs, in deren Operationsgebiet sie sich nun befanden, die Parole angeben. Der Kommandeur dieser Hundertschaft war nicht anwesend. Er war an der Spitze zweier Züge nach Tworylne aufgebrochen. Einen Zug hatte er mehr zu Repräsentationszwecken als zum Schutz zurückgelassen; denn es gab hier keinerlei Gefahren. Seit der Zeit, da man die Feldwachen der Grenztruppen liquidiert hatte, waren keine militärischen Abteilungen mehr in diese Gegend vorgedrungen.

Das Kloster war ein kleines, sauberes weißes Gebäude. Die Feldwirtschaft und der Gemüseanbau der Schwestern waren in der ganzen Umgebung berühmt. Schon vor dem Kriege galten sie als musterhaft. Die Okkupation und die vorrückende Front hatten R. weitgehend verschont. Aus dem Boden sprudelte Erdöl, die Ortschaft hatte also eine gesicherte Zukunft. Gleich nach Kriegsende erschien dort ein Bohrtrupp aus Wańkowa, um die ölhaltigen Quellen zu untersuchen, die sich unmittelbar unter der Erdoberfläche befanden. Żubryd machte ihnen nachdrücklich klar, daß sie hier nichts verloren hätten; der Ingenieur wurde mit eben diesem Erdöl übergossen und lebendig verbrannt, zwei Bohrleute wurden gehenkt und nur einen ließ man frei, damit er über alles, was sich ereignet hatte, berichten könne. Ein zweites Mal kam der Bohrtrupp wieder, als man hier einen Stützpunkt der Grenztruppen einrichtete. Als der jedoch verschwand, versuchte niemand mehr, das schwarze Gold zu gewinnen. In schmalen Rinnsalen drang es an die Oberfläche der Erde, in die es ungenutzt wieder einsickerte. Nur das Kloster gedieh in Ruhe und beschäftigte auf seinen Feldern und in seinen Gärten die Mehrheit der Einwohner von R.

Die Begrüßung der beiden Kommandeure ging sehr feierlich vonstatten. Kurinnij Ren schritt – zu seiner Linken Żubryd, hinter sich Bezirksprowidnik Ihor und Hauptmann Piskorz – langsam die Front der WIN-Abteilung «Brennendes Herz» sowie den Ehrenzug der Hundertschaft Birs ab, der gegenüber Aufstellung genommen hatte.

«Morgen, Soldaten!» begrüßte er die Żubryd-Leute in polnischer Sprache und hielt vor ihnen eine kurze Rede, in der er feststellte, daß gegenwärtig alle politischen Differenzen, die die beiden Gruppierungen – WIN und UPA – trennten, zurücktreten müßten, da ihr Kampf ein gemeinsames Ziel habe: die Vernichtung des Bolschewismus. «Wir befinden uns außerdem», fügte er hinzu, «im großen Lager der Westalliierten, die uns heute und auch weiterhin, bis zum Siege, unterstützen werden.» Er sprach ein gutes Polnisch, was auf die Angehörigen der Abteilung «Brennendes Herz» einen positiven Eindruck machte. Beträchtlichen Glanz verlieh ihm sein Erscheinen in Begleitung der beiden Engländer. Die Żubryd-Leute verschlangen sie geradezu mit den Augen und hegten alle möglichen Vermutungen über die eigentliche Rolle dieser ungewöhnlichen Gäste.

An der Schwelle des Klosters wurden die beiden Kommandeure von der Äbtissin Modesta begrüßt. In ihren schrumpligen Greisenhänden hielt sie ein mit Fransen geschmücktes violettes Plüschkissen, auf dem der symbolische Schlüssel zum Gebäude ruhte. Einige Jahre zuvor war sie auf ähnliche Weise einem deutschen Oberfeldwebel entgegengegangen, der an der Spitze von vier Soldaten in R. erschien. Damit hatte sie damals eine große Wirkung erzielt. Jetzt war es jedoch nicht der glücklichste Schritt. Ren und Żubryd streckten zur gleichen Zeit die Hand nach dem Schlüssel aus. Der jüngere Kommandeur der Abteilung «Brennendes Herz» war schneller. Er riß der Äbtissin das Kissen aus den Händen und betrat als erster das Kloster.

Die Beratungen fanden im großen, hellen Refektorium statt. Am Tisch, der eigens aus der Klosterkapelle herübergeschafft worden war, hatten auf lederbezogenen Stühlen mit hohen Lehnen Platz genommen: Kurinnij Ren, Bezirksprowidnik Ihor, Major Żubryd, Hauptmann Piskorz und, als Gäste und Beobachter, die beiden Engländer. Die Wände des Raumes waren kahl und streng. Die Stimmen der Versammelten hallten feierlich vom hohen Gewölbe wider, was dem Treffen einen ernsten Charakter verlieh.

Dennoch beeinträchtigte der Zwischenfall mit dem Schlüssel die Atmosphäre der Versammlung. Die Kommandeure der verbündeten Abteilungen benahmen sich gespreizt und steif. Bezirksprowidnik Ihor, der die Rolle des Dolmetschers übernahm, beschloß, die Engländer vorsichtig und nicht über alles zu informieren.

Als erster ergriff Ren das Wort, der sogleich auf den Kern der Sache zu sprechen kam. Er stellte fest, daß das Auftreten größerer Verbände regulärer Truppen in dieser Gegend von den beiden Abteilungen der UPA und WIN eine genauere Koordinierung ihrer Aktionen und eine bessere Zusammenarbeit erfordere. Er hob hervor, daß dies vom zentralen Komitee in München verlangt werde. Der Kommandeur des Kurins bemerkte mit bitteren Worten, daß die gegenwärtige Situation nicht zufriedenstellend sei, da Herr Major Żubryd die festgesetzten Grenzen der Aktionsbereiche nicht respektiere, was Wirrwarr und Durcheinander hervorrufe.

Der Kommandeur der Abteilung «Brennendes Herz» trommelte ungeduldig mit den Fingern auf den Tisch und zuckte mehrmals, einen verächtlichen Ausdruck im Gesicht, mit dem Schnurrbart. Hauptmann Piskorz protokollierte eifrig Rens Worte. Als dieser zum Schluß kam und die Hoffnung aussprach, das heutige Treffen möge sich fruchtbar auswirken auf die Festsetzung der weiteren gemeinsamen Linie ihres Vorgehens sowie auf die Wiederherstellung einer normalen Lage in den Operationsbereichen der UPA und der WIN, blickte der Hauptmann von seinen Schriftstücken auf und sagte: «Die Abteilung ‹Brennendes Herz› und die ihm unterstehende Abteilung Mściciels befanden sich in einer recht schwierigen Situation. Unsere Aktionsbereiche liegen im Prinzip auf beiden Seiten der Linie Krosno – Sanok. Das Gelände ist eben und wenig zerklüftet, was wiederum die Manövrierfähigkeit einschränkt. Es ist ganz natürlich, daß die Abteilungen der WIN unter diesen Bedingungen bestrebt sind, ihre Aktionen in ein günstigeres Kampffeld zu verlegen, das sich südlich der genannten Linie erstreckt.»

Diese Erklärung erschütterte Rens Gleichgewicht. Mit erhobener Stimme stellte er fest, das von Hauptmann Piskorz erwähnte Gebiet gehöre der Ukrainischen Aufständischen Armee. Diese Bemerkung führte zu einer Kontroverse mit Żubryd. Nachdem der Kommandeur der Abteilung «Brennendes Herz» endlich das Wort an sich gerissen hatte, erinnerte er, ohne auf die warnenden Blicke des Hauptmanns Piskorz zu achten, der ihm bedeutete, ruhig Blut zu bewahren, bissig daran, daß die UPA niemals das Recht auf die strittigen Gebiete erworben habe und daß sie alle, sowohl der Kommandeur des Kurins, Ren, als auch seine Leute, ja sogar ihr Chef, Orest, in dieser Gegend, gelinde ausgedrückt, Zugereiste seien. Sie seien doch nur auf der Flucht nach dem Westen hier, nachdem die Russen ihnen das Fell versohlt hätten … Sie müßten endlich begreifen, daß dieses Gebiet von der Organisation WIN beherrscht werde, welche die alleinige Befehlsgewalt innehabe … Żubryd sprach vulgär und mit gehobener Stimme. Er vergaß ganz, daß er Major war.

Ren lief rot an. Ostentativ heftete er den Blick an die Decke und sagte, ohne Żubryd anzusehen, mit Nachdruck: «Wenn die Unterredung in diesem Ton weitergeführt werden soll, ist es besser …, wir gehen auseinander.»

Der Kommandeur der Abteilung «Brennendes Herz» setzte eine Miene auf, als wolle er pfeifen.

«Meine Herren, um Gottes Willen, streiten wir nicht!» intervenierte Bezirksprowidnik Ihor, wobei er deutlich Hauptmann Piskorz ansprach, in welchem er die verwandte Seele eines Menschen erkannte, der zur «besseren Gesellschaft» gehört. «Könnte nicht jeder der Herren seine Argumente in Ruhe vorbringen?» fragte er beschwichtigend.

Es herrschte peinliches Schweigen, das noch unterstrichen wurde durch das Flüstern der Engländer, die vom Bezirksprowidnik verlangten, er möge ihnen übersetzen, worum es sich handele. Als Derek Robinson die Ursachen des Streites erfahren hatte, bat er die «geschätzten Gentlemen» seiner «journalistischen Neugier» wegen um Entschuldigung und um Aufschluß darüber, weshalb beide Kommandeure so großes Gewicht auf die Trennung der Operationsbereiche legten.

«Die Sache ist ganz einfach», erwiderte Kurinnij Ren, gekünstelt ein gut-mütiges Lächeln auf dem runden Gesicht. «Erstens», er spreizte, während er sprach, seine Wurstfinger, «muß die Bevölkerung des betreffenden Bereichs wissen, wem sie zu gehorchen hat und wem sie zu Naturalleistungen ver-pflichtet ist. Zweitens sind unsere Abteilungen, die in demselben Bereich Streifzüge unternehmen, nicht in der Lage, einander zu identifizieren und könnten sich gegenseitig umbringen ... Drittens, wenn wir beispielsweise eine Aktion durchführen, ohne daß die Abteilung ‹Brennendes Herz› etwas davon weiß, oder, was schlimmer ist, es hat sich dasselbe Ziel gesetzt, kann es zu einem Durcheinander mit unabsehbaren Folgen kommen. Viertens kom-men politische Dinge in Betracht: Wir kämpfen gegen ein und denselben Feind, bedienen uns aber, was die ferneren, die künftigen Ziele betrifft, ver-schiedener Losungen. Wirken wir in demselben Bereich, so stiften wir in den Köpfen der Menschen Verwirrung, was schließlich nur ein Resultat haben kann – den Verlust unseres Prestiges. In dem in Frage kommenden Bereich müssen die Losungen einheitlich sein. Es gibt außerdem noch eine ganze Menge technischer Gründe ...»

«Wäre es nicht möglich gewesen, sich häufiger zu sehen und die Zusam-menarbeit jeweils abzusprechen?» fragte der Engländer weiter. Er wollte wohl kluge Ratschläge erteilen.

Żubryd und Piskorz schüttelten gleichzeitig den Kopf. Ren lächelte nach-sichtig. «Wir sehen uns ohnehin viel zu oft», sagte er. «Das ist mit Rücksicht auf unsere Soldaten und auf die Bevölkerung nicht allzu ratsam. Im Augen-blick verbindet uns zwar ein gemeinsames Ziel, aber letzten Endes streben wir nach verschiedenen Dingen.»

«Dieses gemeinsame Ziel ist das Wichtigste!» rief Ihor aus.

Derek Robinson hatte die Hände über dem Bauch gefaltet und drehte an-gestrengt die Daumen. Er hielt die Augen halb geschlossen. Wäre nicht das Spiel der Finger gewesen, hätte man glauben können, er mache ein Nicker-chen.

«Ich möchte einen Kompromißvorschlag machen», sagte Piskorz in ruhi-gem Ton. «Teilen wir die Bereiche nach den Naturalleistungen der Bevölke-rung auf. Um einander nicht in die Quere zu kommen, markieren wir Erken-nungszeichen und treffen grundsätzliche Vereinbarungen; über Detailfragen werden wir uns noch verständigen. Einen anderen Weg sehe ich nicht. Meine Herren, wahren wir die einheitliche Front vor unseren Verbündeten!» appellierte er inständig. Abwartend richtete er seinen Blick auf Ren.

Der Kommandeur des Kurins schwieg eine Weile. Dann räusperte er sich und sagte: «Ich bitte um Bedenkzeit. Vor den Kadi werden wir die Angele-genheit nicht gleich bringen.» Er lachte säuerlich. «Treffen wir erst einmal diese grundsätzlichen Vereinbarungen, von denen der Herr Hauptmann sprach. Das ist das Wichtigste. Könnten Sie sie darlegen, Hauptmann Piskorz?»

Robinson öffnete die Augen. Curtis fragte Ihor etwas im Flüsterton und machte sich Notizen. Żubryds Stellvertreter nahm das Wort.

Er drückte die Überzeugung aus, der geschätzte Herr Kurinnij Ren werde sicherlich mit ihm übereinstimmen, daß das allgemeine Hauptziel der UPA und der WIN, sowohl in diesem Bereich als auch andernorts, die Aufrechterhaltung einer gespannten Lage sei, die es den Kommunisten nicht erlaube, sich auf die Dauer zu installieren und ihre Einrichtungen einzuführen.

«Man muß beweisen, daß der Krieg noch gar nicht zu Ende ist», sagte Ren kopfnickend.

«Um dieses Hauptziel zu verwirklichen», fuhr Hauptmann Piskorz fort, «müssen wir vor allem jegliche Versuche der Bolschewisten unterbinden, die hiesigen Erdölvorkommen zu nutzen und die Waggonfabrik in Sanok wieder in Betrieb zu setzen. Andere wichtigere Industrieobjekte gibt es in unserem Bereich nicht», stellte er mit einem gewissen Bedauern fest. «Weiter ist notwendig die Liquidierung, und das sofort, der sogenannten Genossenschaften der Bäuerlichen Selbsthilfe, der Staatsgüter sowie derjenigen Bauern, die Land von Übersiedlern genommen haben. Die Angelegenheit ist sehr wichtig. Ebensowenig dürfen wir zulassen, daß die Schneidemühlen und Sägewerke in Betrieb genommen werden ... Das wäre die eine Seite der Aktion. Die andere, nicht minder wichtige, ist die Liquidierung aller kommunistischen Funktionäre und ihrer Helfershelfer. Gegenüber Personen, die dem Einfluß der roten Propaganda erliegen und in die berühmten nördlichen und westlichen Grenzgebiete übersiedeln, müssen wir Repressalien anwenden. Das gleiche bezieht sich auf Leute, die sich freiwillig, als offenkundige Anhänger des Kommunismus, nach Rußland repatriieren lassen. Den Vorwand, sie wollten sich mit ihren Familien vereinigen, können wir nicht akzeptieren ... Was die politischen Dinge betrifft, so bleibt die Hauptlosung: Die Herrschaft der Kommunisten ist ein Provisorium. Wir vertreten die Meinung, daß der in Kürze ausbrechende Krieg dieser Herrschaft ein Ende machen wird. Die Leute dürfen jedoch aus verständlichen Gründen nicht erfahren, daß irgend etwas die Abteilungen der WIN und der UPA verbindet. Diskretion ist hier wirklich unbedingt erforderlich.»

«Im beiderseitigen Interesse», pflichtete ihm der Bezirksprowidnik bei.

«Sie haben die Aktionen gegen den Verkehr auf den Eisenbahnlinien und Landstraßen vergessen», sagte Ren, an Hauptmann Piskorz gewandt.

Der nickte eifrig.

«Nun, was meinen Sie, Herr Major Żubryd?» fragte Ren. «Irgendwie werden wir uns schon einigen ...» Er lachte versöhnlich, blickte dabei aber auf die Engländer.

Auf dem Beratungstisch wurden Landkarten ausgebreitet. Mit peinlicher Genauigkeit legten die verbündeten Kommandeure die künftigen Aktionen fest. Lange unterhielten sie sich über die Methoden zur Bekämpfung des gemeinsamen Feindes. Ren vertrat die Ansicht, man müsse die Mitglieder der Polnischen Arbeiterpartei, die Mitarbeiter der Sicherheitsorgane und der Miliz sowie deren Posten liquidieren, größeren Auseinandersetzungen mit dem Militär dagegen besser aus dem Wege gehen, da sie für die zahlenmäßig schwächeren Abteilungen der UPA und der WIN schlimm enden könnten. Die Vertreter der Abteilung «Brennendes Herz» stimmten mit dieser Meinung überein, aber Major Żubryd lenkte die Aufmerksamkeit der Versammelten auf die Tatsache, daß das Militär unterminiert sei; beim Bataillon der WIN hätten sich kürzlich einige Deserteure gemeldet, darunter ein Offizier, ein Fähnrich namens Książek. Ren schüttelte skeptisch den Kopf, die Engländer dagegen interessierte die Mitteilung sehr, und sie baten darum, ihnen ein Zusammentreffen mit diesem Offizier zu ermöglichen.

Die Gespräche zogen sich in die Länge. Sie wurden immer sachlicher. Im angrenzenden Raum saß die Äbtissin mit ihrer Vertrauten, der Schwester Beata. Kein einziges Wort der Beratung entging ihnen. Die wichtigsten Punkte hatten sie notiert. Aus vielerlei Gründen war dies für sie wesentlich.

Das Mittagessen nahm man im Refektorium ein. Das Kloster war seiner vorzüglichen Küche wegen berühmt. Die stillen und demütigen Nonnen, die sich geräuschlos in Filzpantoffeln hin und her bewegten, bedienten flink und trugen immerfort neue Gerichte auf. Curtis und Robinson fragten Fähnrich Książek, den man zu Tisch gebeten hatte, interessiert über die Wechselfälle seines Schicksals aus. Er fühlte sich hierdurch überaus geehrt. Bezirksprowidnik Ihor, der den Engländern die Worte des Fähnrichs übersetzte, kam zu der Feststellung, daß der Offizier ziemlich beschränkt sei. Diese seine Meinung behielt er jedoch für sich. Im übrigen wußte er, daß Major Żubryd nicht klüger war als sein neuer Untergebener. Die Wendung, die das Gespräch bei Tisch nahm, machte den Bezirksprowidnik nervös. Durch nichts hatte er die Aufmerksamkeit der britischen Gäste auf sich lenken können. Dabei war ihm so daran gelegen. Vielleicht würden sie seinen Wunsch, in das ersehnte München zu kommen, unterstützen?

Gegen Ende des Mittagessens wurden Trinksprüche auf den erstrebten Endsieg ausgebracht. Äbtissin Modesta zeigte den bei Tisch Versammelten eine himmelblaue Standarte mit dem Bildnis des Brennenden Herzens, die im Kloster für die Abteilung Major Żubryds gestickt wurde. Die Standarte war noch in Arbeit. Einige Monate später sollte sie fertig sein.

Auf Vorschlag Rens, der in diesem Kreis der älteste war, begaben sie sich frühzeitig zur Ruhe. Diese Nacht war jedoch alles andere als ruhig. Die Äbtissin, die auf alles ein Auge hatte, beobachtete, daß zu der Zelle, die die Engländer bewohnten, eine wahre Pilgerfahrt einsetzte. Zuerst stattete Hauptmann Piskorz den Engländern einen Besuch ab. Während dieser Zeit kehrte Kurinnij Ren zweimal an der Tür dieser Zelle um – der Stellvertreter des Kommandeurs der Abteilung «Brennendes Herz» hielt sich noch immer darin auf. Mehr als zwei Stunden vergingen, ehe sich Piskorz auf Zehenspitzen davonstahl und sich zu Żubryd begab. Etwas später konferierte Ren mit den Engländern. Das dauerte fast eine Stunde. Dann besuchten Żubryd und Piskorz sie gemeinsam. Sie waren kaum fort, als Bezirksprowidnik Ihor auf Zehen, in sonderbaren Pirouetten über die Steinfliesen des Korridors hüpfte.

Äbtissin Modesta und die fromme Schwester Beata stellten nicht ohne Befremden fest, daß sich die Gesprächspartner der Engländer voreinander versteckten. Gewissenhaft bewahrten sie diese Einzelheit in ihrem Gedächtnis. Es gehörte zu ihren Obliegenheiten.

Um Mitternacht klopfte ein berittener Melder aus der Hundertschaft des Kommandeurs Bir an die Klosterpforte. Er überbrachte eine wichtige Meldung. Die Hundertschaft hatte ein Geschütz erbeutet und seine Bedienung niedergemacht. Halb von Sinnen vor Freude, pochte der Kommandeur des Kurins der Reihe nach an alle Türen, bei den Engländern, bei Ihor sowie bei Żubryd und Piskorz, um ihnen die Neuigkeit mitzuteilen.

Es war noch tiefe Nacht, als sich das stille Kloster der Schwestern in R. wieder leerte. Die Engländer ritten unter einer Eskorte der Gendarmerie Berkuts einem nur ihnen bekannten Ziel entgegen. Ren begab sich mit Birs Zug zu dessen Hundertschaft. Ihor hatte etwas in der Umgebung zu erledigen, die Abteilung «Brennendes Herz» marschierte nach Ropienka ab. Major Żubryd vergaß jedoch nicht, Piskorz' Rat zu befolgen und den Engländern Feldwebel Zawieja in Begleitung des pfiffigen Unteroffiziers Piorun hinterherzuschicken. Es lohnte sich zu erfahren, was die britischen Gäste weiter tun würden …

Selbstverständlich bemerkten Berkuts Gendarmen fast unmittelbar darauf die beiden Żubryd-Leute, die den Engländern folgten. Von nun an ließen sie die Späher des befreundeten WIN-Bataillons nicht mehr aus den Augen. Dieses Blindekuhspielen machte ihnen Vergnügen.

Die Abteilung «Brennendes Herz» hatte weitaus weniger wachsame Posten. Sie bemerkten nicht einmal, daß ihnen, wie gewöhnlich, eine kleine Patrouille Berkuts folgte und jede Bewegung der Abteilung registrierte. Dies war um so leichter, als in der Nacht das Wetter umschlug. Der Wind, der solange von Südwesten geweht hatte, sprang auf Nord um. Es begann zu schneien.

V

Mit dem Geschütz, das die Bandera-Leute erbeutet hatten, verhielt es sich so: Als Oberstleutnant Tomaszewski mit den Folgen des Brandes von Huczwice einigermaßen zu Rande gekommen war – er hatte die Flüchtlinge zu den abgelegenen Bahnstationen in Nowy Zagórz und Sanok begleiten lassen und die Überholung seines Wagenparks, der soviel zu wünschen übrigließ, abgeschlossen –, rückte das Regiment aus. Die von Tomaszewski erdachten «Demonstrationshandlungen» begannen.

Eigentlich war dies ein großes Defilee des Regiments durch die Dörfer, ein Marsch ohne bestimmtes taktisches Ziel, eine Manifestation der Stärke.

Eine Kompanie aus Major Grodzickis Bataillon bildete die Vorhut. Sie führte einige Granatwerfer des Bataillons und zwei 47-mm-Geschütze mit sich. Für Verfolgungszwecke war sie mit drei Lastkraftwagen, Modell Studebaker, ausgestattet. Ihr folgten drei mittelschwere Panzer, die das Panzerregiment in Tarnów entsandt hatte. Jedes der Regimenter der Division von Oberst Sierpiński hatte in diesen Tagen einige Panzer erhalten. Mit entsprechendem Abstand – er war in der Dienstvorschrift genau festgelegt – rückte Major Grodzickis Bataillon in Gefechtsordnung, d. h. in zwei langen Schützenlinien, zu beiden Seiten der Straße vor. Mit diesem Bataillon ritten der Regimentskommandeur, Oberstleutnant Tomaszewski, der Stellvertretende Divisionskommandeur, Major Preminger, der Chef des Stabes, Major Pawlikiewicz, der Chef der Aufklärung, Hauptmann Wiśniowiecki und der Arzt, Dr. Pietrasiewicz. In der gleichen Ordnung marschierten auch das aus Lesko abgezogene 3. Bataillon unter Hauptmann Gorczyński und das 1. Bataillon unter Hauptmann Ciszewski. Am Schluß der Kolonne fuhren einige Geschütze, die von Kraftfahrzeugen gezogen wurden; alle paar Kilometer hielten sie und schlossen dann immer wieder zum Regiment auf. Mit diesen Geschützen hatte man von Anfang an seine liebe Not; an die Spitze der Kolonne durfte man sie nicht setzen, da die Straße von den Banditen vermint worden sein konnte. Die Mitte der Kolonne kam auch nicht in Betracht, da motorisierte Geschütze die ganze Ordnung gestört hätten, und unmittelbar hinter der Kolonne konnten die Kraftfahrzeuge nicht die nötige Fahrgeschwindigkeit entwickeln, die Motoren überhitzten sich. Es blieb nur eine Möglichkeit: Die Artillerie mußte sich in Sprüngen von etwa einem Kilometer am Schluß der Kolonne fortbewegen. Dieses System hatte man oft auf Frontmärschen angewandt, deshalb wurde es auch von niemandem angezweifelt.

Das Regiment zog sich über eine Strecke von gut und gern fünf oder sechs Kilometern hin. Es sah imponierend aus. Die Einwohner von Żernica, Wola Matiaszowa, Bereźnica, Rybne und Wołkowyja verfolgten das vorüberziehende Militär mit bewundernden Blicken. Oberstleutnant Tomaszewski schaute mit einem Gefühl der Befriedigung auf Bauern vor den Häusern und auf die Gesichter hinter den Scheiben.

«Jetzt sehen sie wenigstens, was wir gegen die Banditen aufgeboten haben», sagte er zu den neben ihm reitenden Offizieren. «Ihre Angst vor dem Terror dieser Lumpenkerle aus den Wäldern wird sich legen!»

Alles ging gut bis Terka, wo sie gegen Abend des ersten Tages anlangten. Dort stellte sich heraus, daß die Panzer nicht weiterkamen. Die kleine Brücke über den Gebirgsbach, der durch das Dorf floß, begann unter den Ketten des ersten Panzers unheilverkündend zu krachen. Es war klar, daß sie jeden Augenblick einstürzen könnte. Der Panzer konnte gerade noch zurückfahren. Die Panzersoldaten berieten sich kurz miteinander und erklärten, daß sie nicht weiterfahren würden. Das Gelände werde immer schwieriger. Allein, um bis hierher zu gelangen, hätten sie schon so viel Brennstoff verbraucht, daß ihnen in Kürze völlige Manövrierunfähigkeit drohe, selbst wenn sie all diese morschen Brückchen und steilen Hänge überwänden.

Deshalb wurde beschlossen, die Panzer nach Baligród zurückzuschicken. Oberstleutnant Tomaszewski traf diese Entscheidung nicht gerade mit Begeisterung. Der Abzug der Panzer schwächte den Effekt der «Demonstration der Stärke».

Das Nachtlager wurde in Terka und in den umliegenden Dörfern aufgeschlagen.

«Mich beunruhigt nur eins», sagte Major Grodzicki zu Preminger und Ciszewski vor dem Einschlafen, «wir marschieren, als hofften wir, die Banditen ausgerechnet auf den öffentlichen Verkehrswegen anzutreffen ... Es mag sein, daß wir bei den Einwohnern dieser Dörfer den Eindruck erwecken, es seien Streitkräfte vorhanden, die sich mit den Banden auseinandersetzen werden, aber durch diese Demonstration allein tun wir doch dem Feind so gut wie gar nichts ...»

«Und wie würden Sie vorgehen, Major?» fragte Preminger.

Grodzicki strich sich mit seiner schmalen Hand über das Haar, das an den Schläfen schon grau wurde. «Ich würde versuchen, die Banditen dort abzutasten, wo sie sind», brummte er, während er an seinem Stiefel zerrte.

Ciszewski lachte auf. «Und wo sind sie?»

«Eben darüber müßte man nachdenken», sagte Grodzicki seufzend.

Preminger war der gleichen Meinung, aber ihn bedrückte noch eine andere Frage. Er war sich darüber klar, daß man ohne die volle Unterstützung der Bauern nicht imstande war, die Banditen zu besiegen.

Das Vertrauen zur Armee, die Annäherung zwischen den Soldaten und den Einwohnern der Dörfer in dieser Gegend war von ungeheurer Bedeutung. Einstweilen betrachteten die Leute das Militär mit Mißtrauen, so war es

111

in Baligród, so war es überall. Sie unterhielten sich mit den Soldaten nur in ihren eigenen vier Wänden, wo die Nachbarn es nicht sahen.

Die Bauern fürchteten sich voreinander. Sympathie für das Militär drohten die Banditen streng zu bestrafen. «Ihr kommt her und zieht wieder ab. Aber wir sind hier ansässig, wir können nicht fort. Was geschieht, wenn die Banditen wiederkommen?» sagten die Bauern.

«Wie kann man die Angst überwinden, die der Terror der Banditen ausgelöst hat?» fragte Preminger.

«Solange wir den Banditen nicht eine gehörige Tracht Prügel verabreichen, überwinden wir die Angst nicht», entgegnete Grodzicki. «Aber ruhen wir uns erstmal aus.»

Sie legten sich in das Stroh, das auf dem Fußboden der Stube ausgebreitet war. Noch lange unterhielten sie sich über alles mögliche. Ciszewski horchte auf das Schnauben der Pferde, die auf dem Hof getränkt wurden. Immer wenn ein Windstoß kam, klirrten leise die Scheiben. Jemand sagte dicht unterm Fenster: «Morgen schneit es bestimmt ...»

Tatsächlich war am nächsten Tag der ganze Horizont mit dickbauchigen Schneewolken bedeckt. Das Regiment marschierte wie am Vortag in südlicher Richtung, nach Buk, zum Ryczywół und nach Przysłup. Oberleutnant Rafałowski meinte in einem Gespräch mit Ciszewski, die Soldaten seien in ausgezeichneter Stimmung. Sie freuten sich, daß die tödliche Langeweile von Baligród endlich vorüber sei. Der Marsch sei für sie so etwas wie eine Kampfoperation. Der alte Wandertrieb des Frontsoldaten erwache in ihnen. Wieder gingen sie vorwärts, wieder kamen sie an Dörfern vorbei, wieder lernten sie neue Menschen, neue Landstriche kennen. «In jedem Menschen steckt ein kleiner Kolumbus», fuhr Rafałowski in seinem Wilnaer Akzent fort. «Im Soldaten ist dieser Zug besonders scharf ausgeprägt. Er zieht gern von Ort zu Ort. Das ist seine Poesie ...»

Der Chef der 3. Kompanie, Oberleutnant Zajączek, lachte sarkastisch. «Warte nur ab, die Poesie wirst du kennenlernen, wenn der Frost sie in ihren durchlöcherten Stiefeln in die Zehen kneift!»

Als Ciszewskis Bataillon Strubowiska passiert hatte und in den Wald bei Kalnica einschwenkte, hörten sie eine heftige Schießerei. Die Schüsse fielen hinter ihnen, in ziemlicher Entfernung.

Die Kolonne machte sofort halt. Die Soldaten setzten sich lässig an den Straßenrändern nieder. Das Feuer machte auf sie nicht den geringsten Eindruck. An der Front war es ganz anders zugegangen.

Nach einigen Minuten kamen Oberstleutnant Tomaszewski, Major Grodzicki, Major Preminger und Hauptmann Wiśniowiecki von der Spitze des Regiments galoppiert.

«Hauptmann Ciszewski», rief der Regimentskommandeur, «schicken Sie sofort eine Kompanie nach hinten! Sie hätten schon längst etwas unternehmen müssen, ohne auf mich zu warten», fügte er brummig hinzu.

Ciszewski war der Meinung, nicht sein Bataillon, sondern die Artillerie bilde den Schluß der Marschordnung, verzichtete jedoch auf eine Polemik und befahl Oberleutnant Zajączek, mit seiner Kompanie abzurücken. Er selbst galoppierte neben der Abteilung her.

Am Ryczywół, wo sie nach fünfzehn Minuten eintrafen, standen die beiden Kraftfahrzeuge mit den schweren 120-mm-Granatwerfern, ein Stück weiter die drei anderen mit den Geschützen. Das Fahrzeug mit dem 76-mm-Geschütz fehlte. Bis unter die Haarwurzeln erbleicht, sagte der Kommandeur der Regimentsartillerie, Oberleutnant Nalewajko, dieses Fahrzeug habe «nicht aufgeschlossen».

«Es muß etwas mit dem Motor geschehen sein», erklärte er Ciszewski.

«Warum haben Sie es zurückgelassen?» fragte der Hauptmann erregt.

«Ich hatte keine blasse Ahnung, daß sie Panne hatten. Sie fuhren ganz am Schluß der Kolonne ... Hauptmann Matula, der im vorletzten Wagen saß, hätte es bemerken müssen, aber er gab uns kein Zeichen.»

«Es ist nicht meine Aufgabe, Ihnen davon Mitteilung zu machen, Oberleutnant», stellte Matula barsch fest. «Ich habe andere Dinge im Kopf und bin nicht Ihr Unterstellter. Ich befand mich als Fahrgast im Wagen.»

«Aber ich habe dem Bürger Hauptmann gesagt, daß das Fahrzeug zurückgeblieben ist», warf ein stämmiger, helläugiger Wachtmeister ein, der die Feldmütze keck aufs Ohr gedrückt hatte. «Der Bürger Hauptmann sagte darauf, sie würden uns schon einholen ...»

Matula brauste mächtig auf. «Niemand fragt Sie danach, Wachtmeister Kaleń. Sie selbst hätten Ihrem Kommandeur von dem Vorfall Meldung erstatten müssen», rief er mit hoher, krähender Stimme.

«Sie haben mir verboten, die Kolonne anzuhalten, Bürger Hauptmann», behauptete der Wachtmeister hartnäckig. Herausfordernd blickte er Matula in die Augen.

Dieser ganze Streit hinderte Ciszewskis Soldaten nicht, zügig vorzurücken. Oberleutnant Zajączeks Kompanie marschierte dieselbe Straße zurück, auf der das Regiment am Morgen von Terka hergekommen war. Die Soldaten ließen den Ryczywół, der auf Ciszewskis Karte als «Höhe 778» verzeichnet war, linker Hand liegen, überquerten eine halb eingestürzte Brücke über einen Gebirgsbach und näherten sich der Kreuzung bei Dołżyca. Die Schießerei hatte längst aufgehört.

Das Kraftfahrzeug entdeckten sie plötzlich hinter einer Straßenbiegung. Es stand schräg zur Fahrbahn, die Türen geöffnet, die Motorhaube hochgeklappt. Weit und breit keine Menschenseele. Das Geschütz war verschwunden.

Zwei Tote fanden sie im Straßengraben, dicht neben dem Fahrzeug. Sie lagen auf dem Rücken, die Köpfe völlig zermalmt, offensichtlich von Kolbenschlägen. Der Fahrer und sein Beifahrer waren im Gebüsch an der rechten Straßenseite umgekommen. Vermutlich hatten sie dort vor den Angreifern Zuflucht gesucht. Sie waren durchsiebt von MPi-Geschossen. Ein anderer Soldat lag mit durchschnittener Kehle etwa zehn Meter vom Fahrzeug entfernt. Ein Stück weiter noch einer mit zerschmettertem Schädel. Bei keinem der Toten fand man eine Waffe.

«Es waren sechs Mann Geschützbedienung, der Fahrer und sein Beifahrer», sagte Oberleutnant Nalewajko leise.

«Fehlen zwei», stellte Ciszewski ebenfalls leise fest.

Was sich hier zugetragen hatte, war offenkundig. Die Banditen hatten die Soldaten in dem Augenblick überfallen, als sich der Fahrer und sein Beifahrer bemühten, den Motor in Gang zu bringen. Die Attacke kam völlig unerwartet. Die Soldaten verteidigten sich ungeordnet, erlagen aber bald der Übermacht. Die Angreifer ermordeten sie im Kampf Mann gegen Mann, den Verwundeten versetzten sie wahrscheinlich den Todesstoß. Zwei Soldaten und das Geschütz wurden entführt.

«Nehmen wir die Verfolgung auf, Bürger Hauptmann!» verlangte Oberleutnant Nalewajko erregt. «Sie können noch nicht weit sein.» Ciszewski schaute auf die Uhr. Seit dem ersten Schuß war eine Stunde vergangen. Es war keine Zeit zu verlieren. Wachtmeister Kaleń entdeckte zwei tiefe Furchen im weichen Boden am Waldrand.

«Hier entlang haben sie das Geschütz geführt. Das sind Radspuren.» Er zeigte nach Nordwesten.

Ciszewski kämpfte einen kurzen, inneren Kampf. Was würde Tomaszewski zu seiner eigenmächtigen Entscheidung sagen? Durfte man Zeit verlieren, indem man das Einverständnis des Regimentskommandeurs einholte? Wie sollte man sich verhalten? Die Notwendigkeit der Verfolgung stand für ihn außer jedem Zweifel. Man mußte nur in Erfahrung bringen, wie Tomaszewski die Aktion durchgeführt wissen wollte.

«Geht's los, Bürger Hauptmann?»

Oberleutnant Zajączek fixierte seinen Kommandeur mit einem spöttischen Blick. «Wenn wir noch lange trödeln, sind sie mit dem Geschütz über alle Berge», murmelte er. Die Soldaten flüsterten miteinander, während sie die Leichname ihrer Kameraden betrachteten, die jetzt in einer Reihe neben dem Fahrzeug lagen. Ringsum herrschte Stille, nur das rhythmische Klopfen eines Spechtes erklang tief im Wald.

Der Hauptmann schaute in die Gesichter der im Kreis um ihn herumstehenden Soldaten. Man mußte einen Entschluß fassen. «Oberleutnant Nalewajko, teilen Sie dem Regimentskommandeur mit, daß wir Spuren gefunden haben und ich mit Oberleutnant Zajączeks Kompanie der Fährte gefolgt bin. Sollte Oberstleutnant Tomaszewski es für zweckmäßig halten, wäre es gut, wenn der Rest meines Bataillons ebenfalls herkommen könnte. Mit einer Kompanie werde ich die Bande nicht umzingeln ... Ich bitte darum, alle geraden Stunden Funkverbindung mit mir aufzunehmen. Wenn ich etwas mitzuteilen habe, werde ich mich melden. Auf diesem Wege erwarte ich auch die weiteren Befehle des Regimentskommandeurs. Das wäre wohl alles.»

Ciszewski sprach mit ruhiger, beherrschter Stimme. Er fühlte, daß er nicht anders handeln konnte, obwohl die «Demonstration der Stärke», die der Oberstleutnant organisiert hatte, endgültig zum Teufel ging, sobald erst Zajączeks Kompanie und dann das ganze Bataillon abrückten.

«Kann ich an der Verfolgung teilnehmen, Bürger Hauptmann?» Es war Wachtmeister Kaleńs Stimme, die er vernahm.

«Wenn Oberleutnant Nalewajko nichts dagegen hat ...»

Der Kommandeur der Regimentsartillerie schüttelte den Kopf. Schweigend salutierte er vor Ciszewski, der seinerseits Oberleutnant Zajączek ein Zeichen gab.

Schnell rückten sie in den Wald ein. Kühle Feuchtigkeit, gesättigt mit dem charakteristischen Geruch faulenden Laubes, umgab sie.

Zajączek ließ die Kompanie in drei Staffeln ausschwärmen: An der Spitze, unmittelbar der Spur folgend, ging Wachtmeister Kaleń mit fünf Soldaten, die sich freiwillig gemeldet hatten; in einer Entfernung von ungefähr fünfundzwanzig Metern rückten die Hauptkräfte der Kompanie vor, zwei Züge in weit auseinandergezogener Schützenkette, die Soldaten in Blickverbindung; in dieser Staffel befanden sich auch Ciszewski und die beiden Funker mit ihrem Gerät; der Schützenkette folgte in Zweierreihen ein Reservezug.

«Wenn wir auf die Banditen stoßen, verfügen wir dank der Schützenkette über eine breitere Front. Auf diese Weise können wir auch die Banditen einkreisen. Die Reserve wird je nach der Lage eingesetzt», erklärte Zajączek seinem Vorgesetzten Ciszewski.

«Nicht schlecht gedacht», lobte der Hauptmann. Zajączek lachte nur trocken und erwiderte nichts.

Sie gingen, so schnell es das morastige, gebirgige Gelände zuließ. «Radspuren weiterhin sichtbar», signalisierte Wachtmeister Kaleń von der Spitze her. Sie führten nach Nordwesten über die Hänge der Hügel Łopienik, Durna und Berdo.

Stunden vergingen.

Auf den Hängen des Berdo entdeckten die Soldaten des linken Flügels der Schützenkette die Leiche eines Mannes. Ciszewski ließ halten. Die Leiche war nackt. Der Kopf war fast ganz vom Rumpf abgeschlagen wie bei dem Soldaten, den man auf der Straße neben dem Fahrzeug gefunden hatte, die

Hände waren mit Draht auf dem Rücken gefesselt, die Geschlechtsteile abgeschnitten. Starr vor Entsetzen, beugten die Soldaten sich über den Leichnam. Wachtmeister Kaleń sagte: «Das ist einer unserer Jungs von der Artillerie, Gefreiter Łucki.»

Der Leichnam wurde in eine Decke gelegt, die die Soldaten des Reservezuges holten. Nach Zajączeks Meinung hatte man den Artilleristen getötet, weil er keine Kraft mehr besaß oder nicht mehr mit den Banditen weitergehen wollte. Es mußte vor kurzem geschehen sein, das Blut war noch frisch.

Die Radspuren bogen ab zur Jabłonka, die die Kompanie gegen drei Uhr nachmittags erreichte.

«Kavallerie von rechts!» riefen Stimmen in der Schützenkette.

«Deckung!» Der Ruf eilte von Mann zu Mann.

Sie legten sich hinter die Bäume. Geübt nahmen die Soldaten die geeignetste Schußposition ein. Sie preßten sich an den Boden und warteten ab. Tief unter ihnen lag wie auf dem Präsentierteller die Chaussee von Cisna nach Baligród. Von dort klang immer stärker werdender Hufschlag zu ihnen herüber.

Eine Viertelstunde später klärte sich alles auf. Sie erblickten grünbetreßte Rogatywkas. Die berittene Einsatzgruppe der Grenztruppen aus Cisna.

Jetzt erst bekam die Verfolgung den richtigen Schwung.

«Wenn ihr nur enger mit uns zusammenarbeiten wolltet!» sagte der Kommandeur der Kavalleristen, der hochgewachsene, brünette Oberleutnant Siemiatycki. «Wir könnten den Banditen ganz anders Saures geben. Aber so, jeder wurstelt für sich allein, dabei kommt nichts heraus … Operationsmäßig unterstehen wir zwar Oberstleutnant Tomaszewski; aber haben wir jemals von ihm einen Befehl erhalten? Und dabei ist nichts geeigneter für den Kampf gegen die Banditen als die Kavallerie!»

«Hatten Sie schon irgendwelche Erfolge?» erkundigte sich Ciszewski.

«Ohne Infanterie kann selbst die Kavallerie keine Erfolge haben», bemerkte Zajączek.

«Daß ihr aber auch ein Geschütz verloren habt!» hielt ihnen Siemiatycki vor.

«Es ist noch nicht allzu lange her, da haben sie euch auch anständig den Hintern versohlt. Die Banditen liquidierten alle eure Stützpunkte. Was wundern Sie sich da so, Bürger Oberleutnant?» Zajączek war ärgerlich.

Der Kommandeur der Kavalleristen sah von oben auf ihn herab und erwiderte nichts. Die berittene Gruppe galoppierte vorwärts. Dem unverwüstlichen Wachtmeister Kaleń wurde ein Reitpferd zur Verfügung gestellt. Er hatte ein Recht darauf. Schließlich hatte er als erster die Spur entdeckt.

Ciszewski nahm Funkverbindung mit Oberstleutnant Tomaszewski auf.

«Ich habe Ihnen den restlichen Teil des Bataillons nachgesandt, Bürger

Hauptmann», erklärte der Regimentskommandeur, nachdem er die Meldung entgegengenommen hatte. «Haben Sie bitte ein Auge auf den Grenzschutz! Es war unser Geschütz, und wir müssen es auch zurückerobern. Gelingt das den Leuten vom Grenzschutz, werden sie deswegen einen Spektakel machen, als hätten sie uns weiß Gott was für einen Dienst erwiesen. Sie werden es in die ganze Welt posaunen, daß wir ohne sie nicht auskommen», knurrte er. Er wünschte Ciszewski viel Erfolg und befahl, nach beendeter Aktion nach Baligród zurückzukehren.

«Bitte denken Sie daran, daß wir hierhergekommen sind, um den Grenztruppen aus der Klemme zu helfen, es darf nicht umgekehrt sein!» Diese Worte des Vorgesetzten klangen Ciszewski noch in den Ohren. Von Zusammenarbeit kann keine Rede sein, dachte er. Zum Glück hörte Oberleutnant Siemiatycki die Worte des Regimentskommandeurs der «Budziszyner Schützen» nicht mehr. Er jagte bereits mit seiner Abteilung hinter der Bande her.

Wieder bog die Spur ab, diesmal nach Südwesten. Mit Mühe erklommen sie den Jaworne. Dort wurden sie von völliger Dunkelheit überrascht. Doch die Verfolgung wurde fortgesetzt; sie leuchteten jetzt mit Taschenlampen.

«Sie können nicht weit sein!» meinte Wachtmeister Kaleń aufgeregt. «Die Spuren sind frisch. Sie sind höchstens vor einer Stunde hier vorbeigekommen.»

Die Banditen waren tatsächlich nicht weit und hatten mit dem Geschütz ernste Sorgen.

Birs Hundertschaft, die bei Dołżyca die Geschützbedienung überfiel, als die Soldaten gerade das Kraftfahrzeug reparierten, entführte ihre Beute mit Hilfe eines Pferdegespanns. Das Geschütz war schwer, die Pferde nicht daran gewöhnt. Die Räder versanken immer wieder in dem weichen Boden oder sie blieben an den Bäumen hängen, die Pferde keuchten die Anhöhen hinauf und waren schon nach einer Stunde völlig erschöpft. Der magere Hundertschaftsführer Bir, ein ehemaliger Kleriker aus Trembowla, trieb seine Schützen vergeblich an. Schneller konnte man beim besten Willen nicht marschieren. Der Kommandeur der Hundertschaft mußte überdies noch feststellen, daß er die Verfolger im Nacken hatte. Das Geschütz hinterließ Radspuren, und Bir wußte es. Die Rückkehr ins Lager der Hundertschaft im Gebiet von Suche Rzeki, in der Nähe der Wetlińska-Alm, kam nicht in Betracht, weil in dieser Richtung Tomaszewskis Regiment marschierte und der Hundertschaftsführer nicht voraussehen konnte, was der Gegner tun würde. Wäre das Geschütz nicht gewesen, hätte sich die Hundertschaft irgendwo auf die Lauer gelegt und die Bewegungen des Feindes beobachtet. Aber sie mußten ja die Beute in Sicherheit bringen.

Durch die Flucht wurde Bir in den Aktionsbereich Hryns abgedrängt. Eine höchst unangenehme Sache. Die Operationsgebiete der einzelnen Hundertschaften waren genau aufgeteilt, es war grundsätzlich verboten, ihre Grenzen zu überschreiten. Außerdem lenkte er durch das Geschütz das Militär auf Hryn. Und es einfach stehenzulassen, konnte er sich nicht entschließen. Dazu war es eine zu kostbare Beute. Wer weiß, wie der Kommandeur des Kurins, Ren, einen solchen Schritt beurteilte. Möglicherweise ließ er ihn auf der Stelle erschießen. Feigheit wußte der Kurinnij zu bestrafen. Auch darüber war sich Bir im klaren.

Daher versuchte er, so schnell es ging, mit dem Geschütz zu entkommen. In der Nähe des Berdo hörte die Nachhut der Hundertschaft das ihnen nachsetzende Militär. Die Entfernung war nicht mehr groß. Auf Birs Befehl töteten die Banditen einen der entführten Soldaten. Dies geschah ohne viel Aufhebens und mit geübter Hand. Bir sah richtig voraus, daß der aufgefundene Leichnam die Verfolgung aufhalten würde, wenn auch nur für eine gewisse Zeit. Den anderen Soldaten trieb man nackt neben dem Geschütz her (die Uniformen hatte man ihnen gleich vom Leibe gerissen, denn sie wurden von der Hundertschaft benötigt).

Unmittelbar hinter Jabłonki lächelte der Hundertschaft das Glück. Sie stieß auf Uklejas Zug, der Hryn unterstand. Bir erklärte dem Zugführer in aller Kürze die Situation. Die Pferde, die die Kanone zogen, waren mit ihrer Kraft am Ende. Bir und seine Leute befanden sich bereits auf fremdem Gebiet. Sie hatten hier nichts verloren, kannten sich in dem Gelände auch nur schlecht aus. Deshalb mußte Ukleja das Geschütz übernehmen und irgendwo verbergen.

Es blieb keine Zeit, noch lange zu diskutieren. Ukleja verfügte in seinem Zug über einige Pferde für Erkundungszwecke. Sie wurden vor das Geschütz gespannt. Bir wandte sich mit seiner Hundertschaft nach Norden. Er atmete erleichtert auf und schickte einen Melder mit der triumphalen Nachricht zum Kommandeur des Kurins, Ren, der sich an diesem Tage in R. aufhielt. Ukleja zog mit dem Geschütz nach Südwesten. Den Gefangenen nahm er ebenfalls mit.

Eine knappe Stunde war vergangen, als Schützen aus Uklejas Zug – er bestand fast ausnahmslos aus Deutschen – ihrem Kommandeur meldeten, daß sich in geringer Entfernung hinter ihnen, auf dem benachbarten Hügel, der Feind befinde. Sie hörten das Schnauben der Pferde und sahen das Blinken der Taschenlampen. Es war offensichtlich, sie hatten die Verfolger im Nakken.

Der bärtige Heinz riet mit erregter Stimme, das Geschütz einfach stehenzulassen. Den Gefangenen zu töten, hatte keinen Sinn, da die Verfolger die Leiche in der Dunkelheit ohnehin nicht entdecken würden.

Ukleja – er war von Beruf Lehrer und zählte zu den intelligenteren Bandera-Anführrern – dachte angestrengt nach, was er in dieser Lage zu tun habe. Das Geschütz stehenzulassen konnte er sich aus denselben Gründen wie Bir nicht entschließen, er fand jedoch eine Lösung, die ihn immerhin gegenüber den Vorgesetzten deckte, sollte die Beute durchaus nicht gehalten werden können. Er entschied sich dafür, das Schloß aus dem Geschütz auszubauen und unverzüglich irgendwo zu verstecken. Mußte man das Geschütz stehenlassen, bekam es der Feind in unbrauchbarem Zustand wieder, konnte man es retten, kehrte man vielleicht schon am nächsten Tag hierher zurück und holte den Verschluß.

Heinz, dem vor Angst und Eile die Hände zitterten, und zwei seiner Landsleute bauten den Verschluß der 76-mm-Kanone aus. Schnell brachten sie ihn ins Gebüsch und schoben ihn unter den ersten besten morschen Stamm ...

«Habt ihr euch die Stelle gut gemerkt?» fragte Ukleja, als sie wiederkamen.

«Jawohl, pane Zugführer ...», antworteten sie hastig.

Der Zug jagte vorwärts. Jetzt erst bemerkte Ukleja, daß es schneite. Die Erde ringsum war schon ganz weiß.

«Idioten!» herrschte er seine Leute an. «Der Schnee verdeckt die Spuren doch. Jetzt finden sie uns nicht mehr!» Er war wütend, daß er so überstürzt das Schloß hatte herausnehmen lassen. Er tröstete sich nur damit, daß er am nächsten Tag wiederkommen würde, um es zu holen.

Von den Verfolgern in ihrem Rücken war nichts mehr zu hören. Spät in der Nacht erreichten sie das Lager der Hundertschaft am Maguryczne im Chryszczata-Wald.

Hundertschaftsführer Hryn tobte, als er hörte, daß sie den Verschluß ausgebaut hatten; und das mit Recht. Die Hundertschaft sollte ihn nie wiedererlangen. Heinz und die Kameraden, die ihm dabei geholfen hatten, diesen wichtigen Mechanismus des Geschützes zu verstecken, fanden nicht mehr die Stelle, an der sie das Schloß verborgen hatten. Viele Male suchten sie vergeblich danach. Mit der Zeit wurde es für die ganze Hundertschaft zu einer regelrechten Zwangsvorstellung. Zur Strafe schlug Hryn Zugführer Ukleja, als er mit ihm allein war, ins Gesicht. Heinz aber und die beiden anderen Deutschen ließ er mit dem Ochsenziemer durchprügeln. Die 76-mm-Kanone wurde ein Requisit des Lagers am Maguryczne und blieb dort bis zur Einnahme der Hrynschen Festung durch das Militär. Doch greifen wir den Ereignissen nicht vor.

In der Dunkelheit und unter der zunehmenden Schneedecke verloren Hauptmann Ciszewski sowie die Oberleutnante Zajączek und Siemiatycki die Spuren des entführten Geschützes und zugleich die des unglücklichen, noch am Leben gebliebenen Gefangenen. Über Funk schilderten sie Oberstleutnant Tomaszewski ihre Lage und baten um eine Entscheidung, was sie weiter tun sollten. Die Antwort traf vor Tagesanbruch ein. Der Regimentskommandeur ordnete an, die Verfolgung, sobald es tagte, fortzusetzen und «das Geschütz um jeden Preis aufzufinden». Diese Aufgabe sei von der Kompanie aus Ciszewskis Bataillon durchzuführen. Er selber solle mit der berittenen Einsatzgruppe der Grenztruppen sofort nach Baligród aufbrechen. Der Rest seines Bataillons sei bereits angewiesen umzukehren. Tomaszewski mahnte zur Eile. Er erklärte, irgendeine Bande greife soeben den Stützpunkt der Miliz in Hoczew an. Ciszewskis Bataillon sei dieser Ortschaft am nächsten. Tomaszewski war, wie sich herausstellte, mit dem Regiment weit vorgestoßen – bis nach Berehy Górne. Daß der Posten angegriffen werde, meldete die Funkstation von Baligród. Dort hatte man nur eine kleine Wachmannschaft zurückgelassen, der es nicht erlaubt war, sich vom Fleck zu rühren. Die drei Milizionäre, die sich in Hoczew verteidigten, konnten also lediglich auf Entsatz durch die berittene Gruppe der Grenztruppen und unter Umständen durch die beiden Kompanien Ciszewskis rechnen. Diese Kompanien eilten nun den Belagerten, die nur mit einem leichten Maschinengewehr und ihren Gewehren ausgerüstet waren, zu Hilfe. «Am schnellsten wäre wohl die Grenzkavallerie», gestand Oberstleutnant Tomaszewski, einen Unterton des Bedauerns in der Stimme. «Es ist zum Verrücktwerden, einfach zum Verrücktwerden!» Mit diesen Worten beendete der Regimentskommandeur das Gespräch.

Ciszewski gab Zajączek Instruktionen, verabschiedete sich von ihm und Wachtmeister Kalén und brach dann zusammen mit Siemiatycki an der Spitze der Einsatzgruppe auf. Voll schlimmster Ahnungen ritten sie erneut querfeldein in Richtung Jabłonki. Es war bereits hellichter Tag, als sie die Straße erreichten. Es schneite ununterbrochen. Tief zogen die Wolken am Himmel. Der Winter war angebrochen.

Gegen acht galoppierten sie durch Baligród, wo sich inzwischen auch die beiden Kompanien Ciszewskis eingefunden hatten. Sie waren die ganze Nacht marschiert.

«Was für Nachrichten gibt es aus Hoczew?» fragte Ciszewski Oberleutnant Rafałowski.

«Es hat überhaupt keine gegeben. Man hat hier nur eine heftige Schießerei gehört und eine Art Detonation. Das ist alles ...»

Ciszewski fluchte und gab dem Pferd die Sporen. Ihm folgten in scharfem Ritt die hundertachtzig Kavalleristen mit den grünbetreßten Rogatywkas.

Der Stützpunkt in Hoczew war vor wenigen Stunden angegriffen worden. Die Abteilung «Brennendes Herz» war auf dem Rückmarsch von dem bereits geschilderten Treffen der WIN- und UPA-Kommandeure, und Żubryd traf die Entscheidung zu dieser Aktion ganz unverhofft. Er sagte sich, daß der kleine, aus drei Mann bestehende Stützpunkt, der völlig einsam und ohne jede wirksame Verteidigung war, mit Leichtigkeit zu zerschlagen sei. Die Bedeutung der Aktion war um so größer, als die Milizionäre in Hoczew ein Staatsgut zu schützen hatten, das kürzlich aus einem ehemaligen privaten Landgut entstanden war. Solche Staatsgüter liquidierte Żubryd mit Vorliebe.

«Der Stützpunkt wird vernichtet und das Gut eingeäschert», erklärte der Kommandeur der Abteilung «Brennendes Herz» seinem Stellvertreter, Hauptmann Piskorz. Sein Plan stieß nicht auf Widerspruch.

Der Stützpunkt war ein einstöckiges Gebäude, das die Besitzer von Hoczew vor zwei Jahrhunderten errichtet hatten. Die Wände des Gebäudes waren aus mächtigen Flußquadern gefügt und besaßen kleine, rechteckige Fenster. Niemand erinnerte sich mehr der ursprünglichen Bestimmung des Baus. Vor dem Kriege bewohnten es die Gutsverwalter, später diente es als zusätzliches Futtermagazin. Die Milizionäre setzten es instand und bezogen es mit ihren Familien. Alle drei stammten, ebenso wie ihre Frauen, aus der hiesigen Gegend. Sie versahen ihren Dienst seit einigen Wochen und hatten weitgehendes Vertrauen zu ihren Gewehren und ihrem leichten MG. In dieser Nacht weilten der Kreissekretär der Partei, Drozdowski, und der Pferdezüchter Krzysztof Dwernicki bei ihnen, der aus beruflichen Gründen nach Hoczew gekommen war.

Gegen sechs Uhr morgens weckte sie ein heftiges Gepolter an der Tür. Der Stützpunktkommandant, Unterfeldwebel Kolanowski, griff nach dem Gewehr, das neben seinem Bett am Schrank lehnte, näherte sich vorsichtig dem Fenster. Das jüngste seiner drei Kinder, die zweieinhalbjährige Joasia, begann zu weinen, die Mutter versuchte es zu beruhigen.

«Macht auf!» rief jemand vor dem Haus. «Ich bin verwundet. Die Banditen haben mich auf der Chaussee angeschossen ...» Der Mann stöhnte und jammerte, als habe er große Schmerzen. Kolanowski sah in der noch herrschenden tiefen Dunkelheit eine halb gekrümmte, mit den Armen fuchtelnde Gestalt, die sich schwarz gegen den Schnee abzeichnete.

«Ich komme gleich», versicherte er, zog sich ein wenig vom Fenster zurück und beobachtete weiter. Er war mißtrauisch. Die Banditen hatten im Kreis bereits mehrere Stützpunkte der Bürgermiliz liquidiert, wobei sie jedesmal irgendeine List angewandt hatten. Er schaute zu der verdorrten Hecke hinüber, die das Haus umgab. Dort konnte der Feind lauern. Das Weiß des Schnees, der in der Nacht gefallen war, erhellte ein wenig die Umgebung. Draußen war es still. Ein leichter Nordwind trieb die Flocken vor sich her. Der Verwundete stöhnte herzzerreißend vor der Tür. Das war doch nicht der Wind, der in diesem Augenblick die Hecke schüttelte? Der Zugführer war sich dessen ganz sicher. Die Hecke kam ihm außerdem an einer Stelle besonders dick vor. Als duckten sich dort einige Menschen. Im Grunde genommen riskiere ich nichts, dachte Kolanowski.

«Hab keine Angst!» beruhigte er mit leiser Stimme seine Frau. «Ich gebe nur einen Probeschuß ab ...» Mitten Im Zimmer stehend, nahm er die Verdickung in der Hecke aufs Korn. Es blitzte kurz auf. Das Zimmer füllte sich mit Rauch. Hinter der Hecke erhob sich klagendes Geschrei.

«Nimm die Kinder und ab mit euch in den Keller!» rief Kolanowski seiner Frau zu. Er sah, wie der Mann am Tor fluchtartig davonrannte. Er schickte ihm eine Kugel hinterher, verfehlte ihn aber.

In diesem Augenblick blitzten entlang der ganzen Hecke blaue Mündungsfeuer auf. Leichte MGs begannen zu rattern. Klirrend zersprangen die Fensterscheiben.

«Los! Los!» Kolanowski trieb seine Frau zur Eile. Die achtjährige Marysia drückte voller Ernst ihre Puppe an sich, der um zwei Jahre jüngere Wladek wollte nicht gehen, ihn interessierte, was der Vater tat. Joasia weinte in einem fort.

Aus dem Nebenfenster vernahm man unterdessen auch das leichte MG der Milizionäre. Unteroffizier Łemko war der Schütze, ein nicht mehr ganz junger Bauer aus Mików, der sich im Jahre vierundvierzig freiwillig zum Militär gemeldet hatte und wenige Monate später mit dem Rangabzeichen eines Unteroffiziers in diese Gegend zurückgekehrt war.

Das Gewehr in der Hand, stürmte Drozdowski, der Sekretär, in Kolanowskis Wohnung.

«Sie besetzen das Fenster an der Rückfront des Hauses!» befahl ihm der Unterfeldwebel. «Haben Sie genug Munition?»

«Etwa fünfzig Schuß.»

«Verdammt wenig ... Gehen Sie sparsam damit um!»

Der dritte Milizionär, Unteroffizier Rogala, bezog Stellung in einem Fenster des Erdgeschosses, dicht neben der Eingangstür. Hier befanden sich zum Glück, wie in vielen alten Gebäuden, nur zwei Fenster zu beiden Seiten der Tür, die eigentlich mehr ein massives, mit Eisennägeln beschlagenes Eichentor war. Diese beiden Fenster waren seit undenklichen Zeiten vergittert.

«Herr Dwernicki», rief der Unterfeldwebel zum Treppenhaus gewandt, «versuchen Sie doch, mit Baligród oder Sanok Verbindung aufzunehmen! Hoffentlich ist die Leitung in Ordnung», murmelte er vor sich hin.

«Sehr wohl, mein Herr!» ertönte Dwernickis Baßstimme. «Ich habe es vorhin schon versucht, aber das Signal bleibt aus. Unsere Gäste hielten es offenbar für richtig, die Verbindung zu unterbrechen ... Ich werde zu Ihnen kommen.»

Der Angreifer schossen unterdessen ohne Pause. Im Zimmer zersprang der Spiegel in unzählige kleine Scherben, krachend splitterte der Schrank. Die Banditen zogen sich von der Hecke zurück, die ihnen keinen Schutz vor den Kugeln bot, und suchten Deckung hinter den dicken Stämmen der hundertjährigen Ulmen des ehemaligen Hoczewer Parks sowie in einigen Bodenvertiefungen. Das Feuer der Milizionäre war wesentlich schwächer. Sie mußten Munition sparen. Der Schußwechsel dauerte bereits eine knappe halbe Stunde.

«Haben Sie genügend Munition, meine Herren?» fragte Dwernicki den Stützpunktkommandanten. Er besaß keine Waffe, also setzte er sich ruhig in einen alten Plüschsessel, der an einer geschützten Stelle stand. Er schürzte den Żupan, schlug die Beine übereinander und strich sich nachdenklich den langen Bart. Nur seine Augen blitzten im Halbdunkel.

«Wenn diese Knallerei noch eine halbe Stunde dauert, werden wir keine Munition mehr haben», antwortete Kolanowski, ohne das Fenster aus den Augen zu lassen.

«Sie werden wohl zum Sturm antreten …»

«Sicher.»

«Ist die Hakenbüchse in Ordnung?»

«Was denn für eine Hakenbüchse?»

«Na, die Kanone, die Sie mir vor etwa vierzehn Tagen gezeigt haben», erwiderte Dwernicki ungeduldig.

«Ach so, das alte Schießeisen!»

«Sie lachen …» Dwernicki schüttelte den Kopf. «Mit solchen Kanonen schlugen unsere Vorfahren schon im siebzehnten Jahrhundert die feindlichen Haufen der Türken bei Chocim und in hundert anderen großen Schlachten, daß die Fetzen flogen! Na, wie ist es? Haben Sie die Hakenbüchse oder nicht? Ich sagte doch schon, in der Bedrängnis …»

Erneut flogen Holzsplitter durch das Zimmer. Kolanowski feuerte zweimal auf die Banditen. Dann erst sagte er: «An der Hakenbüchse, wie Sie sie nennen, hat sich Unteroffizier Rogala zu schaffen gemacht. Er hat irgendwas vorbereitet …»

Dwernicki sprang energisch aus dem Sessel auf und lief nach unten. Unteroffizier Rogala setzte ihn davon in Kenntnis, daß die Kanone tatsächlich einsatzbereit sei. Sie stammte aus dem 16. Jahrhundert – die Milizionäre hatten sie auf dem Boden des Hauses gefunden – und bestand eigentlich nur aus einem Lauf. Mehr zum Vergnügen hatte Rogala drei Papiertüten mit Pulver gefüllt. In andere tat er zerstoßenes Glas, Eisenstückchen und alte Hufnägel. Aus Lappen, die mit Pech getränkt waren, hatte er sogar eine Lunte gedreht.

«Genau, wie Sie gesagt haben, Herr Dwernicki», versicherte er. «Ich habe auch gelesen, daß bei Chocim und in anderen Schlachten …» Er sprach ernst, während er eine neue Trommel am MG festmachte.

«Wo ist die Hakenbüchse?» fragte Dwernicki.

«Hier nebenan im Flur.»

Dwernicki lief hinaus und schleppte kurz darauf ächzend und stöhnend den schweren Lauf der ehrwürdigen Kanone in das Zimmer des Stützpunktkommandanten. Dann riß er die Federdecke vom Bett, griff sich zwei Kopfkissen, packte alles auf den Tisch, und erst auf dieser weichen Pyramide brachte er unter großer Anstrengung den Lauf in die rechte Lage. Dann schob er mit Hilfe eines Besenstiels zuerst ein Säckchen Pulver in den Lauf, darauf ein zweites mit zerstoßenem Glas und Eisenstückchen, das er «Mitrailleuse» – Kugelspritze – nannte. Die Öffnung verstopfte er mit einem ansehnlichen Knäuel alter Zeitungen. Sorgfältig drehte er die Lunte hinein.

«Die Hakenbüchse ist feuerbereit, Kommandant. Ich warte auf Ihre geschätzten Befehle», sagte er feierlich.

Kolanowski schüttelte den Kopf. Ihm war nicht nach Lachen zumute. «Es scheint, sie bereiten etwas vor», murmelte er.

Auf seiten der Angreifer war das Feuer verstummt. Draußen war es schon ganz hell.

«Hört zu, ihr Roten!» erschallte hinter einer der Ulmen eine durchdringende Stimme. «Ihr habt keine Munition mehr. Euer Ende ist gekommen. Ich gebe euch eine letzte Chance: Wenn ihr euch ergebt, schenke ich euch das Leben. Ich zähle bis hundert. Dann habt ihr ein weißes Tuch herausgehängt. Andernfalls treten wir zum Sturm an. Denkt an eure Frauen und Kinder. Bei weiterem Widerstand rechnet nicht mit Gnade. Auf Hilfe braucht ihr auch nicht zu warten. Das Militär aus Baligród und Lesko ist weit weg. Der beste Beweis dafür ist, daß wir hier sind und auch am Tage die Belagerung nicht abbrechen. Ergebt euch, rettet euer Leben!»

«Verdammt noch mal! Wir haben nicht mehr viel Munition», fluchte Kolanowski vor sich hin. «Handgranaten fertigmachen! Jeder hat nur eine Granate ...», ließ er Dwernicki seufzend wissen.

Der aber hörte überhaupt nicht zu. Bleich vor Zorn, näherte er sich dem Fenster und wetterte mit Stentorstimme gegen die Angreifer: «Also du bist das, Halunke, elender Bursche, der sich widerrechtlich Major nennt! Hör zu, Żubryd: Ich habe dich an deiner versoffenen Stimme erkannt, du Hundesohn, du Erzbandit, du Lügner und Betrüger. Komm doch näher, du Lump! Wir werden dir ein angemessenes Zeugnis auf deinen Verräterhintern schreiben, du feiger Kerl, du Frauen- und Kindermörder, du Notzuchtverbrecher, du Menschenschlächter, du dämlicher Analphabet! Du hast es gewagt, deinen Galgenvögeln das Zeichen des ‹Brennenden Herzens› zu geben, du Spitzbube. Ihr habt den Ringkragen der Allerheiligsten Jungfrau besudelt, ihr Banditen! Ihr werdet am Galgen hängen. Ihr solltet euch ergeben. Das wäre der einzige Weg der Rettung für euch, ihr Gesindel. Aber eurem Bandenhäuptling werden wir keine Gnade gewähren. Wir werden ihn von Pferden schleifen lassen, diesen Landstreicher, diese Ausgeburt, diesen Bastard ... Mit solchen wie ihr ist die Republik immer fertig geworden. Schon oft hat Lumpenpack seine schändliche Hand gegen sie erhoben, um sie zu entweihen. Ihr seid nicht die ersten, ihr Schurken. Hör zu, Żubryd, du Beutelschneider ...»

Dwernicki hätte sicherlich noch länger geschimpft, wenn nicht in diesem Augenblick hinter der Ulme dieselbe Stimme wie vorher ertönt wäre. «Ich erkenne dich, alter Idiot. Wir werden uns gleich sprechen, Dwernicki. Sag dein letztes Gebet her! Ja, ich bin es, Major Żubryd. Ich habe bis hundert gezählt. Vorwärts, Leute!»

«Herr Drozdowski! Helfen Sie mir! Die Hundsfötter kommen!» rief Dwernicki und begann eilig an seinem Geschütz zu hantieren.

Der Sekretär kam in die Stube gerannt. Dwernicki und er schoben den Tisch mit der Hakenbüchse näher ans Fenster. Ein Hagel von Geschossen prasselte gegen das Gebäude.

«Hurra!» schrien die Żubryd-Leute. In lockerer Schützenkette gingen sie auf das Tor zu. Einige von ihnen schleppten einen starken Balken, mit dem sie die Eingangstür aufbrechen wollten. Andere waren mit Eisenstangen bewaffnet. Sie kamen immer näher.

«Munition sparen!» rief Kolanowski. «Erst schießen, wenn sie ganz nah sind.»

Dwernicki bekreuzigte sich. Leise murmelte er ein Gebet. Dann zog er ein Messingfeuerzeug von ansehnlicher Größe aus der Tasche. «In Gottes Namen, Sekretär», sagte er zu Drozdowski. «Es ist soweit. Diese Hakenbüchse hat bei Chocim und in anderen Schlachten ...»

Er hielt das Feuerzeug an die Lunte. Die Flamme züngelte schnell das mit Pech getränkte Leinen entlang. Dwernicki bekreuzigte sich noch einmal.

Ein mächtiger Knall erschütterte das Gebäude. Aus dem Spiegel in der Ecke fielen klirrend die restlichen Splitter. Im Zimmer wurde es dunkel vor Rauch. Etwas Schweres polterte zu Boden.

«Schnell, schnell, Sekretär!» rief Dwernicki. «Das Geschütz ist von der Lafette gefallen ..., ich wollte sagen, vom Tisch. Wir müssen es wieder aufstellen und laden.»

«Das brauchen wir wohl nicht mehr», meinte Unterfeldwebel Kolanowski, dessen Stimme ein wenig schwach hinter den abziehenden Rauchwolken hervordrang. «Sehen Sie doch: Sie fliehen!»

Tatsächlich hatten die Żubryd-Leute den Balken weggeworfen. In panischem Schrecken suchten sie hinter den Bäumen Deckung. Vor den Fenstern wurden Klagerufe laut.

«Drei zappeln am Boden», berichtete Kolanowski weiter, während Dwernicki und der Kreissekretär der Partei abermals die Hakenbüchse auf die merkwürdige Lafette setzten. Im Nu war die Kanone wieder feuerbereit.

«Versucht's noch einmal, ihr Strauchdiebe! Los doch, zur Attacke, feiges

Pack! Żubryd, du Galgenstrick, warum schweigst du? Hat es dir etwa den Buckel zerschunden, Hundesohn? Wir bitten sehr: Greift an, Lumpengesindel!» höhnte Dwernicki, vorsichtig hinter der massiven Fensternische Deckung suchend.

Die Abteilung «Brennendes Herz» nahm die Herausforderung nicht an. Sie hatte Verluste: zwei Tote und fünf Verwundete. Die Hakenbüchse hatte den Żubryd-Leuten nicht allzuviel Schaden zugefügt (die Verluste erlitten sie hauptsächlich während der voraufgegangenen Schießerei), aber das Krachen der alten Kanone war von verheerender Wirkung. Außerdem bluteten immerhin drei Leute nach dem Schuß aus dieser seltsamen Waffe, welche selbst die an Geschützfeuer gewöhnten Banditen nicht zu identifizieren vermochten.

«Wir müssen uns zurückziehen, und zwar schnell», riet Hauptmann Piskorz. «In Baligród hat man bestimmt die Schüsse gehört. Sie werden alles tun, uns abzufangen.»

Żubryd schaute auf die Uhr. Es war sieben Uhr dreißig. Er spie aus und gab das Zeichen zum Rückzug. Er saß bereits auf dem Pferd, als er noch einmal zum Gebäude hinüberschrie: «Wir kommen zurück! Mit dir, alter Idiot, rechne ich persönlich ab. Ich werde Sie zu finden wissen, Herr Dwernicki ...»

Als Antwort bekam er eine neue Tirade zu hören. Der Gegner war ihm, was die Beredsamkeit betraf, zweifellos überlegen.

«Schneller!» drängte Hauptmann Piskorz. «Siehst du nicht, was los ist!» Er zeigte auf das wütende Schneegestöber. Tatsächlich konnte man nur noch einige Meter weit sehen.

Der anhaltende Schneefall tilgte die Spuren der Banditen und machte ihre Verfolgung unmöglich.

«Ach, herrje! Welch ein Durcheinander!» jammerte die Frau des Kommandanten Kolanowski, als sie in die demolierte Wohnung zurückkam. Die Frau von Unteroffizier Łemko stimmte ihr bei. Nur die Kinder spielten sorglos mit den Splittern des zerschlagenen Spiegels. Dwernicki entschuldigte sich, er war beschämt, denn durch die Hakenbüchse war das Federbett mit Pech beschmiert worden. Es tat ihm aufrichtig leid.

«Gnädigste, wollen Sie mir bitte verzeihen», sagte er, Kolanowskis Frau die Hand küssend, «ich hatte wirklich keine andere Lafette, und so ein Geschütz gibt ohne Lafette nun mal keinen Mucks von sich ...»

«Sie waren großartig!» sagte Drozdowski voller Bewunderung zu ihm.

Vor dem Gebäude hatte sich eine große Schar Bauern aus Hoczew und Arbeiter vom Staatsgut versammelt. «Habt ihr euch aber verteidigt», sagte einer von ihnen. «Ringsum ist ja alles voll Blut!»

Kolanowski und seine beiden Untergebenen waren stolz über ihren Sieg.

Nur Dwernicki ging unruhig hin und her. «Sie haben bestimmt die Pferde noch nicht getränkt», wandte er sich an Drozdowski, wobei er auf die Arbeiter des Staatsgutes deutete, die ebenso wie die Milizionäre lebhaft die Ereignisse kommentierten. «Ich werde ihnen dafür gehörig den Kopf waschen müssen. Nun, Sekretär, ich werde jetzt an meine Arbeit gehen und Sie gewiß an ihre. Außerdem werde ich noch etwas tun, was Sie wohl nicht machen … Ich gehe, Gott dafür zu danken, daß er uns die Banditen hat verjagen lassen. Ich schaffe es noch …» Er schaute auf die mächtige silberne «Zwiebel» mit dem Familienwappen, die er bedächtig aus der Tasche zog. Drozdowski neigte den Kopf und drückte Dwernicki kräftig die Hand, die dieser ihm entgegenstreckte.

«Sie sind ein ungewöhnlich tüchtiger Mensch.»

«Seit Menschengedenken haben alle Dwernickis ihre Pflicht gegenüber dem Land und den Bergen hier erfüllt», entgegnete Herr Krzysztof Dwernicki düster.

In diesem Augenblick tauchte aus dem dichten Schneegestöber die berittene Abteilung der Grenztruppen mit Hauptmann Ciszewski und Oberleutnant Siemiatycki auf.

Die Wintertage schleppten sich dahin. Sie waren lang und eintönig. Es schneite jetzt fast täglich. Der Schnee deckte die Straßen so sorgfältig zu, daß es schwerhielt, sie inmitten der von allen Seiten herandrängenden weißen Flächen wiederzufinden. Die Berge sahen wie ein erkalteter, abstrakter Gipsabdruck aus. Die Wälder, dicht zusammengedrängt und starr, standen geduckt unter der Last der Schneemassen. Es hatte den Anschein, als wolle die Natur die Unebenheiten des Geländes ausgleichen, mit einem dicken weißen Tuch die gezackten Linien des Horizonts mildern und ihn mit den dickleibigen, bleiernen Wolken zu einem Ganzen verbinden.

Schneebedeckt auch die frischen Gräber der Soldaten – der ersten Gefallenen in dieser Gegend. Die Särge – Gehäuse aus Kiefernholz – wurden von den Kameraden auf den Schultern getragen. Kleine Schiffe des Nichtseins, schwankten sie auf dem Hintergrund des grauen Himmels. «Sie kamen von der Front hierher und mußten auf der befreiten Erde von Banditenkugeln getroffen, ihr Leben lassen.» Major Preminger fand Worte des Gedenkens, die zu einer sakramentalen Formel geworden sind. Man sprach sie überall an den Gräbern der Soldaten. Gar zu oft wurden sie gebraucht, aber vor dem Ernst des Todes verloren sie nichts von ihrer Beredsamkeit. Auf den Kreuzen hingen abgetragene Kopfbedeckungen – die Feldmützen der Gefallenen. Durch ein Telegramm benachrichtigt, trafen die Eltern ein. Sie weinten über den kleinen Grabhügeln ihrer Söhne. Die Offiziere drückten ihnen die Hand. Die Eltern schwiegen, löffelten Suppe im Baligróder Kasino. Ob sie wünschen, daß der Tote überführt werde, fragte Oberstleutnant Tomaszewski oder einer der Bataillonskommandeure pflichtgemäß. «Mögen sie bei ihren Kameraden ruhen», antworteten die alten, müden Leute. Vergrämt und befangen nahmen sie Abschied von den Lebenden und Toten, dann verließen sie Baligród.

Die Offiziere versammelten sich im Kasino.

Die Petroleumlampen blakten, die Schatten an den Wänden bewegten sich. Es schneite ununterbrochen. Langsam, gleichgültig, stetig.

Der Wind rüttelte an einem Stück Blech, das vom Dach herabhing, er drang durch jeden Spalt und pfiff traurig im Kamin. Die Tür klapperte leise unter den Windstößen, die Scheiben in den Fenstern klirrten. Das ganze Haus glich einem Schiff, das über einen grenzenlosen weißen Ozean treibt, eingehüllt in tiefe Finsternis, in der es unmöglich ist, das Ziel zu erkennen. Die Abende waren lang – sie schienen sich ins Unendliche zu dehnen.

Das Licht der Petroleumlampen färbte die Gesichter gelb und ließ sie wie aus Wachs erscheinen. Die Offiziere gähnten, sie saßen müßig herum, spazierten auf und ab, spielten hier und da Karten oder Schach, lasen ein bißchen oder unterhielten sich. Auf einigen Tischen schimmerte metallisch in grünlichen Fläschchen der berühmte «Perle» – ein besonders abscheulicher Schnaps, ein Selbstgebrannter, den man in dieser Zeit legal kaufen konnte und nach dessen Genuß der Schädel vor Schmerzen fast zersprang und der Mund so trocken war, als habe ihn jemand mit Tischlerleim ausgepinselt.

«Was liest du da?» fragte Major Grodzicki Hauptmann Ciszewski.

«Die ‹Kreuzritter›.»

«Dieser Roman hat uns unter den heutigen Bedingungen besonders viel zu sagen.»

«Ja, das ist wahr.» Ciszewski wurde lebhaft. «Ich habe auch darüber nachgedacht. Die Grausamkeit der Kreuzritter, die Sienkiewicz beschreibt ... Diese Dinge sind vor fünfhundert Jahren geschehen, aber die Grausamkeiten, mit denen wir es hier zu tun haben, sind keineswegs geringer.»

«Auch bei Suetonius finden Sie unerhörte Bestialitäten beschrieben, die Chronisten Napoleons und anderer Heerführer in den verschiedenen Epochen verheimlichen diese Dinge ebenfalls nicht. Es liegt in der Natur des Menschen, daß er seinen Nächsten quält», warf Doktor Pietrasiewicz ein.

«Und dennoch ist es entsetzlich», stellte Ciszewski fest. «Jahrhunderte vergehen, der Mensch gewinnt auf allen Gebieten einen immer weiteren Horizont, er entwickelt Kultur und Zivilisation, aber bei der ersten besten Gelegenheit verwandelt er sich in eine Bestie.»

«Zivilisation!» Pietrasiewicz lachte böse auf. «Was hat die Zivilisation damit zu tun? Meinen Sie nicht, daß das heutige Publikum, das sich in allen möglichen Sportstadien wie wild gebärdet, das bei Jazzmusik in Raserei verfällt, das bis zur Bewußtlosigkeit den Boxern Beifall klatscht, wenn sie einander mit den Fäusten die Nasen blutig schlagen; meinen Sie nicht auch, Hauptmann, daß dieses Publikum mit derselben Begeisterung bei Gladiatorenkämpfen zuschauen würde? Ich bin sicher, die Leute würden vor Freude toben. Haben Sie schon einmal einen Stierkampf gesehen? Das blutüberströmte Tier wird in der Arena herumgejagt, es fällt unter den Stichen der Pikadore und wird endlich, nach langer Marter, vom Degen des Matadors durchbohrt ... Oder aber derselbe Matador wird vom Horn des Stieres aufgespießt und in den Sand der Arena gestoßen. Es gibt Länder – Spanien, die Staaten Lateinamerikas, sogar das südliche Frankreich –, in denen sich solche Vorstellungen einer riesigen Popularität erfreuen. Und doch handelt es sich dabei um Länder unserer Zivilisation, der des zwanzigsten Jahrhunderts. Die Menschen kommen zu diesen Schauspielen aus Häusern, in denen es Elektrizität gibt, in denen Radioapparate spielen und Kühlschränke laufen. Diese Menschen steigen aus den modernsten Autos, besuchen Theatervorstellungen, lesen Zeitungen. Sie haben Diplome, sind Ingenieure, Ärzte, Künstler, Schöpfer der Kultur und Zivilisation. Das hindert sie jedoch nicht im geringsten, barbarischen Schauspielen in Form von Stierkämpfen, Faustkämpfen oder ähnlichem Beifall zu klatschen. Ich sage Ihnen, meine Herren, Zivilisation und Kultur nehmen nicht den mindesten Einfluß auf die im Menschen steckende Urbestialität», schloß der Doktor überzeugt und zog den Rauch seiner Zigarette ein.

«Es ist in der Tat interessant, daß die ganze Geschichte der Menschheit so voll ist von Grausamkeit», sagte Grodzicki nachdenklich.

«Es gibt Schriftsteller, die behaupten, der Mensch sei von Natur aus gut, nur seine Umwelt beeinflusse ihn ungünstig», schaltete sich Major Preminger in das Gespräch ein. «Ich meine, daß die Grausamkeit unter entsprechenden Verhältnissen ausgemerzt werden könnte ...»

«Und was käme dabei heraus?» wendete Pietrasiewicz ein. «Bei der ersten Gelegenheit, unter halbwegs günstigen Umständen käme die Bestie im Menschen wieder zum Vorschein.»

Preminger schüttelte den Kopf. Er ist nicht davon überzeugt. Seiner Meinung nach geht Grausamkeit immer mit Feigheit einher, mit der Furcht vor dem Verlust der Macht, mit einem Kampf von zweifelhaftem Wert um die Erhaltung der Autorität.

«Und die Stierkämpfe, die Ringkämpfe, das Zirkuspublikum, das mit angehaltenem Atem, aber auch mit einem Schauder der Erregung die Schritte der Tänzerin auf dem Seil, hoch oben unter der Kuppel, oder die Äquilibristik des Motorradfahrers an der sogenannten Todeswand verfolgt? Schaut da nicht die dem Menschen angeborene Grausamkeit in ihrer ganzen trostlosen Wahrheit heraus? Ich könnte Dutzende solcher Beispiele anführen.» Der Arzt beharrte auf seiner Meinung. «Selbstverständlich», fügte er nach einer Weile hinzu, «ist das alles glänzend getarnt und auf den guten Ton abgestimmt, den unsere sogenannte Zivilisation verlangt. Wir haben uns daran gewöhnt ... Aber da treten besondere Umstände ein: Krieg. Und in diesem Augenblick beginnt dasselbe Publikum, seinen Instinkten freien Lauf zu lassen ... Der letzte Krieg hat uns die Deutschen vor Augen geführt – immerhin ein Volk von höchster technischer Kultur und Zivilisation. Wir konnten uns überzeugen, wessen die Okkupanten fähig waren.»

Preminger wollte etwas sagen, aber der Doktor ließ ihn nicht zu Wort kommen.

«Ich greife Ihrer Antwort vor, Major, und stelle fest, daß im Falle der Deutschen Kultur und Zivilisation nicht in der Lage waren, sich dem Faschismus zu widersetzen. Das ist eine Tatsache! Ich behaupte, ebenfalls von dieser Grundlage ausgehend, daß unter anderem der technische Fortschritt nichts gemein hat mit Urinstinkten.»

«Erlauben Sie, Doktor, viele Urinstinkte hat der Mensch bereits abgelegt. Was ist, wenn nun die Umstände wegfallen, die die Grausamkeit begünstigen?» entgegnete Preminger.

«Um auf die hiesigen Banditen zurückzukommen, meine ich, daß ihre Bluttaten den Zweck verfolgen, die Bevölkerung durch Terror in Schach zu halten. Nichts anderes kann in Betracht kommen», pflichtete ihm Major Grodzicki bei.

«Damit widerlegen Sie keineswegs das, was ich sagte», verteidigte sich Pietrasiewicz. «Ich versichere Ihnen, meine Herren, daß noch viel Wasser den San hinabfließen wird, bis in der Natur des Menschen jene Leichtigkeit, mit der er seinen Nächsten zu quälen vermag, ausgerottet ist. Unmenschlichkeit ist ja so einfach: Es genügt, einmal jemandem ins Gesicht zu schlagen, um dieses Gebaren später bei jeder passenden Gelegenheit zu wiederholen, es genügt einmal zu töten, um es in der Folgezeit schon ohne jede Hemmung zu tun. Eine Frage des Trainings und der Fertigkeit. Das konnten wir an der Front beobachten ...»

«Sie werden zugeben, Doktor, daß all das in den meisten Menschen doch Abscheu erweckt», sagte Major Preminger.

«Lieber Major, ich möchte wetten, daß im tiefen Altertum und in allen anderen Epochen solche Dinge in den meisten Menschen Ekel erregten, und dennoch haben sie mit der Gattung Mensch überlebt.»

«Wir sind auf dem besten Wege, den Zeitpunkt zu erreichen, da der Abscheu bis zum menschlichen Bewußtsein vordringt.»

«Dahin vorgedrungen ist er schon vor langem: Die Anschauungen der Philosophen der Antike, das Christentum, die Ideen von der Barmherzigkeit, all das ist nichts Neues ...»

Die Diskussion war auf dem toten Punkt angekommen. Ciszewski fielen die Pariser Vorlesungen über Ethik ein. Der uralte Kampf des Guten gegen das Böse. Wenn allein das Gute herrschen sollte, worin bestände dann das Kriterium für das Böse? Unterscheidungen existieren nur dank gegensätzlichen Auffassungen. Man kann das Böse also aufhalten, man kann verhindern, daß das Böse an die Oberfläche des Lebens dringt, aber unter welchen Umständen?

Der Wind blies mit doppelter Heftigkeit gegen das Haus. Das losgerissene Blech knarrte entsetzlich.

«Hauptmann, glauben Sie an Geister?»

Der da fragte, war Hauptmann Wiśniowiecki, er lächelte rätselhaft und blinzelte mit seinen von ungewöhnlich langen Wimpern umschatteten braunen Augen hinter den Brillengläsern.

«Dummes Zeug, ich glaube nicht daran.» Ciszewski lachte.

«Und in Ihrem Haus spukt es nicht?»

«Ich habe einen festen Schlaf und fürchte eher Menschen als Geister.»

«Merkwürdig», sagte Wiśniowiecki, «Wachtmeister Kaleń, der gestern mit einer Patrouille an Ihrem Haus vorbeigekommen ist, versicherte mir, daß er dort ein weißes Gespenst gesehen habe. Es kam vom Fluß her und verschwand im Garten ihres Hauses. Kaleń ist eigentlich ein nüchterner Mensch. Er glaubt nicht an Geister.»

«Aber Sie glauben daran?»

«Ich glaube auch nicht daran, deshalb frage ich ja. Was sind das für Leute, bei denen Sie wohnen, Hauptmann?»

«Frau Rozwadowska, vierundfünfzig Jahre alt, von ihrem Mann, Vizestarost in S., getrennt lebend, und deren Sohn, ehemaliger Flieger, Invalide, der vor mehreren Monaten erblindet aus der Klinik in Łódź entlassen wurde», zählte Ciszewski auf.

«Merkwürdig, die Frau des Vizestarosten von S.», murmelte Wiśniowiecki und schüttelte fassungslos den Kopf. «Der Wachtmeister Kaleń hat wohl zuviel ‹Perle› getrunken ... Aber die ganze Patrouille behauptet, das Gespenst gesehen zu haben.»

«Da bleibt uns nichts weiter übrig, als an Geister zu glauben», sagte Ciszewski lachend. «Hören Sie, wie der Wind heult, Hauptmann? In solchen Nächten gehen die Geister gern um ...»

Wiśniowiecki nahm die Herausforderung nicht an. Aufmerksam beobachtete er eine Spinne, die über die Zimmerdecke spazierte. Die Spinne, aus dem Winterschlaf geweckt, kroch langsam, oft machte sie halt, als denke sie tief über etwas nach, dann setzte sie sich von neuem in Bewegung. Sie war groß, graubraun, schwerfällig.

Oberstleutnant Tomaszewski hatte soeben eine Partie Schach gegen Major Pawlikiewicz verloren. Er war sichtlich verärgert über die erlittene Schlappe.

Einige Offiziere lachten verstohlen. Tomaszewski besaß Ehrgeiz und behauptete ein guter Schachspieler zu sein, aber gewöhnlich verlor er. «Meine Herren, erzählen Sie etwas Lustiges, lassen Sie sich etwas einfallen; zu meiner Zeit im Kasino ...» meinte er seufzend.

Oberleutnant Zajaczek erzählte als erster. «Da war einmal eine Frau, ich sage Ihnen, meine Herren ...» Er schnalzte mit der Zunge vor Vergnügen. «Sie hatte Haare und Augen ...»

«... Arme, Beine und so weiter», unterbrach ihn der braunhäutige Leutnant Stefan Daszewski, dessen Haare schwarz waren wie Pech und dessen Augen nur so blitzten. «Komm nicht zu sehr in Fahrt! Um zwölf hast du Dienst ... Darf ich ein Glas aufessen, Bürger Oberstleutnant?» fragte er unvermittelt.

«Bitte sehr. Ein altbekanntes Kunststück, das Sie schon oft gezeigt haben, aber immer noch besser als diese tödliche Langeweile ...» Der Regimentskommandeur seufzte wieder.

Leutnant Daszewski war wegen dieses Kunststücks in der ganzen Division berühmt. Er war in der Lage, ein Glas mit den Zähnen zu zerbeißen und es auf geheimnisvolle Weise herunterzuschlucken. Damit amüsierte er zuweilen seine Umgebung.

Die Offiziere umgaben ihn jetzt in einem dichten Kreis. Ermunternde Rufe erschallten. Daszewski stand auf einem Stuhl. Mit der Gebärde eines Zirkuskünstlers zeigte er den Zuschauern, daß das Glas heil und ganz war. Dann machte er sich ans Werk. Mit seinen gesunden weißen Zähnen faßte er den Rand des Glases. Es knirschte, daß den meisten ein Schauer über den Rücken lief. Das Glas zersprang. Stück für Stück verschwand es in Daszewskis Mund. Das Knirschen hörte nicht auf. Die Augen des Leutnants blitzten. Seine Kinnladen arbeiteten heftig. Er zermalmte das Glas im Mund, den er mehrmals öffnete, um zu zeigen, daß er nichts mehr darin habe. Schließlich war nur noch der dicke Boden des Glases übriggeblieben. Die Offiziere klatschten Beifall. Daszewski verneigte sich tief. Jemand sagte: «Das ist Betrug! Er hat den Boden nicht mitgegessen.»

«Wenn du das aufißt, was ich gegessen habe, verschlucke ich auch noch den Boden», parierte Daszewski.

Mancherlei Geschichten erzählte man sich über ihn im Regiment. An der Front soll er sich an die Stellungen der Deutschen herangeschlichen haben und jedesmal, sooft es nur gefordert wurde, einen Gefangenen mitgebracht haben. Bei Sturmangriffen, im Nahkampf war er stets der erste. Er war ein meisterhafter Gewehrschütze, er verstand wie kein zweiter zu reiten und Handgranaten zu schleudern. Er erzählte gern von seinen Abenteuern. Nie wußte man, was daran Wahres und was ein Gebilde seiner grenzenlosen Phantasie war. Er sagte, daß er von Zigeunern abstamme, und brachte selber alle möglichen Gerüchte darüber in Umlauf. Wie es wirklich darum stand, vermochte niemand zu sagen. Daszewski konnte mitunter in eine an Raserei grenzende Wut geraten. Dann war er unberechenbar. Aber das geschah äußerst selten.

Er liebte den Ruhm. Er bekam höchste Auszeichnungen, aber das genügte ihm nicht. Er hatte es gern, andere in Erstaunen zu versetzen. Er gestand offen, daß er, um Ruhm zu ernten, zu allem bereit sei. Er suchte ihn an der Front und im täglichen Leben. Befragt, weshalb er das tue, antwortete er: «Ich will, daß man von mir spricht. Es bereitet mir Vergnügen. Das Leben wäre sonst langweilig.»

Die Majore Grodzicki und Pawlikiewicz sowie Hauptmann Wiśniowiecki hatten eine andere Leidenschaft. Sie diskutierten ständig über Taktik, militärische Operationskunst und Strategie. Fast jeden Abend erörterten sie die vielfältigen Probleme ihres Lieblingsgebietes. Sie redeten sich in Hitze, zankten miteinander, und manchmal fühlte sich dieser oder jener auch beleidigt.

Major Grodzicki spielte außerdem mit Vorliebe Bridge, jedoch ohne nennenswerten Erfolg.

«Macht nichts», tröstete ihn verständnisvoll der miserable Schachspieler Oberstleutnant Tomaszewski. «Napoleon hatte auch kein Glück im Spiel, dafür aber in der Liebe ... Hoho!»

Unwillig verzog Grodzicki sein schönes Gesicht. Seine Frau war in Warschau. Er bekam überaus selten von ihr Post. Das bedrückte ihn. Er war sich seines Glücks in der Liebe nicht ganz sicher.

Am andern Ende des Saales wurde plötzlich schallend gelacht. Man hörte die Stimme Oberleutnant Osieckis, des Chefs der Transportkompanie, eines blonden Mannes mit einem Bärtchen, geschmeidigen Bewegungen und grünen Katzenaugen. «Sie hatte einen Blick, daß man Gänsehaut bekam, sage ich euch ... Ich sage also zu ihr ...» Osiecki, den die Kameraden wegen seiner vielen Liebesabenteuer den «Ersten Liebhaber des Regiments» nennen, senkte die Stimme zu einem Flüstern.

In diesem Moment mischte sich Oberstleutnant Tomaszewski ein, er war verärgert, weil er den weiteren Verlauf der Erzählung nicht verstehen konnte. «Wenn die Regimentsfahrzeuge so einsatzbereit wären wie die Frauen in Ihren Geschichten, wäre es besser, Bürger Oberleutnant!»

Osiecki hob den Kopf. Schelmisch zwinkernd, warf er den hellen Schopf zurück. «Im Kasino sind Gespräche über dienstliche Themen nicht erlaubt, Bürger Oberstleutnant.» Getreu ahmte er die Stimme des Regimentskommandeurs nach.

«Wir werden morgen in der Dienstbesprechung darauf zurückkommen», erwiderte Tomaszewski.

Lautlos fast ging zwischen den Tischen ein Soldat umher und schenkte Tee in die Gläser. Ein Leutnant aus Major Grodzickis Bataillon schnarchte in

einer Ecke. Er hatte das Gesicht eines Kindes, das vertrauensvoll einge-
schlummert war.

«Wenn man daran denkt, daß es irgendwo Städte gibt, in denen die Menschen normal bei elektrischem Licht leben, ins Kino oder Theater gehen, in
Lokalen tanzen und, ein Mädchen im Arm, von Liebe sprechen ...» Oberleutnant Rafałowski seufzte.

«Du Träumer!» sagte Zajaczek ironisch. Er saß lässig auf seinem Stuhl, die
langen Beine weit von sich gestreckt.

«In jedem von uns steckt ein Stück von einem Träumer.» Oberleutnant
Wierzbicki beeilte sich, dem Kameraden zu Hilfe zu kommen. «Das ist unser
gutes Recht.»

Die Eingangstür öffnete sich. Kälte strömte herein. Der eisige Luftzug
drückte die Flämmchen der Petroleumlampen herunter.

Schneebedeckt stand ein Offizier auf der Schwelle und salutierte. «Ein Zivilist, ein gewisser Bürger Dwernicki, möchte ..., das heißt, er bittet darum,
vom Regimentskommandeur empfangen zu werden», meldete er.

«Sagen Sie ihm bitte, daß dienstliche Angelegenheiten im Stab erledigt werden. Er soll morgen kommen», erwiderte Oberstleutnant Tomaszewski.

«Er behauptet, er sei schon zum drittenmal hier, Bürger Oberstleutnant ...»

«Na, dann kommt er eben auch noch zum viertenmal.»

Es war bereits spät am Abend. Am Marktplatz von Baligród, im Lokal von
Herrn Hilary Szponderski schlugen die Unteroffiziere und Mannschaften die
Zeit tot. Wachtmeister Kaleń – stämmig, mit grobschlächtigem Gesicht und
athletischer Figur – führte hier das große Wort. Für gewöhnlich war sein
Blick sanft, aber sowie er sich einen Rausch angetrunken hatte, war er fähig,
Dinge zu tun, die ihm jedesmal teuer zu stehen kamen. Augenblicklich
spielte er auf der Ziehharmonika. Wie es seine Art war, hatte er die Mütze
keck aufs Ohr gesetzt, er sang ein Liedchen, in dem jede Strophe mit dem
Ausruf «hoppla-bum!» endete. Die Soldaten klopften mit den Bierseideln und
Schnapsgläsern den Takt dazu. Szponderski, ein braunhaariger Mann mit
einem Gesicht so rot wie frischer Schinken und einem schwarzen Schnauz-
bart, schob sich zwischen den Tischen hindurch. Er war freundlich und
dienstbereit. Er wurde unterstützt von einer drallen, jungen Frauensperson,
dem Fräulein Krysia, Ziel der Bemühungen vieler Budziszyner Schützen, ein
Magnet, der sie ebenso in das Lokal zog wie der «Perle» und das Bier, das es
wegen der schwierigen Transportverhältnisse selten gab.

Die Wachposten draußen waren in lange Pelze gehüllt, sie stampften mit
den Füßen, um sich zu erwärmen, und richteten den Blick angespannt in die
Dunkelheit. Eine Patrouille unter Führung des langnasigen Oberleutnants
Nalewajko überquerte den Marktplatz. Sie ging im Bogen um die Synagoge,
passierte den Friedhof und kehrte beim ehemaligen, jetzt zerstörten «Schüt-

zenhaus» auf die Chaussee zurück. Später machte sie an der Schule halt, setzte aber gleich darauf ihren Weg zum Regimentsstab in der Villa des Notars fort, und weiter bis zum Gutshof, dem Quartier von Hauptmann Ciszewskis Bataillon, und zur kleinen Kapelle, die Baligród nach Süden hin abschließt. Dies war die gesamte Strecke, die sie zu kontrollieren hatte.

«Wissen Sie, Bürger Oberleutnant, daß Wachtmeister Kaleń gestern vor dem Haus, in dem Hauptmann Ciszewski einquartiert ist, ein weißes Gespenst gesehen hat?» fragte ein Soldat der Patrouille.

«Reden Sie kein dummes Zeug!» Oberleutnant Nalewajko war entrüstet. «Geister gibt es nicht.» Er fühlte sich jedoch unbehaglich und blickte argwöhnisch in die milchige Dunkelheit. Ein Schauer überlief ihn. Das machte der Wind, der ihm zudringlich unter den Mantel fuhr. «Marschieren wir, damit wir nicht so durchfrieren», sagte er zu den Soldaten.

An so einem Abend herrschte zwischen den Funkstationen lebhafter Funkverkehr. Der Diensthabende aus Cisna teilte mit, daß die berittene Einsatzgruppe von einem Rundritt durch den Bezirk Smolnik zurückgekehrt war. Im Gelände nichts Neues. Die Funkstation der Grenztruppen in Wołkowyja meldete verschlüsselt: «Bei uns Ruhe. Straße nach Lesko durch Schneeverwehungen unpassierbar. Haben keine Telefonverbindung. Leitungen vermutlich gerissen. Morgen überprüfen. Was gibt es bei euch?»

Baligród hatte Telefonverbindung mit Lesko. Oberstleutnant Tomaszewski sprach mit einem Unterstellten, dem Kommandeur des dort stationierten 3. Bataillons, Hauptmann Gorczyński. Der gemütliche dicke Hauptmann mit den kurzen Beinen meldete, daß es in seinem Abschnitt «nichts Neues» gäbe.

Einer der wenigen ruhigen Abende neigte sich dem Ende zu. Ciszewski ging nach Hause. Bevor er durch die Gartenpforte trat, blieb er stehen und blickte sich aufmerksam nach allen Seiten um. In dem alten Gebäude knarrte und ächzte der Wind und rüttelte an den schadhaften Dachschindeln. Vom Wasser her wehte es kalt. Öde war es dort und weiß. Kein Rauschen war zu hören, der Fluß war zugefroren. Das Haus lag abseits vom Wege, dunkel und drohend. Ciszewski kam es plötzlich vor, als richte aus der Dunkelheit jemand seine Augen auf ihn. Er fühlte es so stark, daß er unwillkürlich die Pistolentasche öffnete. Ein Schauer lief ihm über den Rücken. Die Dachschindeln klapperten. Ciszewski blickte hinauf. Er konnte sich des Eindrucks nicht erwehren, daß er beobachtet wurde. Das sind die blöden Geschichten dieses Wiśniowiecki, dachte er wütend. Er schaute sich noch einmal um und trat langsam durch die Pforte. Auf der Veranda sträubten sich ihm vor Schreck die Haare. Eine weiße Gestalt versperrte die Durchgangstür. Ohne Zögern zog der Hauptmann die Pistole.

«Wer da?»

«Ich bin es, Herr Hauptmann», hörte er die Stimme der Rozwadowska.

«Die Pforte knarrte so, da bin ich auf die Veranda gegangen, um nachzusehen ...»

Welch ein Glück, daß sie in der Dunkelheit die Pistole nicht sieht, dachte Ciszewski. «Entschuldigen Sie bitte, ich wußte nicht, daß Sie es sind ...»

In seinem Zimmer beruhigte er sich langsam. Dann schrieb er einen Brief. Er wußte, daß er lange auf Antwort warten mußte. Barbara ließ ihn immer lange warten.

Die Beratung im Divisionsstab in Sanok verlief in einer Atmosphäre, die selbst ein heiter gestimmter Beobachter schwerlich als sorglos bezeichnet hätte.

«Meine Lieben», leitete Oberst Sierpiński die Zusammenkunft in gekünstelt väterlichem Tone ein, «seit über zwei Monaten treiben wir uns in diesem Gelände herum, aber unsere Erfolge, seien wir ehrlich, sind gleich Null.» Unwillig schweiften seine Blicke zu dem lässig am Tisch sitzenden Abschnittskommandeur der Grenztruppen, Oberstleutnant Kowalewski, hinüber, um dessen Mund ein kaum merkliches ironisches Lächeln spielte. «Ich wiederhole noch einmal, die Erfolge sind gleich Null, es gibt sie einfach nicht ...» Seine Ohrläppchen färbten sich rosig.

«In meinen Augen ist es keine Errungenschaft», er senkte die Stimme, «wenn meine Regimenter erfolgreich Familien begleiten, die in die Westgebiete oder in die UdSSR auszureisen wünschen. Es ist auch keine Errungenschaft, wenn es die Banden nicht wagen, größere Militärabteilungen anzugreifen. Es gibt fürwahr nichts, dessen wir uns rühmen könnten, meine Lieben! Wir haben ein unleugbares Übergewicht über die Banden und sind trotzdem nicht in der Lage, sie zu zerschlagen, ja, nicht einmal imstande, ihnen empfindliche Niederlagen beizubringen. In den Wojewodschaften Białystok und Lublin gerben inzwischen die bewaffneten Abteilungen der Sicherheitsorgane den Banditen nach allen Regeln der Kunst das Fell und haben dem ganzen Spuk vermutlich in Kürze ein Ende bereitet ...»

Der Kommandeur des in Sanok stationierten Regiments, Oberstleutnant Chmura, ein rotbärtiger, sehniger Mann, gestattete sich den Einwand, daß in den genannten Wojewodschaften das Gelände den Kampf erleichtere. Oberst Sierpiński winkte ungeduldig ab.

«Unsere Division», sagte er, «die sich an der Front so rühmlich hervorgetan hat, wird hier der Lächerlichkeit preisgegeben. Ich zögere nicht, dieses Wort zu gebrauchen, meine Lieben. Der Lächerlichkeit. In unverantwortlicher Weise hat eines der Regimenter ein Geschütz verloren, ohne daraus auch nur einen Schuß abgefeuert zu haben. Die Verfolgung der Banditen ist uns bisher noch nie gelungen. Unterdessen stellt sich heraus, daß man sie schlagen kann, und zwar mit Erfolg. Der kleine Stützpunkt der Miliz in Hoczew vermag sich zu verteidigen und die bis an die Zähne bewaffnete Bande Żubryds zu verjagen. Eine Schande, meine Lieben ... Oberstleutnant Chmura ist der Meinung, der Kampf gegen die Banden sei in den Wojewodschaften Białystok und Lublin deshalb leichter, weil es dort keine Berge gibt. Suchen wir nicht nach Entschuldigungsgründen! Wir müssen mit den Gegebenheiten an Ort und Stelle fertig werden. Ich stelle noch einmal fest, daß die Situation ernst ist. Seit unserem Hiersein haben die Banditen der UPA und WIN sechs Dörfer niedergebrannt und neunundvierzig Menschen ermordet, unsere Division hat dreizehn Soldaten verloren, wir selbst dagegen hatten nicht einmal Berührung mit dem Feind ...»

Er trommelte nervös mit den Fingern auf den Tisch. Im Zimmer war es still. Der Chef des Divisionsstabes, Oberstleutnant Rojewski, beugte den kahlen Kopf über die Schriftstücke, die er vor sich liegen hatte. Oberstleutnant Chmura räusperte sich nervös. Noch immer spielte das ironische Lächeln um Kowalewskis Mund, es schien zu sagen: Jetzt seht ihr, wie es um die Sache steht. Die Grenztruppen zu verspotten war nicht schwer. Major Grodzicki sah den höchsten Vorgesetzten der Division unverwandt an. Man merkte, daß er etwas sagen wollte, aber noch auf den richtigen Moment wartete. Ciszewski betrachtete den gutmütigen Hauptmann Gorczyński, der die Worte Oberst Sierpińskis mit beifälligem Kopfnicken begleitete. Auf den Gesichtern der meisten Anwesenden malte sich Unschlüssigkeit. Eine verteufelt schwierige Sache. Der Divisionskommandeur hatte recht, aber was sollte man tun?

Oberstleutnant Tomaszewski gähnte ostentativ. Seiner Meinung nach würde durch Gerede auch nicht viel geändert werden.

«Bürger Oberstleutnant, ich halte es zumindest für seltsam ...», sagte der Divisionskommandeur streng.

Tomaszewski warf ihm einen klaren, unschuldigen Blick zu, dann stellte er fest, daß die Truppenbewegungen zum gegenwärtigen Zeitpunkt durch starke Schneefälle lahmgelegt würden. «Die Soldaten tragen durchlöcherte Stiefel und abgenutzte Uniformen; sie frieren. In diesem riesigen, gebirgigen und waldreichen Gelände gleicht die Jagd auf die Banditen der Suche nach einer Stecknadel im Heuschober. Natürlich», fuhr er fort, «müssen wir lernen, Stecknadeln im Heu zu finden. Dazu braucht man jedoch Zeit. Ich kann keine konkreten Vorschläge machen. Wenn ich es könnte, würde ich nicht gähnen. Ich bin der Meinung, wir sollten im Gelände umherspüren. Auf diese Weise entdecken wir früher oder später die Spuren der Banditen, studieren die für den Gegner typischen Verhaltensweisen, verallgemeinern sie und leiten daraus die Methode seiner Bekämpfung ab.»

Die Beratung zog sich in die Länge. Selbst der schweigsame Chef des Divisionsstabes ergriff das Wort. Major Grodzicki war mürrisch. Er war unzufrieden mit dem Verlauf der Besprechung.

Nach einigen Stunden kamen Oberst Sierpiński und die Versammelten zu dem Schluß, daß Demonstrationsaktionen in Form von Märschen durch die Dörfer nicht den geringsten Sinn hätten.

«Man muß die Wälder durchkämmen, meine Lieben», mahnte der Divisionskommandeur. «Es muß ausgeschwärmt und in Schützenkette durch den Wald gegangen werden, wobei jeder Meter des Geländes zu durchsuchen ist. Auf diese Weise kommen wir den Banditen auf die Spur und stoßen auf ihre Schlupfwinkel. Wir müssen Wald für Wald durchstöbern, die Hänge aller Berge absuchen. Das ist die neue Methode, die wir anwenden werden.»

«Wälder und Berge gibt es verdammt viele, Bürger Oberst», warf Tomaszewski ein.

«Sie haben selbst gesagt, Oberstleutnant, daß man Geduld haben muß.» Der Divisionskommandeur blieb ihm die Antwort nicht schuldig.

Major Grodzicki bat ums Wort. Er war kein Redner, aber was er sagte, erschien Ciszewski und vielen anderen Versammelten sehr logisch. «Ich bin der Meinung», Grodzicki stotterte, und sein schönes Gesicht verriet, daß ihn das Sprechen ungeheure Anstrengung kostete, «wir müßten wissen, wo wir suchen sollen. Alles zu durchstöbern, bedeutet einen verteufelten Verlust an Zeit, vor allem aber an Kraft. Außerdem werden die Banditen immer gerade dann besonders aktiv sein, wenn wir da herumziehen, wo sie nicht sind. Ich will damit sagen, daß wir die taktische Initiative nicht dadurch ergreifen können, daß wir sie dem Gegner überlassen ...»

«Das ist eine Negation. Was schlagen Sie vor, Major?» fragte Oberst Sierpiński trocken.

«Daß wir das Gesetz des Handelns in unsere Hand bekommen.»

«Daß wir konkretes Material über die Banden sammeln», fügte Hauptmann Wiśniowiecki hinzu.

«Daß wir auf der Grundlage dieses Materials einen Aktionsplan erarbeiten», unterstützte ihn Major Pawlikiewicz.

Der Divisionskommandeur breitete mit einer Gebärde, die seine Verwunderung ausdrückte, die Arme aus und sagte: «Aber, meine Lieben, daran hindert Sie doch niemand. Ich habe den Regimentern in ihren Aktionsbereichen weitestgehende Handlungsfreiheit gewährt. Ihre Vorschläge in die Tat umzusetzen, die Grundvoraussetzungen zu schaffen, um die es Ihnen geht, steht in Ihrer Hand. Nur an einem halte ich fest: Schluß mit den Demonstrationsmärschen, von jetzt an werden die Wälder durchkämmt. Wo und in welcher Reihenfolge, auf Grund welchen Materials, ist Ihre Angelegenheit.»

Nach dem Kommandeur sprach noch Major Preminger. Er vertrat die Überzeugung, das Militär müsse sich soweit als möglich der hiesigen Zivilbevölkerung annähern. «Das ist sein Hobby», flüsterte Ciszewski Major Pawlikiewicz zu, ungewollt den aus England mitgebrachten Audruck benutzend. Er selbst war der Meinung, zuerst müsse man die Banditen verjagen. Dann würde die Annäherung leichter sein. Preminger stand auf einem anderen Standpunkt. Er meinte, beide Dinge seien eng miteinander verknüpft und ergänzten einander. «Wir schlagen die Banden nicht ohne das Vertrauen und die Unterstützung durch die Bevölkerung», behauptete er. Nun entwickelte er diese These. Man hörte ihm aufmerksam zu.

«Er ist mit dem Herzen dabei, wenn er argumentiert», hörte Ciszewski Hauptmann Wiśniowiecki sagen. In der Tat, Major Premingers Augen sprühten, wenn er sprach. Er verstand es, seine Zuhörer mit ungewöhnlicher Kraft zu überzeugen. Seit seiner Ankunft in dieser Gegend war er noch mehr abgemagert, sein Kinn trat schärfer hervor als sonst, an den Schläfen zeigten sich blaue Äderchen. Er mußte sehr erschöpft sein. Alle wußten, daß er nicht eine einzige Aktion ausgelassen hatte. Zum Unterschied von anderen Offizieren bestieg er auf den Märschen niemals ein Pferd. Er ging mit den einfachen Soldaten zu Fuß. Von den Bataillonskommandeuren und Kompaniechefs in Tomaszewskis Regiment verfuhr in ähnlicher Weise nur noch Major Grodzicki. An den Abenden in Baligród oder während der Rast in den Dörfern brachte Preminger Stunden in den Unterkünften der Soldaten zu. Er kannte fast alle mit Vor- und Zunamen, ja sogar ihre persönlichen Sorgen. Er hatte ein erstaunlich gutes Gedächtnis. Er gehörte zu den populärsten und beliebtesten Offizieren der Division.

«Darf ich jetzt den Brief des Generals verlesen?» fragte Preminger Oberst Sierpiński, als er seine Ansprache beendet hatte.

Der Divisionskommandeur gab dem Stabschef einen Wink. Oberstleutnant Rojewski reichte Preminger ein Schriftstück.

«Ich möchte nicht, meine Lieben, daß Sie mit der Überzeugung von hier fortgehen, alles, was wir tun, sei sinnlos», sagte der Divisionskommandeur, bevor Preminger zu lesen begann. «Hören Sie, was in dem Brief steht.» Diesmal klang die Wendung «meine Lieben», als entschuldige sich Oberst Sierpiński für all die dürren Worte, die auf dieser Besprechung gefallen waren. Der Ausdruck, den er dieser Wendung verlieh, hing von den Umständen ab. Einmal klang sie ironisch, dann wieder ermahnend, warnend oder geradezu zärtlich.

Major Preminger las: «In einer neuen Fabrik gibt es einen Terminus, der ‹Anlaufzeit› heißt. Jede neue Fabrik braucht diese Anlaufzeit. Mir scheint, man kann ihn auch auf ernste militärische Aktionen anwenden. Sie befinden sich in einem für Sie neuen Gelände und haben es mit einem Feind ganz besonderer Art zu tun, selbst wenn man ihn mit den Banden, die in anderen Teilen des Landes auftreten, vergleicht. Ihr Operationsgelände ist schwierig, der Gegner ausnehmend dreist. Deshalb auch bedürfen Sie eines längeren Anlaufs ... Sie haben verschiedene Niederlagen erlitten. Jede von ihnen kann – wenn deren Ursachen richtig verstanden und die entsprechenden

Schlüsse daraus gezogen worden sind – den Grundstock für künftige Erfolge bilden. Ich glaube, daß es in Ihrem Falle so sein wird. Ich will Ihnen keine Ratschläge vom grünen Tisch aus geben. Sie sollten versuchen, die Situation klar zu erkennen. Den Weg, wie die Aktionen am erfolgreichsten durchzuführen sind, müssen Sie selbst finden. Ich wünsche Ihnen viel Erfolg und beste Gesundheit.»

«Dann ist hier noch die Rede von anderen Dingen. Der General kündigt neue Uniformen und Stiefel für die Soldaten an. Er schreibt, daß er bestrebt ist, uns zu besuchen.»

Preminger gab Oberstleutnant Rojewski den Brief zurück. Die Offiziere standen auf, sie rückten geräuschvoll mit den Stühlen, legten Schriftstücke und Karten zusammen. Die Besprechung war beendet. Vor den Divisionsstab fuhren Kraftfahrzeuge mit Bewachung vor. Auf jedem LKW saßen einige mit MPis und Handgranaten bewaffnete Soldaten. Auf den Dächern der Fahrerkabinen waren leichte MGs aufgestellt. Die Reise von den Einheiten zum Divisionsstab war nicht ohne Gefahren.

Der Beschluß, die Wälder durchzukämmen, war leichter gefaßt als ausgeführt. Wie Major Grodzicki richtig vorausgesehen hatte, hing eine Aktion des Regiments stets von der Initiative der Banditen ab.

Anfang Februar griff die Abteilung «Brennendes Herz» mitten in der Nacht das Gelände an, auf dem Versuchsbohrungen durchgeführt wurden. Bei dieser Gelegenheit sprengten sie in Ropienka einen Tank mit vielen Hektolitern Rohöl in die Luft.

Ein riesiger Feuerschein erhellte im Umkreis von Dutzenden Kilometern die Landschaft. Es wurde Alarm gegeben. Die Funkstationen der Grenztruppen und des Militärs, die Telefone der Stützpunkte der Miliz und der Eisenbahnstationen übermittelten einander die schreckliche Nachricht: «Das Öl brennt! Achtung! Das Öl brennt!» Eine Katastrophe drohte, wenn der Brand auf die Wälder übergriff.

Die Ropienka am nächsten gelegenen Garnisonen brachen sofort auf: Das Bataillon Hauptmann Gorczyńskis aus Lesko und die kleine Einheit der Grenztruppen unter Hauptmann Wieczorek aus Wołkowyja. Einen etwas längeren Weg hatten die beiden Bataillone der Budziszyner Schützen aus Baligród und die berittene Einsatzgruppe der Grenztruppen aus Cisna. Alle Einheiten begaben sich in Eilmärschen nach Ropienka. Schnaubend vor Anstrengung, griffen die Pferde aus, der Schnee stiebte nur so unter ihren Hufen. Ihnen folgte die Infanterie. Die Soldaten keuchten atemlos. Mühevoll stapften sie durch die Schneewehen. In der frostigen Luft brach ihnen der Schweiß aus allen Poren, durchdrang Wäsche, Uniformen und Mäntel und gefror auf dem Tuch zu silbrigem Reif. Es gab keine Verschnaufpausen, keine Rast. Die riesige Purpurfackel des Feuers und der blutrote Himmel spornten mehr an als alle Befehle.

Żubryd ahnte nichts von den Ausmaßen des Alarms, den er ausgelöst hatte. Ohne besondere Eile setzte er sich mit den Arbeitern auseinander. Auf seinen Befehl trieben Fähnrich Książek und Feldwebel Zawieja so viele Arbeiter vor der Wohnbaracke der Bergleute zusammen wie nur möglich. Die Dorfbewohner wurden gezwungen, der Exekution beizuwohnen. Es war das übliche Ritual.

Im drohenden Schein des Feuers hängte Książek eigenhändig an den Balken des Barackenvorbaus sechs Stränge mit Schlingen auf. Zawieja holte die Verurteilten herbei. Es waren Mitglieder der kürzlich in den Förderanlagen gegründeten Parteiorganisation. Bis zum Gürtel entkleidet, die Hände auf dem Rücken gefesselt, mußten sie sich mit dem Gesicht zu den Einwohnern aufstellen. Die kurze Rede, die bei solchen Anlässen ebenfalls üblich war, hielt Hauptmann Piskorz.

«Das gleiche Los», sagte er, «trifft alle Roten. Ihr wolltet Öl für die Kommunisten gewinnen, ihr wolltet hier eine bolschewistische Parteizelle gründen. Ihr seht, daß wir wachsam sind. Die Bohrtürme haben wir in die Luft gesprengt, die Roten schicken wir zur Hölle …» Er verzog sein Rattengesicht zu einem Lächeln und zwinkerte mit den wimperlosen Lidern. «Ich empfehle euch nicht», fuhr er fort, «die Bohrtürme wieder aufzubauen. Sicherlich sind unter euch welche – und wir wissen das, denn in eurer Mehrzahl seid ihr Halunken –, die jetzt denken, daß wir nicht alle Kommunisten ergriffen haben und daß ihr, sobald wir fort sind, eure schuftige Arbeit wiederaufnehmen könnt. Wer so denkt, dem sei gesagt, daß wir, wenn es not tut, zehnmal wiederkommen, bis hier Ordnung herrscht.»

In der Menge wurde geschluchzt.

«Józek! Józek! Du mein liebes Herz-Jesulein! Habt Erbarmen, Leute! Papa! Papa!» hörte man Frauen und Kinder rufen.

Die Verurteilten blickten unruhig umher. Sie schwitzten am ganzen Körper. Vielleicht war es die Hitze, die aus dem Feuer schlug, vielleicht aber auch die Angst, von der niemand frei ist. Einem von ihnen, er war noch sehr jung, rollten Tränen, so groß wie Erbsen, über die Wangen. Ein anderer, offenbar sein Altersgenosse, schloß die Augen und sonderte sich auf diese Weise von der Umgebung ab. Die vier anderen waren schon ältere Arbeiter. Sie hatten graue Köpfe und sonnenverbrannte müde Gesichter. Forschend blickten sie zu den Dorfbewohnern hinüber. Vielleicht hatten sie noch Hoffnung, daß ihnen von dort Hilfe kommen, daß etwas sie erretten werde. Dem Menschen fällt es schwer, an den eigenen Tod zu glauben.

«Urteil vollstrecken!» schrie Żubryd. Hauptmann Piskorz salutierte und gab Fähnrich Książek ein Zeichen. In der Menge erhob sich lautes Wehklagen. Feldwebel Zawieja, unterstützt von einigen der energischsten Żubryd-Leute, brachte den Lärm zum Schweigen. Ein Schuß krachte. Jemand sank ohne einen Klageruf zu Boden.

Unterdessen hatte Książek den Verurteilten die Schlingen um den Hals gelegt. Von einem zum andern gehend, schlug er ihnen mit einem kräftigen Fußtritt die Stühle unter den Beinen weg.

Die Führer der Abteilung «Brennendes Herz» hielten kurz miteinander Rat. «Die Jungs brauchen etwas Zerstreuung, Herr Major», versuchte der Fähnrich Żubryd zu überzeugen. «Wir müßten einmal Umschau halten, was für Weibsbilder es hier gibt!»

«Man könnte sich tatsächlich ein bißchen mit ihnen amüsieren. Das würde höchstens eine halbe Stunde dauern», stellte Major Żubryd sachlich fest, aber Hauptmann Piskorz, in der Abteilung die Stimme des Gewissens, widersprach energisch. «Seid ihr verrückt geworden!» sagte er wütend. «Diese Brandfackel sieht man bestimmt im Umkreis von einigen Dutzend Kilometern. Wir haben nur einen winzig kleinen Prozentsatz der Kommunisten hier erwischt und keinen einzigen Ingenieur. Alle Abteilungen des Militärs in der Umgebung sind mit Sicherheit schon alarmiert worden. Wir können froh sein, wenn wir mit heiler Haut davonkommen. Brechen wir unverzüglich auf! Die Weiber nehmen wir uns ein andermal vor ...», tröstete er sie.

Eine halbe Stunde später traf Hauptmann Gorczyńskis Bataillon am Exekutionsort ein.

Die Soldaten blickten schweigend auf die sechs Ermordeten, die auf der Veranda des Verwaltungsgebäudes lagen, und entblößten die Häupter. Sie atmeten schwer, vom Marsch erschöpft. Eine kleine Gruppe von Einwohnern erzählte Major Gorczyński, was sich hier abgespielt hatte. Der Öltank brannte. Blutige Feuerzungen schossen wild zum Himmel empor. Zum Glück wehte nur ein leichter Wind, der die Flammen in die den Wäldern entgegengesetzte Richtung lenkte. Die Gefahr, daß sich der Brand ausdehnte, bestand nicht. Mit nacktem Oberkörper gingen die Arbeiter, von den Dorfbewohnern unterstützt, dem Feuer zu Leibe. Fieberhaft gruben sie den Boden um. Für alle Fälle. Der Wind konnte sich drehen. Nur die Familien der Ermordeten hatten sich bei den Toten versammelt. Einige Frauen, ein Greis, Kinder, die entsetzt um sich blickten. Ihr Weinen mischte sich mit dem Brausen des Feuers.

«Ich habe nie übermäßig viel Phantasie besessen», sagte Gorczyński zu einem der Offiziere, «aber so stelle ich mir die Hölle vor.»

Das Bataillon nahm sofort die Verfolgung der Żubryd-Leute auf. Die Spuren im Schnee waren deutlich. Die Abteilung «Brennendes Herz» flüchtete in südwestlicher Richtung. Hauptmann Gorczyński stellte Funkverbindung mit Oberstleutnant Tomaszewski und dem Divisionsstab her. Er gab seine Position an, die Rückzugsrichtung der Żubryd-Leute und den vorläufigen Plan zur Verfolgung der Banditen. Auf der Grundlage dieser Daten überlegte Oberstleutnant Chmura, wie man der Bande den Weg abschneiden könnte. Der Fluchtweg, den Żubryd gewählt hatte, ließ darauf schließen, daß er die Chaussee Lesko–Ustianowa kreuzen würde. Alle Bemühungen wurden darauf gerichtet, dies zu verhindern. Der schweigsame, schnurrbärtige Oberstleutnant Chmura war sich darüber klar, daß er seine Soldaten rechtzeitig entlang der Chaussee, irgendwo in der Umgebung von Olszanica, ausschwärmen lassen mußte, Gorczyński dagegen hatte sich zur selben Zeit den Banditen an die Fersen zu heften, mit dem Ziel, sie durch pausenlose Verfolgung in eben diesen Abschnitt zu treiben.

Die dunkle Nacht und der tiefe Schnee erschwerten die Operation. Die Soldaten stampften durch die hohen Wehen. Ihre Lungen arbeiteten wie Blasebälge. Den von höchster Anstrengung verzerrten Mündern entrang sich pfeifender Atem. Die Gesichter waren schweißüberströmt. Der Schnee kroch in die Ärmel, hinter die Kragen der Uniformen, in die Stiefel. Das Gewehr wurde unerträglich schwer. Die Hände erstarrten, die Augen blickten vor Ermüdung wie durch einen Schleier. Eine Verfolgung durch Nacht und Schnee in den Bergen ist schrecklich. Jeder Meter des Geländes muß besiegt werden wie ein grimmiger Feind. Unter solchen Bedingungen kommt man nicht schneller vorwärts als einen bis zwei Kilometer in der Stunde. Die Żubryd-Leute hatten gegenüber dem Militär eine halbe Stunde Vorsprung. Auf einer Chaussee wäre das wenig gewesen, in der jetzigen Situation aber bedeutete es ungeheuer viel.

«Schneller, Jungs! Schneller!» Oberstleutnant Chmura mahnte zur Eile. Seine Schnurrbartenden hingen wie zwei Eiszapfen herab. Sein Pferd, bedeckt mit Schweiß, der zu silberhellem Rauhreif erstarrt war, keuchte und arbeitete sich, vor Anstrengung schnaubend, immer wieder aus den Schneewehen heraus, die ihm stellenweise bis an den Bauch reichten. Die Soldaten bahnten sich, mit den Gewehren schlenkernd, als seien es Ruder, einen Weg durch das weiße Schneemeer.

«Wir müssen die Hundesöhne einholen! Los! Los! Ihr kommt nicht vom Fleck!» schrie Hauptmann Gorczyński immer wieder.

Zwischen diesen beiden Abteilungen versuchte Żubryd hindurchzuschlüpfen.

«Ein Wunder müßte geschehen, wenn wir aus diesem Schlamassel herauskommen sollten», murmelte Hauptmann Piskorz. Voller Unruhe blickte er sich um. Er erwartete die Gefahr am ehesten von hinten. Sein Blick traf jedoch nur auf die grenzenlose, dunkle Nacht und das gleichgültige Weiß des Schnees. In der Nähe der Höhe 461 brach der Schütze Kozioł, ein siebzehnjähriger Bursche, der irgendwo bei Tarnów zu Hause war, zusammen, er erklärte, daß er nicht weitergehen könne. Er lag auf der Seite und stöhnte leise. Über sein Gesicht rannen Tränen. «Laßt mich nicht allein!» flehte er. «Herr Hauptmann, was wird nun? Was geschieht mit mir?»

Piskorz und Książek beugten sich über ihn. Der Sanitäter der Abteilung, Unterfeldwebel Wola, war der Ansicht, Kozioł habe sich das Bein gebrochen oder verstaucht.

«Wir lassen dich hier im Gebüsch zurück. Sie werden dich nicht finden ... Verhalte dich ruhig. Morgen kommen wir und holen dich», sprach Książek ihm tröstend zu.

«Heul nicht! Du bist Soldat!» fuhr Hauptmann Piskorz Kozioł barsch an, um ihn zu beruhigen. Gleichzeitig drückte er Feldwebel Zawieja bedeutungsvoll den Arm. «Ohne viel Aufhebens fertigmachen», flüsterte er. «Wenn er hierbleibt, wird er alles ausplaudern, was er über uns weiß ...»

Zawieja faßte den Verletzten unter die Arme. Die Abteilung stieg bereits den Hang hinab. «Weine nicht, Kozioł. Gleich sind deine Schmerzen vorüber. Du wartest bis morgen. Dann kommen wir ...» Mit großer Mühe schleppte er den Burschen zum Gebüsch. Kozioł rannen die Tränen über das Gesicht. Er sagte nichts.

Als sie das Gebüsch erreicht hatten, lehnte Zawieja ihn mit dem Rücken gegen einen Baumstamm und verschnaufte sich. «Sitzt du bequem, Kozioł?» fragte er. Er erhielt keine Antwort. Die Augen vor Bestürzung weit aufgerissen, sah ihn der Bursche an. Der Feldwebel zog mit einer blitzartigen Bewegung das Beil hinter dem Koppel hervor, mit dem er für gewöhnlich Holz schlug, wenn die Abteilung biwakierte. Ein schrecklicher Hieb fuhr auf den Kopf von Kozioł herab. Seinem Mund entrang sich ein Röcheln. Zawieja gab dem auf die Seite fallenden Körper des Erschlagenen einen Tritt. Schnell drückte er ihn in den tiefen Schnee. Er schüttete ihn zu, wobei er mit seinen Händen den Schnee schaufelte. Dann reinigte er das Beil und warf sich das Gewehr des Ermordeten über die Schulter. Ohne sich umzuschauen, lief er davon, um die Abteilung einzuholen.

Die Höhe 461 schickt ihre bewaldeten Hänge talwärts bis nach Olszanica, einem großen Dorf mit einer Eisenbahnstation an der Linie Zagórz–Ustrzyki Dolne. Żubryd wollte an dieser Stelle mit seiner Abteilung über die Chaussee schlüpfen. In der Absicht, das Dorf zu umgehen, stieg er den Westhang des Hügels hinab, einem Bach folgend, der in das Flüßchen Olszanica mündet. Als sich die Späher der Abteilung «Brennendes Herz» den Gleisen näherten, ließ Żubryd haltmachen. Die Späher erklommen den Bahndamm. Ihre dunklen Silhouetten zeichneten sich scharf gegen den Nachthimmel ab. Mit ihren Gewehren, die sie in die Höhe hoben, gaben sie das vereinbarte Zeichen: «Weg frei.» Einen Augenblick später stiegen sie vom Bahndamm zur Chaussee hinab. Inzwischen hatten sich die Żubryd-Leute dem Bahndamm genähert. Wieder machten sie halt, und das war ihr Glück.

Jenseits der Chaussee bellte plötzlich ein Maschinengewehr los. Die Stille floh wie ein aufgescheuchter Nachtvogel. Die Dunkelheit füllte sich mit verschiedenfarbenen Geschossen, die pfeifend dahinsausten. Einige Leuchtkugeln stiegen empor, die Umgebung mit gespensterhaftem grünem und rotem Licht übergießend. Der Späher Łagodny sank, von mehreren Geschossen durchbohrt, ohne einen Klagelaut zu Boden, sein Vorgesetzter, Unteroffizier Balon, lag in den letzten Zügen. Von panischem Schrecken erfaßt, wandten sich die Żubryd-Leute, die eben noch hinter dem Eisenbahndamm gelegen hatten, zu wilder Flucht.

«Halt! Stehenbleiben!» brüllte Hauptmann Piskorz. «Wo rennt ihr hin? Stehenbleiben!» Żubryd und Książek wiederholten den Ruf.

Vergebens. Die Mitglieder der Abteilung «Brennendes Herz» schüttelten den plötzlichen Anfall von Angst erst auf den Hängen der Höhe 461 ab, die sie vor kurzem verlassen hatten. Die Schüsse von der Chaussee her waren verstummt. Auf dem Bahndamm zeichneten sich die Silhouetten von Soldaten ab. Das war eine der Kompanien von Oberstleutnant Chmura, die den Banditen an dieser Stelle den Weg versperrte.

Żubryd beriet sich fieberhaft mit seinen Untergebenen. Sie mußten so rasch wie möglich eine Entscheidung treffen. Viel Zeit zum Überlegen blieb ihnen nicht.

«Der Bach hat hier zwei Nebenarme», Fähnrich Książek zeigte sie auf der Karte. «Einen davon, den nach Norden, sollte Hauptmann Piskorz mit der Hälfte der Abteilung nehmen, den anderen, der sich westwärts schlängelt, Major Żubryd mit dem restlichen Teil des Bataillons. Wir würden die Höhe 485 umgehen, uns nach Norden wenden und hinter Lesko wieder die bisherige Richtung einschlagen.»

«Aber wozu brauchen wir die Bäche?» Żubryd wurde ungeduldig.

«Das ist doch klar. Wenn wir im Wasser entlanggehen, verwischen wir die Spuren», erklärte Piskorz, der Książek seit dessen Ankunft in der Abteilung immer die Entscheidung in militärischen Fragen überließ und Żubryds Kenntnisse auf diesem Gebiet noch geringer schätzte als vorher.

«Ich würde unsere Kräfte nicht teilen», wandte der Kommandeur der Abteilung «Brennendes Herz» ein. Hauptmann Piskorz warf ihm einen unwilligen Blick zu.

«Aber ich würde sie teilen», ahmte er wütend die Stimme seines Chefs nach. «Dann müssen sich auch die Verfolger teilen … Verlieren wir keine Zeit, verflucht noch mal, Książek hat recht. Ich sehe keinen anderen Ausweg …»

Über dem Eisenbahndamm stiegen erneut Leuchtkugeln empor. Durchdringend pfiffen die Geschosse eines Granatwerfers. In dem Wald, der im Rücken der Żubryd-Leute lag, hallte eine Reihe von Detonationen wider.

«Sie tasten uns blind ab», erklärte Książek.

«Wenn du ihnen in die Hände fielest, würden sie dir das Fell über die Ohren ziehen!» spöttelte Piskorz.

«Ich denke manchmal daran», erwiderte der vom Militär desertierte Fähnrich kalt. Er und Piskorz waren stolz darauf, daß sie in der Gefahr kaltes Blut behielten.

«Vorwärts, vorwärts!» rief Żubryd ärgerlich. «Zum Plaudern ist später noch Zeit.»

Einige Geschosse detonierten in gefährlicher Nähe. Die Żubryd-Leute preßten sich instinktiv an den Erdboden. Dann sprangen sie auf und rannten Hals über Kopf den Steilhang zum Bach hinunter. Sie wußten nicht, daß sie es in letzter Minute taten. In demselben Moment hatte Hauptmann Gorczyńskis Bataillon bereits die Höhe 461 erklommen. Eine Viertelstunde später streifte es um ein Haar die Banditen, die in das eiskalte Wasser tauchten; ihre Spur verlierend, zog es an ihnen vorbei und erreichte den Bahndamm, wo Gorczyński mit Oberstleutnant Chmura zusammentraf.

«Sie haben die Spur verloren, Hauptmann», erklärte der schnurrbärtige Oberstleutnant bissig. Gorczyński breitete hilflos die Arme aus. «Sie können nicht weit sein.»

«Gewiß nicht! Zwei haben wir auf der Chaussee getötet. Vermutlich Späher. Ich habe auf Sie gewartet, Hauptmann, in der Meinung, Sie würden sie von hinten fassen!»

«Ich werde mit meinem Bataillon die Höhe 461 durchkämmen. Die Banditen können nur im Wald Zuflucht genommen haben», schlug der bekümmerte Gorczyński vor. Oberstleutnant Chmura brummelte ein paar Worte, die seine Skepsis zum Ausdruck brachten, willigte jedoch ein, da er keinen besseren Vorschlag hatte.

Die Żubryd-Leute führten unterdessen Książeks Plan aus. Im Gänsemarsch gingen sie durch das eiskalte Wasser der Gebirgsbäche. Sie glitten auf dem steinigen Grund aus, sie fielen hin, aber sie wateten weiter. Die nassen Kleidungsstücke waren steif wie ein Brett. Die Hände, blau vor Kälte, konnten kaum noch das Gewehr halten. Unter solchen Bedingungen ist die Angst jedoch der allerbeste Motor. Sie wußten, daß dieser Marsch für sie der einzig rettende Ausweg war.

Der Morgen graute, als die von Żubryd und Książek geführte Gruppe bei Łukawica anlangte. Im Nebel zeichneten sich auf den Gleisen die plumpen Umrisse von Eisenbahnwaggons ab.

«Vergangene Woche haben die Bandera-Leute zwei kleine Brücken auf der Strecke nach Glinne gesprengt. Das wird der Zug sein, der hier liegengeblieben ist», sagte der Kommandeur der Abteilung «Brennendes Herz», vor Kälte und Aufregung mit den Zähnen klappernd.

Da alles still war, begannen sie zu den Waggons hinunterzusteigen.

«Halt! Wer da?»

Feldwebel Zawieja antwortete ohne Zögern mit einem Feuerstoß aus seiner Maschinenpistole. Der Posten in der dunkelblauen Uniform des Eisenbahnschutzes sank zu Boden. Die Żubryd-Leute rannten, so schnell sie konnten, über die Gleise.

Aber da wurden die schweigenden Waggons lebendig. Hart und emsig begannen Maschinengewehre zu rattern. Fauchend jagten Artilleriegeschosse heran.

«Großer Gott! Ein Panzerzug!» schrie Żubryd auf.

«Vorwärts, vorwärts!» kommandierte Książek. «Nicht stehenbleiben! Über die Gleise und ab in den Wald! Vorwärts!»

Die Besatzung des Panzerzuges – sie bestand aus einem Zug Soldaten und einer kleinen Eisenbahnschutz-Abteilung – schoß ohne Pause. Die Türme mit den Geschützen und Maschinengewehren spien ihre Ladung hinter den flüchtenden Banditen her. Piorun mit dem Mädchengesicht stürzte mit zerschmetterter Wirbelsäule nieder, Unteroffizier Bystry schlug wild mit den Beinen gegen den Erdboden, Unteroffizier Fala kroch schwer verwundet auf allen vieren vorwärts, der Schütze Zawisza fiel, die Hand von einem Granatsplitter zerfetzt, zwei seiner Kameraden lagen leblos unmittelbar am rettenden Waldrand.

Von höchster Angst gepackt, rannten die Żubryd-Leute in einem ungeordneten Haufen davon. Die drei MG-Schützen warfen in panischem Entsetzen das MG weg, viele andere rissen im Laufen die steifen, vom gefrorenen Wasser schwer gewordenen Mäntel herunter, durch die sie in ihrer Bewegungsfreiheit eingeschränkt wurden. Żubryd sprang vom Pferd, das, von einem Splitter ins Hinterteil getroffen, mit entsetzlichem Gewieher ausschlug und sich hilflos im Kreise drehte. Er setzte, seine Untergebenen überholend, die Flucht zu Fuß fort.

Sie liefen und liefen, obwohl sie keine Schüsse mehr hörten. Die Besatzung des Panzerzuges war zahlenmäßig zu schwach, sie konnte die Banditen nicht verfolgen. In der Panik dachten aber die Żubryd-Leute gar nicht daran. Sie liefen über eine Stunde. Sie machten erst halt an den Hängen der Łysa Góra bei Wielopole. Unweit von hier sollten sie mit dem anderen Teil der Abteilung, den Hauptmann Piskorz durch das eisige Wasser führte, zusammentreffen.

Voller Spannung warteten sie bis zum Abend. Sie zitterten vor Kälte, aber Żubryd verbot, ungeachtet Książeks Vorstellungen das Anzünden von Feuern. Einige Männer husteten trocken.

147

«Es wird nicht ohne Lungenentzündungen abgehen», prophezeite der Sanitäter, Unterfeldwebel Wola, düster.

Piskorz traf in den späten Abendstunden ein. Den ganzen Tag hatte er mit seiner Gruppe im Wald, nordöstlich von Lesko, gesessen. Er hatte sich nicht gewagt zu rühren. Die Salven des Panzerzuges, die auch er gehört hatte, demoralisierten seine Leute. Er gab es unumwunden zu. Außerdem hatten sie die große Truppenbewegung auf der Chaussee Lesko–Olszanica beobachtet.

«Ropienka hat uns zehn Leute gekostet.» Er schüttelte den Kopf. «In Hoczew haben wir vier verloren. Das sind keine Erfolge, Żubryd. Wir blamieren uns, verdammt noch mal!»

«Leute können wir haben, soviel wir wollen», versicherte der Kommandeur der Abteilung «Brennendes Herz». «Übrigens ist bald Frühling und der Krieg nicht mehr fern.»

Hauptmann Piskorz sah ihn lange an.

Gegen Morgen kam der Melder zurück, den sie nach Niebieszczany entsandt hatten. Sie konnten sich nicht im Dorf ausruhen, wie sie es bisher getan hatten. Die Einsatzgruppe der Grenztruppen war im Dorf. Sie hatte alle Häuser durchsucht, den Schulzen und zwei von Żubryds besten Informanten unter den ortsansässigen Bauern verhaftet.

«Zawisza muß sie verpfiffen haben», meinte Książek. «Er hat nur etwas an der Hand abbekommen, im Wald bei Łukawica …»

Das bewog sie, von nun an ausschließlich im Wald zu leben.

Unterdessen war der Brand eingedämmt worden. Die Soldaten aus Grodzickis und Ciszewskis Bataillonen hatten zusammen mit den Arbeitern ein Stück Wald abgeholzt, einen ansehnlichen Ackerstreifen umgegraben und lagen nun ständig in Bereitschaft, um unverzüglich eingreifen zu können, falls sich das Feuer ausbreitete. Zum Glück war es nicht erforderlich. Die Windstille ließ den Brand schnell erlöschen.

«Allmählich verwandeln wir uns in eine Feuerwehrtruppe», nörgelte Oberstleutnant Tomaszewski. «Wir eilen von Brand zu Brand. Wir zählen die Toten, aber die Banditen entschlüpfen uns immer wieder. Hier stimmt was nicht.»

«Die Banden zwingen uns ihre Initiative auf, Bürger Oberstleutnant. Wir müssen ihnen die unsere aufzwingen, dann wird sich die Situation ändern», wiederholte Major Grodzicki wieder einmal seine Ansicht.

Sie spazierten in der Nähe des Verwaltungsgebäudes auf und ab, begleitet von den neugierigen Blicken der Einwohner, die hier noch nie so viele Soldaten gesehen hatten.

«Nun gut, was haben wir also Ihrer Meinung nach zu tun, Bürger Major?» fragte Tomaszewski erregt.

«Wir müssen die Banditen suchen.»

«Die Wälder durchkämmen, wie es der Divisionskommandeur empfiehlt? Schön! Nur, wer wird solche Objekte, wie beispielsweise dieses hier, bewachen?»

«Wir werden sie allein bewachen», ließ sich plötzlich eine wohlklingende Stimme vernehmen. Die beiden Offiziere wandten sich um und blickten in das breite, offene Gesicht des Kreissekretärs Drozdowski, der sich wie gewöhnlich bereits seit einigen Stunden am Katastrophenort aufhielt.

«Ich habe es gar nicht gern, wenn sich Zivilisten in Angelegenheiten mischen, von denen sie nicht die geringste Ahnung haben können», erklärte Oberstleutnant Tomaszewski übel gelaunt. «Mit Knüppeln und Dreschflegeln werdet ihr Wache halten, verehrter Sekretär.»

«Wir werden einen Wachschutz organisieren, der mit Gewehren bewaffnet ist. Wir haben die Genehmigung dazu.»

«Können Sie denn schießen?»

Drozdowski antwortete nicht. Er zwinkerte dem Oberstleutnant nur zu. Tomaszewski brach in Gelächter aus und klopfte dem Sekretär auf die Schulter, daß es dröhnte.

Major Grodzicki freute sich. «Ein glänzender Einfall. Dann haben wir endlich freie Hand.»

Der Sekretär stellte ihnen den künftigen Kommandeur des Wachschutzes vor. «Der ehemalige Fahrer eines LKWs, Lubiński. Er hat noch eine persönliche Rechnung mit den Banditen zu begleichen. Żubryd hat ihm bei Lesko das Fahrzeug zerstört.»

Ein älterer Mann – das Gesicht voll violetter Flecke und geschmückt mit einem großen, fahlen Schnurrbart, für den es außer dem so sorgsam gepflegten des Oberstleutnants Chmura keine Konkurrenz gab – lüftete die abgenutzte Pelzmütze. «Ich habe damals noch einige Hiebe von Żubryd bezogen», fügte er hinzu, wobei er Tomaszewski eine Hand wie eine Schaufel entgegenstreckte.

Hauptmann Ciszewski trat zu ihnen. «Die Telefonleitung ist wieder in Ordnung, Bürger Oberstleutnant», meldete er. «Wir haben Verbindung mit dem Divisionsstab.»

Tomaszewski nickte und ging zum Verwaltungsgebäude. Auf der Schwelle stand Hauptmann Matula. «Bürger Oberstleutnant, stimmt es, daß die Arbeiter einen eigenen Wachschutz organisieren sollen?» fragte er.

«Ich erfuhr es soeben vom Parteisekretär.»

«An diese Leute Waffen auszugeben halte ich für töricht», brauste Matula auf. «Das ist ein ungeheures Risiko. Wer garantiert uns, daß es unter den Einwohnern von Ropienka keine Banditen gibt? Und wenn nun diese Gewehre gegen das Militär gerichtet werden? Wo bleibt denn da die Wachsamkeit, wenn wir uns mit der Bewaffnung der Zivilisten in dieser Gegend einverstanden erklären! Das ist ein Einfall dieses unverantwortlichen Idioten, des Chefs der Kreissicherheitsorgane, und des Sekretärs. Ich werde protestieren, Bürger Oberstleutnant. Die revolutionäre Wachsamkeit ...»

Tomaszewski sah ihn aufmerksam an. Er runzelte die buschigen Brauen, unmerklich fast kniff er die Lippen zusammen, auf denen so etwas wie ein leichtes Lächeln erstarrte. «Sie haben immer originelle Ansichten über Dinge, die anderen Leuten recht einfach vorkommen, Bürger Hauptmann Matula. Nichts gegen Ihre revolutionäre Wachsamkeit. Ich habe sie stets bewundert. Mir will jedoch scheinen, daß es schwierig sein muß, ohne Vertrauen zu den Menschen zu leben. Oder bereitet Ihnen das keine Schwierigkeiten?»

Matula holte tief Luft und errötete. Seine Augen funkelten boshaft hinter den Brillengläsern. «Bürger Oberstleutnant lachen über mich?»

«Das würde ich mir nie erlauben. Ich bin von der Originalität Ihres Standpunktes tief beeindruckt, Matula. Ich schlage Ihnen vor, mit Drozdowski und eventuell mit dem ‹unverantwortlichen Idioten›, wie Sie ihn nennen, dem Chef der Kreissicherheitsorgane, zu sprechen.»

«Dazu werde ich mich nicht herablassen. Ich wollte lediglich Ihre Meinung dazu hören, Bürger Oberstleutnant.»

«In der Frage der Bewaffnung der Arbeiter? Ich bin hundertprozentig dafür.»

Matula salutierte schweigend. Er schlug die Absätze zusammen und ging hinaus auf die Veranda. Tomaszewski blickte ihm mit unverhohlener Ironie nach, wenig später ließ er sich mit dem Divisionskommandeur, Oberst Sierpiński, verbinden.

Ciszewski schaute den emsig tätigen Arbeitern zu. Unter Leitung von Oberleutnant Zajączek und Drozdowski waren sie gerade dabei, Stacheldrahtverhaue anzulegen. Der langbeinige Zajączek spazierte umher wie ein Storch. Er hatte seine Augen überall. «Zieht den Draht straff», rief er mehrmals. «Das ist keine Wäscheleine.»

«Der Pole wird immer erst klug, wenn er zu Schaden gekommen ist, wie unser Sprichwort sagt!» wandte er sich an Ciszewski. «Hätten wir diese Verhaue und einen organisierten Werkschutz gehabt, hätten die Żubryd-Leute den Überfall nicht gewagt.»

Jemand rief nach Drozdowski. Der Sekretär wischte sich den Schweiß von der Stirn, knöpfte seine Jacke auf und ging, um nicht am Draht hängenzubleiben, in gebückter Haltung auf einen jungen Arbeiter zu, der ihm einen Zettel reichte.

«Dreiundzwanzig Mann haben gestern um Aufnahme in die Partei gebeten», sagte er zu den Offizieren, vom Papier aufblickend. «Der Terror der Banditen richtet sich letztlich gegen sie selbst!»

«Ich persönlich ziehe es vor, ihnen die Antwort mit dem Gewehr zu erteilen», sagte Ciszewski lachend. «Das hat wenigstens eine unmittelbare Wirkung, meinen Sie nicht auch, Bürger Sekretär?»

«Eins ist mit dem andern verknüpft, und schießen muß man in jedem Falle mit Überzeugung.»

«Dazu muß man nicht Mitglied der Partei sein.»

«Natürlich nicht», Drozdowski wurde lebhaft, «aber jemand muß das Feuer gewissermaßen lenken und die anderen davon überzeugen, daß dieses Feuer notwendig ist.»

«Das glaube ich nicht. Ich würde eher sagen, daß ich mich gegenüber solch spontanen Beitrittserklärungen, die aus emotionalem Antrieb erfolgen, reserviert verhalte.»

«Der emotionale Antrieb ist es nicht allein. Die Banditen sind den Leuten allmählich zum Überdruß geworden. Außerdem, spontane Meldungen zur Teilnahme am Kampf haben ihren Wert. Wie war es denn während der Okkupation, Bürger Hauptmann? Verstärkten sich nicht unter dem Einfluß des deutschen Terrors die Reihen der Widerstandskämpfer von Stunde zu Stunde? Wir haben es hier mit einer analogen Erscheinung zu tun.

Die Bewohner dieser Gegend stehen auf unserer Seite und protestieren damit gegen den Terror der Banditen. Deshalb wächst auch die Zahl der Parteimitglieder. Eine normale Erscheinung.»

Ciszewski nickte zum Zeichen seines Einverständnisses. «Trotz allem halte ich es für mindestens ebensowichtig, eine Methode zur raschen Vernichtung der Banditen zu finden.»

«Mit jedem Tag verlieren die Banditen immer mehr an Boden, und das ist das Wesentlichste!» sagte Drozdowski mit dem Feuer der Begeisterung.

«Es geht bloß so verflucht langsam», warf Zajączek ein, wobei sein vorstehender Adamsapfel auf und ab hüpfte.

Oberstleutnant Tomaszewskis Gespräch mit dem Divisionskommandeur neigte sich dem Ende zu. Sierpiński kündigte eine große Aktion aller drei Regimenter an. Sie sollte einen beträchtlichen Teil des Geländes erfassen und zur Entdeckung der Banditenschlupfwinkel führen. Da die Möglichkeit bestand, den Telegrafieverkehr abzuhören, verzichtete er darauf, seinem Untergebenen Einzelheiten mitzuteilen. Sie sollten ihm mit Dienstpost zugehen.

«Diesmal reißen wir den Banditen die Initiative bestimmt aus der Hand!» erklärte er mit Nachdruck, dann folgte der traditionelle Gruß und das «Ende!», und er hängte ein

Tomaszewski trat hinaus auf die Veranda. Lange schaute er den Arbeitern und Soldaten zu, die eifrig an den Drahtverhauen hantierten. Er betrachtete auch die in lockerer Zweierreihe angetretene Schar der Freiwilligen für den künftigen Wachschutz, mit denen der alte Lubiński irgendwelche Einzelheiten besprach. Von fern drang das monotone Wehklagen der Frauen herüber. Sie beweinten ihre am Vortage ermordeten Männer. In der trockenen Winterluft ertönte das scharfe Pochen von Hämmern, die gegen das Stahlblech eines während der Okkupation außer Betrieb gesetzten Öltanks schlugen. Es sollte festgestellt werden, ob man ihn nicht in Betrieb nehmen könne. Er würde an die Stelle des von den Banditen in die Luft gesprengten treten.

VI

Es war so dunkel, daß die Gestalt Jan Rozwadowskis, der im Hintergrund des Zimmers saß, beinahe eins wurde mit den Wänden, die sich ins Unendliche zu dehnen schienen. Auf die Anwesenheit des Blinden deutete lediglich die Glut einer Zigarette. Alle Gegenstände hatten ihre wirkliche Form verloren. Das schwindende Licht des Wintertages belebte allein die Scheiben des Fensters, das von dem scharf hervortretenden Rahmenkreuz durchschnitten wurde.

«Jerzy, wie sehen heute die Berge aus?» fragte Rozwadowski.

Ciszewski, der ihm den Rücken zukehrte, lehnte mit der Schulter an der Fensternische. «Sie sind von einem violetten Blau, das an manchen Stellen in Dunkelblau übergeht. Eigentlich sind es die Wälder, die dunkelblau sind. Dort ist schon Abend. Alle Linien sind weicher geworden. Auf der höchsten Erhebung, nach Stężnica zu, ist ein kleiner goldener Kreis geblieben, Schatten umgeben ihn. Es ist der Abglanz der Sonne. Der Schnee auf den Hängen ist pastellfarben getönt. Je weiter talwärts, desto größer die Dunkelheit. Sie sieht aus wie ein Wasserschlund, der immer höher steigt und die Berge unweigerlich verschlingt ...»

«Würdest du ein solches Bild malen können?»

Ciszewski lachte. «Das wäre eine Landschaft für die Kneipe des Herrn Szponderski. Als Offizier muß ich Realist sein, in der Kunst neige ich zu einer anderen Richtung. Ich erzählte dir schon davon.»

Jerzys Auffassungen als Maler interessierten Rozwadowski nicht. Er zündete sich eine neue Zigarette an. Die Streichholzflamme beleuchtete sein strenges, von Narben gezeichnetes Gesicht, in dessen angespannten Zügen jener eigentümliche Ausdruck der Sammlung stand, der Blinden ein so charakteristisches Aussehen verleiht. «Wie sonderbar», sagte er, «früher interessierte ich mich gar nicht für eine Landschaft, für Farben, für das Aussehen meiner Umgebung. Diese Dinge waren mir gleichgültig.» Er lachte trocken. «Heute langweile ich dich und Ewa mit meinen Bitten um Beschreibungen. Ich habe auch Mutter darum gebeten, aber sie sieht die Welt fast ebenso wie ich, alles erscheint ihr düster. Sie will nicht, daß ich mich quäle. Ich indessen möchte die Farben, so gut es geht, festhalten. Ich fühle, daß sie mir entgleiten. Die Erinnerung an sie verblaßt mehr und mehr. Ich kann sie mir schon nicht mehr klar vorstellen. Wie dumm, daß der Mensch den wirklichen Wert einer Sache erst erkennt, wenn er sie verloren hat!» Er brach plötzlich ab. «Und jetzt, wie sieht es jetzt draußen aus, Jerzy?»

«Es ist völlig dunkel. Das Dunkelblau verwandelt sich langsam in Schwarz. Über dem Tal von Baligród zieht leichter Nebel auf, weißt du, wie ein großes Tuch, das uns von den Bergen trennt. Das ist schon der Abend, der Vorbote der Nacht.»

Der Blinde bewegte sich im Sessel. Ciszewski sah nur die Glut der Zigarette. «Vor dem Krieg», sagte der Hauptmann, «kannte ich in Paris einen Maler, der wie du das Augenlicht verloren hatte. Du kannst dir vorstellen, was das für einen Maler bedeutet. Er hatte eine Freundin, eine einfache Midinette, aber recht hübsch und sehr solide. Sie hielt in der Not zu ihm … Der Maler war lange verzweifelt. Er glaubte, alles sei aus. Aber stell dir vor, eines schönen Tages kam er auf einen Gedanken. Er bat seine Sisi, soweit ich mich erinnere, nannte er das Mädchen so, ihm die Farben zu mischen. Er gab ihr genaue Anweisungen. Denn die Technik hatte er ja nicht verlernt, und in seiner Phantasie wußte er, was er wollte. Er griff zum Pinsel und begann zu malen. Lange Zeit wollte es nicht vorangehen. Dann wurde es besser und besser. Sie lernte, seine Hand an die verschiedenen Stellen der Leinwand zu führen. Der Maler gewann sein Gleichgewicht zurück. Er arbeitete wieder, und das war das Wichtigste … Worüber lachst du?»

«Ich stelle mir die Werke des blinden Malers vor!» Rozwadowski lachte unaufrichtig.

«Du redest Unsinn. Die Bilder hatten Erfolg. Sie waren nicht schlechter als die anderer abstrakter Künstler. Sie wurden gekauft.»

«Aus Snobismus.»

«Die Mehrzahl der Bilder wird aus Snobismus gekauft. In diesem Falle gestaltete der Maler ähnlich seinen Kollegen, die die Welt mit offenen Augen betrachteten, die eigene Wirklichkeit.»

«Es waren Windungen in dunklen Farben, durchzuckt von weißen und roten Blitzen», warf Rozwadowski ein. «Verzerrte und gebrochene Linien, die das Chaos einer Katastrophe oder das ständige Auf und Ab einer Temperaturkurve darstellen. Der Wahnsinn von Farben, die sich gegenseitig angreifen. Der pulsierende Strom des Schmerzes und getäuschter Hoffnungen, die weder durch Worte der menschlichen Sprache noch durch reale Gegenstände des täglichen Lebens ausgedrückt werden können …» Er hielt erschöpft inne. Ciszewski blickte ihn mit plötzlichem Interesse an. Rozwadowski atmete schwer. Jerzy trat vom Fenster zurück und legte dem Blinden sanft die Hand auf die Schulter.

«Woher weißt du, wie die Bilder des blinden Malers aussahen?»

«Sie müssen so ausgesehen haben. Das ist auch meine Welt ...»

«Manchmal scheint mir, daß es unser aller Welt ist.»

Sie schwiegen beide. Jerzy dachte über das eben Gesagte nach. In was für einer Welt lebte er wirklich? Vor dem Hintergrund fast täglich brennender Dörfer schaukelten die Leichen der Gehenkten, erstarrte das Blut der Ermordeten, der auf alle mögliche Art und Weise Getöteten. Gestern war der Krieg zu Ende gegangen, aber an vielen Punkten der Erde konnte man es nicht lassen, aufeinander zu schießen. Doktor Pietrasiewicz hatte recht: Die Erfindungen, die Entdeckungen der Wissenschaft, die Fortschritte auf dem Gebiet der Kultur und Zivilisation verringerten nicht im mindesten die Grausamkeit und Tollheit der Menschen. Wann und wo würde dieser Bannkreis des Chaos einmal durchbrochen werden? Ihm kam es plötzlich vor, als nähme er selbst, das ihm unterstellte Bataillon, das Regiment Tomaszewskis, die Division, als nähmen die Banden, gegen die sie kämpften, teil an einem schwindelerregenden, verrückten Tanz in einer verschneiten, frostklirrenden Welt. Umgeben von Bergen, beim Schein von Feuersbrünsten, über Brandstätten und Leichen stolpernd, wirbelten sie im Reigen dahin. Wohin treibt es sie? Es war augenscheinlich, sie wollten eine Zeitlang ausruhen – zwanzig, dreißig, fünfzig Jahre –, um aufbauen zu können, um ruhig zu leben. Und dann? Würde dann wieder ein Funke ins Pulverfaß fallen und all das von neuem beginnen? Major Preminger glaubte, daß die Raserei der Vernichtung und des Tötens für immer abgeschafft werden könne. Aber um das zu erreichen, mußte man wieder töten! Also?

«Das Bild wird heller werden, wenn die Banden liquidiert sind», sagte er laut. «Zumindest bei uns wird es heller werden.»

«In welchem Zusammenhang sagst du das?» fragte Rozwadowski.

«Im Zusammenhang mit unserem Gespräch und auch damit, woran ich eben dachte.» Er ging zum Tisch, um die Lampe anzuzünden.

«Laß!» bat Rozwadowski. «Es ist gut so ...»

Jerzy begriff, daß der Blinde lieber im Dunkeln mit ihm saß. Das stellte sie gewissermaßen auf eine Stufe. Sie waren sich näher. Wieder versank er in Nachdenken. Preminger hat zweifellos recht. Man kann sich nicht in Prophezeiungen ergehen und ein Bild der künftigen Welt entwerfen auf Grund der Erlebnisse seiner eigenen Generation. Man muß Schritt für Schritt vorgehen und bemüht sein, das Böse, das man erlebte, zu überwinden. Die bisher von Krankheiten heimgesuchte Welt muß doch nicht für alle Zeiten ein Bild des Chaos bieten, das er, Ciszewski, ebenso wie seine Kollegen, früher einmal in seinen abstrakten Gemälden dargestellt hat, in der festen Überzeugung, ein Chronist der Epoche zu sein. Ja: Schritt für Schritt vorgehen. Das ist alles, was man tun kann!

«Hast du gehört?» unterbrach Rozwadowski plötzlich Jerzys Gedanken-gang. «Pst!» zischelte er.

«Ich höre nichts. Was ist denn?» fragte Ciszewski verwundert. Er verließ sich lieber auf seine Augen.

Der Blinde packte ihn, Schweigen gebietend, am Arm. Erst nach einer gan-zen Weile seufzte er schwer. «Verdammte Bruchbude!» murmelte er. «Seit ei-niger Zeit glaube ich, ständig etwas knacken zu hören. Es scheint jemand hin und her zu gehen, die Mauern entlangzuschleichen, sich von einer Seite auf die andere zu werfen und sogar zu stöhnen. Weiß der Teufel, was das ist. Ich kann die Geräusche nicht klar erkennen.»

«Das bildest du dir ein. Es ist bestimmt der Wind, der an den Dachschin-deln rüttelt.»

«Mag sein. Ich habe die verschiedensten Laute im Ohr, verstehe es aber noch nicht, sie einzuordnen. Ich bin noch nicht lange genug blind hierfür, au-ßerdem sind das ganz besondere Geräusche. Leider kann ich dir nicht sagen, worin ihre Besonderheit besteht.»

Die Gartenpforte knarrte. Beide zuckten zusammen.

«Oh! Ein bekanntes Geräusch!» rief Ciszewski freudig. «Endlich kommt Ewa! Ich werde die Lampe anzünden.»

Das gelbe Flämmchen erleuchtete sanft das Zimmer. Sogleich wurde es be-haglich und angenehm, als wäre es wärmer geworden. Jerzy war gerade da-bei, den Docht hochzuschrauben und den Gaszylinder aufzusetzen, als sich die Tür öffnete. Wohlgefällig betrachtete er die schlanke Silhouette der Ein-tretenden.

«Guten Abend, Frau Professor!»

«Ihr habt bestimmt wieder philosophische Gespräche geführt?» Mit geheu-chelter Strenge zog sie die schmalen, dunklen Brauen zusammen und rümpfte das kleine, ein wenig aufgestülpte Näschen. «Gequalmt habt ihr auch wie die Schlote! Das ist wohl Ihr Werk, Herr Janek!» Sie reichte dem Blinden, der aus dem Sessel aufgestanden war und lächelte, ihre schmale Hand mit den langen, nervigen Fingern. Sein Gesicht bekam dabei einen seltsam mil-den Audruck. Nicht einmal die beiden tiefen Narben verliehen ihm Strenge. Rozwadowski trat zurück, griff mit einer fahrigen Bewegung in die Tasche seines Schlafrocks und zog eine dunkle Brille hervor, die er rasch aufsetzte. Ewa wandte den Kopf ab.

«Frau Professor rügen uns wie Schüler», meinte Ciszewski scherzhaft. Er versuchte ihre Hand festzuhalten. Sie drohte ihm mit dem Finger und strich sich über das kurzgeschnittene, schwarze Haar.

«Was gibt es in der Schule?» fragte Rozwadowski.

«Nichts Gutes. Ich habe nicht mehr als die Hälfte der Kinder beim Unter-richt. Sie kommen nicht. Ich weiß selbst nicht, was ich tun soll.»

«Das kommt alles in Ordnung», versicherte Jerzy, der in Ewas Gegenwart immer recht optimistisch war.

«Ich weiß. Wenn ihr die Banden geschlagen habt ... Nur verlieren die Kinder unterdessen ein Schuljahr.»

«Ich glaube an Sie. Sie überwinden alle Schwierigkeiten, genauso wie Sie mich besiegt haben», spöttelte Ciszewski, es kümmerte ihn nicht im geringsten, ob die Kinder regelmäßig die Baligróder Schule besuchten oder nicht. Die Anspielung bezog sich auf einen Sieg, den Ewa – Lehrerin und Schulleiterin in einer Person – tatsächlich über ihn davongetragen hatte. Zwei Wochen zuvor hatte er im Schulhaus eine Beratung mit den Offizieren und Unteroffizieren seines Bataillons abhalten wollen. Ohne sich etwas dabei zu denken, ging er mit ihnen in das Klassenzimmer, befestigte die Karte an der Tafel und eröffnete die Beratung. Nach einigen Minuten trat Ewa ein. In scharfem Ton erklärte sie Ciszewski, daß sogleich der Unterricht beginne und sie über den Raum zu verfügen wünsche. Der Anblick der in den Schulbänken sitzenden uniformierten Männer und die scharfe Erwiderung des Hauptmanns mit dem struppigen Haar, der hochmütig an der Tafel stand, brachte das junge Mädchen keineswegs aus der Fassung. Sie antwortete Ciszewski, die Schule sei keine Kaserne, sondern ein Ort, an dem sie bestimme. Als Jerzy, dem nicht nach Scherzen zumute war, noch nach neuen Argumenten suchte, gab die gertenschlanke Lehrerin, ihrer Gewohnheit nach die Brauen runzelnd, ein Zeichen mit der Hand. Eine Schar Kinder drängte mit Hallo in das Zimmer. Auf Geheiß Ewas stellten sich die Kleinen neben ihre Bänke. Die kampferprobten Männer aus Ciszewskis berühmtem Bataillon waren bestürzt. Jerzy fühlte, daß er geschlagen war. Er nahm die Karte von der Tafel, warf dem jungen Mädchen einen vernichtenden Blick zu und wies seine Unterstellten mit einer Handbewegung an, die Klasse zu verlassen. Die Kinder feierten den Sieg mit Freudenlärm. «Das letztemal waren Sie höflicher zu mir, Herr Hauptmann», sagte Ewa zu Ciszewski, als er, die verlorene Position räumend, an ihr vorbeiging. «Ich weiß nicht, wann dieses letztemal war», gab er mürrisch zur Antwort, «soweit ich mich erinnere, hatte ich noch nicht das Vergnügen, Frau Professor kennenzulernen», fügte er spöttisch hinzu. «Vielleicht denken Sie einmal nach», sagte sie und lachte, womit sie ihn völlig entwaffnete. Dann schlug sie ihm die Tür vor der Nase zu. Am Abend desselben Tages fiel es ihm wieder ein. Ewa war jenes junge Mädchen, das er am Tage seiner Ankunft aus Warschau auf dem Bahnhof von Sanok gestützt hatte. Er erinnerte sich der dunklen Brauenbögen und des kleinen, ungewöhnlich roten Mundes. Diese Einzelheiten hatten sich seinem Malergedächtnis eingeprägt. Am nächsten Tag leistete er Abbitte, sie wurde wohlwollend aufgenommen. Bei der Gelegenheit erfuhr er, daß Frau Rozwadowska die Lehrerin gebeten hatte, hin und wieder ihrem blinden Sohn vorzulesen. Von da an war die junge, zweiundzwanzigjährige Lehrerin, die sich auf ihren Beruf in den illegalen Fortbildungszirkeln vorbereitet hatte, täglicher Gast im Hause der Rozwadowskis. Seitdem besuchte der Hauptmann immer seltener das Regimentskasino, sondern verbrachte jede freie Minute in seiner Dienstunterkunft. Er fühlte sich Barbara gegenüber schuldig, bekam jedoch so selten Post von ihr, daß er nicht allzu große Skrupel zu hegen brauchte. Ewa zog ihn durch ihre Selbständigkeit und die Energie an, die von ihrer zierlichen Gestalt ausgestrahlt wurden. Sicherlich war sie nicht so schön wie Barbara, aber sie besaß mehr Charakter. Diese Tugend hatte Jerzy, der selbst eher impulsiv als konsequent war und sich seit einer Reihe von Jahren vom Schicksal treiben ließ, stets große Achtung eingeflößt. Er bewunderte bei anderen, daß sie so klar ein Ziel verfolgten. Für ihn war nichts einfach. Er wollte malen, aber er wußte nicht darum zu kämpfen, er war drauf und dran gewesen, sich mit Barbara zu verheiraten – es wurde nichts daraus –, er war sich nicht einmal ihrer gegenseitigen Liebe sicher, außerdem tat es ihm leid, daß er dem Mädchen nie treu zu sein vermochte. Als er gegen die Deutschen kämpfte, stellte er mit Verwunderung fest, daß er nicht imstande war, im Herzen jenen unversöhnlichen Haß zu entfachen, wie ihn seine Kameraden hegten. Hier war es das gleiche. Ihm imponierten die wohlfundierten Anschauungen Premingers, aber er konnte sich nicht zu ihnen durchringen. Auch Major Grodzickis Vorliebe für Fragen der Taktik oder das außergewöhnliche Interesse des Aufklärers Wiśniowiecki teilte er nicht. Weit entfernt war er schließlich auch von der trockenen soldatischen Disziplin, die Oberstleutnant Tomaszewski kennzeichnete, oder von der Poetisierung des Dienstes, wie es Major Pawlikiewicz tat. Er ließ sich vom Strom des Lebens treiben. Es gab Augenblicke, in denen er gegen sich selbst eine tiefe Antipathie empfand. Er war schon dreißig Jahre alt. Wieviel verlorene Zeit! Er überschätzte seine militärischen Erfolge und seinen Wert als Soldat nicht. Er wollte malen, aber er wußte, daß Erfolge auf künstlerischem Gebiet bestimmt werden von angeborenen Fähigkeiten und der entsprechenden Übung. Früher einmal hieß es, er habe Talent. Ohne Übung bedeutete das wenig. Wann hätte er lernen sollen, sein Handwerk zu beherrschen? Die Jahre vergingen, aber er nahm den Pinsel nicht in die Hand, er las fast nichts, verlor jeglichen Kontakt zu den Kreisen der Künstler. Er verstand nicht, um all das zu kämpfen. Er war Bataillonskommandeur im vergessenen Baligród. Im «Blinddarm» des Landes machte er Jagd auf Banditen. Das konnte noch verteufelt lange dauern. Er konnte sich darüber nicht einmal ernstlich grämen. Er suchte dem Leben, das er jetzt lebte, nur die schönsten Seiten abzugewinnen. Er fand sie in Gesellschaft von Ewa und dem blinden Jan Rozwadowski.

Er wollte Ewa gerade sagen, daß sie in dem neuen hellgrünen Pullover, den sie selbst gestrickt hatte, hübsch aussehe, aber er biß sich auf die Zunge.

In Rozwadowskis Gegenwart durfte man nicht von visuellen Eindrücken sprechen, es sei denn, er bat von sich aus darum. «Ich habe Sie schon lange nicht gesehen», sagte er, bemüht, ein Gespräch anzuknüpfen.

«Das ist nicht meine Schuld. Sie waren nicht in Baligród. Ich habe Herrn Janek täglich besucht. Wir haben zusammen Maurois' ‹Klimate› gelesen.»

«Ich bin einer weniger angenehmen Beschäftigung nachgegangen. Wir mußten uns im Bezirk Ropienka mit Żubryd befassen.»

«Mit welchem Ergebnis?»

Er stellte in ihrer Frage ein unwillkürliches Interesse fest. Er lächelte und sah sie lange an. «Sie wollen doch wohl nicht, daß ich das Dienstgeheimnis verletze?» Er gab seiner Stimme einen offiziellen Klang und blinzelte ihr zu.

«Ich kann nur sagen, daß die Ritter vom ‹Brennenden Herzen› diesmal etwas abbekommen haben.»

Sie wandte sich ab, damit er die Röte in ihrem Gesicht nicht bemerke. Wie die anderen Opfer des Überfalls, den die Żubryd-Leute auf den LKW aus Ropienka verübt hatten, war auch sie von den Sicherheitsorganen in Lesko verhört worden. Sie hatte über die Einzelheiten der Ermordung des Ehepaares Wasser gesprochen, aber mit keinem Wort erwähnt, daß sie Piskorz noch aus der Zeit des Widerstandskampfes kannte. Das hat nichts mit dem zu tun, was hier vorgeht, tröstete sie sich in Gedanken, war sich jedoch nicht sicher, ob sie recht hatte.

Sie trat an das in einer Ecke des Zimmers stehende Klavier, öffnete es und ließ die Finger über die Tasten gleiten.

«Spielen Sie uns doch etwas vor», bat Rozwadowski. Das Licht der Lampe spiegelte sich in den Gläsern seiner dunklen Brille. Die Züge des Blinden waren jetzt so lebhaft, daß man sein Gebrechen vergessen konnte.

Unter den schlanken Fingern des Mädchens erklang ein Notturno von Chopin. Den Kopf geneigt, hörte Rozwadowski zu. Musik beruhigte ihn. Er dachte nicht mehr an den Schmerz, der ihn plagte. Der weniger empfindsame Ciszewski ließ kein Auge von Ewas Gesicht. Für ihn stellte das junge Mädchen am Klavier vor dem Hintergrund des Zimmers ein kompositorisches Ganzes dar, ein vortreffliches Bild voller Stimmung. Die dem Instrument entlockten Töne ergänzten lediglich die Harmonie des Bildes.

Sie wußten nicht, wie lange Ewa gespielt hatte. Erst als die Stimme der Rozwadowska erklang, die von der Schwelle her fragte, ob sie den Tee servieren könne, zuckten sie zusammen. Der Zauber verflog. Ewa kam an den Tisch zurück.

«Wenn Sie spielen, scheint sich alles zu glätten, ist alles einfacher», stellte Ciszewski fest.

«O ja!» Rozwadowski pflichtete ihm lebhaft bei. «Mit der Musik vertreiben Sie das verfluchte Ächzen und Stöhnen in dem alten Gemäuer, die vielen unbekannten Geräusche, die ich nicht deuten kann. Wie schade, daß diese Augenblicke so schnell vergehen.»

«Morgen spielen wir ja wieder, Herr Janek», sagte sie sanft. «Außerdem müssen wir unser Buch zu Ende lesen.»

Jerzy begleitete sie nach Hause, das war an ihren gemeinsam verbrachten Abenden zur Tradition geworden. Der Schnee knirschte bei jedem Schritt. Baligród schlief unter einem weißen Tuch, in tiefes Dunkel gehüllt. Nur aus Szponderskis Schenke drang Lärm. Offenbar amüsierten sich dort noch die Unteroffiziere, die diesen Ort dem Regimentskasino mit seiner etwas steifen Atmosphäre vorzogen. Im selben Hause wohnte Ewa.

«Wie können Sie es nur bei dem Lärm aushalten?» fragte Ciszewski.

«Gewohnheit, Herr Hauptmann. Während der Okkupation arbeitete ich als Kellnerin in einer Kneipe, die nicht viel besser war, und hatte mein Zimmer über dem Schankraum, in dem bis zum frühen Morgen solch ein Geschrei herrschte.»

Sie gab ihm die Hand. Er versuchte sie festzuhalten und hatte den Eindruck, sie entziehe sie ihm weniger schnell als sonst. Jerzy registrierte es als Erfolg und ging in freudiger Stimmung zu seinem Quartier zurück.

Er näherte sich gerade der Gartenpforte, als es ihm plötzlich schien, die weiße Kuppe einer der vielen Schneewehen am Fluß hebe sich sonderbar in die Höhe und falle rasch wieder zusammen. Diesmal war Ciszewski entschlossen, energisch einzugreifen. Er tat, als habe er nichts bemerkt, betrat das Haus, ging durch den leeren Flur und gelangte durch die Hintertür auf den Hof. Im Schutze des Hauses konnte er sich nun ungesehen, indem er am Zaun entlangschlich, den Schneewehen nähern. Dabei stellte er verwundert fest, daß der Hof und der Garten von Fußspuren zertreten waren. Wozu geht Frau Rozwadowska hier soviel spazieren? dachte er unwillkürlich und beobachtete gleichzeitig durch einen Spalt im Zaun das verschneite, zum Fluß sanft abfallende Feld. Seine Augen hatten ihn nicht getäuscht. Eine Schneewehe bewegte sich deutlich aufwärts und dann wieder abwärts, dann ein Stück geradeaus.

Ciszewski glaubte nicht an Geister. Den Revolver in der Hand, kroch er auf allen vieren bis zum Ende des Gartens. Von dort trennten ihn nur ein paar Schritte von der verdächtigen Schneewehe. Der Zaun mit seinen schadhaften, morschen Brettern war für den Hauptmann kein Hindernis. Mit einem kräftigen Fußtritt stieß er ihn in der Nähe des sich bewegenden Schneebergs um und rief, sofort in Deckung gehend, mit lauter Stimme: «Steh auf, du Lump! Hände hoch!»

Die weiße Gestalt führte den Befehl gehorsam aus. Ciszewski war verblüfft, als er sie ruhig sagen hörte: «Bitte schreien Sie nicht so, Hauptmann! Ganz Baligród wacht ja auf. Ich erkläre Ihnen gleich alles …»

«Hinlegen!» kommandierte Ciszewski. «Mit dem Gesicht zum Fluß! So bleibst du liegen und versuche nicht zu fliehen!»

Der Unbekannte kam auch dieser Aufforderung nach. Das Bettlaken, das er sich umgehängt hatte, rutschte von seinen Schultern. Vor Ciszewski im Schnee lag ein kleines Männchen in einem dunklen Mantel.

«Herr Hauptmann, lassen Sie mich doch einmal zu Wort kommen», bat er.

«Du hast nichts zu sagen! Jetzt wird Schluß gemacht mit dem Geisterspuk, du Lump!»

«Ein Scheißdreck wird gemacht, Herr Hauptmann!» rief der Gefangene mit solcher Lautstärke, daß Ciszewski trotz seiner Erregung verwundert aufhorchte. «Ich bitte, keinen Alarm zu schlagen. Ich bin der Chef der Sicherheitsorgane. Mein Name ist Turski. Oberleutnant Turski.»

«Wie wollen Sie beweisen, daß das stimmt?» fragte Jerzy der Form halber. Daß der Mann sich ruhig verhielt, überzeugte ihn mehr als Worte.

«Ich habe alle Ihre Manöver gesehen», sagte der am Boden Liegende, «und trotzdem habe ich nicht reagiert. Ich hätte Sie ohne weiteres erschießen können. Ich habe es nicht getan. Ich bitte mir zu glauben, daß ich Turski bin. Ich würde Ihnen meinen Ausweis zeigen, aber in dieser Lage kann ich es nicht …»

«In welcher Tasche haben Sie die Waffe?» Ciszewski schlug einen höflicheren Ton an.»

«In der rechten.»

«Merken Sie sich, die geringste verdächtige Bewegung, und ich schlage Ihnen den Schädel ein», Jerzy warnte ihn, fast schon freundlich. Er kniete sich hin und zog aus der besagten Manteltasche eine TT-Pistole.

«Stehen Sie bitte auf!» Er erlaubte es ihm freundlich. «Alles andere werden wir im Regimentsstab klären.»

Den entsicherten Revolver in der Hand, führte er den Gefangenen ab.

«Dürfte ich wohl meinen Überschuh suchen, ich habe ihn im Schnee verloren?» Turski erinnerte sich daran, nachdem sie ein Stück gegangen waren. Jerzy lehnte ab.

«Von mir aus können Sie sonst ein Chef in Lesko sein, aber was Sie hier treiben, ist verdächtig. Schließlich haben Sie ohne unser Einverständnis gehandelt. Das ist zumindest sonderbar», sagte er.

«Ich war dazu gezwungen, verehrter Hauptmann», verteidigte sich der Gefangene. «Ihrem Offizier für militärische Abwehr, Hauptmann Matula, bin ich nicht gerade sympathisch. Er zieht es vor, nicht mit mir zusammenzuarbeiten. Er ist ein ziemlich schwieriger Mensch.»

«Bitte keine Vertraulichkeiten», murmelte Ciszewski, obwohl seine Meinung über Matula feststand. «Gleich wird sich alles aufklären.»

Der Chef der Sicherheitsorgane hatte an diesem Abend kein Glück. Die erste Person, der er unter Ciszewskis Eskorte beim Betreten des Regimentsstabes begegnete, war eben jener auf dem schwierigen Gebiet der militärischen Abwehr mit ihm konkurrierende Hauptmann Matula. Für ihn war die Schlappe, die Turski an diesem Tage erlitten hatte, die Quelle eines kleinen, aber köstlichen Triumphes. Es fiel ihm deshalb auch schwer, seine Genugtuung zu verbergen.

«Es zeigt sich, daß Sie an Geister glauben, Oberleutnant Turski», mitleidig schüttelte er den Kopf. Als sich sein Konkurrent unruhig bewegte und den Mund zu einer Entgegnung öffnete, hob er beschwichtigend die Hand. «Wie amüsant!» Er kicherte. «Ich war der festen Meinung, Sie seien Marxist, Oberleutnant Turski. Indessen muß ich feststellen, daß Sie Altweibergeschwätz Gehör schenken und unter dem Einfluß des finstersten Mittelalters stehen. Der Glaube an die Existenz von Geistern», er hob den Zeigefinger, «ist jedoch nicht allein Aberglaube», seine Stimme nahm einen belehrenden Ton an. «Er lenkt Sie von den tatsächlichen Verbrechern ab, Turski! Er führt Sie in die Irre! Merkwürdig, ich dachte, Offiziere der Sicherheitsorgane seien ernsthafte Männer. Sie indessen haben bewiesen, daß Sie an den Geisterspuk glauben. Jaja ...» Befriedigt strich er sich über den Burstenschopf, der seinen kleinen, eiförmigen Kopf schmückte. Mit seinen blaßgrauen Augen sah er Turski starr an. Er war überzeugt, daß das Schweigen des anderen ein Eingeständnis der Niederlage sei.

Der Chef der Sicherheitsorgane war entschlossen, kaltes Blut zu bewahren. Er wußte, daß er sich einzig und allein dadurch Übergewicht über Matula verschaffen würde. Er war Jurist von Beruf. Seine gegenwärtige Tätigkeit hatte er freiwillig und aus echter Neigung übernommen. Außerdem hatte er eine persönliche Rechnung mit den Banditen zu begleichen. Während der Okkupation, als er selber einer der Partisanenabteilungen angehörte, ermordete eine Abteilung der NSZ seine ganze Familie. Die Banditen hatten erfahren, daß Turskis Vater Revolutionär gewesen war. Oberleutnant Roman Turski setzte bei seinen Vorgesetzten durch, daß sie ihn in diese Gegend entsandten, obwohl sie ihn in der Zentrale, in Warschau, behalten wollten. Das Ministerium verfügte nur über wenige Offiziere seines Bildungsgrades. Turskis runde hellblaue Augen parierten den Blick Hauptmann Matulas, und als sich dieser weiter an seinem Triumph ergötzte, sagte er: «Ich versichere Ihnen, Bürger Hauptmann, daß ich nicht an Geister glaube. Eben deshalb hielt ich mich hier auf.»

Matula bäumte sich auf wie ein Pferd, dem man die Sporen gibt. «Dazu hatten Sie nicht das Recht, Oberleutnant!» rief er. «Das ist mein Wirkungsbereich.»

«Ich bin Chef der Sicherheitsorgane des Kreises, Baligród untersteht mir», entgegnete Turski gelassen.

Der Streit geriet auf das komplizierte Gebiet der Zuständigkeit. Beide Offiziere führten die in dieser Frage erlassenen Rundschreiben, Verordnungen und Befehle an, und jeder kommentierte sie auf seine Weise. Ciszewski gähnte gelangweilt. Endlich entschloß sich Matula, den entscheidenden Schlag zu führen. «Auf diese Angelegenheit kommen wir noch zurück», sagte er hochmütig, «fürs erste möchte ich Sie davon in Kenntnis setzen, Bürger Oberleutnant, daß ich in einer anderen Frage, welche die Tätigkeit Ihrer Dienststelle betrifft, eine offizielle Beschwerde eingereicht habe ...» Er machte eine effektvolle Pause und fuhr fort: «Es handelt sich um die Ausgabe von Gewehren an Zivilisten in Ropienka. Auf Ihre Initiative entstand dort eine Art Werkschutz. Ich halte das für Wahnsinn, für ein Risiko, das geradezu an verbrecherischen Leichtsinn grenzt. Auf diese Weise trägt man doch nur zu verstärkter Bandentätigkeit bei. Das soll Wachsamkeit sein, Oberleutnant?» Er verstummte, denn er sah ein Lächeln auf dem Gesicht seines Widersachers. «Es gibt wirklich nichts, worüber man lachen könnte, Turski!» warnte er ihn streng.

«Haben Sie kein Vertrauen zu den Arbeitern?» fragte der andere, immer noch lächelnd.

«Das ist Demagogie!»

Turski zuckte leicht mit den Schultern. «Ihre ganze Klage ist ein Versager, Bürger Hauptmann», sagte er kalt, und Ciszewski wunderte sich, daß die kindlichen Augen des Chefs der Sicherheitsorgane einen so harten Ausdruck annehmen konnten. «Was den Erlaß der Verordnung in Sachen Ropienka betrifft, war ich nur ein Zwischenglied. Zeitungen lesen Sie wohl nicht, Matula ...»

«Was wollen Sie damit sagen?» Hauptmann Matula war von Turskis Ton unangenehm berührt. Plötzlich war ihm unbehaglich zumute. Er fühlte, daß er einen Mißgriff getan hatte, den der andere ausnutzte.

«Ein amtliches Dekret über die Aufstellung der ORMO, auch Freiwillige Reserve der Bürgermiliz genannt, ist ergangen, die sich natürlich aus Zivilisten zusammensetzt. Auf Grund dieses Erlasses erhielten die Arbeiter in Ropienka Waffen. Ähnliche Abteilungen werden wir bilden, wo immer es möglich ist.» Turski sprach mit kalter, unbewegter Stimme. Er sah Matula nicht einmal an. Er wußte, daß der Hieb gesessen hatte.

«Ich habe mich zum Narren gemacht», der Hauptmann stöhnte und öffnete die beiden oberen Knöpfe seiner Uniform. In Gedanken richtete er nun seine ganze Wut gegen Oberstleutnant Tomaszewski. Er fühlte, daß der Regimentskommandeur ihn zum besten gehabt hatte, und darüber war er außer sich vor Wut. Die unglückselige Beschwerde, die er nach Warschau gesandt hatte, würde sein Ansehen in den Augen seiner Vorgesetzten nicht gerade heben. Er mußte jetzt um jeden Preis das Prestige wahren. Fieberhaft begann er zu überlegen, wodurch er sich rehabilitieren könnte. Zunächst galt es, die lästige Diskussion mit Turski zu beenden. «Um auf das Thema zurückzukommen, Oberleutnant», sagte er, «bitte ich Sie nachdrücklich, in Baligród künftig nicht mehr auf Geisterfang auszugehen. Ich werde hier selber fertig. Einverstanden?»

«Sie wollen sich mit dem ‹Geist› befassen?» fragte der halsstarrige Chef der Sicherheitsorgane.

«Ich habe wichtigere Aufgaben zu erfüllen, als mich mit diesem metaphysischen Unsinn zu beschäftigen!» bemerkte Hauptmann Matula würdevoll.

«Schade ...» Turski seufzte, aber der Hauptmann nahm die Herausforderung nicht an. Mit einem Blick auf die Uhr erklärte er, es sei schon spät, und es wäre besser, sich auszuschlafen, worauf er dem Oberleutnant kühl die Hand drückte und das Zimmer verließ, ohne die Uniform zuzuknöpfen, was damals in der Armee die Unabhängigkeit mancher Offiziere unterstreichen sollte.

Diesen Augenblick hatte der Aufklärungsoffizier des Regiments, Hauptmann Wiśniowiecki, mit äußerster Ungeduld erwartet. Auch er hatte mit dem Oberleutnant zu reden. Im Nebenzimmer hinter der dünnen Trennwand sitzend, hatte Wiśniowiecki das Gespräch mit angehört. Die Aufgaben der Erkundung, beziehungsweise das Sammeln von Informationen über den äußeren Feind sind eng verknüpft mit der Problematik der militärischen Abwehr, das heißt mit der Bekämpfung des im Innern drohenden Feindes. Als Chef der Sicherheitsorgane befaßte sich Turski sowohl mit der einen als auch mit der anderen Seite des Problems. Wiśniowiecki hatte ihn flüchtig kennengelernt, gleich nachdem das Regiment hier eingetroffen war. In der Folgezeit hatte er viel von dem intelligenten Turski gehört, von seiner Hartnäckigkeit und von der Hingabe, mit der der kleine Mann mit dem kindlichen Blick die Banditen verfolgte. «Ich glaube wie Sie, Oberleutnant, daß es mit diesem ‹Geist› etwas auf sich hat», erklärte er nach der Begrüßung Turskis, um ihn sich sogleich geneigt zu machen.

Der Oberleutnant lächelte. «Das freut mich sehr», sagte er, «aber ich habe nicht die Absicht, mit Hauptmann Matula die Klingen zu kreuzen. Für unsere Arbeit brauchen wir vor allem Ruhe im Innern ... Auf die Sache mit dem ‹Geist› werden wir bestimmt irgendwann zurückkommen. Mit Verbrechern ist es wie mit einer Krankheit: Es ist nicht gesagt, daß man sie auf den ersten Blick erkennt, im Laufe der Zeit aber treten ihre Symptome immer deutlicher zutage. So wird es auch mit diesem ‹Geist› sein.»

«Wie haben Sie davon Kenntnis erhalten, Oberleutnant?» fragte Wiśniowiecki. «Ich glaubte bisher, es handele sich dabei nur um eine Geschichte, die in unserem Regiment die Runde macht, seit Wachtmeister Kalén auf einem Streifengang die weiße Gestalt gesehen hat.»

Turski hielt es nicht für angemessen, nähere Erläuterungen abzugeben. «Ich bin bemüht, soviel wie möglich zu erfahren, was ich weiß, ist ohnehin nicht viel.»

«Könnten wir nicht unsere Informationen, die wir über die Banden besitzen, austauschen?» Wiśniowiecki wurde lebhaft, er nutzte Turskis Antwort aus, um mehr zu erfahren.

Auch den Chef der Sicherheitsorgane aus Lesko interessierte ein solcher Austausch. Er holte eine an den Rändern eingerissene Karte aus der Innentasche seiner Jacke und breitete sie auf dem Tisch aus.

«Im Grunde weiß ich schrecklich wenig über die Banditen», wiederholte er. «Nun, und ein Stratege bin ich leider ebenfalls nicht: Ich habe lediglich meine eigene kleine Hypothese.» Mit einer zärtlichen Gebärde strich er die Karte glatt, über die Ciszewski und Wiśniowiecki den Kopf beugten. «Seit einigen Monaten notiere ich eifrig, wo die Banden überall beobachtet wurden.»

«Wir tun das gleiche», stellte Wiśniowiecki müde fest. «Ich habe auch so eine Karte voller Daten und farbiger Punkte. Damit kommen wir nicht weiter.»

«Erlauben Sie ...» Turski dehnte sich behaglich. «Ich versuche, alle diese Punkte auf meiner Karte miteinander zu verbinden. So erhalte ich mit ziemlicher Wahrscheinlichkeit die von den Banden benutzten Wege. Das ist schon etwas.»

«Wieso?»

«Bitte, schauen Sie her! Die Wege sind oft dieselben. Es hat den Anschein, als besäßen die Banditen bestimmte, feste Marschrouten.»

«Ist das Ihre Hypothese, Bürger Oberleutnant?» fragte enttäuscht Ciszewski, der sich bisher mit keinem Wort in die Unterhaltung gemischt hatte. Auch Wiśniowiecki hatte sich mehr erhofft. Er erklärte, daß die Kenntnis der Marschrouten wohl kaum einen Erfolg verspreche, da der Feind die in Frage kommenden Wege so unterschiedlich häufig benutze, daß die Soldaten, die auf einer solchen Fährte im Hinterhalt lägen, vielleicht wochenlang mit Lebensmitteln versorgt werden müßten. Das würde natürlich der Aufmerksamkeit der Banditen nicht entgehen. Übrigens hatte auch der Aufklärungsoffizier des Regiments diese Wege auf seiner Karte vermerkt. Die Eröffnung des Chefs der Sicherheitsorgane in Lesko war keine so überwältigende Neuigkeit.

Turski hörte sich die Ausführungen der beiden Offiziere in Ruhe an. «Sie haben mich meine Darlegungen nicht zu Ende führen lassen», sagte er lächelnd. «Die Kenntnis der Wege allein besagt tatsächlich nicht viel, obwohl man auch diesen Punkt nicht unterschätzen sollte. Genau wie Sie interessiere ich mich hauptsächlich für die Frage, wo sich die Banditen inmitten dieses ganzen Wirrwarrs von Bergen und Wäldern aufhalten, wo sich ihre ständigen Schlupfwinkel befinden. Darauf will ich hinaus.»

Wieder neugierig gemacht, stimmten sie seinen Worten lebhaft zu. Der Oberleutnant fuhr unterdessen·mit dem Finger über die ausgefranste Karte.

«Wie mir scheint, gibt es bestimmte ständige Punkte, an denen sich ihre Wege kreuzen. Vorerst habe ich darüber noch sehr wenig Material. Wenn es aber an dem ist, dann könnten sich diese ständigen Punkte als die Schlupfwinkel der Banditen erweisen.» Er prüfte die Reaktion der beiden Offiziere mit einem Blick. Seine Augen blitzten ähnlich wie zuvor, als er sich gegen Matulas Anwürfe zur Wehr setzte.

«Eine verführerische Hypothese!» rief Wiśniowiecki aus.

«Um sie beweisen zu können, braucht man viel Zeit», dämpfte Ciszewski die Begeisterung des Kameraden.

Turski war der Meinung, man müsse so viele Informationen über die Banden sammeln wie möglich. Wiśniowiecki beklagte sich darüber, daß das Regiment bisher keinen einzigen Bandera-Gefangenen gemacht habe. Das Mitglied der Żubryd-Abteilung, Zawisza, das die Besatzung des Panzerzuges bei Łukawica aufgegriffen hatte, verhörte er seit einigen Tagen ohne Erfolg. Der Bursche hat nicht viel zu berichten. Er gab Personenbeschreibungen von anderen Bandenmitgliedern und nannte ihre Decknamen. Diese Dinge waren den Aufklärern der Grenztruppen längst bekannt, genau wie die Tatsache, daß die Abteilung «Brennendes Herz» oft in Niebieszczany Quartier machte. Es war klar, daß sie dieses Dorf fortan nicht mehr aufsuchen würde. Andere Einheiten der Division hatten Gefangene aus WIN-Gruppen und auch aus Bandera-Abteilungen, was jedoch die Angelegenheit nicht wesentlich vorwärtsbrachte. Die Gefangenen lieferten überholte, in der Mehrzahl nicht überprüfbare Informationen, oder sie faselten, was ihnen gerade in den Sinn kam. Bisweilen verweigerten sie die Aussage. Sie blieben hart, benahmen sich frech und selbstsicher. Es war offenkundig, daß eine Veränderung im Verhalten der Gefangenen erst eintreten würde, sobald die Banden ernste Niederlagen davontrugen.

«Manchmal kommt es mir so vor, als hätten wir es mit dem Problem der Quadratur des Kreises zu tun», sagte Wiśniowiecki seufzend. «Wenn wir von den Gefangenen oder den ortsansässigen Leuten, die ebenfalls eine ganze Menge über die Banden wissen, irgendwelche Informationen haben wollen, müssen wir erst einige Erfolge aufweisen können. Um das zu erreichen, brauchen wir entsprechende Informationen. Der Kreis schließt sich. Man könnte verrückt werden!»

«Alles braucht seine Zeit», erwiderte Turski, die Karte zusammenlegend. «Ich habe einen bestimmten Plan. Man muß unbedingt unsere Leute in die Banden einschleusen. Dann werden wir auch Informationen erhalten.»

«Das wird nicht einfach sein.»

«Nichts ist einfach … Darf ich Sie um die Rückgabe meines Revolvers bitten, Bürger Hauptmann?» wechselte er plötzlich das Thema. Er zog seinen abgetragenen, dunklen Mantel an und verabschiedete sich von den beiden Offizieren. «Psiakrew, daß Sie mich aber auch gezwungen haben, meinen Überschuh auf dem Feld zurückzulassen, Hauptmann!» fluchte er ehrlich betrübt. Sorgfältig wickelte er sich einen aschgrauen Wollschal um den Hals und drückte die Baskenmütze auf die Ohren. «Auf Wiedersehen! Schade nur, daß ich mich nicht mehr mit dem ‹Geist› befassen kann.» Er schien aufrichtig bekümmert zu sein.

Der Mittwoch war Markttag. Einige Zeit nachdem in Baligród das Militär stationiert worden war, erweckten die Bewohner des Städtchens und der umliegenden Dörfer diese Tradition zu neuem Leben.

Hauptmann Wiśniowiecki, der sich infolge des langen Gesprächs mit Oberleutnant Turski nicht schlafen gelegt hatte, stand am Fenster seines Dienstzimmers in der ehemaligen Villa des Notars und blickte auf die Leute, die zum Marktplatz zogen. Bauern, in dicke Schafpelze eingemummt, Pelzmützen auf dem Kopf, Frauen, fest in Umschlagtücher gehüllt, und Kinder, eher Gepäckstücken als lebenden Wesen ähnelnd, kamen in Schlitten dahergefahren, vor die kleine, zottige Pferdchen gespannt waren. Munter läutete die metallene Schelle an der Geschirrleine. Immer wieder stießen die Bauern heisere Rufe aus und knallten mit den Peitschen. Der Schnee schimmerte in der Sonne in allen Farben. Es herrschte trockenes, windstilles Wetter.

Wiśniowiecki wandte sich ungern vom Fenster ab. «Also, wie ist es? Willst du dich endlich entschließen, mir etwas Interessantes zu erzählen?» Er bemühte sich, seiner Stimme einen strengen Klang zu verleihen, aber er spürte, daß ihm das nicht gelang. Die fruchtlose Untersuchung, die er seit einigen Tagen führte, hatte ihn zu sehr ermüdet und entmutigt.

«Ich habe schon alles gesagt, Herr Hauptmann. Ich weiß nichts mehr.» Seit zwei Tagen eigentlich wiederholte Zawisza immer den gleichen Satz. Er saß auf einem Stuhl gegenüber Wiśniowieckis Schreibtisch. Schmutzflecke hatten sich in das pausbäckige, bartlose Gesicht des Zwanzigjährigen eingefressen, das weiß Gott wie lange nicht mehr mit Seife in Berührung gekommen war. Er war verbunden und trug zerrissene Hosen und Stiefel, deren Schnürsenkel man ihm abgenommen hatte. Er hatte helles, struppiges Haar, Augen ohne bestimmten Ausdruck und eine Stirn, die wohl noch nie von einem Gedanken getrübt worden war.

Wiśniowiecki sah ihn mit Abscheu an. «Möchtest du deinen Kopf retten, Karbowski?» In der Untersuchung nannte er ihn bei seinem richtigen Namen, der Deckname des Gefangenen gehörte bereits der Vergangenheit an, für die er würde bezahlen müssen. «Du bist jung, du solltest also zusehen, wie du deinen Kopf retten kannst», setzte er ihm schläfrig auseinander.

«Dazu gibt es ein einziges Mittel. Du mußt guten Willen zeigen. Andernfalls hat dein letztes Stündlein geschlagen, Karbowski. Man hat dich mit der Waffe in der Hand erwischt. Du weißt selbst, was das bedeutet ...» Er hielt inne. Wie viele Male hatte er dies schon wiederholt. Vielleicht hatte der Gefangene wirklich alles gesagt, was er wußte. Immerhin hatte er die Personenbeschreibungen von Mitgliedern der Abteilung «Brennendes Herz» gegeben, die Ausrüstung beschrieben, über die die Żubryd-Leute verfügten, hatte Niebieszczany als ihren Schlupfwinkel genannt, von den Aktionen erzählt, an denen er beteiligt gewesen war. Leider wußte er über die künftigen Pläne der Bande nichts oder wollte nicht darüber reden, und doch war das am wichtigsten.

«Ich weiß nichts mehr.» Der Gefangene bemühte sich nicht einmal, die Tonart seiner Stimme zu verändern. Er wiederholte immerzu ein und dasselbe. Leutnant Daszewski, der dem Verhör tags zuvor beigewohnt hatte, hatte sich deshalb mit Wiśniowiecki überworfen.

«Um eine Frage stellen zu können, muß man selber etwas wissen, muß man irgendwelche Anhaltspunkte haben», behauptete Daszewski. «Sonst gerätst du eben unweigerlich in eine solche klägliche Situation. Du gibst dir Mühe, von diesem Dummkopf eine Antwort zu erbitten, er aber weiß nach einigen Untersuchungstagen genau, daß du von nichts eine Ahnung hast, und hält dich, selbst wenn er etwas weiß, zum Narren.»

«Wenn er nicht verwundet wäre, würde ich ihn mir anders vorknöpfen», entgegnete Wiśniowiecki. «Ein anständiger Stock löst solchem Kerl die Zunge.»

«Unsinn! Andere Einheiten haben Gefangene, die gesund und heil sind: Sie verdreschen sie mit dem Stock nach Strich und Faden, und es kommt auch nichts dabei heraus!» Der Leutnant war aufgebracht und wollte mit Wiśniowiecki wetten, daß ein Verhör mit Hilfe des Stocks zu nichts führe.

«Ich bin gespannt, wie du das beweisen willst», sagte der Hauptmann neugierig.

«Ich werde es beweisen!» versicherte Daszewski in Gegenwart vieler Offiziere im Kasino, wo die Diskussion stattfand. Dann sagte er kein einziges Wort mehr, offenbar überlegte er angestrengt.

Wiśniowiecki begann wieder im Zimmer umherzuspazieren. Zawisza hatte die Lider gesenkt. Er schien vor sich hin zu dösen. Draußen vor dem Fenster erklang immerzu das Schellengeläut der zum Markt fahrenden Schlitten.

Ewa hatte den Unterricht vor elf Uhr beendet. Mit Mühe bahnte sie sich einen Weg über den Marktplatz, der mit Schlitten und Bauern, die ihren Geschäften nachgingen, völlig verstopft war. In der Nähe ihrer Wohnung fiel der jungen Lehrerin ein, daß sie am Morgen beim Verlassen des Hauses den Flurschlüssel vergessen hatte und deshalb durch die Schenke gehen müsse. Wie immer an Markttagen, drangen aus dem Schankraum lärmendes Geschrei Betrunkener, Gläsergeklirr und grölender Gesang. Schon auf der Schwelle betäubte sie der säuerliche Geruch von Bier und Schnaps, vermischt mit den charakteristischen Ausdünstungen der Pelze und juchtenledernen Stiefel und dem Gemisch von Tabakrauch und Schweiß. Die Dunstschwaden waren so dicht, daß die Gesichter der an den Tischen sitzenden oder die Theke belagernden Gäste schwer zu unterscheiden waren. Der Wirt Szponderski fand sich jedoch in seinem Lokal zurecht wie ein guter Kommandeur auf dem Schlachtfeld. Er wußte nicht nur, wieviel jeder getrunken hatte, sondern auch wie es um den Geldbeutel der einzelnen Gäste bestellt war und wie man die Rechnung machen mußte, damit diesen Geldbeuteln der entsprechende Gewinn entlockt würde. Mit blitzend weißen Zähnen und rabenschwarzer, kunstvoll gescheitelter, korrekt sitzender Frisur stand er hinter dem Schanktisch. Wie ein geübter Zirkusartist jonglierte er mit den Flaschen, wobei er, unermüdlich die Gäste bedienend, Fräulein Krysia blitzschnelle, unfehlbare Anweisungen gab. Ihre Brüste, die sich keck unter der nicht mehr ganz frischen Bluse abzeichneten, und ihr praller Hintern waren eine wirksame Reklame für das Etablissement des Herrn Szponderski. Nicht jedem erlaubte sie, ihr eins hinten draufzugeben. Dieses Vorrecht genossen die Unteroffiziere vom Unterfeldwebel an aufwärts, von den Zivilisten dagegen nur der Gemeindevorsteher Trzebnicki und einige wenige reichere Bauern. Die Vertreter der örtlichen Intelligenz empfing Krysia nach der Arbeit in der Schenke, in ihren freien Stunden. Böse Zungen behaupteten, daß sie einmal wöchentlich beim Ortspfarrer den Fußboden aufwische.

Szponderskis scharfes Auge bemerkte Ewa sofort, als sie sich durch das rauchverhangene Lokal zwängte. Er gab Krysia einen Wink; die schüttelte mit einer energischen Bewegung die auf der verlockenden Rundung ihres Körpers ruhende Hand eines Gastes ab und trat rasch auf die junge Lehrerin zu.

«Es wartet jemand auf Sie. Ein Mann», sie lächelte vielsagend. «Eine gute Stunde sitzt er schon da», sie deutete mit dem Kopf auf das Nebenzimmer, das eine Verlängerung von Herrn Szponderskis Gaststätte darstellte.

«Wie heißt er?» fragte Ewa. Außer Rozwadowski und Ciszewski hatte sie keine Bekannten am Ort. Die Eltern der Schüler kamen mit ihrem Anliegen ins Schulhaus. Ein plötzliches Gefühl der Kälte preßte ihr Herz zusammen.

«Weiß ich denn, wie er heißt», hörte sie Krysia sagen. «So viele Fremde sind jetzt hier! Dazu noch am Markttag! Kaufleute, alle möglichen Händler, Bauern kommen, wer sollte da ihre Namen kennen.»

«Schicken Sie ihn zu mir nach oben», beauftragte sie die Kellnerin.

Draußen im Korridor lehnte sie sich gegen die Wand. Sie atmete tief, bemüht, das Pochen ihres Herzens zu unterdrücken. Ruhe! Um jeden Preis Ruhe! Er braucht es ja nicht zu sein, redete sie sich zu. In ihrem Zimmer ordnete sie ihr Haar vor dem Spiegel und zündete sich eine Zigarette an. Sie bemerkte, daß sie blaß aussah. Es kostete sie sehr viel Willenskraft, sich zusammenzunehmen. Sie hörte Schritte auf der Treppe. Jemand kam ohne Eile, fest und derb auftretend, die Stiegen herauf. Es klopfte.

«Bitte!» sagte Ewa.

In der Tür stand lächelnd Hauptmann Piskorz. Er hatte eine graue Jacke mit schwarzem Lammfellkragen und lange Offiziersstiefel an, auf dem Kopf aber trug er einen aschgrauen Filzhut. Eine Bekleidung, wie sie zu der Zeit viele Menschen trugen und die durch nichts Besonderes auffiel. Mit einer herzlichen Geste streckte er dem Mädchen beide Hände entgegen. «Guten Tag, Ewa! Ich sehe, daß ich dir eine Überraschung bereitet habe. Warum bist du so verwirrt? Ich sagte doch, daß wir uns sehen würden. Ich bin stets bemüht, meine Versprechungen zu halten. Das Wort eines Gentleman ist heilig!» Da er die Kleiderablage nicht fand, legte er den Hut und die Jacke auf das Fußende des Bettes. Er schob einen Stuhl vom Tisch zurück und setzte sich. Ungezwungen schlug er die Beine übereinander und nahm ein silbernes Zigarettenetui aus der Jackettasche.

«Was gibt's Neues, Ewa? Wie geht es dir hier?» Mit sichtlichem Wohlbehagen zog er den Rauch der Zigarette ein.

«Ich bin Lehrerin, ich arbeite …», antwortete sie gedankenlos.

«Du führst ein ruhiges Dasein in einer Zeit, da wir im Wald leben … Jaja!» Er seufzte theatralisch. Er bemerkte, daß ihr Blick hart wurde und die schwarzen Brauen beinahe zusammentrafen.

«Du billigst das nicht?» fragte er, ein Lächeln um die schmalen Lippen.

«Nein!» erwiderte sie, ohne zu zögern.

«Weshalb nicht, Ewa? Denkst du noch an unsere Zirkel in Warschau, während der Okkupation? Du branntest damals vor Verlangen nach Betätigung. Du warst eine meiner besten Hörerinnen in den Geschichtsvorlesungen. Und der Aufstand – denkst du noch daran? Immer warst du doch mit uns …»

«Sie wissen sehr wohl, daß wir damals andere Zeiten hatten.»

«Was heißt ‹andere Zeiten›? Der Kampf dauert an. Du kannst dich täglich davon überzeugen.»

«Was wollen Sie von mir?» Sie war jetzt völlig ruhig. Sie wunderte sich selbst darüber. Die Nervosität war verschwunden. Sie fühlte, daß sie sich diesem Menschen nicht fügen durfte, daß sie sich ein für allemal mit ihm auseinandersetzen mußte.

Piskorz antwortete nicht. Er blinzelte mit seinen hellen Augen, als blende ihn das durchs Fenster einfallende Sonnenlicht. Er sah das Mädchen nicht an.

Man konnte meinen, er richte seine ganze Aufmerksamkeit auf den Rauch der Zigarette. Er stieß ein paar kunstvolle Ringe aus und beobachtete, wie sie vor dem Hintergrund der Zimmerdecke verwehten. Dann begann er zu reden: «Ich kann dich nicht vergessen, Ewa. Ich hatte dich seit unserer Trennung nach dem Aufstand immer vor Augen, ich sah dich bei Tag und bei Nacht. Von unserer Begegnung hier in dieser Gegend war ich erschüttert und mußte einfach zu dir kommen, obwohl ich mich hundert Gefahren aussetze. Du weißt genau, daß ich dich liebe. Es war vom ersten Augenblick an so. Damals schon, als du, fast noch ein Kind, meine Geschichtsvorlesungen hörtest. Während des Aufstands habe ich um dich gezittert. Ich hatte keinen Augenblick Ruhe während all der langen Monate, da ich nicht wußte, was mit dir war ... Jetzt habe ich dich endlich wieder und bin zu dem Entschluß gekommen, dir alles zu gestehen. Mehr habe ich nicht zu sagen. Ich liebe dich einfach und bin glücklich, bei dir zu sein.»

Er war ein glänzender Schauspieler. Seine Stimme hatte einen weichen, sanften Klang, sie bebte vor Rührung und Zärtlichkeit. In diesem Moment glaubte Piskorz beinah selber, was er sagte. Er fühlte sich ausgezeichnet in die Rolle des Verliebten ein. Ansehen konnte er Ewa jedoch nicht. Seinen Augen vertraute er nicht. Er wußte, daß ihr stets kalter, ironischer Ausdruck ihn verraten konnte. Mit demutsvoll gesenktem Kopf, als sei er erschöpft von dem, was er gesagt, wartete er die Wirkung seiner Tirade ab. Vom Marktplatz drang Stimmengewirr herauf, das mit dem Lärm, unter dem die Wände von Herrn Szponderskis Kneipe zu bersten drohten, zusammenfloß.

«Du hast kein einziges Wort für mich, Ewa?» Ihr Schweigen machte ihn ungeduldig. Er war ein wenig aus dem Konzept gekommen.

«Ich bin überrascht. Ich hätte es lieber, wenn Sie mich in Ruhe ließen.» Ihm den Rücken zukehrend, stand sie am Fenster und schaute auf den Marktplatz.

Er beschloß, ihr etwas anderes vorzuspielen.

«Du hast jemand? Du bist nicht frei? Ich hätte es mir denken können. Du verachtest mich, weil ich im Wald bin und nichts habe als ein Gewehr!» In einem Satz war er bei dem Mädchen, legte ihr die Hände auf die Schultern und zwang sie, sich zu ihm umzuwenden. Sein Gesicht war zu einer schmerzerfüllten Grimasse verzogen. Er spielte die Eifersuchtsszene meisterhaft.

Ewa spürte seinen von Schnaps- und Tabakgeruch durchdrungenen Atem. Ihre Schultern schmerzten unter der zangenartigen Umklammerung seiner Finger. Ihr wurde übel. Piskorz' bleiches Gesicht hatte etwas Abstoßendes an sich. Das Mädchen fühlte, daß ihr Gast nicht aufrichtig war. Sie stieß ihn zurück, daß er taumelte.

«Schämen Sie sich nicht?» Ihre Augen funkelten vor Entrüstung.

«Ich liebe dich, und du liebst mich auch, Ewa», sagte er, wieder auf dem

Stuhl Platz nehmend. Er tat so, als beruhige er sich langsam, als koste es ihn Anstrengung, die Herrschaft über die zum Zerreißen angespannten Nerven zu gewinnen.

«Das ist nicht wahr. Ich frage noch einmal, was wollen Sie von mir?» Sie ließ sich nicht aus der Fassung bringen.

«Ich habe Beweise dafür, daß du mich liebst, Ewa. Du hast doch kein Sterbenswörtchen über unsere Bekanntschaft gesagt, als du wegen des Überfalls auf das Fahrzeug aus Ropienka vernommen wurdest. Stimmt's?» Er war sich nicht sicher, ob es so war, und wollte sich davon überzeugen.

«Ich konnte mich nicht dazu entschließen, aber ich bitte Sie, es zu unterlassen, mir Gefühle einreden zu wollen, die ich für Sie nicht hege. Übrigens war der Mord an den beiden alten Leuten etwas Entsetzliches. Ich finde keine Worte für diese Untat.»

«Es waren nur Juden, Ewa», sagte er kalt. «Doch schweifen wir nicht vom Thema ab. Weißt du, Kindchen, daß du, als du die Tatsache unserer Bekanntschaft vor den Behörden verheimlichtest, etwas getan hast, was diese Leute ein Verbrechen nennen? Du behauptest, du habest es nicht aus Liebe zu mir getan. Das ist sehr, sehr schmerzlich ...» Er heuchelte eine Weile Traurigkeit, aber dann kehrte er zu dem harten Ton zurück. «So hat also im Grunde genommen die Staatssicherheit mit dir noch ein Hühnchen zu rupfen, Ewa. Und noch eins: Hast du deine konspirative Tätigkeit angegeben?»

«Ich habe keiner Organisation angehört. Ich habe nur die geheimen pädagogischen Zirkel besucht, um mich auf den Lehrerberuf vorzubereiten. Das wissen alle.»

«Und der Aufstand?»

«Ich war freiwillige Sanitäterin. Nichts weiter.»

«Eine an den Haaren herbeigezogene Ausrede.»

«Was bezwecken Sie eigentlich?» Ewa spürte, daß dieser Mensch sie mit einem kunstvollen, klebrigen und gefährlichen Netz umgab. Wieder war das würgende Gefühl der Angst da.

«Ich will dir beweisen, Ewa, daß du immer noch zu uns gehörst. Du hast vor den Behörden die Bekanntschaft mit mir verschwiegen, du hast nichts über deine konspirative Tätigkeit gesagt. Nach dem jetzt in diesem Lande herrschenden Recht hast du dich strafbar gemacht. Es wäre das Einfachste von der Welt, dich ins Gefängnis zu werfen. Kannst du dir das ausmalen, Liebes? Bist du dir klar darüber, daß deine Jugend im Gefängnis zerstört würde, daß du vorzeitig alterst, daß du ruiniert würdest? Hast du einmal darüber nachgedacht? Wach auf, Ewa! Sei nicht naiv! Ich bin zu dir gekommen mit ausgestreckter, helfender Hand, weil ich dich liebe, weil ich die Gefahr, die dir droht, erkenne. Ich möchte dich retten, Ewa. Ich bin hier, weil ich dein Bestes will ... Von Feinden umgeben, hast du dennoch Freunde. Diese

Freunde, das sind wir – die Männer aus dem Wald, ich vor allen. Verstehst du?»

Aufgeregt zog sie an ihren Fingern, daß sie in den Gelenken knackten. Jetzt wußte sie endlich, was Piskorz beabsichtigte. Der Gast bemerkte ihre Verwirrung und beschloß, zum Generalangriff vorzugehen.

«Das Leben ist manchmal hart, mein Kind», sagte er, einen mühelos hervorgebrachten Ton des Mitgefühls in der Stimme. «Wir führen einen großen Kampf. Du bist durch die Vergangenheit und die Gegenwart mit uns verbunden. Ich denke an dein Verhalten gegenüber den Behörden ... Ich habe dir meine reinen und uneigennützigen Gefühle angetragen. Leider liebst du mich vorerst noch nicht. Vielleicht ändert sich das mit der Zeit ... Nicht darum geht es augenblicklich. Unsere Privatangelegenheiten haben vor wichtigeren Zielen zurückzutreten.» Er hielt inne und beobachtete das Mädchen aufmerksam. Sie lehnte, den Kopf gesenkt, am Tisch. «Du lebst hier in einer ziemlich wichtigen Militärgarnison, Ewa. Du hast sicherlich Bekanntschaften unter den Offizieren, und wenn nicht, kannst du sie bei deinem Äußeren», er lächelte, «mit Leichtigkeit anknüpfen. Durch solche Bekanntschaften erfährst du manches, was uns interessieren könnte. Von Zeit zu Zeit, selbstverständlich nicht allzuoft, würde sich jemand von uns bei dir melden, vielleicht sogar ich, und die Informationen in Empfang nehmen. Das ist eine einfache und unkomplizierte Aufgabe. Unsere Mädchen haben sie während der Okkupation häufig ausgeführt. In den Zirkeln in Warschau hast du so davon geträumt, an diesen Dingen teilzunehmen. Du warst damals zu jung, und ich konnte deine Bitte nicht erfüllen. Heute tue ich es mit wirklichem Vergnügen. Du hast doch wohl nichts dagegen? Ich zwinge dir meine Liebe nicht auf. Diese Dinge sind bedeutend wichtiger, Ewa. Du sagst nichts?»

Er war verwundert, als sie den Kopf hob. Ihr Blick war kalt und voll Haß.

«Bitte verlassen Sie sofort das Zimmer!»

«Warum denn? Ist das deine Antwort, Ewa? Vielleicht willst du die Staatssicherheit oder einen von deinen bekannten Offizieren rufen?» Er lachte frei heraus, er war ehrlich erheitert.

«Bitte gehen Sie!» wiederholte sie.

Hauptmann Piskorz stand auf. Mit einer ungezwungenen Bewegung hielt er dem Mädchen das offene Zigarettenetui hin. Als sie nicht darauf achtete, rauchte er allein, räusperte sich und sagte, immer noch lächelnd: «Du tust mir leid, Ewa. Du benimmst dich wirklich wie ein Kind. Wenn du versuchen solltest, mich zu verraten, könntest du allerlei Unannehmlichkeiten haben. Stell dir vor, was geschehen würde, wenn die Behörden erführen, was du ihnen verheimlichst. Mein Reinfall würde das unweigerlich zur Folge haben. Du bist erwachsen genug, um diese Dinge zu begreifen. Und noch eins: Du könntest auf den Gedanken kommen, es sei von Vorteil, diese Gegend zu verlassen, damit wir deine Spur verlieren. Damit würdest du eine ungewöhnliche Naivität beweisen. Ohne unsere Fürsorge wärst du völlig schutzlos, und die Behörden könnten über dich solche Einzelheiten erfahren, für die du zur Rechenschaft gezogen werden müßtest. Wenn du aus unserem Blickfeld verschwändest, würdest du auch unseren Schutz verlieren, wärst du den Kommunisten auf Gnade und Ungnade ausgeliefert. Wir hätten keinerlei Interesse mehr, dich zu schonen. Ganz im Gegenteil …»

«Ihr bedient euch im Bedarfsfall außer der Erpressung auch der Denunziation», ergänzte Ewa. Ihre Wangen glühten. Mit Mühe unterdrückte sie das Zittern ihrer Knie.

«Was für häßliche Worte!» rief Piskorz aus. Er trat auf das Mädchen zu und umfaßte sie halb. Sie sträubte sich nicht. Sie war wie betäubt. Sie fühlte die Hände des Mannes über ihren Körper streichen und stieß ihn mit letzter Kraft von sich.

«Das gehört wohl nicht zu meinen Pflichten!» flüsterte sie, sich an die andere Seite des Tisches stellend.

«Ich glaube, daß du dich im Laufe der Zeit erweichen läßt, mein Fräulein», sagte Piskorz finster. Wortlos griff er nach Hut und Jacke. In der Tür verbeugte er sich übertrieben elegant. «Auf Wiedersehn, Ewa! Und viel Erfolg in der Arbeit!»

Sie warf sich aufs Bett. Ein schweres, schmerzerfülltes Schluchzen schüttelte ihren Körper.

Wachtmeister Kaleń ging federnden Schrittes die Chaussee entlang, die den Marktplatz nach einer Seite hin abschloß und zugleich die Hauptstraße von Baligród war. Da ihm die Sonne ins Gesicht schien, kniff er, vom Schnee etwas geblendet, die Augen zusammen. Er war munter und vergnügt. Er liebte den Lärm der Markttage, der das sonst verschlafene Städtchen so sehr belebte. Er hatte eine abenteuerlustige Miene aufgesetzt, die noch durch die keck aufs Ohr geschobene Mütze betont wurde. Das Koppel hatte er straff zusammengezogen, die Falten des Mantels peinlich genau geordnet. In der Nähe der Kirche grüßte er stramm Hauptmann Matula, der mit einem grünen Schnellhefter unter dem Arm würdevoll in Richtung Regimentsstab schritt.

«Haben Sie heute nichts zu tun, Wachtmeister?» rief ihm der Offizier im Vorbeigehen zu. Er konnte den Artilleristen noch aus der Zeit an der Front her nicht ausstehen und wußte, daß Kaleń ihm das gleiche Gefühl entgegenbrachte.

«Ganz im Gegenteil, Bürger Hauptmann», erwiderte der Wachtmeister, «ganz im Gegenteil … Ich werde heute alle Hände voll zu tun haben!»

Das klang so zweideutig, daß selbst Hauptmann Matula den Spott herausfühlte, wenngleich er sich nie sicher war, ob Kaleń ihn zum besten hatte oder ernst sprach. Er verfolgte ihn mit dem Blick und bemerkte, daß der Wachtmeister in eines der an den Marktplatz grenzenden Seitengäßchen einbog. Das beunruhigte Matula. Sollte es etwa Frau Stefania sein? Ja, natürlich, es konnte Frau Stefania sein. Zunächst waren es Irma und Erna gewesen, in Wrocław dann Ludka und Jadwiga. Immer kam ihm Kaleń in die Quere. Es sah aus, als tue er es absichtlich. Sooft er – Hauptmann Matula – irgendeinen, sagen wir, Gegenstand seines Herzens gefunden hatte, erschien Wachtmeister Kaleń auf der Bildfläche. Um den Begriff zu gebrauchen: Sie waren mehrfach miteinander «verschwägert». Der Artillerist setzte dem Hauptmann, ohne jeden Respekt vor dem Rangunterschied zu bekunden, mit Vorliebe Hörner auf. Dies war übrigens auch der Grund für ihre nicht enden wollenden Reibereien. Das ganze Regiment amüsierte sich über diesen Kampf. Jetzt ging der Wachtmeister in das Gäßchen, in dem Stefania wohnte. Eine böse Ahnung quälte Matulas Herz. Welch ein Jammer, daß er sich unverzüglich zum Regimentsstab begeben mußte! Er war dazu verpflichtet. Er hatte sich eine Stunde zuvor mit Oberstleutnant Tomaszewski verabredet, den er um eine Aussprache gebeten hatte. Der Regimentskommandeur konnte Verspätungen nicht vertragen. Matula fluchte vor sich hin und beschleunigte, noch verdrießlicher gestimmt, den Schritt.

Der Wachtmeister ging unterdessen rasch seinem Ziel entgegen, das tatsächlich Frau Stefania war – die feurige, brünette Ehefrau des Baligróder Tierarztes, die mit den prächtigsten Tizianformen – abgestimmt auf die Kriterien des 20. Jahrhunderts – ausgestattet war. Der Markttag war ein wahrer Feiertag für ihre Tollheit. Der Ehemann, vom frühen Morgen bis zum späten Abend mit Pferdetransaktionen beschäftigt, bei denen er mitwirken mußte, kam dann den ganzen Tag über nicht nach Hause. Frau Stefania konnte sich also dem widmen, was sie immer für die Hauptsache in ihrem Leben angesehen hatte, der Liebe. Sie besaß auf diesem Gebiet überdurchschnittliche Fähigkeiten. Der kleine, durch ein Vierteljahrhundert der Ehe mit Frau Stefania eingeschüchterte Tierarzt galt in Baligród und Umgebung als der größte Hahnrei der Karpaten. Seit der Ankunft des berühmten Schützenregiments in Baligród waren Frau Stefanias Möglichkeiten ganz außerordentlich gestiegen. Und wenn Hauptmann Matula glaubte, sein einziger Konkurrent um das Herz der anmutigen Frau des Tierarztes sei allein Wachtmeister Kaleń, so irrte er sich gewaltig, wie meistens auch in vielen anderen, ernsthafteren Angelegenheiten, die in den Bereich seiner Diensttätigkeit fielen.

Der Wachtmeister hatte zwei Leidenschaften im Leben: das Soldatsein und die Frauen. Er bemühte sich, sie, so gut es ging, miteinander in Einklang zu bringen, aber nicht immer gelang ihm das. Von Zeit zu Zeit geriet er in Widerspruch mit seinen Pflichten auf dem einen oder anderen Gebiet und war genötigt, unliebsame Folgen – sei es von seiten der Gegenstände seines Liebesungestüms, sei es von seiten der Vorgesetzten – in Kauf zu nehmen. Tapfer überwand er diese Gegensätze und nahm heiteren Gemüts, was ihm das Schicksal bot.

Frau Stefania empfing ihn mit offenen Armen. Im wörtlichen und übertragenen Sinne. Sie liebte es nicht, Zeit zu verlieren, zumal ihr davon nicht mehr viel blieb. Der Nachmittag gehörte Hauptmann Matula. Wachtmeister Kaleń war sich darüber klar.

Später, behaglich an die volle Schulter der Ehefrau des Tierarztes gelehnt, betrachtete er mit Interesse den einzigen Sonnenstrahl, der durch die herabgelassene Jalousie drang und die Dunkelheit wie eine Säbelklinge zerschnitt. Stefania streichelte sein Haar.

Der Wachtmeister dachte daran, daß er in der kommenden Nacht ein Stelldichein mit Fräulein Krysia von Szponderskis Schenke habe und deshalb seine Kräfte schonen müsse. Der gedämpfte Lärm, der vom Marktplatz kam, schläferte ihn ein.

Oberleutnant Wierzbickis Kompanie rückte zu einer Aktion aus. Sie sollte die Umgebung von Smolnik absuchen. Ein Aufklärungsflieger aus Sanok hatte dort tags zuvor einige Menschengruppen ausgemacht, die sich am Waldrand entlangbewegten. Vermutlich eine Bande. Man mußte dies prüfen. Vielleicht stieß man doch auf irgendwelche Spuren des Gegners. Dann wollte Wierzbicki über Funk Nachricht geben, und es würden größere Truppeneinheiten in Marsch gesetzt.

Die Soldaten gingen in langen Schützenlinien in der Sonne, auf beiden Seiten der Chaussee. Der Schnee knirschte. Er war hier von Schlittenkufen ausgezeichnet festgestampft. Weiter vorn würde es sicherlich Schneewehen geben. Man würde nicht so leicht vorwärts kommen. Im Sattel sitzend, salutierte Oberleutnant Wierzbicki zum Abschied seinem Kommandeur, Hauptmann Ciszewski, der aufrecht neben der Kapelle am Ortsausgang von Baligród stand. Jerzy dachte, daß er diesen Wierzbicki im Grunde genommen überhaupt nicht kenne. Ein so seltsamer, wortkarger Bursche von verträumter Gemütsart. Einer, der nicht auffiel. Der so ganz anders war als der streitsüchtige Oberleutnant Zajączek oder der oftmals hochtrabende Reden führende Oberleutnant Rafałowski. Die Freizeit verbrachte er häufig mit den Soldaten. Er faßte für sie Briefe an ihre Mädchen ab, nahm Anteil an ihren persönlichen Sorgen. Sie hatten ihn deswegen gern. Er erinnerte in seinem Verhalten ein wenig an Major Preminger. Er hatte den Orden «Virtuti Militari» und das Tapferkeitskreuz. Es hieß, daß er an der Front mutig gewesen sei.

Der Oberleutnant lächelte Ciszewski noch einmal zu und war bereits um eine Biegung hinter der Brücke verschwunden. Diese Biegung verschlang allmählich die ganze Kompanie. Als letzter verschwand der schwerbeladene Gorale Gąsienica, ein fast zwei Meter langer Kerl, der sich manchmal damit hervortat, Hufeisen auseinanderzubiegen.

Auf dem Rückweg begegnete Ciszewski einem Bataillonsmelder, der ihm in Begleitung eines Zivilisten entgegenkam. Erst aus nächster Nähe erkannte er den ihm vom Abschiedsabend in Warschau her bekannten «Präses». Was macht der hier? dachte Jerzy beunruhigt. Er fürchtete, der unverhoffte Gast könne ihm schlimme Nachricht von Barbara überbringen. Aber der kleine, bewegliche Brünette zerstreute seine Befürchtungen sehr schnell.

«Alles ist in bester Ordnung, Herr Hauptmann!» sagte er freudestrahlend, mit kleinen Schritten neben ihm auf der Chaussee hertrippelnd. «Barbara hat Sehnsucht nach Ihnen, das arme Ding, aber sie ist gesund, und es geht ihr gut. Ich habe ein Briefchen von ihr mitgebracht ... Jawohl!» Er kramte in den Taschen seines Pelzes. «Zofia ist gesund. Wir denken an Sie und bedauern es so!» Er konnte den Brief von Barbara offensichtlich nicht finden.

«Und was macht Herr Zębicki?» entfuhr es Jerzy unwillkürlich, der oft, besonders wenn die Briefe von Barbara ausblieben, an den jungen Ingenieur dachte, den er in ihrer Wohnung am letzten Warschauer Abend kennengelernt hatte. Er war auf sich wütend, daß er diese Frage ausgerechnet dem «Präses» gestellt hatte. Der versicherte ihm, daß es Herrn Zębicki ebenfalls gut gehe und er eine glänzende Stellung am Institut für Geologie erhalten habe. Das ist mir völlig Wurst, fuhr es Jerzy durch den Kopf, aber zugleich wunderte er sich, wie sehr ihn diese Mitteilung interessierte.

«Nein, wie elend Sie aussehen, Herr Hauptmann!» jammerte der «Präses». «Bekommt Ihnen das Klima nicht?»

«So ist es», murmelte Ciszewski. Eine immer größer werdende Ungeduld bemächtigte sich seiner. In der Nähe der Quartiere seines Bataillons entließ er den Melder.

«Sie sind vermutlich nicht hierhergekommen, um mir all das zu erzählen, Herr Präses?» wandte er sich schroff an den kleinen Brünetten. Der verlor sichtlich die Fassung und errötete. «Ich habe hier etwas zu erledigen», erklärte er unsicher. «Oh!» rief er plötzlich erfreut. «Ich habe den Brief gefunden!»

Ciszewski nahm aus dem unverschlossenen Umschlag einen kleinen Briefbogen, der mit Barbaras regelmäßigen, großen Schriftzügen bedeckt war. Eigentlich war es ein Empfehlungsschreiben für den «Präses», der Jerzy «sein Anliegen» vorbringen sollte. Der Inhalt des Briefes war noch banaler und unpersönlicher als sonst. Kein Wunder, sie hatte den Brief im offenen Umschlag abgeschickt. Sie wollte nicht, daß der hier ihn las, tröstete er sich, machte sich zugleich aber klar, daß Barbara eigentlich nie anders geschrieben hatte.

Dürre, in schlecht maskierter Eile abgefaßte Sätze, immer dieselben, Ungeduld atmenden Wendungen von Sehnsucht und schließlich die Beteuerungen, daß sie an ihn denke und auf ihn warte. Er kannte diese Briefe auswendig, einer glich dem anderen. Und dann kamen sie noch so selten!

«Bitte sprechen Sie, Herr ...» Jerzy wurde sich bewußt, daß er nicht einmal den Namen seines Gastes kannte.

«Charkiewicz! Wacław Charkiewicz, zu dienen, Herr Hauptmann», beeilte sich der «Präses», seinen Namen zu nennen.

Von Ciszewski abermals ermuntert, den Zweck seines Besuches in Baligród zu nennen, ließ sich Charkiewicz zunächst in einer verworrenen Einleitung über die gegenwärtigen Existenzschwierigkeiten aus. Mehrmals wiederholte er einen Satz in rhetorischer Frageform – «jeder muß irgendwie leben, oder etwa nicht?» und «wir Polen sollten uns gegenseitig unterstützen». Der Hauptmann stimmte ihm zu, da er diesen Grundsatz nicht in Abrede stellen konnte. Dergestalt ermuntert, ging der «Präses» zum Kernpunkt der Sache über. Er hatte nämlich erfahren, daß in den Gebieten, in denen der Kampf mit den Banden geführt wurde, die Bauern ihre Haustiere, besonders Pferde und Borstenvieh, zu Schleuderpreisen verkauften. Die einen, weil sie nicht alles in die westlichen und nördlichen Grenzgebiete oder in die Sowjetunion mitnehmen konnten und Geld für die Einrichtung ihrer Wirtschaft benötigten, die anderen – die Abgebrannten – waren durch die Not, in der sie sich befanden, dazu gezwungen, wieder andere setzten die Preise herab, weil der Handel in dieser Gegend daniederlag.

«Wenn man hier kauft und in Zentralpolen verkauft», Charkiewicz sprach mit einem wahren Feuereifer, «kann man sich außerordentlich schnell ein Vermögen erwerben. Eine wunderbare Gelegenheit! Sie, Herr Hauptmann», er bedrängte Ciszewski mit seinem runden Bäuchlein, «könnten mir dabei ungeheuer behilflich sein. Als Militärangehöriger würden Sie von der Eisenbahn leichter einen Transport bekommen. Wenn ich dann noch von Ihnen einen Passierschein, irgend so einen Wisch, besäße, könnte ich mich ungehindert im Gelände bewegen, was für einen Zivilisten in diesen Landstrichen nicht einfach ist ... Ich erlaube mir, Sie höflichst um diese Erleichterung zu bitten. Selbstverständlich will ich nichts umsonst haben. Wir Polen ...» Aufmerksam blickte er Jerzy ins Gesicht.

Ciszewski war nicht einmal entrüstet. Schlauköpfen von der Art Charkiewicz' begegnete man hier schon hin und wieder. Sie machten sich die Situation zunutze. Der Kerl, den er vor sich hatte, war jedoch mit einem Empfehlungsschreiben von Barbara erschienen. Das allein kränkte Ciszewski.

«Herr ‹Präses›, wie nennt man solche Transaktionen nach den Buchstaben des Gesetzes?» fragte er Charkiewicz mit einem Lächeln.

«Aber, Herr Hauptmann!»

«Mein Kommandeur», sagte Ciszewski ruhig, «sperrt Spekulanten in den Keller der Villa des Notars. Leider fehlt uns hier ein komfortableres Gefängnis. Es wäre mir äußerst peinlich, wenn ein so naher Bekannter von Barbara in diesen Keller wandern müßte. Ich besäße keinerlei Möglichkeiten zu intervenieren.»

«Sie nennen mich einen Spekulanten?» brauste der «Präses» auf.

«Ich möchte Ihnen raten, diese Gegend auf schnellstem Wege zu verlassen. Ihr weiterer Aufenthalt hier könnte sich als sehr verhängnisvoll erweisen. Es besteht der hinreichend begründete Verdacht, daß verschiedene Leute, die sich mit dieser Form des Handels befassen, auch die Banden versorgen, indem sie ihnen Medikamente, alte Uniformen, ja sogar Waffen liefern. Sie tauschen dafür das den Bauern gestohlene Vieh ein. Deshalb auch kommen solche ‹Geschäftemacher› in den erwähnten Keller.»

«Sie beleidigen mich, Herr Hauptmann!»

«Sind Sie gewillt, möglichst rasch von hier abzureisen, Herr ‹Präses›? Ich wäre ehrlich erschüttert, wenn ich die Konsequenzen ziehen müßte aus dem, was Sie mir von Ihren Absichten erzählten ...»

Ein kleiner Schwarm Dohlen umkreiste lärmend den Kirchturm. Ciszewski blickte betont interessiert zu der kleinen Vogelversammlung auf. Ihm war gar nicht wohl zumute. Vor seinem geistigen Auge sah er Charkiewicz vor Zofia und Barbara ihr Gespräch wiederholen. Er wußte, daß die Abfuhr, die er dem «Präses» erteilt hatte, nicht den Beifall der beiden Frauen finden würde. Da konnte man nichts machen! Was wußten sie schon von seinem Leben hier.

Alles hatte sich offenbar verschworen, den Mißton zwischen ihm und Barbara zu verschärfen. Der «Präses» sagte etwas, aber seine Worte erreichten Ciszewski gar nicht. Er hatte gerade Leutnant Daszewski erblickt, der in gestrecktem Galopp in Richtung Steznica ritt. Solche Spazierritte pflegte der Leutnant täglich zu unternehmen. Er entfernte sich dabei beträchtlich von Baligród, obwohl er wußte, daß er dabei den Banditen in die Hände fallen konnte. Dieser Daszewski wird sich selbst und uns alle noch mal was einbrocken ... Und überhaupt, weshalb reitet er das Pferd so zuschanden? dachte Jerzy in einem plötzlichen Anflug von Ärger. Charkiewicz brach seinen Monolog ab, offensichtlich hatte er bemerkt, daß der Hauptmann ihm nicht zuhörte.

«Soll ich Barbara etwas bestellen?» wandte er sich in einem so einschmeichelnden Ton an Ciszewski, als habe es nie Spannungen zwischen ihnen gegeben.

«Sagen Sie, was Sie wollen», erwiderte der Offizier mürrisch.

Er konnte sich nicht mehr beherrschen. Charkiewicz' Heuchelei hatte seine Geduld erschöpft. Er verabschiedete sich vom «Präses» in der Nähe der

Schule. Ich hätte ihn wenigstens zu mir bitten sollen, etwas Diplomatie kann nie schaden, dachte er, als er allein geblieben war.

Hauptmann Matula saß Oberstleutnant Tomaszewski gegenüber, der, hinter seinem wuchtigen Schreibtisch verbarrikadiert, seit geraumer Zeit unverwandt auf das an der gegenüberliegenden Wand hängende Porträt der Tochter des Notars starrte. Im Zimmer herrschte peinliches Schweigen. Die stark behaarten Hände des Regimentskommandeurs ruhten flach auf den vollgeschriebenen Aktenbogen, die Matula mitgebracht hatte. Tomaszewski würdigte das Elaborat kaum eines Blickes. Sein Mund hatte sich zu einem leichten, nichts Gutes verheißenden Lächeln verzogen.

Der Hauptmann hüstelte, der Oberstleutnant seufzte schwer, hörte aber nicht auf zu lächeln. Er weidete sich sichtlich an Matulas Verlegenheit. Als die Ungeduld des Hauptmanns ihren Höhepunkt erreicht hatte, brach er das Schweigen. «Ihr Einfall ist wieder einmal genial, Bürger Hauptmann Matula», sagte er. «Diesmal haben Sie sich selbst übertroffen.»

«Bürger Oberstleutnant spotten, aber die Sache ist ernst.»

«Ich bitte Sie flehentlich, mir zu verzeihen, Bürger Hauptmann! Es ist nicht meine Schuld, daß ich einen solchen Ton an mir habe. Ich bin zu alt, diese unangenehme Angewohnheit noch abzulegen ... Doch zur Sache! Sind Sie tatsächlich der Meinung», er zeigte mit der Hand auf die vor ihm ausgebreitet liegenden Bogen, «ich sollte darauf dringen, daß diese Offiziere aus dem Regiment entfernt werden?» Er hatte aufgehört zu lächeln. Seine hellen Augen waren fest auf Matula gerichtet, ihr Blick schien ihn zu durchbohren.

«Unbedingt!» bestätigte der Hauptmann nachdrücklich. «Im Kampf gegen die UPA- und WIN-Banden können wir in unseren Reihen Leute, die einmal in der Armia Krajowa dienten, im Westen waren oder Ukrainer sind, nicht gebrauchen.» Der Tonfall von Matulas Stimme war trocken, sachlich.

«Aber sie haben sich an der Front vortrefflich geschlagen», entgegnete der Oberstleutnant. «Ein Mann wie Wierzbicki zum Beispiel ... Ich hätte nicht im Traum gedacht, daß er Ukrainer ist. Aber was hat das zu sagen, Teufel noch mal! Der Junge hat den ‹Virtuti› und das Tapferkeitskreuz, er war zweimal verwundet. Er versieht seinen Dienst hier mit großer Hingabe. Überlegen Sie sich das bitte, Bürger Hauptmann! Lewicki ist ihrer Liste nach ebenfalls Ukrainer. Er ist ein ausgezeichneter Offizier. Ich sehe keine Veranlassung ... Aus Ihrer Aufstellung geht hervor, daß wir einige Ukrainer im Regiment haben. Nun, und was will das besagen? Wir kämpfen hier nicht gegen die Ukrainer, sondern gegen die Banditen, Hauptmann. So fasse ich es wenigstens auf. In den Banden der UPA gibt es – alle Erkundungsergebnisse deuten darauf hin – einen hohen Prozentsatz an Leuten verschiedenster Nationalität. Was haben die Banden gemein mit dem ukrainischen Volk? Wir dürfen die nationalistische Demagogie der Banditen nicht in die Reihen des Militärs tragen … Das wäre unser größter Fehler. Einige andere Offiziere wollen Sie entfernen, weil sie der Armia Krajowa angehörten, Hauptmann Ciszewski dafür, daß er den Krieg auf westlicher Seite mitgemacht hat. Lieber Bürger Hauptmann! Haben diese Leute ihre Vergangenheit vor uns verborgen? Wir haben sie genommen, wie sie sind. Sie tragen die polnische Uniform, sie sind unsere Kameraden …»

«Gefühle müssen wir in dieser Frage von vornherein ausschalten, Bürger Oberstleutnant», beharrte Matula.

«In einem Kampf wie diesem, in jedem Kampf, den wir führen», verbesserte sich der Regimentskommandeur, «müssen die Gefühle im Spiel sein. Wir sind also, wie gewöhnlich, verschiedener Meinung. Und die beiden Juden, die wir im Regiment haben? Sie empfehlen, sie zu entfernen, um dem Feind das Argument von der sogenannten jüdischen Kommune aus der Hand zu schlagen. Sollen wir dem Dunkelmännertum auch noch Vorschub leisten, Matula? In Polen gibt es – und wir erkennen dies im Militär an, wie aus dem letzten Befehl des Ministers hervorgeht – zweiundzwanzig Konfessionen. Die Juden sind eine davon. Weshalb sollen wir in bezug auf die Juden eine gesonderte Politik betreiben? Alle diese Menschen sind unsere Bürger, Hauptmann. Diesmal haben Sie wirklich weit übers Ziel geschossen …»

Er hielt inne und schaute in tiefem Nachdenken auf das Porträt der Tochter des Notars.

«Was ich jetzt sage, wird Sie überraschen, Bürger Hauptmann», fuhr er fort. «Als ich vorhin diese Liste durchsah, die Sie so sorgfältig zusammengestellt haben, kam ich zu dem Schluß, daß es gut ist, diese Ukrainer und neben ihnen die Leute aus der Armia Krajowa und aus dem Westen im Regiment zu haben … Lächeln Sie nicht. Es ist gut! Ich wiederhole es. Das verleiht unserem Kampf einen allgemeineren Sinn. Es ist auch ein gutes Mittel gegen die Seuche des Nationalismus, die durch die Banditen der UPA verbreitet wird, und eine Antwort auf die politischen Parolen der WIN-Strolche. Verstehen Sie das, Matula?»

«Nein!»

«Sie tun mir leid, Bürger Hauptmann. Gewisse Dinge begreifen Sie immer erst mit Verspätung. Eine Art Spätzündung …»

«Bürger Oberstleutnant spielen auf die Ropienka-Sache an?»

«Nehmen wir an, auf die Ropienka-Sache.»

«Bürger Oberstleutnant hatten mir nichts von dem Dekret hinsichtlich der ORMO gesagt. Ich fürchte, dies geschah, um mich bloßzustellen und lächerlich zu machen.»

«Sie haben eine verschrobene Denkweise, lieber Hauptmann. Ich wußte damals nichts von diesem Dekret. Der Gedanke erschien mir recht und billig.

Wir sollten die Menschen nicht fürchten. Die Mehrheit ist sicherlich auf unserer Seite. Deshalb war ich der Meinung, daß man den Arbeitern aus Ropienka Waffen geben könne.»

«Dürften wir wieder auf die Sache mit den Offizieren zurückkommen?» warf Matula ein.

«Gewiß! Ich versichere Ihnen, Bürger Hauptmann, daß ich unter keinen Umständen den Antrag auf Entfernung der Ukrainer, Juden und der Leute aus der Armia Krajowa oder aus dem Westen absenden werde.»

«Ich appelliere an Sie, Bürger Oberstleutnant, im Namen der Wachsamkeit.»

«Sie verstehen diesen Begriff falsch.»

«Ich habe meine eigenen Kriterien.»

Tomaszewski gähnte. Er stand auf, zog die Uniformbluse glatt und schlug ein unsichtbares Stäubchen von seinem Ärmel. Dann ergriff er behutsam, mit zwei Fingern, Hauptmann Matulas Ausführungen und hielt sie in einer Weise, als fürchtete er, sich zu beschmutzen.

«Laut Dienstvorschrift haben Sie aufzustehen, Bürger Hauptmann», sagte er, «wenn dies ein rangälterer Offizier tut.»

Matula wurde rot und erhob sich.

«Wie schön, daß Sie heute den Kragen geschlossen haben», spottete Tomaszewski. «Wie man sieht, ist die Lehre auf fruchtbaren Boden gefallen. Allmählich kriegen Sie Schliff, Hauptmann … Bitte hören Sie jetzt, was ich Ihnen zu sagen habe.» Der Oberstleutnant schaute auf die Schriftstücke. Er sprach ruhig, den Blick fest auf das Gesicht des vor ihm stehenden Offiziers gerichtet.

«Lassen Sie es sich ein für allemal gesagt sein, Bürger Hauptmann. Solange ich dieses Regiment befehlige, werden Anträge dieser Art nicht abgesandt. Niemals! Ich dulde Diskriminierung nationalistischer oder anderer Art nicht.» Er zerriß Matulas Bogen in vier Teile, legte sie sorgfältig zusammen und zerriß sie noch einmal. «Diese Schweinerei verdient keine andere Behandlung. Ich sollte sie in den Papierkorb werfen, aber im Namen der Wachsamkeit übergebe ich Ihnen das Konfetti zum Verbrennen in Ihrem Ofen. Es könnte Sie noch jemand, der die Fetzen zusammensetzt und Ihre Ausführungen entziffert, beschämen, Matula. Das, glaube ich, wäre alles … Ist die Angelegenheit erledigt, Bürger Hauptmann?»

«Jawohl!»

Mit vor Aufregung zitternden Händen nahm Matula den grünen Schnellhefter, der nun die Fetzen seines Antrags enthielt. Er vollführte die vorgeschriebene Kehrtwendung und ging hinaus, begleitet von dem belustigten Blick des Regimentskommandeurs.

Erst draußen, in der Frostluft des sonnigen Wintertages, kam er zu sich. Er beschloß, seine Ausführungen mit der nächsten Post auf dem «eigenen Dienstweg» abzusenden – wie er diese spezielle Form der Nachrichtenübermittlung nannte. Er beglückwünschte sich im stillen, daß er Tomaszewski nicht alle Ausführungen gezeigt hatte. Er hatte Vorsicht walten lassen. In dem grünen Schnellhefter lag noch ein Antrag, der Wachtmeister Kaleńs Entlassung aus der Einheit betraf. Hauptmann Matula warf ihm Trunksucht und Verletzung des Militärgeheimnisses unter Alkoholeinfluß vor. Der Alte wäre gesprungen, wenn er diesen Antrag auch noch zu Gesicht bekommen hätte, dachte Matula, wobei er den Regimentskommandeur vor Augen hatte, und er begann, einen Bericht an seine Vorgesetzten zu entwerfen. Die Beschwerde gegen Tomaszewski sollte in diesem Dokument eine Vorrangstellung einnehmen. Der Hauptmann war überzeugt davon, daß er recht hatte. Seine Ausführungen zeugten seiner Meinung nach von einer höheren Form politischen Denkens. Er glaubte, daß man ihm recht geben und er den Sieg davontragen würde.

Vorerst aber nahte die Stunde seines Besuchs bei Frau Stefania. Sich daran erinnernd, gewann Matula die gute Laune wieder.

«Das soll ein Mittagessen sein, du Würstchen!»

Den Schöpflöffel in der Hand, rührte Major Grodzicki mit düsterer Miene in dem Kessel voll brauner Flüssigkeit. Der Oberfeldkoch und seine beiden Gehilfen standen in einer Haltung daneben, die Verlegenheit und Ratlosigkeit ausdrückte.

«Für Kolumbus war es sicher leichter, Amerika zu entdecken, als für mich, in dieser Brühe ein Stückchen Fleisch zu finden», knurrte der Major. «Ich hätte nicht übel Lust, euch selber in den Kessel zu werfen. Was setzt ihr euren Kameraden vor? Wo ist das Fett? Wo ist das Fleisch hingekommen? Was ist aus den Kartoffeln geworden?»

«Das ist nicht unsere Schuld, Bürger Major», erklärte der Koch. «Wir haben fast nichts bekommen.»

Grodzicki schleuderte wütend den Schöpflöffel in den Kessel. Er blickte Ciszewski vielsagend an. Beide wußten, daß der Koch die Wahrheit sagte. Die Versorgungslage war unangenehm. Die Transporte trafen nicht rechtzeitig ein, und was eintraf, wurde systematisch von Spekulanten verschachert. Die Quartiermeister wechselten wie die Bilder in einem Kaleidoskop, sie wanderten hinter Gitter, aber die Nachfolger stahlen wieder. Die Ehrlichen unter ihnen mußten einen unablässigen Kampf gegen die Gauner in den zuständigen Unterabteilungen und auf den Verkehrswegen führen. Ganze Lebensmittelwaggons gingen verloren oder kamen unvollständig an. Die Säcke mit Zucker und Mehl waren oftmals bis zur Hälfte mit Sand gefüllt, statt frischen Gemüses wurde verfaultes verladen, das Fett traf ranzig ein oder überhaupt nicht. Berühmt war die Geschichte des ersten Quartiermeisters des Regiments, Major Kosacz', der von hundertzwanzig Kühen, die er zum Schlachten eingekauft hatte, nur zwei nach Baligród trieb. Er behauptete, der «Rest» sei unterwegs krepiert. Mit Kosacz befaßte sich der Staatsanwalt, aber das Regiment hatte lange Zeit kein Fleisch. Die Banden der Spekulanten waren nicht minder gefährlich als die aus den Wäldern. Am meisten setzten sie den in den entlegenen Teilen des Landes kämpfenden Einheiten zu, zu denen die Transportwege lang und schwer zu überwachen waren.

«Ein Grausen überkommt mich», sagte Major Grodzicki, «wenn ich mir die Soldaten ansehe. Nicht genug, daß sie abgerissen umherlaufen, auch satt zu essen haben sie nicht. Weiß der Teufel, wie sie das aushalten!»

Auch Ciszewski wußte es nicht. Major Preminger meinte, daß das Spekulantentum nur eine der Fronten sei, an denen gegenwärtig im Lande gekämpft werde, und daß man die von dieser Seite geführten Schläge ebenfalls ertragen müsse. Dies war eine Erklärung der Erscheinungsform, aber kein Mittel zur Abwehr. Inmitten dieser Berge suchten sie vergeblich nach einem solchen Mittel. Täglich, unermüdlich lauerten im Hinterland die unsichtbaren Spekulantenbanden.

Doktor Pietrasiewicz stellte bei den von ihm ärztlich untersuchten Soldaten Kräfteverfall, Gewichtsverlust und Erschöpfung fest; Fälle von Anämie und sogar von Skorbut traten auf. Oberstleutnant Tomaszewski fluchte, als er die Meldung des Arztes entgegennahm, und sandte scharfe Berichte an den Divisionskommandeur. Eine ähnliche Situation herrschte zu jener Zeit auch in den anderen, an den Kämpfen gegen die Banden beteiligten Regimentern und Divisionen, die nicht über feste Garnisonen und gut bewachte Versorgungsbasen verfügten. Obwohl die Spekulanten unerbittlich bekämpft wurden, schossen sie wie Pilze aus der Erde.

«Dieser Kampf muß mit leeren Mägen geführt werden. Dies ist, scheint's, wie das Symptom einer Krankheit, eines seiner charakteristischen und bezeichnenden Merkmale», sagte Ciszewski.

Major Preminger seufzte. Die beiden Bataillonskommandeure beobachteten die Soldaten, die sich nun mit ihren Kochgeschirren in einer Reihe vor dem Kessel aufstellten, um die dünne braune Flüssigkeit zu empfangen, den einzigen Gang, aus dem das Mittagessen bestand.

Hauptmann Wiśniowiecki rief den diensthabenden Unteroffizier und forderte ihn auf, Zawicza in die provisorische Zelle abzuführen, die sich im Keller der Notariatsvilla befand. Der Hauptmann hatte das Gefühl, die Zeit nutzlos vertan zu haben. Er hatte aus dem Gefangenen nicht eine Einzelheit herausbekommen, die einen Hinweis darauf gegeben hätte, wie man die Banden unmittelbar bekämpfen konnte.

Entmutigt und ärgerlich machte er sich auf den Weg zum Kasino, um Mittag zu essen. In Gedanken versunken, stieß er mit einem Zivilisten zusammen. Er entschuldigte sich, die Hand an die Mütze führend. Der Zivilist lüftete elegant den Hut.

«In Baligród so aufeinanderzuprallen ist ein Kunststück!» Er lachte. «Ganz wie auf einem Großstadtboulevard, Herr Hauptmann.»

Wiśniowiecki hatte ein helles Augenpaar mit scharfem Ausdruck vor sich und ein kleines, hageres Gesicht, das eine Stülpnase zierte. Das Lächeln um den schmalen Mund des Zivilisten ließ seine regelmäßigen, ein wenig gelben Zähne zum Vorschein kommen.

«Entschuldigen Sie vielmals!» sagte der Hauptmann noch einmal. Er blickte dem davongehenden Herrn, der eine graue Wolljacke mit Lammfellkragen und lange Offiziersstiefel trug, eine Weile nach. Woher sollte er wissen, daß er mit dem Stellvertreter Żubryds, Piskorz, zusammengestoßen war, von dem ihm Zawisza erst am Vortage eine ziemlich genaue Beschreibung gegeben hatte.

Leider liebt das Schicksal solche Situationen. Auch Piskorz wußte nicht, welcher Gefahr er entronnen war. Man kann einander hassen, ohne sich von Angesicht zu kennen. Überdies führt eine Personenbeschreibung nicht immer zur Festnahme der Verbrecher. Der Fehler, der dem vorzüglichen Aufklärer Hauptmann Wiśniowiecki unterlaufen war, wurde von vielen begangen.

Der Baligróder Marktplatz leerte sich. Die Schlitten verließen einer nach dem andern die Stadt. Nur über dem Kirchturm kreisten unablässig die Dohlen, und aus der Schenke des Herrn Szponderski drang noch immer Lärm und Geschrei.

VII

Die Liste der Untaten «derer aus dem Walde» verlängerte sich. Es hatte den Anschein, als wären die UPA und die WIN in einen echten Wettbewerb darum getreten, wer mehr brandschatze, morde und zerstöre.

Rens Kurin war im Süden von Sanok in dem berüchtigten «Blinddarm» in Aktion.

Hryns Hundertschaft brannte Habkowice und Tyskowa nieder.

Birs Hundertschaft Sawkowczyk, Tworylne und Krywe.

Stachs Hundertschaft ließ Liszna in Rauch und Flammen aufgehen.

Bajdas Kurin verwüstete das Land in dem weiten Raum zwischen Sanok und Przemyśl.

Lastiwkas Hundertschaft mordete und branntschatzte in der Umgebung von Bircza.

Krylatschs Hundertschaft tat das gleiche bei Dynów,

Chromenkas Hundertschaft bei Przemyśl.

Berkuts und Żelczniaks Kurine wüteten in den Gegenden um Hrubieszów, Tomaszów und Lubaczów.

Die Kurine der UPA wurden lebhaft unterstützt durch die Banden der WIN.

Żubryds Abteilung mordete bei Wielopole, Mokre und Tyrawa Wołoska.

Mściciels Abteilung terrorisierte die Menschen in der Umgebung von Krajna und Rybotycze.

Wolyniaks Abteilung plünderte im Kreis Brzozów.

Kosakowskis Abteilung brannte die Bauerngehöfte im Bezirk Żmigród nieder.

Überall floß Blut. Ein Menschenleben bedeutete nichts, es hing von einer Augenblickslaune der Banditen ab. Die Staatsgewalt in diesen Gebieten verlor ihnen Wert ebenso wie das Leben der Bewohner. Es herrschte und regierte in einem Dorf oder Städtchen, wer sich gerade dort aufhielt. Heute konnte es das Militär sein, morgen eine Bande der UPA oder WIN. Um des lieben Friedens willen führten die Leute die Befehle sowohl der einen als auch der anderen aus. Sie waren am schlechtesten dran, denn sie blieben immer an Ort und Stelle. Diejenigen, welche diese Situation nervlich nicht ertrugen, reisten unter militärischem Schutz in die westlichen Grenzgebiete oder in die UdSSR aus. Es wurden immer mehr. Insbesondere die Gebiete im Süden von Sanok entvölkerten sich. Das Leben erstarb. Der Schnee bedeckte die Brandstätten der verlassenen Dörfer, von denen einzig die Namen auf den Landkarten blieben.

Die Einheiten des Militärs zogen unablässig von Brand zu Brand, von einem Ort, an dem eine Bande einen Pogrom verübt hatte, zum anderen. Zu größeren Zusammenstößen kam es nicht. Man wurde der Banditen nicht habhaft. Die ungeheuren Schneeverwehungen erschwerten jede Verfolgung. Die gegen die Banden der UPA und WIN in diese Gebiete entsandten Truppen waren nicht auf Kampfhandlungen im Winter unter Gebirgsbedingungen vorbereitet. In den ersten Monaten des Jahres 1946 war der Schnee weiterhin der Bundesgenosse «derer aus dem Walde».

Hiervon konnte sich Oberleutnant Wierzbicki überzeugen, der sich, dem bekannten Paß über Kołonice folgend, mit der ihm unterstellten Kompanie auf dem Weg nach Smolnik befand.

Was ist schon eine so kleine Abteilung gegenüber der Unermeßlichkeit der schneebedeckten Berge! In der kalten Umarmung des Chryszczata-Waldes fühlten sich die Soldaten sehr einsam. Dieses Gefühl kennt jeder, der irgendwann einmal im Winter eine Bergwanderung unternommen hat. Der Marsch durch diesen Wald ist besonders eindrucksvoll. Hunderte von Buchen und Tannen ragen empor, das unübersehbare Baumdickicht scheint überhaupt kein Ende zu nehmen. Die weiße Stille wirkt niederdrückend und beunruhigend. Die Vereinigung von Raum, Zeit und Schnee führt einen schweigenden Angriff auf die seelische Verfassung des Soldaten. Das Dunkel des Waldes gab kein Geheimnis preis.

Die Späher gingen in Schützenkette in einer Entfernung von vierzig, fünfzig Metern mit aufgepflanztem Bajonett vor der Kompanie her. Auf eine Fährte des Feindes stießen sie nicht. Die Spuren, die sie fanden, stammten alle von Tieren. «Weg frei!» meldeten sie von Zeit zu Zeit. Weder sie noch der Kommandeur, noch irgendeiner der Soldaten ahnte, daß die marschierende Kompanie bereits ab Łubne, wo sie zuletzt genächtigt hatte, von den Bandera-Leuten beobachtet wurde.

Das Netz von Bezirksprowidnik Ihors Informanten arbeitete vorzüglich. Der Quartiermeister von Łubne ritt in der Nacht heimlich nach Kołonice, wo er seinem Verbindungsmann die Nachricht überbrachte: «Militär im Anmarsch!» Genauestens gab er ihm Auskunft über die zahlenmäßige Stärke von Oberleutnant Wierzbickis Kompanie. Die diesbezüglichen Angaben hatte er von dem Dorfschulzen erfahren, der den Soldaten Nachtquartiere beschafft hatte. Von Kołonice aus machte sich ein reitender Bote auf den Weg und erstattete dem Vertreter von Berkuts Gendarmerie in Habkowice Meldung. Von dort aus traf die Mitteilung gegen Morgen bei Hryn ein, bei dem sich der Kommandeur des Kurins, Ren, aufhielt.

Die Befehle waren rasch erteilt. Hryns Hundertschaft brach zum Jaworne auf, um Wierzbickis Kompanie von Norden her in der Flanke zu fassen. Birs Hundertschaft, die sich zum Unglück dieser Kompanie bei Cisna befand, wandte sich im Eilmarsch zum Wolosań, das heißt in eine Richtung südlich der Achse, auf der die Soldaten zogen. Der reitende Bote suchte auch Stach auf. Seine Hundertschaft legte sich auf den Hängen der Krąglica in den Hinterhalt. Oberleutnant Wierzbickis Kompanie saß in der Falle. Der Feind – er verfügte über fast fünfhundert Mann – hatte ein mehr als vierfaches Übergewicht. Von nun an folgten die drei Hundertschaften von Rens Kurin der kleinen Militärabteilung wie ein drohender Schatten.

Oft wirft man den Soldaten mangelnde Phantasie vor. Vielleicht geschieht es zu Recht, Tatsache aber ist, daß die Frontsoldaten einen hochentwickelten Instinkt besitzen, der sie vor Gefahren warnt. Auch Oberleutnant Wierzbicki war in diesem Augenblick nicht wohl zumute, wenngleich er sich mühte, es nicht zu zeigen. Er war der Kompaniechef und das verpflichtete. Er sah, daß die Soldaten unruhig nach links und rechts schauten und das Gewehr fest umklammert hielten. Er kannte sie zur Genüge und wußte, daß sie nur einen

Wunsch hatten: den Wald so schnell wie möglich zu verlassen und offenes Gelände zu erreichen.

Aber die Bäume nahmen kein Ende. Im Bereich der Höhen Jaworne, Krąglica, Wolosań zerschnitten immer wieder Schluchten das Gelände. Das Unterholz bot hier eine von allen Seiten vordringende Wand. Der fast unberührte Chryszczata-Wald mochte Bergfreunde, Touristen und Jäger anziehen, die Soldaten aber sahen ihn mit anderen Augen. Für sie war er einzig und allein das Gelände, in dem sie vielleicht würden kämpfen müssen.

Stunden vergingen. Wierzbicki wußte nicht genau, wo er sich befand. In einem Wald, in dem es keine deutlichen Orientierungspunkte gibt, nützt eine Karte nur wenig. Der Kompaß zeigte an, daß sie in nordwestlicher Richtung gingen, also die Marschroute eingehalten hatten.

Was fürchte ich eigentlich? schalt sich Wierzbicki. Überall ist es still und ruhig. Sollten wir wirklich überfallen werden, können wir uns erfolgreich verteidigen. Dieses Waldgelände eignet sich nicht nur zu Hinterhalten, sondern auch zur Verteidigung. Wir würden uns am Rande einer der Schluchten hier verbergen, und die Banditen könnten uns nichts anhaben. Wir sind jeder Hundertschaft in der Feuerkraft überlegen. Munition besitzen wir auch genügend. Die Soldaten sind in der Lage, das Feuer stundenlang zu erwidern. Unterdessen hätten wir zumindest die berittene Einsatzgruppe der Grenztruppen in Cisna über Funk alarmiert ...

In diesem Augenblick erinnerte er sich, daß er auf die Hilfe dieser Abteilung nicht zählen könne. Es wäre möglich, hätte er Oberstleutnant Tomaszewskis Befehl streng befolgt, der der Kompanie einen anderen Marschweg nach Smolnik vorschrieb. Sie sollte bis Cisna die Chaussee benutzen, sich dort mit der berittenen Einsatzgruppe der Grenztruppen vereinigen und zusammen mit ihr den Marsch entlang der Kleinbahnstrecke über Żubracze, Maniów und Wola Michowa fortsetzen. Wierzbicki wollte den Weg abkürzen. Er führte die Kompanie durch den Chryszczata-Wald. Funkverbindung mit Cisna hatte er nicht, wie befohlen, von Baligród aus aufgenommen, sondern erst am Morgen des anderen Tages, als er schon tief in den Wald vorgedrungen war. Die Einsatzgruppe bewegte sich nichtsahnend in entgegengesetzter Richtung, auf die Wetlińska-Alm zu. In Cisna war nur eine Wachmannschaft zurückgeblieben. Auf die Grenztruppen konnte man also nicht zählen. Blieb nur das Regiment in Baligród, aber die Infanterie brauchte mindestens einen Tag, um zu ihnen zu gelangen.

Dummes Zeug! Es wird nicht dazu kommen, sagte sich Oberleutnant Wierzbicki. Dennoch bedrückte ihn der Gedanke, daß er nicht so gehandelt, wie es der Regimentskommandeur befohlen hatte. Wären wir nur erst aus diesem verfluchten Wald heraus! dachte er mehrmals.

Die Bandera-Leute indessen hatten gar nicht die Absicht, im Wald anzu-

greifen. Sie wußten, daß Bäume und Schluchten zwar den Überfall ermöglichen, aber auch die Verteidigung erleichtern. Sie urteilten darüber ebenso
wie Oberleutnant Wierzbicki. Sie entwarfen einen anderen Plan. Die kleine
Abteilung ging von allein in die Falle.

«Wald zu Ende!» riefen plötzlich die Späher aus, und das klang wie der
Schrei «Land in Sicht!», den die Matrosen nach langer, gefahrvoller Fahrt
über das stürmische Meer ausstoßen.

Wierzbicki atmete auf. Die Soldaten drehten sich Zigaretten, es fielen einige scherzhafte Bemerkungen zum Thema «Manschetten» und «volle Hosen», die sie gehabt. Frontsoldaten schämen sich nie, die Angst zuzugeben,
die sie ausgestanden haben. Nun waren sie ruhig. Niemand fürchtete ein Zusammentreffen mit dem Feind auf freiem Feld. Die Bandera-Leute wichen
dem stets aus. Daß man die drei Hundertschaften zusammenziehen könne,
erwog Wierzbicki nicht. Eine solche Operation war seiner Meinung nach im
Winter wegen der Schwierigkeiten, die die Verproviantierung bereitete, und
der im Schnee zurückbleibenden Spuren wenig wahrscheinlich. Mit einer
Hundertschaft würde man immer fertig werden.

Am Rande des Waldes traten die drei Zugführer zu ihm – Leutnant Jasiński, der frisch von der Offiziersschule gekommene Oberfähnrich Wolski, ein
tatkräftiger, jugendlich-strenger Blondschopf, der vor Begeisterung für das
Berufssoldatentum sprühte, und Fähnrich Wacek, der beste Leichtathlet des
Regiments.

Der Kompaniechef ließ seinen Blick über die nach Smolnik hin sanft abfallende Alm schweifen. Ihre beiden Ränder waren dicht mit Jungholz bewach-
sen. In der Mitte befand sich eine Wiese, von der der Wind den Schnee ge-
fegt hatte. Sie glich einem riesigen Kahlkopf, den eine tiefe Narbe
durchschnitt – ein Hohlweg voller Schnee. Es war vier Uhr nachmittags. Die
letzten, schräg einfallenden Strahlen der untergehenden Sonne umschmei-
chelten die Wiese. «Wir gehen zugweise hinunter, keilförmig, mit der Spitze
nach hinten. Den Schluß übernimmt Oberfähnrich Wolski», befahl Wierzbicki.

«Schicken wir keine Sicherung in das Jungholz vor?» fragte Leutnant Jasiński.

Wierzbicki zuckte die Achseln. «Man kann es tun, obwohl hier seit Monaten keine Menschenseele war. Es ist so still, daß es in den Ohren klingt!» Er
gab mit der Hand ein Zeichen. Die Zugführer salutierten. Einen Augenblick
später stieg die Kompanie in der befohlenen Marschordnung den Abhang
hinab. Sie hatten noch keine zweihundert Meter zurückgelegt, als sich dem
Rande des Waldes, den sie eben erst verlassen, geräuschlos wie Geister die
Schützen von Stachs Hundertschaft näherten. Die Hundertschaften Hryns
und Birs lagen schon seit einer halben Stunde rechts und links der Alm im

Jungholz. Resuns Zug versperrte den Zugang zum Dorf. Der Ring der Umzingelung hatte sich geschlossen. Es standen hier beinahe sechshundert Mann gegen die einhundertzehn Soldaten von Oberleutnant Wierzbickis Kompanie.

Die Späher der Züge Leutnant Jasińskis und Fähnrich Waceks stießen fast gleichzeitig auf die hinter den Büschen liegenden Bandera-Leute. Ein paar kurze Feuerstöße aus Maschinenpistolen mähten sie nieder; sie kamen gar nicht dazu, einen Schuß abzugeben. Sogleich erbebte die Lichtung von Kampfgetöse. Mit schrillem Pfeifen durchschnitten die Geschosse die Luft. Die Bandera-Leute feuerten auf die Soldaten, die in dem offenen Gelände lebende Schießscheiben darstellten.

Die Kompanie war bemüht, sich zu verteidigen, aber das Gelände eignete sich nicht im mindesten dafür. Auf allen vieren kriechend suchten die Soldaten Bodenvertiefungen. Vergebens. Alle geeigneten Plätze hatte der Gegner eingenommen. Von allen Seiten umzingelt, wurde ihnen sehr rasch klar, daß sie zum Tode verurteilt waren. Verzweifelt feuerten sie in Richtung der unsichtbaren Bandera-Leute. Sie starben mit ihren Waffen in der Hand. So war es besser. Das Knallen der Schüsse aus ihrer eigenen Waffe übertönte die Geschosse, durch die sie umkamen.

Der Zug von Oberfähnrich Wolski beschloß die Marschordnung der Kompanie, er befand sich fürs erste außerhalb des Schußfeldes. Oberleutnant Wierzbicki, der sich bei ihm aufhielt, erkannte sofort die katastrophale Lage der Kompanie. Dennoch bemühte er sich, den beiden anderen Zügen zu Hilfe zu kommen, indem er das rechte Gehölz in der Flanke faßte.

Das Krachen der Geschosse überschreiend, gab der Kompaniechef Befehle. «Sprung auf! Marsch, marsch!» rief der blutjunge Fähnrich wie auf dem Exerzierplatz. Die Soldaten stürmten vorwärts. Sie achteten nicht auf den Beschuß durch Hryns Hundertschaft und rannten auf das von ihr besetzte Gehölz zu.

In diesem Augenblick setzte sich Stachs Hundertschaft in Bewegung. Die zum Gegenangriff übergehenden Soldaten vernahmen Pferdegetrappel in ihrem Rücken. Sie wandten sich um und erblickten die in einem weiten Fächer ausgeschwärmten, zu Fuß und zu Pferde heranjagenden Bandera-Leute. Sie waren schon so nahe, daß man ihre bärtigen, vor Anstrengung und Wut geröteten Gesichter erkennen konnte.

Aus! fuhr es Wierzbicki durch den Kopf.

Er zog eine Handgranate aus dem am Sattel festgeschnallten Brotbeutel, entsicherte sie und schleuderte sie, weit ausholend, von sich. Er sah, daß die Soldaten aus Wolskis Zug das gleiche taten. Lücken wurden in die Reihen der angreifenden UPA-Leute gerissen. Einige Pferde, die zu Boden gestürzt waren, schlugen verzweifelt um sich, andere sprengten ohne Reiter auf den

Hohlweg zu. Aber da waren die Angreifer auch schon im Handgemenge mit den Soldaten! Sie ballten sich zu einer einzigen großen Gruppe zusammen. Es war nicht mehr möglich, die kämpfenden Gegner voneinander zu unterscheiden. Wierzbicki merkte plötzlich, daß sein Pferd taumelte. Er wollte die Füße aus den Steigbügeln ziehen, doch zu spät. Er flog auf die Erde. Dunkle Nacht umfing ihn. Er hatte das Bewußtsein verloren.

Leutnant Jasiński wußte, daß von seinen Soldaten nur noch wenige am Leben waren. Kommandos hörte in diesem Getümmel ohnehin niemand mehr. Ringsumher sprangen kleine Erd- und Schneefontänen auf, emporgerissen durch die von allen Seiten niederprasselnden Geschosse. Wie durch ein Wunder war er noch unversehrt. Er stellte fest, daß er dem Hohlweg ziemlich nahe war. Er begann in dieser Richtung zu kriechen. Nur noch wenige Meter … Unter solchen Umständen erscheinen sie wie Meilen. Jasiński verspürte plötzlich einen heftigen Ruck im Arm. Seine rechte Hand hing kraftlos herab. Er war getroffen. Dennoch konnte er frohlocken. Schwer wie ein Sandsack, kollerte er in den Hohlweg hinunter. Bis zum Hals versank er in einer tiefen Schneewehe. Hier war es still. Der Hohlweg lag außerhalb des Schußfeldes. Jasiński erblickte einige Soldaten, die wie er in Schneewehen steckten. Keiner von ihnen rührte sich. Er versuchte, sich aus der Wehe zu erheben. Es gelang ihm nicht, und ihn packte Entsetzen. Er war nicht umgekommen, aber er würde Gefangener der Bandera-Leute sein. Er wußte, daß dies das Schlimmste war, was ihm begegnen konnte.

Fähnrich Wacek wählte einen anderen Weg. Zusammen mit einem guten Dutzend Soldaten sprang er, im mörderischen Feuer liegend, auf und rannte, so schnell ihn die Beine trugen, die Alm hinunter zum Dorf. Diese Seite schien offen zu sein. Sie befreiten sich aus der Zange der beiden feuerspeienden Gehölze. O Wunder, niemand verfolgte sie! Sie sahen schon die Häuser von Smolnik, als heftiger Beschuß schräg von links einsetzte. Dort lag Resuns Zug. Drei Soldaten fielen, danach noch zwei weitere. Der Rest wandte sich, dem Beispiel Fähnrich Waceks folgend, nach rechts. Hinter dem Buckel eines Hügels verschnauften sie. Hier waren sie vor dem Beschuß sicher. Wir hätten uns nicht so lange da oben aufhalten, sondern versuchen sollen, das Feuer der Banditen zu durchbrechen und diesen Weg einzuschlagen, das hätte für alle die Rettung sein können, dachte der Fähnrich. Die langen Beine des Leichtathleten trugen ihn vorzüglich. Die Soldaten hielten mit ihm Schritt.

Aber was war das? Vor den Laufenden wuchsen plötzlich kleine rote Tafeln aus der Erde. Ein Minenfeld! Ein altes, noch aus der Kriegszeit stammendes Minenfeld. Die Grenztruppen hatten die Täfelchen aufgestellt. Es war begreiflich, weshalb die Bandera-Leute den Ring von dieser Seite her nicht geschlossen hatten. Der kalte Schweiß trat dem Fähnrich auf die Stirn. Sie liefen die Kette der Warnschilder entlang. Das Feld schien kein Ende zu nehmen. In ihrem Rücken hörten sie die heiseren Schreie der Banditen. Die Schüsse waren gänzlich verstummt. Die Tragödie da oben mußte zu Ende sein.

Wacek blickte sich um. Viele UPA-Leute kamen die Alm heruntergelaufen. Reiter setzten den Fliehenden nach. Sie waren nah, sehr nah ...

«Wir haben keine andere Wahl», rief einer der Soldaten. Er betrat das Minenfeld. Ohne rückwärts zu schauen, rannte er los.

«In Schützenkette, Jungs! In Schützenkette! Soweit wie möglich voneinander Abstand halten!» kommandierte der Fähnrich. Wenn es Infanterieminen sind, kommt bei einer Explosion nur der um, der auf sie tritt, dachte er.

Sie befolgten seinen Befehl. Sie spielten nun ein seltsames Spiel mit dem sich unter ihren Füßen arglistig verbergenden Tod.

Die erste Explosion zerriß einen Unteroffizier aus Leutnant Jasińskis Zug. Einen Augenblick später kam ein Soldat um, der in etwa dreißig Metern Entfernung von Fähnrich Wacek ging. Die anderen blieben entsetzt stehen.

Die Bandera-Leute hatten den Rand des Minenfeldes erreicht. Wacek stand da, das Gesicht ihnen zugekehrt. Er wußte, daß sie das Feld nicht betreten würden. Sie konnten ihn höchstens erschießen. Es war ihm gleichgültig. Er lud das Gewehr durch. Von den Verfolgern trennten ihn nicht mehr als fünfzig Meter. Einige der Soldaten auf dem Minenfeld blieben ebenfalls stehen.

«Hört zu, ihr da, auf dem Feld!» rief ihnen ein Bandera-Mann zu. «Macht kehrt oder geht weiter. Und laßt euch nicht einfallen, auf uns zu schießen, sonst legen wir die Gefangenen um!»

Nun erst bemerkte Fähnrich Wacek, daß sich in der Schar der Feinde einige Soldaten befanden. Verblüfft erkannte er unter ihnen Oberleutnant Wierzbicki, Leutnant Jasiński und Oberfähnrich Wolski.

«Hör nicht auf sie! Schieß, Wacek! Schieß!» hörte er den Kompaniechef rufen.

Der Schwarm Bandera-Leute stob auseinander wie auf ein Kommando. Sie gingen hinter der Falte eines Hügels in Deckung. Hin und wieder kamen nur ihre Köpfe zum Vorschein. Es war, als säßen sie in einer Theaterloge. Die Männer auf dem Minenfeld gaben für sie ein Schauspiel.

Der Kommandeur des Kurins, Ren, sagte zu den mit einem Telefonkabel zusammengebundenen, gefangengenommenen Offizieren: «Gleich werden Sie eine unvergleichliche Vorstellung erleben, meine Herren. Ihre Kameraden tanzen für Sie und für uns auf diesem reizenden kleinen Minenfeld. Sie glaubten entfliehen zu können! Diese Idioten! Vor uns kann man nicht entfliehen.»

Er gab Hryn mit der Hand ein Zeichen. Ein leichtes Maschinengewehr knatterte los. Einer der Soldaten auf dem Minenfeld stürzte zu Boden. Die anderen bewegten sich unruhig. Der verwundete Leutnant Jasiński schloß die Augen. Oberleutnant Wierzbicki und Oberfähnrich Wolski schauten wie gebannt zu. Das MG schoß von neuem.

Die auf dem Minenfeld begannen sich zu bewegen. Aus der Ferne sah es wirklich aus wie ein Tanz. Sie fielen, kauerten sich nieder, krochen und standen wieder auf, sich an den letzten Rest des Lebens, an irgendeine unsinnige Hoffnung auf Errettung klammernd.

Einer der Soldaten schrie entsetzlich, er wandte den Peinigern den Rücken und stürmte vorwärts. Eine schwarze Rauchsäule zeigte die Explosionsstelle der Mine an, die ihn getötet hatte. Die Bandera-Leute wollten sich ausschütten vor Lachen.

Zwei andere Soldaten hielten einander umarmt. Hinkend gingen sie auf die Banditen zu. Offensichtlich war der eine von ihnen verwundet, denn sie blieben häufig stehen. Ren befahl, das Feuer einzustellen. Meter um Meter näherten sich die Soldaten dem Rand des Feldes. Jeden Augenblick würden sie es verlassen. Oberleutnant Wierzbicki stockte das Herz in der Brust; Wolski war weiß wie eine Wand. Selbst die Bandera-Leute hielten den Atem an. Ein plötzlicher Knall zerriß die Luft.

An der Stelle, wo sich eben noch die Soldaten befunden hatten, lagen nur noch ihre zerfetzten Leiber.

Wieder bellte auf ein Zeichen von Ren das MG los. Auf dem Minenfeld waren nur Fähnrich Wacek und zwei Soldaten übriggeblieben. Einer von ihnen fiel mit dem Gesicht auf die Erde. Der Bandera-MG-Schütze mußte ihn getroffen haben.

«Dummkopf!» ermahnte Hryn seinen Untergebenen streng. «Du solltest sie nicht töten, sondern so schießen, daß sie hüpfen.».

«Er verdirbt uns die ganze Vorstellung», beklagte sich Ren. Die unmittelbar bei ihm stehenden Bandera-Leute lachten dienstbeflissen.

Fähnrich Wacek trat auf den Soldaten zu. Er bemerkte, daß jenem die Knie zitterten und Tränen über die Wangen rannen.

«Komm! Gehen wir», sagte er sanft. Nie hatte er so zu den Soldaten gesprochen. Im Dienst war er ziemlich barsch. «Hör auf zu flennen! Sie könnten es sehen ... Komm, Kleiner!» wiederholte er, als er sah, daß der Soldat zögerte. «Zu zweien fällt es uns nicht so schwer.» Er streckte die Hand aus. Die des Soldaten war kalt und schweißig.

Sie gingen, sich bei den Händen haltend, auf das Dorf zu. Die Bandera-Leute blieben hinter ihnen zurück. Den Offizier und den einfachen Soldaten kümmerte das nicht. Alles, was in ihrem Rücken war, hatte nicht mehr die mindeste Bedeutung. Über den Katen von Smolnik stiegen gleichmäßige, schlanke Rauchsäulchen auf. Die Bewohner bereiteten das Abendbrot. Ihr

Leben schien seinen gewohnten Gang zu gehen. Sie heuchelten völlige Interesselosigkeit gegenüber der Schießerei. Das war das sicherste. Die Landschaft atmete vorabendlichen Frieden. Über die Berghänge legten sich violette Schatten. Es war kalt, die Sicht klar.

«Ich fürchte mich!» flüsterte der Soldat. Fähnrich Wacek drückte seine Hand. Er wollte ihm sagen, daß der Tod weniger furchtbar sei als das Sterben, das manchmal nicht sogleich eintrete; aber er war unfähig, es zu tun. Der Schmerz drückte ihm mit stählerner Zange die Kehle zu. Er machte sich klar, daß er gar nicht wisse, was der Tod sei, obwohl er ihn so oft gesehen. Ihn dünkte, sie seien schrecklich lange gegangen. In Wirklichkeit waren es nur Minuten. Er suchte nach Worten des Trostes für den Soldaten, aber er war nicht imstande, auch nur einen Satz zu bilden. Jeder von ihnen mußte für sich allein sterben.

Der Tod, der von einer Sprengladung ausgeht, ist schneller als ihr Knall. Die da sterben, hören nicht die Explosion, die sie tötet. Beide stürzten in den schwarzen, unendlich tiefen Abgrund der Bewußtlosigkeit. Die einzige Wohltat, die der Tod auf dem Schlachtfeld bereithält, wurde in ihren letzten Sekunden denen zuteil, die auf dem Minenfeld bei Smolnik starben.

Sie lagen, nur mit ihrer Unterwäsche bekleidet, auf der Tenne eines großen, fensterlosen Schuppens. Das Telefonkabel, mit dem sie zusammengebunden waren, schnitt schmerzhaft in das Fleisch ein. Am schlimmsten jedoch war die Kälte. Sie hatte sie völlig zum Erstarren gebracht.

Zusammen waren sie vierzehn Mann: drei Offiziere – Oberleutnant Wierzbicki, Leutnant Jasiński und Oberfähnrich Wolski – sowie elf Soldaten. Die einzigen Überlebenden des verhängnisvollen Gefechts bei Smolnik. Am Leben geblieben, nur um eines anderen Todes zu sterben. Was dies anbelangte, hatten sie nicht den mindesten Zweifel.

«Mir ist kalt», sagte einer der Soldaten. «Ich möchte wissen, wie lange diese verdammte Komödie noch dauern wird.»

«Mach dir keine Sorgen! So ohne weiteres lassen sie dich nicht verrecken. Sie sind Spezialisten, wenn es darum geht, jemanden ins Jenseits zu befördern», murmelte Schütze Gąsienica aus Zakopane.

Oberfähnrich Wolski hielt es für seine Pflicht, die Moral der Soldaten aufrechtzuerhalten. Er war diensteifrig bis zum letzten Atemzug. «Habt ihr keinen anderen Unterhaltungsstoff?» fragte er in streng tadelndem Ton.

«Der interessiert uns nun mal am meisten», sagte Gąsienica seufzend und verstummte.

Sie hingen ihren eigenen Gedanken nach, nur Leutnant Jasiński murmelte etwas vor sich hin. Er war verwundet. Er hatte offenbar hohes Fieber. Seit dem Vortage hatte er nicht mehr aufgehört zu phantasieren.

«Joasia, du hast unrecht!» schrie er plötzlich. Es war der Name seines aus

Kielce stammenden Mädchens, an das er zweimal wöchentlich schwärmerische Verse schrieb. Das Fieber trug ihn in eine andere Welt, weit weg von diesem Schuppen und von dem, was sie erwartete.

«Was meinen Sie, Bürger Oberleutnant: Werden sie uns erschießen?» fragte Oberfähnrich Wolski im Flüsterton.

«Ich bemühe mich, nicht daran zu denken.» Das stimmte nicht. In Wirklichkeit dachte er unablässig nach, welche Todesart ihnen beschieden sei. «Ich wünschte, alles wäre schon vorüber», fügte er hinzu. «Die Kälte und der Gestank hier sind wirklich nicht zu ertragen.»

Zugefrorene Pfützen von Urin umgaben jeden von ihnen. Sie ließen ihn unwillkürlich zu wiederholten Malen, vor Kälte und weil sie nicht Herr ihrer Nerven waren. Alles verursachte Schmerzen: der Draht, der in das Fleisch einschnitt, der Frost, der kürzeste gesprochene Satz.

«Empfindet der Mensch Schmerz, wenn er stirbt, Bürger Oberleutnant?»

Schütze Barański, der an der Wand gegenüber lag, wandte Wierzbicki den Kopf zu. Das Weiße in seinen Augen blitzte in der Dunkelheit.

«Er empfindet nichts. Die Nerven werden durchgeschnitten, und das Bewußtsein schwindet», versicherte er. Gleichzeitig dachte er, daß noch niemand bisher erforscht hat, was man im Augenblick des Sterbens empfindet. Er hatte übrigens nie darüber nachgedacht. Dieses Problem tauchte erst jetzt auf.

«Am meisten tun mir meine Eltern leid. Ich habe geschrieben, daß es zu Ostern Urlaub gibt ... Hol's der Teufel. Das wird bitter für sie», sagte ein Soldat.

«Weshalb hast du gelogen? Du weißt doch, daß es keinen Urlaub gibt», tadelte ihn ein anderer. «Bei mir ist es was anderes. Ich habe einer ein Kind gemacht und sollte heiraten. Hauptmann Ciszewski hat mir Urlaub versprochen. In solchen Fällen ist das Vorschrift. Ich habe schon von der Gemeinde eine Bescheinigung erhalten ...»

«Was kümmern uns deine Geschichten!» sagte Gąsienica aufgebracht. «Wir haben alle unsere eigenen Sorgen. Als ob das jetzt wichtig wäre ...»

Sie schwiegen. In der Tat, jetzt war alles ohne Bedeutung. Oberleutnant Wierzbicki dachte daran, daß er dreiundzwanzig Jahre alt sei und eigentlich überhaupt noch nicht gelebt habe. Solange er denken konnte, war um ihn her nichts als Krieg und Tod gewesen. Er hatte töten gelernt und gesehen, wie getötet wurde. Er kannte ausschließlich diese Seite des Lebens; eine andere würde er er auch nie kennenlernen. Seine Mutter fiel ihm ein. Er fühlte den Vorwurf, daß er jetzt schon starb, beinahe körperlich, die Mutter rechnete so mit seiner Wiederkehr. Auf dem Band der Erinnerungen tauchten vor ihm die Kindheit sowie Szenen und Erlebnisse auf, an die er nie gedacht hatte.

«Der polnische Soldat fürchtet den Tod nicht», hörte er Oberfähnrich Wolski sagen.

Der findet auch noch Zeit, Reden zu halten! Wierzbicki ärgerte sich im stillen. Übrigens stimmt es nicht. Wir fürchten uns alle vor dem, was uns erwartet. Jeder empfindet Furcht vor dem Tode, wenn er unmittelbar davorsteht. Dieser Wolski ist neunzehn Jahre alt, dachte er bei sich. Man hat ihn auf der Offiziersschule mit Formeln über Heldentum gespickt, und nun plappert er ... Glaubt er tatsächlich daran? Wenn er wenigstens das Maul halten wollte!

«Der Zug geht elf Uhr dreißig ...», sagte Jasiński deutlich. Er hörte nicht auf zu phantasieren.

Aus einer Ecke des Schuppens drang Schluchzen. Einer der Soldaten weinte wie ein Kind. Immer wieder schnuffelte er.

«Hör auf zu flennen, du Scheißkerl!» rief Schütze Gąsienica streng.

«Laßt ihn in Ruhe!» griff Wierzbicki ein.

«Das Gejammer kann einen verrückt machen! Dieser Waschlappen heult uns die Ohren voll!» Der Gorale schäumte vor Wut. «Kommt her, ihr verfluchten Bandera-Banditen!» Er warf sich in seinen Fesseln hin und her. Er verfiel in eine Art Raserei. Er spannte den mächtigen, muskulösen Körper, zog die Beine an und schlug, Schaum vor dem Mund, mit dem Kopf gegen die Holzwand.

Die Soldaten begannen wild durcheinander zu schreien. Einige von ihnen schlugen, Gąsienicas Beispiel folgend, mit dem Kopf gegen die Wand. Sie warfen sich hin und her wie aus dem Wasser gezogene Fische und schnappten mühsam nach Luft.

In diesem Moment öffnete sich die Tür des Schuppens. Gegen den grauen Hintergrund des Himmels zeichneten sich drei Silhouetten ab. Das Lichtbündel einer Taschenlampe glitt über die Liegenden. Alle beruhigten sich sofort. Ein Eimer eiskaltes Wasser wurde über sie geschüttet. Sie zuckten zusammen wie unter einem Peitschenhieb. Noch einmal Wasser. Es ging ihnen durch Mark und Bein. Draußen herrschten einige Grade Frost. Die Temperatur im Schuppen lag nicht viel darüber.

«Wir verfügen über genügend Mittel, euch zur Ruhe zu bringen», ertönte die Stimme Kurinnij Rens. Er ging an der Reihe der Liegenden entlang und leuchtete ihnen mit der Lampe ins Gesicht. «Wer von euch ist Oberleutnant Wierzbicki?» fragte er.

«Ich», erwiderte der Kompaniechef. Er spürte, daß er nicht nur naß war vom Wasser. Schweiß mengte sich mit Urin. Die verfluchten Nerven! dachte der Oberleutnant. Es ist nicht zu glauben. Wie man sich auch verhält, man ist nicht Herr über sie! Die auf sein Gesicht gerichtete Lampe blendete ihn.

«Aus deinen Papieren geht hervor, daß du in Trembowla geboren bist. Ich kannte dort eine Familie Wierzbicki. Dein Vater hieß Aleksander. Er war Ukrainer. Stammst du aus dieser Familie?» fragte Ren.

«Ja.» Der Oberleutnant schloß die Augen. Das Licht der Lampe bohrte sich in seinen Schädel.

«Seit wann dienst du beim Militär?»

«Seit neunzehnhundertvierzig.»

«Das bedeutet, du warst in der russischen Armee?»

«Ja.»

«Dann in der polnischen?»

«Ja.»

«Was bist du?»

«Soldat.» Er verspürte einen entsetzlichen Schmerz in der linken Seite. Rens Stiefel schien ihm die Rippen zu zerquetschen.

«Du bist unverschämt. Hast du die Frage etwa nicht verstanden? Ich wiederhole noch einmal: Was bist du, wenn dein Vater Ukrainer war?»

«Ich bin Ukrainer und Antifaschist.» Er wartete auf einen neuen Fußtritt, aber der blieb aus.

«Bolschewik?»

«Ich bin Kommunist.»

Ein Hagel schmerzender Stöße. Die schweren Stiefel bearbeiteten den Leib und die Rippen des Offiziers. Im Mund spürte er süßlichen Blutgeschmack. Nicht schreien, bloß nicht schreien war sein letzter Gedanke. Aber ein Wimmern entrang sich der Brust. Nichts Menschliches war mehr in dieser Stimme. Nach einer Weile verstummte er. Er hatte Rens Worte nicht mehr gehört.

«Du rotes Schwein! Ich wollte dir eine Chance geben ...»

Das Licht der Lampe glitt abermals über die Gesichter der Liegenden.

«Verkünden Sie das Urteil, Doktor!» befahl der Kommandeur des Kurins.

Bezirksprowidnik Ihor räusperte sich. Mund und Kehle waren ihm wie ausgedörrt. Sein Nervensystem ertrug Szenen wie die, die sich hier abgespielt hatten, nur schwer. Es kostete ihn Anstrengung, sich zu beherrschen.

«Laut Urteil des Feldgerichts der Ukrainischen Aufständischen Armee seid ihr alle zum Tode verurteilt. Die Vollstreckung des Urteils erfolgt im Morgengrauen», sagte Ihor.

«Wenn ihr das Tageslicht durch diese Ritzen fallen seht, bereitet euch auf den Tod vor», ergänzte Ren. «Wir sind keine Barbaren. Will jemand von euch den Pfarrer?»

«Wir sind gefesselt und werden deinem Pfaffen leider nur in seine feiste Fresse spucken können!» ertönte in der eingetretenen Stille die klangvolle Stimme Oberfähnrich Wolskis, der den Geistlichen Malotyja bemerkt hatte, als man sie in den Schuppen gesperrt.

Ren leuchtete das blutjunge Gesicht des Fähnrichs an. «Ihr seid freche Bolschewiken. Wir werden sehen, wie ihr morgen krepiert. Eigentlich sind es ja nur noch Minuten», sagte er.

Hryn näherte sich Wolski und versetzte ihm einen wohlgezielten Fußtritt gegen die Stirn. Dann gingen alle drei hinaus.

«Ich hätte aber gebeichtet», sagte darauf einer der Soldaten.

«Wem? Diesem Banditen in der Soutane?» rief der Fähnrich, den Schmerz unterdrückend.

«Ein Strohkopf bist du!» meinte Gąsienica, an den Soldaten gewandt. «Du glaubst, Gott braucht solchen Vermittler wie diesen Hundesohn, ihren Bandera-Pfarrer? Du kommst auch so gleich in den Himmel. Stimmt's Bürger Fähnrich? Wir sterben doch unter Qualen!»

Oberfähnrich Wolski schwieg. Weshalb soll ich denen, die glauben, die Hoffnung nehmen? dachte er. Letztlich ist alles gleich …

«Wenn es nach dem Tode einen Himmel gibt, kommen wir bestimmt hinein», versicherte er. «Oberleutnant Wierzbicki!» rief er, aber Wierzbicki antwortete nicht. Er hatte das Bewußtsein noch nicht wiedererlangt.

Die Zeit verlor ihre gewöhnlichen Dimensionen. Minuten wurden zu Stunden, so viele Gedanken ballten sich in den Köpfen der zum Tode verurteilten Männer. Endlich zeigte sich zwischen dem Gebälk des Schuppens das graue Licht des heraufkommenden Tages.

Sie standen im Schnee und bewegten die Zehen ihrer bloßen Füße, von denen man ihnen den Draht abgenommen hatte, damit sie zur Hinrichtungsstätte gehen konnten. Nur Oberleutnant Wierzbicki saß auf dem Stamm eines gefällten Baumes, hin und wieder hustend und Blut spuckend. Neben ihm lag der noch immer bewußtlose Leutnant Jasiński. Sie zitterten vor Kälte und Erschöpfung, zweifellos aber auch, weil sie unter dem Einfluß der Furcht standen, die nicht gleichbedeutend ist mit Feigheit, einer Furcht, deren der Mutigste nicht Herr wird, wenn er den Tod vor Augen hat.

Hryns Hundertschaft stellte sich in einem Halbkreis auf, dessen Mittelpunkt ein Hauklotz bildete, wie man ihn auf dem Lande zum Holzspalten benutzt. Im Klotz steckte eine große Zimmermannsaxt. Ringsum war offenes Feld. Die Alm senkte sich schroff in die Tiefe, dem Walde zu. Der Tag war frostig und sonnig. Ren, Hryn und Ihor hatten ihren Platz auf dem rechten Flügel der Hundertschaft eingenommen.

Der Kommandeur des Kurins trat vor die Zweierreihe. «Schützen!» rief er mit weit vernehmlicher Stimme. «Für die Enthauptung dieser Polacken hier habe ich die jüngsten unter euch ausgewählt. Solche, die sich im Kampf noch nicht hervorgetan haben. Sie mögen einen Blutsbund schließen mit unseren heldenmütigen Kämpfern! Mögen sie sich ihrer würdig erweisen! Sie müssen uns beweisen, daß ihre Hand nicht zittert, wenn sie das Beil über dem Nakken des Feindes erheben! Denkt daran, daß nur der ein wahrer Soldat unserer aufständischen Armee ist, der den Feind mit eigener Hand getötet hat. Schützen, Achtung! Diejenigen, deren Namen ich nenne, haben vorzutreten.»

Er verlas die Namen. Das Exekutionssystem war nicht neu. Die UPA-Führung meinte, nichts binde mehr als ein unmittelbar verübtes Verbrechen. Je blutiger es war, desto besser. Das vergossene Blut belastete den einzelnen und härtete ihn ab im Sinne der von Adolf Hitler aufgestellten Erziehungsgrundsätze. Die UPA-Führung hatte den Täter in der Hand. Die Verbrechen aller zusammen und jedes einzelnen stellten das Band dar, das die Bandera-Leute miteinander verknüpfte. Ren hatte dieses Thema oftmals auf den zahlreichen Schulungen mit seinen Untergebenen berührt.

Die Gesichter der Soldaten, die sterben sollten, waren weiß wie der Schnee. Trotz der Kälte spürten sie heißen Schweiß am ganzen Körper. Oberfähnrich Wolski bewahrte weiterhin Seelenstärke. Er erinnerte sie an die Konföderierten von Bar, die für Polens Unabhängigkeit stritten, an Romuald Traugutt, der von den zaristischen Behörden hingerichtet wurde, an die Kommunarden von Paris, die mit einem Lächeln vor den Exekutionszügen gestanden hatten. Bilder davon hingen in der Offiziersschule. Er wollte den Soldaten noch von ihnen erzählen, aber es blieb keine Zeit mehr.

Er flüsterte nur: «Mut, Jungs! Es ist ein rascher Tod!»

Er näherte sich dem Hauklotz als erster, mit einer energischen Bewegung den hellen Haarschopf aus der Stirn werfend, aber Ren befahl ihm, an seinen Platz zurückzukehren.

«Die Offiziere zum Schluß», sagte er.

In diesem Augenblick entstand Unruhe. Einer der Soldaten wurde ohnmächtig. Zwei Bandera-Leute schleppten den Bewußtlosen zum Richtplatz.

Die Axt fuhr nieder. Bezirksprowidnik Ihor fühlte, daß ihm schwach wurde. Er schloß die Augen.

Die kleine Schar der Soldaten schmolz. Sie waren gelähmt vor Entsetzen. Ein Soldat wollte nicht niederknien. Der Kopf wurde ihm im Stehen gespalten. Die Henkersknechte beeilten sich. Auch ihnen versagten die Nerven allmählich den Dienst. Hryn war sich darüber im klaren. Eigenhändig erschoß er den besinnungslosen Leutnant Jasiński. Mit dem Revolver in der Hand trat er auf den Kompaniechef zu.

Wierzbicki hatte zerschmetterte Rippen und einen gebrochenen Kiefer. Seine Augenlider waren dermaßen geschwollen, daß er fast nichts sah. Man konnte meinen, das, was sich abspielte, dringe nicht mehr in sein Bewußtsein. In dem gefolterten Körper war der Geist jedoch noch lebendig. Er hörte das Rufen der zur Hinrichtung geschleppten Soldaten, das Geschrei der Bandera-Leute, den Schuß, durch den Hryn Leutnant Jasiński tötete, und gleich darauf den Ausruf des unerschrockenen Oberfähnrichs Wolski: «Ihr werdet bedeutend schlimmer krepieren, ihr verfluchten Henker!»

In der Nacht, als Wierzbicki auf Rens Fragen geantwortet hatte, war die Furcht vor dem Tode von ihm gewichen und nicht mehr zurückgekehrt. Nun dehnte ein Gefühl des Stolzes seine zermalmte Brust. Die Furcht war besiegt. Was für ein merkwürdiges Wesen ist doch der Mensch, er kann selbst den Lebensinstinkt überwinden. Das einzige, was Wierzbicki noch mit der sogenannten Welt verband, war die Liebe zu den sterbenden letzten Soldaten der Kompanie, die er geführt, und grenzenloser Haß gegenüber ihren Henkersknechten. Liebe und Haß – zwei überaus eng aneinandergrenzende Gefühle –, so verwandt wie Leben und Tod. Der Oberleutnant war sich nicht bewußt, daß er in seinen letzten Augenblicken eine jener Gestalten war, die in langweiligen Schullesebüchern und in den nicht immer klug ausgewählten didaktischen Vorträgen für die Soldaten die Bezeichnung «Helden» tragen. Er verfügte über eine zu lange Fronterfahrung, als daß er an den Heldentod geglaubt hätte. Hier jedoch war es etwas anderes. Die Bandera-Leute veranstalteten ein Schauspiel. Sie verteilten die Rollen, deren Darsteller ihrer Aufgabe gewachsen waren: Die Henkersknechte waren wirkliche Mörder; die Sterbenden kämpften mit ihnen bis zum letzten Atemzug. Und der Ausdruck dieses Kampfes konnte in dieser Situation nur sein: sich furchtlos zu zeigen. Wierzbicki begriff das ebenso wie zuvor Fähnrich Wacek auf dem Minenfeld, wie Oberfähnrich Wolski und die anderen Soldaten.

Der Schuß aus Hryns Pistole klang leise wie das Knacken eines trockenen Zweiges, den man bricht. Oberleutnant Wierzbicki zuckte zusammen, der Kopf sank ihm auf die Brust. Er war tot.

Für eine Weile war die Aufmerksamkeit der ganzen Hundertschaft nur auf diesen Teil der Exekution gerichtet. Dieser Augenblick genügte dem Soldaten Gąsienica. Schon als man ihn zusammen mit den anderen zum Richtplatz geführt, hatte er bemerkt, daß das Kabel, mit dem man ihm die Hände auf dem Rücken gefesselt hatte, nicht allzu fest geschnürt war. Im Laufe einer knappen Viertelstunde lockerte er es noch mehr. Er wußte, daß die Chance, entfliehen zu können, eins zu einer Million stand. Er hatte jedoch nichts zu verlieren. Noch fünf Soldaten zusammen mit Oberfähnrich Wolski sollten enthauptet werden. Die Bandera-Leute, betäubt durch den scheußlichen Anblick der unter den Axthieben fallenden Köpfe und das reichlich fließende, den Schnee färbende Blut, verloren die Übersicht und achteten nicht auf das schmelzende Häuflein Verurteilter. Vielleicht auch hielten sie die Flucht der gefolterten, an den Händen gefesselten und vor Entsetzen starren Männer für ausgeschlossen.

Mit einer energischen Bewegung versetzte der Gefangene dem neben ihm stehenden Wachposten einen so kräftigen Stoß, daß der Schütze das Gleichgewicht verlor und der Länge nach in den Schnee fiel. Dann jagte Gąsienica auf seinen flinken Goralenbeinen hinab in die Tiefe, dem Wald entgegen. Man wußte nicht, woher er die Kräfte dazu nahm. Seine Flucht war so überraschend gekommen, daß anfangs niemand in der Hundertschaft ahnte, was vorgefallen war. Gąsienica hatte sich vom Richtplatz gut und gern hundertfünfzig Meter entfernt, als die ersten Schüsse fielen. Das war sein Glück. Sie schossen, statt ihn zu verfolgen. Das Visieren ist jedoch in den Bergen besonders schwierig, bei raschem Entfernungsschätzen kann man sich viel eher täuschen als in der Ebene. Außerdem waren die Waffen der Bandera-Leute veraltet und abgenutzt. Ihr technischer Zustand und damit die Treffsicherheit ließen viel zu wünschen übrig. So kam es, daß kein Geschoß den in mächtigen Sätzen dahinjagenden Soldaten auch nur streifte. Er hatte Glück, die Pferde der Bandera-Leute waren nicht in der Nähe des Richtplatzes. Alle befanden sich in Smolnik. Einige Banditen stürzten, eine wilde Verfolgung zu Fuß aufnehmend, hinter dem Goralen her, als er den Wald bereits erreicht hatte. Doch der Abstand war schon recht groß. Gąsienica rannte wie ein Wahnsinniger. Der Lebensinstinkt war in ihm mit übermäßiger Kraft erwacht. Es gab für ihn nichts außer dem Willen, sich zu retten. Er achtete nicht darauf, daß er seine bloßen Füße bis auf die Knochen wund lief, daß ihm die Zweige der Bäume und Sträucher die Wäsche vom Leibe rissen und er bei mehreren Graden unter Null nackt blieb. Aus seiner Brust drang pfeifend der Atem. Die Lungen arbeiteten wie Blasebälge. Er lief durch Schluchten und über Erhebungen. Er fiel in Schneewehen, stolperte über vorstehende Wurzeln, stand auf und lief weiter; er spürte die Kälte nicht. Ihm war nicht bewußt, daß er triefte vom Schweiß, der sich mischte mit dem Blut, das die Stirn hinabfloß – ein dicker Ast hatte sie aufgerissen – und die Augen überströmte. Wie vorher für die Verurteilten, so blieb nun für Gąsienica die Zeit stehen. Er wußte nicht, wie viele Stunden er gelaufen war und ob er nicht in der falschen Richtung entfloh.

Die körperliche Leistungsfähigkeit des Menschen hat jedoch ihre Grenzen. Es kam der Moment, da der Gorale nicht mehr laufen konnte. Vor seinen Augen tanzten bunte Pünktchen. In den Schläfen hämmerte das Blut. Seiner Brust entrang sich ein Winseln ähnlich dem, das der durch Ren gefolterte Oberleutnant Wierzbicki von sich gegeben hatte.

Gąsienica schleifte die Beine nach. Immer öfter fiel er hin, und immer schwerer wurde es ihm, sich zu erheben. Seit zwei Tagen hatte er nichts mehr gegessen. Seine Nerven waren erschüttert. Er war am Ende seiner Kraft. Die Welt vor seinen Augen wurde dunkel. Meter um Meter schleppte er sich vorwärts.

Die Späher von Hauptmann Ciszewskis Bataillon, die zwischen den Bäumen einen nackten, blutüberströmten Menschen erblickten, der die Höhe 816 erklomm, glaubten anfangs, sie hätten ein Gespenst vor sich. Zuerst preßten sie sich an die Erde und beobachteten aufmerksam die ungewöhnliche Gestalt. Dann wandten sie sich mit dem dienstlich vorgeschriebenen Anruf an den Mann, daß er stehenbleibe.

Der Mann reagierte nicht. Darauf näherten sich ihm die Späher, und einer von ihnen erkannte den Schützen Gąsienica. Der Gorale war nicht imstande zu sprechen. Sein Blick war verstört, aus seinem Mund drangen Laute, die weder einem Röcheln noch einem Schluchzen ähnelten.

«Ein Nervenschock», sagte Doktor Pietrasiewicz.

«Er hat ganz graues Haar!» stellte ein Soldat fest. Tatsächlich, der zwanzigjährige Gąsienica, einige Tage zuvor noch dunkelhaarig, hatte jetzt Haare weiß wie Milch. In achtundvierzig Stunden war er um Jahrzehnte gealtert.

«Wird er sich hiervon erholen, Doktor?» fragte Hauptmann Ciszewski.

«Vermutlich ja. Soweit man sich von solchen Dingen überhaupt erholen kann …», erwiderte Pietrasiewicz.

Ciszewskis Bataillon und Gąsienica begegneten sich nicht zufällig. Die Kunde von der Niederlage der Kompanie Oberleutnant Wierzbickis hatte Baligród vor gut zwölf Stunden erreicht. Sie wurde von fünf Soldaten dieser Kompanie überbracht. Sie hatten sich während des Gefechts bei Smolnik auf dem Grunde jenes Hohlwegs im Schnee vergraben können. Die Banditen hatten sie nicht gefunden, obwohl sie sich mehrere Stunden lang an dieser Stelle aufhielten, um die Leichen auszuplündern und nach Flüchtlingen zu suchen. Erst einen Tag nach dem Gefecht waren die Soldaten aus ihren Schlupfwinkeln gekrochen und nach Baligród zurückgekehrt.

Von den hundertzehn Soldaten der Kompanie Oberleutnant Wierzbickis hatten nur sechs Mann das Gefecht überlebt. Sie berichteten vom gesamten Hergang der Ereignisse, die sich bei Smolnik abgespielt hatten. Es war eine der schwersten Niederlagen, die das Militär in den Kämpfen gegen die Banden in den Bieszczady erlitt.

Ciszewskis Bataillon erreichte Smolnik an jenem Tag nicht. Auf Funkbefehl vom Regimentskommandeur kehrte es nach Baligród zurück. Der Divisionsstab zog die Militärabteilungen zu der von Oberstleutnant Tomaszewski bereits in Ropienka angekündigten größeren Aktion zusammen, in der sich Oberst Sierpiński mit den Banden auseinanderzusetzen gedachte. Dazu mußten alle Kräfte konzentriert werden.

Der fest in Decken gewickelte, immer noch bewußtlose Soldat Gąsienica wurde auf einer Trage transportiert. Er kam erst nach zwei Tagen wieder zur Besinnung und machte noch eine schwere Lungenentzündung mit Komplikationen im Gehirn durch, aber die bärenstarke Goralennatur siegte schließlich. Nur das graue Haar blieb. Gąsienica konnte niemals mehr so sorglos lachen wie vor diesem Marsch nach Smolnik. Die Erlebnisse entscheiden über das Alter des Menschen.

Die berittene Einsatzgruppe der Grenztruppen kehrte von der Wetlińska-Alm zurück. Das Unternehmen konnte als gelungen angesehen werden. In der Nähe der griechisch-katholischen Kirche in Wetlina stießen die Kavalleristen auf drei bewaffnete Bandera-Leute. Als man sie aufforderte, sich zu ergeben, versuchten sie zu fliehen. Das Maschinengewehrfeuer der Grenzer streckte sie nieder. Oberleutnant Siemiatycki, der Kommandeur der Einsatzgruppe, bedauerte nur, daß er keine Gefangenen gemacht hatte. Immerhin hätte man vielleicht etwas aus ihnen herausbekommen können.

In der Nähe von Wola Górzańska meldete die Spitze der Grenzsoldaten einen einzelnen Reiter, der sich von Stężnica her näherte. Siemiatycki befahl seiner Abteilung, den Weg zu verlassen. Der Reiter kam auf sie zu, ohne die geringsten Vorsichtsmaßnahmen zu treffen. Das war sonderbar, aber der Oberleutnant hatte während seiner mehrjährigen Militärdienstzeit schon längst aufgehört, sich über irgend etwas zu wundern.

«Sollte einer von euch ohne Befehl auf ihn schießen, bekommt er es mit mir zu tun», warnte er seine Unterstellten. Er wollte endlich einen Gefangenen machen. Durchs Fernglas bemerkte er, daß der Kavallerist einen Offiziersmantel und eine Feldmütze trug. Die Banditen kleideten sich oft in polnische Uniformen. Daran, daß der Reiter kein Militärangehöriger sein konnte, zweifelte Siemiatycki keinen Augenblick. Soldaten aller Dienstgrade war es untersagt, sich einzeln in diesem Gelände zu bewegen.

«Halt! Stehenbleiben!» riefen die Soldaten laut, als sich der Reiter in Höhe des Buschwerks befand, in dem sie sich versteckt hatten.

Der Kavallerist machte gehorsam halt. Er hatte Leutnantsschulterstücke auf dem Mantel. Er zeigte keinerlei Beunruhigung. Seine dunklen Augen musterten die aus dem Gebüsch hervorkommenden Reiter. Seine Gesichtsfarbe war dunkel, sonnengebräunt. Er saß aufrecht im Sattel, offenbar seit langem ans Reiten gewöhnt.

«Hände hoch!» rief Oberleutnant Siemiatycki. «Der geringste Fluchtversuch, und wir schießen!» warnte er den Unbekannten, dem einer der Soldaten gerade die Waffe aus der Pistolentasche nahm.

Der Kommandeur der Einsatzgruppe eröffnete das Verhör. «Wer sind Sie?»

«Ein Leutnant», erwiderte der Befragte. Ein leichtes Lächeln huschte über seine schmalen Lippen.

«Wir haben keine Zeit zum Spaßen!» Siemiatycki wurde ungeduldig. «Was für ein Leutnant? Woher kommen Sie? Antworten Sie ernsthaft, zum Teufel!»

«Soll ich die Hände immerzu hochhalten? Das ist verdammt unangenehm.»

«Sie können sie herunternehmen. Ich frage noch einmal ...»

«Sie kennen mich gut, meine Herren», unterbrach ihn der Befragte, «mein Deckname im Kampf lautet Hryn. Ich bin Kommandeur einer hier operierenden Hundertschaft der Ukrainischen Aufständischen Armee», sagte er ruhig, wobei er den Kommandeur der Einsatzgruppe lange ansah. Er ergötzte sich an der Miene des andern und an dem Gesichtsausdruck der im Kreise herumstehenden Soldaten. Unbeschreibliches Erstaunen zeigten sie alle. Eine Weile verschlug es ihnen die Sprache.

«Hände hoch!» rief Oberleutnant Siemiatycki schließlich, ganz aus der Fassung geraten. «Welchen Beweis habe ich, daß du die Wahrheit sagst?» fragte er streng, zum Du übergehend. Es kostete ihn die ganze Willenskraft, seine Erregung zu verbergen. War es möglich, daß ihnen der blutige Bandit Hryn so ohne weiteres in die Hände gefallen war? In diesem seltsamen Krieg war jedoch alles möglich, und Siemiatycki erinnerte sich, daß er sich nicht mehr wundern wollte.

«Den Beweis zu liefern ist eure Sache», murmelte der Reiter gleichgültig. «Ich habe mich euch lediglich vorgestellt, wie es die Höflichkeit gebietet; mehr dürft ihr nicht erwarten. Ich sage kein Wort ...»

«Halt's Maul! Von nun an wirst du es nur auf unseren ausdrücklichen Befehl aufmachen», ermahnte ihn der Kommandeur der Einsatzgruppe. Ein leichter Anflug von Ironie in den Augen des Gefangenen war ihm nicht entgangen.

Er ließ dem Festgenommenen die Hände mit einem langen Strick binden, der dann am Sattel eines Reiters befestigt wurde.

«Du wirst deinen Ton mäßigen, wenn du ein wenig hinter dem Schwanz des Pferdes hergelaufen bist», sagte Siemiatycki.

«Wenn ich müde bin, werde ich schläfrig, und verdammt wortkarg. Außerdem weiß ich nicht, Herr Oberleutnant, ob diese Lauferei sehr zweckmäßig ist», erklärte Hryn. Er wollte noch etwas hinzufügen, aber in dem Moment versetzte ihm ein dicht neben ihm stehender Soldat einen mächtigen Kinnhaken. Er taumelte und fiel in den Schnee.

«Das ist nur eine Anzahlung», kündigte der Soldat lässig an.

Sie brachen unverzüglich über Radziejowa und Jabłonki, auf dem kürzesten Wege also, nach Cisna auf. Oberleutnant Siemiatycki dachte für einen Augenblick, daß er im nahe gelegenen Baligród von der Gefangennahme des berüchtigten Bandenführers Meldung machen müßte, kam aber schnell zu dem Schluß, daß ihm dann der habgierige Oberstleutnant Tomaszewski Hryn wegnehmen würde und der mit dem Erfolg verbundene Ruhm verlorenging. Deshalb wollte er von dem Vorfall erst nach einem einleitenden Verhör des Gefangenen berichten.

Bis Jabłonki, die ganze Strecke über die Hänge der Tyskowa, lief der Gefangene. Stellenweise, hauptsächlich bergauf, blieb er etwas hinter dem Pferd zurück, an das er gebunden war. Einige Male fiel er hin, stand jedoch von selber wieder auf und lief weiter, ohne ein Wort der Klage. Ein harter Bursche, dachte Siemiatycki anerkennend. Er mußte zugeben, daß der Gefangene aus dieser ersten zwischen ihnen stattfindenden Kraftprobe siegreich hervorgegangen war. Er gab nicht nach, sah nicht einmal besonders müde aus, aber weil er zu Fuß ging – mochte sein Tempo noch so rasch sein –, hinderte er die ganze Abteilung, flott vorwärts zu kommen. Der Oberleutnant hatte Eile, den Gefangenen zu verhören. Er wußte, daß die Nutzung des Erfolges von der Schnelligkeit abhing, mit der er Informationen von ihm erhielt. Ob er wollte oder nicht, er mußte die vorhergehende Entscheidung revidieren: Er befahl dem Gefangenen aufzusitzen. Hryns Hände wurden am Sattel festgebunden, so daß sein Kopf beinahe auf dem Pferdehals lag, die Beine des Gefangenen wurden mit einem Strick zusammengeschnürt, der unter dem Leib des Pferdes am Bauchgurt entlangführte.

Nun erklomm die Einsatzgruppe der Grenztruppen die steile Serpentine der Chaussee hinter Jabłonki und galoppierte, nachdem sie die Erhebung bezwungen hatte, in größter Eile nach Cisna, wo sie noch vor Anbruch des Abends eintraf.

Die Untersuchung begann sofort. Oberleutnant Siemiatycki führte sie persönlich, unterstützt von seinem Stellvertreter, Leutnant Teodor Walczak – einem jungen Mann von einem Meter achtzig Länge, mit Füßen so groß wie die des legendären Waligóra und Fäusten, deren sich gewiß kein Boxmeister im Schwergewicht geschämt hätte. Die Fäuste Leutnant Walczaks spielten in dem Verhör eine grundlegende Rolle.

Gleich nachdem der Gefangene den Raum betreten hatte, bekam er den ersten Hieb. Er prallte gegen die Wand, die so heftig erbebte, daß ein kleines Bild herunterfiel.

«Wie bist du in die Gegend von Wola Górzańska gekommen, woher kamst du? Wo hält sich deine Hundertschaft gegenwärtig auf? Wie bist du in den Besitz des Militärpferdes gelangt, auf dem du reitest? Wo ist Ren, wo sind Stach und Bir mit ihren Banden?» Siemiatycki überschüttete den Gefangenen mit Fragen.

Walczak setzte zu einem neuen Hieb an. Hryn jedoch schwieg. Ein schmales Blutrinnsal sickerte über sein Kinn. Ein Zahn mußte Schaden erlitten haben. Den Gefangenen störte es nicht. Er lächelte verächtlich. Offenbar hatte er nicht die Absicht, auf die Fragen zu antworten.

«Rede, du faschistisches Schwein!» donnerte der ungeduldig werdende Kommandeur der Einsatzgruppe los. «Meinst du, wir werden unsere Zeit endlos mit dir vertrödeln? Du willst die Nachforschungen verzögern, um die Haut deiner Banditenkameraden zu retten, um ihnen die Rettung zu ermöglichen. Auf solche Tricks verstehen wir uns nur allzugut. Höre, Hryn, wenn du die Untersuchung in die Länge ziehst, verschlimmerst du nur dein eigenes Schicksal. Denke daran ...»

«Ihr vergeudet unnötig Zeit mir mir», murmelte der Gefangene.

«Walczak!» Oberleutnant Siemiatycki winkte mit der Hand.

Diesmal zerbrach ein alter Sessel unter der Körperlast des Gefangenen. Walczak hatte Hryn in die Höhe gehoben und ihn mit übermäßiger Wucht zurückgeschleudert. Siemiatycki blickte seinen Untergebenen vorwurfsvoll an.

Hryn lachte höhnisch. «Wir werden uns unterhalten können, wenn alle Möbel in diesem Zimmer auseinandergeflogen sind», sagte er.

«Dein räudiges Maul wird sich bedeutend eher auftun», erklärte der Kommandeur der Einsatzgruppe mit Würde.

«Das bezweifle ich sehr», der Gefangene verzog seine geschwollenen Lippen zu einem Lachen. «Ihr wendet doch nur halbe Maßnahmen an. Erstens wißt ihr nicht, wie und wonach ihr mich fragen sollt. Ihr habt keine Ahnung, wie ihr mich in die Enge treiben könnt, welche Fragen angebracht sind. Ich höre nur Gemeinplätze. Zweitens versteht ihr nicht einmal ordentlich zu foltern. Bei uns in der Hundertschaft würde man einen solchen Gefangenen ein paar Stunden mit dem Kopf nach unten oder an den Daumen aufhängen – eine außergewöhnliche Methode! Man kann den Gefangenen bis zum Hals in der Erde vergraben oder ihn bei einigen Graden unter Null zum Baden in einen eiskalten Gebirgsbach setzen. Ebenfalls nicht schlecht, wenn auch wenig originell, ist es, ihm Stecknadeln unter die Nägel zu treiben und ihn mit glühendem Eisen zu brennen ... Aber was soll's? Euch ist es verboten, diese Methoden anzuwenden. Selbst das Ohrfeigen ist untersagt. Ihr müßt euch an die Vorschriften halten. Grämt euch nicht, meine Herren. Ich versichere euch, daß auch die von mir genannten Mittel zu nichts führen, wenn man nicht weiß, wonach man fragen soll. Ich könnte euch ja irgendein Märchen erzählen, irgendeinen Ort als Standquartier der Hundertschaft angeben, euch in den Bergen auf falsche Fährte locken und nutzlos herumsuchen lassen. Ich will es nicht tun. Weder eure Ohrfeigen noch andere ähnliche Einfälle werden etwas erbringen. Ich habe mich entschlossen, den Mund nicht aufzumachen, und ich bleibe dabei.»

Die einzige Antwort auf diese Ansprache war ein neuer Hieb, den Leutnant Walczak dem Gefangenen versetzte. Zur Abwechslung applizierte der athletische Offizier dem Vernommenen einen sogenannten rechten Haken in stilechtester Ausführung. Der Gefangene hatte bereits ein blau angelaufenes Auge und eine klaffende Augenbrauenverletzung. Oberleutnant Siemiatycki stellte vorsorglich ein Gipsfigürchen, eine Venus, in den Aktenschrank.

Stunden vergingen. Die Uniform des Gefangenen war an vielen Stellen zerrissen. Sein Gesicht glühte. Nase und Lippen bluteten. Siemiatycki fühlte, daß ihn Schläfrigkeit überkam. Walczak wurde es übel vor Abscheu.

«Wie spät?» fragte er seinen Vorgesetzten.

«Zwei», seufzte Siemiatycki.

«Schrecklich spät», warf der Gefangene mitfühlend ein.

«Halt wenigstens dein freches Maul!» ermahnte ihn der Kommandeur der Einsatzgruppe träge. «Ich habe die Absicht, dich bei Tagesanbruch zu erschießen.»

«Und wir könnten uns ausschlafen», fügte Leutnant Teodor Walczak hinzu.

«Ihr könnt mich nicht erschießen, wenigstens fürs erste nicht. Ich bin ein viel zu wichtiges Objekt für euch, und ihr hättet längst bei eurer vorgesetzten Dienststelle über mich Meldung machen müssen», sagte der Gefangene.

«Du bist ganz sicher der frechste Bandit, der mir je begegnet ist», bekannte Siemiatycki.

«Bitte, macht mich doch nicht eingebildet.»

«Ich könnte dir befehlen, sofort das Maul zu halten, aber im Moment ist mir das zu langweilig ... Walczak, bleibe ein paar Minuten mit ihm allein, ich gehe zum Telefon.»

«Ich möchte noch eine kurze Aussage machen», unterbrach der Gefangene ihn.

«Bitte!» sagte Siemiatycki verwundert.

«Bevor Sie, Bürger Oberleutnant, darangehen, Oberstleutnant Tomaszewski und dann, dem Dienstweg entsprechend, dem Abschnittskommandeur der Grenztruppen in Przemyśl, Oberstleutnant Kowalewski, Meldung zu erstatten, nehmen Sie bitte zur Kenntnis, daß ich gar nicht Hryn bin.»

Im Zimmer herrschte Stille. Siemiatycki fühlte, daß die Schläfrigkeit plötzlich aus seinem Körper entwich wie die Luft aus einem zerstochenen Ballon. Die plötzliche Leere schmerzte wie eine Brandwunde. Alle Gedanken an Ruhm und Ehre waren davongeflogen.

«Wer bist du dann?» fragte er mit tonloser Stimme.

«Da seht ihr, wie wenig ihr wißt! Ihr konntet mir nicht einmal beweisen, daß ich nicht Hryn bin. Ihr habt euch an diesen Gedanken geklammert, weil ich selber ihn euch eingegeben habe. Eine eigene Konzeption hattet ihr überhaupt nicht.»

«Noch ein Wort und ich ...»

«Ich rede schon ... Ich bin Leutnant Stefan Daszewski vom Regiment in Baligród.»

Siemiatycki hatte alles mögliche erwartet, nur nicht dieses Geständnis. Es war so unwahrscheinlich, daß er in lautes Gelächter ausbrach. Teodor Walczak pflichtete ihm in seinem tiefen Baß bei.

«Hältst du uns für Idioten?» fragte der Kommandeur der Einsatzgruppe drohend, den unpassenden Heiterkeitsausbruch beendend.

«Ich möchte euch lieber nicht sagen, was ich von euch denke, vor allem, weil es mich genauso betrifft. Leider wissen wir von den Banditen vorerst sehr wenig. Ich habe euch jedoch die Wahrheit gesagt. Ich bin Offizier des in Baligród stationierten Regiments.»

«Warum hast du dann diese Komödie gespielt?»

«Ich habe mit dem Aufklärungsoffizier unseres Regiments, Hauptmann Wiśniowiecki, gewettet, daß unsere Untersuchungsmethoden nicht viel wert sind. Ruft in Baligród an, überzeugt euch, daß ich die Wahrheit sage.»

Oberleutnant Siemiatycki glaubte ein Erdbeben zu erleben. Wütend stieß er mit dem Fuß die Überbleibsel des Bildchens beiseite und verließ, die Tür hinter sich zuknallend, das Zimmer, um mit Oberstleutnant Tomaszewski zu telefonieren.

Am Morgen des andern Tages wurde Hauptmann Ciszewski durch einen Melder zum Regimentskommandeur gerufen. Tomaszewski hatte Schatten unter den Augen, seine Wangen waren eingefallen, selbst die Uniform war nicht so sorgfältig straff gezogen wie sonst. Der Verlust der bei Smolnik ermordeten Kompanie war für den alten Soldaten ein schwerer Schlag gewesen. Was sich dort zugetragen hatte, war ohne seine Schuld geschehen, denn wenn sich Oberleutnant Wierzbicki befehlsgemäß mit der Einsatzgruppe der Grenztruppen vereinigt und die befohlene Marschroute eingehalten hätte, wäre er dem Unglück mit Sicherheit entronnen. Die Bandera-Leute wagten es nicht, Truppen anzugreifen, wenn sie nicht über ein entscheidendes Übergewicht verfügten. Es ging jedoch nicht so sehr um die Schuldfrage. Niederlage blieb Niederlage, und dem Regimentskommandeur ging der Tod so vieler guter Soldaten schmerzlich nahe.

Nun war noch die Geschichte mit Leutnant Daszewski passiert.

Der Übeltäter stand neben Ciszewski. Sein Gesicht war mit zahlreichen Pflastern bedeckt, ein Auge verbunden. Erst eine Stunde zuvor war er aus Cisna unter der Eskorte des sich heftig rechtfertigenden Leutnants Walczak zurückgekehrt.

«Am liebsten würde ich Sie in den Bunker stecken, Bürger Leutnant, aber leider hat das Regiment Verluste erlitten, eine große Aktion wird vorbereitet, da brauchen wir jeden Mann, selbst so einen wie sie», sagte der Regimentskommandeur zu Daszewski, nachdem er sich dessen Erklärungen angehört hatte. «Ihr Einfallsreichtum kann einen zur Verzweiflung bringen», fügte er nach einer Weile hinzu, den Offizier mit einer unwilligen Handbewegung entlassend.

«Die Leute kommen auf verrückte Ideen. Die Hoffnungslosigkeit dieses Lebens bleibt nicht ohne Wirkung», meinte Hauptmann Ciszewski, das Verhalten des Unterstellten deutend.

Der Vorgesetzte sah ihn lange an und machte ein saures Gesicht. «Einen Dreck verstehen Sie, Bürger Hauptmann», widersprach er. «Sie haben nichts aus all dem gelernt. Sie sind einfach nicht in der Lage, diese Dinge zu begreifen. Ihr Künstlerseelchen umfaßt solche Horizonte nicht. Was Daszewski getan hat, ist ein echtes Husarenstück, eine Sache mit Schmiß. Nicht jeder von uns ist dazu fähig. Derartige Extravaganzen müssen nach der Dienstvorschrift geahndet werden, aber sie bleiben im Soldatengedächtnis haften. Es kommt die Zeit, da die Banden besiegt und für immer verschwunden sein werden. Überdauern dagegen werden mit vielen unserer Erinnerungen auch solche Geschichten. Daszewski ist der Held einer Anekdote geworden. Die jungen Offiziere unserer Armee werden sie sich abends oft in den Kasinos der entlegensten Garnisonen erzählen. Das ist auch eine ganz bestimmte Seite der Tradition. Glauben Sie mir, Hauptmann. So eine Tat löst Begeisterung aus.»

«Der Wert solcher Taten läßt sich gewiß anzweifeln», sagte Ciszewski schulterzuckend.

«Herr Künstler, Sie tun mir leid! Im Kampf ist ein bißchen Schmiß ebenso notwendig wie in der Kunst. Denken Sie, Kozietulski hätte die Spanier bei Somosierra geschlagen, wenn er nicht diesen Schmiß, diese Bravour besessen hätte?»

«Kozietulski war betrunken, genau wie die Mehrzahl seiner Ulanen, das ist eine historische Tatsache.»

«Eben deshalb habe ich dieses Beispiel gewählt, Bürger Ästhet. Sie scheinen überhaupt zu bezweifeln, daß dem Soldaten ein bißchen Schwung eigen ist.»

«Jawohl!»

«Ich stelle noch einmal fest, daß Sie nichts begreifen, Bürger Hauptmann. Und doch sind in diesem seltsamen Krieg, den wir hier führen, Schwung, Einfallsreichtum und ähnliche Dinge geradezu unerläßlich.»

«Wir zeigen davon nicht übermäßig viel.»

Tomaszewski verfinsterte sich. «Es kommt selten vor, daß Sie recht haben, jetzt muß ich Ihnen jedoch zustimmen. Doch auch Einfallsreichtum und Schwung werden wir noch aufbringen. Sie werden sich davon überzeugen, Bürger Hauptmann.» Er schwieg eine Weile und schaute das Porträt der Tochter des Notars an, worauf er trocken und offiziell sagte: «Ich wollte Sie davon in Kenntnis setzen, Bürger Hauptmann, daß Leutnant Daszewski die Führung der neuen Kompanie übernimmt, die wir nach Eintreffen der Verstärkungen an Stelle der bei Smolnik zugrunde gegangenen aufstellen werden.»

Der Rest ihres Gesprächs betraf die große, vom Divisionsstab geplante Aktion gegen die Banden.

Die Aktion begann Ende März.

Die Einheiten der Division Oberst Sierpińskis schwärmten entlang der Chaussee von Solina über Polańczyk, Wołkowyja, Terka, Dołżyca bis nach Cisna in einer langen Schützenlinie aus, die sich viele Kilometer dahinschlängelte. Die Abteilungen sollten in dieser ungewöhnlichen Marschordnung die ganze Strecke bis zum Berg Halicz durchmessen und sich gewissermaßen hineinzwängen in das von der Staatsgrenze gebildete, seiner Form wegen «Blinddarm» genannte Dreieck. Alle Wälder, Schluchten und Berghänge sollten durchkämmt werden. Kein Bandit konnte einer auf so breiter Front ausschwärmenden Schützenkette entkommen. So wenigstens glaubte es die Divisionsführung. Zahlreiche Reserven sicherten ungehinderte Manövrierfähigkeit für den Fall eines Zusammenstoßes mit einer größeren Bande. Die Artillerie, die ebenfalls an der Aktion teilnahm, gab dem Militär völlige Feuerüberlegenheit. Die Banden, die sich in diesem Bezirk aufhielten, mußten demnach vernichtet werden.

Eine solche Truppenkonzentration vorzunehmen beanspruchte einen ganzen Tag. Das war ohnehin eine Rekordzeit. Dann warteten die Einheiten auf das Morgengrauen des nächsten Tages. Der Gegner, der in dem Gebiet über eine gutorganisierte Beobachtung und ein rasch funktionierendes Netz von Informanten verfügte, schaute diesen Vorbereitungen von den Gipfeln der Berge aus zu. Die Bandera-Leute sahen das Militär die Ausgangspositionen beziehen und orientierten sich über die Richtung, in der es das Gelände durchkämmen wollte. Sie hatten genügend Zeit, das gefährdete Gebiet zu verlassen und sogar die Spuren zu verwischen. In kleinen Gruppen zogen sie in der Nacht nördlich von Solina und südlich von Cisna in das Hinterland der Truppen. Dort war alles ruhig.

Die Einheiten der Division Oberst Sierpińskis setzten sich in Marsch. Die unendlich lange Schützenlinie bog sich, riß und verlor in dem zerklüfteten, bergigen, waldreichen Gelände die Verbindung untereinander. Es war sofort klar, daß eine derart große Einheit nicht in der Lage sein würde, das riesige, von der Aktion betroffene Gebiet genau zu durchsuchen. Das hätte zuviel Zeit gekostet. Bald gliederte sich die Schützenlinie in Dutzende von Segmenten auf, die sich den Weg abkürzten und natürliche Hindernisse, wie Berge und Schluchten, umgingen. Die Aufgabe konnte sie natürlich nicht bewältigen. Die Artillerie blieb in den Schneewehen und in dem unwegsamen Gelände stecken. Nach einigen Stunden mußte man auf ihr Mitwirken verzichten.

Befehl ist jedoch Befehl. Die Einheiten marschierten. Ihre Führung und die

Stäbe zogen von Ort zu Ort, betrübliche Funkmeldungen entgegennehmend. Der Feind war unauffindbar.

Bereits nach Ablauf von vierundzwanzig Stunden wußte Oberst Sierpiński, daß er mit seiner Aktion ein völliges Fiasko erlitten hatte. Etwas später kamen auch die Regimentskommandeure zu dieser Feststellung. Mit der Kraft der Anfangsgeschwindigkeit rollte die Operation aus.

Im Morgengrauen des dritten Tages der großen Aktion hatte Oberstleutnant Tomaszewskis Einheit den Berg Halicz vor sich. Alle Feldstecher richteten sich auf den in den Strahlen der Sonne funkelnden und in seinem Schneekleid glänzenden Gipfel.

«Was sehen Sie dort, Hauptmann?» fragte Major Grodzicki Hauptmann Ciszewski.

«Zwei Galgen.»

«Und daran?»

«Zwei Gehenkte.»

«Stimmt.»

Einen halben Tag brauchten sie, um die Bergspitze zu erklimmen. Der Chef der Sicherheitsorgane aus Lesko, der kleine Oberleutnant Turski, der mit einigen seiner Mitarbeiter an dem Unternehmen teilnahm, begleitete sie.

Einen Gehenkten konnte man ohne Mühe identifizieren.

«Der Größere war ein Mitarbeiter von mir», sagte Turski. «Feldwebel Józef Harełka. Er stammte aus dieser Gegend, von den hier ansässigen Boiken. Neunzehnhundertzweiunddreißig, beim Landarbeiterstreik, hat er sich mit der Polizei bei Teleśnica herumgeschlagen. Ein alter Antifaschist. Hat im KZ Bereza gesessen. Vor sechs Wochen meldete er sich mit dem Vorschlag, zu den Bandera-Leuten zu gehen und bei ihnen im Innern zu wirken. Seither ließ er nichts mehr von sich hören. Sie müssen ihn durchschaut haben.»

Den anderen Ermordeten konnten sie auch identifizieren. Wachtmeister Kaleń erkannte ihn. Er hieß Kuźmin. Es war ein Bauer aus Komańcza. Einige Monate zuvor hatte er einem schwerverwundeten Soldaten der Grenztruppen, dem Schützen Karasiński, Obdach gewährt.

Beide Toten waren nackt. Man schnitt sie von den Stricken ab. Die Galgen wurden gefällt.

Auf Befehl des Divisionskommandeurs wurden der Feldwebel Harełka und der Bauer Kuźmin aus Komańcza mit militärischen Ehren auf den Hängen des Berges Halicz beigesetzt. Es kostete viel Mühe, in dem gefrorenen und steinigen Boden Gräber auszuheben, doch schließlich brachte man es zustande. Pioniere fertigten zwei Birkenkreuze. Oberleutnant Rafałowskis Kompanie schoß Ehrensalut. Man stellte die Kreuze auf und stampfte die Erde fest. Die Soldaten in den beschmutzten Mänteln und Stiefeln, deren Sohlen häufig an die Schäfte mit einem Telefonkabel oder einem Stückchen

Schnur gebunden waren, die Soldaten mit den von Wind und Frost geröteten Gesichtern, mit Händen, blau vor Kälte, präsentierten das Gewehr und schwiegen sehr viel länger als der Befehl, der nur eine Schweigeminute vorsah, es verlangte. Reden wurden nicht gehalten.

In der heraufziehenden Abenddämmerung stieg das Regiment den Halicz hinab. Die Aktion war beendet. Südwestwind kam auf. Er wehte deutlich spürbare Wärme herbei.

«Es wird Frühling», sagte Oberleutnant Turski. Die Offiziere sahen ihn mißtrauisch an. Ihnen kam es vor, als werde dieser Winter niemals zu Ende gehen.

In der Nacht meldete Oberst Sierpiński dem General per Telefon das Ergebnis der Aktion. «Ein völliges Fiasko, Bürger General», gestand er zum Schluß aufrichtig.

«Das habe ich mir gedacht», hörte er den General beherrscht sagen. «Könnten wir uns alle in absehbarer Zeit einmal treffen? Ich bedaure außerordentlich, daß ich nicht nach Sanok kommen kann, trotzdem möchte ich mich gerne mit Ihnen, Oberst, und mit Ihren Offizieren unterhalten. Einverstanden?»

Der General benutzte in Gesprächen mit seinen Untergebenen oft die Wunschform. Sierpiński kannte seinen Vorgesetzten nur zu genau und wußte, daß diese Besprechung schon beschlossene Sache war. Der Wunsch war ein Ausdruck der Höflichkeit.

«Wann und wo soll diese Besprechung stattfinden, Bürger General?» fragte Oberst Sierpiński.

«Ort und Termin werden wir in allernächster Zeit festsetzen, Bürger Oberst, für heute gute Nacht. Ich glaube, es wird uns bald besser gehen. Es wird Frühling ...»

Sierpiński legte den Hörer auf und trat ans Fenster. Er öffnete es und verspürte auf dem Gesicht einen warmen Windhauch.

«Der Frühling naht, Major», sagte er zu seinem Stellvertreter.

Major Preminger lächelte. «Der Frühling weckt stets neue Hoffnung.»

Er sprach so leise, daß der sich zum Fenster hinausbeugende Sierpiński seine Worte nicht hörte. Beide schauten nun in die feuchte Dunkelheit, gleichsam in Erwartung dieser Hoffnung, die der noch unsichtbar daherkommende Frühling verwirklichen sollte.

VIII

Der Frühling kam ebenso plötzlich wie vorher der Winter. Der Schnee wich von den Berghängen, und das Grün trat immer frischer und festtäglicher hervor. Die Wasser des San, der Osława, der Solinka, der Hoczewka, des Hylaty und vieler anderer Flüsse, Flüßchen und Bäche schwollen mächtig an und rauschten zu Tal, sich inmitten von Felsblöcken, zwischen den Erdrutschen und schroffen Wänden der Schluchten einen Weg bahnend. In den Dörfern fürchtete man das Hochwassser, aber diese Befürchtungen waren grundlos. Am völlig wolkenlosen Himmel kreisten wachsame Bergadler. Die Soldaten, die in den verschiedenen Gegenden Patrouille gingen, meldeten, daß Wildschweine und Rehböcke in ungewöhnlicher Zahl auftauchten. Die Kavalleristen aus Cisna behaupteten, einen Bären gesehen zu haben, aber Oberstleutnant Tomaszewski hielt diese Mitteilung für ein Gebilde ihrer Phantasie: Kavalleristen und Aufklärer berichten oft von Dingen, die anderen nicht einmal im Traum einfallen.

Die Menschen lebten auf, jedem war froher ums Herz. Von Mitte April an prunkten die Soldaten in ihrem verschossenen Drillichzeug, das weniger abgetragen war als die zerfetzten Wintermäntel. Schon allein das verlieh ihnen frischen Mut. Sie waren nicht mehr so griesgrämig und zeigten ein auffallendes Interesse für die Mädchen in Baligród, Lesko und in allen Dörfern, durch die sie auf ihren Märschen kamen.

Für Hauptmann Jerzy Ciszewski nahm der Frühling die Gestalt einer jungen Frau in einem blauen, mit einem weißen Krägelchen geschmückten Kostüm an. Die Frau hatte wohlgeformte lange Beine, Schuhe mit hohen Absätzen und kurzgeschnittenes schwares Haar. In ihren von schwarzen Brauenbögen überwölbten Augen spiegelte sich alles Blau des Himmels. In ihnen eben sah Ciszewski den Frühling. Er hatte es Ewa schon mehrmals sagen wollen, aber er dachte dann an Barbara und schwieg.

Wie fast alle Männer war er sich nicht darüber im klaren, daß Ewa sein Schweigen auch so sehr gut verstand. Übrigens sahen sie sich selten unter vier Augen. Meistens verbrachten sie ihre freie Zeit zu dritt, zusammen mit dem blinden Jan Rozwadowski.

Gewöhnlich saßen sie in der Nähe seines Hauses auf einem gefällten Baum am Ufer des Flüßchens Jabłonka. Das sanfte Rauschen des Wassers mischte sich mit ihren Worten.

«Was werden Sie machen, Fräulein Ewa, wenn der Kampf gegen die Banden vorbei ist?» fragte an einem solchen Frühlingsnachmittag Ciszewski. Er bemerkte, daß Rozwadowski die Lippen zusammenpreßte und den Kopf abwandte. Diese Bewegung war so heftig, daß sie Ewa nicht entgehen konnte.

«Mein Aufenthalt hier, Herr Jerzy, hängt nicht mit diesem Kampf zusammen. Ich habe keine weiteren Pläne. Ich glaube, ich werde Lehrerin in Baligród bleiben. Das ist alles», entgegnete das Mädchen.

Ciszewski widersprach heftig. Er meinte, daß Ewa nicht in diese Gegend passe, sie könne doch nicht ohne elektrisches Licht, ohne Zerstreuung und ohne jede Gesellschaft leben. «Das ist das Grab, Ewa. Wenn Sie in diesem Nest bleiben, sind Sie lebendig begraben.»

«Ich teile Ihre Meinung nicht», stellte sie kühl fest. «Übrigens würde es mich interessieren, welche Pläne Sie haben.»

Jerzy mußte zugeben, daß er nicht wisse, was er später machen werde. Im Laufe der vielen Jahre hatte er sich daran gewöhnt, nichts anderes zu tun, als Befehle auszuführen. Wenn jedoch der Krieg einmal zu Ende war (wie alle Soldaten, die am Kampf gegen die Banden teilnahmen, hielt er ihn für eine Fortsetzung der Kriegshandlungen), werde er sich bestimmt in irgendeine kultiviertere Gegend begeben, versicherte er.

«Nirgendwo auf der Welt ist es so schön wie hier!» sagte Rozwadowski plötzlich mit unnatürlich tiefer Stimme. «Ich weiß das noch aus der Vorkriegszeit. Damals konnte ich noch sehen. Jetzt kommen diese Bilder wieder. Was die Elektrizität betrifft ..., so bin ich sicher, wir werden hier normales Licht haben, sobald das mit den Banden aufhört. Und Gesellschaft wird sich wohl auch finden.»

Sichtlich erschöpft, schwieg er. Ewa fuhr ihm zart mit den Fingerspitzen über die Hand. Das Mädchen hat Herz, dachte Ciszewski, und ihm kam, wer weiß zum wievielten Male, zum Bewußtsein, daß er Barbara betrog. Verwirrt begann er Steinchen in den Fluß zu werfen. Er wählte ganz flache und glatte aus, damit sie sich leicht von der Wasseroberfläche abstoßen konnten. Dieses Spiel hatte er in seiner Kindheit «Steinspringen» genannt und darin große Fertigkeiten besessen. Früher hatte er nach der Anzahl der Abpraller die Zensur prophezeit, die er in der Schule bekommen würde. Jetzt entschied er: Ist die Menge der Abpraller eine gerade Zahl, habe ich bei Ewa Chancen, ist es eine ungerade, habe ich keine. Das Steinchen sprang dreimal über den Wellen in die Höhe. Ciszewski versuchte es wieder. Fünfmal. Er stieß einen Fluch aus und kam zu dem Schluß, daß alle Prophezeiungen idiotisch seien. In diesem Augenblick hörte er, daß ihn jemand rief.

Er wandte sich um. Neben Ewa und Rozwadowski stand Oberleutnant Zajączek. «Sie möchten zum Regimentskommandeur kommen, Bürger Hauptmann», sagte er.

«Wissen Sie nicht, was er von mir wlll?»

«Sie sollen nach Kraków fahren; außerdem gibt es großen Stunk mit Fähnrich Garlicki.»

«Was ist denn nun wieder los?»

«Es hat sich herausgestellt, daß die Żubryd-Leute ihn gar nicht überfallen und ihm den Zuckertransport weggenommen haben. Er hat sich die ganze Geschichte selber ausgedacht, den Zucker hat er verschwinden lassen, um ihn an Spekulanten zu verkaufen.»

Ciszewski pfiff durch die Zähne. Einige Tage zuvor war der Verpflegungsoffizier des Regiments, Fähnrich Garlicki, nach Sanok gefahren, um eine Ladung Zucker für das Regiment zu holen. Noch am selben Tage kam er zurück und meldete, daß er unterwegs von der Abteilung «Brennendes Herz» überfallen worden sei. Nach seiner Version hatten die Banditen das Kraftfahrzeug angehalten und den gesamten Zucker auf ein Fuhrwerk umgeladen. Damit fertig, hatten sie den Offizier freigelassen. Die Geschichte war ein wenig sonderbar, aber schließlich kamen solche Sachen vor. Zeugen gab es nicht, denn Garlicki lenkte – allen Befehlen des Regimentskommandeurs zum Trotz – das Auto häufig selber. Er behauptete, ihm ständen zuwenig Leute zur Verfügung. Das entsprach der Wahrheit und war der Grund dafür, daß man bei ihm ein Auge zudrückte. Hauptmann Matula hatte ein Protokoll aufgenommen und die Untersuchungen eingeleitet, die unter diesen Umständen natürlich bald an einen toten Punkt gelangen mußten.

«Wie wurde denn die Sache aufgedeckt?» fragte Ciszewski.

«Das ist ja gerade das Komische.» Zajączek schmunzelte. «Oberstleutnant Tomaszewski erhielt heute früh einen anonymen Brief. Darin wird Garlicki entlarvt und ihm der gute Rat gegeben, sich daran zu erinnern, wo er den Zucker versteckt halte, da er sich den Überfall der Żubryd-Leute ausgedacht habe. Der Fähnrich hat den Rat befolgt. Nun wimmert er vor Tomaszewski und Matula, der Freudensprünge macht, weil er endlich seinen Fall hat. Garlicki versucht sich damit herauszureden, daß ihn ein gewisser ‹Präses› Wacław Charkiewiecz aus Warschau zu diesem Betrugsmanöver verleitet habe. Ein Kunde für billigen Zucker. Einer von jenen Spekulanten, die sich hier herumtreiben.»

Ciszewski war so benommen von der Mitteilung über Charkiewicz, daß er gar nicht bemerkte, wie sehr Ewa erbleichte. Zajączek war es nicht entgangen. «Ist Ihnen nicht wohl?» fragte er.

«Es ist kalt hier … Es weht noch so kühl vom Fluß her», erwiderte sie.

«Gehen wir», sagte Ciszewski schroff zu seinem Unterstellten. Rasch verabschiedete er sich von dem Mädchen und dem Blinden. Er mühte sich, mit Zajączek Schritt zu halten, das war nicht so einfach, denn der Oberleutnant bewegte sich ungemein schnell auf seinen Storchenbeinen vorwärts.

«Dieser Brief ist interessant», sagte Zajączek. «Wer mag ihn bloß geschrieben haben? Turski von den Sicherheitsorganen und unser Matula reißen sich das Schriftstück beinahe aus der Hand. Natürlich hat jeder von ihnen eine andere These. Tatsache ist, daß uns der Brief hier am Ort, in Baligród, zugesteckt würde. Wer kann das getan haben? Die Banditen waren eigentlich nie so ehrenhaft.»

«Weshalb soll ich denn nach Kraków fahren?» unterbrach ihn Ciszewski.

«Das weiß ich nicht. Sicher eine Besprechung im Bezirkskommando.»

«Vielen Dank, Oberleutnant. Sie sind verdammt scharfsinnig. Ich dachte, man wolle mich zu Erdbeertorte einladen.» Jerzy, der in einem fort an Charkiewicz dachte, geriet in Harnisch. Er wußte, daß der Spekulant früher oder später verhaftet und sich dann mit Sicherheit auf ihre Bekanntschaft berufen würde. Unschwer zu erraten, welche Schlüsse Hauptmann Matula daraus ziehen würde.

«Bürger Hauptmann sind schlechter Laune?» hörte er Oberleutnant Zajączek sagen.

Ciszewski warf ihm einen Blick zu, der dem andern jede Lust zum Fragen nahm.

Oberstleutnant Tomaszewski hatte seine engsten Mitarbeiter in den Regimentsstab kommen lassen und teilte ihnen kurz mit, daß während seiner Abwesenheit der Chef des Stabes, Major Pawlikiewicz, das Amt des Kommandeurs übernehmen werde. Nach Kraków würden die Bataillonskommandeure reisen: Major Grodzicki sowie die Hauptleute Gorczyński und Ciszewski.

«In absehbarer Zeit werden wir den Banditen das Fell gerben», erklärte Oberstleutnant Tomaszewski. «Wenn der General uns in dieser Angelegenheit zu einer Besprechung bittet, dann ist das so gewiß wie die Tatsache, daß im Augenblick die Sonne scheint», fügte er voller Überzeugung hinzu.

Eine Stunde später fuhren sie in einem Fahrzeug der Artillerie los; am Lenkrad hatte Wachtmeister Kaleń Platz genommen.

Der Wagen rollte in rascher Fahrt Lesko entgegen. Die Sonne brannte, aber der Luftzug fächelte den Insassen Kühlung zu. Oberstleutnant Tomaszewski war kein Freund von Schweigsamkeit. Schon nach wenigen Kilometern wandte er sich zu den Offizieren um. «Ich ordne Zungentraining an. Es ist ebenso wichtig wie beispielsweise der Frühsport oder das Bajonettfechten. Der Offizier muß seine Zunge wie eine Waffe zu handhaben verstehen. Wie stark er seine Unterstellten zu überzeugen weiß, hängt von den Worten ab. Ich war stets der Meinung, daß der schlechte Redner nicht imstande ist, im Feld gut zu kommandieren. Lassen Sie uns also beginnen …. Als erster hat Hauptmann Ciszewski das Wort. Als Künstler», er lächelte Jerzy zu, «wissen Sie bestimmt etwas über die hiesige Gegend. Erzählen Sie uns einiges. Wir hören zu.»

Ciszewski räusperte sich. Er hatte sich tatsächlich in seiner Freizeit mit der Geschichte der Bieszczady befaßt. Eine ganze Menge zu diesem Thema hatte ihm Rozwadowski erzählt. Und in alten Kirchenbüchern in Hoczew hatte er

Aufzeichnungen über den Frondienst gefunden, den die Bauern im Laufe der letzten beiden Jahrhunderte geleistet. In der Schulbibliothek fand er ein vergilbtes Manuskript aus dem Jahre 1935. Es enthielt einen von der Hand des Baligróder Rechtsanwalts Sommer, den die Deutschen während der Okkupation ermordet hatten, sorgfältig und nicht ohne Talent geschriebenen geschichtlichen Abriß über die hiesige Gegend. Bedauerlicherweise war die Arbeit unvollendet geblieben, und viele der Seiten waren abhanden gekommen.

Ciszewski begann zu erzählen: «Das Land hier wurde noch im vierzehnten Jahrhundert unter der Regierung Kazimierz des Großen besiedelt, obwohl die ersten Spuren von Menschen in dieser Gegend aus der Zeit von vor zweieinhalbtausend Jahren stammen. Zur Zeit der Römer zogen hier die Kaufmannskarawanen durch ...»

«Mir scheint, Sie übertreiben, Bürger Hauptmann; die römischen Legionen haben niemals die Karpaten überschritten», unterbrach ihn Oberstleutnant Tomaszewski.

«Ich gestatte mir, darauf hinzuweisen, daß ich nicht von Legionen, sondern von Kaufleuten sprach. Die wirtschaftlichen und kulturellen Einflüsse reichten in jeder Epoche weiter als das Militär», sagte Ciszewski mit so deutlicher Genugtuung, daß sein Vorgesetzter lächeln mußte.

«Eins zu null für Sie, Bürger Hauptmann. Fahren Sie fort. Selbst wenn es nicht stimmt, so ist es doch ganz interessant.»

«Diese Berichte sind absolut wahr. In Czarna, unweit von Ustrzyki, wurden von den Archäologen Steinwerkzeuge gefunden; hier in Stefkowa – Armbänder, Reifen und – was Bürger Oberstleutnant Freude bereiten wird – Schwerter sowie andere Waffen. In Cisna, Szczawne, Kalnica wurden römische Münzen ausgegraben.»

«Wachtmeister Kaleń, wäre es nicht möglich, den Motor etwas leiser laufen zu lassen?» fragte der Oberstleutnant. «Das alles ist sehr interessant, aber der Hauptmann muß sich die Lunge aus dem Hals schreien, wenn er gegen Ihren Motor ankommen will.»

«Gestatten Sie, Bürger Oberstleutnant, das ist eine Artilleriezugmaschine und kein Rolls-Royce. Der Motor muß Lärm machen. Ich wundere mich überhaupt, daß er so einwandfrei arbeitet, und Bürger Oberstleutnant sind unzufrieden.» Der Wachtmeister war ärgerlich.

«Schon gut, schon gut ... Sie sind empfindlich wie eine Jungfrau. Ich bin ja schon still.»

«Wenn Sie fortwährend unterbrechen, Bürger Oberstleutnant, ist Ciszewski bis Kraków noch nicht fertig», meinte Major Grodzicki.

«Ich unterbreche?» Tomaszewski war erstaunt. «Sie zanken sich doch in einer Tour, und das stört weitaus mehr. Hauptmann Ciszewski, Sie haben das Wort.»

«Hier entlang», fuhr Jerzy fort, «zogen von Westen die Kelten und von Osten die Skythen. So manches Mal standen die Ansiedlungen der Menschen im Gebiet der heutigen Bieszczady in Flammen ... Wie Nestor schreibt, besetzte im Jahre neunhunderteinundachtzig Wladimir I. diese Gegend. Später eroberte Bolesław Chrobry sie zurück. Spuren seiner Befestigungen kann man in der Nähe von Hoczew, Szczawne, Łupków und Rajskie finden ...»

«Merkwürdig, überall dort war ich, aber von diesen Spuren habe ich nichts gesehen», brummte Oberstleutnant Tomaszewski mißtrauisch.

«Ich gestatte mir den Hinweis, daß das nicht Ihr Fachgebiet ist, Bürger Oberstleutnant», sagte Major Grodzicki höflich, aber mit Nachdruck.

«Es ist wirklich besser, wir streiten nicht miteinander», schlug Hauptmann Gorczyński vor, und Ciszewski fuhr fort: «Im dreizehnten Jahrhundert zogen die Tartarenhorden hier vorbei, im fünfzehnten die ungarischen Abteilungen ... Ich komme auf Kazimierz den Großen zurück. Bei der Kolonisation dieser Gebiete spielte ein Stamm ungarischer Herkunft die wesentlichste Rolle – die Balen. Auf ihren Namen geht die Bezeichnung unserer Garnison – Baligród – zurück. Sie, die Brüder Pjotr und Pawel Bal, waren es auch, denen König Kazimierz dieses Land hier als Lehen gab. Sie gründeten Dörfer nach deutschem und später nach walachischem Recht ... Im sechzehnten Jahrhundert begann hier die Familie Kmit sozusagen die erste Geige zu spielen. Aus dieser Zeit stammt ein gutes Dutzend Ortschaften: die am San gelegenen wie Tworylne, Hulskie, Krywe, dann Zatwarnica, Smerek, Wetlina, Berehy Górne, Dwernik und Dołżyac ... Getreide wurde hier wenig angebaut. Vielmehr züchtete man Schafe und Ziegen. Das ist nicht verwunderlich: Die damaligen Anbaumethoden waren noch sehr primitiv. Außerdem waren diese ersten Ansiedler – sie stammten aus der Walachei und galten als die Vorfahren der heutigen Rumänen, Bulgaren, Serben und Albaner – seit Generationen Hirten und zogen mit ihren Herden von Weideplatz zu Weideplatz ...»

«Ich bitte ums Wort!» Oberstleutnant Tomaszewski hielt es nicht aus. «Diesmal, Bürger Hauptmann, kommt es mir vor, als übertreiben Sie wirklich. Woher und zu welchem Zweck soll sich hier ein solches Völkergemisch eingefunden haben? Welche Beweise gibt es dafür?»

«Es waren Nomaden, Oberstleutnant. Ihr Umherziehen hing mit ihrer Existenz zusammen. Außerdem mußten sie oftmals aus ihrer Heimat vor Unterdrückung und Verfolgung flüchten. Im elften und sechzehnten Jahrhundert waren zum Beispiel in Ungarn Bauernaufstände. Sie fragen nach den Beweisen, Oberstleutnant. Die Wissenschaftler finden sie in der hiesigen Ornamentik, die der auf dem Balkan ähnlich ist, in der Musik, in der Baukunst, in Sitten und Gebräuchen, in der Konstruktion der Geräte, in den Ortsnamen. All das kreuzt sich übrigens mit den seit altersher bestehenden polnischen, ukrainischen, ungarischen und slowakischen Einflüssen. Die fremden Elemente – die der walachischen Hirten – verbanden sich mit den hier vorhandenen Bauernelementen. Im Laufe der Jahrhunderte bildeten sich zwei Bevölkerungsgruppen heraus: die Boiken und die Lemken. Die Grenze zwischen ihnen ist sehr fließend. Im Prinzip verläuft sie über den Wolosań und den Chryszczata bis nach Turzańsk und Rzepedź. Östlich von dieser Linie wohnten die Boiken. Ich sage: wohnten, weil all das bereits der Vergangenheit angehört. Heute sind nur noch Spuren dieser Besonderheit vorhanden. Zum Beispiel trugen die Boiken lange, über die Hosen hängende Hemden, große Hüte mit heruntergeschlagenen Krempen, weiße Leinenschürzen, Röcke aus Hausleinwand und im Nacken geknotete Tücher. Strohhüte mit aufgeschlagenen Krempen, blaue Westen, bestickte ärmellose Jacken, farbige Röcke und unter dem Kinn geknotete Tücher trug die lemkische Bevölkerung. Beide Gruppen befaßten sich mit Ackerbau und Viehzucht, wobei die Viehwirtschaft vornehmlich von den Boiken betrieben wurde. Sie besaßen unter anderem eine schöne Rinderzucht in der Nähe des Halicz, handelten in Baligród und Lutowiska mit Pferden ...»

«Wir haben Hoczew erreicht», meldete Wachtmeister Kaleń.

«Bitte betrachten Sie diese Kirche aus dem beginnenden sechzehnten Jahrhundert», sagte Ciszewski im Tonfall eines Fremdenführers. «Die Balen erbauten sie. Hier wurde auch Aleksander Fredros Vater geboren, und Aleksander selbst, der Komödiendichter, beschrieb dieses Dorf in einem seiner Werke. Im Hoczew befindet sich ein altertümliches Wirtshaus, vor dem gerade der tapfere Kommandant des hiesigen Stützpunktes der Bürgermiliz, Unterfeldwebel Hipolit Kolanowski, mit seinem Stellvertreter, dem Unteroffizier Ołeksa Łemko, steht.»

«Bitte, halten Sie mal an, Wachtmeister!» befahl Oberstleutnant Tomaszewski.

Straff wie eine Saite, meldete Unterfeldwebel Kolanowski, daß es keine besonderen Vorkommnisse gebe, aber der Regimentskommandeur hörte ihm nicht zu.

«Woher stammen Sie, Bürger Unterfeldwebel?» fragte er.

«Aus Wieliczka, Bürger Oberstleutnant», meldete Kolanowski, keinerlei Verwunderung zeigend, denn er war ein disziplinierter Soldat.

Tomaszewski winkte ab und forschte in Unteroffizier Łemkos Gesichtszügen.

«Sie sind, Bürger Unteroffizier, unbestritten ein Nachkomme von Serben, Bulgaren, Kroaten, Albanern, Rumänen, Ungarn, Slowaken, Ruthenen und natürlich von Polen, die immer und überall ihre Finger dazwischen haben», sagte der Regimentskommandeur.

«Zu Befehl, Bürger Oberstleutnant», donnerte Łemko.

«Was heißt, ‹zu Befehl›? Wissen Sie denn, wovon ich rede?»

«Ich melde, daß ich es nicht weiß, Bürger Oberstleutnant», erklärte der Unteroffizier.

«Er ist ein Blondschopf, hat blaue Augen, nichts vom Balkan ist an ihm ...», stellte Tomaszewski enttäuscht fest und sah Hauptmann Ciszewski vorwurfsvoll an.

«Es ist nun mal nicht anders, nach so vielen Jahrhunderten ...», begann Jerzy von neuem.

«Aber er heißt Łemko und stammt, soviel ich weiß, aus dieser Gegend», wandte der Regimentskommandeur hartnäckig ein.

«Könnten wir nicht weiterfahren?» mischte sich Major Grodzicki ein. «Ich fürchte, Bürger Oberstleutnant, Ihre ethnographischen Untersuchungen sind etwas oberflächlich und entbehren bestimmter wissenschaftlicher Grundlagen ...»

«Rührt euch.» befahl der Regimentskommandeur den beiden Milizionären.

Wachtmeister Kaleń ließ den Motor an. Kolanowski und Łemko standen wieder stramm. Ihre Gesichter waren unbeweglich, wie versteinert. Die Milizionäre salutierten. Die Offiziere erwiderten den Gruß. Oberstleutnant Tomaszewski ließ kein Auge von Unteroffizier Łemko und murmelte etwas vor sich hin. «Erzählen Sie weiter, Bürger Hauptmann», sagte er nach einer Weile.

«Diese Hoczewer Abschweifung veranlaßt mich, etwas weiter auszuholen.»

«Bitte sehr ...»

«Also ... In den Bieszczady, wie in den Karpaten überhaupt, blühte in den vergangenen Jahrhunderten die Räuberei. Es sammelten sich hier die aus den Leibeigenendörfern entlaufenen Bauern, Menschen, die vor den Urteilen der königlichen und der Magnatengerichte flohen, Hirten, die die Freiheit über alles liebten und sich den Anordnungen der Obrigkeit nicht fügen wollten. Man nannte sie Beskidniks. Sie überfielen Karawanen und die Reisenden der reichen Magnatenhöfe. Der größte dieser Räuber war Oleksa Dowbusch, im Volke Dobosz genannt, der in der ersten Hälfte des achtzehnten Jahrhunderts in den gesamten Ostkarpaten auftrat. Bekannt sind auch die Namen anderer Beskidniks. Ihre Haufen überfielen sogar große Ortschaften. Im achtzehnten Jahrhundert gelang es ihnen, eine Reihe von Ortschaften in der hiesigen Gegend einzunehmen und niederzubrennen. Sogar Sanok bedrohten sie. Davor noch, im siebzehnten Jahrhundert, vereinigten sich diese Bewegungen mit dem Bauernaufstand unter Kostka Napierski im Gebiet Podhale und mit dem Kampf, den Bohdan Chmelnickij führte und an dem die Einwohner des Dorfes Wołosate teilnahmen. Im Laufe der Jahre wurde das Elend in den Bieszczady-Dörfern, das bekannte galizische Elend, immer bedrückender. Der Wunsch nach Freiheit führte dazu, daß sich viele der hier ansässigen Bauern an kleineren und größeren Erhebungen gegen die Okkupanten und die Gutsbesitzer beteiligten. Die Abschaffung der Leibeigenschaft achtzehnhundertachtundvierzig brachte den Bauern keine Erleichterungen. Die Wirtschaften zerfielen, die Not wurde immer fühlbarer. Die hier entstehenden Sägewerke, die von den Fredros in Cisna gegründete Eisenhütte oder das Hammerwerk in Rabe und auch die in den letzten beiden Jahrzehnten aufblühende Erdölindustrie bewahrte die Bauern nicht davor.

Der erste Weltkrieg richtete in den Bieszczady viele Zerstörungen an. Dann kam im Jahre neunzehnhundertachtzehn die Unabhängigkeit. Sie brachte diesen Gegenden wenig. In einem statistischen Jahrbuch, das ich in der Baligróder Bibliothek fand, las ich, daß noch im Jahre neunzehnhunderteinunddreißig sechzig Prozent der Bieszczady-Bewohner weder lesen noch schreiben konnten. In der Zeit der Weltwirtschaftskrise grassierte hier die Arbeitslosigkeit. Viele Arbeiter wurden entlassen. Landarme und kleine Bauern litten Hunger. Neunzehnhundertzweiunddreißig brach der Leskoer Aufstand los. Die Bauern, im Rahmen der sogenannten Aktion, ‹Fest der Arbeit› zu unentgeltlichen Ausbesserungs- und Bauarbeiten an Wegen und Straßen gezwungen, ertrugen es nicht länger und zogen am dreiundzwanzigsten Juni gegen ihre Unterdrücker – die Polizei, alle möglichen Gerichtsvollzieher, Sequester und selbstverständlich gegen die Gutsbesitzer. Wieder floß Blut.»

«Man staunt, wie oft dieses Land geradezu überströmt war von Blut», sagte Major Grodzicki.

«Man kann auch die Okkupation dazurechnen, als in allen Dörfern und kleinen Städten Polen, Ukrainer und Juden unermeßliche Opfer brachten», fügte Hauptmann Gorczyński hinzu.

«Wir sind kurz vor Lesko», meldete Wachtmeister Kaleń.

Die Chaussee verlief nun am San entlang. Auf der Brücke in Huzele standen Wachposten aus Hauptmann Gorczyńskis Bataillon. Unmittelbar hinter der Brücke stieg die Straße an. Die starken Mauern des Leskoer Schlosses kamen in Sicht. Daran leuchtete groß in weißer Farbe die Aufschrift: Stimme dreimal mit «Ja»!

Den Lärm des Motors überschreiend, der unter Aufbietung all seiner Kraft die Anhöhe bezwang, sagte Hauptmann Ciszewski: «Dieses Schloß wurde, wie die Kirche in Hoczew, von den Kmits erbaut. Sie errichteten es zu Beginn des sechzehnten Jahrhunderts. Das Schloß brannte mehrmals ab. Siebzehnhundert waren die Schweden drin, die sich knapp sechs Tage in Lesko aufhielten. Aber sie ließen es in Rauch und Flammen aufgehen, bevor sie abzogen. In diesem Schloß schrieb Wincenty Pol seine Gedichte, er war es auch, der es nach der damaligen italienischen Mode umbauen ließ. In einem der Gemächer starb hier Franciszek Pułaski, ein Konföderierter von Bar, ein Bruder von Kazimierz Pułaski. Er starb an den Wunden, die er im Kampf bei Hoczew davongetragen hatte.»

«Sie sind eine wahre Fundgrube historischer Kenntnisse, Bürger Hauptmann», stellte Oberstleutnant Tomaszewski bewundernd fest. «Davon besitzen Sie weitaus mehr als von militärischen», fügte er nach einigem Nachdenken hinzu. «Ich bin sogar der Meinung, Sie könnten nach der Vernichtung der Banden statt zur Malerei zurückzukehren oder, was für das Militär fatal wäre, statt in seinen Reihen zu bleiben, in der hiesigen Gegend den Beruf eines Fremdenführers ausüben. Der Touristenandrang hierher wird sicher einmal groß sein ... Immerhin haben die Offiziere meines Regiments entschieden zuviel Zeit! Wieviel davon haben Sie vergeudet, um alle diese Kenntnisse zu sammeln?»

«Weniger, als wenn ich mich im Kasino bei den nicht immer anspruchsvoll zu nennenden Gesprächen gelangweilt hätte», gab Ciszewski zurück.

Der Regimentskommandeur lachte boshaft. Das Fahrzeug beschrieb eine Kurve und hielt vor dem Gebäude, in welchem Hauptmann Gorczyńskis Bataillonsstab untergebracht war. Von hier sollten sie Major Preminger abholen, der sich vorübergehend in Lesko aufhielt.

Preminger überbrachte ihnen eine unerfreuliche Nachricht. Einige Tage zuvor hatten die Bandera-Leute die Ehefrau und die beiden kleinen Kinder des Kreissekretärs der Partei, Drozdowski, umgebracht. In der Nähe des Bircza-Hügels war es geschehen. Die Frau des Sekretärs befand sich auf einer Besuchsreise zu Verwandten. Die Banditen hielten den Pferdewagen an, mit dem sie fuhr.

«Sie wurden einfach mit Messern erstochen», erzählte Preminger. «Die Kinder waren fünf und sieben Jahre alt.»

«Wie hat Drozdowski diese Mitteilung aufgenommen?» fragte Major Grodzicki.

«Er hat nichts gesagt. Gestern kam er von dort zurück. Sie waren schon beerdigt worden. Jetzt ist er beim Brückenbau an der Straße nach Sanok. Ein unheimlich harter Mensch.

Kaleń nickte schweigend und spuckte über den Wagenrand. Major Preminger setzte sich neben Oberstleutnant Tomaszewski. Der Wagen fuhr scharf an, eine blaue Abgaswolke hinter sich zurücklassend. Nach wenigen Minuten hatten sie den San erreicht, dessen Schleife von der Chaussee nach Lesko überquert wurde. Auf Drozdowskis Initiative war man einige Wochen zuvor an den Wiederaufbau der zerstörten Brücke gegangen.

Der Sekretär stand bis zu den Knien im Wasser. Die Hosenbeine hatte er zusammen mit den Unterhosen aufgekrempelt, die grauen Hosenträger schnitten in seine starken Schultern ein. Schuhe, Jackett und Gewehr lagen am Ufer, wo übrigens Soldaten von Hauptmann Gorczyńskis Bataillon ein schweres MG aufgestellt hatten, dessen Lauf auf das Gebüsch am gegenüberliegenden Ufer zielte. Ein gutes Dutzend Arbeiter waren eifrig am Bau beschäftigt.

Wachtmeister Kaleń lenkte das Fahrzeug in den Fluß. Die Räder rutschten über den steinigen Grund. Drozdowski schirmte die Augen mit der Hand ab und schaute zu ihnen hinüber. Dicht bei ihm hielten sie.

«Guten Tag, Sekretär», sagte Oberstleutnant Tomaszewski. «Ich weiß nicht recht, wie man sich bei solchen Anlässen verhält, aber ich bitte, mein tief empfundenes Mitgefühl entgegenzunehmen ...»

Sie drückten ihm die Hand. Drozdowski sah müde aus. Er war sichtlich abgemagert. Seine dunklen Augen lagen tief in den Höhlen, die Wangen waren eingefallen, das Kinn trat scharf vor.

«Wie geht der Bau voran?» fragte Hauptmann Gorczyński.

«Am fünfzehnten Mai sind wir fertig.»

«Was beabsichtigen Sie dann zu tun?» erkundigte sich Tomaszewski.

«Ich möchte mich mit der Mühle in Lesko befassen. Die Arbeit kommt dort nicht recht vom Fleck.»

«Sie bleiben in dieser Gegend?» fragte Major Grodzicki verwundert.

Auf dem Gesicht des Sekretärs malte sich ehrliches Erstaunen. «Ich verstehe Ihre Frage nicht. Was sollte ich denn sonst tun?»

«Ich glaubte, daß Sie nach diesen Erlebnissen den Wunsch hätten, die Gegend hier zu verlassen. Der Mensch ist doch nicht aus Eisen. Hier ruft vieles schmerzliche Erinnerungen in Ihnen wach. Ein Wechsel des Wohnorts hilft oft, solche Wunden zu heilen», erklärte Grodzicki.

Drozdowski schüttelte den Kopf. Er seufzte schwer, als läge eine Zentnerlast auf seiner Brust, und sagte, ohne die Offiziere anzusehen: «Jeder trägt seinen Schmerz allein. Keine Flucht kann da helfen. Man kann doch nicht vor sich selber davonlaufen. Wohin sollte das auch führen? Hören Sie ..., vor vierzehn Jahren, im Jahre zweiunddreißig – es war ein ebensolcher Frühling wie jetzt, ich erinnere mich genau –, schlugen wir uns mit der Polizei in Brzegi Dolne, später bei Łobozew, Teleśnica, Oszwarowa, Ustianowa und Bóbrka. An die fünfzehntausend Bauern, Polen und Ukrainer, standen wie ein Mann. Wir besaßen nur Dreschflegel, Äxte, Heugabeln und Sensen. Die Jagdflinten konnte man an den Fingern abzählen. Zur Unterstützung der Polizei wurden die Podhaler Schützen aus Sanok gegen uns losgeschickt. Auf dem Jawor lieferten wir uns eine Schlacht. Eine blutige Schlacht. Das Ganze dauerte nur sechzehn Tage, aber einige hundert Bauern kamen um. Dann erfolgte die Befriedung. Sie wissen selber, wie das vor sich ging ... Die Menschen verschwanden, wanderten in die Gefängnisse, mußten in die Fremde ziehen. Die Familien fielen auseinander, hörten auf zu bestehen. Ich war damals um diese vierzehn Jahre jünger, hatte aber schon den Vater und den be-

222

sten Freund begraben. Und trotzdem war das erst der Anfang. Bis neununddreißig starb hier mancher von den Unsern, ob Pole oder Ukrainer, oder er wanderte nach Bereza ins KZ. Dann kam die Okkupation. Wieder beerdigte man seine Nächsten. Ich zog mit den Partisanen. Oberleutnant Turski war auch bei uns. Fragen Sie ihn, ob er von hier fortgehen würde. Seine Frau und seine Kinder wurden von NSZ-Leuten ermordet. Solche wie ihn oder mich gibt es hier sehr viele … Man vergißt nicht die Toten, wenn man selber mit heiler Haut davongekommen ist. Man muß bleiben und die Sache weiterführen. So will es mir scheinen. Das ist ein ungeschriebenes Gesetz. Heutzutage ist es übrigens einfach. Bald wird mit den Banden Schluß sein, und dann kommt alles anders. Hier gibt es wirklich so viel Arbeit und so mannigfaches Leid, daß man den Schmerz leichter erträgt als anderswo.»

Das Wasser umspülte die Räder des Fahrzeuges. In den Strahlen der Sonne war es völlig durchsichtig. Der Grund des Flusses war übersät mit dem im Laufe von Jahrtausenden, vielleicht sogar von Jahrmillionen emsig geschliffenen Steinen. Der Sand schillerte silbern. Er sang sein eintöniges und den menschlichen Schicksalen gegenüber gleichgültiges Lied.

Wachtmeister Kaleń beugte sich über das Lenkrad. Der Motor begann zu brummen, und die Räder glitten über den steinigen Grund. Die Gestalt des Sekretärs wurde kleiner und kleiner, der Wagen erklomm die nach Zagórz führende Straße, kam vorüber an Goldblums Schenke und fuhr dann in flottem Tempo dahin. Dicke, milchigweiße Staubwolken blieben hinter ihm zurück.

Die Offiziere übernachteten in Sanok und setzten die Reise über Krosno und Tarnów fort. Das schöne Wetter hielt sich auch weiterhin. Nichts schien die Ruhe zu stören. Überall, auf Feldern und in Gärten, arbeiteten die Menschen. Lerchen schwangen sich in die Luft und fielen wie auf unsichtbare Schnüre gereihte Korallen ganz plötzlich hinunter in die Tiefe. Ein Storch spazierte über eine feuchte Wiese. Er erinnerte so lebhaft an Oberleutnant Zajączek, daß Ciszewski unwillkürlich laut lachen mußte. Oberstleutnant Tomaszewski blickte ihn argwöhnisch an und sagte unwillig: «Die Künstlerseele erwacht; es wimmelt nur so von Einfällen, wenn sich das Frühlingslüftchen regt, was Hauptmann?»

Ciszewski lächelte zerstreut. Überall sah man die Aufschriften: «Dreimal ja» oder «Zweimal ja, einmal nein».

«Man schickt sich an zur großen Schlacht», sagte Major Preminger. «Der Volksentscheid. In zwei Monaten werden wir uns mit den Leuten von der PSL messen. Es wird nicht leicht sein.»

«Wie lauten die Fragen des Volksentscheids?» fragte Tomaszewski.

Major Grodzicki lachte auf. «Bürger Oberstleutnant, Sie lesen trotz der Anweisung der Politischen Hauptverwaltung keine Zeitungen.»

«Selten. Ich befasse mich ungern mit Papierkram. Also, wie lauten die Fragen?»

«Sie sind einfach. Wir alle sollen darauf Antwort geben, ob wir in der künftigen Verfassung eine auf Nationalisierung der Industrie und Bodenreform basierende Ordnung fixiert haben möchten, ob wir für die Festsetzung der Grenzen Polens an Oder und Neiße sind und ob wir die Abschaffung des morschen, ständig reaktionären Wirrwarr stiftenden Senats wünschen. Die PSL agitiert dafür, daß diese letzte Frage mit Nein beantwortet wird. Die Mikołajczyk-Anhänger haben ihren ganzen Apparat in dieser Richtung in Bewegung gebracht.»

«Auch die Banditen», murmelte Oberstleutnant Tomaszewski.

«Ich habe von Żubryd erlassene Instruktionen abgefangen. Er ordnet an, im Sinne der Weisungen der PSL zu stimmen oder den Volksentscheid zu boykottieren», stellte Hauptmann Gorczyński fest.

«Die Bandera-Leute tun so, als kümmerten sie sich nicht darum, verbieten aber die Abstimmung entsprechend dem Programm der PPR und sind eher für den Boykott des Volksentscheids», fügte Major Grodzicki hinzu.

Preminger rechnete mit verstärktem Terror der Banden in den Tagen vor der Abstimmung.

«Die Banditen werden um jeden Preis versuchen, Mikołajczyk zu retten. Wir müssen alles daransetzen, der Bevölkerung so ruhige Abstimmungsbedingungen wie nur möglich zu sichern», sagte er.

«Einen Scheißdreck werden die Banditen und Mikołajczyk erreichen, Bürger Major», mischte sich unerwartet Wachtmeister Kaleń von seinem Lenkrad her in die Unterhaltung. «Jetzt haben sie die Maske ganz fallen lassen, jetzt gehen sie Hand in Hand. Nun ist das wohl jedem klar.»

«Was für Ausdrücke gebrauchen Sie nur, Wachtmeister», tadelte ihn streng der Oberstleutnant und fügte hinzu: «Es ist wirklich so, und ich bin auch der Meinung, daß die Entlarvung dieser Hundesöhne vielleicht die bedeutendste Errungenschaft des Volksentscheids ist. Eben darin liegt schon vor dem endgültigen Ergebnis der Sieg begründet.»

«Wie dem auch sei, der Kampf wird schwer werden», beharrte Preminger auf seiner Ansicht. «Das Verbleiben des Senats würde den Mikołajczyk-Anhängern eine Waffe in die Hand geben und könnte alles andere auslöschen.»

«Ach was! Die Macht geben wir sowieso nicht her.» Wachtmeister Kaleń zuckte die Achseln und hupte laut wie bekräftigend gegen eine Schar Enten an, die quer über die Straße watschelten.

Die Parolen «Dreimal ja» und «Zweimal ja, einmal nein» tauchten an Hauswänden, Zäunen und Wegweisern auf und enteilten wieder. Das Fahrzeug verschlang das Band der Chaussee. Auf dem Zähler summierten sich die Kilometer. Die Offiziere nickten ein. Kraków kam immer näher.

Der Tisch war mit olivgrünem Tuch bespannt, wie alle Tische in den höheren Kommandostellen der Armee. Von den Porträts an den Wänden blickten die besorgten Gesichter Czarnieckis, Kościuszkos, Dąbrowskis, Fürst Józefs, Bems und Traugutts herab. Es ist erstaunlich, wie viele Sorgen im Verlauf der gesamten Geschichte unsere verschiedenen Heerführer stets hatten. Unter ihnen läßt sich schwerlich einer finden, der einfach gesiegt hätte, ohne dafür mit ungewöhnlichen Schwierigkeiten zu bezahlen. Womöglich ist dies aber auch das Los aller Feldherren in der ganzen Welt. Darüber machen wir uns selten Gedanken. Wir Polen schwärmen für militärisches Märtyrertum. Nichts ergreift uns so wie das auf den verschiedenen Schlachtfeldern durchgestandene schwere Leid, wo wir entweder Prügel bezogen oder uns den Sieg mit viel Blut erkauften. Oft erheben wir deswegen Ansprüche bei den Vertretern anderer Völker, da sie dies nicht anerkennen und uns auf keinem Gebiet Kredit einräumen wollen. Wir vergessen, daß die Welt die Sieger und nicht die Helden liebt ..., dachte Ciszewski, während der General sagte: «Der Sieg muß teuer erkauft werden, er fällt einem nicht ohne weiteres zu. Auch in den Kämpfen gegen die Banden der WIN, UPA oder NSZ müssen wir ihn sehr teuer bezahlen.»

Wie immer trug er eine aus grobem Soldatentuch geschneiderte Uniform ohne jegliche Ordensspangen, Breeches und Langschäfter. Im Lauf des letzten Winters war sein Gesicht ein wenig grau geworden und zeigte mehr Falten als sonst, seine dunklen Augen glänzten jedoch wie eh und je vor Tatkraft und Humor, seine Bewegungen waren lebhaft, beinahe jugendlich. Sie täuschten über die den General bedrückenden Sorgen und die Müdigkeit hinweg, der er nicht nachgeben wollte. Unwillkürlich verglich Ciszewski dieses Gesicht mit denen auf den Porträts, die die Wände des Konferenzsaales schmückten. Wie bei ihnen nistete um die Mundwinkel des Generals ein kaum wahrnehmbarer Ausdruck von Bitterkeit, verursacht durch Erlebnisse und Erfahrungen, mit denen er allein fertig werden mußte. Die Augen verbargen durch ihr humorvolles Blitzen die ständige innere Anspannung, die mit der großen, schon seit vielen Jahren auf diesem Menschen lastenden Verantwortung zusammenhing. Er hatte an den bedeutendsten Kriegen der letzten drei Jahrzehnte teilgenommen. In vielen Schlachten und mehreren Feldzügen befehligte er Zehntausende von Soldaten. Nicht immer wurden ihm dafür Ehre und Anerkennung zuteil. Es gab eine Zeit, da er sich gegen die unsinnigsten Anschuldigungen zur Wehr setzen und um seine ureigenste Menschenwürde kämpfen mußte. Er erfuhr, wie veränderlich das Glück ist. Er hatte alles erlebt, was man erleben kann. Charakteristisch für ihn war, daß er selbst auf der Höhe seines Ruhmes nie zu imponieren suchte, wie es dieser oder jener Feldherr tat, der, hinausgestoßen in die Arena der (bisweilen einzig und allein seiner Meinung nach) großen geschichtlichen Ereignisse, sich wie ein Schauspieler auf der Bühne bewegte, die Pose eines von der Vorsehung auserkorenen Mannes einnahm und Beifall erheischte. Der General war ein einfacher Mensch. Seine Heldentaten im Kriege waren mit allen möglichen Liebesabenteuern verwoben, durch die er sich auszeichnete und aus denen er kein Hehl machte. Das trug ihm manche Ungelegenheiten ein. Er machte sich nichts daraus. Er packte das Leben mit beiden Fäusten. Er war vielseitig und verblüffte manches Mal Schriftsteller und Journalisten, die über ihn schrieben, durch seine Kenntnisse auf vielen außerhalb des militärischen Bereichs liegenden Gebieten wie Literatur, Musik oder Malerei. Selbst im Kriege besuchte er alte Schlösser, stöberte in Bibliotheken und machte kilometerlange Umwege, um sich irgendein berühmtes Gemälde anzusehen. Die einen hielten ihn für einen Sonderling, die anderen behaupteten, er posiere, wieder andere warfen ihm Leichtsinn auf dem Schlachtfeld und im Privatleben vor; die meisten, die den General näher kannten, und alle Soldaten bewunderten ihn. Noch weiter und tiefer blickende Männer behaupteten, er sei eine der bemerkenswertesten Gestalten unserer Zeit. Ganz sicher war er eine der lautersten und uneigennützigsten. Es war bekannt, daß er sich das Schicksal der Soldaten, die er in den Kampf schickte, sehr zu Herzen nahm. Das unterschied ihn ebenfalls von vielen anderen Generalen, die sich unter den Bedingungen des modernen Krieges daran gewöhnten, Verluste ausschließlich statistisch zu erfassen. Vielleicht äußerte sich deshalb einer der großen amerikanischen Schriftsteller – er war weit entfernt von irgendwelchen Sympathien für den Kommunismus – in seinem Roman, der den Krieg in Spanien zum Hintergrund hat und die Generale dieses Feldzuges heftig kritisiert, über den General so warm und herzlich.

Hauptmann Ciszewski beobachtete den General auf der Besprechung im Krakówer Wehrbezirkskommando und dachte an all das, während er gleichzeitig dessen Worten lauschte. Jerzy nahm dem Militär gegenüber eine durch und durch skeptische Haltung ein, die sich selbstverständlich auch auf die Generale erstreckte. Er hatte sie während des Krieges gesehen, und nichts erschreckte ihn mehr als die Macht, die sie über die Menschen hatten. Von ihren Entscheidungen hing das Leben Tausender ab. Diese Macht besaß die gesamte militärische Hierarchie, doch je höher ihre Stufe war, desto mehr konzentrierte sich dieses weitverzweigte Recht in den Händen eines einzigen Menschen, des Steuermanns. Über ein solches Ausmaß an Macht zu verfügen und dabei nicht das Verantwortungsgefühl zu verlieren war schwer. Der General stand in dem Ruf – zwei Generationen Soldaten hatten ihn einander mündlich überliefert –, dieses Gefühl zu besitzen. Jerzy hatte nie unmittelbar seinem Befehl unterstanden, wußte jedoch, daß das Zeugnis, das die einfachen Soldaten ihren Kommandeuren ausstellen, sehr viel wertvoller ist als der Heiligenschein, mit dem sie von offizieller Seite umgeben werden. Diese

Binsenweisheit kennen alle alten Frontsoldaten. Darin täuschen sie sich nicht.

Durch die Fenster sah man die von der Sonne vergoldeten Mauern des Wawel. Ein Maikäfer hatte sich in das Zimmer verirrt. Er summte eine Weile über dem Tisch und den Köpfen der annähernd dreißig Offiziere, die die in den Bieszczady gegen UPA- und WIN-Banden kämpfenden Einheiten befehligten. Dann ließ er sich erschöpft auf dem dunkelgrünen Vorhang nieder, der eines der Fenster umrahmte.

«Dieser verdammte Winter hat uns viel gekostet», sagte der General. «Bezahlen muß man für alles, aber in unserem Beruf bezahlt man leider mit dem Leben und tauscht dafür Erfahrung ein. Selbstverständlich fällt es schwer, dies den Eltern, Frauen, Kindern und Bräuten derer zu sagen, die ein Jahr nach dem Kriege gefallen sind oder auch jetzt noch täglich fallen. Ich weiß nicht, ob man überhaupt jemandem mit Worten den Tod eines ihm nahestehenden Menschen erläutern kann. Eins ist jedenfalls sicher: Nicht wir haben die Kämpfe eröffnet. Die Banditen haben sie uns aufgezwungen. Niemand sehnt den Frieden mehr herbei als wir. Das liegt in unserem ureigensten Interesse, und nur ein ausgemachter Dummkopf oder Bandit könnte es in Abrede stellen. Wir waren gezwungen, die Herausforderung zum Kampf anzunehmen, und wir sind verpflichtet, ihn zu Ende zu führen.»

Der General hielt einen Augenblick inne und verfolgte den Flug des Maikäfers. Mit Ungestüm hatte der seinen Platz auf dem Vorhang verlassen und prallte bei der eifrigen Suche nach einem Ausgang an die gegenüberliegende Wand.

«Ich komme nun zu den Erfahrungen, die wir gesammelt haben», fuhr der General fort. «Wir, der Minister, sein Stellvertreter, meine Mitarbeiter und ich, haben die Schlußfolgerungen aus den in diesem Winter in den Karpaten geführten Kampfhandlungen gezogen. Wir haben verschiedene Fehler begangen. Einmal operierten wir mit großen Truppenformationen, zum Beispiel mit ganzen Regimentern, ja sogar mit einer Division, wie es in der letzten Aktion Oberst Sierpińskis geschah, zum anderen mit zu kleinen, Kompaniestärke nicht überschreitenden Abteilungen. Im ersten Falle hatte der Feind Zeit, die Marschrichtung dieser großen, unbeweglichen Einheiten zu beobachten und sich ihren Schlägen zu entziehen, im zweiten Falle umzingelte er die kleinen Gruppen des Militärs und liquidierte sie.»

Der General ballte die Hand zur Faust und schlug damit leicht auf den Tisch. Oberst Sierpiński bewegte sich unruhig hin und her. Major Grodzicki gab Hauptmann Gorczyński einen sanften Stoß in die Seite, als wolle er ihm bedeuten: ‹Genau das habe ich auch gesagt.›

«Wir schleppten auf unseren Aktionen all das schwere Gerät mit: Geschütze, Granatwerfer, Lastkraftwagen und was weiß der Teufel, was sonst noch. Sogar mit Panzern versuchte man sein Glück.» Der General nickte zu Oberstleutnant Tomaszewski hinüber, der so tat, als sähe er es nicht.» Wir durchkämmten die Wälder, wobei wir Stunden benötigten, um unsere Ausgangsstellungen zu beziehen. Die Banditen schauten unseren schneckenartigen Bewegungen zu und machten sich mühelos aus dem Staube. Das ist noch nicht alles. Statt endlich die Initiative zu ergreifen, überließen wir sie den Banden. Wir jagten nur von einem Brand, den sie entfacht hatten, zum anderen, von einem Ort, an dem sie gemordet hatten, zum nächsten. Wir nahmen Verfolgungen von höchst zweifelhaftem Wert auf, die den Banditen stets einen Zeitvorsprung ließen, der ausreichte, dem Kampf auszuweichen. Wir waren ungenügend auf Winteroperationen im Gebirge vorbereitet. Es fehlte uns an entsprechender Ausrüstung, vor allem an Skiern, weißen Tarnanzügen und ähnlichen Sachen ... Schließlich das Wesentlichste: Wir waren nicht imstande, die Wohnsitze der Banditen, ihre Biwakplätze, ihre Schlupfwinkel in den Bergen ausfindig zu machen. Wir verstanden es nicht, zu schlußfolgern, wo sich der Gegner verbirgt. Dadurch behielt er die Initiative und konnte, in Verbindung mit all unseren Fehlern, sein Unwesen im Gelände nahezu ungehindert treiben.»

Von all dem war schon hundertmal die Rede, dachte Ciszewski enttäuscht. Ich würde gern erfahren, was wir dagegen tun sollen. Er fühlte, daß die Spannung unter den am Tisch sitzenden Offizieren wuchs. Wer den General besser kannte, wußte, daß er ihnen ihre Fehler nicht vorgehalten hätte, wenn er nichts zu ihrer Überwindung sagen könnte. Der General trank einen Schluck. Währenddessen verfolgte er den Flug des eigensinnigen Maikäfers, dessen Erregung und Mattigkeit zunahmen. Immer häufiger setzte sich das Insekt nieder. Es konnte das offene Fenster nicht wiederfinden, durch das es in das Zimmer geflogen war.

«Ist das eine Hitze», sagte der General, das Glas absetzend. Er lächelte zerstreut und sprach weiter: «Die Fehler, die ich erwähnte, wird man nun so rasch wie möglich korrigieren müssen. Künftig gehen wir anders vor. Die Einheit, die uns ein grundsätzliches Übergewicht über den Feind verschafft, ist das Bataillon. Wenn die Banditen ihre Kräfte entsprechend konzentrieren, können schwächere Einheiten umzingelt und vernichtet werden, stärkere können nur in Aktionen größeren Umfangs wirksam werden. Das Bataillon aber kann die Banden erfolgreich bekämpfen, es braucht ihre Überfälle nicht zu fürchten, es vermag die gegnerischen Gruppen selbständig einzukreisen und zu vernichten. Die Bataillone eines Regiments sollten ihre Aktionen koordinieren. Grundsätzliches Verbindungsmittel zwischen ihnen ist der Funk. Ich sage es mit allem Nachdruck», die Stimme des Generals klang plötzlich hart, metallisch, «es ist jetzt Schluß damit, schwere Waffen in den Einsatz mitzunehmen. Die Artilleristen werden mit dem Gewehr in der Hand kämpfen, die Panzersoldaten kehren in ihre Garnisonen zurück und werden sich schulen. Im Kampf gegen die Banden gibt es für sie nichts zu tun. Das Wichtigste ist gegenwärtig die Beweglichkeit. Ihr müßt schneller sein, sehr viel schneller als die Banditen. Ihr seid bedeutend besser bewaffnet als sie, ihr seid disziplinierter. Ihr müßt diese Überlegenheit ausnutzen. Ihr seid zahlenmäßig stärker. Man wird bei den Operationen auch von gewissen Frontgewohnheiten abkommen müssen. In den Auseinandersetzungen mit den Banden muß man zu Methoden des Partisanenkampfes übergehen. Bewegt euch gewandt, rasch, unbemerkt. Ich betone: unbemerkt! Sie dürfen eure Bewegungen nicht beobachten können. Ihr solltet ihnen mit diesen Bewegungen zusetzen, ihnen keinen Augenblick Ruhe gönnen. Das wird den Feind ebenso ermüden wie der Kampf selbst.»

«Wir müssen uns nachts bewegen!» platzte Major Grodzicki, der schon einige Zeit unruhig auf seinem Stuhl hin und her gerutscht war, mit seiner Ansicht heraus.

«Bravo, Grodzicki!» sagte der General. «Genau das wollte ich zum Ausdruck bringen: Ihr müßt euch nachts bewegen. Dann hilft den Banditen auch keine Beobachtung.»

Wie behält er nur all die Namen? dachte Ciszewski verwundert.

«Das Wichtigste ist jedoch die Frage, wie wir die Banditen auffinden sollen», hörte er den General sagen. «Wir haben uns in Warschau lange darüber den Kopf zerbrochen, ehe jemand auf die Lösung dieses Problems kam. Die Banditen müssen doch essen und trinken. Für beides ist Wasser unentbehrlich. Ohne Wasser kann kein Biwak, kein Lagerplatz im Walde bestehen. Niemand ist imstande, Essen zu kochen, den Durst zu löschen, ein Mindestmaß an persönlicher Hygiene aufrechtzuerhalten, wenn es fehlt. Der Mensch kann ohne Wasser nicht leben. Wo Wasser ist, wo Gebirgsbäche und Flüßchen fließen, müssen sich also auch die Schlupfwinkel des Feindes befinden ... Worüber schütteln Sie den Kopf, Tomaszewski?» Der General hielt inne.

Oberstleutnant Tomaszewski errötete. Der General lächelte ihm ermutigend zu. «Nur Zweifel helfen schwierige Probleme wirklich lösen. Heraus mit der Sprache, Oberstleutnant!»

«Über die Wasserfrage haben wir schon nachgedacht, Bürger General. Die Sache ist die, daß es in den Bergen Hunderte, vielleicht sogar Tausende von Bächen und Quellen gibt.»

«Das weiß ich, aber nicht an jedem Wasserlauf können sich die Banditen niederlassen. Sie brauchen gleichzeitig Zufahrtswege für den Antransport von Lebensmitteln oder zumindest irgendwelche Zugangspfade, über die sie die Dinge auf ihren eigenen Schultern heranschaffen. Weiter, der von ihnen gewählte Lagerplatz muß für den Notfall günstige Verteidigungs- und Rückzugsbedingungen bieten, Bedingungen, die eine gewisse Beobachtung zulassen und die Verbindung der Banden untereinander sowie zu den Informanten in den Dörfern gewährleisten. Solche Plätze, und dazu noch am Wasser gelegene, gibt es selbst in den komplizierten Bieszczady nicht im Überfluß. Beim aufmerksamen Studium der Karte werden Sie eine ganze Menge schlußfolgern können.»

Diesmal hatte der General ins Schwarze getroffen. Aus dem Schweigen, das seinen Worten folgte, sprach höchste Verwunderung. Wie ist das doch einfach! Hauptmann Ciszewski war innerlich begeistert. Die Offiziere schauten einander an und lächelten, aber der General blieb ernst.

«Als ich zu Beginn des Winters in Warschau mit Oberst Sierpiński, Oberstleutnant Kowalewski und einigen anderen Offizieren über die Operationen gegen die UPA- und WIN-Banden im Gebiet der Bieszczady sprach, sagte ich, daß es dafür keine Rezepte gebe. Mir war klar, daß wir Erfahrungen sammeln müssen und alles Theoretisieren in diesem Falle nur schädlich sein konnte. Jetzt ist die Lage anders. Wir besitzen die notwendige Erfahrung, wenngleich wir sie mit erheblichen Kosten erkauft haben. Wir wissen nun, woran wir sind. Deshalb bitte ich auch darum», die Stimme des Generals klang wiederum scharf, «das als allgemeine, aber verbindliche Direktive zu behandeln. Angewandt auf die konkrete Situation, sollte sie euch die entsprechenden Resultate erbringen.»

Der erschöpfte Maikäfer fiel plötzlich in die dicht vor dem General stehende Wasserkaraffe. Der beugte sich über das Insekt, legte es sich vorsichtig auf die Hand und trat an das offene Fenster. Der Maikäfer breitete seine Flügelchen aus und flog, nachdem er neue Kräfte geschöpft hatte, zu der sonnenüberfluteten kleinen Grünanlage hinüber. Der General schaute ihm eine Weile nach. Als er sich umwandte, erhellte ein Lächeln sein Gesicht.

«Noch einige optimistische Worte ... Ich habe den Eindruck, daß sich die Situation zu unseren Gunsten verändert. Die Banden der WIN und der NSZ machen eine Krise durch. In den Wojewodschaften Lublin und Białystok sind sie fast ganz liquidiert oder im Zerfall begriffen. Ihre Mitglieder kehren nach Hause zurück. Sie haben das Herumtreiben satt. Die Bauern wollen die Rückkehr der Gutsbesitzer nicht. Die Masse der Dorfarmut will endgültig auf eigenem Grund und Boden wirtschaften, sie glaubt immer mehr an unsere Beständigkeit und weiß, daß nur wir ihnen ein normales Leben ermöglichen. Diese Leute wenden sich von den Banden ab. Und ohne die Bauern können die Banden nicht viel anfangen. Die verschiedenen Galgenvögel, für die es wegen der Verbrechen, die sie während der Okkupation begangen haben, oder auch wegen anderer Untaten keine Rückkehr mehr gibt, die Gruppen wirrköpfiger junger Burschen aus sogenanntem ‹guten Hause› und die verschiedenen Schwachköpfe, die es nicht zulassen wollen, daß die ‹Heiligkeit des Altars befleckt› wird, sind allein zu schwach und stellen keine ernste Gefahr mehr dar. Sie werden in absehbarer Zeit von der Erdoberfläche weggefegt sein. Diese Zerfallserscheinung bei den Banden beobachten wir gerade im Lubliner und Białystoker Raum. Anders steht es mit der UPA. Die ukrainischen Faschisten sind Kriegsverbrecher im wahrsten Sinne des Wortes. Sie haben nichts zu verlieren. Sie versuchen ihre Haut zu retten, solange es geht. Sie und mit ihnen das ganze Hitlergesindel aus allen möglichen Ländern Europas, das sie um sich geschart haben, wird man einfach vernichten müssen ... Ein langes Leben ist ihnen jedoch nicht beschieden. Abgeschnitten in den Karpaten, isoliert von jeglicher Hilfe von außen und der Zusammenarbeit mit den Banden der WIN, werden sie wohl oder übel zugrunde gehen müssen.»

Darauf sprach der General über den Volksentscheid und die Aufgaben, die sich im Zusammenhang mit der Abstimmung für das Militär ergaben. Die Beratung zog sich bis in die späten Nachtstunden hin. Die Offiziere stellten Fragen.

«Wie sieht es mit Urlaub aus, Bürger General!» fragte Oberst Sierpiński. «Es gibt bei uns Offiziere und Soldaten, die ihre Familien jahrelang nicht gesehen haben.»

«Urlaub können wir leider nur in beschränktem Umfang geben», sagte der General. «Wir dürfen ihn jedoch natürlich nicht grundsätzlich sperren. Dagegen können die Familien die Soldaten in ihren Garnisonen fleißig besuchen. Wir müssen danach trachten, das Leben zu normalisieren, je mehr die Banditen das Gegenteil anstreben. Sie haben da ein echtes Problem zur Sprache gebracht, Bürger Oberst ... Ich habe nichts dagegen, daß die Offiziere ihre Familien zu sich holen. Ich halte es sogar für ratsam. Außerdem bitte ich um größtmögliche Annäherung an die örtliche Bevölkerung. Helft den Bauern bei der Arbeit, nehmt Anteil an ihrem Leben, veranstaltet gemeinsame Vergnügen mit der Dorfjugend, wo immer sich dazu Gelegenheit bietet. Die Bieszczady dürfen nicht ein stiefmütterlich behandelter Landesteil sein, wie es die Herren von der UPA oder WIN gern möchten. Der Kampf um ein normales Leben ist ebenso wichtig wie der Kampf, den wir gegen die Banden draußen im Gelände führen. Man wird ihn gewinnen müssen ...»

«Wir dürfen unsere Frauen kommen lassen!» rief Major Grodzicki erfreut aus.

Der General nickte. In diesem Augenblick öffnete sich die Tür. Ein Adjutant mit schaukelnden Silberschnüren auf der Brust trat auf den Kommandeur des Wehrbezirks zu und sagte ihm etwas ins Ohr. Der runzelte die Brauen und wandte sich mit bekümmertem Gesichtsausdruck an den General. Einige Minuten lang sprach er mit ihm im Flüsterton. Der Nacken des Generals lief rot an. Ein untrügliches Zeichen der Erregung. Er hob die Hand, um die Versammelten, die lebhaft über den Zuzug ihrer Familien diskutierten, zu beruhigen.

«Eine schlechte Nachricht, Oberst Sierpiński.» Der General sprach mit gedämpfter Stimme, sie klang nasaler als sonst.

«Was ist geschehen?»

«Ihr Stabschef, Oberstleutnant Rojewski, ist von den Żubryd-Leuten ganz in der Nähe von Sanok getötet worden.»

Im Zimmer herrschte Stille. Den geradezu übertrieben bescheidenen und arbeitsamen Rojewski hatten alle gut leiden können. Er erledigte immer alle möglichen heiklen Angelegenheiten, sofern ihn Oberst Sierpiński an sie heranließ; der Stabschef war nämlich bekannt dafür, daß er keiner Fliege etwas zuleide tun konnte. Nie strafte er, nie gebrauchte er Kraftausdrücke wie andere Kommandeure. Seine Autorität gründete sich auf Güte, wie man sie bei Leuten in Uniform selten antraf. Vermutlich bezeigten ihm alle Unterstellten gerade dank der Ungewöhnlichkeit dieser Erscheinung mehr Gehorsam als anderen.

«Noch eine Frau und zwei Kinder verwaist», murmelte Oberstleutnant Tomaszewski.

«Wie ist es dazu gekommen?» erkundigte sich Oberst Sierpiński.

«Rojewski befand sich auf der Rückkehr von Olchowce. Mit dem Auto. Die Banditen lauerten im Hinterhalt. Sie eröffneten das Feuer aus Maschinenpistolen. Rojewski und der Fahrer waren von Kugeln durchlöchert wie ein Sieb. Der Tod muß sofort eingetreten sein ...», erklärte der Kommandeur des Wehrbezirks mit seiner gewaltigen Stimme.

Der General blickte durchs Fenster in die Nacht hinaus, die schon die Straßen umhüllte. Dann kehrte er, leicht gebeugt, an seinen Platz am Tisch zurück. «Ich lernte Rojewski kennen, als er nicht mehr als siebzehn Jahre zählte. Er war so ein Träumer mit blondgelocktem Haar. Er blieb es bis zum Schluß, trotz allem, was er in den fünfundvierzig Jahren seines Lebens durchmachte. Da soll doch der Blitz dreinfahren! Die besten Leute fallen!» fluchte er plötzlich. Nach einer Weile fuhr er fort: «Im Zusammenhang mit dem Tode von Oberstleutnant Rojewski sind einige Umbesetzungen erforderlich geworden. Seinen Posten wird nun Oberstleutnant Tomaszewski übernehmen. Regimentskommandeur an Tomaszewskis Stelle wird Major Grodzicki.»

«Ich bin ungeeignet für den Stab. Ich kann nicht hinter dem Schreibtisch sitzen», wandte Oberstleutnant Tomaszewski trübsinnig ein.

«Sie gewöhnen sich daran, Bürger Oberstleutnant», versicherte ihm der General. «Diese Veränderung wäre ohnehin erfolgt. Wir hatten die Absicht, Rojewski in den Generalstab zu berufen. Leider ist uns Żubryd dazwischengekommen ...»

«Ich werde der Fehler wegen versetzt, die ich im Winter gemacht habe», sagte Tomaszewski noch betrübter.

«Wenn es so wäre, würde ich es Ihnen nicht verhehlen, Bürger Oberstleutnant. Sie kennen mich doch zur Genüge, und zwar nicht erst seit heute. Ich habe nichts übrig für diplomatisches Versteckspielen innerhalb der Armee. Alle, ich voran, haben wir in diesem Winter im Gebiet der Bieszczady viele Fehler begangen. Ich kann deshalb niemandem Vorhaltungen machen.»

Tomaszewskis Gesicht hellte sich auf. «Vielleicht besteht die Möglichkeit, daß ich auch künftig zusammen mit meinem ehemaligen Regiment, das mir sehr ans Herz gewachsen ist, an den Aktionen gegen die Banden teilnehme?» fragte er.

«Sie müssen das sogar tun. Außerdem wird sich Ihr Regiment in nächster Zeit sehr verändern, Tomaszewski. Wir sind genötigt, viele Soldaten nach Hause zu schicken. Einige Jahrgänge scheiden aus dem Dienst aus. Wir können diese Leute nicht endlos beim Militär halten …»

«Die Demobilisierung der Frontsoldaten zu diesem Zeitpunkt wird für uns unangenehme Folgen haben.» Oberst Sierpiński war beunruhigt.

«Neue werden an ihre Stelle treten.»

«Aber ohne diese Fronterfahrung.»

«Sie werden sich diese Erfahrung aneignen. Übrigens gehen nicht alle Frontsoldaten.»

Die Beratung war beendet. Die Offiziere unterhielten sich noch in kleinen Gruppen und verabschiedeten sich vom General, als dieser plötzlich rief: «Zum Teufel, das hätte ich beinahe vergessen! Hauptmann Ciszewski, bitte einen Augenblick zu mir …»

Verwundert, weil unverhofft sein Name genannt wurde, trat Jerzy auf den General zu. Er wußte, daß er sich in den Kämpfen nicht besonders hervorgetan hatte, einen Tadel wiederum auch nicht verdiente. Was mochte der General von ihm wollen, und woher kannte er, der ein so erstaunliches Gedächtnis hatte, seinen Namen?

Der forschende Blick der dunklen Augen des Generals ruhte auf Ciszewskis Gesicht. «Ihre Braut heißt Barbara Romańska oder so ähnlich, Bürger Hauptmann?»

Verblüfft bejahte Jerzy.

«Ein schönes Mädchen.» Der General nickte ernst. «Sie war kürzlich bei mir mit ihrer Freundin, Zofia Lenkiewicz. Sie erzählte mir alles … Von ihrer Liebe, der langen Trennung, von dem, was ihr durchgemacht, und so weiter. Barbara bat darum, Ihnen die Rückkehr nach Warschau zu ermöglichen. Wie man hört, sind Sie ein recht verheißungsvoller Maler. Welche Richtung?»

«Abstrakte Malerei.»

«Ein nicht ganz leichter Weg. Kaum jemand versteht, daß es an diesen Bildern nichts zu verstehen gibt. Es ist wie mit der Musik, mit der Liebe, wie mit den Farben der Welt, die man einfach lieben muß oder nicht.»

Ciszewski schwieg.

«Wollen Sie nach Warschau zurückkehren, aus der Armee ausscheiden und sich wieder ans Malen machen?»

«Ich weiß nicht, ob ich noch fähig bin zu malen.»

«Das Leben wäre langweilig, wenn wir alles von vornherein wüßten. Ich habe Fräulein Romańska mein Wort gegeben, daß ich mit Ihnen sprechen und auf Grund Ihrer Antwort eine Entscheidung fällen werde. Die Zeit des Gewehrs geht zu Ende, es beginnt die sehr viel längere Periode des Pinsels, des Violinbogens, der Feder und weiß der Teufel welcher zivilen Instrumente noch ... Nun, was wird mit Warschau?»

Ciszewski sah den Offizieren nach, die den Saal verließen. Sie alle kehrten in die Berge zurück, vor ihm allein, unerfindlich weshalb, öffnete sich infolge einer – man konnte meinen aussichtslosen – Intervention Barbaras der Weg zu einem friedvollen Leben. Ihm kam zum Bewußtsein, daß nun schon zum drittenmal innerhalb der letzten vierundzwanzig Stunden vom Verlassen der Bieszczady die Rede war. Deutlich sah er Ewas und Drozdowskis Gesicht vor sich. Dann den an diesem Tage umgekommenen Rojewski, Wierzbicki, Wacek, Jabłoński, die bei Smolnik ermordeten Soldaten seines Bataillons, all die anderen Gefallenen des vergangenen Winters, die von den Banditen gehenkten Bewohner der Dörfer, die auf dutzendfache Weise Umgebrachten. Sie bildeten eine große Schar, aber die Angelegenheit war noch gar nicht bereinigt. Die Lebenden mußten sie zum Abschluß bringen. Seine Kameraden. Er als einziger durfte jetzt gehen ... Weshalb ließ ihn dieser sonderbare Mensch, der General, selber entscheiden? Weshalb schaute er ihn so durchdringend mit seinen dunklen Augen an, die bald ironisch blitzten, bald warm leuchteten.

«Ich bitte um Bedenkzeit, Bürger General», sagte Ciszewski.

Nun lächelte der andere breit mit seinen dicken Lippen und rieb sich mit unverhohlener Zufriedenheit den kahlen Schädel. «Immerhin ein schönes Mädchen, diese Barbara! Sie könnte Sie in Baligród besuchen.»

«Sie könnte, aber sie brennt nicht darauf», murmelte Jerzy.

Der General warf ihm einen prüfenden Blick zu. «Der Krieg, den wir ständig mit den Frauen führen – vom ersten Kuß bis zum Abschiednehmen –, erfordert eine gewisse Strategie. Wenn wir dazu nicht in der Lage sind, müssen wir leiden. Zwischen der Frau und dem Mann findet ein Kampf um die Vormachtstellung in der Liebe statt, nur von Zeit zu Zeit erfährt dieser Kampf eine Unterbrechung durch einen kurzen Waffenstillstand und durch Nichtangriffspakte. Lange dauern sie jedoch nicht an. Lassen Sie sich das gesagt sein, junger Mann. Merkwürdig, daß Sie das in Paris nicht gelernt haben. Barbara erzählte mir, Ihre Liebe habe dort begonnen. Für mich waren die südlichen Gebiete Europas, was dieses Gebiet anbelangt, eine ausgezeichnete Schule, für Sie offenbar nicht.»

«Mir mangelte es an Zeit.»

«Bedauerlich. Dafür Zeit zu erübrigen lohnt sich immer.»

«Jawohl, Bürger General.» Ciszewski stimmte seinen Worten zu, ohne von ihrer Richtigkeit überzeugt zu sein.

«Also, wenn Sie es sich überlegt haben, ob Sie beim Regiment bleiben oder nach Warschau zurückkehren wollen, schreiben Sie mir direkt oder lassen Sie es mich durch Barbara wissen. Sie kann mir Ihre Antwort überbringen. Werden Sie auch nicht eifersüchtig sein?»

«Ich war niemals eifersüchtig.»

«Das bedeutet, daß Sie überhaupt nicht wissen, was es heißt zu lieben. Sie tun mir leid, Ciszewski.» Der General seufzte. «Das ist schwieriger als zu malen und Soldat zu sein. Wachen Sie auf, Hauptmann!» schrie er Jerzy beinahe an, während er dies sagte, und klopfte ihm kräftig auf die Schulter.

Auf der Straße wurde Ciszewski von Oberstleutnant Tomaszewski, den Majoren Grodzicki und Preminger sowie von Hauptmann Gorczyński erwartet. Sie wollten gemeinsam die Heimreise antreten. Jerzy dachte, sie würden ihn mit Fragen wegen seines Gesprächs mit dem General überschütten, und legte sich im voraus eine Version zurecht, die er ihnen vorzusetzen gedachte. Indessen zeigte sich, daß seine Reisegefährten von einer anderen Sorge geplagt wurden: Wachtmeister Kaleń war spurlos verschwunden. Das Fahrzeug stand vor dem Gebäude des Wehrbezirkskommandos, aber der Wachtmeister war weg. Oberstleutnant Tomaszewski tobte. «Kaleń ist wieder mal außer Rand und Band geraten! Kaum bekommt er eine Großstadt zu Gesicht, und schon reitet ihn der Teufel! Der schert sich doch einen Dreck um uns», wiederholte er mehrmals, ganz außer sich vor Wut.

Der Adjutant des Kommandos des Wehrbezirkes brachte Licht in die Angelegenheit. Kaleń hatte in nicht gerade nüchternem Zustand einen höllischen Spektakel in irgendeinem Nachtlokal vollführt. Um ihn zu besänftigen, hatte ihn die Feldgendarmerie im Verein mit der Miliz gefangengesetzt.

«Dazu waren zwei Gendarmen und drei Milizionäre nötig», stellte der Adjutant, ein eleganter, kultivierter Mensch, der sich überaus gewählter Redewendungen bediente, mit Mißbehagen fest.

«Jeder meiner Soldaten bedürfte einer solchen, wenn nicht gar einer größeren Anzahl Bezwinger», erklärte großsprecherisch Oberstleutnant Tomaszewski, der vergessen zu haben schien, daß er eben noch furchtbar gegen den Wachtmeister gewettert hatte.

«In der Armee tritt ein gewisser Disziplinverfall zutage, Bürger Oberstleutnant», sagte nur so obenhin der Adjutant.

«Einen Dreck wissen Sie von der Armee, Bürger Hauptmann!» donnerte Tomaszewski los.

«Wäre es nicht möglich, Kaleń freizulassen, damit wir fahren können?» fragte Major Preminger, um das Wortgeplänkel zwischen dem Adjutanten und dem neuen Chef des Divisionsstabes zu beenden.

«Wir würden es gern tun, aber ich fürchte, daß Wachtmeister Kaleń in seinem augenblicklichen Zustand nicht mehr in der Lage ist, ein Fahrzeug zu lenken», stellte der Adjutant des Kommandeurs des Wehrbezirkes in eisigem Ton fest.

Oberstleutnant Tomaszewski brummte vor sich hin, daß Wachtmeister Kaleń an der Front schon in einem ganz anderen Zustand gefahren sei, aber der Adjutant tat so, als höre er es nicht, bot den Offizieren Plätze im «Hotel Francuski» an und schlug vor, die Abreise auf den nächsten Tag zu verschieben. Es blieb ihnen nichts weiter übrig als einzuwilligen.

Während im Konferenzsaal des Krakóẇer Wehrbezirkskommandos die oben geschilderte Beratung der Offiziere stattfand, traf Wachtmeister Kaleń, der ziellos durch die Straßen Krakóẇs schlenderte, seinen alten Freund, den Unterfeldwebel der Panzer Alojzy Rączka. Sie hatten sich seit Januar 1945 nicht gesehen, als man Alojzy in der Nähe von Warschau aus einem brennenden Panzer zog und dank den außerordentlichen Bemühungen eines ganzen Heeres von Ärzten mit Gewalt an der Reise ins Jenseits hinderte. Der lange, magere und sehnige Unterfeldwebel fiel Kaleń um den Hals und erklärte mit Nachdruck, eine solche Begegnung müsse begossen werden, da sonst jener gefühlvolle Akzent fehle, ohne den unsere Landsleute in wichtigen – frohen oder traurigen Augenblicken des Lebens nicht auskommen können. Der Wachtmeister ging auf diesen Vorschlag mit einigem Zögern ein.

«Ich fahre die Elite unseres berühmten Regiments», sagte er, «und ich darf nicht mit ihnen im Straßengraben landen.»

«Ich erkenne dich nicht wieder, Hipolit.» Rączka war betrübt. «Du mußt sehr gealtert sein! Bist du noch nie gefahren, wenn du einen in der Krone hattest? Hast du noch nie im Graben gesessen? Man macht das Auto wieder klar und rattert weiter. Ihr reist doch wohl nicht in einer pikfeinen Limousine?»

«Du führst mich in irgendeine finstere Kaschemme, und wir saufen ‹Perle› … Eimerweise. Das kann ich jeden Tag in dem elenden Teufelsnest, Baligród, bei Herrn Szponderski haben …» Wachtmeister Kaleń, der sich durch Rączkas Anspielung in seiner Ehre mächtig getroffen fühlte, wurde weich.

Alojzy versicherte ihm, daß eine elende Schankwirtschaft nicht in Betracht komme. «Wir gehen in ein erstklassiges Lokal. Wo Tanz ist. Wo's Frauen gibt!» Er machte eine bedeutungsvolle Handbewegung. «Schon von ihrem Parfüm dreht sich dir alles im Kopf!»

«Hoffentlich.» Hipolits Gesicht drückte Zweifel aus, was wiederum das Ehrgefühl seines Freundes verletzte.

Als disziplinierter Soldat sprach Kaleń noch einmal im Wehrbezirkskommando vor und nannte dem Unteroffizier vom Dienst den Namen des Lokals, zu dem er sich begab. Falls die Beratung vor seiner Rückkehr zu Ende sein sollte, möge man ihn rufen lassen.

Alojzy Rączka hatte nicht zuviel versprochen. Wachtmeister Kaleń glaubte, nie in seinem Leben ein solches Lokal gesehen zu haben. Auf glänzendem Parkett drehten sich die Paare – die Männer, sauber und ordentlich gekleidet, und die Frauen in entzückenden, kaum die Knie bedeckenden Kleidern, die die wohlgeformtesten Beine, die schlanksten Hälse, die rundesten Schultern, die klügsten Gesichter und die schönsten Frisuren enthüllten, die Kaleń jemals gesehen hatte. Das farbige Licht eines Scheinwerfers streichelte sanft die im Halbdunkel tanzenden Paare. Die Musik spielte so hinreißend, daß dem Wachtmeister das Herz schmolz. Er saß mit Unterfeldwebel Rączka an einem schneeweißgedeckten Tischchen. Er aß Abendbrot, zu dem jener einen echten «Klaren» (blaues Etikett) und Wein bestellt hatte, um die Feierlichkeit der Stunde zu unterstreichen. Er beachtete weder das ein wenig ironische, gönnerhafte Benehmen des Kellners noch die ähnlichen Blicke der an den Nebentischen sitzenden Gäste, Damen und Herren, die beim Anblick der geflickten Uniformen und schiefgetretenen, abgetragenen Stiefel der beiden Soldaten die Nase rümpften. Die Atmosphäre des Lokals verführte ihn zum Träumen, der genossene Wodka und der Wein, der Duft des Parfüms, die Klänge der Musik, der Anblick so vieler weicher, warmer Frauenkörper betäubten. Alojzys glücklicher Blick ruhte auf dem Gesicht des Freundes. Die Zeit verging wie im Fluge.

«Wie ein Panther, der im goldenen Käfig schläft ...»

Der Sänger der Kapelle sang mit schmelzender Stimme den Text des Vorkriegsschlagers. Die Tänzer wiegten sich, verschlungen in der Umarmung, auf dem Parkett. Es wurde immer wärmer. Die Gesichter der Frauen glühten nicht nur vom purpurroten Licht des Scheinwerfers, über die Nacken der Männer rann der Schweiß. Hier und da lärmte ein Betrunkener. Einer legte seinen schweren Kopf auf den Tisch. Das girrende Lachen der Frauen war zu hören.

«Das ist Amerika, ach, das sind die USA!»

Der Sänger hatte das Programm gewechselt. Wachtmeister Kaleń erhob sich. Er stand nicht mehr allzufest auf den Beinen.

«Ich werde die Blondine da zum Tanz bitten», erklärte er Unterfeldwebel Rączka, auf ein molliges junges Mädchen zeigend, das am Nebentisch saß.

«Dich hat's erwischt!» sagte der entzückte Alojzy.

Die Blonde war erstaunt, als der stämmige, breitschultrige Uniformierte vor ihr die Hacken mit dem höflichsten militärischen Gruß zusammenschlug, dessen er in diesem Augenblick fähig war. Sie flüsterte ihrem Begleiter, einem kleinen Brünetten im dunklen Anzug, etwas zu. Der schaute Kaleń finster an und schüttelte den Kopf.

«Die Dame ist müde und kann nicht tanzen.»

Der Wachtmeister entschuldigte sich und drehte sich auf dem Absatz um. Er trat an einen anderen Tisch, an dem eine größere Gesellschaft saß. Das Orchester beschleunigte das Tempo des Foxtrotts. Die Gesellschaft lachte. Wieder Getuschel.

«Wie ist es, rauchen wir?» fragte einer der Männer Hipolit. Mit spitzen Fingern nahm er eine Zigarette und bot sie dem Soldaten über die Schulter an. Rasch zog er die Hand zurück, als er sah, daß dieser die Stirn runzelte. Auch am dritten und vierten Tisch erhielt Kaleń eine Absage. Aber der Wachtmeister gab nicht auf. Er kreiste zwischen den Tischen umher und verbeugte sich vor einer Frau nach der andern. Alle dankten. Sein Gesicht war nun beinahe kreidebleich, die Kinnbackenmuskeln arbeiteten nervös. In seinen Schläfen rauschte es. Vor seinen Augen drehte sich alles, aber er war noch so weit bei Verstand, daß er bemerkte, wie die Blondine, die ihm als erste einen Korb gegeben hatte, mit einem glatzköpfigen Herrn in aschgrauen Breeches und Offiziersstiefeln tanzte.

Als der Foxtrott verklungen war, kam Wachtmeister Kaleń zu seinem Freund zurück. «Das sind ganz gewöhnliche Ziegen», sagte er.

Unterfeldwebel Rączka schwieg. Er bestellte noch einen halben Liter Wodka, den sie in rasendem Tempo austranken.

Dann begann es.

Der Brünette im dunklen Anzug ging zum Orchester und flüsterte dem Saxophonisten etwas zu, wobei er ihm einen Geldschein in die Hand drückte.

«Es rauschten die Trauerweiden,
das Mädchen, es weinte so sehr …»

Die von Alkohol betäubten Köpfe wandten sich nach dem Orchester um. Die Augen nahmen einen trunken-schmachtenden Ausdruck an. Im Saal herrschte Stille. Eines der Paare versuchte weiterzutanzen, aber der Brünette verscheuchte es empört vom Parkett.

«Aufstehen!» ließ sich plötzlich eine Stimme vernehmen. Allerseits wurde dieser Ruf aufgegriffen.

«Stillgestanden!» kommandierte der glatzköpfige Kerl in Breeches.

Die schwankenden Gestalten mühten sich, den Befehl auszuführen. Man war an den Tischchen aufgestanden. Irgendwo fiel krachend ein Stuhl zu Boden, eine Flasche kippte um, und der Wein ergoß sich über das Tischtuch.

«Die können mich ...», erklärte Unterfeldwebel Alojzy Rączka. «Die spielen das nicht im Gedenken an die Partisanen, sondern zu Ehren derer, die jetzt im Walde sind», erläuterte er.

«Saukerle», murmelte Kaleń und bot dem Freund eine Zigarette an. Beide saßen und rührten sich nicht von den Plätzen.

«Aufstehen, ihr da!» Der Brünette brüllte zu ihnen herüber. Kaleń drohte ihm wortlos mit der Faust, die die Größe eines mittleren Brotlaibes aufwies.

Als das Orchester geendet hatte, erhob er sich und ging auf den Saxophonisten zu.

«Wenn schon Patriotismus, dann richtig», sagte er zu ihm. «Ihr habt die ‹Weiden› gespielt, jetzt bringt ihr die ‹Oka›, das Lied, das wir an der Seite der Roten Armee sangen. Vorwärts!» Er gab ihm einen Tausendzłotyschein.

Jener zuckte die Achseln.

«Zuwenig?» Der Wachtmeister wunderte sich und streckte dem Musiker, nachdem er einen Augenblick in der Tasche gestöbert hatte, eine ganze Handvoll Papiergeld entgegen.

«Darum geht's nicht», sagte der Saxophonist lachend. «Wir können das nicht spielen ...»

Kaleń nickte, er hatte verstanden. Eine Weile überlegte er, dann betrat er die Bühne. «Auf diese Flöte verstehe ich mich nicht», erklärte er, wobei er auf das Saxophon zeigte, «aber Akkordeon, das ist meine Spezialität.» Er nahm dem verdutzten Akkordeonspieler das Instrument aus den Händen, setzte sich und begann zu spielen:

«Es fließet, es fließet die Oka, sie ist wie die Weichsel so breit ...»

Pfiffe ertönten im Publikum.

«Weg mit ihm! Wir wollen uns amüsieren!» schrie man.

Ein unerhörter Lärm brach los. Die Gesellschaft, die Kaleń einige Stunden zuvor so vornehm erschienen war, hieb mit den Fäusten auf die Tische, schlug mit den Messerheften gegen die Flaschen, pfiff und johlte, nur um das Akkordeon zu übertönen. Der Wachtmeister begriff, daß niemand mehr seiner Musik zuhörte, gab das Akkordeon zurück und kehrte, etwas vor sich hin murmelnd, an seinen Platz zurück.

«Es sind schlimmere Hundesöhne als ich dachte», sagte er zu Alojzy Rączka.

In diesem Moment begann das Orchester wieder die «Weiden» zu spielen. Das Publikum klatschte Beifall. Der Brünette stand mitten auf dem Parkett und brüllte: «Es lebe Stanisław Mikołajczyk!»

«Mi-ko-łaj-czyk! Mi-ko-łaj-czyk! Mi-ko-łaj-czyk!» rief man im Takt aus allen Ecken des Saales.

Das nun war Kaleń zuviel. «Alojzy, gib mir Flankenschutz!» kommandierte er. «Jetzt wissen wir wenigstens, mit wem wir es zu tun haben.»

Mit einem Satz war er bei dem Brünetten. Er packte ihn, ehe dieser begriff, was geschah, mit seiner mächtigen Hand vorn am Jackett, wich ein Stück zurück, um Schwung zu holen, und schleuderte ihn mit voller Wucht zwischen die Tische, die unter dem Klirren zerbrechender Gläser umstürzten. Eine Frau schrie hysterisch. Zufrieden stellte Kaleń fest, daß es die mollige Blondine war. Ihm blieb keine Zeit, sich darüber zu freuen. Er wurde von allen Seiten angegriffen.

Alojzy Rączka mühte sich, den Freund aus der bedrängten Lage zu befreien. Mit einem Kinnhaken setzte er geschickt den glatzköpfigen «besseren» Herrn außer Gefecht. Den Kellner, der ihn daran hindern wollte, legte er mit einem Schlag in die Magengrube um und neutralisierte ihn bis zum Ende des Kampfes. Einen sehr sportlich aussehenden jungen Mann packte er an den Haaren und beförderte ihn mit einem kräftigen Fußtritt in eine Gruppe Frauen. Einen zweiten Kellner schlug er mit einem Sektkübel über den Schädel. Dann machte er sich die Verwirrung zunutze, ergriff einen Stuhl und bahnte sich, ihn wie die Flügel einer Mühle in Bewegung setzend, einen Weg zu Wachtmeister Kaleń, der wie ein Löwe kämpfte.

Hipolit war in einer weitaus schlimmeren Lage. Er hatte den Kampf eröffnet und sogleich die Aufmerksamkeit auf sich gelenkt. Außerdem befand er sich mitten auf dem Parkett und hatte keine natürlichen Anhaltspunkte in Form von Tischen, Stühlen oder miteinander raufender Gegner. Er konnte nur mit den Fäusten arbeiten. Und er vollbrachte wahre Wunder. Zuerst schlug er einen Kerl mit rasiertem Schädel nieder, der aussah wie ein enteigneter Gutsbesitzer. Dem Saxophonisten, der sich in den Kampf einmischte, um jenen zu verteidigen, ließ er einen linken Haken zukommen, dem herbeieilenden Akkordeonspieler einen rechten Haken. Zwei Gäste machte er durch wohlgezielte Fußtritte unschädlich.

Die Zahl der Gegner nahm jedoch ständig zu. Bald waren die beiden Freunde dicht umringt und wurden streng voneinander isoliert. Die angreifenden Männer hatten Stühle und Flaschen ergriffen. Das Gekreisch der Frauen zerriß die Luft. Einige Gäste versteckten sich hinter umgestürzten Tischen. Andere drängten zur Garderobe, um das Lokal so schnell wie möglich zu verlassen.

Plötzlich entstand heftige Bewegung in der Tür. Wie ein gegen die tobende See ankämpfendes Panzerschiff bahnte sich eine Streife der Bürgermiliz einen Weg durch das Gedränge. Hinter ihr tauchten zwei breitschultrige Feldgendarmen in der Tür auf.

«Hierher, Kameraden! Hierher!» rief ihnen Wachtmeister Hipolit Kaleń zu.

Es war sein letzter Ruf, denn gleich darauf verlor er das Bewußtsein, vom Schlag mit einer Flasche über den Kopf getroffen. Er war gerade noch fähig zu erkennen, wie der wackere Unterfeldwebel der Panzer Alojzy Rączka auf den Schultern des wieder zur Besinnung gekommenen und in den Kampf zurückkehrenden Glatzkopfs in Breeches einen Stuhl zerbrach.

Die Rückfahrt von Kraków nach Baligród verlief ziemlich traurig. Am Lenkrad des Wagens saß Wachtmeister Kaleń mit blauunterlaufenem Auge und verbundenem Kopf. Oberstleutnant Tomaszewski machte dem kampflustigen Artilleristen ununterbrochen die bittersten Vorwürfe.

«Sie haben das Regiment und die ganze Division mit Schande bedeckt, Bürger Wachtmeister», sagte er streng. «Die ganze Nacht habe ich Ihretwegen kein Auge zugetan. So ein Skandal, psiakrew!»

«Bitte melden zu dürfen, daß ich in dem elenden Knast ebenfalls nicht geschlafen habe», teilte Kaleń mit.

«Sie wagen es noch, sich zu beklagen?!» schrie der Oberstleutnant. «Sie verdienen, vors Feldgericht gestellt zu werden, Bürger Wachtmeister!»

«Das macht mir nichts aus! Laut Dienstvorschrift darf ich mich vor dem Feind nicht fürchten, da sollte ich vor dem eigenen Gericht Angst haben!»

«Ich werde mir Ihre Keckheit merken, Bürger Wachtmeister. Sie sind ein richtiger Zivilist, ein Schubiack und Nichtsnutz geworden. Sie sind in seltenem Maße verlottert.»

«An dem, was in Kraków geschehen ist, tragen Sie die Schuld, Bürger Oberstleutnant.

Tomaszewski war für einen Augenblick sprachlos vor Überraschung. «Ich trage die Schuld?» stotterte er. «Sie sind wohl verrückt geworden!»

«Bürger Oberstleutnant haben mich nicht zum General gelassen, dabei wollte ich ihn so gern sehen. Ich kenne ihn von der Front her. Wir haben oft über manches gesprochen, und der General hielt sehr auf meine Meinung. Ich wollte mich auch jetzt mit ihm unterhalten. Übrigens hatte ich ein neues Feuerzeug für ihn mitgebracht. Ein halbes Jahr trage ich es schon mit mir herum, hatte aber nie Gelegenheit, mit dem General zusammenzutreffen. Als Oberst Sierpiński und Major Preminger vor ein paar Monaten nach Warschau fuhren, vergaßen sie mich auch. Das Feuerzeug, das ich dem General an der Front schenkte, funktioniert bestimmt nicht mehr gut ... Deshalb war ich gestern auch so sauer ... Dem General so nahe zu sein und ihn nicht sehen können! Und als mir dann noch in dem Tanzlokal diese windigen Zivilisten mit ihren ‹Trauerweiden› und Mikołajczyk ins Gehege kamen, hielt ich es nicht mehr aus. Das ist nun mal meine Natur. Ich mußte mir Luft verschaffen.»

«Erzählen Sie diese Märchen dem Gericht, Bürger Wachtmeister», sagte Tomaszewski schon sanfter.

«Das ganze Gericht kann mich sonstwo», murmelte Kaleń und gab Gas, daß der Motor gequält aufheulte und die Insassen in die Sitze gedrückt wurden.

Darauf begann der Wachtmeister, Hauptmann Ciszewski, der neben ihm saß, sein Herz auszuschütten. Er erklärte, daß er nie mehr in das «belemmerte» Kraków fahren werde.

«Die Bande hat mir hart zugesetzt», klagte er. «Sie hätten die Fresse dieses einen Brünetten sehen sollen, Bürger Hauptmann!» sagte er wie im Selbstgespräch. «Eine schäbige Visage. Die werde ich nie vergessen. Vielleicht begegne ich ihm noch mal ... Oder diese Ziege, mit der er sich amüsierte. Am liebsten hätte ich ihr anständig den dicken Hintern versohlt. Das hätte ihr eine Portion Achtung vor dem Soldaten eingeflößt. Meine Stiefel stanken ihnen, diesen Böcken! Ich fahre nicht mehr nach Kraków», wiederholte er mit Nachdruck.

«Und was werden Sie anfangen, wenn die Kämpfe mit den Banden beendet sind?» fragte Ciszewski.

«Ich habe schon darüber nachgedacht ... Beim Militär bleibe ich nicht. Da wird man doch wegen jeder Kleinigkeit zusammengestaucht wie eine ewige Rotznase.» Er machte eine kaum merkliche Kopfbewegung zu Oberstleutnant Tomaszewski hin, sein Gesicht nahm einen bekümmerten Ausdruck an. «Vielleicht siedle ich mich in den Bieszczady an. Die Krysia von Szponderski ist kein übles Mädchen. Ich hole sie aus dieser Budike weg, und wir nehmen uns eine Wirtschaft ...» Seine Augen sahen nun sanfter aus.

«Sie verstehen sich auf Landwirtschaft? Was waren Sie eigentlich vor dem Kriege, Wachtmeister?»

«Ich habe keine Ahnung von Landwirtschaft, aber das muß zu lernen sein. Vor dem Krieg war ich gar nichts. Ich war sechzehn Jahre alt, als er ausbrach. Mein Vater hatte eine Schmiede bei Sosnowiec.»

«Sie könnten ihm doch helfen.»

Kaleń schüttelte den Kopf. «Nein! Es ist eine Stiefmutter mit ihren Kindern im Hause. Sie erben die Schmiede. Der Alte hat um dieses Weib ganz den Kopf verloren. Ich hatte keinen leichten Stand bei ihnen und will nicht dorthin zurück. Ich werde wohl in Baligród bleiben. Krysia ...» Er verstummte und vertiefte sich in seine Gedanken.

Das Fahrzeug brauste über die Landstraße. Der Wind spielte auf den Telefondrähten eine gleichbleibende, flotte Melodie. Schwalben durchschnitten in kurzen Zickzacklinien den blauen Himmel. Ciszewski dachte, daß auch er nicht wisse, wohin er zurückkehren und was er tun werde, wenn die Kämpfe einmal zu Ende sein würden. Oberstleutnant Tomaszewski besprach mit Major Grodzicki die Übergabe des Regiments. Major Preminger und Hauptmann Gorczyński waren eingenickt. Kilometer um Kilometer näherten sie sich Sanok. Dort hielten sie nur kurz und verabschiedeten sich von Major Preminger, der beim Divisionsstab blieb. Nach vierzig Minuten hatten sie Lesko erreicht.

Als sie um den Marktplatz des Städtchens fuhren, erblickten sie plötzlich Leutnant Daszewski. Er stand in der Nähe des Bataillonsstabs von Hauptmann Gorczyński und unterhielt sich mit einer stattlichen Brünetten.

«Wenn Daszewski hier ist, werden wir gleich wieder von einem Skandal zu hören bekommen», meinte der neue Chef des Divisionsstabes seufzend. «Mit solchen Tausendsassas wie ihm oder Kaleń werden Sie es nicht leicht haben, Grodzicki», sagte er und befahl anzuhalten.

Der Wachtmeister, der den letzten Satz aufgefangen hatte, bremste so scharf, daß die Offiziere um ein Haar von den Sitzen geschleudert worden wären. Tomaszewski zwinkerte dem Major lächelnd zu und zeigte mit dem Daumen auf Kaleńs Rücken. Dann setzte er eine ernste Miene auf und winkte Daszewski zu sich heran.

«Was machen Sie hier, Bürger Leutnant?» fragte er. «Ich glaubte immer, Ihre Garnison sei Baligród, und wir hätten ständige Alarmbereitschaft.»

«Ich bitte melden zu dürfen, daß ich gerade deshalb gestern nach Lesko gekommen bin, Bürger Oberstleutnant.»

«Sie wollen wohl wieder irgend so ein Ding starten, Daszewski? Ich bitte um Aufklärung.»

«Major Pawlikiewicz hat mich hergeschickt», stellte Daszewski mit Würde fest.

«Weshalb?»

«Das war so ...», begann der Leutnant zu erzählen. «Gestern vormittag ging beim Regimentsstab ein Brief ein: Es ist unbekannt, wer ihn geschrieben hat. Er enthielt die Warnung, die Żubryd-Leute beabsichtigten, Fräulein Wasser umzubringen, und zwar noch am Abend desselben Tages. Major Pawlikiewicz wollte dies nicht auf die leichte Schulter nehmen, da wir uns ja schon einmal in der Zucker-Angelegenheit mit Garlicki davon überzeugen konnten, daß der Verfasser der Briefe die Wahrheit schreibt ...»

«Das erklärt noch nicht Ihre Anwesenheit in Lesko. Man hätte Hauptmann Gorczyńskis Bataillon davon Mitteilung machen müssen», Oberstleutnant Tomaszewski unterbrach ihn.

«Ich meldete mich freiwillig, Bürger Oberstleutnant», sagte Daszewski.

«Sie schwindeln und dazu noch ungeschickt ... Sie gedenken doch nicht, Bürger Leutnant, allen unseren Einheiten als Freiwilliger zu dienen?»

«Ich kenne Fräulein Wasser persönlich», flüsterte Daszewski, er senkte den Kopf und errötete.

«Ein fahrender Ritter!» spottete der Oberstleutnant und wollte noch etwas sagen, aber Kaleń lehnte sich auf die Hupe. Ein so langer und weithin vernehmlicher Ton erklang, daß sich zwei Bauernpferde aufbäumten, die in einem Gespann in der Nähe standen.

«Bürger Wachtmeister, ich kenne Ihre Scherze», bemerkte Tomaszewski übelgelaunt, als sich Kaleń entschuldigte. «Fahren Sie fort, Leutnant! Weshalb wollten die Żubryd-Leute Fräulein Wasser töten?»

«Weil sie Jüdin ist. Vor einigen Monaten ermordeten sie ihre Eltern.»

«Also, wie war das noch?» Tomaszewski hörte sich die Erläuterungen des Offiziers an und betrachtete gleichzeitig das junge Mädchen, das in einiger Entfernung vom Fahrzeug stand. Das Gesicht des Oberstleutnants glättete sich.

«Ich warf mich aufs Pferd und galoppierte nach Lesko ...»

«Allein?»

«Jawohl!»

«Dafür werden Sie bestraft. Ich sagte bereits, daß es nicht erlaubt ist, hier allein durch die Gegend zu reiten.»

Kaleń legte mahnend die Hand auf die Hupe.

«Noch ein Ton aus Ihrer Trompete von Jericho, und ich lasse Sie einbuchten», stellte Tomaszewski fest.

Leutnant Daszewski erzählte weiter: «Ich meldete mich bei Hauptmann Gorczyńskis Stellvertreter. Er gab mir ein paar Leute, und wir organisierten einen Hinterhalt in der Nähe von Elas Haus ... Ich wollte sagen, von Fräulein Wassers Haus.»

«Wußte sie davon?»

«Nein ... Wir warteten fünf Stunden. Gegen ein Uhr nachts bemerkte ich drei Männer, die sich dem Haus näherten. Ich hatte befohlen, die Banditen seien lebend gefangenzunehmen. Leider hatte einer der Soldaten einen Schnupfen und mußte ausgerechnet in diesem Augenblick niesen. Die Żubryd-Leute flohen. Wir mußten schießen ... Zwei wurden getötet, einer entkam. Dann wurde Alarm gegeben. Das ganze Bataillon machte sich auf die Suche, aber wir fanden den Banditen nicht. Das ist alles.»

«Darauf erzählten Sie die ganze Geschichte Fräulein Wasser?»

«Ich mußte ihr erklären, was es mit der Schießerei unter ihren Fenstern auf sich hatte.»

«Liebe! Ich sage es ja, wir haben sogar Romantiker in diesem Regiment», bemerkte Tomaszewski spöttisch.

Wachtmeister Kaleń ließ mit mächtigem Getöse den Motor an.

«Wir fahren noch nicht, Bürger Wachtmeister!» rief der Chef des Divisionsstabes, den Lärm des Kraftfahrzeugs überschreiend.

«Was beabsichtigen Sie nun mit dem jungen Mädchen zu tun? Die Żubryd-Leute können doch einen neuerlichen Mordanschlag auf sie verüben?» fragte er.

Dem Leutnant traten rote Flecke aufs Gesicht. «Gerade in dieser Angelegenheit wollte ich mich an Sie wenden, Bürger Oberstleutnant. Wir haben eine Planstelle für eine Stenotypistin im Regiment. Ela, das heißt Fräulein

Wasser, kann Maschine schreiben. Wäre es nicht möglich, sie bei uns zu beschäftigen?»

«Zu Ihrem Vergnügen?»

Wachtmeister Kaleń begann «Es rauschten die Trauerweiden» zu pfeifen. Tomaszewski warf ihm einen unwilligen Blick zu.

«Die Entscheidung liegt nicht mehr bei mir, Kommandeur des Regiments ist seit gestern Major Grodzicki», sagte der Oberstleutnant und fügte hinzu: «Hören Sie schon auf zu pfeifen, Kaleń. Ich dachte, Sie können dieses Lied nicht leiden?»

«Es kommt drauf an, wann, wo und zu welchem Zweck man es singt», erwiderte der Artillerist.

«Ich denke, wir werden Fräulein Wasser beschäftigen können», erklärte Grodzicki. «Sie soll sich morgen bei Major Pawlikiewicz melden.»

«Besser, wir lassen sie nicht hier zurück. Wir nehmen sie mit, denn wie soll sie morgen nach Baligród kommen?» schlug der Wachtmeister vor.

«Es ist ein wahres Unglück: Das Regiment verwandelt sich in einen zankenden Provinziallandtag. Jeder nimmt das Wort, jeder gibt Ratschläge und Hinweise, jeder äußert seine Bedenken, jeder kommandiert. Ein Saustall!» knurrte Tomaszewski.

Es endete damit, daß Fräulein Wasser mit den Offizieren nach Baligród fuhr. Sie saß zwischen Grodzicki und Daszewski. Ihr Koffer drückte Jerzys Knie. Oberstleutnant Tomaszewski hatte neben Wachtmeister Kaleń Platz genommen und stritt sich den ganzen Weg mit ihm über irgend etwas herum.

Ciszewski beobachtete das Mädchen. Sie hatte ein zartes Profil, wenn auch etwas zu scharfe und zu regelmäßige Züge. Ihre dunklen Augen blickten ernst und ein wenig traurig. Über der Nasenwurzel zeichnete sich eine senkrechte Falte ab; die Stirn war hoch und gewölbt. In weichen Wellen legte sich dunkles Haar um sie. Mit ihren langen Fingern hielt sie die Schöße des Mantels fest, die bisweilen auseinanderrutschten und ihre schlanken Beine aufdeckten. Ein schönes Mädchen, dachte Jerzy und seufzte, denn ihm kamen seine eigenen Angelegenheiten wieder in den Sinn.

IX

Im Klostergarten blühten Flieder und Jasmin. Ihr Duft mischte sich mit dem betäubenden Geruch des Weihrauchs. Getragen und feierlich erklang Orgelmusik. Ein feiner blauer Rauchschleier umhüllte den Altar und das gequälte Antlitz des gekreuzigten Erlösers. Die weißen Hauben der Schwestern neigten sich wie Lilienkelche über den Terrakottafußboden. Die Greisenfinger blätterten die vergilbten Seiten der frommen Bücher um. Die halbwelken

Lippen flüsterten andächtig die Worte des Gebets. Von Zeit zu Zeit schauten die tränenumflorten Augen auf und begegneten dem Blick dessen, der die Leiden der Menschen auf sich genommen, um sie von ihrer Schuld zu erlösen. Durch die offene Kapellentür sah man, in frühabendlicher Stille schlummernd, die Bieszczady: Im Westen die Gipfel des Otryt und den Tołsta-Hügel, im Osten den Grat des Ostry. Die Sonne fuhr mit dem zarten Kamm ihrer schrägen Strahlen durch die Wälder, die den gen Himmel fließenden Orgelklängen lauschten. Te Deum laudamus – Großer Gott, wir loben Dich. Die Sonnenstrahlen wurden zurückgeworfen von den Vergoldungen des Altars, vom Ornat des Geistlichen und von den geschwärzten Bildern, die alle Phasen des Leidens Christi darstellen, das sich unter den Menschen stets in unzähligen Varianten wiederholte.

Das ist die religiöse Poesie, die menschliche Sehnsüchte stillt, die Frieden gibt. In solchen Augenblicken spürt man die Herrschaft des Frühlings – eines aschblonden, helläugigen Jünglings – allgegenwärtig unter den betenden Menschen.

Güte. Vergebung. Heiterkeit. Freude ist das Recht aller Geschöpfe.

Die Abteilung «Brennendes Herz» weilte wiederum in R. Im Anschluß an den Gottesdienst überreichte die Äbtissin Major Żubryd die im Laufe des Winters mit Fleiß fertiggestellte Standarte. Hauptmann Piskorz erteilte mit klangvoller Stimme das Kommando. Die in Linie zu zwei Gliedern stehenden Männer nahmen Grundstellung ein. Die Standarte wehte im Abendwind. Der aus Przemyśl herübergekommene Kanonikus hielt die bei solchen Anlässen übliche Ansprache über den Kampf, den Sieg, die Anhänglichkeit an den heiligen Glauben und über die Verdammnis, die die Bolschewiken in Gestalt von irdischen Niederlagen und ewigem Feuer in der Hölle treffen würde. Die Zuhörer im Glied bewegten sich unruhig, sie gähnten und dachten ans Abendessen.

Als der Geistliche geendet hatte, löste sich aus der Menge der Einwohner R.s, die das Publikum bildeten, unerwartet ein kleines Männlein in schwarzem Festtagsanzug – der reichste Landwirt von R. und bewährte Freund des Klosters –, Romuald Wodzicki. Er verneigte sich tief vor den Żubryd-Leuten und erklärte händereibend: «Auch ich möchte …, eh …, heute …, eh …, unsere tapferen Soldaten ehren … Ich möchte unserer Abteilung …‹Brennendes Herz», eh …, ein heiliges Geschenk darbringen … Ein jeder weiß», seine Stimme bebte und nahm einen feierlichen Klang an. «daß unserem Dorf …, eh …, am Fronleichnamsfest im Jahre neunzehnhunderteinundvierzig ein großes Wunder zuteil wurde. Hatte ich da doch, meine Herren Soldaten …, in meinem Garten einen Birnbaum gefällt, weil er verdorrt war. Es ging auf den Abend zu wie jetzt. Ich ging hinaus in den Garten, um noch einmal nach dem Rechten zu sehen, und gucke …, eh …, da geht doch von dem Birnbaum ein Leuchten aus, daß es mir die Augen blendet. Ich blicke mich um und denke: Was ist das bloß, heilige Jungfrau? Ich bekreuzige mich und gehe auf das Leuchten zu. Bis ich einen Engelchor höre und Rauschen ..., eh ..., wohl von den Flügeln. Ich falle auf die Knie und bete leise, denn ich weiß nun, daß etwas Großes vor sich geht. In diesem Augenblick sehe ich, daß das Leuchten sich auftut und dahinter ..., eh ..., o du mein Gott, der Herr Jesus selber steht in einem faltenreichen weißen Gewand. Aus seinen Augen fließen langsam Tränen, und die Hand hat er wie zum Eid erhoben. ‹Ich segne ..., eh ..., sagt er, ‹dieses Kloster und dich, Romuald Wodzicki ... Ich bin auf dem Wege durch die Welt, denn viel Böses geschieht. Ich ruhe mich hier nur ein bißchen aus und gehe weiter. Alsdann wundere dich nicht allzusehr vor den Leuten über den Grund, erzähle, daß hier ehrbare Leute und sehr gottgefällige Schwestern wohnen. Aber Kommunisten ..., eh ..., die gibt es hier nicht und wird es nimmermehr geben. Es gab mal zwei, aber die Deutschen haben sie mitgenommen, und das war gut so. Betet, ihr Menschen, und vergeßt die Kirche nicht, denn sonst kommt das schlimmste Unheil.› So ..., eh ..., sprach der Herr zu mir und setzte sich auf den gefällten Stamm des Birnbaums. Ich gucke, da verblaßt das Leuchten, wird weniger und immer weniger ... Der Engelchor entfernt sich ..., eh ..., und den Herrn sehe ich auch nicht mehr. Ich erhob sogleich ein großes Geschrei, rief die Leute zusammen und erzählte ihnen, was ich gesehen hatte. Es gibt dafür Zeugen. Das ganze Dorf und unsere Schwestern hier können bestätigen, daß es so war. Den Birnbaum habe ich aus dem Obstgarten genommen und als heilige Reliquie aufbewahrt. Manch einer bat mich um ein Stück Holz von dem heiligen Baum. Es ist gut gegen Schmerzen und schützt vor Krankheit, denn es ist wundertätig, weil der Herr sich darauf ausgeruht hat. Selbst die Deutschen kamen gefahren und erbaten sich davon. Stückchenweise habe ich es an fromme Leute abgegeben. Jetzt will ich den ..., eh ..., Soldaten vom ‹Brennenden Herzen› auch jedem ein Stückchen schenken, denn sie kämpfen um unseres heiligen Glaubens willen gegen die Bolschewiken. Das wollte ich ..., eh ..., in diesem feierlichen Moment sagen.»

Mit einem großen Schnupftuch wischte er sich den Schweiß von der Stirn und forschte mit den kleinen, von buschigen Brauen überschatteten Äuglein nach dem Eindruck, den er auf die Żubryd-Leute gemacht hatte. Die standen wortlos, voller Spannung da. Viele Gesichter glühten in Ekstase. Ein wundertätiger Baum, auf dem der Herr Jesus sich ausgeruht hatte! – das war es, was sie zum Schutz vor einer «bösen» Kugel, vor Verletzung, vor unverhofftem Tod brauchten.

Hauptmann Piskorz blickte Żubryd an. Er bemerkte den exaltierten Augenausdruck des Kommandeurs und biß sich auf die Lippen. Er hatte Mühe ernst zu bleiben.

Unterdessen schob sich auf einen Wink von Wodzicki aus der kleinen Zuschauergruppe eine beleibte Frau hervor, die einen Weidenkorb voller Holzstückchen vor sich her trug. Sie stellte den Korb auf die Erde. Die Männer der Abteilung «Brennendes Herz» traten der Reihe nach aus dem Glied, gingen zum Korb, knieten nieder, bekreuzigten sich und bargen die Splitter ehrfürchtig an der Brust. Das gleiche taten Żubryd und Piskorz.

Der Abend brach an. Auf der Wiese herrschte Stille. Der Kommandeur der Abteilung «Brennendes Herz» drückte Wodzicki die Hand. «Nie werde ich Ihnen das vergessen», sagte er.

«Wenn ihr nur den Kommunisten tüchtig einheizt», sagte Herr Wodzicki, der lediglich dann stotterte, wenn er öffentlich sprach. «Ihr dürft sie weder die gutsherrlichen Ländereien noch den Grund und Boden der Übersiedler abernten lassen, denn das wäre eine große Gotteslästerung ... Und auf ihren Staatsgütern dürft ihr sie es auch nicht tun lassen ... Das wäre erst recht eine Gotteslästerung. Die Knechte wollen den Landwirten den gesamten Boden, die Frauen und Mädchen wegnehmen, damit sie allen gehören wie in Rußland bei den Bolschewiken. Auf euch setzen wir unsere Hoffnung ...»

Er nahm Żubryd beiseite. «Herr Major, wie steht es mit den Pferden?» fragte er. «Ich habe nämlich einen Käufer.»

«Die Pferde werden besorgt», versicherte ihm der Kommandeur, der noch ganz unter dem Eindruck der mystischen Stimmung dieses Abends stand. «Wegen der Pferde brechen wir gleich auf. Wir essen nur noch Abendbrot. Und der Käufer ist gut, Herr Wodzicki?»

«Ausgezeichnet. Direkt aus Warschau.»

«Wieviel zahlt er?»

Wodzicki nannte eine Summe. Żubryd verzog erstaunt das Gesicht, winkte aber ab.

«Prozessieren werden wir deswegen nicht», beruhigte ihn Wodzicki mit halblauter Stimme.

Das Abendbrot, das die Schwestern im Refektorium des Klosters reichten, war wieder vorzüglich. Żubryd, Piskorz und Książek saßen zusammen mit dem Geistlichen auf den Ehrenplätzen. Die Mitglieder der Abteilung saßen im Freien.

«Hat die Kirche das Wunder, von dem Wodzicki sprach, anerkannt?» fragte Piskorz.

«Die Kirche prüft solche Erscheinungen lange», erwiderte diplomatisch der Geistliche. «Jedenfalls ist die Vision des Romuald Wodzicki allgemein bekannt in der Umgebung und hat auf die Bewohner einen großen Eindruck gemacht.»

«Weshalb soll sich Christus ausgerechnet in R. gezeigt haben, und dann diesem Wodzicki?» Der ehemalige Journalist blieb hartnäckig.

«Und weshalb begab er sich nach Bethlehem, in ein noch kleineres Dorf als R., und suchte sich einen Stall und als Umgebung Hirten?» Der Geistliche lächelte schwach, er hatte den Mund voll Essen.

Żubryd warf Piskorz einen wütenden Blick zu. «Hör schon auf zu fragen. Mit dem Zweifeln kannst du Gottes Zorn auf uns lenken. An Wunder muß man glauben», sagte er scharf.

«Jedenfalls muß dieser Wodzicki mit dem Birnbaum ein unerhörtes Geschäft gemacht haben, wenn er von einundvierzig bis auf den heutigen Tag Holzstückchen davon verkauft», flüsterte der Hauptmann Książek zu, der kurz auflachte.

Das Abendbrot aßen sie in Eile. Noch in derselben Nacht wollte Żubryd eine Aktion durchführen, auf die er größten Wert legte.

«Wie steht's mit dem Volksentscheid?» fragte der Geistliche.

«Wir tun, was wir können», versicherte Żubryd. «Wichtiger ist, daß Sie uns nicht im Stich lassen.»

«Ich fürchte, die Sache wird in dieser Gegend nicht leicht sein. Hier gibt es viel Gesindel, und das neigt zu den Kommunisten. Wer vor dem Krieg kein Land besaß, nimmt es jetzt gern oder geht in die Staatsgüter oder in die Fabriken arbeiten. Die wohlhabenden Bauern wollen auch endlich ihre Ruhe. Sie können nichts verkaufen, seit diese Unruhe hier herrscht. Ich bin nicht sicher, wie diese Leute stimmen werden.»

«Demnach ist es möglich, daß Mikołajczyk verliert?»

«Alles liegt in Gottes Hand, Herr Major», sagte der Kanonikus, sich Weißkäse, Schnittlauch und Radieschen auf den Teller häufend.

«Mir schien, Herr Pfarrer, Sie waren optimistischer gestimmt, als Sie zu unseren Soldaten sprachen», bemerkte Hauptmann Piskorz säuerlich.

«Die nüchterne Einschätzung der Lage ist eine der Voraussetzungen des Erfolgs, Herr Hauptmann. Übrigens muß man glauben. Oft schon hat der Glaube Berge versetzt. Das war der Grundtenor meiner Rede.»

«Glauben Sie an den Ausbruch eines neuen Krieges, Herr Pfarrer?»

«Alles geschieht nach Gottes Ratschluß, meine Herren.»

«Damit kommen wir nicht weit», murmelte Piskorz.

«Die Kirche hat schon manchen Sturm überdauert, hat den größten Ungewittern die Stirn geboten und schließlich immer gesiegt», erklärte der Geistliche und ließ, die grauen Augenbrauen hebend, den Blick nachdenklich über den Tisch wandern, was nun noch zu essen wäre.

«Aber was wird aus uns?» ereiferte sich Hauptmann Piskorz.

«Hör auf, den Herrn Pfarrer zu quälen!» sagte Żubryd, dem Kanonikus schmeichlerisch zulächelnd. «Ich interessiere mich nicht für Politik. Das ist nicht Sache des Soldaten. Wir haben zu kämpfen. So lautet der Befehl. Und wir werden kämpfen. Um das Referendum ist mir nicht bange. Wir werden in den Dörfern Ordnung schaffen. Und der Krieg, bricht er nicht im Frühjahr aus, dann bestimmt im Herbst, nach der Ernte. Wir halten es hier doch jahrelang aus!» Mit den Augen eines treuen Hundes blickte er dem vom Essen völlig in Anspruch genommenen Kanonikus ins Gesicht. Der nickte nur mit dem grauen Kopf, obwohl er den verächtlichen Blick Piskorz', den dieser dem Kommandeur der Abteilung «Brennendes Herz» zugeworfen, sehr wohl bemerkt hatte.

«Ihr trennt euch von uns wie von einem Paar alter, abgetragener Galoschen, wenn es tatsächlich keinen Krieg gibt», sagte Żubryds Stellvertreter hart. Ostentativ schob er den Teller zurück.

«Mehr Demut, mein Sohn», hörte er den Kanonikus mit sanfter Stimme sagen. «Ihr seid doch alle das Schwert Christi. Was kann euch Böses widerfahren?»

Die Schwestern Modesta und Beata, die bisher an der Tür gestanden hatten, die Arme vor der Brust verschränkt, bekreuzigten sich fromm. Hauptmann Piskorz erhob sich heftig vom Tisch.

«Es ist Zeit», sagte er, an Żubryd gewandt.

Książek leerte das Schnapsglas auf einen Zug. Der Kommandeur der Abteilung «Brennendes Herz» drückte dem Kanonikus, respektvoll den Kopf neigend, die Hand. Darauf tat Książek das gleiche. Nur Piskorz verließ das Refektorium ohne ein Wort.

Der Kanonikus trat ans Fenster und schaute dem Abmarsch der Abteilung zu. Als aber die Kommandorufe verstummt und die Żubryd-Leute zwischen den Gehöften des Dorfes verschwunden waren, winkte er Schwester Modesta mit einer Geste an den Tisch. Beata glitt lautlos wie ein Schatten aus dem Refektorium.

«Ich bringe», sagte der Kanonikus mit gesenkter Stimme, «wichtige Anweisungen. Ich bitte, sie sich gut zu merken. Liebe Schwester, mit diesen Heißspornen, mit Żubryd und den anderen, gilt es sehr vorsichtig und geschickt umzugehen. Solche wie sie kommen und gehen; die Kirche bleibt. Wir wollen dieses Kloster nicht verlieren ... Verstehen Sie mich, Schwester?»

Er warf einen Blick auf ihre verkniffenen Greisinnenlippen und die ausdruckslos blickenden, fahlen Augen. Sie saß auf dem Stuhl kerzengerade wie ein Soldat. Der verkörperte harte, fest entschlossene Wille. Er wußte, daß man sich auf Schwester Modesta verlassen konnte.

«Die Kirche verfügt über Weitblick, Schwester», fuhr er fort. «Dank ihrer Erfahrung nimmt sie Horizonte wahr, die andere womöglich noch nicht sehen. Alles auf dieser Erde, außer der Kirche, ist zeitlich begrenzt, ist von längerer oder kürzerer Dauer, aber eben zeitlich begrenzt. Kleingläubigen Naturen mögen unsere – der Diener der Kirche – unterschiedlichen Verhaltensweisen sonderbar vorkommen. Das ist jedoch ohne Bedeutung.»

Der Hauch des Abendwindes bewegte leicht die Enden ihrer Haube. Der Kanonikus stand auf. Er war fast zwei Meter groß. Er beugte den grauen Kopf über Schwester Modesta und stützte sich mit den Händen auf den Tisch. «Die Kommunisten dürfen dem Kloster nichts vorzuwerfen haben, Schwester Modesta», sagte er mit Nachdruck. «Sie müssen die allerbeste Meinung von ihm haben. Selbst wenn Gottes Zorn alles in der Umgebung vernichten sollte, das Kloster muß erhalten bleiben! Dafür sind die besten Voraussetzungen gegeben: Ihr habt gute Beziehungen zu denen im Wald, ihr könnt ähnliche zur roten Macht haben ...»

«Um welchen Preis?» Ihre Stimme klang greisenhaft brüchig und so unangenehm, daß der Kanonikus zusammenfuhr.

«Für einen angemessenen Preis selbstverständlich, Schwester.»

«Ich bin seit langem darauf vorbereitet.»

«Das dachte ich mir.»

«Ist die Sache schon verloren?»

«Die Kirchengeschichte lehrt, daß man weit vorausschauen muß. Außer den Dingen des Glaubens ist doch alles nur ein Augenblick, Modesta. Wir sind sterblich, und was wir unternehmen, vergeht. Die Einrichtungen der Kirche jedoch sind unsere Festungen. Ihre Besatzung wechselt alle fünfzig Jahre und kämpft um den Glauben in den Herzen der Menschen. Darauf beruht unsere ganze Macht. Deshalb auch dürfen wir das Kloster in R. mit seiner schönen Landwirtschaft, den Obst- und Blumengärten nicht verlieren. Wieviel von Menschenhand Verursachtes hat sich schon vor den Toren der Jasna Góra, dem beliebten Wallfahrtsort, abgespielt. Und doch hat dieses Kloster überdauert. Es muß auch hier so sein, selbst auf die Gefahr hin, daß nicht jeder unser Vorgehen begreift. Der Sturm muß überdauert werden, Schwester Modesta. Haben wir uns verstanden?»

«Es ist Zeit zur Abendandacht, Ehrwürden», stellte sie nüchtern fest und rückte die Haube mit einer Bewegung zurecht, mit der ein Soldat vor dem Kampf den Sitz seines Helms prüft.

«Die Nacht ist lang», sagte der Geistliche. «Wir werden noch genügend Zeit haben, miteinander zu sprechen.»

Sie traten hinaus auf den kalten, steinernen Klostergang, den eine kleine Petroleumlampe erhellte. Wie drohende dunkle Nachtvögel glitten ihre Schatten über die Wände dahin.

Der Weg der Abteilung «Brennendes Herz» war diesmal nicht weit. Kaum ein Dutzend Kilometer von R. entfernt, war das von Krzysztof Dwernicki – dem ehemaligen, aus der hiesigen Gegend stammenden Gutsbesitzer und jetzigen Pferdespezialisten – verwaltete Gestüt untergebracht. Seit einem Jahr übte er diese Tätigkeit aus, und das nicht nur aus materiellen Gründen.

Pferde waren die Passion seines Lebens. Sie waren die Ursache dafür, weshalb er schon vor dem Krieg seinen Besitz völlig vernachlässigt, ihn fast ganz heruntergewirtschaftet hatte und in Schulden geraten war. Während der Okkupation verbarg er die geliebten Tiere unter Einsatz seines Lebens vor den Deutschen. Dennoch verlor er in dieser Zeit eine beträchtliche Anzahl. Nach der Befreiung trennte sich Dwernicki ohne einen Schimmer des Bedauerns von seinem nun schon wertlos gewordenen Landgut. Er hätte es ohnehin aus eigener Kraft nicht wieder emporgebracht. Man erlaubte ihm, sich mit Pferdezucht zu befassen, und er widmete sich dieser Aufgabe mit Herz und Seele.

Bei Anbruch des Frühjahrs zog er an der Spitze seines aus fünfundvierzig Pferden bestehenden, von einem guten Dutzend alter Hirten gehüteten Gestüts von Weideplatz zu Weideplatz. Junge Leute hätte niemand in diesen Gegenden gefunden. Sie waren, um der Zwangsanwerbung für die Banden zu entgehen, in anderen Landesteilen untergeschlüpft, dienten beim Militär, waren noch nicht aus dem Krieg heimgekehrt oder zogen mit den Banden durchs Gebirge. So mußte Dwernicki mit den Alten vorlieb nehmen, und er kam auch gut mit ihnen zurecht.

Auf den Almen um R. gedieh prächtiges, saftiges Gras. Dwernicki wollte lange dort bleiben. Überfälle von seiten der Banden fürchtete er nicht. Er und seine Leute waren unbewaffnet, die Pferde aber jung und noch nicht zugeritten, für die Bedürfnisse der Abteilungen aus den Wäldern eigneten sie sich nicht.

An diesem Abend beaufsichtigte er gerade das Tränken der Tiere, als einer der Hirten schreiend und gestikulierend angerannt kam. Er streckte die Hand in Richtung des Nachbarhügels aus. Es war Vollmond und die Sicht gut. Auf dem Hintergrund des klaren, sternenübersäten Himmels entdeckte Dwernicki, was den Hirten so beunruhigt hatte: die Silhouetten bewaffneter Reiter und Fußsoldaten.

«Hör auf zu zittern!» beruhigte er seinen Untergebenen. «Militär oder eine Bande ...», murmelte er, breitbeinig dastehend. Er klopfte einem Pferd den Hals und belehrte den Hirten: «Ein Ereignis, dessen Aufklärung jeden Augenblick eintritt, ist nicht schrecklich. Nur das Warten ist schrecklich ...» Die unbekannte Abteilung schwärmte in Schützenlinie aus und stürmte unter Hurrageschrei, Pfeifen und Johlen ins Tal.

«Eine Bande», stellte Dwernicki fest. «Das Militär würde weder solche überflüssigen Bewegungen noch solchen Lärm vollführen. Selbst die Bandera-Leute würden geschickter vorgehen. Das muß Żubryds Lumpengesindel sein», sagte er zu den Hirten, die sich nun in dichter Schar hinter ihm drängten.

Einen Augenblick später waren sie mitsamt den Pferden von der Abteilung «Brennendes Herz» umstellt.

«Guten Abend, Herr Dwernicki», ertönte die übertrieben höfliche Stimme Żubryds.

«Es kommt darauf an, für wen er gut ist», entgegnete finster der durch einige Taschenlampen geblendete Leiter des Gestüts. «Welchem Umstand habe ich diesen Besuch zu danken?»

«Wie denn, Sie freuen sich nicht?» spottete der Kommandeur der Abteilung «Brennendes Herz». «Wir haben uns schon so lange nicht mehr gesehen. Das letzte Mal wohl in … Hoczew, was, Herr Dwernicki? Sie waren damals sehr unfreundlich. Sehr! Aber heute sind Sie liebenswürdiger, nicht wahr?»

Dwernicki schwieg. Der Kreis, den die Żubryd-Leute bildeten, wurde enger. Durch die Anwesenheit so vieler fremder Menschen beunruhigt, spitzten die Pferde die Ohren und tänzelten aufgeregt.

«Hände hoch, alter Halunke!» schrie Żubryd plötzlich, und Dwernicki spürte den Lauf einer Pistole an der Schläfe. «Wir sind nicht hergekommen, mit dir Höflichkeiten auszutauschen, du Bolschewikenknecht!» brüllte der Kommandeur der Abteilung «Brennendes Herz». «Wir werden dich gleich mit dem Kopf nach unten aufhängen, damit du verreckst wie ein Köter! Denkst du, ich hätte vergessen, was du damals in Hoczew gequatscht hast? Jetzt wirst du dafür bezahlen!»

Der ehemalige Gutsbesitzer befolgte den Befehl nicht; er hob die Hände nicht. Er richtete sich auf und ballte die Fäuste. Der Zorn brachte sein Blut in Wallung. «Nimm das Schießeisen weg, du Scheißkerl, mir wird kalt im Kopf, ich könnte mich erkälten», sagte er mit wuterstickter Stimme, mit Mühe die einzelnen Wörter aussprechend. Er nahm sich zusammen und sprach weiter zu dem verdutzten Żubryd: «Wer bist du, du dummer Kerl, Anführer einer Lumpenbande, daß du es wagst, mich zu überfallen? Denkst du, ich fürchte deine Drohungen? Soll ich vielleicht vor dir auf die Knie fallen, Kanaille? Weißt du, Dreckskerl, daß auf diesem Boden meine Vorfahren noch für König Kazimierz den Großen Wälder roden ließen? Jahrhundertelang kämpften sie um diesen Boden und wußten nie, was Angst ist. Banditen wie dich haben sie in Sanok gepfählt oder von Pferden schleifen lassen. Verdammter Rumtreiber, woher kommst du, und was suchst du hier? Die Leute wollen ruhig leben. Der Krieg ist aus, aber du treibst dich noch immer mit deinem Lumpengesindel herum. Scher dich auf der Stelle fort! Du willst mich umbringen? Tu, was du nicht lassen kannst, aber mach dein räudiges Maul nicht auf, mir wird übel von der verpesteten Luft. Marsch, du Rindvieh!» schloß er so herrisch, daß Żubryd unwillkürlich zusammenfuhr. Er konnte nichts dafür: Dwernickis Stimme erinnerte ihn dermaßen an Major Pełkas Gebrüll, daß sich der Kommandeur der Abteilung «Brennendes Herz» einen Augenblick lang wieder wie der Unteroffizier aus der Grudziądzer Kasernenhofzeit fühlte.

«Aufhängen, den Alten!» befahl er, die Verblüffung abschüttelnd.

Feldwebel Zawieja, Jastrząb und einige andere näherten sich Dwernicki, um den Befehl auszuführen. Der Leiter des Gestüts knöpfte den Gehpelz zu. In ihm kochte eine solche Wut, daß er keine Furcht empfand. Er war entschlossen, diesem Lumpenpack zu zeigen, wie der letzte Dwernicki in den Tod geht.

In diesem Augenblick spürte Żubryd die Hand seines Stellvertreters auf dem Arm. «Darf ich um ein kurze Unterredung bitten?» flüsterte Piskorz.

«Paß auf den Alten auf!» befahl Żubryd Feldwebel Zawieja, dann folgte er unwillig Hauptmann Piskorz.

Als sie den Kreis der Männer verlassen hatten, wandte sich der Hauptmann an den Kommandeur: «Trägst du dich ernsthaft mit der Absicht, Dwernicki aufzuhängen?»

«Mit der ernsthaftesten von der Welt.»

«Du wirst das nicht tun», erklärte Piskorz.

«Ich möchte wissen, wer mich daran hindert!»

«Dummkopf!» zischte der Hauptmann. «Begreifst du nicht, daß du das größte Unheil über uns heraufbeschwörst? Jetzt, vor dem Volksentscheid, willst du einen ehemaligen Gutsbesitzer umbringen? Damit alle glauben, daß wir nur gewöhnliche Banditen sind, wie es die Kommunisten behaupten. Ja? Und außerdem, hast du bedacht, daß dieser Dwernicki einen Haufen Verwandte im Lande und selbst in London hat? Sie sind stark genug, dir das Fell abzuziehen, du Idiot.»

«Aber Dwernicki arbeitet für die Roten», erwiderte Żubryd schwach, gegen die Argumente seines Stellvertreters konnte er nicht an.

«Alle arbeiten irgendwo. Wovon sollte er denn leben? Hör schon auf, mit mir zu diskutieren, wir nehmen die Pferde und reiten so schnell wie möglich von hier weg», sagte Piskorz ärgerlich.

Sie kehrten zur Abteilung zurück.

«Jastrząb, führen Sie Dwernicki ab zur Almhütte», befahl Piskorz.

Die Żubryd-Leute guckten, als der alte Mann mit erhobenem Kopf den Wiesenhang emporstieg. Das Mondlicht umgab seine aufrechte Gestalt wie ein Heiligenschein. Die ihn eskortierenden Männer wirkten gegen ihn wie Zwerge neben einem Riesen. Trotz der ganzen Primitivität seiner Natur fühlte der Kommandeur der Abteilung «Brennendes Herz», daß er eine Schlappe erlitten hatte und seine ohnehin nicht große Autorität wiederum erschüttert worden war.

«Fähnrich Książek, kümmern Sie sich um die Pferde», befahl er, als Dwernicki und seine Eskorte verschwunden waren.

Der Befehl wurde rasch ausgeführt. Mit Hilfe der eingeschüchterten Hirten wurden den ausschlagenden und sich wütend wehrenden Pferden Stricke um den Hals geworfen. Zehn tragende Stuten waren untauglich für den Marsch. Sie wurden, nachdem man die anderen Pferde ein Stück weggeführt hatte, erschossen.

«Wie wir mit diesen Pferden fertig werden sollen, weiß ich selbst nicht recht.» Piskorz machte sich Sorgen.

«Acht Kilometer von hier ist eine Koppel vorbereitet. Sie ist vorzüglich getarnt. Das übrige soll uns nichts angehen. Mag sich der Käufer damit plagen. Wir stecken die Moneten ein», sagte Żubryd.

Bald war die Wiese leer. Einige Hirten liefen, Dwernicki aus der Almhütte zu befreien und ihm zu erzählen, was vorgefallen war. Er hörte sie ruhig an. Er zitterte fast unmerklich. Sie schrieben es der vorangegangenen Erregung zu. In der Dunkelheit konnten sie nicht sehen, wie sehr sich seine Gesichtszüge verändert hatten. Plötzlich stieß er sie zurück und lief die Alm hinunter zur Quelle, an der er noch vor kurzem die Pferde getränkt hatte.

Er ging von Stute zu Stute. Bei jeder kniete er nieder und legte das Ohr an ihr Herz, als hoffte er, noch ein Fünkchen Leben zu erhaschen. Dann schleppte er sich zur Tränke und fiel auf die Knie. Sein Gesicht war tränennaß. «Alles haben sie vernichtet, alles ...», flüsterte er. Dann begann er ein ganz und gar ungewöhnliches Gebet zu sprechen: «Heilige Jungfrau!» beinahe tonlos bewegte er die Lippen. «Wie konnte das geschehen? Weshalb hast Du dieses Verbrechen zugelassen? Mag es Sünde sein, daß ich Dich jetzt, da Menschen umkommen, mit dieser Frage belästige, aber Tiere sind doch auch Gottesgeschöpfe, und sie sind die wehrlosesten. Niemandem haben sie etwas zuleide getan. Du weißt das genau, Heilige Jungfrau ... Wie kann man eine tragende Stute töten, in der sich das Wunder des Lebens vollzieht? Verzeih mir, Jungfrau. Ich weiß nicht, was mit mir ist ... Ich hatte keinen Menschen und habe keinen. Ich liebte die Pferde. Warum», er trommelte mit den Fäusten gegen seine Schläfen, «gelingt es mir nie, sie längere Zeit zu behalten, zu schauen, wie sie wachsen, sie aufzuziehen? Heiligste Jungfrau, wofür strafst Du mich? Nie habe ich die Menschen vergessen, ich habe die göttlichen Gebote befolgt, nie habe ich etwas für mich gefordert. Während der Okkupation habe ich die Rosenfelds mit ihren beiden kleinen Kindern bei mir aufgenommen, andere brachte ich nach Ungarn, ich gab nicht zu, daß Ludwicki von den ukrainischen Nationalisten getötet wurde, und verbarg wiederum diese drei Ukrainer vor der Rache unserer Leute. Immer glaubte ich an Gott, und ich glaube noch an ihn, aber was hier geschieht, begreife ich nicht mehr ... Heilige Jungfrau, gib mir ein Zeichen! Warum läßt Du zu, daß die Banditen unter dem Schutz Deines Sinnbilds brennen und morden?»

Das gleichgültige Licht des Mondes spiegelte sich in dem leise murmelnden und silbern schimmernden Quellwasser. Die Sterne flimmerten wie Diamanten am samtenen Mantel der Nacht. Die Frage blieb in der Luft hängen, zerfloß im weiten, von unverständlichen Erscheinungen und unbegreiflichen Dingen erfüllten Raum.

Dwernicki wischte sich die Tränen ab, die ihm über die Wangen in den nach altpolnischer Art gestutzten Schnurrbart flossen, und raunte weiter: «Ich bin ein alter Mann. Sicherlich werde ich bald den letzten Weg antreten, den jeder von uns gehen muß. Hör mich an, Heilige Jungfrau ... Ich nehme diese Sünde auf mich, obwohl ich weiß, daß ich Dir, Lieblichste, dieses Gelübde nicht ablegen dürfte, aber es ist so, wir Menschen hier auf Erden müssen unsere Angelegenheiten regeln. Wisse also, Heilige Jungfrau, daß ich jetzt nur noch ein Ziel habe. Ich gelobe Dir, ich werde nicht eher ruhen, als bis ich den Spitzbuben und Galgenstrick Żubryd mitsamt seiner Bande von der Erdoberfläche hinweggefegt habe. Ich werde sie überallhin verfolgen, wenn es sein muß allein, bis sie verrecken. So steh mir bei, Herrgott und Du, Allerheiligste, Holde Jungfrau, denn Du kannst nicht gleichgültig dem zusehen, was hier geschieht. Und ich schwöre noch, daß ich Dich niemals mehr um etwas bitten werde. Amen.»

Er bekreuzigte sich und tauchte das Gesicht in das kühle Quellwasser. Das verschaffte ihm Linderung. Er stand auf. Schwankend noch näherte er sich den Hirten. «Ich gehe», sagte er mit heiserer Stimme. «Für mich gibt es hier nichts mehr zu tun.»

Er ging, wie er stand, im aufgeknöpften kurzen Pelz und über der Brust offenen Hemd. Die Hirten begleiteten ihn eine Weile mit dem Blick, dann folgten sie ihm in einiger Entfernung. Sie schritten über den weichen, gleichsam kostbaren Teppich aus Gräsern, umgeben vom Wohlgeruch der Kräuter. Die träumenden Bieszczady, die im Laufe der Jahrhunderte schon vieles gesehen hatten, registrierten noch ein menschliches Schicksal.

Der Gendarm Mak erstattete über alles, was mit den Pferden aus Krysztof Dwernickis Gestüt in der Nähe von R. geschehen war, dem Gendarmerieführer des Kurins, Berkut, Meldung. Er hatte zusammen mit seinem Kameraden Sub die Bewegungen der Abteilung «Brennendes Herz» genau verfolgt. Mak, der Sub auf der Lauer zurückgelassen hatte, erreichte gegen Morgen den ständigen Sitz der Gendarmerie – ein Lager in einem kleinen Tal bei Zawój. Der Ort war vorzüglich gewählt, und die Gendarmen fühlten sich darin sicher wie nirgends. Auf dem Połoma-Hügel hatten sie sich eine Beobachtungsstelle eingerichtet. Der Wachposten konnte die ganze Gegend übersehen: im Norden Terka, im Westen Polanki und die Chaussee Wołkowyja–Cisna, im Osten und Süden ein beträchtliches Stück des Kamms der Wetlińska-Alm sowie ihre beiden Hänge. Bei Tage konnte sich diesem Lager keiner nähern. Und bei Nacht unternahm der Feind keine Aktionen. Der Wald tarnte vorzüglich die Laubhütten vor Luftangriffen. Wasser lieferte das

Flüßchen Wetlinka. Die Verbindung mit den Ansiedlungen der Menschen gewährleistete ein überwucherter alter Weg, der über Zawój, Jaworzec und Kalnica führte.

Berkut nahm die Meldung mit großer Erregung entgegen. Er blitzte mit seinen Goldzähnen und fluchte: «Wieder treiben sich die Polackenhunde auf unserem Gebiet herum! Die Pferde wollen sie sicher verschachern ... Ach, ich würde sie mir schon vorknöpfen, wenn Ren es erlaubte!»

Er zog seine alte deutsche Uniformbluse an und strich sich mit den Fingern durch das zersauste Haar. Berkut erwachte immer sehr früh. Er konnte nicht schlafen – eine Folge der ständigen Nervenanspannung. Die Vollstreckung so vieler von Ren und den anderen Kommandeuren verhängter Urteile war nicht spurlos an ihm vorübergegangen. Jede Woche henkte er widerspenstige Bauern, die sich schlecht über die Ukrainische Aufständische Armee geäußert hatten, erschoß diejenigen standrechtlich, die ihre Pflichtabgaben in Form von Lebensmitteln und Geld nicht entrichteten, brannte ihre Wirtschaften nieder oder ließ sie bestenfalls bis aufs Blut, bis zur Bewußlosigkeit und manchmal zu Tode peitschen. Ähnliche Strafen wandte die Gendarmerie der UPA gegenüber jedem undisziplinierten Schützen an. Bauern, die den Wunsch äußerten, in die westlichen oder nördlichen Grenzgebiete oder in die UdSSR umzusiedeln, wurden noch strenger bestraft. Es gab wohl keine Art der moralischen und physischen Folter, die Berkut nicht gekannt und angewandt hätte. Nur scheinbar war er seit langem daran gewöhnt, waren doch er und seine Leute noch in der SS-Formation «Galizien» auf diese Weise vorgegangen. Offensichtlich mußte man aber doch dafür bezahlen. Die Nerven des Gendarms waren angegriffen. Die allgemeine Abneigung, auf die sie überall bei den Schützen stießen, trug ebenfalls dazu bei. Sie wurden gefürchtet, aber gleichzeitig auch gehaßt, obwohl sie die Treuesten der Treuen und die Ergebensten der Ergebenen in den Reihen der UPA waren.

Der Gendarm zog sich einen Stiefel aus und wickelte den Fußlappen ab. Berkut trat vor die aus Kiefernzweigen errichtete Feldhütte. Er reckte sich, daß die Glieder knackten. «Das wird ein schöner Tag heute», sagte er. «Es wartet wieder Arbeit auf uns. Wir werden nach Hulskie reiten müssen. Dort hat man uns neulich ganz schön angepöbelt.»

«Sollen die Gendarmen geweckt werden?» fragte Mak.

Berkut blickte auf die Uhr. «Meinetwegen sollen sie sich ausschlafen. Es ist erst vier Uhr ...» Er schaute zum Rand des Waldes hinüber, der den Połoma bedeckte, und erstarrte plötzlich. In höchstens fünfzig Meter Entfernung stand ihm ein Soldat in voller Ausrüstung gegenüber und blickte in der Gegend umher. Berkut bemerkte deutlich den Adler an der Feldmütze des Soldaten, der in diesem Augenblick den Kopf in ihre Richtung wandte.

Der Gendarmerieführer stand wie versteinert. Er glaubte zu träumen, um so mehr, als der Soldat sich umdrehte und sich wie ein Traumgebilde im Morgennebel auflöste.

Die erste Salve ließ Berkut wieder zu sich kommen. Die Berge wurden vom vielstimmigen Krachen erschüttert, dessen Echo die Wetlińska-Alm entlanghallte. Die erschreckten Gendarmen stürzten einzeln, in Unterwäsche oder halb bekleidet, aus den Hütten. Rasch machten sie kehrt, um die Waffen zu holen. Sie hatten erkannt, daß etwas Schreckliches geschehen war: Der Feind hatte sich nachts dem Lager genähert, den Wachposten auf dem Połoma umgangen oder liquidiert und griff nun an. Nie zuvor war ihnen in der hiesigen Gegend etwas Derartiges widerfahren.

Flink gingen sie in Stellung. Sie erlagen keiner Panikstimmung, obwohl sich jeder von ihnen darüber im klaren war, daß der Gegner das Übergewicht hatte, sowohl was die zahlenmäßige Stärke als auch die das Lager beherrschende Position betraf. Die Gendarmen waren weniger als fünfzehn Mann, die Soldaten, wie Berkut annahm, mindestens ein Bataillon.

Tatsächlich griff das aus zwei Kompanien bestehende Bataillon Hauptmann Ciszewskis das Lager der UPA-Gendarmen in dem kleinen Tal bei Zawój an. Ersatz an Stelle von Oberleutnant Wierzbickis Soldaten hatte das Regiment noch nicht erhalten. Es war die erste Aktion des Militärs nach der Besprechung beim General in Kraków. Das Regiment begann damit, die Berge nach Stellen abzusuchen, die sich in bezug auf Wasser, Zugangswege und Verteidigung für das Anlegen von Lagern eigneten. Ein solcher verdächtiger Bezirk war das Flußbett der Wetlinka. Dorthin schickte der neue Regimentskommandeur, Major Grodzicki, Hauptmann Ciszewskis Bataillon.

Jerzy war an der Spitze seiner Soldaten des Nachts abmarschiert. Wie der General vorausgesehen hatte, versagte die für gewöhnlich so reibungslos arbeitende Aufklärung der Bandera-Leute diesmal völlig. Die Informanten aus Bezirksprowidnik Ihors Netz waren auf Nachtaufklärung nicht eingestellt, Ciszewski dagegen wich den Dörfern aus und hielt sich nirgends längere Zeit auf, wie es Oberleutnant Wierzbicki im Winter getan hatte, dem das Nachtquartier in Łubne zum Verhängnis geworden war.

Auf dem Połoma überwältigten die Aufklärer des Bataillons im Morgengrauen mit Bajonetten den schlafenden Bandera-Wachposten, der im letzten Augenblick erwachte und einen Alarmschuß abzufeuern versuchte. Das gab ihnen die Gewißheit, daß sie in der Nähe eines Lagers waren.

Ciszewski erlebte seine Soldaten zum erstenmal im unmittelbaren Gefecht mit dem Feind. Die Kompanien der Oberleutnante Zajączek und Rafałowski bildeten einen spitzen Winkel über dem Lager und schlossen es damit von zwei Seiten ein; Leutnant Daszewski begab sich mit einem Zug nach Süden, um dem Gegner den Rückzug in dieser Richtung zu verlegen. Berkut befand sich mit seinen Gendarmen im Mittelpunkt des gefährlichen Dreiecks.

Alle diese Bewegungen verliefen lautlos. Die Soldaten, die in der Garnison ihren Dienst ziemlich lässig versahen, bewiesen hier die strengste Disziplin.

«Fertig!» berichteten die Melder von Zajączek, Rafałowski und Daszewski.

«Hier ‹San›, hier ‹San› ... Hören Sie mich, ‹Weichsel›? ‹Weichsel›, hören Sie mich?» Ciszewski hatte über seinen Kurzwellenempfänger die Verbindung mit Major Grodzicki aufgenommen, der zur selben Zeit mit seinem ehemaligen Bataillon über den Jawornik die Wetlińska-Alm erklomm. «Ich habe die Banditen eingekreist. Koordinate ... Die zahlenmäßige Stärke des Feindes kennen wir vorerst nicht. Wir gehen zum Angriff über. Hören Sie mich, ‹Weichsel›? ‹Weichsel›, teilen Sie mit, wie Sie mich verstehen!»

«Hier ‹Weichsel›, hier ‹Weichsel› ... Viel Erfolg, ‹San›. Viel Erfolg!» sagte Major Grodzicki.

«Wir wünschen Erfolg, ‹San› ... Wir wünschen Erfolg! Hier ‹Warta›», schaltete sich die große Abhörzentrale der Division ein. Das war das erwartete Zeichen zum Handeln.

Ciszewski hob die Hand. Der neben ihm stehende Unteroffizier schoß die Leuchtpistole ab. Eine farbige Leuchtkugel flog empor. Dann krachte die erste Salve.

Die sich in ihrem Lager verteidigenden Gendarmen Berkuts waren von Anfang an in einer hoffnungslosen Lage. Durch den Morgennebel sahen sie den Feind überhaupt nicht. Sie konnten nur blind in die Gegend schießen. Die Schüsse der Soldaten fielen immer gezielter. Sie nagelten die Bandera-Leute am Erdboden fest und erlaubten ihnen nicht, sich zu rühren. Der Gendarm Mak lag mit zerschmettertem Schädel neben der Feldhütte des Anführers. Er war nicht mehr dazugekommen, den Stiefel anzuziehen; er fiel mit dem Gesicht auf die abgewickelten Fußlappen und färbte sie mit dem bereits gerinnenden Blut. An einen Baum gelehnt, lag der Gendarm Pika im Sterben, dem ein Feuerstoß aus einem leichten Maschinengewehr den Leib zerrissen hatte. Mit glasigen Augen schaute ein zweiter Gendarm zum Himmel auf.

Das Schlimmste war, daß der Gegner ständig die Richtung des Feuers wechselte: Einmal kamen die Schüsse von der rechten Seite, dann wieder von der linken, schließlich irgendwoher aus dem Tal, aus Richtung Zawój. Berkut und alle seine Leute verstanden den Sinn dieses makabren Spiels sehr wohl. Sie waren eingekreist. In einen weißen Mantel aus Nebel gehüllt, stieg der Tod von den Bergen zu ihnen herab. Er hatte jedoch mit den Gendarmen des Kurins Rens der Ukrainischen Aufständischen Armee sehr viel mehr Nachsicht als sie für ihre Opfer. Er ließ Berkut und seine Leute nicht lange warten.

Ciszewski und die ihm unterstellten Soldaten merkten gleich nach dem ersten Schußwechsel, daß sie einen zahlenmäßig schwachen Gegner vor sich hatten. Eine Ausdehnung des Gefechts hatte keinen Zweck. Oberleutnant Rafałowskis Kompanie trat zum Sturm an.

Der Weg war so kurz, daß sie die Bandera-Leute in einigen Sätzen erreichten. Die Gendarmen ergaben sich nicht, baten nicht um Gnade. Auf einen solchen Gedanken kamen sie gar nicht. Sie wußten, daß ihr Konto allzusehr mit Verbrechen belastet war, als daß sie einen besseren Ausgang als den raschen Tod erwarten durften. Bis zum letzten Atemzug erwiderten sie das Feuer.

Oberleutnant Rafałowski hatte zwei Tote und drei Verwundete. Das brachte die übrigen Soldaten der Kompanie nur noch mehr in Harnisch. Ciszewski, der vom Walde aus die letzte Phase des Kampfes beobachtete, konnte sich nicht genug über die Wut seiner Männer wundern; was sich dort im Tal abspielte, war kein Kampf mehr. Es war ein Gemetzel. Jeder hatte seine persönliche Rechnung mit den Banditen zu begleiten.

Selbst der sonst so ruhige und sanfte Rafałowski wütete. Die Bandera-Leute wurden buchstäblich auf die Bajonette gespießt. Den über und über mit Blut befleckten und nach einer Handgranate greifenden Berkut erschoß der Kompaniechef.

Das Gefecht war beendet. Ciszewski sah die Papiere durch, die sie in der Kartentasche Berkuts gefunden hatten. Er wußte, daß er mit ihnen Hauptmann Wiśniowiecki eine große Freude bereiten würde. Dann meldete er dem Regimentskommandeur über Funk das Kampfergebnis. Er ließ das Banditenlager in Brand stecken. Rasch, mit leichtem Knistern brannten die Laubhütten ab. In ihrer Mitte lag, die goldenen Zähne in dem Wolfsgebiß blekkend, der Gendarmerieführer Berkut. Auf seiner Brust schimmerte das Abzeichen der SS-Formation «Galizien». Für ihn und die anderen Toten war der Krieg beendet.

Die Soldaten zeigten sich nicht übermäßig erregt durch den Kampf. Die Mehrzahl von ihnen setzte sich nun mit gleichgültigen Mienen nieder und wartete auf neue Befehle.

Der weitere Weg des Bataillons führte die Wetlinka entlang zur Chaussee Wołkowyja–Cisna. Mit Rücksicht auf die Verwundeten mußte man sich beeilen. Die gefallenen Soldaten wurden auf einem Fuhrwerk gefahren, das der Dorfschulze von Zawój besorgt hatte, der außerdem den Befehl erhielt, für die Beerdigung der Leichen Berkuts und seiner Gendarmen zu sorgen.

Unweit der Chaussee, in der Nähe der Stelle, wo die Wetlinka in die Solinka mündet, hielt die Vorhut des Bataillons drei unbewaffnete, in Zivil gekleidete Männer an. Sie befanden sich neben einer Koppel, in der über dreißig Pferde eingeschlossen waren. Die Festgehaltenen wurden zu Ciszewski geführt.

«Wir sind ..., eh ..., Polen. Wir haben nichts ..., eh ..., mit den Banden zu tun. Lassen Sie uns passieren …, eh …, Herr Hauptmann», bat ein kleines Männlein, das unter buschigen Brauen hervor unruhige Blicke warf.

«Was habt ihr im Wald gemacht?»

«Wir sind hier bei den Pferden, Herr Hauptmann.»

«Warum haltet ihr sie hier, und woher habt ihr die vielen Pferde?»

«Sie gehören verschiedenen …, eh …, Bauern aus den umliegenden Dörfern. Wir haben sie im Wald vor den …, eh …, Banditen versteckt, Herr Hauptmann.»

«Dicht beim Lager der Banditen?»

Das Gesicht des Männleins drückte höchstes Erstaunen aus.

«Habt ihr die Schießerei gehört?»

«Jawohl, Herr Hauptmann. Wir haben uns sehr …, eh …, gefürchtet.»

«Eure Namen und woher seid ihr?»

«Ich bin Romuald Wodzicki, und das sind meine Leute – Mikołaj Derecki und Mateusz Fiałka. Wir kommen aus R.»

«Ich warne euch alle drei», sagte Ciszewski scharf. «Wenn ihr gelogen habt, wird euch das teuer zu stehen kommen. Wir gehen jetzt und prüfen alles nach. Ihr zeigt mir, welche Pferde welchen Landwirten gehören.»

«Seltsam, daß die Leute in diesen Dörfern ausschließlich junge und schöne Pferde haben. Nirgends habe ich hier so reiche Bauern gesehen», sagte Oberleutnant Zajączek spöttisch, dem der unstete Blick und der schmeichlerische Ton Wodzickis nicht gefielen.

«Ich weiß auch nicht, wem die Pferde gehören», murmelte Derecki resignierend.

«Ich auch nicht», stellte Fiałka rasch fest.

«Was heißt, ihr wißt nicht? Ihr stammt von hier und wißt es nicht?» fragte Ciszewski erstaunt.

«Das ist irgendein Schwindel, Bürger Hauptmann», rief Zajączek aus.

«Überlegen Sie genau, Herr Wodzicki. Vielleicht wissen Sie auch nicht, woher Sie die Pferde haben?» Ciszewski lachte auf.

Das Männlein schwieg. Jerzy zweifelte nun nicht mehr daran, daß der Festgehaltene log. Er nahm alle drei in Haft. Ein gutes Dutzend Soldaten kümmerte sich um die Pferde, und das um Krzysztof Dwernickis Gestüt vergrößerte Bataillon setzte seinen Weg fort.

So traten die von den Żubryd-Leuten gestohlenen Pferde ganze zwölf Stunden später den Rückweg zu ihrem Besitzer an.

Jede Zeit hat ihre Helden. Sowenig diese Regel einem Zweifel unterliegt, soviel Schwierigkeiten bereitet manchmal die Wahl, wer ein Held der jeweiligen Epoche ist.

Wer war es in den Jahren 1945 bis 1947?

Diejenigen, die aus Schutt und Asche Städte und Dörfer wiederaufbauten? Menschen, die in die Keller der zerstörten Häuser einzogen? Menschen, die die vom Feind während des Krieges gesprengten Brücken hoben, Menschen, die mit Mühe den Eisenbahnverkehr in Gang brachten, oder diejenigen, welche aus dem Nichts die Fabriken errichteten, mit leerem Magen in die Bergwerke einfuhren oder an den Hochöfen standen? Oder waren schließlich die sogenannten «Helden der Zeit» jene, die sie mit der Waffe in der Hand erlebten?

Je angespannter und ereignisreicher die Zeit ist, um so schwieriger erweist sich die Wahl der Helden. Die Jahre 1945 bis 1947 waren äußerst angespannt. Und obwohl viele Menschen den hochtrabenden, allzu mißbrauchten und infolgedessen oft ein wenig abgegriffenen und mit Verlegenheit ausgesprochenen Namen «Helden» verdienten, so muß man doch an erster Stelle jene nennen, die von Dorf zu Dorf, von Städtchen zu Städtchen fuhren, die die entlegensten Bauerngehöfte und Köhlerhütten in den Wäldern aufsuchten. Ohne Waffen, ohne jeden Schutz, der durch seine bloße Anwesenheit das Vertrauen zu ihnen hätte erschüttern können, sprachen diese Menschen von dem, was erst im Entstehen war – von der neuen Macht, ihren Zielen, ihren Bestrebungen und Perspektiven. Dies war damals in vielen Teilen des Landes der einzige Weg. Rundfunk und Zeitungen gelangten nicht überall hin. Übrigens war das lebendige Gespräch, die Diskussion auf der Dorfversammlung stets besser. Es wurde sofort auf Fragen geantwortet, es wurden Beweise geliefert, der Stier wurde, wie man so sagt, bei den Hörnern gepackt. Die Bodenreform, die Frage der Kontingente und der Pflichtablieferungen, religiöse Probleme, internationale Angelegenheiten – «wird es Krieg geben oder nicht?» –, alle diese Probleme und viele andere mehr bildeten den Gegenstand der Diskussionen. Vor dem Volksentscheid im Jahre 1946 näherten sich die Auseinandersetzungen im Lande ihrem Höhepunkt. Die neue Macht oder die alte? Mikołajczyk oder die Kommunisten? Der Bogen dieses Kampfes war auf das äußerste gespannt. Auf die Menschen, die ohne Waffen und ohne Schutz einsam über entlegene Wege fuhren und auf Versammlungen und in Reden für die Kommunisten eintraten, wurde nicht selten geschossen. Die Banden sahen sie als ihre gefährlichsten Gegner an. Sie wußten, daß diese Menschen durch ihre Haltung imponierten. Die Schüsse fielen immer wohlgezielter. Was ist leichter, als einen Wehrlosen zu töten. Und doch wichen die Menschen, die mit den Aufträgen der Parteileitungen von Dorf zu Dorf fuhren, nicht zurück. Es gab keinen Tag, an dem die Zeitungen in diesen Jahren nicht über den Tod eines dieser Mutigen berichteten. Nur scheinbar einzeln, schritten sie vorwärts in machtvoller Geschlossenheit. Sie erfaßten das ganze Land. Sie waren ständig dem Tode ausgesetzt. Sie hatten ihn stets um sich, aber sie gaben nicht auf. Sie sind wohl die Helden dieser Zeit.

Major Preminger, der gleich vielen anderen Offizieren des militärpolitischen Apparates lebhaften Anteil an den Vorbereitungen zum Volksentscheid nahm, reiste, wenn er die Dörfer aufsuchte, ohne jeden Schutz. Er meinte, daß es auf die Bauern den schlechtesten Eindruck mache, wenn man zu öffentlichen Versammlungen umgeben·von bewaffneten Soldaten kam. Auf Oberst Sierpińskis Vorhaltungen, er setze sich unnütz der Gefahr aus, erwiderte er: «Die Versammlungen sind nicht im voraus angekündigt. Weshalb muß ich denn unbedingt auf Banditen stoßen? Schließlich ist das Gelände groß und die Wahrscheinlichkeit einer Begegnung begrenzt. Das wissen wir doch selbst am besten, Bürger Oberst!» schloß er sorglos lachend.

An diesem Tag begab sich Major Preminger in mehrere Dörfer in der Gegend von Wołkowyja. Er begann in Radziejowa. Die Bauern hatten sich vollzählig vor dem Haus des Dorfschulzen versammelt. Auch die Frauen kamen, mit Kindern auf dem Arm. Die größeren drängten sich in einer gesonderten Gruppe und betrachteten mit noch augenfälligerer Neugier als die Erwachsenen den nicht alltäglichen Gast.

Preminger sprach über den Volksentscheid und bemühte sich gleichzeitig, dieses Problem mit den örtlichen Angelegenheiten zu verknüpfen. Aus den Fragen spürte er, daß die Leute Frieden wollten, daß sie genug hatten von den Banden und – von der Anwesenheit des Militärs.

«Zieht ihr ab, wenn ihr die aus dem Wald geschlagen habt?» fragte einer der Bauern.

«Wir kehren in unsere ständigen, alten Garnisonen zurück», versicherte der Major. «Aber weshalb möchtet ihr, daß wir abziehen?»

«Wir wollen keine Bewaffneten mehr sehen. Immer, wenn sie in unserer Gegend auftauchten, schaute nichts Gutes dabei heraus.»

Im Laufe der letzten Monate hatte die Furcht der Dorfbewohner vor den Banditen abgenommen. Nicht weil der Terror geringer geworden wäre. Für Preminger war etwas anderes augenfällig: Die Bauern glaubten nicht mehr an den Ausbruch des dritten Weltkrieges. Die Banditen, die ständig nicht allzuferne Termine für diesen Ausbruch setzten, hatten sich in den Augen der Bewohner selbst kompromittiert. Im Frühjahr des Jahres 1946 fürchteten die Menschen in den Bieszczady die Banden noch, aber sie glaubten nicht mehr an die Möglichkeit ihres Sieges.

Fragen gab es wenige. Der Nachbar fürchtete den Nachbarn. Das Netz der Bandera- und WIN-Informanten arbeitete wirksam. Eine beliebige Anzeige konnte das Leben kosten, bestenfalls aber eine empfindliche Tracht Prügel. Hier gab es keine heißen und verbissenen Diskussionen oder Polemiken, von denen die Stadtzentren und Dörfer, die mit ständigem amtlichem Schutz rechnen konnten, zu jener Zeit erfüllt waren. Die Einwohner von Radziejowa und anderen ähnlichen verlorenen Bieszczady-Dörfchen mußten ihre eigene Politik betreiben. Sie wußten, daß jeden Augenblick die Szenerie wechseln konnte: Eine Stunde nach Abzug des Militärs kamen die Banditen und umgekehrt. Der Lebensinstinkt gebot Bedacht. Man verriet in diesen Dörfern nichts über seine persönlichen Vorhaben, man äußerte keine bestimmten Meinungen, und man stellte keine Fragen, die einem das Leben kosten konnten. Dagegen verstand man zuzuhören. Dies war Major Preminger bekannt, und er hielt seine Zeit nicht für vertan.

Er wollte die Versammlung gerade schließen, als er auf der Straße einen Mann von stattlichem Wuchs, bekleidet mit weichen langschäftigen Stiefeln, einem kurzen Bauernpelz von recht ungewöhnlichem Schnitt und einer Schafpelzmütze daherkommen sah, der sich mit großen Schritten dem Haus des Dorfschulzen näherte. Preminger konnte sich nicht erinnern, woher er das breite Gesicht des Mannes mit den buschigen Brauen und dem riesigen schwarzen Schnurrbart kannte. Er war sich lediglich sicher, daß er diesen Menschen irgendwann einmal gesehen hatte.

Der Ankömmling näherte sich, mit den Armen schlenkernd und etwas vor sich hin murmelnd. Er gab sich keine Mühe, seine Erregung zu verbergen. In einigem Abstand folgte ihm eine kleine Schar älterer Bauern.

«Herr Dwernicki und seine Hirten», sagte der Dorfschulze zu Preminger. «Ich möchte wissen, was sie herführt.»

Die Antwort auf diese Frage erhielt er im selben Augenblick.

Mit schmerzerfüllten Worten, in unzusammenhängenden Sätzen, Ausdrücke weglassend und sich vor Erregung verschluckend, erzählte Dwernicki vom Überfall der Żubryd-Leute auf sein Gestüt.

«Trächtige Stuten haben diese Spitzbuben, diese Erzhalunken, erschossen, versteht ihr?» rief er den Bauern plötzlich zu, und Preminger spürte, daß der Ankömmling durch diesen einen Satz die Bauern mehr beeinflußt hatte, als er mit seinem ganzen Auftreten. Gibt es denn auf der Welt einen Bauern, dem das sinnlose Erschießen einer trächtigen Stute nicht als erschütternde Scheußlichkeit vorkommt?

Die Einwohner von Radziejowa schüttelten sich auf diese Nachricht hin vor Grauen. Sie kannten viele Grausamkeiten der Bandera- und WIN-Leute, jede aber war irgendwie mehr oder weniger motiviert. Für diese fanden sie keine Begründung.

«Leute, ist der Bandit, der Schurke Żubryd hier mit meinen Pferden vorübergekommen?» fragte Dwernicki.

Die Frage wurde verneint.

«Nirgendwo hat man sie gesehen.» Er stöhnte bekümmert. Dann besann er sich wieder auf Premingers Anwesenheit und beklagte sich bei ihm: «So viele Male, Herr Major, wollte ich den Regimentskommandeur sprechen, so oft habe ich darum gebeten! Er hat mich nie empfangen. Er hatte keine Zeit.

Und jetzt ist es geschehen ... Die Banditen haben die Oberhand behalten ... Ich hatte die Absicht, eine berittene Abteilung gegen die Banditen aufzustellen. Es hätten sich Freiwillige gefunden. Wir kennen jeden Pfad in dieser Gegend. Ich stehe dafür ein, daß wir die Banden aufgespürt hätten. Wir hätten das Militär ernsthaft unterstützen können. Über alles wollte ich mit dem Regimentskommandeur sprechen ... Wenn er eingewilligt hätte, wäre meinen Pferden nichts geschehen.»

«Die Angelegenheit war mir nicht bekannt. Ich werde mich darum kümmern», versicherte Major Preminger. «Ich bin gewiß, daß sie positiv entschieden wird.»

«Ich schwöre», stellte Krzysztof Dwernicki feierlich fest, «daß dann der Bandit Żubryd nicht mehr lange über diese Erde wandeln wird.»

Preminger lächelte. Ein Bauernfuhrwerk sollte ihn nach Wołkowyja bringen. Er schlug dem sichtlich erschöpften Dwernicki vor, mit ihm zu fahren. Kurz darauf saßen beide auf dem rüttelnden, quietschenden Wagen, der sich über die unzähligen Schlaglöcher und Unebenheiten der seit Jahren nicht mehr ausgebesserten Straße quälte. Dwernicki vertraute sich Preminger an: «Vor dem Kriege besaß ich in dieser Gegend ein Landgut. Ich verlor es durch meine Leidenschaft für Pferde. Sie verschlangen alles. Die Rennbahn ist ebenso gefährlich wie der Schnaps. Die zurückweichenden Deutschen steckten mein Haus in Brand. Der Sohn kam neununddreißig um. Wir waren einander immer fremd. Wir verstanden einander nicht. Kurz darauf starb meine Frau. Sie betrog mich, hielt mich für einen Sonderling, für ein lächerliches Individuum, schließlich haßte sie mich. Ich liebte nur die Pferde, und diese Liebe blieb mir. Jetzt aber habe ich nichts mehr. Ich bin ganz allein.»

«Ich bin auch allein», sagte Preminger. «Meine ganze Familie wurde von den deutschen Hitlerfaschisten ermordet. Trotzdem gibt es bestimmte Dinge, an die ich glaube. Sie geben meinem Leben Sinn. Ich bemühe mich, nicht an die Vergangenheit zu denken.»

«Das ist unmöglich!» wandte Dwernicki ein. «Wir sind der Vergangenheit verhaftet, sie begleitet uns wie der eigene Schatten. Kann man dem Schatten davonlaufen?»

«Man braucht nicht an ihn zu denken.»

«Aber der Schatten bleibt.»

Preminger war anderer Meinung. Ihn trennte von Dwernicki eine Vergangenheit, so tief wie eine Gebirgsschlucht, die Vergangenheit des Edelmannes seit Urväterzeiten von der des jüdischen Intellektuellen aus einer Kleinstadt, aber es verband sie die Gegenwart. Beide waren gleichermaßen allein, beide hatten denselben Feind – die Banditen – und das gleiche Ziel: den Gegner zu besiegen. Der Schatten der Vergangenheit war in diesem Augenblick bedeutungslos. Preminger sagte das Dwernicki.

«Noch nie hat jemand so zu mir gesprochen.» Der alte Mann lächelte. Er dachte, daß es manchmal nur weniger Worte und entsprechender Umstände bedürfe, und ein Mensch, dem man eben erst begegnete, stand einem plötzlich sehr nahe. «Ich glaube, wir werden in Freundschaft miteinander leben, Herr Major», erklärte er Preminger. «Ich habe wenig Verständnis für die Jugend von heute, mit Ihnen aber unterhält man sich ganz anders.»

Preminger lächelte. Er hatte den Alten ebenfalls ins Herz geschlossen. Es gibt Sympathie auf den ersten Blick zwischen grundverschiedenen Menschen.

In der Nähe von Wola Górzańska führte die Straße über einen kleinen Bach, der am Wald entlangfloß. An dieser Stelle wurde das Fuhrwerk von vier Reitern umstellt. Auf der linken Brustseite eines jeden von ihnen wurde das Emblem des «Brennenden Herzens» sichtbar. Die Pferde, plötzlich vom Kutscher gezügelt, wühlten sich mit den Hufen in den sandigen Grund.

«Żubryd-Leute!» schrie Dwernicki in grenzenlosem Haß. «Wieder begegnen wir einander, Banditen!» rief er aus. «Was habt ihr mit meinen Pferden gemacht, Gauner?!»

«Halt's Maul, alter Idiot», erwiderte Fähnrich Książek kalt, der im Auftrage des Kommandeurs der Abteilung in Wola Górzańska von einigen reicheren Bauern Geld eintreiben sollte und deshalb eben diese Straße gewählt hatte.

Er erkannte Major Preminger sofort. Ohne den tobenden Dwernicki zu beachten, schaute er, blaß geworden, den Stellvertreter des Divisionskommandeurs an. «Also sehen wir uns wieder, Jude!» sagte er mit unterdrückter Stimme. «Fall auf die Knie und bete zu Jehova. Dein letztes Stündlein hat geschlagen.»

Preminger schwieg. Mit einer unmerklichen Bewegung griff er nach dem Revolver, aber einer der Żubryd-Leute sah es, er warf sich auf den Major und wand dem Offizier nach kurzem Handgemenge, von einem Kameraden unterstützt, die Waffe aus der Hand.

«Banditen, Mörder!» brüllte Dwernicki, bemüht, dem Major zu helfen.

«Ein Wort noch, und ich erschieße euch beide», erklärte Fähnrich Książek kalt.

Preminger schaute die armselige Gestalt des Deserteurs in seinem fadenscheinigen, trotz der Wärme bis zum Halse geschlossenen Artilleristenmantel an. Er sah ein ausdrucksloses Augenpaar, ein kleines fliehendes Kinn, einen wie im Krampf leicht zuckenden Mund. Er hatte ein Tier in Menschengestalt vor sich, das nur dank einer ungewöhnlichen Naturerscheinung mit der Fähigkeit primitiven Denkens ausgestattet war. Der Lauf des Revolvers in Książeks Hand hob sich gegen die Stirn des Majors. Preminger spürte, daß seine Brille beschlug. Von den Brauen tropfte der Schweiß auf sie herab.

«Vor Ihnen werde ich bestimmt nicht auf die Knie fallen, Książek», sagte er. «Mein Gewissen ist rein. Über Ihres werden Sie noch Rechenschaft ablegen müssen ...»

In diesem Augenblick krachte ein Schuß. Die vor das Fuhrwerk gespannten Pferde zerrten heftig an den Leinen. Aus dem Lauf von Książeks Pistole stieg feiner blauer Rauch. Der Geruch verbrannten Schießpulvers verbreitete sich in der Luft. Die Reitpferde der Kameraden des Fähnrichs bäumten sich auf. Preminger zuckte und sank schwer zur Seite auf Dwernickis Knie.

«Vorwärts!» schrie Książek dem Kutscher zu. Der peitschte die Pferde und jagte, ohne sich umzuschauen, die holprige Straße entlang.

Leichenblaß zog Dwernicki den kurzen Pelz aus und bedeckte damit sorgsam Major Preminger.

Bei Tworylne beschoß Birs Hundertschaft eine Kolonne von Bewohnern aus der Umgebung, die die Grenze nach der Sowjetunion überschreiten wollten: Männer, Frauen, Kinder, Greise, Fuhrwerke, beladen mit armseliger Habe, Kühe, Pferde, Schafe, Körbe mit Hühnern, Bündel mit Hausrat, Säcke mit Vorjahrsgetreide.

Für die Mitglieder von Birs Hundertschaft war es ein leichtes Ziel. Sie lagen auf einem Hügel unterm blauen Himmel, an dem rasche, bauchige Wölkchen segelten, und feuerten aus ihren Gewehren, was das Zeug hielt. Eine glänzende Übung für die Banditen. Die leichten Maschinengewehre der Hundertschaft zerrissen die Körper der Menschen und Tiere im Wechsel mit den Federbetten. Wie Schneeflocken tanzten die weißen Federn durch die Luft und setzten sich, nachdem sie zur Erde gefallen, in den roten Blutlachen fest. Menschen, Pferde, Kühe – alles, was lebte, rannte wie wahnsinnig. Zurück blieben die an Ort und Stelle fallen gelassenen Bündel mit der restlichen Habe, die Säcke mit Korn und Mehl. Zurück blieben auch die Toten und Verwundeten. Weithin tönten das Geschrei der Menschen und der Widerhall der Schüsse.

Vom jenseitigen Ufer des San eröffneten sowjetische Grenzsoldaten das Feuer auf die Banditen. Sie gewährten den Umsiedlern Schutz. Die Kolonne überschritt unter Beschuß den San. Die Grenzsoldaten waren wenige Mann. Die Hundertschaft spürte ihre Überlegenheit. Über eine Stunde dauerte das Massaker. Ruhig, systematisch leitete es der Exkleriker Bir. Seine Schützen lösten ihre Aufgabe sehr gut. Alles war in Ordnung. Jeder Bieszczady-Bewohner, selbst wenn er nur den Wunsch äußerte, in die UdSSR auszureisen, wurde mit dem Tode bestraft. Die Umsiedlerkolonne wurde nach dem in der Ukrainischen Aufständischen Armee geltenden Recht beschossen.

Der Żubryd-Mann Zawisza-Karbowski wurde durch den Soldaten Karasiński auf dem Transport von Baligród nach Lesko getötet. Zawisza war noch im

Winter während des Gefechts bei Łukawica gefangengenommen worden. Hauptmann Wiśniowiecki hatte ihn jetzt wegbringen lassen, um ihn Oberleutnant Turski zur Verfügung zu stellen. Aber der Gefangene war nicht ans Ziel gelangt. Das Bajonett des Soldaten Karasiński durchbohrte ihm die Gurgel.

«Wie ist das geschehen?» fragte Hauptmann Wiśniowiecki erregt.

«Wir eskortierten ihn zu zweien, Rudzki und ich», erklärte finster Karasiński. «Das Auto rüttelte stark. Plötzlich ließ ich die MPi fallen ... Da bückt sich doch dieser Hundesohn Zawisza und will sich die Waffe schnappen. Nun, da habe ich eben zugestoßen ... Ich mußte es tun. Bestimmt wollte er uns abknallen und türmen ...»

Hauptmann Wiśniowiecki schaute in die vor Haß dunkel werdenden Augen des Soldaten. Er wußte, daß Karasiński log. Bestimmt hatte er absichtlich die Maschinenpistole fallen lassen. Wie aber hatte es dazu kommen können? Tatsache blieb Tatsache. Der Soldat Rudzki gab genau die gleiche Version des Vorfalls.

«Weshalb habt ihr dem Gefangenen nicht die Hände gebunden?»

Karasiński zuckte die Achseln. «Wir haben nicht daran gedacht.»

«Ihr könnt gehen.»

Die Absätze wurden zusammengeschlagen. Die beiden Soldaten traten ab.

«Was halten Sie davon, Oberleutnant?» fragte Wiśniowiecki den Chef der Sicherheitsorgane, Turski.

«Karasiński wurde im vergangenen Jahr von den Banditen gefangengenommen, als die Stützpunkte der Grenztruppen liquidiert wurden. Die Banditen entmannten ihn damals und ließen ihn als Abschreckung für die anderen frei. Er lehnte es ab, ins Zivilleben zurückzukehren. Er dient als Freiwilliger. Er kann ihnen das nicht vergessen. Ich bin der Meinung, Sie haben einen Fehler begangen, indem Sie ihn beauftragten, den Gefangenen zu eskortieren.»

«Werden irgendwelche Nachforschungen angestrengt?»

«Bestimmt! Der Staatsanwalt läßt sich diese Gelegenheit nicht entgehen, und Hauptmann Matula verzichtet ebenfalls nicht auf eine Untersuchung. Aber was soll dabei herauskommen? Sie werden ohnehin nichts feststellen. Karasiński wird seine Aussage immerzu wiederholen, und Rudzki wird sie bestätigen. Die Nachforschungen werden auf einem toten Punkt ankommen, und nach einer gewissen Zeit, wenn man dem Anstand genüge getan hat, wird man das Verfahren niederschlagen und die Version der beiden Soldaten anerkennen müssen. Wundert Sie das, Hauptmann?»

«Wird Rudzki seine Aussagen aufrechterhalten?»

«Ganz bestimmt. Sie sind sehr hart. Nach Auffassung der Soldaten – hier im Regiment denken viele so – hat Karasiński ein Recht darauf, sich zu rächen. Das ist die uralte, primitive Auffassung von Gerechtigkeit. Karasiński hatte eine Braut. Er wartete auf die Demobilisierung wie die anderen und wollte heiraten. Nun wird nichts daraus. Der Junge schämt sich, in sein Dorf zurückzukehren. Wieder einmal haben wir es mit ganz eigenartigen Kriterien der Scham zu tun. Sie mögen ihm noch so oft sagen, daß im Kriege Tausende von Soldaten solche und schlimmere Verletzungen davontrugen. Diese Wunde wird ihn bis an sein Lebensende schmerzen, und er wird es den Banditen nie vergessen. Übrigens hatte Zawisza allerhand auf dem Gewissen. Er mordete und mißhandelte Menschen wie alle Banditen. Er wurde mit der Waffe in der Hand gefaßt. Da gibt es keinen Pardon. Sprechen wir von etwas anderem. Haben Sie den Vertreter der PSL gesehen?»

«Den, der bei Szponderski abgestiegen ist?»

«Ja. Er heißt Wacław Charkiewicz. Stammt aus Warschau. Ein Händler. Er ist wahrscheinlich in die Sache mit dem Zuckerdiebstahl verwickelt.»

«Wollen wir ihn uns anhören? Er spricht schon fast eine Stunde.»

Der «Präses» Charkiewicz hielt, auf einem Fuhrwerk stehend, eine Ansprache. Seine Rede war fließend. Die Bauern hörten ihm aufmerksam zu. «Das Landvolk ist eins», sagte er, «es ist groß und einig. Seit Jahrhunderten bestellen die Bauern den Boden, und niemand entreißt ihn ihnen. Es ist nicht wahr, daß auf dem Lande ein Kampf geführt wird. Diesen Unsinn denken sich Leute aus, denen das Wohl des Bauern nicht am Herzen liegt. Der Herrgott hat Arme und Reiche geschaffen; seinem Willen muß man sich fügen. Wir müssen einig sein und zusammengehen. Wir dürfen uns nicht betrügen lassen. Wer die Bauern nach den Hektaren oder den Pferden, die sie besitzen, einteilt, ist nicht ihr Freund. Die Bestellung des Bodens, unseres Ernährers, verbindet und vereinigt uns. Ihm geben wir unsere Stimme. Fordern müssen wir dagegen, daß uns der Staat Landmaschinen, Düngemittel und Bauholz zur Verfügung stellt. Es gibt Leute, die da behaupten, die Industrie sei noch nicht wieder angelaufen und infolge der Kriegszerstörungen gäbe es bei uns diese Dinge nicht. Wir können sie ja aus dem Ausland einführen. Die Vereinigten Staaten und England bieten uns alles an, was das Herz begehrt. Minister Mikołajczyk ist aus dem Westen zu uns gekommen. Er erfreut sich dort großer Anerkennung und großen Ansehens. Er kann für die Bauern beziehen, was sie brauchen. Denkt daran während des Volksentscheids, Minister Mikołajczyk ...»

In diesem Augenblick entstand Verwirrung. Auf dem Baligróder Marktplatz drängte sich plötzlich, nur mit Mühe von einigen Troßsoldaten aufgehalten, ein Pulk Pferde. Ihnen folgten fast im Laufschritt die Soldaten von Hauptmann Ciszewskis Bataillon. Eine gesonderte Gruppe bildete die Eskorte für die Verhafteten Romuald Wodzicki, Mikołaj Derecki und Mateusz Fiałka aus R. Die scheuen Pferde wurden vollends tückisch beim Anblick der

Menschenmenge auf dem Marktplatz. Sie wieherten, drehten sich im Kreise, wichen zurück und versperrten dem Bataillon den Weg. Die Flüche der Unteroffiziere mischten sich mit den Rufen der Troßsoldaten. Hauptmann Ciszewski, die Oberleutnante Zajączek und Rafałowski sowie die anderen Offiziere und Unteroffiziere des Bataillons mühten sich vergebens, Ordnung zu schaffen. Einzig die Gestalt des auf dem Fuhrwerk stehenden Agitators der PSL – des «Präses» Wacław Charkiewicz – überragte das Chaos.

Hauptmann Wiśniowiecki und Oberleutnant Turski eilten den auf so ungewöhnliche Weise bedrängten Kameraden zu Hilfe. Aber da wurde ihre Aufmerksamkeit abgelenkt. Aus der entgegengesetzten Richtung, von Lesko her, näherte sich ein Fuhrwerk. Der hinter dem Kutscher sitzende stattliche Mann, in dem Turski mühelos Krzysztof Dwernicki erkannte, fuhr plötzlich hoch, sprang während der Fahrt aus dem Wagen und rannte wie ein Wahnsinniger vorwärts.

«Meine Pferde!» schrie er. «Meine Pferde!»

Plötzlich, sich offensichtlich an etwas erinnernd, blieb er stehen, griff sich an den Kopf und rief: «Major Preminger ist tot!»

Diesen Schrei kreuzte in der Luft ein anderer, den mit kreischender Fistelstimme Romuald Wodzicki ausstieß: «Da ist er! Ich erkenne ihn! Der Pferdedieb! Der Käufer der Pferde. Er hat mich zu allem überredet. Ich werde mich nicht für ihn verantworten! Ich werde es nicht tun!»

Wodzickis Zeigefinger war auf Charkiewicz gerichtet. Oberleutnant Zajączek hatte den Aufschrei des Verhafteten sehr gut verstanden. Kräftig seine Ellenbogen gebrauchend, bahnte er sich einen Weg zu dem Redner, der die improvisierte Tribüne so schnell wie möglich zu verlassen suchte. Dem Oberleutnant kam jedoch der in diesem Moment von Frau Stefania herbeieilende Wachtmeister Kaleń zuvor, der sich die Anwesenheit des Veterinärs auf der PSL-Versammlung zunutze gemacht hatte. Der gewaltige Lärm auf dem Marktplatz hatte ihn angelockt. Als ersten erblickte er den von der Tribüne kletternden Charkiewicz.

«Das ist mein alter Bekannter aus Kraków!» rief der Wachtmeister Zajączek zu. «Ich nehme ihn mir vor, Bürger Oberleutnant!»

In einigen Sätzen war er bei dem «Präses», packte ihn am Kragen und zerrte ihn ohne Umstände von der Rednerbühne.

«Erkennst du mich?» zischte er. Charkiewicz stockte das Herz.

Am Funkgerät des Regimentsstabes saß Major Grodzicki.

««Warta›, ‹Warta›, wie hören Sie mich? Wie hören Sie mich? Hier ‹Weichsel›, hier ‹Weichsel›. Ich melde: Major Preminger ist von Żubryd-Leuten getötet worden. Der Mörder ist Fähnrich Książek, der Deserteur Książek ... Bei Tworylne beschossen die Bandera-Leute eine Umsiedlerkolonne. Siebzehn

Zivilpersonen wurden getötet, einundzwanzig verwundet ... Der Vertreter der PSL, Wacław Charkiewicz, wurde von uns festgenommen, da die Żubryd-Leute auf seine Initiative ein Gestüt bei R. überfielen. Die Gendarmerieabteilung Berkuts wurde durch das erste Bataillon liquidiert – Wie hören Sie mich, ‹Warta›? Hier ‹Weichsel›, hier ‹Weichsel›. Das ist alles für heute. Schriftliche Meldung folgt. Ende. Ende.»

Major Grodzicki hatte sich getäuscht. Es war nicht alles.

Bei Wróblik Szlachecki lagen zwei mächtige Holzblöcke auf den Schienen. Der Lokführer des aus Kraków kommenden Personenzuges brachte die Lokomotive in letzter Sekunde zum Halten.

«Bandera-Leute oder WIN?» fragte ihn phlegmatisch der Heizer.

«UPA ...», stellte der Lokführer fest. Er zeigte auf die bereits im Halbkreis vor der Lokomotive stehenden Leute, die mit dem «Dreizack» geschmückte Uniformen verschiedener Armeen trugen.

Zwei mit Maschinenpistolen bewaffnete Bandera-Leute kletterten auf die Lokomotive. Der Lokführer und der Heizer hoben die Hände. Die Angreifer tasteten sie flüchtig nach Waffen ab, befahlen ihnen, die Hände herunterzunehmen und sich auf den Fußboden zu setzen. Sie kamen diesen Wünschen nach. Sie kannten das ganze Repertoire solcher Überfälle bereits auswendig. Sie wiederholten sich mehrmals im Monat an verschiedenen Stellen der Strecke. Einmal wurden sie von den Bandera-Leuten verübt, ein anderes Mal von den WIN-Leuten. Die Letztgenannten hatten sich besonders auf Aktionen dieser Art spezialisiert. Neuerdings war die UPA mit ihnen in Konkurrenz getreten.

In jeden Wagen stiegen mehrere Bandera-Leute. Die übrigen stellten sich am Zug entlang auf. Abteil für Abteil wurde kontrolliert. Ungeachtet ihres Geschlechts, wurden die Reisenden eingehend abgetastet. Die Bauern schauten mit finsteren Mienen zu, wie die Schützen besonders lange untersuchten, ob ihre Frauen und Töchter nicht Waffen unter den Röcken versteckt hielten. Die Bandera-Leute lachten dabei und machten allerlei Bemerkungen über die Anatomie der durchsuchten Frauen. Die kreischten und kicherten – unerfindlich, ob vor Vergnügen oder vor Angst. Aus dem vorletzten Wagen wurden ein Milizionär und ein Arbeiter, der sein Parteidokument bei sich trug, herausgeholt. Dem Milizionär befahl man, die Uniform auszuziehen, dem Arbeiter, das Dokument aufzuessen. Beide weigerten sich. Man schlug sie ins Gesicht, warf sie zu Boden, trat sie mit Füßen, hob sie auf und stieß sie wieder hin, aber sie wollten den Befehl nicht ausführen. Sie wußten, daß sie ohnehin dem Tod nahe waren. Den Rücken dem Zug zugewandt, erschoß Hundertschaftsführer Stach sie eigenhändig am Rand des Bahndamms.

Dann mußten einige Bauern, die man aus den Wagen zerrte, die Holzblöcke von den Schienen wälzen, die beiden Wachposten sprangen von der Lokomotive, und der Zug setzte sich in Bewegung. Am Tatort blieben nur die Leichen des ermordeten Milizionärs, der die Uniform nicht hatte ausziehen wollen, und des Arbeiters, der sich geweigert hatte, sein Parteidokument aufzuessen.

«Letztes Mal war es schlimmer», meinte der Lokführer. «Sie töteten vier Personen, sogar den Soldaten, der sie auf Knien bat, sie möchten ihn am Leben lassen …»

«Und wie die Żubryd-Leute das Mädchen mitnahmen, weißt du noch?»

Der Zug nahm Fahrt auf. Das Personal und die Reisenden kommentierten den Zwischenfall, erwähnten ähnliche, deren Zeugen sie geworden oder von denen sie gehört hatten.

Oberst Sierpiński und sein Stabschef, Oberstleutnant Tomaszewski, in Sanok besprachen das Vorkommnis ebenfalls. Der Divisionskommandeur vermutete den Grund für die zunehmenden Überfälle auf Züge im näher rückenden Volksentscheid.

«Die Banditen wissen, daß nichts unser Prestige, die Autorität unserer Macht so untergräbt wie diese Überfälle auf den Eisenbahnstrecken», sagte Oberst Sierpiński. Dann setzte er Tcmaszewski seinen Plan auseinander.

«Darf ich mein ehemaliges Regiment mit dieser Aufgabe betrauen?» fragte der Chef des Divisionsstabes.

«Dieses Regiment hat in seinem Bezirk keine einzige Eisenbahnlinie mit Personenverkehr.»

«Aber es hat einen Mann, der für derlei Aufgaben ideal geeignet ist.»

«Der Name?»

«Leutnant Stefan Daszewski.»

Die Beisetzung Major Premingers fand drei Tage nach den geschilderten Ereignissen statt.

Am offenen Grab auf dem Friedhof in S. sollte Oberstleutnant Tomaszewski sprechen. Es erwies sich jedoch, daß er nicht der beste Redner war. Vor Erregung brachte er kein Wort heraus. Er ballte nur heftig die Fäuste und rief aus: «Das war ein Mensch, Soldaten! Das war ein Mensch!»

Die versammelten Offiziere, Verwaltungsangestellten, Honoratioren des Ortes, Milizionäre, Soldaten der Militäreinheiten und Grenztruppen warteten auf die Fortsetzung der Rede, aber sie blieb aus.

Dreimal zerriß eine Salve der Ehrenkompanie die Luft. In der Stille, die darauf herrschte, hörte man einzig und allein die sanften, schmerzlindernden und zugleich fernen Klänge einer Orgel. In der Pfarrkirche wurde einer der Maigottesdienste abgehalten. Durch die offene Tür, von der Höhe seines Kreuzes, über den Köpfen der betenden Leute blickte der Erlöser in die

Ferne. Blaue Weihrauchwölkchen stiegen über dem Altar auf. Ihr Duft mischte sich mit dem des Flieders und Jasmins, die um diese Jahreszeit überall in Blüte stehen.

Barmherzigkeit, Vergebung, Frieden und Eintracht läutete die Kirchenglocke. Der Geistliche neigte sich ein wenig zu Christi Füßen vor und breitete die Arme aus: «Herr, vergib uns unsere Schuld ...»

Am Grab von Major Preminger war niemand mehr. Die Menschen gingen wieder ihren alltäglichen Beschäftigungen nach. Nur durch die offene Kirchentür drang die Melodie der Orgel.

X

Der Frühling enteilte über die steilen Schluchten, schwamm davon mit den reißenden Bächen, entschlüpfte zwischen den Buchen und Tannen, die ein warmer Wind wiegte. Der Sommer war auf dem Anmarsch. In den Bieszczady meldete er sich in Soldatenuniform zur Stelle, die über der Brust offenstand, mit keck aufgesetzter Feldmütze über einer sonnengebräunten Stirn, ein Gewehr in der Hand.

Wachtmeister Hipolit Kaleń hatte eigenhändig ein großes Transparent gemalt und auf der Wiese vor dem Regimentsstab aufgehängt. Es trug die Inschrift: «Wenn die Banden weiterhin in Aktion sind, bleibst du bis 1950 beim Militär. Stimme dreimal mit Ja!» Die Soldaten gingen zur Wahlurne. Sie warfen die Stimmzettel ein. Sie blickten auf das Transparent und nickten, sie lächelten nicht. Mit den Banden mußte so schnell wie möglich Schluß gemacht werden.

Volksentscheid. Die Fuhrwerke zogen in langer Kette wie zum Jahrmarkt. Der Boykott der Abstimmung, zu dem die Banden aufgerufen hatten, war fehlgeschlagen. Ihnen blieb nur noch die winzige Hoffnung, daß sich die Menschen für Mikołajczyks Parole aussprachen. Aber am Abend war auch diese Hoffnung zerplatzt. Bereits die ersten Auszählungsergebnisse zeigten, daß die große, die überwältigende Mehrheit der Bieszczady-Bewohner dreimal mit Ja gestimmt hatte. Der Terror und die Repressalien, die die UPA und WIN anwandten, hatten sich als zwecklos erwiesen. Die Menschen, die sich an den Wahlurnen außerhalb der schrecklichen Umklammerung der Furcht befanden, fügten den Banditen eine viel schwerere Niederlage zu, als man sie ihnen auf dem Schlachtfeld hätte beibringen können.

«Schade, daß Major Preminger diesen Tag nicht mehr erlebt hat», sagte der Kommandeur des Regiments, Grodzicki, zu dem aus Sanok herübergekommenen Oberstleutnant Tomaszewski.

«Schade ...», wiederholte der Chef des Divisionsstabes wie ein Echo. «Wissen Sie auch, Bürger Major, daß die Żubryd-Leute vorgestern Premingers Grab geöffnet, seinen Sarg über die Friedhofsmauer geworfen und einen Zettel am Tatort zurückgelassen haben mit der Aufschrift: ‹Das jüdische Kommunistenschwein wird nicht auf einem katholischen Friedhof ruhen!›?»

«Nicht einmal die Toten lassen sie in Frieden!» rief Krzysztof Dwernicki entrüstet; er wartete im Regimentsstab auf eine Entscheidung wegen der Aufstellung seiner berittenen Abteilung, die nach den Grundsätzen der ORMO gegen die Banden kämpfen sollte.

«Na, und was haben Sie dagegen unternommen?» fragte Major Grodzicki.

«Gar nichts. Wir beerdigten Preminger an derselben Stelle ein zweites Mal, und der Divisionskommandeur ließ einen Wachposten am Grab aufstellen. Selbstverständlich können wir den Friedhof nicht bis in alle Ewigkeit bewachen.»

«Ich werde Wache halten», äußerte sich Dwernicki.

«Ich möchte wissen, mit welchen Kräften?»

«Nicht mit Kräften, sondern auf eine bestimmte Art und Weise», sagte voll Ernst Dwernicki und fügte rätselhaft hinzu: «Die Mumien der Pharaonen bewachten sich allein; wer es wagte, ihren Frieden zu stören, ging zugrunde ...»

«Ich habe keine Ahnung, was Sie im Schilde führen, aber wir übertragen Ihnen gern die Bewachung von Premingers Grab, damit es künftig nicht mehr geschändet wird», erklärte Tomaszewski.

«Wird man meine Abteilung genehmigen?» erkundigte sich mit unverhohlener Erregung der alte Pferdeliebhaber.

«Wir sind alle damit einverstanden, Oberleutnant Turski hat das Projekt im Namen der Sicherheitsorgane bereits bestätigt. Es bleibt nur noch Matula, aber das erledigen wir gleich.»

«Hauptmann Matula kommt schon», sagte Major Grodzicki.

Der Offizier für militärische Abwehr kam mit leichten Schritten, eine Aktentasche unter dem Arm. Sein Gesicht hatte sich unter der Einwirkung der Sonne rosig gefärbt. Es zeigte die Farbe zarten, konservierten Schinkens. Zahlreiche Sommerprossen hatten sich rund um Matulas aufgestülpte Nase angesiedelt, auf der herausfordernd die verbogene Nickelbrille saß. Mit einer Reitpeitsche schlug der Offizier lässig gegen seine Langschäfter.

«Wie immer nicht ganz zugeknöpft», murmelte Oberstleutnant Tomaszewski. «Auf dieses Bürschchen müssen Sie Obacht geben, Bürger Major», sagte er zu Grodzicki, «sonst gerät es ganz aus den Fugen, nachdem es meiner zärtlichen Fürsorge beraubt worden ist.»

Hauptmann Matula blieb auf der Schwelle stehen. «Herr Dwernicki, würden Sie uns bitte allein lassen?» wandte er sich an den Pferdezüchter. «Ich möchte einiges mit Oberstleutnant Tomaszewski und Major Grodzicki besprechen.»

Als seinem Wunsche entsprochen worden war, breitete er die mitgebrachten Schriftstücke auf dem Tisch aus und wollte weitersprechen, aber der Chef des Divisionsstabes kam ihm zuvor: «Hauptmann Matula, Sie werden wohl nie gute militärische Manieren lernen, wie sie unsere weise Dienstvorschrift festsetzt ... Wir haben mit Ihnen zu sprechen und nicht umgekehrt. Einverstanden?»

Der Offizier für militärische Abwehr schluckte die bittere Pille widerspruchslos. Er erklärte, daß er zu Dwernickis Projekt seine Einwilligung nicht geben könne. «Wir dürfen einem ehemaligen Großgrundbesitzer keine Waffen anvertrauen», meinte er hochtrabend. «Woher wollen wir wissen, in welcher Weise er sie nutzt? Der zutiefst richtige Ideengehalt der ORMO wird entstellt, wenn reaktionäre und klerikale Elemente mit Waffen ausgerüstet werden. Ich verstehe nicht, wie Oberleutnant Turski sich damit einverstanden erklären konnte. Solche Kompromisse und einen derartigen Leichtsinn verbietet mir mein Gewissen. Ich lehne ab und verlange, daß Turski und auch der Divisionsstab die in dieser Frage irrtümlich getroffene Entscheidung noch einmal überprüfen.»

Oberstleutnant Tomaszewski warf Grodzicki einen belustigten Blick zu, mit dem er gleich darauf auch Matula bedachte. Dann schaute er nur noch das Porträt der Tochter des Notars an.

«Bürger Hauptmann», sagte Grodzicki. «Wir kennen Dwernicki nicht erst seit heute. Sie wissen auch, wie er sich bei der Verteidigung des Postens in Hoczew verhalten hat. Das Gestüt leitet er ebenfalls musterhaft. Vor dem Volksentscheid hat er aus seinen Sympathien für uns kein Hehl gemacht. Vielerorts hat er sich öffentlich und in überaus scharfer Form gegen die Banditen geäußert. Er will uns schon lange unterstützen und verdient es, daß ihm das ermöglicht wird.»

«Meinen Sie, Bürger Major?» Matula lachte kurz auf. «Dann erklären Sie mir bitte, weshalb die Banditen Major Preminger erschossen und Dwernicki kein Haar krümmten. Die Żubryd-Leute hatten doch beide in der Hand. Kommt Ihnen das nicht verdächtig vor? Ich jedenfalls halte es für leichtsinnig, so einem Menschen zu vertrauen.»

«Dwernicki ist kahlköpfig. Es war nicht möglich, ihm ein Haar zu krümmen», sagte Tomaszewski.

«Es fällt mir schwer, das Vorgehen der Banditen zu deuten», fügte Grodzicki hinzu. «Sie betreiben ihre eigene Politik mit diesen Mordtaten. Ich behaupte aber weiterhin, daß Dwernicki sehr viele Loyalitätsbeweise geliefert hat. Wir dürfen Leute, die für die Liquidierung der Banden kämpfen wollen, nicht abweisen.»

Die Diskussion dauerte sehr lange. Beide Seiten wiederholten stets von neuem die gleichen Argumente. Schließlich fand man eine Kompromißlösung. Matula willigte ein, daß Dwernicki und seine künftige Abteilung nur blanke Waffen erhielten. Der Besitz von Feuerwaffen wurde ihnen verboten.

«Säbel im zwanzigsten Jahrhundert!» Major Grodzicki lächelte bitter. «Was können sie damit ausrichten, und woher sollen sie sie überhaupt nehmen?»

Matula zuckte die Schultern und blähte sich, er war stolz auf seine Unnachgiebigkeit, aber der zur Entgegennahme der letzten Entscheidung hereingerufene Dwernicki zeigte keinerlei Besorgnis. «Der Säbel ist die Waffe der Kavallerie», sagte er, «eine schöne Waffe. Wir werden die Banditen mit Säbeln schlagen. Unsere Vorfahren vollbrachten damit wahre Wunder an Tapferkeit.»

«Aber jetzt schreiben wir das Jahr neunzehnhundertsechsundvierzig, woher, zum Teufel, nehmen Sie die Säbel?» bemerkte Grodzicki.

«Der Krieg, den wir führen», erwiderte voll Ernst der alte Pferdeliebhaber, «hat ohnehin nichts gemein mit modernen Kampfmethoden. Zwar schießt man hier mit neuzeitlichen Gewehren, aber dieses Anschleichen, all die Hinterhalte, die Fallen und dazu die Grausamkeit der Banditen sind nicht aus dieser Epoche. Warum sollte man nicht mit Säbeln auf den Plan treten? Machen Sie sich keine Gedanken, woher ich sie nehme. In den Dörfern findet sich noch allerlei aus verschiedenen Epochen. Ich selber habe den aufbewahrt, mit dem mein Großvater achtundvierzig nach Ungarn aufbrach.»

Matula schaute den Alten mißtrauisch an. Tomaszewski und Grodzicki schüttelten ihm kräftig die Hand. Dwernicki ging, nicht ohne anzukündigen, daß die berittene Abteilung im Laufe einer Woche aktionsbereit sein werde.

Durch das offene Fenster drang das heisere Surren eines Motors. Über der Chaussee erhob sich eine Staubwolke.

«Sie kommen», sagte Grodzicki, unruhig auf die Uhr blickend.

Tomaszewski nickte. «Vielleicht schließen Sie doch noch Ihren Rock, Bürger Hauptmann Matula, zur Begrüßung der Frau Ihres Kommandeurs und der Frauen der anderen Offiziere?» Er ließ sich keine Gelegenheit entgehen, mit seinem ewigen Widersacher anzubändeln.

In Baligród waren wieder Offiziersfrauen angekommen. Nun stiegen sie aus den Lastkraftwagen, mit denen man sie aus Sanok abgeholt hatte, wo zu der Zeit die Eisenbahnverbindung aufhörte. Seit einigen Tagen reisten sie an, dank der Entscheidung des Generals, der den Wunsch hatte, das Leben in den von den Kämpfen gegen die Banditen erfaßten Gebieten möge so normal wie möglich ablaufen.

Major Grodzicki umarmte sanft eine kleine Blondine mit Stupsnäschen, großen, ein wenig naiv dreinblickenden Augen und Wangen, die mit ein paar schelmischen Leberflecken geziert waren. Seine Frau. Endlich hatte er sie bei sich und konnte beruhigt sein. Er kannte Irenas Vorliebe für Flirts zu genau, als daß er eine lange Trennung von ihr auf die leichte Schulter genommen hätte. Er führte sie in die Villa des Notars, verlegen, weil sich alles unter den Augen seiner Unterstellten abspielte, aber glücklich. Irena plauderte munter, wobei sie ihn verliebt ansah und gleichzeitig Blicke in die Runde warf.

Oberleutnant Osiecki, der die Fahrzeuge begleitet hatte, ging nun mit seiner Frau und zwei hübschen Kindern, einem Pärchen, davon. Der Junge war etwa fünf Jahre alt, das Mädchen ein Jahr jünger. Sie hängten sich an seine Arme. Er antwortete auf ihre Fragen und unterhielt sich zugleich angeregt mit seiner Frau.

«Das soll der ‹Erste Liebhaber› des Regiments sein!» Oberleutnant Zajączek, der neben Ciszewski stand, platzte mit einem Lachen heraus. «Mir war immer klar, daß einer, der über seine Erfolge bei Frauen viel den Schnabel wetzt, in Wirklichkeit gar nicht weiß, wie eine Frau aussieht ...»

In die seit einigen Tagen mit größter Sorgfalt hergerichtete Wohnung führte Major Pawlikiewicz seine Gattin, eine schöngewachsene Frau mit kastanienbraunem Haar. Sie knöpfte sich ihn vom ersten Augenblick an vor, weil er ihr die Ankunft in Baligród ungenau angegeben hatte. Der strenge, kalte und exakte Stabsoffizier entschuldigte sich, als stände er vor seinem Divisionskommandeur.

«Noch ein Held!» kommentierte Zajączek. «Man kann sich nur gratulieren, daß man Junggeselle ist.»

«Ich bin nicht Ihrer Meinung», stellte Ciszewski übelgelaunt fest. «Und überhaupt, Bürger Oberleutnant, will mir scheinen, daß für das Bataillon heute Ausbildung angesetzt ist ...»

Sie gingen beide in der Richtung zum Fluß, wo die einzelnen Kompanien die im Ausbildungsprogramm vorgesehenen Übungen abhielten. Das galt auch in der Zeit, da man gegen die Banden kämpfte. Der Soldat darf sich keine Minute langweilen.

Die beiden Offiziere hörten hinter sich das Lachen der angekommenen Frauen, das Freudengeschrei, mit dem man sich begrüßte, die Zurufe der Kinder.

«Das Leben normalisiert sich», murmelte Zajączek.

Ciszewski antwortete nicht. Er begriff, daß sich Zajączek, genau wie er, nun doppelt verlassen vorkam. Sie gehörten zu denen, die niemanden erwarteten.

«Noch mehr Weiber», sagte Oberleutnant Zajączek, unaufrichtig lachend.

Jerzy blickte auf und blieb wie erstarrt stehen. «Barbara!» schrie er und rannte wie toll den Weg zurück.

Zajączek schaute ihm eine Weile nach. Dann stieß er einen Fluch aus und begab sich mit strenger Miene zu seiner Kompanie.

Ohne die Umgebung zu beachten, küßte Jerzy sie wie in den besten Pariser

Zeiten. Aneinandergeschmiegt, unablässig Küsse tauschend, begaben sie sich zu seinem Quartier. Mit einem Mal war die ganze Bitternis vergessen, die Ciszewski verspürt hatte, als die Briefe von Barbara spärlich eingingen, vergessen waren die Zweifel an der Aufrichtigkeit der Gefühle des Mädchens. Sie hatten an seinem Herzen genagt, aber jetzt war all das vergessen, was auf ihre beiderseitigen Beziehungen einen Schatten geworfen hatte. Er war glücklich, so überaus glücklich, daß Barbara nicht zu sagen wagte, daß sie nicht allein, sondern in Begleitung Zofias und (dies gestand sie mit einigem Zögern) Ingenieur Zębickis gekommen war.

«Sie gehen hinter uns, Jerzy ... Du hast es gar nicht bemerkt.» Sie lächelte verführerisch.

Ciszewskis Stimmung schlug um. Er hatte Zębicki und Zofia tatsächlich nicht gesehen. Er sah nur Barbara. Ihr Erscheinen hatte ihn dermaßen geblendet, daß alle anderen Personen und Gegenstände wie in einem Nebel zerflossen. Er schaute sich um. In einiger Entfernung folgte ihnen der mit einem Koffer beladene Zębicki. Neben ihm trippelte, mühsam mit ihren hohen Absätzen, die mollige Zofia. Sie plauderten und blickten sich neugierig in der Gegend um.

Der Zweck des Besuchs wurde zu Hause restlos aufgeklärt. Zofia redete wie ein Buch: «Ich bin gekommen, um Wacław herauszuholen. Seine Verhaftung ist einfach unerhört! So ein ordentlicher, ehrenwerter Mensch! Seid ihr hier alle verrückt geworden? Was hat er euch getan? Nicht einmal einer Fliege kann er etwas zuleide tun. Sie müssen mit helfen, Jerzy! Sie haben ihn so schroff behandelt, als er sich bei Ihnen meldete ... Weshalb? Er hat mir darüber geschrieben. Barbara und mir war das Weinen nahe. Wo ist er jetzt?»

«Er brummt», erwiderte Ciszewski mürrisch und unhöflich. Er war wütend. Er rief einen Soldaten herbei und befahl ihm, Zębicki und Zofia zu Szponderski zu führen.

«Du ziehst mich da in zweifelhafte Geschichten hinein», sagte er, als sie allein geblieben waren.

«Du übertreibst wie immer», stellte Barbara trocken fest. Sie kämmte ihr helles Haar vor dem Spiegel und kam Jerzy schöner vor, als er sie im Gedächtnis behalten hatte.

Er trat auf das Mädchen zu und küßte es.

«Kommst du zurück nach Warschau?» fragte Barbara. «Ich habe mit dem General gesprochen. Er ist einverstanden. Ich sehne mich nach dir. Wir haben doch ein Recht, glücklich zu sein wie andere Leute ...»

«Wir reden noch darüber. Du reist ja nicht gleich wieder ab.»

Er ließ sie allein. Einige Dutzend Soldaten, die schon besonders lange dienten, sollten demobilisiert werden, und Jerzy hatte sich deswegen im Regimentsstab zu melden.

Er begab sich zur Villa des Notars und dachte über Barbaras Worte nach. Im Grunde genommen hatte sie recht. Schließlich besaßen sie ein Recht auf Glück. Den ganzen Krieg über hatte er sich an allen möglichen Enden der Welt herumgetrieben. Und nun ging es hier gegen die Banditen weiter. Es war, als hätte sie der Teufel geschickt. Immerhin waren nicht alle Menschen in diesen Kampf verwickelt. Die meisten hatten den Krieg bereits vergessen. Warum also zögern? Man muß damit Schluß machen, dachte er.

Vor dem Regimentsstab stand die Doppelreihe der Kandidaten fürs Zivilleben. Mann für Mann breitschultrig, sonnengebräunt, mit der streitlustigen Miene eines alten Haudegens. Vor ihnen spazierte, einen Stoß Akten unter dem Arm, Major Pawlikiewicz auf und ab. In einiger Entfernung standen Oberstleutnant Tomaszewski und Major Grodzicki.

«Wir haben Scherereien», sagte der Regimentskommandeur zu Ciszewski. «Eine Überraschung», er zeigte mit dem Daumen auf die Soldaten. «Sie wollen vorerst nicht zurück ins Zivilleben.»

«Wir haben Befehl, euch nach Hause zu schicken», sagte unterdessen Pawlikiewicz zu den angetretenen Soldaten. «Wir dürfen euch nicht halten. Ihr habt eure Zeit abgedient.»

Unter den Soldaten entstand Unruhe. Sie begannen durcheinanderzureden.

«Ruhe!» brüllte Tomaszewski. «Noch seid ihr beim Militär.»

«Jeder mag für sich sprechen», fügte der Stabschef hinzu.

Einer der Soldaten trat vor. «Ich kann jetzt nicht nach Hause zurück», erklärte er. «Ich bin aus demselben Dorf wie Ratajczyk, das ist der, den sie bei Smolnik umgebracht haben. Mit den Banditen ist noch nicht Schluß. Was werden die Leute sagen? Ich will als Freiwilliger bleiben ...»

«Suma war mein bester Freund. Er wurde bei Berehy Górne getötet. Ich muß hierbleiben», sagte ein zweiter.

«Krieg ist was anderes als dies hier», begann ein dritter. «Wir sind keine Weichlinge, wir sind Kameraden. Wir haben hier erst mit den Banditen abzurechnen, im Namen derer, die sie uns ermordet haben. Ich weiß nicht, wie die anderen denken, aber ich möchte bleiben.»

Der Reihe nach traten die anderen aus dem Glied. Jeder nannte ähnliche Gründe. Es gab einen Soldaten, dem die Banditen im Lubliner Raum das Haus angesteckt hatten. Wieder einem anderen hatten die Bandera-Leute während der Okkupation jenseits des Bugs die ganze Familie ermordet. Der nächste hatte einen Bruder verloren, der in einer Einheit der Sicherheitsorgane Dienst tat.

«Was machen wir mit ihnen?» fragte Pawlikiewicz Oberstleutnant Tomaszewski.

«Der Teufel soll euch frikassieren!» wandte sich der Chef des Divisionsstabes an die Soldaten, die nun wieder mit gleichgültigen Mienen dastanden. «Niemand kennt sich in euch aus ... Ihr mault bloß immer, klaut Hühner, krabbelt an den Weibern herum und habt kein Fünkchen Disziplin im Leibe. Weiß der Teufel, was man mit euch machen soll. Ich möchte euch am liebsten in alle vier Winde auseinanderjagen ... Kämpfen wollen sie! Das gibt nur Scherereien und einen riesigen Papierkrieg», nörgelte er.

Es endete damit, daß Major Pawlikiewicz den Soldaten auftrug, gesonderte Eingaben zu machen. «Wir werden sehen, was dabei herauskommt», sagte er.

«Und marsch, zum Dienst!» befahl Oberstleutnant Tomaszewski. «Ihr werdet es nie lernen, Befehle ordnungsgemäß auszuführen. Sagt man euch hü, dann wollt ihr hott! Immer anders, bloß nicht so, wie es der Befehl vorsieht. Als sie hierherfuhren, stand ihnen der Mund keinen Augenblick still, so haben sie gemeckert. Heißt man sie nach Hause zurückkehren, wetzen sie wieder den Schnabel. Die reinste Heilsarmee!»

Der Oberstleutnant strahlte. Ciszewski glaubte in den Augen des Chefs des Divisionsstabes einen Schimmer von Rührung zu bemerken. Vielleicht aber blendete ihn nur das grelle Sonnenlicht.

Die Soldaten marschierten, mit den Füßen eine Staubwolke aufwirbelnd, ab. Vom Fluß gellte Oberleutnant Zajączeks Stimme herüber, er erteilte Kommandos. Auf einer kleinen Anhöhe übte Leutnant Stefan Daszewski mit seiner neuen Kompanie. Vor einigen Tagen war Nachschub gekommen. Die Rekruten bereiteten sich auf die Strapazen vor, die ihrer harrten.

Hauptmann Ciszewski ging langsam nach Hause. Weshalb mußte das ausgerechnet heute geschehen? dachte er. Diese Soldaten hat wirklich der Teufel geritten! Alles hat sich gegen mich verschworen. Massensuggestion? Heldentumshysterie wie in den belehrenden Lesebüchern fürs Militär? Er ärgerte sich. Und dennoch war es das Leben. Niemand hatte mit den Soldaten diskutiert, daß sie bleiben sollten. Wie alle Frontsoldaten lachten sie ja selber über diese Lesebücher. Folglich mußte es ein Kampf ganz anderer Art sein, wenn sie nicht nach Hause fahren wollten. Was hatte er an sich, daß er abstieß und zugleich anzog wie ein Magnet? Drozdowski oder Turski, das war etwas anderes. Die hielt ihre Überzeugung hier. Tomaszewski war Berufsoffizier. Für ihn gab es nichts anderes, aber die Soldaten?

Ciszewski war tief in Gedanken versunken, er hatte nicht einmal bemerkt, daß er bereits vor dem Hause der Rozwadowskis stand. Er schreckte aus seinen Gedanken auf, und während er durch die Gartenpforte schritt, wußte er genau, welche Antwort er Barbara wegen der Rückkehr nach Warschau geben würde.

Zębicki und Zofia beratschlagten wieder mit Barbara. Beim Anblick Ciszewskis erhob sich der junge Ingenieur und errötete. Er lächelte unbeholfen.

«Jerzy, könntest du nicht mit Zofia zu deinem Kommandeur gehen?»

Er konnte Barbara keine Bitte abschlagen, obwohl er gern mit ihr allein geblieben wäre. Während er sich mit Zofia aufmachte, dachte er, daß er sich das Wiedersehen mit Barbara völlig anders vorgestellt hatte.

Zofias Mund stand den ganzen Weg über nicht still. Ciszewski ließ die Wortlawine über sich hinwegrollen, in der Überzeugung, daß alles einmal ein Ende hat, also auch seine Gesprächspartnerin irgendwann werde verstummen müssen. Es geschah eher, als er erwartet hatte. Die junge Frau blieb plötzlich wie angewurzelt stehen, den Mund halb geöffnet, die Augen vor ehrlicher Bestürzung weit aufgerissen. Jerzy folgte Zofias Blick und entdeckte Wachtmeister Kaleń.

«Berg und Tal kommen nicht zusammen», sagte der Wachtmeister, «aber in den Bieszczady trifft dieses Sprichwort offensichtlich nicht zu ... Gnädige Frau haben geruht, unsere bescheidene Garnison zu betreten? Wer hätte das gedacht! Wir zerfließen vor Rührung!»

«Das muß ein Irrtum sein, Wachtmeister. Die Dame ...» Aber Kaleń ließ den Vorgesetzten nicht ausreden. «Bitte melden zu dürfen, daß ein Irrtum in diesem Falle ausgeschlossen ist, Bürger Hauptmann. Wir kennen uns aus dem Tanzlokal in Kraków. Diese Dame», zischte er, «ist die gute Bekannte eines anderen Freundes von uns – er schmort in dem Kellerchen unter dem Stab –, ich meine Herrn Wacław Charkiewicz. Ich freue mich riesig, daß wir sie in unserem berühmten Städtchen begrüßen können!»

«So eine Frechheit!»

«Madame, hier muß man seine Zunge hüten», entgegnete der Wachtmeister. «Wir sind nicht in Kraków ... Ich weiß, daß Sie mit irgendeinem Jüngling bei Herrn Szponderski abgestiegen sind. Ich freue mich schrecklich. Heute abend werden wir in diesem vornehmen Lokal tanzen, so wahr ich Hipolit Kaleń heiße!»

«Was auch immer zwischen Ihnen vorgefallen sein mag, ich rufe Sie zur Ordnung, Bürger Wachtmeister», warf Ciszewski ein.

«Bitte melden zu dürfen, daß das unsere Privatangelegenheiten sind. Heute abend bei Szponderski. Sie sind mir noch einen Tanz schuldig, von Kraków her ...»

Er salutierte übertrieben freundlich, zuerst Ciszewski, dann Zofia und entfernte sich mit federnden Schritten.

«Was für Rohlinge Ihre Soldaten sind! Eine wilde Horde! Ich werde mich beim Obersten beschweren ...»

«Das würde ich Ihnen nicht raten, Sie kommen sowieso mit einer schwierigen Bitte zu ihm.»

Major Grodzicki hörte Zofia kalt und höflich an. «Für arretierte Personen ist Hauptmann Matula zuständig», sagte er. «Ich werde ihn sofort rufen lassen.»

Hauptmann Matula behandelte die junge Frau mit ausgesuchter Höflichkeit, zuckte aber bedauernd die Schultern.

«Was hat Ihnen dieser unglückliche Mensch getan?» Zofia fing an zu weinen.

«Auf diese Frage kann ich Ihnen nicht antworten.» Der Hauptmann verbeugte sich artig. «Solche Auskünfte erteilen wir grundsätzlich nicht. Wir sammeln nur Informationen, liefern können wir leider keine.» Entzückt über den eigenen Witz, brach er in lautes Gelächter aus.

Er blieb hart. Er hatte nicht die Absicht nachzugeben. Zum erstenmal, seit sie sich kannten, empfand Jerzy für ihn etwas wie Sympathie.

Matula übernahm es, Zofia zu begleiten. Ciszewski wurde noch von Oberstleutnant Tomaszewski aufgehalten. «Bereiten Sie Ihr Bataillon vor, Hauptmann. Übermorgen wird das Regiment in den Bezirk Ustrzyki Górne verlegt. Wir versuchen von dort aus unser Heil.»

«Und Baligród?» fragte Jerzy, der sich dabei ertappte, daß er plötzlich an Ewa dachte.

«Hier bleibt lediglich eine Wachmannschaft mit Oberleutnant Nalewajko an der Spitze. Weshalb so betrübt?»

Jerzy antwortete nicht. Er meldete sich ab.

«Schicken Sie mir bitte Leutnant Daszewski, Bürger Hauptmann!» rief Tomaszewski ihm nach. «Ich habe eine interessante Arbeit für ihn: Man muß den Banditen endlich abgewöhnen, die Züge anzugreifen.»

Von unerquicklichen Gedanken erfüllt, trottete Ciszewski zum Fluß hinunter.

Die Soldaten seines Bataillons rannten gerade wie toll das Ufer hinunter, warfen sich in das aufspritzende Wasser, durchquerten den Fluß und erklommen das gegenüberliegende Ufer. Auf halbem Weg hielt sie die strenge und wie ein Baß durchdringende Stimme Oberleutnant Zajączeks an. Sie machten auf der Stelle kehrt, liefen stolpernd die steile Böschung hinunter, nahmen in voller Ausrüstung ein Bad, bezogen wieder die Ausgangsposition, und die ganze ungewöhnliche «Übung» begann von neuem.

Jerzy runzelte die Stirn und beschleunigte seine Schritte. Rasch trat er auf Zajączek zu, der soeben zum drittenmal das gleiche Kommando erteilte. «Was geht hier vor, Bürger Oberleutnant?» fragte Ciszewski erregt. «Sie wissen genau, daß Schinderei verboten ist.»

«Das sind Übungen zum Thema: ‹Überwinden eines Wasserhindernisses und Angriff in bergigem Gelände›», erläuterte der Oberleutnant.

«Unsinn! Wer hat eine solche Übung angeordnet?»

«Ich.»

«Ich bitte um Aufklärung, und diesen Blödsinn stellen Sie sofort ein!»

Die Soldaten setzten sich mit einem Gefühl der Befriedigung ans Ufer. Einige legten sich auf den Rücken, um die durchnäßten Uniformen in der Sonne trocknen zu lassen.

«Die Neuen, die Rekruten aus Daszewskis Kompanie, fingen gleich mit den Alten an zu diskutieren», erklärte Zajączek. «Das Maul stand ihnen nicht still. Tag und Nacht ein und dasselbe: Was war wichtiger – die Schlacht am Monte Cassino oder die Bezwingung von Oder und Neiße. Selbst zu mir kamen sie einige Male mit der Frage. Ich sprach mit ihnen im guten: Seid ihr vom Teufel besessen, Jungs? Sie hatten wieder etwas zu entgegnen. In einem fort nichts als Diskussionen. Schließlich wurde es mir zuviel. Ich sagte ihnen: Ihr werdet euch gleich davon überzeugen, was wichtiger ist. Der Fluß, den ihr hier seht, sind Oder und Neiße zusammen, und der Hügel dahinter, das ist der Monte Cassino. Jetzt werdet ihr Oder und Neiße bezwingen und dann den Monte Cassino erstürmen. Wenn ihr diese Übung ein paarmal wiederholt habt, werdet ihr für immer wissen, daß das Blut und der Schweiß des polnischen Soldaten überall ein und dieselbe Farbe und ein und denselben Geschmack hatten. Dann hören diese verdammten Diskussionen auf ...»

«Trotzdem dürfen Sie die Soldaten nicht schinden, Bürger Oberleutnant», wiederholte Jerzy, erstaunt über die Erziehungsmethode seines Unterstellten. Dann teilte er ihm mit, daß das Regiment am übernächsten Tag nach Ustrzyki Górne abrücken werde.

«Gott sei Dank! Endlich Schluß mit diesem Tohuwabohu», sagte Zajączek erfreut.

«Was ist da schon für ein Unterschied?»

«Diese Weiber hier gehen mir auf die Nerven.»

«Wenn Sie die Offiziersfrauen meinen, so muß ich Ihnen sagen, daß sie ebenfalls nach Ustrzyki fahren werden. Oberleutnant Osiecki hat die entsprechenden Befehle bereits erhalten, er bringt die Frauen und Kinder mit Autos hinüber.»

Oberleutnant Zajączek machte ein bekümmertes Gesicht. Von dem Abmarsch setzte Ciszewski auch Rafałowski und Daszewski in Kenntnis, der sich sogleich zum Regimentsstab begab.

Zu Hause hielten Barbara, Zofia und Zębicki Kriegsrat.

«Wir müssen mit dem Vizestarosten telefonieren. Er ist auch in der PSL. Er muß Wacław herausholen», schlug der Ingenieur vor.

Ciszewski saß im Hintergrund des Zimmers. Durch sein Benehmen gab er den dreien zu verstehen, daß ihn die Sache nichts anging. Vermutlich um Jerzy zu besänftigen, veranlaßte Barbara, daß man das Thema wechselte. Sie, Zofia und Zębicki, erzählten von dem Leben, das sie in Warschau führten. Namen fielen, die Ciszewski nicht kannte. Die drei sprachen von irgendwelchen Tees und Tanzabenden, davon, wer mit wem verkehrte und wann, von gesellschaftlichen Skandalen und Dummheiten, die für irgend jemanden dort angeblich unangenehme Folgen gehabt hatten, schließlich davon, wer «sein Glück gemacht hatte» und womit, wer sich ein Auto gekauft, aus Paris für sein Mädchen die neuesten Kleider hatte kommen lassen und wie sie darin aussah ...

Jerzy gähnte ein paarmal; er machte kein Hehl daraus, daß ihn das langweilte. Er ließ sich nicht in das Gespräch einbeziehen.

«Du bist ein noch größerer Sonderling geworden, als du warst, Jerzy», sagte Barbara schmollend.

Ciszewski dachte, daß auch sie sich verändert habe. Er fühlte sich äußerst fremd unter den dreien. Selbst mit Barbara fand er keine gemeinsame Sprache. Zwischen ihrem Leben und dem seinen klaffte ein tiefer Abgrund. Sie vermochten ihn nicht zu überspringen. Die Redewendungen, die sie gebrauchten, die Anspielungen, die Scherze – all das war Ciszewski unverständlich. Er kam sich vor wie auf einer Patrouille in unbekannter Umgebung. Jeden Moment konnte ein Schuß fallen. Vielleicht bin ich wirklich menschenscheu geworden und verstehe es nicht mehr, mich mit Leuten zu unterhalten? fragte er sich insgeheim. Der Gedanke, nach Warschau zurückzukehren und in Zofias, Zębickis, Barbaras und Charkiewicz' Welt zu leben, erschien ihm völlig absurd.

Frau Rozwadowska kam herein. Sie stellte die Lampe auf den Tisch. Die drei, die in ihr Gespräch vertieft waren, und auch Jerzy hatten gar nicht bemerkt, daß es Abend geworden war.

Vor dem Haus rief jemand nach Hauptmann Ciszewski. Jerzy ging hinaus. Der Mond – der unermüdliche Wächter – hatte schon seinen Posten bezogen. Die Häuser warfen tiefe Schatten. Irgendwo in der Ferne heulte ein Motor auf und verstummte gleich wieder, als schäme er sich, durch den unpassenden Lärm die feierliche Stille gestört zu haben. Erhaben und unbeteiligt träumten die Bieszczady vor sich hin. Der tiefe Kontrast ließ Jerzy fühlen, daß er mit dieser Gegend auf immer verbunden war, daß ein Teil seiner selbst bereits in den Bergen wurzelte und hierbleiben würde. Nein, nach Warschau zog ihn nichts.

Oberleutnant Zajączek fragte Jerzy nach Einzelheiten, die mit dem Abmarsch des Bataillons zusammenhingen. Er wunderte sich, daß der Hauptmann ihm zum Abschied so lange und kräftig die Hand drückte. Als er gegangen war, blickte Ciszewski zum Fenster seines Zimmers. Hinter der Gardine zeichneten sich zwei Silhouetten ab, die eines Mannes und die einer Frau. Ein Schauer überlief Jerzy. Der Mann beugte sich über die Frau und strich ihr über den Kopf, dann näherten sich die beiden und vereinigten sich im Kuß – es gab keinen Zweifel. Diese Frau war nicht füllig und auch kleiner als Zofia. Ciszewski täuschte sich nicht.

Er nahm sich zusammen und kehrte ins Zimmer zurück. Zofia und der Ingenieur verabschiedeten sich. Sie wollten noch mit dem Vizestarosten telefonieren.

Zębicki verbeugte sich förmlich. Jerzy tat, als suche er etwas im Schreibtisch, und reichte ihm nicht die Hand. Dann beschloß er, zum Angriff überzugehen. «Du hast dich mit Zębicki angefreundet, nicht wahr, Barbara?» fragte er.

«Er ist ein sehr netter und außerordentlich gefälliger Mensch. Du hast keine Ahnung, wie gut er ist», erwiderte sie, vor dem Spiegel die Haare ordnend.

«Du hast dich ja recht herzlich von ihm verabschiedet …»

«Du hast durchs Fenster geschaut?» Ihrer Stimme war nicht die geringste Verwirrung anzumerken. «Ein Übermaß an Takt kann man dir gerade nicht nachsagen, Jerzy. Ich möchte dich zum letztenmal fragen, ob du dich um die Abreise nach Warschau bemühen wirst.»

Im Zimmer herrschte Stille. Jerzy fühlte, daß er nun die entscheidende, endgültige Antwort geben müsse. Sein Entschluß war schon lange gefaßt. Vielleicht bereits damals, als Oberleutnant Wierzbicki und seine ganze Kompanie bei Smolnik fielen, vielleicht damals, als auf den Hängen des Halicz der ermordete Soldat und der Landwirt Kuźmin aus Komańcza beerdigt wurden, vielleicht in den abgebrannten Dörfern, in denen die erstarrten Leichen lagen und die Leute wie von Sinnen in den Brandstätten wühlten, vielleicht aber auch später, während der Gespräche mit Ewa und Sekretär Drozdowski oder am Grabe Major Premingers. Wann immer es gewesen sein mochte, heute hatten ihn jene Soldaten in dieser Überzeugung bestärkt, die auf die Demobilisierung verzichteten, und das, was zwischen ihm und seinen Gästen aus Warschau vorgefallen war.

«Ich bleibe hier bis zum Schluß, Barbara.» Seine Stimme klang jetzt sanft, die Frau hörte jedoch eine solche Entschiedenheit aus ihr heraus, daß sie die Diskussion nicht fortsetzte.

«Ich sagte dir, daß Trennungen der Liebe schaden», mahnte sie.

Gegen ein Uhr nachts kam ein Bataillonsmelder zu Ciszewski gelaufen. Wołkowyja gab durch, daß Zawój vermutlich brenne. Mindestens zwei Kompanien sollten dorthin entsandt werden. Die Einsatzgruppe der Grenztruppen sei bereits auf dem Weg. Jerzy beruhigte Barbara – solche Dinge kämen hier häufig vor – und brach auf. Er war froh, sie zu verlassen. Das zwangsläufige Alleinsein belastete beide.

Am folgenden Tag regnete es. Die Wachposten gingen in Zeltplanen gehüllt umher. Die Berge versanken im Nebel.

Frau Rozwadowska brachte das Frühstück. Barbara hatte blaue Ringe um die Augen.

Gegen zehn erschienen Zębicki und Zofia. Zu Jerzys größter Überraschung brachten sie Charkiewicz mit. «Sie haben Wacław freigelassen», erklärte Zofia triumphierend. «Sie mußten es tun. Der Herr Vizestarost hat interveniert. Sie werden sich noch dafür verantworten müssen, daß sie ihn so lange festgehalten haben!»

Wacław Charkiewicz sah nicht gut aus. Er war blaß und mißmutig.

Jerzy ließ die vier allein und ging zum Stab. Er mochte sich nicht in Charkiewicz' und Zębickis Gesellschaft aufhalten. Er wunderte sich jetzt auch, daß er Zofias Anwesenheit in Barbaras Nähe so lange hatte ertragen können.

In der Villa des Notars traf er Tomaszewski, Matula und Grodzicki an. Ela Wasser klapperte auf der Schreibmaschine.

«Mit Ihrem Charkiewicz haben wir ein schönes Theater gehabt!» begrüßte der Chef des Divisionsstabes Ciszewski. «Wir bekamen einen Anruf von Oberst Sierpiński. Er befahl, diesen Hundesohn sofort auf freien Fuß zu setzen. Wahrscheinlich hat sich der Vizestarost Rozwadowski für ihn verwendet. Der Häuptling der PSL. Uns wurde untersagt, wegen eines Spekulanten soviel Aufhebens zu machen. Der Oberst war wütend. Wir werden deswegen womöglich noch weitere Unannehmlichkeiten haben. Dieser Rozwadowski ist ein hartnäckiger Bursche.»

«Er behauptet, wir hätten Charkiewicz eingesperrt, weil er in Zusammenhang mit dem Volksentscheid für die PSL agitiert habe. Sie geben der ganzen Geschichte einen politischen Anstrich, das kennt man ja ...», fügte Major Grodzicki hinzu.

Hauptmann Matula sah Jerzy mißtrauisch an. Grodzicki trommelte mit den Fingern gegen die verschmierten Fensterscheiben. Tomaszewski blickte unverwandt Ela an. Sie tat, als bemerke sie es nicht.

«Als ich noch in diesem Regiment war», sagte er, «mußte ich immer das Porträt der Tochter des Notars betrachten. Ihr habt ein lebendes Exemplar, und dazu noch in einer schöneren Ausführung. Die Lage bessert sich.»

Ciszewski fragte, ob es neue Befehle gebe. Die Frage wurde verneint, und er ging. Draußen fragte ihn eine mit einem Regenmantel bekleidete zierliche kleine Blondine, wie man zum Marktplatz komme. Schroff erklärte er ihr den Weg. Er registrierte den ein wenig zu aufdringlichen Blick ihrer großen, naiven Augen und das Lächeln, das zwei Reihen kleiner weißer Zähne entblößte. Er zuckte mit den Schultern. Was ging ihn das an. Er hatte seine eigenen Sorgen.

Charkiewicz gewann von Stunde zu Stunde mehr sein Gleichgewicht zurück. Nicht ohne Humor berichtete er über seine Erlebnisse.

«Wann geht der Krakówer Zug von Sanok ab, Herr Jerzy?» fragte Zofia.

«Die Herrschaften wollen heute abreisen?» wandte sich Ciszewski an Barbara.

«Wir müssen. Herr Wacław ist so erschöpft! Außerdem bietet sich uns eine Gelegenheit. Einige Ihrer Lastwagen fahren in diese Richtung. Das geschieht vermutlich nicht alle Tage», kam Zębicki der Antwort des Mädchens zuvor.

Jerzy meinte, daß man sich dann beeilen müsse, denn Leutnant Daszewski und seine dreißig Mann würden in spätestens einer Stunde abfahren.

«Sie können sich nicht vorstellen, wie glücklich ich bin, endlich diese Gegend zu verlassen», plapperte Zofia. «Das hier ist der Wilde Westen. Der reinste Wilde Westen. Wilde Menschen, wilde Gesichter, rohe Sitten … Gestern, als wir in der hiesigen Spelunke Abendbrot aßen, zwang mich dieser schreckliche Kerl, weißt du, Wacław, der, der damals in dem Tanzlokal in Kraków die Szene gemacht hat, mit ihm zu tanzen. Ich fürchtete mich, es ihm rundheraus abzuschlagen … Er sah aus, als wolle er uns umbringen. Wie können Sie es nur mit diesen Kerlen aushalten, Herr Jerzy?»

Ciszewski ließ ihre Frage unbeantwortet. Er wartete geduldig, bis sie mit Charkiewicz und Zębicki gegangen war. Barbara packte ihre Sachen.

Er klappte ihren Koffer zu und schnallte den Riemen fest. Sie zog den Mantel an und ordnete mit der ihm vertrauten Bewegung vor dem Spiegel die Haare.

Die Kehle war ihm wie zugeschnürt. Im Kopf verspürte er eine Leere. Barbara streichelte ihn sanft. «Du solltest ein wenig an dich denken, Jerzy. Guck, wie du aussiehst. Dein Gesicht ist eingefallen. Du bist gealtert. Du warst einmal ein hübscher Bursche. Nun hast du so viele graue Haare bekommen. Und die heitere Gemütsart, die die Leute so an dir mochten, hast du auch verloren. Erinnerst du dich? Geh fort von hier, Jerzy! Gib dieses schreckliche Leben auf! Ihr seid alle verwildert. Ihr brennt nieder wie eine Kerze, und wenn es noch lange dauert, seid ihr verlorene Menschen. Schau, wie unser Leben zerronnen ist. Alle denken an sich. So sind die Zeiten nun mal. Nur Dummköpfe handeln wie du. Komm zu dir! Du kannst noch vieles gutmachen.»

Er trat vor den großen Spiegel mit der violetten Schnur. Er starrte sein Abbild an. Barbara hatte recht. Tiefe Falten durchzogen seine Stirn. Sein Mund war zu einer halb schmerzhaften, halb spöttischen Grimasse verzerrt. Die Wangen waren eingesunken, das Kinn trat spitz hervor. Nur die Augen hatten einen entschlosseneren Ausdruck bekommen. Sie waren grau und teilnahmslos. Sie schauten unter struppigen, fahlen, stark melierten Haaren hervor. Während des ganzen Krieges hatte sich Ciszewski nicht so verändert wie in dem einen hinter ihm liegenden Winter.

«Du wirst mich hoffentlich in guter Erinnerung behalten?» fragte sie.

Draußen ging ein heftiger Regen nieder. Wie Wattebäusche hoben und senkten sich die Nebelschwaden und hefteten sich an die Wälder.

Die drei Fahrzeuge waren startbereit. Leutnant Daszewski erteilte noch Befehle an die in den Wagenkästen naß werdenden Soldaten. Unter Scherzen und Lachen wurden die Koffer der beiden Mädchen aufgeladen. Sie selber nahmen in der Fahrerkabine Platz. Charkiewicz und Zębicki kletterten auf das letzte Fahrzeug.

«Wenn wir Glück haben», sagte Daszewski zu Jerzy, «erwischen wir die Banditen gleich beim erstenmal; wenn nicht, müssen wir so lange mit dem Zug spazierenfahren, bis es klappt. Tomaszewskis Einfall ist genial. Es lohnt zu warten. Eine glänzende Maskerade!» Er warf Ela, die an einem Fenster der Villa stand, einen Handkuß zu. Ein warmer Glanz lag in seinen Augen.

Ciszewski hörte seinem Unterstellten nicht zu. Hinter der nassen Scheibe der Fahrerkabine sah er Barbaras Gesicht. Er versuchte sich ihre Züge einzuprägen. Zum erstenmal, seit sie sich kannten, hatten sie keinen Zeitpunkt für eine Begegnung ausgemacht. Jerzy wußte, daß sie sich nie wiedersehen würden.

Leutnant Daszewski zog sich mit seinen Soldaten im Divisionsstab um. Mit Strohhut und über der Hose getragenem Hemd sah er wie ein echter Boike aus. Die Soldaten betrachteten einander und mußten lachen. Alle hatten sich in Bauern aus der hiesigen Gegend verwandelt. Die mit den glattesten Wangen hatten Frauenkleidung angezogen. Oberstleutnant Sierpiński besichtigte sie und war zufrieden.

Einzeln begaben sie sich zum Bahnhof. In Bündeln, Gepäckstücken und Körben trugen sie ihre Waffen. Niemand schenkte ihnen auch nur die geringste Beachtung, was nachdrücklich bewies, daß die Verkleidung gelungen war.

Der Zug stand schon am Bahnsteig. In kleinen Gruppen nahmen sie in den Wagen Platz. Daszewski achtete zunächst nur auf den Besuch aus Warschau, der mit ihm von Baligród gekommen war – Barbara, Zofia, Charkiewicz und Zębicki –, doch dann gewahrte er mit einiger Verwunderung auch Ewa. Jene fuhren zweiter Klasse, die junge Lehrerin – dritter.

«Die hat sich auch den richtigen Tag für ihre Reise ausgesucht», sagte er mit leiser Stimme zu dem als Landfrau verkleideten Unteroffizier Matysek.

«Geh zu ihr ins Abteil, und paß auf sie auf.»

Matysek zog ein Gesicht. Er bewegte sich schwerfällig. Die an das linke Bein geschnallte, unter mehreren Röcken versteckte Maschinenpistole behinderte ihn, der Korb, in dem unter einer Schicht Eier die Handgranaten lagen, war schwer. Er führte jedoch den Befehl aus und ging zu Ewa ins Abteil. Unterwegs zwinkerte er zwei Milizionären zu, die als «Köder» mitfuhren. Es befanden sich noch mehrere von ihnen im Zug. Oberst Sierpiński vermutete, daß die Banditen, durch ihre Sanoker Informanten davon in Kenntnis gesetzt, die Lockspeise nehmen und angreifen würden.

Der Eisenbahner mit der roten Rogatywka gab das Zeichen zur Abfahrt. Die Lokomotive pfiff, zischte und verschluckte sich am Dampf. Sie hatte ziemliche Mühe, sich in Bewegung zu setzen.

Ewa reiste nach Kraków, für die Kinder Schulbücher besorgen, die sie in dem im September beginnenden Schuljahr benötigten. Sie hatte die Augen geschlossen und versuchte zu schlummern. Der Augenausdruck der ihr gegenübersitzenden Bäuerin war sonderbar zudringlich und irritierend. Der jungen Frau war unter der Last dieser Blicke unbehaglich zumute. Meine Nerven sind ständig angespannt, dachte sie. Piskorz fiel ihr ein, und sie wurde traurig. Der Gedanke an diesen Menschen hatte sie seit dem denkwürdigen Tag, an dem er in Szponderskis Haus aufgetaucht war, nie mehr verlassen. Noch zweimal war er bei ihr gewesen, wütend, da die Informationen, die sie geliefert hatte, völlig unzutreffend waren. Du hältst uns zum besten, Ewa, hatte er gesagt, überlege es dir. Es kann dich teuer zu stehen kommen ... Sie lebte in ständiger Unruhe. Scheinbar hatte sich nichts verändert: Sie unterrichtete, besuchte den blinden Jan Rozwadowski, unterhielt sich mit Ciszewski und lachte über Herrn Szponderskis derbe Witze, aber ständig war eine Zelle ihres Gehirns beherrscht von dem Gedanken an die Verpflichtung, die sie übernommen hatte. Hauptmann Piskorz' Gesicht erschien ihr Tag und Nacht. Das war kein Leben mehr. Die Angst, von der sie geplagt wurde, verdeckte sie durch Ernst und Beherrschtheit. Sie spürte, daß sie im Laufe weniger Monate um viele Jahre gealtert war. Die Last dieser Jahre bedrückte sie unerträglich. Sie sah keinen Ausweg aus dem Netz, in das sie sich verstrickt hatte.

Der Zug bewegte sich im Schneckentempo. Er hielt auf jeder kleinen Station, er zischte und pfiff. Der Regen schlug gegen die Wände der Wagen. Ewa las die Namen der Stationen und wunderte sich, daß sie immer noch so nahe bei Sanok waren.

«Wieder ein Signal», sagte Ewa seufzend, als sie, wer weiß zum wievielten Male, hielten. Sie beugte sich zum Fenster hinaus und prallte ins Abteilinnere zurück. Die Bäuerin fuhr zusammen, runzelte die Brauen und blickte mit einer ganz und gar unweiblichen Bewegung hinaus. Sie beugte sich weit aus dem Fenster.

«Banditen», sagte sie mit männlicher Stimme. «Rühren Sie sich nicht vom Fleck, Fräuleinchen, gleich wird's hoch hergehen.»

Żubryd-Leute kletterten auf die Wagen. Diesmal hatten sie den Zug angehalten. Kommandorufe ertönten. Der gellende, durchdringende Schrei einer Frau zerriß die Luft. Ein Schuß krachte so dumpf, als habe jemand einen leeren Tonkrug zerschlagen. Dann fielen neue. Ein zweiter ... Ein dritter ... Ein vierter. Aus dem Abteil der Milizionäre hörte man ein Handgemenge. In der Tür erschien der Kopf eines Żubryd-Mannes. Auf seiner linken Brustseite konnte man das Emblem des «Brennenden Herzens» erkennen.

Verblüfft sah Ewa, wie ihre Reisegefährtin blitzschnell eine Maschinenpistole unter dem Rock hervorzog und daraus auf den Żubryd-Mann feuerte.

Glasscherben prasselten herab. Splitter der Waggonwand flogen umher. Der Bandit, nicht weniger verdutzt als Ewa, stürzte mit blutender Stirn zu Boden.

«Deckung! Deckung!» rief die Bäuerin Ewa zu. «Verstecken Sie sich, verdammt noch mal!» Rasch schürzte sie den Rock und steckte ihn hinter den Gürtel einer – Soldatenhose. Halb aus dem Fenster gelehnt, bestrich sie nun aus ihrer MPi die Wiese. Der ganze Zug spie nach allen Seiten hin totbringendes Feuer.

Ewa befolgte Unteroffizier Matyseks Rat nicht. Sie stellte sich neben ihn und schaute furchtlos zu. An den Zugfenstern standen Bauern und Bäuerinnen. In ihren Händen sah man Maschinenpistolen. Sogar ein leichtes MG bellte und spie Feuer auf die Banditen. Die Mehrzahl von ihnen flüchtete aufs Feld. Aber dieses Glück hatten nicht alle. Die zuvor in die Wagen gestiegen waren, konnten sich nun nicht so leicht wieder zurückziehen. Ein Teil kam in den Abteilen um, ein Teil war erst aufgesprungen. Plötzlich erblickte die junge Lehrerin Hauptmann Piskorz, die Hände über dem Kopf erhoben, kam er blindlings dahergerannt. Er mußte verwundet sein, denn er lahmte, und sein Gesicht war voll Blut, das ihm die hellen Haare verklebte. Seine Rechte umklammerte den Revolver. Er lief an den Wagen entlang, offenbar der Meinung, die Aufmerksamkeit der Soldaten konzentriere sich auf die über das Feld Fliehenden. Er hob den Kopf, und im selben Augenblick bemerkte er Ewa. Grenzenloses Erstaunen malte sich in seinen Augen. Er streckte die freie Hand aus, als erhoffe er von dem Mädchen Rettung. Für Bruchteile von Sekunden maßen sie einander mit den Blicken. Vielleicht war gerade dieses Staunen der Untergang des Banditen. Unteroffizier Matysek richtete seine Maschinenpistole auf ihn. Eine Geschoßgarbe durchsteppte die Uniformbluse Hauptmann Piskorz', zerriß ihm den Hals und spaltete seinen Kopf. Er sank in den Staub, der von dem schlackebedeckten Pfad am Gleis aufstieg. Ewa zog sich in das Abteilinnere zurück. An der Tür lag mit blekkenden Zähnen in einer Blutlache der Mann mit dem Emblem des «Brennenden Herzens» auf der linken Brustseite.

Als die Żubryd-Leute den Zug angehalten hatten und das Gesicht eines von ihnen in der Abteiltür erschienen war, hatte der «Präses» Charkiewicz freundlich gelächelt, ohne das geringste Anzeichen von Beunruhigung. Er hatte keine Veranlassung, «die aus dem Walde» zu fürchten. Wie groß war jedoch das Erstaunen, als er sah, daß der bis dahin friedlich am Fenster schlummernde Holzfäller aus den Lappen, die er sorgsam an seiner Seite gehalten hatte, den brünierten Lauf einer Maschinenpistole wickelte und den nicht minder verdutzten Żubryd-Mann niederschoß. Ohne sich um die Frauen und Zębicki zu kümmern, verschwand der «Präses» unter der Bank. Zofia bekam Krämpfe, aber niemand befaßte sich mit ihr. Zębicki zog die vor Entsetzen starre Barbara sanft in seine Arme und – das muß man zugeben – blieb verhältnismäßig ruhig. Die ganze Gesellschaft hörte, wie eine strenge Männerstimme rief: «Faßt ihn lebend! Den müssen wir so bekommen!»

Auf dem Gang des Wagens balgte sich ein schlanker, schwarzäugiger Bauer mit einem Żubryd-Mann. Zwei Bauersfrauen mit rauschenden Röcken eilten dem Schwarzäugigen zu Hilfe. In ihren Händen blinkten Maschinenpistolen. Der Żubryd-Mann bekam mehrere Kolbenschläge über den Kopf und sank kraftlos zu Boden. Dann wurde er in das Zweiter-Klasse-Abteil geschleppt und Zofia auf die Knie gedrückt, die beim Anblick des bleichen Gesichts des Banditen und seiner blutverklebten Haare die Besinnung verlor. Kopf und Schultern des Żubryd-Mannes befanden sich auf der Höhe des unter der Bank liegenden Charkiewicz. Der «Präses» bemerkte die Sterne auf den Uniformspiegeln des Ohnmächtigen. Sie haben einen Offizier gefangengenommen, folgerte er logisch.

Die Schießerei entfernte sich. Die Angreifer flüchteten aufs Feld. Die Bauern und Landfrauen schossen wütend ein reguläres Verfolgungsfeuer.

Schließlich verstummte alles. Charkiewicz kroch unter der Bank hervor und nahm sich nach dem Beispiel Zębickis der weinenden Zofia an. In der Abteiltür erschien der schwarzäugige Bauer und stellte sich freimütig vor: «Leutnant Daszewski. Ich hatte das Vergnügen, die verehrten Herrschaften in Baligród mitzunehmen. Ich bitte vielmals um Entschuldigung wegen des Lärms, aber es war nötig, ein wenig Ordnung zu schaffen ...»

Der Holzfäller und die beiden «Frauen» zerrten den Gefangenen auf den Gang hinaus. Man goß ihm ein Kochgeschirr voll Wasser ins Gesicht. Er kam zu sich. Trübe schweifte sein Blick umher.

«Wie geht es Ihnen, Fähnrich Książek?» begrüßte ihn Daszewski. «Endlich sind wir wieder beisammen. Sie haben so viele Monate nichts von sich hören lassen, daß wir uns um Ihre Gesundheit Sorgen machten ...»

«Ein großartiges Ergebnis!» Charkiewicz erhob sich. «Sie haben sich wirklich vortrefflich mit diesen Banditen auseinandergesetzt.»

«Es hätte besser sein können», sagte der Leutnant bescheiden. «Sie haben vierzehn Tote und wohl etliche Verwundete. Leider gibt es von der letztgenannten Sorte wenige. Unsere Soldaten sind ein wenig zornig. Sie haben alle ihre Magazine leergeschossen. Ich konnte Herrn Książek nur mit knapper Mühe retten. Mit ihm haben wir noch besonders abzurechnen. Er ist ein Deserteur. Sie verstehen wohl ...»

In Prosno stiegen die Soldaten aus. Beim Abschied sagte Unteroffizier Matysek zu Ewa: «Sie haben keine Angst. Auf mein Wort, so eine Frau habe ich mein Lebtag nicht gesehen. Sie müßten in unserem Regiment dienen. Das beste Regiment in ganz Polen», fügte er im Brustton der Überzeugung hinzu und küßte ihr die Hand.

Die auf dem Bahnsteig versammelten Reisenden schauten verwundert auf die bis an die Zähne bewaffneten Bauersleute beiderlei Geschlechts, die den finsteren Fähnrich in ihre Mitte genommen hatten, sowie auf die in der schwarzen Bahnhofsschlacke in einer Reihe liegenden Toten in polnischen Uniformen mit dem Abzeichen des «Brennenden Herzens» auf der linken Brustseite.

Es hatte aufgehört zu regnen. Die Luft war frisch und rein. Ein Regenbogen spannte sich wie ein vielfarbiger Viadukt über das Wetlinka-Tal. Das Regiment hatte am Vortage Cisna verlassen und näherte sich Kalnica. Die Vorhut durchkämmte mit ihren Aufklärern die Abhänge zu beiden Seiten der Straße. Die Soldaten fluchten, denn das Gelände war uneben, es ermüdete sie, und die Stiefel waren in dem vom langen Regen glitschigen Gras rasch durchnäßt.

In der Marschkolonne der Bataillone fuhren langsam die Lastkraftwagen mit dem Regimentsgepäck und den erst kürzlich angekommenen Ehefrauen der Offiziere. Ciszewski war in unerquickliche Gedanken versunken. Seit Barbaras Abreise hatte er sein Gleichgewicht noch nicht wiedergewonnen.

«Wie heißt der Berg dort, Herr Hauptmann?» fragte ihn mit angenehmem Sopran Irena Grodzicka, die, in langen Hosen und den Fotoapparat über die Schulter gehängt, neben ihm ging.

Jerzy warf einen Blick auf die Karte. «Wysokie Berdo.»

Er reagierte nicht auf ihre Worte des Entzückens. Seit längerer Zeit beobachtete er ein am Himmel hängendes kleines Aufklärungsflugzeug. Die Maschine summte wie eine Libelle und zog über den Wäldern geschäftig ihre Kreise. Das Bezirkskommando und die Führung der Operationsgruppe «Rzeszów», die seit einigen Monaten den Kampf gegen die Banden koordiniert führten, betrieben diese Art von Aufklärung mit besonderer Hartnäckigkeit, obwohl sie auf diesem Wege noch nie Ergebnisse erzielt hatten. Die Theorie lehrte, daß man so vorgehen müsse, also setzte man sie in die Praxis um. Der Pilot erledigte gelassen sein Tagespensum.

«Der hat's gut», meinte Oberleutnant Rafałowski seufzend. «Heute abend geht er mit seiner Kleinen in Kraków ins Kino!»

Major Pawlikiewicz lachte. «Und flunkert ihr noch vor, daß er seinen Kampfauftrag erfüllt hat.»

Der Motor des Flugzeugs arbeitete plötzlich unregelmäßig. Die Maschine änderte gewaltsam ihren Kurs.

«Vor Langerweile bekommt er Lust zum Trudeln», sagte Rafałowski.

Das Flugzeug näherte sich jedoch immer mehr der Marschkolonne des Regiments, systematisch die Höhe vermindernd. Der Motor war verstummt.

«Der hat doch etwas», meinte der Kaderoffizier, Oberleutnant Rapski.

«Es ist gelandet! Es ist hinter dem Wald gelandet!» riefen die Soldaten.

Erst auf einer sumpfigen Wiese in der Nähe von Smerek bekamen es alle zu Gesicht. Es hatte einen zerschmetterten Propeller und einige Einschüsse in den Tragflächen. Dem Piloten und dem Beobachter war zum Glück nichts geschehen.

«Sie haben uns beschossen, die Hundesöhne!» meldete der Pilot Major Grodzicki. Mit traurigem Blick sah er das Flugzeug an.

«Er ärgert sich, daß er heute nicht mit seiner Kleinen ins Kino kommt», flüsterte Oberleutnant Zajączek Rafałowski zu.

Aus der Maschine wurde der Motor ausgebaut und auf ein Kraftfahrzeug verladen. Der Rumpf der «Nähmaschine» wurde verbrannt. Der Pilot und der Beobachter zogen mit dem Regiment nach Ustrzyki Górne.

«Haben Sie schon gehört, daß die Amerikaner einen neuen Atombombenversuch unternommen haben?» sagte Doktor Pietrasiewicz zu Major Grodzicki.

«Wo?»

«Ich habe den Namen im Empfänger unserer Funkstation gehört, verbürge mich aber nicht für seine Richtigkeit. Ich glaube, daß von einem gewissen Bikini Atoll die Rede war ... Übrigens ist es ganz gleich. Eine verrückte Geschichte! Hört denn die Bedrohung der Welt durch den Krieg wirklich nicht auf?»

«Wann fand der Versuch statt, Doktor?» unterbrach ihn der Regimentskommandeur.

«Das habe ich behalten. Stellen Sie sich vor, genau am Tag unseres Volksentscheids, am Sonntag, dem dreißigsten Juni.»

XI

Der Kommandeur des Kurins, Ren, war von einem Treffen mit den höheren Kommandeuren der Ukrainischen Aufständischen Armee in Polen zurückgekehrt. Er hatte den Kopf noch voll von dem, was er auf der Beratung gehört hatte: vom Landesprowidnik Stiah, seinem Stellvertreter Orlan, dem Kommandeur der Gruppe San, Orest, dem Prowidnik des Sicherheitsdienstes, Dalnycz, und anderen Kommandeuren.

Die Lage war ernst. Der Feind hatte seine Taktik geändert. Die bewaffneten Einheiten der Sicherheitsorgane, der Polnischen Armee und der Grenztruppen waren beweglicher geworden. Sie gingen ausschließlich nachts vor, hielten sich nur kurz in den Dörfern auf, wechselten unablässig die Marschrichtung und setzten den Hundertschaften der UPA immer härter zu. Żeleźniaks und Berkuts Kurine, die mit Teilkräften in den Niederungen operierten, hatten beträchtliche Verluste erlitten. Orest bezweifelte sogar, daß sie die Tätigkeit in den bisherigen Gebieten würden fortsetzen können. Die Lager Chromenkas und Lastiwkas, die zu Bajdas Kurin gehörten, wurden durch Grenztruppen und Militär aus Rzeszów angegriffen und zerstört, die Hundertschaften selbst entgingen der Vernichtung mit knapper Mühe und Not, auf dem Kampfplatz viele Tote zurücklassend. Die Zahl der Verwundeten, die von Ort zu Ort transportiert werden mußten, nahm zu. Sie ärztlich behandeln zu lassen, bereitete unter den im Wald herrschenden Bedingungen ungeheure Schwierigkeiten. Ren schilderte die Liquidierung seiner Gendarmerie bei Zawój. Die Kommandeure nickten. Überall traten die gleichen Erscheinungen auf: Der Gegner wendete andere Methoden an. Die Organisation Ukrainischer Nationalisten, die OUN, und mit ihr die UPA verloren an Prestige. Der Landesprowidnik hatte Kenntnis, daß sich die Bauern widerspenstig zeigten. Sie begehrten auf. Die Bezirks- und Ortsprowidniks meldeten immer häufiger, daß es ihnen Schwierigkeiten bereite, die Kontributionen einzutreiben. Die Informationen über Truppenbewegungen und Maßnahmen der Behörden wurden seltener, oftmals waren sie falsch. Der Prowidnik des Sicherheitsdienstes, Dalnycz, hielt diese Erscheinungen für Böswilligkeit. Die Menschen schwiegen. Das war eigentlich das schlechteste Zeichen für ihre Stimmung. Unterdessen trafen aus dem Ausland über das Landeskurierzentrum der OUN – Holodomor – immerfort neue Befehle ein. Der Oberste Ukrainische Befreiungsrat – UHWR – forderte energisch Aktionen. Der Kommandant des Zentrums, Letun, teilte mit, die Hundertschaften hätten ihre Angriffe zu verstärken. Man dürfe dem Feind keine Ruhe gönnen. Man habe ihn ständig zu stören. Man erwarte alarmierende Nachrichten aus Polen. Die Welt solle wissen, daß der Kampf gegen die Kommunisten in vollem Gange sei. Nur dann verfüge Stefan Bandera bei seinem Vorgehen über entsprechende Argumente. Die Mitglieder des UHWR seien erregt. Die Meldungen von den Niederlagen der UPA-Hundertschaften hätten sie in höchstem Maße beunruhigt.

Die Ergebnisse der Beratung faßte Stiah zusammen. Kommandeur Orest traf eine Reihe Maßnahmen. Die Kommandeure der Kurine hatten sie in die Tat umzusetzen.

Auf Befehl Rens kamen die Hundertschaftsführer Hryn, Stach und Bir nach Mików. Hryns Hundertschaft umstellte das Dorf. Die Zeiten waren vorbei, da man sich ungestört beraten und mit ganzen Kurinen in den Dörfern versammeln konnte. Jetzt mußte man damit rechnen, daß das Militär jeden Augenblick auftauchte.

«In unseren Kampfhandlungen treten wir in eine neue Phase ein», sagte Ren. «Wie ihr wißt, haben die Polen die Taktik geändert. Sie treiben sich ununterbrochen im Gebirge herum. Es ist schwierig, sie zu beobachten, weil sie nur nachts vorgehen. Die Richtung, in der sie ihre Schläge führen, ist nicht vorauszusehen, da sie sie während einer Aktion mehrmals wechseln. Ihre

ORMO macht sich in den Dörfern zu schaffen, die Staatssicherheit hat ihre Leute überall ... Sie haben die Arbeiter der Erdölfelder bewaffnet und selbst die kleinen Milizposten in Widerstandsnester verwandelt. Das bedeutet nicht, daß wir in dieser Situation die Hände in den Schoß legen werden. Die Aufgaben sind dieselben wie vorher, und man muß sie ausführen. Um jedoch handeln zu können, brauchen wir Sicherheit. Um sie zu gewährleisten, befiehlt das Oberkommando der Gruppe San ...» Er zog einige engbeschriebene Durchschläge aus der Tasche und begann zu lesen:

«‹Alle Lager in Form von Laubhüttenansammlungen oder Waldhütten haben zu verschwinden. Sie sind durch unterirdische, gutgetarnte Bunker zu ersetzen. Der Feind darf den Lagerplatz nicht entdecken, selbst wenn er sich darauf befindet ... Die Bunker unter der Erde sind zweistöckig zu bauen. Jedes Stockwerk ist zu tarnen. Wenn der Gegner das eine betritt, darf er das andere nicht entdecken ... In den verlassenen Dörfern, deren Einwohner in die Westgebiete oder nach Rußland gegangen sind, sind Bunker unter den Fußböden, Feuerstellen oder als zweites Stockwerk unter den Kellern der Häuser zu konstruieren. Es empfiehlt sich auch der Bau von Unterkünften, die durch die Dorfbrunnen zu erreichen sind ... Die beigefügten Zeichnungen erläutern eingehend die Bunkertypen ... Jeder Kurin hat außerdem ein unterirdisches Lazarett anzulegen. (Siehe Zeichnung!) In der Voraussicht, daß die Lebensmittelzufuhr infolge von Kampfhandlungen des Gegners und erhöhter Umsiedlungsaktivität erschwert werden kann, ordnen wir an, Vorräte in speziellen Magazinbunkern anzulegen, die über das gesamte Operationsgebiet eines jeden Kurins zu verstreuen sind. Jede Hundertschaft soll ihre eigenen, mindestens für drei Monate reichenden Vorräte besitzen. Das ist besonders wichtig in Hinblick auf den Winter. Außerdem wird befohlen: Sämtliche aus der Kriegszeit übriggebliebene Munition, die bis jetzt in den Wäldern lag, zu sammeln und einzulagern. Es besteht die Möglichkeit, daß der Munitionsnachschub ebenfalls erschwert wird ...›»

Ren verlas die lange Instruktion mit monotoner Stimme. In der Hütte des Dorfschulzen war es schwül. Da der Inhalt der Beratung geheim bleiben mußte, hielt man die Fenster geschlossen. Schwärme von metallisch schimmernden Fliegen summten unter der Zimmerdecke, setzten sich auf die Hände und Gesichter der Hundertschaftsführer. Hryn und Stach konnten ihr Rauchverlangen nicht länger unterdrücken. Man bekam in der Stube kaum noch Luft.

«Man verlangt eine riesige Arbeit von uns!» sagte der Exkleriker Bir seufzend.

«Dein Leben ist dir doch wohl lieb?» fragte ihn der Kommandeur des Kurins.

Die Hundertschaftsführer studierten aufmerksam die Bunkerpläne. «Noch nie hat eine Partisanenbewegung solche Gebäude konstruiert», sagte Ren voller Stolz.

«Die Russen hatten sie ... Selbst hier, im Chryszczata, finden sich noch ihre Bunker aus der Kriegszeit», murmelte Hryn.

«Zweistöckige haben sie aber nicht gebaut.»

«Dazu waren sie nicht gezwungen. Sie wußten, daß das Kriegsende nahte», bemerkte Stach finster und fügte hinzu: «Ich möchte wissen, wo ich die Pferde unterbringen soll. Auch in Bunkern?»

«Ihr habt den Befehl auszuführen ... Und keine Diskussionen», knurrte Ren. «Denkt daran: Wer die Anordnungen nicht befolgt, bekommt die größten Unannehmlichkeiten. Hierüber gibt es einen besonderen Punkt in der Instruktion.»

Er trat vors Haus, die Hundertschaftsführer ließ er allein. Er knöpfte die schwarze Weste auf, an der eine goldene Uhrkette hing. Draußen war es fast ebenso heiß wie in der Hütte.

Im Schatten eines breit ausladenden Apfelbaums wiegte Maria ihren kleinen Sohn in den Schlaf. Von Zeit zu Zeit verscheuchte sie die Fliegen, die hartnäckig um das Gesicht des Kindes schwirrten. Ihre Arme hatten die Farbe edler, heller Bronze. Die dunkelblauen Augen blickten ernst. Die Luft war erfüllt vom Duft frisch gemähten Grases. Neben der jungen Frau lag John Curtis im Gras. Er war vor einigen Tagen zusammen mit Derek Robinson in Mików erschienen. Diesmal hatte sie der Verbindungsmann des Kurierzentrums, Krywonis, begleitet.

«Sie tauchen zu einem Zeitpunkt auf, meine Herren, da wir uns im Umbruch befinden», sagte Kurinnij Ren zu Curtis.

«Das erfordert unser Beruf», entgegnete der Journalist lächelnd, kein Auge von Maria lassend.

«Wieso halten Sie den gegenwärtigen Zeitpunkt für eine Wende, Mister Ren?» fragte Robinson, der sich gerade vor einem kleinen, an einem Baum aufgehängten Spiegel rasierte.

«Wir verstärken den Kampf gegen den Feind, Herr Robinson», erwiderte der Kommandeur des Kurins. «Gleichzeitig wenden wir neue Methoden an, die es bisher noch bei keiner Partisanenbewegung gegeben hat. Wir gehen buchstäblich unter die Erde und führen den Angriff von dort aus», sagte er großsprecherisch.

«Das ist sehr interessant. Wirklich! Sie erleiden neuerdings große Verluste, Mister Ren?»

«Die kommunistische Propaganda bauscht sie auf.»

Sorgfältig befühlte der Engländer seine Wangen. Er stellte fest, daß sie genügend glatt waren, spülte den Pinsel aus und säuberte das Rasiermesser vom Seifenschaum. Es mochte auf der Welt alle möglichen Typen von Rasierapparaten geben, Derek Robinson benutzte ein Rasiermesser. Er krempelte die Hemdsärmel herunter, knöpfte die Manschetten zu und zog das Jackett über. Mit gutgetarnter Überlegenheit musterte er den schwitzenden Ren. Ihm selber machte die Hitze gar nichts aus. Sogar in Afrika hatte er stets Jakkett und Krawatte getragen.

«Darf man über Ihre neuen Methoden schreiben, Mister Ren?» fragte er.

Der Kommandeur des Kurins verbeugte sich zum Zeichen seines Einverständnisses. Sie setzten sich in den Schatten. Ren erzählte, der Engländer machte sich Notizen.

«Es ist alles erledigt, Maria», sagte unterdessen Curtis zu der jungen Frau. «Im Bedarfsfalle melden Sie sich auf unserem Konsulat in K. Beim Konsul persönlich ... Sind Sie zufrieden?»

Sie nickte, aber ihr Augenausdruck veränderte sich nicht.

«Wie ist die Lage nun wirklich?» erkundigte er sich. «Steht es tatsächlich so schlecht um euch?»

«Wenn wir diesen Winter überstehen, können wir von Glück reden. Wir leben wie die Tiere ... Wir haben keine ruhige Minute am Tage. Ich muß von hier fort. Ich muß», flüsterte sie.

«Man sichert Ihnen das zu. Ich habe alles geregelt.»

«Mir schon ... Aber ihnen? Meinem Mann, den anderen?»

«Sie sind Soldaten, Maria. Das verstehen Sie so gut wie ich. Für sie gibt es nur den Kampf bis zum Ende.»

Maria wandte den Kopf ab, damit er nicht den Haß in ihren Augen auffunkeln sehe. Der Journalist blickte sie jedoch nicht an. Behaglich unter dem Baum ausgestreckt, betrachtete er den wolkenlosen blauen Himmel. In wenigen Tagen würde er in London sein. Er würde Urlaub haben. In diesem Jahr wollte er mit Maud nach Italien reisen. In Prag hatte er ihr Telegramm erhalten. Zimmer in Cortina waren bereits bestellt. Was kümmerten ihn die Angelegenheiten dieser Bieszczady-Wildlinge! Hryn kehrte am Abend bestimmt wieder in den Wald zurück, und er würde mit Maria schlafen. Das war der Lauf der Welt. Er hatte für sie die Sache beim Konsulat geregelt. Sie konnte von hier fortgehen, wann immer sie wollte. Er war ein Gentleman und hatte sein Versprechen gehalten ... In Deutschland gab es eine Menge DPs. Eine schöne Frau wußte sich immer Rat. Schade nur, daß sie ein Kind hatte. Das würde das Leben erschweren. Es half nichts ... Maud. Maria. Cortina. London. Mików. Blauer Himmel. Berge. Die italienischen Berge. Sie dufteten nach Orangen und Heu. Unreife Äpfel dufteten ebenfalls. Es war gut, jung zu sein und reisen zu können ... Die Gedanken verwirrten sich. Die Fliegen summten und störten den Lauf der Gedanken. Curtis schlief ein, aber vorher hörte er noch die Stimme Robinsons: «In den Bezirken Lublin und Białystok ist wohl schon Schluß, Mister Ren? Die Partisanen erlitten dort große Verluste. Man hört kaum noch von ihnen. Sie sind gegenwärtig die Wichtigsten.»

Lächerlich, dieser Robinson ... Immer will er belehren. Wer ist hier der Wichtigste? Spielen sich wirklich auf diesem winzigen Fleckchen Erde wichtige Dinge ab?

Halb schlafend schon lächelte John Curtis nachsichtig. Er rümpfte die Nase, auf der eine große schillernde Fliege entlangkroch. Maria scheuchte sie fort. Nun schliefen beide: der Engländer und ihr Sohn.

Auf den Kurinnij Ren wartete an diesem Tag noch eine unangenehme Angelegenheit. Bezirksprowidnik Ihor, der seit drei Stunden in zäher, aber verbissener Diskussion mit dem Dorfschulzen rang, hatte ihn rufen lassen. Es ging um den Schützen Wolos. Sechs Wochen zuvor hatte Berkut mit seinen Gendarmen den Vater dieses Schützen, einen Bauern aus dem nahe gelegenen Prełuki – auspeitschen lassen. Der Alte hatte sich nicht von der Prügel erholen können. Er hatte gekränkt, Blut gespuckt, geklagt, daß ihn etwas in der Seite steche, und war schließlich vor einigen Tagen gestorben. Wie Stabsarzt Kemperer versicherte, nicht an den Folgen der Schläge, aber die Bauern glaubten ihm nicht. Überdies schienen in dieser Gegend alle miteinander verwandt zu sein. Die ganze Dorfältestenschaft machte aus irgendeinem Grund Skandal. Vergeblich versuchte Bezirksprowidnik Ihor ihnen klarzumachen, daß Berkut ebenfalls nicht mehr lebe und es niemanden mehr gebe, den man bestrafen könne. Das Ganze sei ein Mißverständnis gewesen. Gott hab den Alten und, im selben Atemzug, Berkut selig. Die Bauern schüttelten die Köpfe. Scheinbar ging es ihnen um Wolos' Vater, aber in Wirklichkeit waren sie auf ganz andere Dinge aus. Deshalb hatte Ihor den Kurinnij gebeten einzugreifen.

«Was ist das für eine Zucht?» Der Schulze von Mików schüttelte den grauen Kopf. «Man hat keine Achtung vor den Leuten. Wolos dient bei der Hundertschaft. Er vergießt sein Blut, und hier kommt sein Vater zu Tode ... Wie verhält sich das, pane komandir?»

«Ich sagte euch schon, daß Berkut tot ist. Wenn er noch am Leben wäre, würden wir ihn bestrafen.» Bezirksprowidnik Ihor wurde ungeduldig. Sein Adamsapfel hüpfte nervös auf und ab.

«An Stelle von Berkut wurde Halahan Führer der Gendarmerie, er ist auch nicht besser. Vor drei Tagen hat er die Leute in Duszatyn geschlagen», ließ sich Stanicki vernehmen.

«Er hat sie geschlagen, weil sie auf den Wiesen der Umsiedler mähen wollten», erklärte Ren.

«Also, wie steht es damit? Wieso darf man das nicht tun? Soll soviel wertvolles Gut umkommen?» fragte Stanicki.

Ihor blickte den Kommandeur des Kurins vielsagend an.

«Die Verfügungen in dieser Sache sind euch längst schon bekannt. Ihr wollt die Felder der Umsiedler abernten und die Kommunisten beliefern. Das ist nicht erlaubt», sagte Ren streng.

«Warum gleich die Kommunisten? Wir selber brauchen auch Heu und Getreide.»

«Ihr habt, was ihr braucht.»

«Doppelt genäht hält besser», warf Nazar ein.

«Es ist wahrhaftig nicht mehr auszuhalten!» rief Siemienka erregt. «Die Kommunisten befehlen zu ernten, ihr verbietet es. Was sollen wir machen, Herr des Himmels?»

«Ihr habt uns zu gehorchen, sonst setzen wir euch den roten Hahn aufs Dach», bemerkte Ren, scheinbar scherzhaft.

«Das tut ihr zu oft, viel zu oft», meinte der Dorfschulze seufzend. «Die Leute flüchten. Das ist kein Leben hier. Wenn es so weitergeht, bleibt keiner mehr – weder im Lemkischen noch im Boikischen.»

«Es ist nicht deine Sache, du Dummkopf, darüber zu urteilen!» schrie der Kommandeur des Kurins.

«Ihr versteht wirklich nichts von Politik», fügte etwas sanfter Ihor hinzu.

Die Mikóẃer Bauern hatten zu viele Ränke mit den Bandera-Leuten geschmiedet, als daß man sie so ohne weiteres hätte beruhigen können. Der Dorfschulze schluckte die Beleidigung herunter und begann in untertänigem Tonfall von einer anderen Seite her anzugreifen. «Die Leute erzählen», sagte er, «daß die Pferde, die Sie uns, pane komandir, noch im vergangenen Jahr versprochen haben, die, die Sie den Umsiedlern beschlagnahmt haben, gar nicht der Ukrainischen Aufständischen Armee zur Verfügung stehen, sondern an verschiedene Händler verkauft worden sind.»

«Dazu noch an polnische», ergänzte Nazar.

«Ihr seid wohl verrückt geworden!» brauste Bezirksprowidnik Ihor unbeherrscht auf.

«I wo, pane! I wo!» Der Dorfschulze schüttelte den Kopf. «Einen solchen Händler habe ich selber gesehen. Charkiewicz hieß er. Wie es heißt, macht auch der Vizestarost Rozwadowski Geschäfte … Das ist doch nicht in Ordnung, pane komandir.»

«Wir brauchen Geld für den Ankauf von Medikamenten», erklärte Ren. «Und dann möchte ich noch wissen, wer über die Pferde solch albernes Zeug faselt.»

«In allen Dörfern wird es erzählt, pane komandir. In allen.»

«Denen, die zuviel den Schnabel wetzen, werden wir das Fell bleuen!» brüllte der Kommandeur des Kurins, die Beherrschung verlierend.

«Sie machen sich das Leben schwer, pane komandir, wenn sie alle nur immer bleuen wollen. Unser Dorf ist Ihnen freundschaftlich gesonnen, und wie behandeln Sie uns! Haben wir etwas davon, daß wir den Hundertschaften helfen, euch gern haben, euch bewirten?» sagte Stanicki. Die anderen nickten zu seinen Worten.

«Ihr habt eine ganze Menge Kühe von uns erhalten», griff Ihor ein. Die Bauern schauten ihn mit unverhohlenem Mitleid an. Sie lächelten und schüttelten die Köpfe, als habe er etwas ungemein Lustiges gesagt.

«Worüber lacht ihr?» fragte Ren.

«Was sind das schon für Kühe, pane komandir! Man könnte sich totlachen! Die Schützen haben sie durchs Gebirge gejagt, nicht gefüttert, wie's sich gehört, und wochenlang nicht gemolken. Jetzt stehen sie trocken. Selbst zum Schlachten kriegt man sie nirgends los. Wer kauft sie schon? Das also sind eure Kühe!» Der Dorfschulze spuckte aus und schaute ostentativ zur Decke.

«Pane komandir», ergriff Siemienko das Wort, «sagen Sie uns, was wird. Das Heu von den Wiesen der Umsiedler zu bergen ist verboten, das Getreide zu ernten ebenfalls. Ihre Hütten und ihre Habe verbrennt ihr. Es werden immer weniger Dörfer. Die Leute flüchten. Nicht mehr lange», er bekreuzigte sich, «und wir haben eine Einöde hier. Sagen Sie, pane komandir: Wie lange dauert das noch? Wie geht das aus?»

Ren schaute den Alten von unten herauf an. Er kannte diese Frage. Man stellte sie neuerdings immer häufiger in allen Dörfern. Die Erklärungen, die in den Veröffentlichungen der Redaktion der «Peremoga» («Sieg») gegeben wurden, halfen nichts. Vergebens plagten sich die Redakteure des «Pewnij» und des «Slota» in ihren mit dem Vervielfältigungsapparat abgezogenen Artikeln und Flugblättern ab. Die Bauern forderten hartnäckig Tatsachen. Ren machte sich in diesem Augenblick klar, daß ähnliche Fragen die Schützen den Rotten- und Zugführern stellten, diese die Hundertschaftsführer ansprachen und die Hundertschaftsführer sich mit besorgter Stimme um Antwort an die Kurinnijs wandten. Auch der Landesprowidnik Stiah, dessen Stellvertreter Orlan und der Prowidnik des Sicherheitsdienstes, Dalnycz, die Redakteure der «Peremoga», die Leute im Kurierzentrum Holodomar und im technischen Zentrum Vulkan, schließlich der gestählte und kampferprobte Kommandeur der Gruppe San, Orest, machten sich darüber Gedanken. Er, Ren, hatte heute Robinson danach gefragt. «Wie geht die Sache aus?» Diese Frage plagte und bedrückte sie, sie hing ständig in der Luft. Das gesamte Oberkommando der UPA und die politische Führung der OUN in Polen wußten genau, daß man nicht immerfort solche Fragen stellte, wenn man an den Sieg glaubte. Das stand fest.

Ren ließ den Blick über die Gesichter der ihn umgebenden Bauern schweifen. «Der Krieg kommt», sagte er. «Die Amerikaner haben auf dem Bikini-Atoll eine Atombombe ausprobiert. Habt ihr davon gehört? Zweifellos werden sie jetzt zuschlagen ...»

«Im Herbst oder im Frühjahr?» fragte Siemienko, und Ren schien es, als schwinge in seiner Stimme ein kaum merklicher ironischer Unterton.

Er reagierte nicht auf die Frage. Er fühlte sich durch die Hitze und die ganze Situation ermattet. Es gab Augenblicke, da er alles satt hatte.

«Pane komandir, stimmt es, daß wir unter den Hütten Bunker bauen müssen? Komandir Hryn hat es befohlen ...», hörte er den Dorfschulzen fragen.

Stanicki lachte auf. «Von jetzt an leben wir wie die Maulwürfe. Jedes Dorf verwandelt sich in einen Maulwurfsbau.»

Ren wandte sich zum Gehen. Sogar in Mików war die Atmosphäre anders als vorher.

«Ein Maulwurfsbau?» Das Lachen eines andern Bauern klang an sein Ohr. «Was heißt hier Maulwurfsbau? Begreift ihr nicht, Leute, daß wir uns unser eigenes Grab schaufeln?! Eine Grabstelle, kein Maulwurfshügel, das ist es!» spottete jemand hinter dem Rücken Rens.

Ren erkannte die Stimme des Witzbolds nicht. Er schaute sich um und sah die Bauern mit ernsten Mienen dastehen. Ihre Gesichter verrieten nichts. Der Kommandeur des Kurins rief Bezirksprowidnik Ihor zu sich. Er hatte ihm noch einige Anweisungen zu erteilen.

Noch am Abend desselben Tages erhielten Hryn und Bir entsprechende Befehle. Selbst die von dem Bunkerbau völlig in Anspruch genommene UPA konnte ihre normale Tätigkeit nicht unterbrechen. Zwei Hundertschaften rückten aus, Stach mit seinen Leuten hielt sich zur Verfügung des Kommandeurs des Kurins.

Die Aufgabe des Hundertschaftsführers Hryn war einfach. Seit vierzehn Tagen etwa verkehrte eine Kraftfahrzeugkolonne zwischen Ustrzyki Górne, Cisna und Baligród, um das Regiment, das Ustrzyki als Ausgangsbasis für seine Aktionen gewählt hatte, mit Proviant zu versorgen. Die Kolonne war verhältnismäßig schwach bewacht und bot ein gutes Ziel. Ihre Vernichtung konnte sowohl aus praktischen als auch aus propagandistischen Erwägungen wesentlich sein. Ohne diesen Teil seines Trosses hätte das Regiment beträchtliche Schwierigkeiten in der Organisierung des Nachschubs. Außerdem würde sich die Kunde von der Vernichtung mehrerer Kraftfahrzeuge in der Umgebung verbreiten und das Prestige des Kurins heben. So folgerte Ren und befahl Hryn, sich mit der Hundertschaft irgendwo am Weg, den die Kolonne zog, auf die Lauer zu legen, geduldig abzuwarten, bis sie vorüberkam, dann anzugreifen, soviel Soldaten wie möglich zu töten und die Wagen zu zerstören.

Die neu aufgestellte Gendarmerieabteilung, die nun von Halahan befehligt wurde, beobachtete die Bewegungen der Transporte seit längerer Zeit. Nach Meinung Halahans mußten die Fahrzeuge in diesen Tagen vorüberkommen.

«Bei der Gelegenheit könnt ihr euch amüsieren, Jungs», sagte der Führer der Gendarmen zu Hryn und seinen Zugführern. «In dieser Kolonne fahren oft die Frauen der Offiziere mit, um Einkäufe zu machen. Frauen, daß es eine Freude ist! Nehmt sie gefangen, und die Hundertschaft wird ihren Spaß haben.»

Hryn warf ihm einen finsteren Blick zu, die Zugführer scherzten fröhlich. Halahan stand in dem Ruf eines Frauenkenners.

Derek Robinson ließ sich Hryns Auftrag genau erklären und interessierte sich für die Erläuterungen Halahans. Dann stellte er fest, daß er schon lange den Wunsch hege, eine Aktion mit eigenen Augen zu sehen, verabschiedete sich von Curtis, trug ihm auf, seine Bekannten in London zu grüßen, und brach mit Hryn zusammen auf. Beide waren wortkarg, beide gleichermaßen finster. Sie ritten an der Spitze der Hundertschaft, dicht hinter den Spähern. Es war eine helle Mondnacht. Robinson schaute auf die Schatten der Bäume und Schützen, er horchte auf die Laute der ukrainischen Sprache, die er nicht verstand, aber er stellte keine Fragen. Hryn war froh darüber. Jegliche Unterhaltung bereitete ihm Schwierigkeiten.

Der Kommandeur der Hundertschaft wählte den Ort des Hinterhaltes zwischen dem Ryczywół und Dołżyca, unweit der Straßenkreuzung, an der einige Monate zuvor Bir das Geschütz erbeutet hatte. Er hielt den Erfolg des Kameraden für ein gutes Vorzeichen. Übrigens war der Platz, unabhängig von jeglichen Prophezeiungen, ganz ausgezeichnet. Der Wald reichte hier bis an die Chaussee und umfaßte sie von beiden Seiten. Er bot die Möglichkeit, sich zu verstecken und ungehindert das Feuer zu lenken. Auch das Zurückweichen würde keine besonderen Schwierigkeiten bereiten. All das hatte Hryn in Betracht gezogen, und er erklärte, als sie hinter dem Jaworne Rast machten, den Zugführern die Situation. Ukleja übersetzte Robinson die Worte des Kommandeurs der Hundertschaft.

In raschem Tempo legten sie die Strecke über die Hügel Jaworne, Wołosán und Sasów zurück. Sie umgingen Cisna von Norden her.

«Die berittene Einsatzgruppe der Grenztruppen ist jetzt bei Bukowiec», erklärte Ukleja Robinson und fügte hinzu, daß die Grenzkavalleristen durch einige Brände aufgehalten würden, die Bir und Stach gelegt hätten. Auf diese Weise könne die Hundertschaft dicht bei Cisna, dem ständigen Sitz der Einsatzgruppe, ungehindert vorgehen.

«So machen wir es immer», prahlte Ukleja.

Männer und Pferde durchwateten das Flußbett der Solinka. Es galt, die Spuren zu verwischen. Rechter Hand lag die Chaussee, gespenstisch und öde und still im Mondlicht. Dort sollten die Kraftfahrzeuge vorbeikommen.

Hryn hielt die Hundertschaft vorsorglich zurück. Zuerst mußten die Späher die Umgebung erkunden.

Tief gebückt, die Gewehre dicht über der Erde haltend, liefen drei Schützen vor. Sie traten hinaus auf die Chaussee. Robinson beobachtete ihre schwarzen Silhouetten. Hryn schien zu dösen. Die Hundertschaft erstarrte in Reglosigkeit. Eines der Pferde schnaubte plötzlich nervös. Aus dem Wald jenseits der Chaussee antwortete ihm ein lang anhaltendes Wiehern. Der Kommandeur der Hundertschaft zuckte zusammen. Die Schützen auf der Straße verharrten bewegungslos.

«Was ist geschehen?» fragte Robinson flüsternd. Zugführer Ukleja, der neben seinem Steigbügel stand, umklammerte seinen Knöchel.

«Still!» erwiderte er, ebenfalls mit gedämpfter Stimme.

Ein Schwarm roter, grüner und blauer Lichter zerriß mit langgezogenem Heulen die Luft. Geschosse. Der Federbusch einer silbrigen Leuchtkugel, die um vieles heller war als der Mond, stieg zum dunkelblauen Himmel empor. Ein Maschinengewehr zerfetzte die Stille. Die Begleitmusik der Maschinenpistolen setzte ein. Eine Panzerbüchse gab mit dumpfem Knallen das Tempo an. Leuchtspurgeschosse. Hunderte in alle Himmelsrichtungen jagende Leuchtspurgeschosse. Farbige Fontänen des Todes. Eine gelbe Leuchtkugel. Eine grüne Leuchtkugel. Das Maschinengewehr überstürzte sich im Schießen. Es wütete in rasender Eile. Die Stille barst wie ein zerbrechender Krug. Die Nacht floh in panischem Schrecken. Leichte Maschinengewehre zertrennten in emsiger Geschäftigkeit ihren schwarzblauen Mantel. An der Stelle, an der sich die Hundertschaft befand, war die Hölle los.

Robinson erblickte im Schein der Leuchtkugeln die zum Bach hinunterlaufenden Bandera-Leute. Er hörte, wie jemand auf deutsch rief: «Hilfe! Hilfe, Kameraden!» Er wollte sein Pferd wenden, aber es gelang ihm nicht. Das Reitpferd drehte sich lediglich nach links und drang, instinktiv vor den Geschossen flüchtend, in das dichte Gestrüpp am Ufer ein. Dort wimmelte es von Schützen, und die Kugeln des Feindes hatten noch immer völlig ungehinderten Zutritt. Der Engländer mußte in diesem Augenblick an den Gran Chaco denken, an den Krieg Boliviens gegen Paraguay. Damals war er ein blutjunger Korrespondent gewesen. Beide Armeen rückten einander in ebensolchem Buschwerk zu Leibe. Im Dschungel hatte sich Robinson mehr als einmal in Bedrängnis befunden. Er verstand es, kaltes Blut zu bewahren. Ob am Gran Chaco oder in den Bieszczady … Er mußte jetzt an sich denken.

Er achtete nicht auf die heisere Stimme Hryns, der irgendwelche Kommandos erteilte, die er nicht verstand. Er spürte, daß sein Pferd wankte. Gewandt sprang er ab und lief in den Wald hinein. Er vergaß sogar sein kleines Reisenecessaire nicht. Bei solchen Gelegenheiten verlor er nie den Kopf.

Die Angreifer änderten nun die Richtung des Feuers. Sie wurde deutlich durch die farbigen Bahnen der nach Nordwesten eilenden Geschosse markiert. Robinson ging nach Osten. Die Stimmen der fliehenden Schützen entfernten sich. Zweige knackten und brachen unter der Vielzahl der Stiefel. Der Journalist nahm an, die Militärabteilung werde Hryns Leuten folgen. Beim Schein einer Leuchtkugel erblickte er einen alten Schützengraben, vermutlich eine Hinterlassenschaft des Krieges.

Er hockte sich darin nieder und stellte fest, daß er ein wenig in Schweiß geraten war. Ich habe mich aufgeregt, dachte er verwundert. Seine Uhr zeigte die zweite Stunde an. Er erinnerte sich, daß er sie nicht aufgezogen hatte, und holte dies nach. Die Schüsse wurden immer seltener.

Im Halbschlaf wartete der Engländer die Morgendämmerung ab. Als es graute, schlug er sich zur Chaussee durch und marschierte in Richtung Przys- łup.

Er brauchte nicht lange zu gehen. Kurz vor dem Dorf wurde er von Soldaten angehalten. Wenn sie irgendwelche Gefangenen von Hryn haben, werde ich Scherereien bekommen, fuhr es ihm durch den Kopf. Er wußte, die Gefangenen würden aussagen, daß er sich in Mików aufgehalten habe. Er ließ sich dadurch nicht beirren. Er würde sich schon zu rechtfertigen wissen. Das Militär hatte jedoch keine Gefangenen gemacht. Dieser Brauch war damals äußerst selten. Die Bandera-Leute hatten acht Tote. Sie lagen mit Zeltplanen zugedeckt am Rande des Dorfes. Robinson warf einen gleichgültigen Seitenblick auf sie.

Einer der Soldaten sah ratlos den Paß des Journalisten durch, in dem sich Seine Königliche Majestät – The King of Great Britain and Ireland – mit eigenhändiger, unter eine besondere Bemerkung gesetzten Unterschrift zum Schutz seiner Untertanen verpflichtete. Ein Offizier in offenem Mantel, mit den Rangabzeichen eines Hauptmanns, näherte sich. Seine Augen waren von Schlaflosigkeit gerötet, die Haare struppig und stark graumeliert. Er nahm dem Soldaten den Paß ab.

«Was tun Sie hier?» fragte er auf englisch.

«Ich habe einen Morgenspaziergang gemacht. Es scheint, daß es heute schön wird?» Derek Robinson lächelte.

Der Hauptmann war jedoch nicht zu Späßen aufgelegt. Der Journalist erklärte, daß er aus Mangel an Verkehrsmitteln bereits den zweiten Tag zu Fuß von Sanok unterwegs sei. Er wollte die Gegend bereisen, sich mit den Bewohnern unterhalten. Die Visa in seinem Paß waren in Ordnung. Er durfte sich ungehindert auf dem gesamten Territorium der Republik Polen bewegen.

«Wo haben Sie unterwegs übernachtet?» In den Augen des Hauptmanns nistete Müdigkeit.

«Auf dem Feld. Jetzt ist das einfach. Am gesündesten schläft man unter freiem Himmel.»

«Wohin gehen Sie?»

«So für mich hin ... Ich möchte nach Ustrzyki Górne.» Mühsam brachte er den Namen hervor, ihn schrecklich verstümmelnd. «Dort liegen irgendwelche Truppen. Kämpfe sind im Gange ... Das ist ein sehr interessantes Material für meine Reportagen.»

«In Lesko und Baligród haben Sie auch Militär. Weshalb suchten Sie sich gerade Ustrzyki Górne aus?»

Robinson zuckte mit den Schultern. Er erklärte, daß er in die «richtigen» Berge vordringen wolle, da es dort sicher «interessant» sei. Ciszewski gab ihm den Paß zurück.

«Noch eine Frage, Sir», sagte er. «Wo waren Sie heute nacht?»

«Etwa zwei Kilometer von hier. Ich hörte eine heftige Schießerei und verbarg mich im Walde. Sie hatten einen Zusammenstoß mit den Banditen, Sir?»

Ciszewski blickte ihn forschend an und nickte. Der Engländer sah sich die Leichen der Bandera-Leute an.

Als das Bataillon in Richtung Kalnica weitermarschierte, zeigte sich, daß Robinson gut zu Fuß war. Mit langem, gleichmäßigem Schritt ging er neben Jerzy her. Von Zeit zu Zeit warf er sein Köfferchen von einer Hand in die andere. Fragen stellte er nicht.

In der Nähe von Berehy Górne begegnete Ciszewskis Bataillon der Kraftfahrzeugkolonne, die zur Hauptbasis des Regiments in Baligród fuhr, Lebensmittel holen. Leutnant Daszewski lächelte Jerzy fröhlich zu. Zwischen ihm und dem Fahrer saß Ela in der Fahrerkabine. Der Hauptmann erwiderte das Lächeln seines Unterstellten mit saurer Miene. Seit dem Bruch mit Barbara ging ihm alles, was irgendwie nach «Glück» aussah, auf die Nerven.

Im nächsten Kraftfahrzeug saß Irena Grodzicka. Beim Anblick Ciszewskis wandte sie brüsk den Kopf ab und begann sich mit dem breitschultrigen Piloten zu unterhalten, der erst jetzt zu seiner Einheit zurückkehrte. Auf der Ladefläche des Wagens stand der ausmontierte Flugzeugmotor. Er hat ein paar Wochen Ferien in Ustrzyki gemacht und dazu noch mit diesem eroberungssüchtigen Frauenzimmer poussiert, dachte Jerzy ärgerlich. Für diesen Landaufenthalt würde ich ihm ein paar Tage Hausarrest verpassen.

Die Soldaten der Eskorte hatten leichte MGs auf den Dächern der Fahrerkabinen aufgestellt. Sie schauten gelangweilt drein. Der Weg war weit und zeitraubend. Oberleutnant Osiecki hantierte an einem der Motoren.

«Diese Autos sind eine Strafe des Himmels!» rief er Ciszewski zu.

Robinson warf einen Blick auf die alten «SIS» und «Studebaker» und wunderte sich, wie sie solche Straßen bezwangen. Er vermutete, daß Hryn diese Kolonne hatte angreifen sollen.

Der Kommandeur der Hundertschaft beabsichtigte, die ihm von Ren gestellte Aufgabe unbedingt zu erfüllen. Der Kurinnij liebte es nicht, wenn man seine

Befehle mißachtete. Die in der Nähe von Dołżyca verstreuten Schützen sammelten sich an den Hängen des Łopienik. Eine dahingehende Weisung hatten sie noch vor der Aktion erhalten. Die Bandera-Leute setzten stets Sammelpunkte fest, ehe sie ins Feld rückten, diese begründete Vorsichtsmaßnahme entsprang einer langen Erfahrung.

Hryn zählte die Verluste. Er hatte acht Tote und drei Leichtverwundete, die er unter der Eskorte eines der Slowaken in das Lager im Chryszczata-Wald bringen ließ. Die Schützen waren ermüdet von der Flucht, und außerdem hatte sie der Hinterhalt aus dem Gleichgewicht gebracht, sonst aber hatte ihre Kampfkraft keinerlei Schaden erlitten. Der Erfolg wird der Hundertschaft nach der nächtlichen Dusche gut tun, meinte Hryn und führte seine Abteilung über die Westhänge der Durna und des Berdo in Richtung Bystre.

«Wenn die Kolonne noch nicht vorübergekommen ist, werden wir sie hier überraschen können», erklärte er den Zugführern.

Die Bandera-Leute bezogen am Abhang des Berdo Stellung, jenseits des Gebirgsbachs Jabłonka. Von dort aus beherrschten sie die Chaussee Cisna–Baligród, die sie über eine beträchtliche Strecke einsehen konnten. Der Hang fiel schroff zum Bach ab.

Uklejas Zug befand sich auf dem linken, Stjenkas auf dem rechten Flügel. In der Mitte bezog Resun mit seinen Leuten Posten. Hryn ging die Stellungen ab, gab einige Befehle und blieb neben Ukleja auf dem Beobachtungspunkt stehen. «Weißt du nicht, was mit dem Engländer geworden ist?» fragte er den Zugführer.

«Weiß der Teufel!» sagte Ukleja ungehalten. «Er verschwand, gleich als die Schießerei begann. Der geht nicht verloren, der alte Fuchs!»

Der Tag war schwül. Die zwischen den dicken Ästen der Fichten hindurchsickernden Sonnenstrahlen sengten auf den Rücken. Die Mehrzahl der Leute war eingeschlafen. Hryn ließ sie nicht wecken. Zum Alarm schlagen war immer noch Zeit. Mochten sie sich nach der verfluchten Nacht ausruhen. Stunden vergingen. Während des ganzen Tages kamen nur zwei Bauernfuhrwerke die leere Chaussee entlanggefahren. Der Kommandeur der Hundertschaft wurde unruhig. Kamen die Autos womöglich nicht? Hatten sie diese Stelle vielleicht vor Tagesanbruch passiert, ehe er hier eingetroffen war? In dem Fall konnte man die Kolonne zwar auf ihrer Rückfahrt angreifen, aber dann würde man lange warten müssen – einen Tag oder zwei –, und er hatte doch so schnell wie möglich mit dem Bunkerbau im Lager beginnen wollen. Seine Unruhe wuchs, er wurde zornig, schimpfte mit Resun, weil dieser das MG schlecht postiert, mit Stjenka, weil er zuwenig Munition mitgenommen habe. Es verschaffte ihm keine Erleichterung. Schließlich unterließ er es, auf die Chaussee zu starren. Resigniert kaute er auf einem Grashalm. Er schloß die Augen, und Ukleja schien es, als schlummere sein Kommandeur, obwohl es eigentlich unmöglich war, daß der an Schlaflosigkeit leidende Hryn dieses Kunststück vollbringen sollte.

Die Kolonne hatte sich tatsächlich verspätet. Ein ernsterer Schaden an einem der Fahrzeuge hatte sie mehrere Stunden in Cisna aufgehalten. Sie verließ diese Ortschaft erst vor Sonnenuntergang.

Die Entfernung Cisna–Bystre beträgt ein gutes Dutzend Kilometer. Hinter der Serpentine bei Jabłonki wird die Chaussee besser. Die acht klapprigen Lastwagen konnten hier schneller fahren. Sie fuhren in Abständen von über hundert Metern. Oberleutnant Osiecki hatte die Fahrer streng angewiesen, diese Zwischenräume einzuhalten. «Für den Fall, daß uns die Banditen auflauern sollten», sagte er, «verfügen wir über eine ausreichend breite Front.»

Die Ausdehnung der Kolonne betrug dank dieser Anordnung mehr als einen Kilometer und war bedeutend größer als der von Hryns Hundertschaft besetzte Abschnitt.

Dem Hundertschaftsführer, der die näher kommenden Kraftfahrzeuge beobachtete, fiel diese Besonderheit sofort auf. Er begriff, daß es unmöglich sei, alle Wagen gleichzeitig zu beschießen. Es war jedoch zu spät, irgend etwas zu verändern.

Hryn gab Ukleja ein Handzeichen. Der MG-Schütze Heinz mit dem Decknamen Falke eröffnete das Feuer. Zu früh! Nicht einmal das erste Kraftfahrzeug befand sich auf gleicher Höhe mit den im Versteck lauernden Schützen. Wütend versetzte der Kommandeur der Hundertschaft Heinz einen Tritt in die Seite. «Was machst du, Hundesohn? Was machst du?»

Seine Leute schossen jedoch schon. Die leichten MGs Resuns und Stjenkas feuerten in Richtung der Kraftfahrzeuge. Die blieben stehen. Die Türen der Fahrerkabinen wurden geöffnet, und die Soldaten sprangen von den Wagen. Hryn konnte sich noch einmal überzeugen, daß ein offener Kampf mit regulären Truppen nicht leicht war.

Die Soldaten warfen sich in die Straßengräben, stellten mit geübtem Griff die leichten MGs auf und eröffneten das Feuer. Auf der Chaussee befanden sich nur die Fahrzeuge. Hryn hatte drei von ihnen im Blickfeld. Wie viele es insgesamt waren, wußte er nicht. Er war beunruhigt. Überhaupt entwickelte sich der Kampf für die Hundertschaft ungünstig. Die Gegner beharkten einander mit Handfeuerwaffen und MGs, aber was sprang bei dieser Schießerei heraus? Es galt doch, die Kolonne anzugreifen und zu vernichten. Der Hundertschaftsführer kaute nervös an den Fingernägeln. Sollte er mit der Hundertschaft zum Sturm antreten oder nicht? Wie viele Fahrzeuge waren es? Über welche Stärke verfügte der Feind? Alles war unklar. Nach der Niederlage vom Vortag wollte Hryn nicht gern weitere Verluste erleiden. Er war sich klar darüber, daß der Gegner bis an die Zähne bewaffnet war und daß er nach der ersten Überraschung schwerlich zu bezwingen wäre. Und so stand der Hundertschaftsführer hinter dem dicken Stamm einer Fichte, ohne einen Befehl zu geben. Die beiderseitige Knallerei dauerte an. Seine Schützen vergeudeten kostbare Munition, die neuerdings immer schwieriger zu beschaffen war.

Auf seiten der Angegriffenen herrschte alles andere als Panik. Oberleutnant Osiecki, der im ersten Fahrzeug gefahren war, lag im Straßengraben und lenkte ruhig das Feuer der beiden leichten MGs. Das eine bediente jetzt der zwangsläufig zum Infanteristen gewordene Pilot. Es war sein eigenes, aus dem Flugzeug ausmontiertes MG. Irena Grodzicka, die dicht neben ihm hockte, beobachtete den jungen Leutnant mit blitzenden Augen. Osiecki stellte verwundert fest, daß die Frau des Regimentskommandeurs nicht nur Ruhe bewahrte, sondern durch die Situation geradezu angeregt war. Die Vorgänge entzückten sie. Der «Erste Liebhaber des Regiments» merkte sich unwillkürlich Einzelheiten für eine seiner Erzählungen über ungewöhnliche Frauen. Irena zählte mit Sicherheit zu ihnen.

Die Soldaten hatten im Straßengraben Stellung bezogen. Die Maschinenpistolen und Gewehre auf den Grabenrand gestützt, wechselten sie systematisch die Magazine aus und beschossen den Wald, in dem sich die Banditen verborgen hatten. Am verbissensten knallten die Fahrer, die beweisen wollten, daß sie nicht schlechter seien als die übrigen Soldaten. Dazu hatten sie bisher nicht allzuoft Gelegenheit gehabt. Sie waren der Meinung, niemand wisse ihre Verdienste gehörig zu würdigen. Was plagten sie sich mit den ständig schlechter werdenden Kraftfahrzeugen ab! Nicht genug damit. Es verging kein Tag, an dem sie nicht für die verschiedenen Schäden und Verspätungen gerügt worden wären. Anstatt ausgezeichnet zu werden, erhielten sie in einem fort Vorwürfe. Und so legten sie ihre ganze Verbitterung in diese Schießerei.

Fünf Kraftfahrzeuge befanden sich außerhalb des Feuerbereichs. Ungefähr sechzig Soldaten der Bewachung, nicht gerechnet die Fahrer und Ela, lagen im Graben bereit. Leutnant Daszewski überlegte mit grimmigem Gesicht, wie diese Kräfte zu nutzen seien. In dem Bewußtsein, von Ela beobachtet zu werden, warf er sich in die Brust und gab sich als großer Heerführer. Die Soldaten stießen einander verstohlen mit den Ellenbogen an. Daszewski ließ einige Minuten verstreichen und faßte einen Entschluß. «Unteroffizier Matysek», befahl er streng, «Sie bleiben hier mit zwanzig Mann in Reserve. Falls die Banditen angreifen sollten – und das können sie nur, wenn sie diese Wiese überqueren –, nehmen Sie sie von der Flanke her unter Feuer. Ich werde mit den übrigen Leuten den linken Flügel abtasten. Verstanden?»

Matysek wiederholte unwillig den Befehl. Was denkt sich dieser Daszewski? Bin ich ein Rekrut oder was? Wir haben ja wohl schon ganz andere

Sachen gemacht ... Er gibt hier vor seinem Frauenzimmer an. Kaum ist ein weibliches Wesen hier, und schon wird dumm dahergeredet, dachte er, aber er nahm die Wiese, die sich zwischen ihnen und den Angreifern erstreckte, in Augenschein, wies den MG-Schützen ihre Stellungen an und placierte sich selber so, daß er den Feind beobachten und gleichzeitig seinen Unterstellten Befehle erteilen konnte.

«Passen Sie auf sie auf», flüsterte ihm Daszewski beim Weggehen zu. Matysek seufzte nur, der Leutnant dagegen warf dem Mädchen einen liebevollen Blick zu und brach auf.

Leutnant Daszewski führte seine kleine Abteilung in einem großen Bogen um die Banditen herum. Er überquerte den Gebirgsbach Jablonka hinter dem Buckel einer kleinen Erhebung und verbarg sich mit seinen Leuten zwischen den Bäumen des Waldes, den Hryn besetzthielt. Die Banditen wurden in der Flanke gepackt.

Der Kommandeur der Hundertschaft war inzwischen immer unruhiger geworden. Er wollte wenigstens mit einem Teil seiner Kräfte sein Glück versuchen.

«Ukleja», wandte er sich an den Untergebenen, «du springst mit deinem Zug auf und führst einen Scheinangriff. Rücke nur nicht zuweit vor. Wir werden sehen, was sie machen ...»

Mit Geheul, Lärm und sonderbaren Klagelauten gingen die fünfzig Schützen Uklejas vor. Das Feuer des Gegners verstärkte sich. Hryn beobachtete aufmerksam, daß die Schüsse ebenfalls von der linken Seite kamen. Sein Gesicht hellte sich für einen Moment auf. Er glaubte endlich zu wissen, wo der restliche Teil der Eskorte Stellung bezogen hatte. Nun konnte er beruhigt sein. Der Gegner hatte keinerlei Stellungswechsel vorgenommen. Er war ganz einfach in zwei Gruppen liegengeblieben. Die eine bestand aus den Soldaten, die auf den drei ersten Wagen gesessen hatten, die zweite aus der Besatzung der übrigen Kraftfahrzeuge. Wie viele es waren – das wußte Hryn nicht. Halahan hatte ihn wissen lassen, daß die Kolonnen für gewöhnlich fünf bis sechs Lastwagen zählten. Auf diese Information stützte sich der Kommandeur der Hundertschaft ebenfalls.

Er war entschlossen, alles auf eine Karte zu setzen. Er befahl der Ordonnanz, eine rote Leuchtkugel abzuschießen. Auf dieses Zeichen trat die gesamte Hundertschaft zum Sturm an.

Die Schützen hatten jedoch kaum einige Meter zurückgelegt, als heftiges Feuer von hinten sie zwang, Deckung zu suchen. Hryn sah, daß zwei seiner Untergebenen wie aus dem Wasser gezogene Fische zappelten. Dicht hinter ihm winselte jemand kläglich. Stjenkas Zug stob in panischer Angst auseinander und floh, am Bach entlanglaufend, durch ein wahres Feuerspalier zum Wald. Etliche Bandera-Leute fielen und standen nicht mehr auf. Die Gefechtsordnung der Hundertschaft brach zusammen. Resuns Zug folgte Stjenkas Schützen auf dem Fuße. Uklejas Leute konnten sich längere Zeit überhaupt nicht erheben. Ihnen galt das heftigste Feuer. Als sie endlich einsahen, daß das Verbleiben an Ort und Stelle den sicheren Untergang bedeutete, machten sie sich einzeln aus dem Staube. Die Soldaten schossen auf sie wie nach Zielscheiben.

Nach rechts und links Hiebe und Fußtritte austeilend, gelang es Hryn, eine Gruppe Flüchtender aufzuhalten, das Feuer zu organisieren und den Rückzug seiner restlichen Leute zu decken. Ihm allein war bewußt, daß es nicht sehr viele Angreifer sein konnten. Das gegnerische Feuer war im Grunde genommen schwach, da es aber von hinten über die Bandera-Leute gekommen war, erfüllte es seinen Zweck. Es rief Panik in der Hundertschaft hervor. Eine Panik, deren er nicht Herr wurde.

Aufgereizt durch den Erfolg, feuerten Leutnant Daszewskis Soldaten unterdessen, was das Zeug hielt, hinter den Bäumen hervor auf die Banditen. Auch Leutnant Osieckis Leute stellten das Feuer nicht ein. Irena hatte sich von einem der Soldaten eine Maschinenpistole erbeten und mähte vor sich hin, die Mehrzahl der Geschosse in den Wiesenboden jagend, so daß die herausgerissenen Grasbüschel und Erdklumpen hoch aufspritzten. Niemand durfte mit dem Leben davonkommen. In den Bieszczady herrschte das unbarmherzige Gesetz des Bürgerkrieges.

Außerhalb des Feuerbereichs übersprangen die Bandera-Leute einzeln die Chaussee. Als letzter ging Hryn mit der Gruppe hinüber, die er um sich gesammelt hatte. Zum zweitenmal innerhalb von vierundzwanzig Stunden zersprengt, entwich die Hundertschaft über Kolonice in den Chryszczata-Wald. Niemand verfolgte sie. Dazu waren die Kräfte der Kolonne zu schwach.

Noch am Abend desselben Tages mußte Hundertschaftsführer Hryn dem Kommandeur des Kurins Meldung erstatten. Er wälzte die Schuld auf Halahan ab, der ihm falsche Informationen über die Kraftfahrzeugkolonne des Regiments geliefert hatte. Ren, der sich nicht einmal in Curtis' Gegenwart beherrschen konnte, degradierte den unglücklichen Führer der Gendarmerie, schlug ihn ins Gesicht und ließ ihm mit dem Ladestock zehn Hiebe auf die Fersen verabfolgen und ihn dann zum «Trocknen» mit dem Kopf nach unten aufhängen.

Bis tief in die Nacht beriet sich der Kommandeur des Kurins mit Bezirksprowidnik Ihor. Beide kamen zu dem Schluß, daß man es unbedingt vermeiden mußte, geschlossene Truppenformationen anzugreifen, und verfaßten einen diesbezüglichen Bericht an den Kommandeur der Gruppe San, Orest.

John Curtis, der Maria umarmte, hörte ebenso wie die anderen Bewohner von Mików Halahans Stöhnen. Erst spät in der Nacht trat Ruhe ein, als Stabsarzt Kemperer dem bereits bewußtlosen Führer der Gendarmerie den Strick abnehmen ließ und ihm die zerschundenen Fersen verband. Den Kopf an Marias Schulter gelehnt, konnte John Curtis einschlafen. Sein letzter Gedanke gehörte Maud und den Ferien in Cortina d'Ampezzo. Denn so sind die Männer: Während sie der Frau, die sie lieben, die Treue brechen, sind sie gleichzeitig imstande, an sie zu denken. Die Frauen sind übrigens genauso.

Hundertschaftsführer Bir hatte mehr Glück als sein Kamerad Hryn. Ihm hatte Ren nicht befohlen, Militär anzugreifen. Der Exkleriker unternahm eine Strafexpedition zu einem der Dörfer, deren Bewohner auf den Wiesen von Umsiedlern und dem Grundbesitz der ehemaligen Besitzerin dieser Gegend – der Gräfin Skarbek – Gras gemäht hatten.

Im Laufe einiger Stunden hörte das Dorf auf zu bestehen.

Die Bewohner männlichen Geschlechts wurden in einen Schuppen gesperrt, die weiblichen Personen in einen zweiten. Jene erschoß man, indem man mit Maschinengewehren durch die Wände feuerte. Man schoß so lange, bis nur noch schwache Klagerufe aus dem Innern drangen. Dann häuften die Schützen eine Menge Stroh auf und steckten den Schuppen in Brand.

Unter den Frauen ließ der Hundertschaftsführer auswählen. Den jüngeren und hübscheren befahl man, den Schuppen zu verlassen, die älteren und häßlicheren sowie die Kinder wurden abermals eingesperrt und erschossen wie vorher die Männer. Die jungen Frauen und Mädchen trieb man halbtot vor Entsetzen in einige Häuser, und es fand eine «Viertelstunde Sexualhygiene» statt, wie Stabsarzt Kemperer es nannte.

Eine Schießerei mit Maschinenpistolen auf die Opfer jener «Viertelstunde» machte der ganzen Lustbarkeit ein Ende.

Die Bandera-Leute durchsuchten zum Schluß der Operation peinlich genau alle Stuben in den Hütten, die Dachböden und Keller. Unter allgemeiner Heiterkeit wurde eine Greisin mit Bajonetten erstochen, die sich mit einem Kind in einem Strohschober versteckt hatte. Das Kind wurde in hohem Bogen in das Feuer des niederbrennenden Schuppens geworfen.

In allen Bieszczady-Dörfern und in den Wäldern, in denen die Hundertschaften ihre Lager besaßen, wurden im Laufe der nächsten Wochen des Sommers 1946 Bunker gebaut. Tag und Nacht wurde unter der strengen Aufsicht des von Prowidnik Dalnycz geleiteten Sicherheitsdienstes gearbeitet. Unter jeder zweiten Hütte entstand eine weitere – unterirdische. Jedes Dorf baute noch ein zweites – unterirdisches. In den Wäldern wurden ein-, zwei- und mehrstöckige Bunker konzentriert. Man baute Wohn-, Lazarett- und Verpflegungsbunker, unterirdische Haupt- und Reservelager.

Unter den Bieszczady erstreckte sich ein Netz von Maulwurfsbauen.

XII

Die Sommertage sammelten sich an wie bunte Postkarten in einer Schublade mit Andenken. Landschaftsbilder voller Sonne und Farben. Nach langer Zeit zieht man sie wieder hervor und trägt sie zu einem Mosaik der Erinnerungen zusammen.

Das Regiment hatte in Ustrzyki Górne Quartier bezogen. Außer dem Namen auf der Landkarte war der Ort zu jener Zeit nur mehr eine Ansammlung von strohgedeckten Katen. Ein Beweis, daß hier einstmals Menschen gewohnt hatten. Sie waren noch im Herbst von hier fortgezogen und dadurch vielen Unannehmlichkeiten entgangen, die anderen Dörfern nicht erspart geblieben waren. In der Hütte des Dorfschulzen, die einen Rauchfang und geweißte Wände besaß, fand die Regimentsführung Unterkunft. Die verheirateten Offiziere quartierten sich in den etwas besseren Häusern ein, die Junggesellen – in den kleinen, armseligen Bauernkaten ohne Rauchabzug. All dies war einzig und allein deshalb unversehrt geblieben, weil im Winter, als hier noch keine Truppen lagen, häufig Birs Hundertschaft in den Häusern von Ustrzyki Górne wohnte.

An der Wołosatka entlang standen die Laubhütten der Soldaten. Hier gab es frische Luft, fließendes Wasser aus dem Gebirgsbach, Sonnenlicht bei Tag und Mondlicht bei Nacht. Komfort war Nebensache. Das Regiment war fast immer unterwegs.

Nach dem Bruch mit Barbara tröstete sich Hauptmann Ciszewski während seiner Freizeit mit dem Malen und einer Liebelei mit Irena Grodzicka. Zum Malen setzte er sich vor seine Hütte, stellte die improvisierte Staffelei auf und bedeckte die glattpolierten Bretter mit Farben, hergestellt aus Ruß, Mehl, Eigelb, Zahnputzpulver und ähnlichen Bestandteilen. Er wußte selbst nicht, woher ihm plötzlich eine so übermächtige Lust zum Malen gekommen war.

Nicht einmal einen Pinsel besaß er. Er trug die Farben mit Hilfe kleiner Stöckchen auf die Bretter. Seine Arbeit nahm ihn völlig in Anspruch, und er war froh, daß sie ihm Entspannung brachte.

In den Stunden, da er malte, pflegte Irena Grodzicka bei ihm zu sitzen, die Knie angezogen und sich wie eine Katze in der Sonne wärmend. Im Stützpunkt Ustrzyki trug sie meistens eine dunkelblaue lange Sommerhose und ein weißes Blüschen, das so durchsichtig war, daß jeder ihre rosa Wäsche sehen konnte. Die Romanze zwischen ihnen begann an dem Tage, an dem die junge Frau den Piloten mit den schmalen Hüften und den breiten Schultern zum Sanoker Bahnhof geleitet hatte und voll ungestillter Sehnsüchte nach Ustrzyki Górne zurückgekehrt war. Sie nahm sich sogleich den schwerfälligen Hauptmann vor. In das Kreuzfeuer ihrer Blicke, ihres Lächelns, ihrer unverhofften Besuche, ihrer kleinen Gefälligkeiten, ihrer Anteilnahme und Zärtlichkeit genommen, kapitulierte Ciszewski. Einer der Bataillonskommandeure versah jeweils den Wachdienst in Ustrzyki, während die beiden anderen, gewöhnlich unter der persönlichen Führung des Regimentskommandeurs, Major Grodzicki, eine Aktion durchführten. Bei solchen Gelegenheiten vertrat Jerzy seinen Kommandeur – tags als Soldat, nachts als Ehemann. Er empfand dabei keinerlei Gewissensbisse, denn die leichten Skrupel, die ihm anfangs gekommen waren, hatte Irena mit wundervoller Leichtigkeit zum Schweigen gebracht. Mit der Frau eines Kameraden zu schlafen, meinte sie, sei eine Unredlichkeit, mit der Frau eines Vorgesetzten aber – eine Verpflichtung.

«Ich verstehe den Inhalt deiner Bilder nicht, Jerzy», sagte Irena schmollend. «Weshalb schaust du die Berge an, wenn du ständig etwas anderes, irgendeinen Wirrwarr von Formen und Farben malst, den noch keiner im wirklichen Leben gesehen hat? Diese Bilder sind so sonderbar wie du selber …»

Er warf einen flüchtigen Blick auf ihr rundes Gesicht, ihre Grübchen in den Wangen, die runden blauen, von langen Wimpern beschatteten Kinderaugen, die ungezwungen ruhenden Arme. Die Verkörperung der Anmut und Unschuld. «Wir alle sind sonderbar, Irena», sagte er. «Du bildest darin keine Ausnahme. Denkst du, du bist so ohne weiteres zu verstehen?»

Die Frauen haben es gern, wenn die Rede auf sie kommt, besonders wenn man sie mit dem Schleier des Geheimnisvollen umgibt. Irena bildete keine Ausnahme. Sie stützte sich auf die Ellenbogen und verlangte von Jerzy mit gekonntem Augenaufschlag, er möge ihr erklären, was er an ihr nicht verstehe. Sie sei doch so einfach und unkompliziert.

«Ich behaupte ja nicht, daß du kompliziert bist», versicherte Hauptmann Ciszewski zur Enttäuschung der jungen Frau. «Sag mir nur, warum du eigentlich deinen Mann betrügst.»

«Du bist ein hoffnungsloser Trottel …» Irena gähnte und legte sich wieder ins Gras. «Wenn es hier bloß jemand Interessanteren als dich gäbe», sagte sie seufzend. «Ihr seid alle gleich langweilig.»

«Dein Mann scheint mir ein idealer Mensch zu sein», fuhr Jerzy indessen fort, aufmerksam Mehl, Ruß und Eigelb mischend, «er ist ernst, sieht gut aus, ist angenehm im Umgang, besitzt viele Kenntnisse, man kann sich gut mit ihm unterhalten, er hat keine Schrullen, und ich erinnere mich nicht, daß er sich jemals für eine fremde Frau interessiert hätte. Er besitzt die Mehrzahl der Eigenschaften, mit denen ich nicht aufwarten kann. Unbegreiflich, weshalb du einen solchen Menschen betrügst. Und du behauptest, meine Bilder seien unverständlich!»

Irena gähnte wieder. Ohne ihre Lage zu verändern und ohne die Augen zu öffnen, entgegnete sie betont lässig: «Euch Männern ist eins gemeinsam: Ihr liebt es, euch an Worten zu berauschen. Ihr haltet lange Reden, an deren Wirksamkeit nur ihr allein glaubt. Deshalb setze ich meinem Mann von Zeit zu Zeit Hörner auf. O nein!» Sie hob die Stimme. «Denke nicht, daß ich von einem anderen Mann irgendwelche Sensationen erwarte. Ich lege einfach eine neue Platte auf. In der ersten Zeit liefert jeder Liebhaber Musik, aber dann beginnt er zu reden. Die Texte sind etwas verschieden. Eine Zeitlang lebt man in diesem Wechsel: Musik, Reden, Musik und wieder Reden ... Dann bleiben nur noch die Reden, und man muß sich einen neuen Liebhaber suchen. Mein Mann will mich ständig belehren. Wenn du wüßtest, wie langweilig das ist!»

Jerzy schwieg. Er hätte Irenas Weltanschauung haben mögen, vorausgesetzt, daß das, was sie sagte, wirklich der Wahrheit entsprach, daß sie nicht Theater spielte. Er jedenfalls sehnte sich noch immer nach Barbara, dachte viel an Ewa, schlief aber mit Irena.

Er blickte auf die Uhr und wischte sich die Hände ab.

«In ein paar Minuten muß er da sein, Irena», sagte er.

Sie stand sofort auf. Die Ankunft des Flugzeugs mit Post und Zeitungen war für Ustrzyki Górne die Sensation des Tages. Der Pilot warf den Sack über einer eigens dafür vorgesehenen Wiese ab und nahm mit einem von der Maschine heruntergelassenen Anker die abgehende Korrespondenz mit, die zwischen zwei hohen Stangen aufgehängt war. Wer konnte, schaute dem Manöver des Flugzeugs zu. Die Piloten wechselten sich ab. Manchmal kam Irenas Verehrer. Dann flatterte an der Maschine ein farbiges Tuch. Der Leutnant gab zu erkennen, daß er an sie dachte.

An diesem Tage flatterte es nicht. Irena war verstimmt. Ciszewski legte die Staffelei zusammen und begab sich zu der Hütte, in der die Osieckis wohnten. Sie hatten ihn zum Mittagessen eingeladen. Es war üblich, daß sich die Familien ein wenig der Junggesellen annahmen.

Das ist das Familienleben! dachte Jerzy. Osieckis kleiner Sohn kletterte ihm auf den Schoß und versuchte, ihn an den Haaren zu zausen. Das kleine Mädchen beobachtete dieses Spiel mit Eifersucht. Die Hütte war erfüllt von Kinderlachen. Osiecki entwickelte seine Zukunftspläne. Wenn die Kämpfe gegen die Banden beendet waren, wollte er einen Garagenhof mit Autowerkstatt eröffnen. Selbstverständlich würde er aus dem Militär ausscheiden. Er hatte das Dienen satt, obwohl er vor dem Krieg in einer Kadettenanstalt erzogen worden war, wo man Unteroffizierskader ausbildete. «Ich liebe das Militär, aber wenn man eine Familie hat, ist man verpflichtet, an sie zu denken. Im Zivilleben kann man besser verdienen», sagte Osiecki.

Jerzy dagegen konnte sich nicht genug darüber wundern, wie sehr sich der hübsche blonde Mann mit dem englischen Bärtchen in Gegenwart seiner Frau veränderte. Wann war nun dieser Osiecki er selbst? In der Haut des «Ersten Liebhabers des Regiments» oder in der Rolle des Familienvaters? Ciszewski dachte darüber nach, wie verschiedenartig die menschliche Natur ist.

Osieckis Frau tadelte sanft die Kinder. Sie fragte Ciszewski, ob es ihm geschmeckt habe, und machte ihm den Vorschlag, die Uniformbluse abzulegen und sich «ganz wie zu Hause» zu fühlen. Jerzy spürte in seinen Fäusten die Händchen der Kinder, die miteinander zu versöhnen ihm am Ende gelungen war. Das Glück liegt in der Ruhe, in der bedingungslosen Ruhe und im Nichtstun, dachte er, von nachmittäglicher Schläfrigkeit befallen. Plötzlich schreckte er auf.

«Barbara! Barbara!» rief draußen jemand.

Jerzy sprang von seinem Platz auf.

«Was ist los?» fragte Osiecki beunruhigt.

Ciszewski sank auf den Stuhl. Eine dumme Täuschung! Es war nur Frau Pawlikiewiczowa, die ihr achtjähriges Töchterchen rief.

«Sei nicht böse, alter Junge, die Nerven sind wohl ein bißchen angegriffen», erklärte er dem Kameraden. Er nahm sich fest vor, Barbara so schnell wie möglich zu vergessen.

Im Regimentsstab verhörte Hauptmann Wiśniowiecki einen vor etlichen Tagen gefangengenommenen Bandera-Mann, einen Deutschen aus der Hundertschaft Stachs. «Reinecke», sagte er den Namen gebrauchend, den der Gefangene angegeben hatte, «du hast zwei Wege vor dir. Der eine führt in ein Kriegsgefangenenlager, von wo du wie deine anderen Kameraden bald nach Hause fahren wirst, der andere dagegen ist kürzer. Ein Feuerstoß aus einer Maschinenpistole in deinen zerzausten und verlausten Kopf … In deinem eigenen Interesse sage die Wahrheit. Sie verschafft dir die Fahrkarte für den ersten Weg.»

Der Gefangene nickte bereitwillig. Er saß auf einem Hocker in einem schräg durchs Fenster einfallenden Sonnenstrahl. Seine Uniform war zerfetzt; die Knie guckten durch die Löcher in den Hosen, nervös bewegte er die Zehen seiner nackten, sehr schmutzigen Füße. Seine blauangelaufenen Wangen überzog ein dichter struppiger Bart.

«Wo befindet sich jetzt das Lager von Stachs Hundertschaft?» fragte der Hauptmann.

«Die Hundertschaft ist wegen der Weideplätze in die Umgebung der Berge Wysoki Groń, Matragona und Hyrlata gezogen, aber die Bunker für den ständigen Aufenthalt werden von Markos Zug irgendwo anders gebaut.»

«Reinecke!» rief Wiśniowiecki warnend aus.

«Ich schwöre, Herr Hauptmann, daß ich nicht weiß, wo das ist. Niemand von uns weiß es. Der Zug wurde schon vor einem Monat weggeschickt … Sie können sich leicht davon überzeugen, daß ich die Wahrheit sage. Ihre Soldaten finden bestimmt die ganze Hundertschaft auf den von mir genannten Weideplätzen.»

Wiśniowiecki stand auf und ging nach alter Gewohnheit ein paarmal in der Stube auf und ab. Dann sagte er: «Ich werde mich schon eher davon überzeugen, ob du die Wahrheit sagst ...»

Er rief einen Soldaten und befahl ihm, Hauptmann Matula zu holen.

Der Offizier der militärischen Abwehr ließ nicht lange auf sich warten. Er trat auf den Gefangenen zu. In der ausgestreckten Hand hielt er eine Fotografie. «Kennst du diesen Herrn, Reinecke?»

Der Deutsche warf nur einen flüchtigen Blick auf die Aufnahme. Er versuchte zu lächeln. «Selbstverständlich, Herr Hauptmann», sagte er diesmal zu Matula, «das ist der Engländer, der bei uns in Mików war. Ich stand Posten in der Nähe seines Hauses. Ich sah ihre Gesichter deutlich.»

«Was heißt ‹ihre›?»

«Es waren zwei Engländer, Herr Hauptmann. Der zweite war jünger, er hatte so helles Haar.»

«Woher weißt du, daß es Engländer waren?»

«Alle in der Hundertschaft sagten es.»

«Wie heißen die beiden Engländer?»

Das wußte Reinecke nicht. Auch wann die Engländer nach Mików gekommen waren und worüber sie gesprochen hatten, konnte er nicht sagen. Er erzählte lediglich, daß sie sich mit dem Kommandeur des Kurins, Ren, und Bezirksprowidnik Ihor getroffen hätten. Dennoch war Hauptmann Matula zufrieden. Er hatte richtig gehandelt, als er dem Engländer im Juli während seines Besuchs nur zwei Tage Aufenthalt in Ustrzyki Górne gestattet hatte. Dann wurde dem Journalisten mitgeteilt, daß mit Rücksicht auf die Sicherheit seiner Person die polnischen Behörden ihm überaus dankbar wären, wenn er seinen Aufenthaltsort wechselte. Der Engländer erklärte, ohne mit der Wimper zu zucken, daß er keinen gesteigerten Wert auf einen weiteren Aufenthalt in Ustrzyki Górne lege, wo er sich wegen des Fehlens eines Restaurants aus der Feldküche verpflegte. Er wollte sofort aufbrechen und zu Fuß nach Sanok zurückkehren. Hauptmann Matula stellte fest, dies verbiete dem Regimentskommandeur die seit altersher geübte polnische Gastfreundschaft. Robinson wurde mit dem Lastwagen einer der Transportkolonnen des Regiments weggebracht.

«Wenn dieser Engländer noch einmal bei uns auftaucht», sagte Matula im Flüsterton zu Wiśniowiecki, damit der Gefangene es nicht höre, «fragen wir ihn, was er in Gesellschaft der Banditen in Mików gesucht hat.»

«Der Engländer ist weg, aber Mików ist da. Wenn der Regimentskommandeur einverstanden wäre, könnte man mal einen Vorstoß dorthin unternehmen. Es wäre interessant, zumal wir noch nie in diesem Nest waren», erwi-

derte der Aufklärungsoffizier und wandte sich an den Gefangenen:
«Reinecke, könntest du uns zu den Almen führen, auf denen sich Stach mit
der Hundertschaft aufhält?»

«Jawohl, Herr Hauptmann!» antwortete der Deutsche bereitwillig.

Major Grodzicki und Major Pawlikiewicz saßen in einer anderen Stube auf
der gegenüberliegenden Seite des Hausflurs. Sie beugten sich über die Karte.
Wiśniowiecki trat ein, den Kopf einziehend, um sich nicht am Türrahmen zu
stoßen.

«Wysoki Groń ..., Hyrlata ...», sagte Major Grodzicki nachdenklich, mit
dem Finger über die Karte fahrend. «Das ist entschieden zuweit für uns. Das
liegt in der Gegend von Cisna. Wir übertragen diese Aktion der Einsatzgruppe der Grenztruppen und springen selber schnell mal nach Suche Rzeki
hinüber. Alles deutet darauf hin, daß Bir mit seiner Bande dort ist ...»

Der Regimentskommandeur erging sich nicht in Vermutungen. Neuerdings erhielt das Militär immer umfangreichere Mitteilungen über die Banden. Sie wurden von dem langsam, aber stetig arbeitenden Oberleutnant
Turski übermittelt, sie wurden von den Gefangenen überbracht, die man jetzt
häufiger machte als vorher, und von den Bauern, die diese Gebiete verlassen
hatten und nicht mehr die Rache der Banditen fürchteten. Die Karten – die
Aufklärungskarte Hauptmann Wiśniowieckis und die Operationskarte Major
Pawlikiewicz' – bedeckten sich von Tag zu Tag mit einer größer werdenden
Anzahl Kreise und Striche, aus denen diese beiden Offiziere zusammen mit
dem Regimentskommandeur Schlüsse zogen, die für die weiteren Kampfhandlungen von ausschlaggebender Bedeutung waren.

«Das trifft sich ausgezeichnet», sagte Grodzicki, «die Kavallerie der Grenztruppen befaßt sich mit Stach, wir knöpfen uns Bir vor. Dann interessieren
wir uns gemeinsam für Hryn, der sich nach der letzten Prügel bestimmt die
Wunden leckt.»

Major Grodzickis tiefliegende Augen waren immer voller Traurigkeit,
selbst wenn er lächelte. Doch sein strenges Gesicht hellte sich dann auf. Die
Falten verschwanden von der Stirn, die für gewöhnlich etwas verkniffenen
Lippen gaben in einem guten Lächeln die Zähne frei. Unter der täglich aufgesetzten strengen Maske verbarg Major Grodzicki eine wahrhaft kamerad-
schaftliche Güte. In den Kampf zog der jetzige Regimentskommandeur wie
ehemals Major Preminger zu Fuß, an der Seite der einfachen Soldaten. Nie
bestieg er ein Pferd, wenn das Regiment marschierte, auch den anderen Offizieren erlaubte er es nicht. Im Biwak schlief er unter dem Militärmantel,
ohne für sich besondere Vorrechte in Anspruch zu nehmen, obwohl er ein
Recht darauf gehabt hätte. Dies trug ihm Popularität unter den einfachen Soldaten ein. Anders verhielt es sich mit den Beziehungen zwischen Grodzicki
und den Offizieren. Der Regimentskommandeur ließ sich leicht aus der Fas-

sung bringen. Der geringste Fehler, die ungenaue oder von seinen Weisungen abweichende Ausführung eines Befehls trieb ihn fast zur Raserei. Er war dann imstande, einen Offizier in schärfster Form zurechtzuweisen. Die unmittelbare oder mittelbare Ursache für einen Disziplinverstoß war nach Grodzickis Meinung in fast jedem Fall in irgendeiner Nachlässigkeit des Offiziers zu suchen. Dadurch schuf er sich viele Feinde, obwohl er später meist seine Zornesausbrüche bereute. Wenn er jedoch irgendwo Böswilligkeit oder eine wirklich hartnäckige Geringschätzung der Dienstobliegenheiten bemerkte, ging er unerbittlich gegen den Missetäter vor, was nicht selten dazu führte, daß er ihn aus dem Regiment entfernte. Den einfachen Soldaten war Grodzicki überaus sympathisch. Die Offiziere empfanden eine Mischung aus Achtung, Furcht und Ironie. Man fürchtete ihn, weil er im Zorn nicht immer gerecht war.

Bei der Suche nach den Banditen bewies der Regimentskommandeur eine unverwüstliche Tatkraft. Gemeinsam mit den Soldaten war er ununterbrochen im Einsatz. Er durchmaß die Berge nach allen Richtungen. Ein Privatleben gab es für ihn in dieser Periode nicht. Er erhielt dafür von seinen Vorgesetzten einen höheren Rang und einen Orden, von seiner Frau aber – recht ansehnliche Hörner, die er, wie so viele andere Helden von einst und jetzt, völlig ahnungslos trug. Er hatte keine Zeit, über sein eigenes Leben nachzudenken.

Einsätze ... Einsätze ... Einsätze.

Der ungewöhnliche Krieg nahm immer neue Formen an.

Hauptmann Gorczyński überraschte den Zug Sorokas, der Birs Hundertschaft angehörte, auf dem Krywań. Soroka und seine Schützen rannten um ihr Leben. Gorczyński mit den Soldaten hinterher. Sowohl die einen als auch die anderen hielten von Zeit zu Zeit inne, um erfolglos aufeinander zu schießen. Der Hauptmann versuchte den Zug einzukreisen, aber die Entfernung zwischen dem Bataillon und den Flüchtenden war zu groß; die Soldaten holten sie nicht ein. Ihnen blieb nichts übrig als zu laufen, wobei sie die Banditen nicht aus den Augen ließen. Alles vergebens. Bei Radziejowa waren sie plötzlich verschwunden, als wenn sie der Erdboden verschluckt hätte.

Gorczyński schimpfte mächtig mit den Soldaten und fluchte über sich selber, schalt die Offiziere, verhängte einige Strafen, aber das änderte die Sachlage nicht. Soroka und sein armseliges Häuflein – es zählte nicht mehr als fünfzig Mann – war von der Bildfläche verschwunden. Buchstäblich verschwunden.

Der Bataillonskommandeur ließ in Radziejowa Nachtquartier beziehen. Der Dorfschulze machte tiefe Verbeugungen, die Dorfbewohner bewirteten die Soldaten mit Milch. Für die Offiziere bereiteten die Frauen Rührei aus hundertzwanzig Eiern. Man aß sie in gereizter Stimmung, denn Gorczyński hörte auch beim Abendessen nicht auf, sich über seine Unterstellten zu ärgern. «Habt ihr hier heute Banditen gesehen, Großvater?» fragte er schließlich den Dorfschulzen.

«I bewahre, Herr, an die drei Wochen waren sie nicht mehr hier.» Der Dorfschulze lächelte bieder.

Gorczyński zischte, als wenn ihm jemand auf die Hühneraugen getreten hätte, ließ Wachen ausstellen und ging zu Bett. Seine Unterstellten schliefen in den anderen Hütten von Radziejowa. Anderntags zog das Bataillon weiter.

«Wäre ich abergläubisch», erzählte Gorczyński später dem Regimentskommandeur, «ich ließe die bösen Geister beschwören. Auf welche Weise sind sie verschwunden? Ist es möglich, sich so ohne Hilfe des Teufels davonzumachen?»

Erst als eine Woche später ein Gefangener gemacht wurde, klärte sich die Sache auf. Sorokas Zug hatte sich in den Bunkern unter den Häusern von Radziejowa verborgen und in diesem Dorf gemeinsam mit Gorczyńskis Bataillon die Nacht verbracht. Er hatte nur ein Stockwerk tiefer, unter den Soldaten, geschlafen.

Von da an begann man die Bunker zu suchen. Man entdeckte sie in Dörfern und Wäldern. Offen gestanden, manchmal entdeckte man sie und manchmal nicht …

Der Gendarm Sub – der letzte von Berkuts Abteilung – wurde mit zerschmettertem Schienbein an den Hängen des Halicz aufgegriffen; er sagte aus, daß er sich eines Tages zusammen mit zwei seiner Kameraden im letzten Augenblick, als ihnen eine Militärabteilung dicht auf den Fersen war, in einen Bunker in der Nähe von Wielka Rawka gerettet habe. Der Bunkereingang sei durch einen Baum getarnt gewesen, der an Stelle von Wurzeln ein gut verstecktes Brett – die Tür besaß. Die Soldaten, behauptete Sub, seien über das Dach des Bunkers marschiert und hätten einen Pfad darauf ausgetreten. Sie ahnten nicht im mindesten, daß sie drei in einem kleinen Wachbunker verborgene Banditen unter ihren Füßen hatten.

Über die Bunker berichteten alle Gefangenen, und Oberleutnant Turski bestätigte ihre Mitteilungen.

«Die Sache ist nicht so einfach», sagte Major Grodzicki. «Bunker hat man nicht nur in den Wäldern gebaut. Sie befinden sich in fast allen Dörfern. Die Bewohner hat man terrorisiert, sie müssen schweigen, und wir können nichts dagegen tun. Wie soll man da einen Bunker finden? Der Teufel weiß es. Ohne das Haus abzutragen, ist es fast unmöglich, denn die Eingänge zu den Bunkern und deren Anlage sind sehr unterschiedlich. Alle Häuser können wir nicht abtragen …»

Es endete damit, daß ein Bericht an Oberst Sierpiński gesandt wurde. Die Kommandeure aller Einheiten machten damals Eingaben zu diesem Thema, sie kamen auf Besprechungen und Beratungen zusammen, ohne einen Ausweg zu finden.

«Es bleibt nur eine Möglichkeit», sagte auf einer solchen Besprechung Oberleutnant Turski. «Man müßte ausnahmslos alle Dörfer ständig umstellen und dann die Wälder durchsuchen, womöglich sogar mit Polizeihunden ...»

«Dazu fehlt es uns an Truppen.» Oberst Sierpiński hob bedauernd die Schultern. «Zumindest noch im Augenblick ...»

Am Wysoki Groń überraschte die Einsatzgruppe der Grenztruppen einige Leute Stachs beim Pferdehüten.

Oberleutnant Siemiatycki führte seine Kavalleristen über die weite Alm zum Angriff. Sie tauchten aus dem Morgennebel auf, beschrieben einen Bogen und rückten auf dem Abhang in drei Gruppen in unterschiedlicher Höhe vor. Sie gaben nur eine Salve ab, dann folgten ausschließlich kurze Feuerstöße aus den Maschinenpistolen. Siemiatycki bedauerte, daß man eine so schöne Attacke an einen nichtswürdigen Gegner verschwendete: Die Bandera-Leute zählten fünfzehn, sechzehn Mann, fast alles Pferdeknechte.

Beim Anblick der Kavallerie ließen sie die grasenden Pferde im Stich und versuchten, den Wald zu erreichen. Die in der geringsten Höhe reitende Gruppe der Grenzsoldaten schnitt ihnen den Weg ab.

«Gefangene machen! Ein paar Gefangene machen! Befolgt die Befehle, verdammt noch mal!» Oberleutnant Siemiatycki schrie sich die Lunge aus dem Hals, aber er war nicht imstande, dem erbarmungslosen Beschuß der Soldaten, die den überraschten und entsetzten Banditen den Garaus machten, Einhalt zu gebieten. Sie verschonten nur die Bandera-Leute, die sich zwischen die Pferde gedrängt hatten. Die Grenzkavalleristen hatten Pferde zu gern, als daß sie sie unnützerweise getötet hätten. So kam man doch noch zu einigen Gefangenen.

«Das ist der Intendant des Kurins, Demian; eine höhere Persönlichkeit!» stellte Reinecke, der die Kavalleristen zu Stachs Weideplatz geführt hatte, einen der Gefangenen vor. Demian war ein hochgewachsener Mann, den die Morgenkühle und die Aufregung zittern machten.

«Und die übrigen?» fragte Oberleutnant Siemiatycki.

«Lumpenbande. Gesindel. Alles kleine Fische», sagte der Deutsche über seine ehemaligen Waffengefährten. Die sahen ihn mit unbeschreiblichem Haß an. «Nur ein anständiger Mensch ist darunter, ein Deutscher, der Panzermechaniker Willibald Moehrle. Leider ist er verwundet ...»

Bei Demian fand man eine Karte mit Dutzenden kleiner bunter Pünktchen. «Was ist das?» fragte Siemiatycki den Bandera-Intendanten.

Demian wandte den Kopf ab und kniff die Lippen zusammen. Er wollte nicht antworten.

«Willibald Moehrle kann es uns sagen, Herr Oberleutnant», schlug der sich immer sicherer fühlende Reinecke vor.

Tatsächlich wußte Willibald Moehrle, dem ein Geschoß den Schenkel durchschlagen hatte, sehr genau, was die Punkte auf Demians Karte bedeuteten. «Das sind Verpflegungsbunker, Herr Oberleutnant», erklärte der ehemalige Panzermechaniker, ein Mitglied von Demians Spezialtrupp, der die Verpflegungsbunker ausgebaut hatte.

«Wir haben fast alle Pferde von Stachs Hundertschaft in unserem Besitz sowie eine Karte mit der Bezeichnung der Verpflegungsbunker von Rens Kurin. Fünfundachtzig Beutepferde, neun tote Bandera-Leute, zwei Verwundete, fünf Gefangene, darunter der Intendant des Kurins, Demian», meldete Oberleutnant Siemiatycki über Funk Oberst Sierpiński und danach Oberstleutnant Kowalewski.

An diesem Tage verwandelte sich die bisher berittene Hundertschaft Stachs in eine Infanteriabteilung. Auf der Grundlage von Demians Karte wurden systematisch die Verpflegungsbunker der Bandera-Leute zerstört. Willibald Mochrle ging in seinem Eifer sogar noch weiter. Er gab an, wo Markos Zug die Bunker für die Hundertschaft baute.

Die Kavalleristen begaben sich noch am selben Tag dorthin. Die Bunker waren vorzüglich getarnt, aber leer. Oberleutnant Siemiatycki und sein Stellvertreter, Leutnant Walczak, besichtigten interessiert das solide Deckengebälk, die starken Dachstützen, die klug abgeleiteten Kaminöffnungen. In dem Lager gab es sogar einen Bunkerbrunnen zur Versorgung der Hundertschaft mit Wasser.

«Da soll doch der Blitz dreinfahren! Ist das raffiniert gemacht!» rief Leutnant Teodor Walczak erstaunt aus.

«Wir werden das Ganze in die Luft sprengen», erklärte der Kommandeur der Einsatzgruppe.

Die Gruppe hatte – wie sich gleich darauf zeigte – nicht genügend Sprengstoff bei sich. Er reichte nur aus, das Gebälk niederzureißen und die Innenausstattung zweier Bunker zu zerstören.

Die Sprengladung erschütterte den ersten Bunker. Eine dumpfe, unterirdische Explosion ertönte.

«Wir prüfen die Wirkung, und dann knacken wir den zweiten Bunker. Morgen machen wir uns an die übrigen», sagte Siemiatycki.

Das Lichtbündel der Taschenlampe durchdrang die im Bunker herrschende Dunkelheit. «Oberleutnant», rief Walczak mit fremd klingender Stimme, «entweder bin ich verrückt geworden, oder meine Augen versagen mir den Dienst.»

Siemiatycki schob seinen Unterstellten beiseite und blickte selber durch die Eingangsöffnung. Der Bunker – das konnten sie schwören – war zuvor leer gewesen, jetzt wand sich qualvoll ein Mensch darin, einen schwarzen, blutenden Armstumpf von sich streckend. Der Anblick war so schrecklich, daß der Kommandeur der Einsatzgruppe erbleichte wie vorher sein Unterstellter.

Reinecke, den man in den Bunker hineinschickte, zog den Verwundeten heraus. Außer ihm fand man darin zwei weitere Bandera-Leute. Sie lebten jedoch nicht mehr. Die Detonation hatte nicht nur das Gebälk zum Einsturz gebracht, sondern auch eine Seitenwand, die einen zweiten, mit dem ersten verbundenen Bunker verdeckt hatte. Der verborgene Eingang zu diesem Bunker befand sich hinter einem der hölzernen Stützpfeiler. Der Konstrukteur hatte richtig vermutet; wenn jemand den ersten Bunker entdeckte und den zweiten suchen sollte, würde er es nicht wagen, die Stützbalken der Decke zu entfernen. Der Balken war jedoch nur eine scheinbare Stütze, die echte war mit Erde getarnt. Der Konstrukteur hatte nicht vorausgesehen, daß die Bunker nach ihrer Entdeckung gesprengt würden. Die Explosion ließ die Wand einstürzen und schlug die Banditen nieder, die sich dahinter versteckt hielten.

Aus anderen Bunkern zogen die Soldaten der berittenen Gruppe noch sechs Bandera-Leute heraus. Zugführer Marko und die Mehrzahl seiner Leute weilten bei Stach. Keiner der Gefangenen wußte, wo sie sich befanden.

Man legte ihnen in der Nähe der Bunker einen Hinterhalt und beschoß sie noch in derselben Nacht, aber mit magerem Ergebnis. Nächtliche Hinterhalte sind eher laut als erfolgreich.

Die Aktion der Einsatzgruppe der Grenztruppen erweiterte die Kenntnisse des Militärs über die Bandera-Bunker. Sie stellten eine wertvolle Bereicherung dar, waren aber – wie sich später herausstellte – noch nicht vollständig.

Die Soldaten gingen durch das hohe, von der Sonne verbrannte Gras. Die Seitengewehre blitzten wie Sensen. «Hurra!» Ein schwacher, durch die Wand des Talkessels gedämpfter Ruf ertönte. Im Takt mit den Füßen stampfend, marschierten sie wie auf dem Exerzierplatz. Von weitem hätte man sie für fleißige Schnitter halten können. Sie waren die Schnitter des Todes.

Das Gefecht bei Suche Rzeki.

Birs Hundertschaft ließ einen Zug als Deckung zurück, steckte fliehend das Dorf in Brand und versuchte hinter den Rauchwolken zu entkommen. Hauptmann Ciszewski riß das Bataillon zum Sturm empor. Die Nachhut der Bandera-Leute stob auseinander. Die Soldaten näherten sich den wenigen Banditen, die noch das Feuer erwiderten. Leutnant Daszewski griff an, die Oberleutnante Rafałowski und Zajączek umgingen das Dorf. Vielleicht konnten sie noch den Bandera-Leuten den Weg abschneiden.

Die Hütten von Suche Rzeki flogen in die Luft. Es detonierten die auf den Dachböden der Häuser versteckten Granatwerfergeschosse, Handgranaten,

Panzerabwehrminen, die Gewehr- und die Pistolenmunition. Die Häuser in allen Dörfern dieser Gegend waren solche Arsenale. Jeder Brand verwandelte sie in Metallsplitter speiende und Myriaden von Funken schleudernde, donnernde Vulkane.

Vor der Brust die Bajonette der Soldaten, im Rücken die Hölle des brennenden Dorfes, gab es für die Bandera-Leute keinen Ausweg. Sie starben in der Hitze des sonnigen Sommertages, in der Glut, die den Gehöften von Suche Rzeki entströmte. Manche suchten den Tod in den Flammen. Sie verschwanden in den Rauchwolken und wurden nicht mehr gesehen.

Sorokas Zug hatte aufgehört zu bestehen. Bir entfloh in Richtung der Wetlińska-Alm. Ciszewski ließ rasten. Einigen Soldaten war das gleichgültig. Sie lagen tot da, steif ausgestreckt unter ihren Regenumhängen. Das Feuer der Bandera-Leute war ebenfalls erfolgreich gewesen. Fast in jedem Gefecht gab es Tote auf beiden Seiten.

Das Dorf war niedergebrannt. Wie schnell sind doch die kleinen, aus Holzhäusern bestehenden Bergdörfer vom Erdboden verschwunden! Die Soldaten nahmen ein Bad im Gebirgsbach. Wenn der Mensch die Uniform ablegt, fällt alles Gefährliche von ihm ab, dachte Jerzy beim Anblick der nackten badenden Gestalten. Man konnte sich schwer vorstellen, daß dieselben Leute vor wenigen Stunden einen verbissenen Kampf geführt hatten, in dem sie töteten und selber vom Tod bedroht waren. Nackt sahen sie unschuldig und wehrlos aus: junge Burschen beim Baden, unter den Strahlen der spätsommerlichen Sonne. Das abgebrannte Dorf, die eigenen Toten und die des Feindes schienen etwas Irreales, schienen ein zufälliges Mißverständnis zu sein.

Und doch war keines der Bilder dieses Sommers ein Trugschluß. Die bunten Farben der Landschaft konnten nicht darüber hinwegtäuschen. Das Regiment kannte in diesen Tagen keine Ruhe. Die Seiten in Major Pawlikiewicz' Kampftagebuch füllten sich. Die Liste der toten und verwundeten Soldaten, die der stets ausgeglichene und systematisch arbeitende Oberleutnant Rapski, der Kaderoffizier des Regiments, führte, wurde umfangreicher. Die roten und blauen Zeichen auf den Karten der Offiziere verdichteten sich. Die roten, das war das polnische Militär; die blauen, das war der Feind. Die Soldaten legten in dem gebirgigen Gelände im Monat durchschnittlich fünfhundertfünfzig Kilometer zurück. Rasch waren die neuen Uniformen und Stiefel abgetragen, die, vom General angekündigt, rechtzeitig eingetroffen waren. Sonne, Regen, Sturm und Wind hinterließen nicht nur auf den Uniformen ihre unbarmherzigen Spuren. Die Gesichter der Soldaten waren nach den Sommermonaten noch sonnengebräunter und zerfurchter. In ihren Augen stand der Anblick des vom Feuerschein gefärbten Himmels, Hunderter von Bränden und des in verschiedenartigster Gestalt auftretenden Todes.

Im Laufe des Sommers verließen die Bewohner vieler Dörfer die

Bieszczady. Weite Gebiete verödeten. Noch einmal bestätigte sich, daß die Geschicke des Menschen nicht minder verschlungen sind als die Wege und Pfade in den Bergen. Die Nachfahren der nomadisierenden Hirten, die einst in diese Gegend kamen, begaben sich nun – in der Mitte des 20. Jahrhunderts – auf eine neue Wanderschaft.

Die üppige Gebirgsvegetation überwucherte rasch die Brandstätten der Häuser. Nur die hier und da aufragenden Schornsteine wiesen noch auf Spuren menschlichen Lebens hin. Die Sonne dörrte das Gras aus, das niemand mähte. Der Wind hülste das Korn aus den reifen Ähren. Die Heere der Unkräuter griffen die Gärten an. Vielerorts nahmen die Bieszczady wieder die Gestalt wie vor Hunderten von Jahren an, wie vor der Zeit Kazimierz' des Großen und der Kolonisation nach deutschem oder walachischem Recht.

Von den lebenden Bewohnern der verlassenen Dörfer blieben einzig und allein die Katzen zurück – jene seltsamen Tiere, die ihre eigene Politik betreiben, indem sie mit dem Menschen zu bestimmten Bedingungen ein Bündnis eingehen und sich mehr an den Wohnort als an ihren Gönner gebunden fühlen. Die Katzen wußten sich der veränderten Situation anzupassen. Sie streunten umher, wuchsen sich aus und verwilderten. Es entstand eine neue Gattung von Waldräubern.

Oberleutnant Osieckis Kraftfahrzeuge quälten sich durch das unwegsame Gelände. Den Transportkolonnen erging es nicht immer so gut wie seinerzeit bei Bystre. Im Verzeichnis des gewissenhaften Oberleutnants Rapski figurierten auch die Namen der in den Kämpfen gegen die Banden gefallenen Kraftfahrer. Es waren sehr viele Namen. Doch in keinem Verzeichnis wurde der verbissene Kampf vermerkt, den jene Kraftfahrer mit den schlechten Motoren führten, mit den Kraftfahrzeugen, die mehr als einmal die abschüssigen, schlüpfrigen Feldwege hinunterrutschten oder bis zu den Achsen im Schlamm versanken, mit den Autos, die Flüsse und Bäche, Mulden und Schluchten durchquerten, die über Abgründe und gefährliche Erdrutsche fuhren. Wie viele Kraftfahrer aus Oberleutnant Osieckis Kompanie entgingen den Geschossen des Gegners und stürzten dafür in eine dieser Schluchten. Man könnte es nachprüfen. Jeder nicht von einer Kugel oder einem Bajonett verursachte Tod wurde in der Rubrik «besondere Vorkommnisse» verzeichnet. Unter den Kraftfahrern gab es viele «besondere Vorkommnisse».

Am Horizont, auf dem Hintergrund des blauen Himmels und der Berge, die wie eine Theaterdekoration wirkten, marschierte die Infanterie, galoppierte die Kavallerie und fuhren die Kraftfahrzeuge.

Auf der Karte des Regimentskommandeurs erschien ein kleiner roter Pfeil. Er zeigte in Richtung Baligród. Angesichts des nahenden Herbstes kehrte das Militär in die ständigen Garnisonen zurück.

Der Sommer schwebte nur noch an den weißen, hauchzarten Fäden des

Altweibersommers. Die Berge erwachten in der Frühe, mit silbergrauem Rauhreif bedeckt. Die Wälder paradierten in ihrer Herbstausrüstung, mit viel Bronze und blutigem Rot.

In der nach Harz durftenden Hütte hielt Hauptmann Jerzy Ciszewski die Frau seines Kommandeurs im Arm. In diesen Tagen hörte die Basis in Ustrzyki Górne auf zu bestehen. Am nächsten Tag würde Major Grodzicki von der Aktion, die Zerstörung der Verpflegungsbunker der Bandera-Leute, zurückkehren.

«Du wirst mir sehr fehlen, Irena», murmelte Ciszewski, das Gesicht in ihr Haar getaucht. «Es wird mir schwerfallen, mich von dir zu trennen.»

«Wer redet denn von Trennung, du Dummkopf?» Sie lachte ungezwungen. «Baligród ist nicht schlechter als Ustrzyki.»

«Baligród ist eine Kleinstadt, und da weiß gleich alle Welt, was man macht, Irena.»

Sie rückte ein Stück von ihm ab. «Wenn du mich liebtest, würdest du nicht so sprechen. Sage, daß du mich liebst!» forderte sie.

«Irena, in der Wirklichkeit, in der wir leben, angesichts dessen, was um uns herum geschieht, kann ich wirklich nicht ... Übrigens weißt du sehr gut, wie gern ich in deiner Nähe bin.»

Sie stieß ihn mit einer einzigen Bewegung zurück und sprang aus dem Bett. «Sieh mich an, du Tölpel!» rief sie aus. «Schau her: Ich bin die einzige Wirklichkeit. Es gibt keine andere. Alles übrige ist eine Illusion. Ich bin die Liebe, die immer siegt und schließlich triumphiert. Begreif das endlich, du Idiot!»

Sie stand völlig nackt im Mondlicht.

Den Kopf hatte sie zurückgeworfen, die Hände im Nacken verschränkt und den ganzen Körper leicht zurückgebogen, damit die kleinen, wohlgeformten Brüste besser hervortraten.

«Renoir hätte dich jetzt malen können, aber kriech lieber wieder unter die Decke, sonst erkältest du dich», sagte Jerzy.

XIII

Der Herbst betrachtete sich ungeduldig in den Pfützen des Baligróder Marktplatzes, als warte er nur darauf, daß sie endlich zufrören und der Winter ihn ablösen komme. Einstweilen peitschte der Regen an die kleinen Fensterscheiben der schiefen Häuser, und der Wind prüfte boshaft die Festigkeit ihrer buckligen, krummen Dächer. Die Sonne zeigte sich selten, einzig und allein wohl aus dem Grunde, den Menschen zu verstehen zu geben, daß sie wache. In solchen Augenblicken kamen zwei kleine Mädchen auf den Marktplatz herausgelaufen und spielten «Himmel und Hölle». Das Pflaster aus den jüdischen Grabsteinen eignete sich vorzüglich zu diesem Spiel. Man brauchte nichts mit Kreide aufzuzeichnen. Die Kanten der Steine unterteilten von allein die einzelnen Male: das «Fegefeuer», den «Himmel» und die «Hölle». Die Kinder stampften rhythmisch mit ihren kleinen Füßen auf den weisen, in Sandstein und Granit gemeißelten hebräischen Denksprüchen herum. Vom Wind gejagt, rissen die Wolken, an den Wäldern hängenbleibend, in Fetzen und wehten über dem Städtchen wie die grauen Bärte der Rabbiner, die einstmals unter diesen Steinen ruhten.

Alte Friedhöfe verschwinden auf die eine oder andere Weise und machen neuen Friedhöfen Platz. In keiner Epoche fehlte es bisher an Gelegenheiten, Friedhöfe anzulegen. Zu Allerheiligen wurde in Baligród ein Friedhof für die in den Kämpfen gegen die Banden in der letzten Zeit gefallenen Soldaten geweiht.

Die Sonne ehrte durch ihre Anwesenheit diese «schlichte soldatische Feierlichkeit». Die Lebenden standen im Viereck entlang der Friedhofsmauer, die Toten ruhten in den Gräbern, deren Anordnung an eine Marschformation erinnerte. Symmetrie und Gleichförmigkeit sind allen Militärfriedhöfen eigen. Der verstorbene Uniformträger erstarrt für immer in einer die Disziplin symbolisierenden Pose.

Nicht alle Gefallenen konnten auf dem Baligróder Friedhof beigesetzt werden. Die Mehrzahl von ihnen war nicht aufzufinden. Ihre Gebeine ruhten in verschiedenen noch nicht entdeckten, namenlosen, über das gesamte Gebiet der Bieszczady verstreuten Gräbern. Sie waren lediglich durch kleine Namensschilder vertreten. Diese Schilder waren in mehreren Ringen von einem niedrigen Erdhügel umgeben, in dem ein großes Birkenkreuz steckte, das die Inschrift trug:

«Wanderer! Schau auf dies Kreuz.
Polnische Soldaten errichteten es;
Über Berge und Felsen die Faschisten verfolgend,
Für Dich, Polen, und Dir zum Ruhm.»

Der Vers war nicht originell, aber einen besseren vermochte sich niemand im Regiment, ja nicht einmal im Divisionsstab auszudenken. Schließlich erläuterte Oberstleutnant Tomaszewski die Inschrift, die einst auf dem Kreuz stand, das die Legionäre vor Jahrzehnten am Pantyrska-Paß errichtet hatten. In dieser Inschrift war die Rede von allem, nur nicht von den Faschisten, die die Legionäre freilich nicht kennen konnten.

Der Baligróder Geistliche besprengte die Gräber mit Weihwasser. Oberst Sierpiński und Major Grodzicki hielten Ansprachen. Plötzlich tat sich ein starker Wind auf. Ungeduldig geworden, hüllte sich die Sonne in einen Wolkenmantel und verschwand.

Der Regen peitschte die Rücken der Anwesenden. Ein Kommando erschallte. Die Lebenden marschierten ab. Die Toten blieben zurück.

Nicht alle Toten konnten in Frieden ruhen. Major Jakub Preminger hatten die Żubryd-Leute zum zweitenmal vom Friedhof in S. geworfen.

Krzysztof Dwernicki begab sich deswegen zu Oberstleutnant Tomaszewski und erinnerte ihn daran, daß es im alten Ägypten üblich war, die Hand, die ein Heiligtum schändete und den Frieden der Toten störte, zu bestrafen. Der Chef des Divisionsstabes blinzelte Dwernicki zu und ließ ihm «völlig freie Hand». «Ich wette», sagte er, «daß die Banditen vor Allerseelen erneut versuchen werden, Premingers Leichnam über die Mauer zu werfen.»

«Das wird ihnen kaum gelingen», murmelte Dwernicki.

Der Sarg des ehemaligen Stellvertreters des Divisionskommandeurs und Politoffiziers wurde gegen Abend gehoben. Dwernicki und der alte ORMO-Kommandant der Erdölkumpel, Lubiński, verbanden den Sarg mit dem Draht einer deutschen Tellermine, die in der Grabwand verborgen wurde. In den Bieszczady gab es genug solcher Minen; sie waren nicht schwer zu finden. Das Grab wurde sorgfältig zugeschaufelt. Die von den Leichenschändern zerschlagene Grabplatte war durch eine provisorische Inschrift ersetzt worden: Hier ruht Jakub Preminger, Major der Polnischen Armee, gefallen im Alter von 30 Jahren im Kampf gegen die Banditen der UPA und WIN.

Dwernicki kniete nieder und sprach ein kurzes Gebet.

«Was meinen Sie», fragte er Lubiński, auf Premingers Grab zeigend, «ob er es mir übelnimmt, daß ich seine Ruhe mit dieser Mine störe?»

Der Alte zuckte mit den Schultern. «Der Major», sagte er, «war zu seinen Lebzeiten immer bemüht, den Banditen das Fell zu gerben. Wenn er sehen könnte, was wir vorbereitet haben, würde er uns bestimmt loben. Leider kann er es nicht sehen, denn er ist tot.»

«Streiten wir uns nicht darüber, ob er es sehen kann oder nicht ...», schlug Dwernicki versöhnlich vor. «Mir geht es darum, daß Major Preminger, Gott hab ihn selig, nicht in seiner irdischen Hülle vor das Jüngste Gericht hintreten kann, denn die Explosion wird seine sterblichen Überreste zerfetzten», schloß Dwernicki besorgt.

«Darüber lassen Sie sich keine grauen Haare wachsen», beruhigte ihn Lubiński. «Wenn es wirklich so etwas wie ein Jüngstes Gericht gibt, dann haben die Mächte des Jenseits etwas an ihren Vorschriften ändern müssen. Sonst werden sie ungeheure Schwierigkeiten bekommen; denn im letzten Krieg wurden sehr viele in Stücke gerissen ... Hauptsache, den Banditen vergeht die Lust an ihrer Arbeit.»

Oberstleutnant Tomaszewskis Vermutungen bewahrheiteten sich. Kurz vor dem ersten November versuchten tatsächlich vier Żubryd-Leute, Premingers Grab zu öffnen. Die mächtige Explosion der Tellermine weckte die Bewohner des Städtchens. Der diensthabende Offizier vom Divisionsstab eilte mit einer Patrouille zum Friedhof. Dort fand er bereits Dwernicki, Lubiński und einige ORMO-Mitglieder vor.

Der Sarg war völlig zertrümmert. Rund um den Trichter, den die Explosion gerissen hatte, lagen die zerfetzten Körper der vier Banditen. Ihre Überbleibsel hatten sich mit Major Premingers sterblicher Hülle vermischt. Man beschränkte sich darauf, die Köpfe, Gliedmaßen und Rümpfe zu ordnen. Es geschah sehr oberflächlich und formell. Es fanden sich Leute, die sich darüber entrüsteten. Aber Major Premingers Grab wurde von da an in Ruhe gelassen. So ist es bis auf den heutigen Tag.

Kurz nach Allerseelen wurde der Deserteur Książek hingerichtet. Ein Militärgericht hatte ihn zum Tode verurteilt.

Der Deserteur wurde im offenen Lastkraftwagen gefahren. Er saß zwischen zwei Soldaten, stumpf zu Boden starrend. Helle Bartstoppeln wucherten auf seinen eingefallenen Wangen. Das Kinn wirkte noch fliehender als gewöhnlich.

Die Soldaten waren kompanieweise auf dem Marktplatz angetreten, der schon so vieles gesehen hatte. Ihre Gesichter drückten nicht die mindeste Spannung oder Interessiertheit aus. Sie waren durchfroren und genierten sich nicht, in den Reihen mit den Füßen zu stampfen. Jemand verlas den Urteilsspruch. Die Soldaten gähnten und dachten an ihre eigenen Angelegenheiten. Der Tod in dieser oder anderer Form stellte in den Bieszczady Anno Domini 1946 keine Sensation dar.

Der Geistliche trat vor den Deserteur hin, und Książek küßte das Kreuz.

«Ich habe immer gesagt, daß dieser Książek so enden wird», flüsterte Hauptmann Matula Hauptmann Wieśniowiecki zu.

«Es gibt Augenblicke, da es besser ist, blind zu sein wie Jan Rozwadowski», sagte Ewa zu Ciszewski und wandte den Kopf ab.

Książek wurde befohlen, am Rande des Wagenkastens stehenzubleiben. Der Schütze Karasiński warf ihm den Strang über den Hals. Frau Stefania schrie hysterisch auf. Der Wagen fuhr an. Der Körper des Deserteurs blieb am Strick hängen. Kisążek straffte sich. Er war tot.

Die Kompanien rückten ab zu den Quartieren. Doktor Pietrasiewicz bestätigte amtlich den Tod des Deserteurs. Der Wind brachte einen mit Schnee vermischten Graupelschauer und verspritzte das Wasser der Pfützen auf dem Marktplatz nach allen Seiten. Es war sehr kühl.

Jerzy ging mit der jungen Lehrerin die Baligróder Hauptstraße entlang. «Ich hatte Sehnsucht nach Ihnen, Ewa. – In Ustrzyki habe ich immerzu an Sie gedacht. Dort konnte man umkommen vor Langerweile. Was gibt es bei Ihnen Neues?»

«In Baligród ändert sich das Leben nicht so schnell. Mir ist, als wären Sie erst gestern von hier weggefahren.»

Er hätte gern einen wärmeren Blick von ihr erhascht, aber der Augenausdruck des Mädchens blieb unverändert. Auf seine Fragen antwortete sie äußerst stereotyp. Wieder empfand er die Last der Einsamkeit, um so mehr, als er mit einer gewissen unbegründeten Hoffnung nach Baligród gefahren war, er hatte wirklich an Ewa gedacht.

Mir mißlingt auch alles, dachte er mit Bitternis. Er suchte sich schnell von Ewa zu verabschieden. «Besuchen Sie weiterhin die Rozwadowskis?» fragte er.

«Selbstverständlich. Sind Sie heute abend auch da?»

Er sehnte sich seit langem nach diesen Abenden, sagte jedoch, daß es ihm wohl nicht möglich sein werde zu kommen, denn er habe in letzter Zeit sehr viel zu tun. Sie drängte ihn nicht. Enttäuscht verließ er sie.

Das regnerische Herbstwetter hatte seinen Höhepunkt erreicht, es verkündete die baldige Ankunft des Winters. Angelegenheiten von untergeordneter Bedeutung verwoben sich, wie stets im Leben, mit anderen, gewichtigeren.

In jenen Tagen wurde für die Mitglieder der Untergrundbewegungen eine Amnestie erlassen. Sie galt auch für alle Waldabteilungen, außer für die Ukrainische Aufständische Armee, die zur Kriegsverbrecherorganisation erklärt worden war. Wind und Regen peitschten die Amnestieplakate. Schneller als der Wind eilte die Nachricht von Dorf zu Dorf und drang bis in die entlegensten Bergwinkel und tiefsten Wälder.

Anfangs mit einem gewissen Zögern, später aber immer lebhafter und zahlreicher meldeten sich bei den Bürgermilizposten und Sicherheitsbehörden «die aus dem Wald». Ihren Entschluß beschleunigten die Aussicht auf einen neuen Winter in den Wäldern und die Hoffnungslosigkeit ihrer Lage. Blitzartig schmolzen die Waldabteilungen zusammen. In jenen Herbsttagen des Jahres 1946 zerfielen restlos Kosakowskis und Mściciels Banden, deren Mitglieder sich ausnahmslos stellten. Von Wołyniaks Bande blieb nur der Kern, bestehend aus dem «Führer» und einigen übel beleumdeten Strauchdieben. Sie verwandelten sich in eine kleine Räuberbande, die von da an furchtsam bei Nacht im Rzeszówer Raum umherstreunte.

Von Tag zu Tag schrumpfte auch die Abteilung «Brennendes Herz» zusammen. Die Leute Antoni Żubryds machten sich heimlich in günstigen Momenten davon. Wie die Anordnung vorschrieb, stellten sie sich mit Waffen den Behörden. Nichts konnte sie von diesem Schritt abhalten. Zum erstenmal waren sie sicher, daß sie in diesem Jahr das Weihnachtsfest zu Hause verbringen würden. Am Ende blieb Żubryd mit dreißig Untergebenen übrig und spukte wie ein Gespenst in der Umgebung von Sanok herum.

Hauptmann Wiśniowiecki erhielt einen Brief von zwei aus dem Regiment desertierten Soldaten – den Schützen Makowski und Garuba, die im Jahre 1945 zu Żubryds Bande übergelaufen waren. Jetzt boten sie ihre Dienste an. Sie wollten nicht mit leeren Händen kommen. Sie hatten den Wunsch, die Reste der Abteilung «Brennendes Herz» zu vernichten, deren Kommandeur den Kampf fortzusetzen gedachte. Sie legten ein ganzes System von «Briefkästen» vor, die ihnen zur Übermittlung von Informationen über die Bewegungen und Unternehmen der Żubryd-Leute dienen sollten ... Es stand fest, daß das Schicksal der Abteilung «Brennendes Herz» besiegelt war.

Ewa meldete sich eines Nachmittags bei Oberleutnant Turski. Er zeigte sich nicht erstaunt, als sie ihm erzählte, daß sie mit Hauptmann Piskorz in Beziehung gestanden habe. In seinem Beruf wunderte man sich über nichts mehr. Sehr erregt erzählte ihm die junge Frau, wie sie mit sich gerungen habe, ob sie zu Turski gehen sollte. Piskorz lebe doch nicht mehr und sie stehe mit niemandem aus der Abteilung in Verbindung. Schließlich habe sie sich entschlossen, zu ihm zu gehen. Sie habe den Żubryd-Leuten keine einzige sachliche Information erteilt. An den Mitteilungen, die sie unter einem Stein hinter der Kapelle versteckte, seien alle Einzelheiten erfunden gewesen. Piskorz habe ihr Verhalten durchschaut. Er habe sie erpreßt und ihr gedroht ... Von ihm habe sie erfahren, daß sich der Verpflegungsoffizier des Regiments, Garlicki, die Geschichte mit dem Zuckerdiebstahl durch die Abteilung «Brennendes Herz» ausgedacht habe. Sie habe hierüber an den Regimentsstab geschrieben. Desgleichen habe sie das Militär vor dem Attentat auf Ela Wasser gewarnt.

Turski nickte und notierte. Als das junge Mädchen das Protokoll unterschrieben hatte und auf die regennasse, mit welken Blättern bedeckte Straße trat, fühlte sie eine solche Erleichterung wie seinerzeit, als Unteroffizier Matysek sie für immer von Piskorz befreite. Sie war so glücklich, daß sie – was selten bei ihr vorkam – den Gruß Hauptmann Ciszewskis, der mit seinem Bataillon irgendwohin in die Berge ausrückte, mit einem heiteren Lächeln und ohne das übliche Stirnrunzeln erwiderte.

Trotz der ungünstigen Jahreszeit wurden die Aktionen gegen die Banden fortgesetzt. Regen und Schnee peitschten unbarmherzig die Soldaten, der Wind wehte ihre Umhänge auseinander. Oftmals waren sie durchnäßt bis auf die Haut. Auf den durchweichten Berghängen war kein Vorwärtskommen, so sehr rutschten die Füße. Einmal stellte Ciszewski staunend fest, daß das Bataillon im Laufe von sechs Stunden zwei Kilometer zurückgelegt hatte.

Bei Zatwarnica stieß das Bataillon auf die Leute von Birs Hundertschaft. Die Einwohner des Dorfes waren zu dieser Zeit bereits umgesiedelt. Die Bandera-Leute verteidigten sich in einigen Häusern und in der griechisch-katholischen Kirche.

Von beiden Seiten hagelte es Leuchtspurgeschosse. Maschinengewehre ratterten, Handgranaten krachten. Binnen kurzem stand das Dorf in Rauchwolken, aus denen mächtige Feuerzungen hervorschossen. Wieder flogen Strohdächer mit der darunter versteckten Munition in die Luft.

Die altertümliche Kirche stand in Flammen.

«Verdammt, so eine Kirche! So eine schöne Kirche brennt … Haben Sie sich das überlegt, Bürger Oberleutnant?» sagte Ciszewski zu Zajączek.

«Nein», gestand der Befragte offen. «Die Bandera-Leute haben ein Maschinengewehr in der Kuppel untergebracht. Wir müssen sie ausräuchern.»

Als sie Zatwarnica verließen, war die Kirche bereits niedergebrannt. Das gleiche Los traf ähnliche Baudenkmäler in vielen anderen Ortschaften.

Seit längerer Zeit wurden die Bataillone aus Major Grodzickis Regiment von der freiwilligen Kavallerie Krzysztof Dwernickis begleitet. Nur mit Säbeln bewaffnet, konnte sie nicht selbständig operieren. Ihre Mitglieder erwiesen jedoch dem Militär wertvolle Dienste. Niemand kannte die Berge wie sie. Sie führten die Soldaten die verstecktesten Wege. Ihre Hilfe bei Nacht war unschätzbar. Im Gefecht traten sie unter dem Feuerschutz der Soldaten zum Sturm an, und wehe dem Gegner, der unter ihre Säbel geriet. Sie waren gefährliche, breitschultrige Kerle, fast alle um die Fünfzig. Die Mehrzahl hatte einst bei der Kavallerie gedient. Sie ritten ernst, beinahe andächtig. Sie achteten auf gute Haltung. In ihren langen Mänteln und Bauernröcken, den langen Stiefeln und Pelzmützen erinnerten sie – besonders wenn man ihre mit langen Schnurrbärten geschmückten kriegerischen Gesichter betrachtete – an die altpolnische Reiterei, die auf unerklärliche Weise im zwanzigsten Jahrhundert hervorgezaubert worden war. Nachdem Dwernickis Kavallerie die Bandera-Pferde erhalten hatte, die man Stachs Hundertschaft abgenommen, war sie auf über achtzig Säbel angewachsen: eine Truppe, die überaus nützlich war, die wenigsten Kosten verursachte und so freiwillig wie nur irgend möglich kämpfte. Weideplätze für die Pferde fanden sich in den Bieszczady überall reichlich, Löhnung erhielten sie nicht, dafür meldeten die Kavalleristen mit großer Schnelligkeit den Militärabteilungen das Auftauchen einer Bande, führten auf nur ihnen bekannten Wegen die Feindaufklärung durch und waren stets einsatzbereit.

Der alte Krzysztof Dwernicki ritt im Schritt neben Ciszewski. «Der Winter kommt sehr früh in diesem Jahr», sagte er.

In der Luft wirbelten weiße Schneeflocken. Ciszewski mußte daran denken, daß er schon ein Jahr in dieser Gegend war, und das Ende der Kämpfe gegen die Banden war noch nicht abzusehen. Er schaute auf den nebelverhangenen Horizont. Sein Herz krampfte sich schmerzhaft zusammen. In den Reihen der Soldaten wurde ein lustiges Lied angestimmt:

«Unrasiert, die Haare nicht geschnitten …
aber die Banditen hat der Teufel geholt!»

Das war in jenen Tagen der Schlager der Kompanie. Niemand wußte, wo das Liedchen entstanden war und wer es komponiert hatte. Bekannt war nur, daß es nicht in einem Rundschreiben der Politverwaltung empfohlen worden war. Es ging von Mund zu Mund und war populär.

Wie der Pendel einer gut aufgezogenen großen Uhr bewegten sich die Bataillone von Major Grodzickis Regiment hinauf in die Berge und wieder hinab nach Baligród, wo sich das Leben in immer normaleren Bahnen vollzog.

Silvester veranstaltete das Regiment ein rauschendes Vergnügen. Im Volkshaus wurde bei Petroleumlampen getanzt. Vom Fußboden wirbelte der Staub so dick auf, daß das Licht fast nicht zu sehen war. Die Tänzer störte es jedoch nicht. Das Orchester, dessen Organisator Leutnant Daszewski war – er war auch der Hauptstimmungsmacher –, spielte pausenlos. Es war, als wollte man alle verlorenen Vergnügungen auf einmal nachholen.

Hauptmann Ciszewski war in trüber Stimmung. Er holte der Reihe nach alle Frauen seiner Kameraden zum Tanz.

«Ich vergöttere dich, Jerzy», sagte Irena Grodzicka, mit der er bei günstiger Gelegenheit auch jetzt noch zu schlafen pflegte.

«Dummes Gerede!» murmelte er; er merkte, daß ihm der Wodka immer mehr zu Kopf stieg. Sein Blick suchte Ewa, mit der Oberleutnant Zajączek andauernd tanzte. Das ist doch ein unverschämter Kerl, dachte Jerzy.

Irena schmiegte sich sanft an ihn, verfolgt von den mißfälligen Blicken der Frauen der anderen Offiziere. Major Grodzicki tanzte mit der Frau seines Stabschefs, auf die eigene achtete er nicht. Eifersucht plagte ihn nur dann, wenn sie fern von ihm weilte. Wenn sie zusammen waren, fühlte er sich ihrer absolut sicher.

«Du liebst mich nicht, Jerzy», flüsterte sie.

«Du bist langweilig.»

«Ich erniedrige mich deinetwegen. Nimm das nicht so leicht. Ich weiß selbst nicht, was mit mir los ist.»

«Du weißt doch nie, was mit dir los ist. Als du den Piloten hattest, warst du auch rasend verliebt. Was findest du eigentlich an mir? Guck dir meine versoffene Visage gut an und überlege, ob du nicht Unsinn redest!» In seiner Verbitterung quälte er sie, aber auch sich selbst.

«Man weiß nie, weshalb man jemanden liebt. Das ist nun mal so. Von dem Zeitpunkt an, da man beginnt, Beweggründe für seine Liebe zu suchen, erlischt sie bereits. Ich habe keine Ahnung, was mit mir geschehen ist. Ich denke unablässig an dich. Vielleicht werde ich dir irgendwann einmal beweisen, daß ich die Wahrheit sage.»

«Ich flehe dich an, nur das nicht. Du beweist es mir zur Genüge ... Paß auf! Man beobachtet uns.»

Er brachte sie an ihr Tischchen, verbeugte sich vor Grodzicki und strich finster durch den Saal.

«Die Lage stabilisiert sich, meine Herrschaften», hörte er Doktor Pietrasiewicz sagen. «Schauen Sie doch, wir haben schon echten Klaren, die ‹Perle› ist verschwunden. Ein neues Zeitalter bricht an.»

Leutnant Daszewski saß neben Ela und hielt mit beiden Händen ihre Hand.

«Ein Idyll», sagte spöttisch, auf das Paar zeigend, Gemeindevorsteher Trzebnickis Stieftochter – sie war lang wie eine Bohnenstange. Ciszewski wirbelte mit ihr los. Absichtlich drückte er den knochigen Körper an sich, riß abgeschmackte Witze, spielte die Rolle eines zynischen Schlaufuchses, der mit den Frauen umzugehen verstand und wußte, was er von ihnen zu verlangen hatte.

Er trank immer mehr. Ihm drehte sich alles im Kopfe. Er trat vor Zajączek und Ewa und bat das Mädchen zum Tanz, eine übertriebene Verbeugung vor seinem Unterstellten machend.

«Gefällt Ihnen der Kerl, Ewa?» fragte er sie beim Foxtrott.

«Welcher Kerl?»

«Oberleutnant Zajączek.»

«Er ist sehr unterhaltsam.»

«Nur ich bin für Sie nicht unterhaltsam.» Jerzy seufzte in trunkener Gemütsbewegung und wurde rührselig. Er erzählte ihr, wie er leide und daß er unaufhörlich an sie denke.

«Leute, denen der Wodka zu Kopf gestiegen ist, sind wirklich alles andere als unterhaltsam», sagte sie, während sie zu Oberleutnant Zajączek zurückkehrte.

Wachtmeister Kaleń ließ nicht von Frau Stefania. Hauptmann Matula betrank sich vor Ärger, bis er die Selbstkontrolle verlor, und fragte den Volksratsvorsitzenden des Kreises: «Ist es wahr, daß Sie vor dem Kriege Parteiführer bei den Nationaldemokraten waren und alle fortschrittlichen Menschen des Kreises denunziert haben?»

«Eine faustdicke Lüge!» brauste der Vorsitzende auf. «Wer setzt solche gemeinen Gerüchte in Umlauf?»

«Ärgere dich nicht, mein Teuerster», tröstete ihn, von einem hartnäckigen Schluckauf gequält, Matula. «Was ist schon dabei? Das ist doch wahr: Parteiführer bei den Nationaldemokraten! Der Richter war Mitglied von ‹SS-Galizien› und ihm geschieht nichts … Und dieser Gemeindevorsteher Trzebnicki zum Beispiel … Polizeibeamter war er während der Okkupation … Na, und was ist? Nichts! Überhaupt seid ihr alle hier prima. Schlicht und einfach Zuchthäusler.»

«Wer hat Ihnen solchen Blödsinn eingeredet, Bürger Hauptmann?! Die

Gegner verleumden die Behörden des Kreises, und Sie gehen diesem Unsinn auf den Leim!»

«Schweigen Sie!» Matula schlug donnernd mit der Faust auf den Tisch und ließ seinen drohenden Blick in die Runde schweifen. «Ihr seid alle prima, ihr Zivilisten! Nehmen Sie zur Kenntnis», sagte er, verschwörerisch flüsternd, «daß eigentlich jeder zweite Zivilist eine verdächtige Person ist ... Denn im Grunde genommen, wer ist das schon, ein Zivilist? Wozu sind sie da? Was machen sie den ganzen Tag? Das ist schwer feststellbar. Jeder verbringt sein Leben, wie es ihm beliebt, und das allein schon ist gefährlich. Man müßte die Zivilisten kasernieren, ihren Tages- und Arbeitsablauf genau regeln, Wecken und Abendappell eingeschlossen. Das würde es ermöglichen, ein Kontrollsystem zu erarbeiten. Weiß der Teufel, was die Zivilisten sonst ausbrüten, wenn wir das nicht tun. Die eine Hälfte von euch sind wirkliche und die andere Hälfte – sind potentielle Spione ...»

Wachtmeister Kaleń entschuldigte sich für einen Augenblick bei Frau Stefania. Seit längerer Zeit schon hörte er sich mit größtem Interesse an, was Hauptmann Matula redete. Nun trat er rasch zu Hauptmann Wiśniowiecki und zeigte auf den Offizier der militärischen Abwehr des Regiments. Vom Chef der Aufklärung und dem tapferen Artilleristen unter die Arme gefaßt, wurde Matula vorsichtig aus dem Volkshaus geführt und zu Bett gebracht.

«Die Zivilisten müßten liquidiert werden», predigte er unterwegs. «Alle in die Kasernen!» schrie er. «Es leben die Kasernen! Hipp, hipp, hurra! Wenn die Zivilisten Uniformen erhielten, würden sie aufhören, Zivilisten zu sein, was Wachtmeister? Uniformen für die Zivilisten! Hurra!» Dann lallte er nur noch unverständliches Zeug vor sich hin.

Das Vergnügen dauerte an. Immer stärker blakten die Petroleumlampen, immer dunkler wurde es in dem großen Saal, der in eine dichte Staubwolke gehüllt war.

«Weißt du», sagte Hauptmann Wiśniowiecki zu Ciszewski, «daß eine Patrouille in der Nähe deines Hauses wieder die weiße Gestalt gesehen hat?»

«Den Geist?»

«Wir waren uns darüber einig, daß wir nicht an Geister glauben.»

«Ich fürchte, die Parouille war blau. Seit dem Frühjahr haben wir nichts mehr von dem Geist gehört», stellte Ciszewski fest.

«Das ist ja gerade das Sonderbare. Offensichtlich haben wir es mit einem Wintergeist zu tun.»

Jerzy beobachtete Ewa, die nun mit Major Pawlikiewicz tanzte. Wieder krampfte sich sein Herz schmerzhaft zusammen. Osiecki, der «Erste Liebhaber des Regiments», saß bei seiner Frau, Major Grodzicki sagte unter Lachen etwas zu Irena. Hauptmann Gorczyński unterhielt sich mit Frau Pawlikiewicz und seiner eigenen Frau, Leutnant Daszewski ließ nicht von Ela, Wachtmeister Kaleń tanzte jetzt mit der Krysia von Szponderski. Ciszewski fühlte sich von allen verlassen und kam sich überflüssig vor.

Auf einen Zug kippte er ein Glas Klaren hinunter. Da begegnete er dem Blick von Trzebnickis Stieftochter. «Wie heißen Sie mit Vornamen?» fragte er, ihr häßliches, bereits welkendes Gesicht und die anspruchsvolle Orchidee an ihrem Kleid betrachtend.

«Barbara», gab sie zur Antwort. Er fluchte und packte sie so fest an der Hand, daß sie vor Schmerz aufschrie.

«Komm!» sagte er brutal. «Es ist schon spät. Ich bringe dich nach Hause.»

Sie ging gehorsam mit und verbrachte den Rest der Nacht in seinem Zimmer, nicht im mindesten ahnend, daß Ciszewski sich nur rächte für alle seine Mißerfolge.

An einem kühlen und nebligen Morgen näherte sich Major Żubryd mit seiner nur noch dreißig Mann zählenden Abteilung «Brennendes Herz» dem Kloster der Schwester S., das sich auf dem Hintergrund der Berge wie eine weiße, stille Oase des Friedens ausnahm.

«Endlich können wir uns ausruhen», wandte er sich an den ehemaligen Feldwebel Zawieja, den er nach dem Verlust von Piskorz und Książek zu seinem Stellvertreter im Range eines Hauptmanns ernannt hatte.

«In solchem Zustand schmeißen dich die Schwestern vierkantig 'raus und uns mit dir. Du hast dich wieder besoffen wie ein Schwein! Wenn du wüßtest, wie du aussiehst …» Zawieja, der seinen Kommandeur genauso behandelte wie vorher Hauptmann Piskorz, war wütend.

Żubryd blähte sich auf, sagte aber nichts. Er war unrasiert und schmutzig. Längst schon hatte er seinen schmucken ungarischen Kavalleriemantel und die Rogatywka mit den Majorsrangabzeichen verloren. Er trug jetzt eine zerlumpte Wattejacke und eine Bauernpelzmütze, an die er einen kleinen Adler gesteckt hatte. Sein Gesicht war gedunsen und blau angelaufen, unter den Augen hatte er große Tränensäcke. Neuerdings trank er viel. Er verbot es auch seinen Untergebenen nicht.

Die Abteilung geriet von Tag zu Tag mehr aus den Fugen. Eine schwere Krise trat gleich nach Hauptmann Piskorz' Tod ein, aber die entscheidende Niederlage bereitete den Żubryd-Leuten die Amnestie. Eine Handvoll blieb von ihnen übrig, aber auch auf sie war kaum noch Verlaß. Von Disziplin war keine Rede mehr. Die Mitglieder der Abteilung «Brennendes Herz» befolgten die Befehle ihres Kommandeurs nicht. Alle Aktionen besprachen sie gemeinsam, und nur solche wollten sie durchführen, die unmittelbare materielle Gewinne brachten, mit anderen Worten – Raubzüge. Doch selbst das war zu der Zeit nicht mehr einfach. Fast alle Bauern dieser Gegend hatten Waffen versteckt. Sie wußten, daß die Żubryd-Leute schwach waren. Sie verweigerten ihnen die Kontributionen, ja sogar Lebensmittel. Oftmals gingen sie auf die Abteilung mit Gewehren los ... In den Dörfern kursierten Gerüchte, daß die Abteilung «Brennendes Herz» ein großes Vermögen besitze. Niemand wußte, wer sie in Umlauf gebracht hatte und woher sie stammten. Tatsache war, daß die Bauern vor einer Woche den Sanitäter der Abteilung, Unterfeldwebel Wola, erschossen, der mit seiner Tasche voller Medikamente und Verbandzeug allein an einem der Dörfer vorüberkam. Sie dachten, in der Tasche befänden sich Dollars ... Die Situation war unangenehm. Die Untergebenen schätzten Żubryd nicht nur gering; sie trauten ihm nicht und erzählten sich über ihn ungereimtes Zeug. Sie behaupteten unter anderem, daß der Kommandeur der Abteilung «Brennendes Herz» bei seiner Geliebten Gelder versteckt halte, die man dem Bataillon aus dem Ausland gesandt habe. Die Exschützen des in Baligród stehenden Regiments, Makowski und Garuba, erzählten ihm davon. Sie waren jetzt seine Leibwächter. Nur zu ihnen hatte er Vertrauen. Sie rechtfertigten es in seinen Augen, da sie sich während der Amnestie nicht als Deserteure gestellt und hierdurch ihre Lage verschlimmert hatten. Nun hatten sie, ebenso wie Żubryd, nichts mehr zu verlieren ... Sie setzten ihn davon in Kenntnis, daß Zawieja Intrigen spinne. Angeblich versuchte er, die Mitglieder der Abteilung zu überreden, den Major abzusetzen, weil er selber die Führung übernehmen wolle.

In der Abteilung herrschte eine Atmosphäre wechselseitiger Verdächtigungen, Intrigen und allgemeinen Mißtrauens. Die Mitglieder der Abteilung verdächtigten sich gegenseitig aller möglichen privaten Pläne, aus der Abteilung zu fliehen, auf eigene Faust Raubzüge zu unternehmen und einen Teil der Beute versteckt zu halten. Immer wieder kam es zu Zwistigkeiten und Schlägereien. Zwei-, dreimal bemühte sich Żubryd, die Lage zu verändern und die Abteilung zum Kampf emporzureißen. Seine Versuche endeten mit einem Mißerfolg. Bei der Entfernung der Leiche Major Premingers vom Friedhof in S. waren durch die Detonation einer Mine vier Leute umgekommen. Der Überfall auf den Genossenschaftsladen in Tyrawa Wołoska schlug fehl. Jastrząbs Zug, der diese Aktion durchführte, kam mit knapper Mühe und Not davon. In der Nähe des Ladens hatte das Militär einen Hinterhalt gelegt, drei Späher der Żubryd-Leute wurden getötet. Als die Abteilung «Brennendes Herz» bei Ropienka ihr Lager aufschlug, wurde sie von den ORMO-Mitgliedern des alten Lubiński angegriffen. Unter den Männern der Abteilung begannen Gerüchte zu kursieren, daß jemand nicht «dicht halte» und dem Feind jede ihre Bewegungen anzeige. Gewarnt von Makowski und Garuba, wurde Major Żubryd noch vorsichtiger. Er verschwand aus dem Gesichtskreis seiner Untergebenen und begab sich in Begleitung der beiden getreuen Exschützen zu Wanda Jagielska, Besitzerin eines Galanteriewarengeschäftes in Sanok, der Liebe seines Lebens. Wandas Haus lag abseits, weit entfernt von der Stadt, und Żubryd fühlte sich darin sicher. Er hatte keine Ahnung, daß jeder seiner Schritte überwacht wurde, und dies sowohl dank den Informationen von Makowski und Garuba als auch den genauen Meldungen Wandas selbst. Aber der kleine Oberleutnant Turski wollte den Kommandeur der Abteilung «Brennendes Herz» noch nicht festnehmen. Er hoffte, daß er, wenn er seinen Spuren folgte, zu Kurinnij Ren vorstoßen oder einen der ausländischen Verbindungsleute ergreifen werde. Diese waren höhere und kostbarere Fänge als Żubryd.

Bei Wanda Jagielska erlebte der Kommandeur der Abteilung «Brennendes Herz» in der Phantasie seine Wiedergeburt. In trunkenem Gestammel verkündete er die allgemeine Mobilmachung in den Dörfern, die Reorganisation der WIN-Kräfte in diesen Gegenden und neue große, gefährliche Aktionen gegen die Kommunisten. Seltsam, fast alle Kommandeure «derer aus dem Wald» endeten unter ähnlichen Umständen, an der Seite ihrer sie verratenden Geliebten und Untergebenen, in trunkenen Träumereien von neuen Kämpfen, in geradezu überraschender Unkenntnis der Lage. Dies war kein Zufall. Von den Jägern umstellte Tiere zeigen stets eine leicht vorherzusehende Verhaltensweise, die man in den verschiedenen Handbüchern für den Jäger geschildert finden kann. Die Tiere besitzen nicht allzuviel Erfindungsgabe; es sind eben Tiere. Leute vom Schlage Żubryds verließen den Schauplatz des Lebens ebenfalls nach einem bestimmten, allen Bandenhäuptlingen gemeinsamen Schema. Man konnte voraussagen, was sie tun würden. Durch die ihnen eigene Primitivität ähnelten die verschiedenen «Żubryds» mehr den Tieren als den Menschen.

Bei der Jagielska wurde Żubryd eines Tages von seinem Stellvertreter Zawieja aufgespürt. «Man muß mit der UPA Rücksprache nehmen und beschließen, was weiter zu tun ist», erklärte er seinem Kommandeur. «Die Leute werden ungeduldig. Wenn du dich noch ein paar Tage so verhältst, zerfällt die Abteilung.»

In einem Anfall plötzlicher trunkener Energie hatte Żubryd beschlossen, nach R. zu reiten. In dem befreundeten Kloster würde man die Abteilung in Ordnung bringen, und von dieser Basis aus würde es ihnen sicherlich gelingen, Kontakt zu Kurinnij Ren aufzunehmen. Das war jetzt der einzige Rettungsanker. Eine Mobilmachung neuer Leute für die Abteilung «Brennendes Herz» war nur möglich, wenn die UPA half – die einzige Organisation, die noch den entsprechenden Druck auf die Bevölkerung ausüben konnte.

Żubryd zog seine Wattejacke aus. Ein Schauer überlief ihn. Es war kalt. Ein eisiger Nordwind wehte. Er rückte seine Mütze zurecht ...

«Beende deine Toilette!» Zawieja riß die Geduld. «Wir sehen sowieso alle wie Lumpengesindel aus, du an der Spitze. Los, mach schon!»

Der Kommandeur der Abteilung «Brennendes Herz» ging zur Klosterpforte. Seine Untergebenen stellten sich etliche Meter davon entfernt auf. Wie erbärmlich nahm sich jetzt dieses Häuflein bewaffneter, zerlumpter Kerle aus im Vergleich zu ihrer Glanzzeit. Żubryd dachte daran, während er lange gegen die Tür polterte, die niemand öffnete. Kloster und Dorf machten den Eindruck, als wären sie ausgestorben.

«Ist dort jemand!» rief Żubryd schließlich ungeduldig. Wütend trat er mit dem Fuß gegen den unteren, metallbeschlagenen Teil der Pforte. Er mußte jedoch noch einige Minuten warten, ehe ihm geöffnet wurde.

Er erblickte vor sich die breitschultrige, hochmütige Gestalt des Kanonikus. «Oh! Ehrwürden sind wieder im Lande?» rief er erfreut.

«Was gibt es, Herr Major? Sie sind schrecklich ungeduldig, meine Herren.» Der Geistliche musterte Żubryd aufmerksam, blickte zu seinen Untergebenen hinüber und rieb sich die Hände, bat die Gäste jedoch nicht in das Klosterinnere.

«Es ist kalt hier», sagte mit heiserer Stimme der Kommandeur der Abteilung «Brennendes Herz», «könnten Ehrwürden mir ein paar Minuten widmen? Ich möchte auch mit Schwester Modesta reden.» Er mühte sich, ruhig zu sprechen, aber der Zorn wallte immer heftiger in ihm auf. So hatte man sie früher in R. nicht empfangen.

«Die Sache ist riskant, Herr Major», die Worte des Geistlichen flossen weich und melodisch dahin wie während der Predigt oder bei der Beichte. «Gestern war Militär hier. Das hält sich jetzt ständig in der Umgebung auf. Es kommt vor, daß die Soldaten zweimal täglich in R. sind. Ihr Hauptmann hat sogar in der Gastzelle genächtigt, in der Sie sonst wohnten … Mit den Soldaten kamen ebenfalls diese Zivilkavalleristen des Herrn Krzysztof Dwernicki. Ich sage Ihnen, wie es ist. Halten Sie es unter diesen Umständen nicht für gefährlich, Major …»

«Wir werden uns doch nicht draußen unterhalten!» unterbrach ihn Żubryd. Die Selbstbeherrschung verlierend, stieß er den Geistlichen zurück und betrat den Gang. Er begab sich in das Klosterinnere und sah gerade noch Schwester Modestas Haube um die Ecke huschen.

«Ich begreife, daß wir jetzt unerwünschte Gäste sind.» Er lachte trocken auf. Einspruch erwartete er keinen. Der Geistliche stand wie eine Bildsäule mit vor der Brust verschränkten Armen im Klostergang. Er bat Żubryd weder in das Refektorium noch in eine der anderen Zellen. Żubryd blickte ihn schräg von unten herauf an und verzog das Gesicht. «Ehrwürden Kanonikus, ich sage kurz, worum es mir geht», er sprach schnell, den Blick starr auf den gekachelten Fußboden gerichtet. Die Verbitterung würgte ihn dermaßen, daß es ihm schwerfiel, Worte zu finden. «Ich muß so schnell wie möglich Kontakt zu Kurinnij Ren aufnehmen. Seit langem haben wir miteinander vereinbart, daß ich hier für ihn Nachrichten hinterlasse. Wenn Schwester Modesta so freundlich wäre, einen Strohwisch in das Turmfenster zu stellen, wäre Rens Verbindungsmann im Laufe von vierundzwanzig Stunden hier. Das ist mein Zeichen für ihn. Die Sache ist ungeheuer wichtig, Ehrwürden Kanonikus, und dringend ... Das ist alles. Ich wollte noch darum bitten, mit meinen Leuten einkehren zu dürfen, aber ich verzichte darauf.»

Er war so erregt, daß er die guten Manieren vergaß und sich mit dem Ärmel der Wattejacke geräuschvoll die Nase putzte. Völlig verblüfft, nahm er zur Kenntnis, was der Geistliche ihm sagte: «Wir können nichts für Sie tun, Herr Major.»

«Wir werden den Strohwisch selber heraushängen, Ehrwürden Kanonikus», sagte Żubryd hart.

«Ein wenig Demut, mein Sohn. Das wäre ein Übergriff Ihrerseits in ein fremdes Gebiet!»

«Es ist mir gleich, wie Ehrwürden es nennen.»

«Das Kloster darf nicht in Ihre Angelegenheiten hineingezogen werden, Herr Major.»

«Aber als wir siegten, da ließ es sich hineinziehen, was, Ehrwürden Kanonikus? Da war es möglich! Seltsam ... Noch im Mai hielten Ehrwürden eine Ansprache an die Leute meiner Abteilung, und das Kloster widmete uns eine Standarte. Erinnern sich Ehrwürden? Damals sagte übrigens Hauptmann Piskorz seligen Angedenkens, daß Sie uns wegwerfen wie abgetragene Galoschen, sobald sich nur die Situation ändern würde. Er hatte recht, und ich Narr beschwichtigte ihn noch.»

Er nieste und schneuzte sich abermals mit dem Ärmel der Wattejacke. Seit dem Verfall der Abteilung hatte er immer mehr den einstigen Schneid verloren. Selbst die Manieren, die man ihm in der Grudziądzer Kaserne beigebracht, hatte er vergessen. Er war nun wieder der Sanoker Strolch, Sohn des ortsansässigen Schuldieners, der seine Frau prügelte und sich halb dumm soff.

«Ihre Worte schmerzen mich», sagte der Geistliche. «Das Herz blutet einem, wenn man sieht, was aus euch allen geworden ist. Doch wir sind machtlos ... Darf man die Niederlage noch vergrößern? Haben Sie gehört, Major: Die Kommunisten werden alle Personen, die den Waldabteilungen Hilfe gewährt haben, zwangsweise aus der hiesigen Gegend aussiedeln. Meinen Sie, daß sie zögern würden, das Kloster zu liquidieren, wenn sie uns etwas vorzuwerfen hätten?»

«Menschen kommen um, und Ehrwürden denken ans Kloster!» Żubryd lachte verbittert auf.

«Sie sind kurzsichtig, mein Sohn. Die Kirche hat schon viele Veränderungen überlebt. Wir haben nicht das Recht, ihren Besitz zu vergeuden! Sie kommen und gehen. Die Kirche bleibt. So war es, und so wird es sein. Der Besitz der Kirche ist heiliges Gut. Wir dürfen es nicht zum Verlust des Klosters kommen lassen.»

«Was sollen wir also machen?» rief Żubryd aus.

«Die Situation hat sich geändert. Die Sonne hat sich hinter den Wolken versteckt, aber das heißt nicht, daß sie nicht wieder zum Vorschein kommen wird ... Wir sollten alle demütig und geduldig sein, mein Sohn. Die Gnade des Herrn ist grenzenlos. Sie müssen an sie glauben und beten.»

«Sollen wir nach Hause zurückkehren? Uns stellen? Ich verstehe nicht, was Ehrwürden meinen.»

«Ich bin Kaplan und eine unbefugte Person, mein Sohn. Es ist nicht an mir, euch in weltlichen Fragen einen Rat zu geben. Jedenfalls meine ich, daß jedes Dach gut ist zum Schutz vor Unwetter, wenn es nur den Regen abhält.»

«Sind Ehrwürden endlich einverstanden, daß wir den Strohwisch aufstellen?»

«Ich werde Schwester Modesta bitten, daß sie noch dieses eine Mal nachgibt und sich damit einverstanden erklärt, Herr Major. Aber das ist wirklich das letzte Mal!»

Zawieja und die übrigen Mitglieder der Abteilung «Brennendes Herz» waren ernstlich erzürnt über die Abwesenheit des Kommandeurs. Am bleichen Gesicht des Majors lasen sie sofort ab, daß er keine guten Nachrichten brachte. Er rief Zawieja, Makowski und Garuba auf die Seite. «Im Kloster wollen sie uns nicht aufnehmen. Sie haben Angst vor dem Militär», sagte er und tat so, als lasse ihn die Absage völlig kalt. «Wir müssen jedoch hier irgendwo in der Nähe auf den Verbindungsmann von Ren warten.»

«Wir kommen um vor Kälte, verdammt noch mal ... Wo willst du bei diesem Frost warten?» rief Zawieja erregt.

Żubryd zuckte die Achseln. Wie sich dieser Zawieja verändert hat. Früher war er so diszipliniert!

Auf dem Weg durch R. hielten sie vor Romuald Wodzickis Haus. Sie beugten sich weder seinen energischen Protesten noch erschraken sie vor der Ankündigung einer «Strafe Gottes». Wodzicki mußte die Hosen herunterlassen und sich auf den Estrich legen. Zawieja versetzte ihm zehn Hiebe mit dem Ladestock, selbstverständlich nicht ohne dem Delinquenten vorher eröffnet zu haben, diese Behandlung werde ihm wegen Betrugs zuteil. Die Żubryd-Leute waren der Ansicht, das ganze Unglück sei über sie gekommen, nachdem sie jene wundertätigen Holzstückchen von Wodzickis Birnbaum empfangen hätten.

Die Prügelstrafe an Herrn Romuald war die letzte Tat der Kampfabteilung «Brennendes Herz».

Die nicht unter die Amnestie fallende Organisation der Ukrainischen Nationalisten und die ihr unterstehende Ukrainische Aufständische Armee erhielten den Auftrag, nachzuweisen, daß sie demokratische Gruppierungen seien. Diesen Beschluß faßte der Oberste Ukrainische Befreiungsrat mit Stefan Bandera an der Spitze. Es galt, diesen Beschluß so rasch wie möglich in die Tat umzusetzen. Es war ein Unding, daß die Kommunisten fortgesetzt aller Welt beweisen konnten, daß in den Reihen der OUN und der UPA nicht nur ukrainische Faschisten dienten, sondern ebenfalls waschechte Hitlerleute deutscher und anderer Nationalitäten. Die Beschuldigungen, die ukrainischen Soldaten der UPA seien Faschisten, konnte man zurückweisen, man konnte sie einfach in Abrede stellen. Schlechter bestellt war es um die Deutschen, die unter dem Zeichen des «Dreizacks» kämpften. Zu sagen, es gäbe sie nicht in der UPA, war ausgeschlossen. Zu viele Leute, unter anderen die ausländischen Journalisten, konnten die Anwesenheit von Hitleranhängern in der Ukrainischen Aufständischen Armee bestätigen. Sie nach Deutschland zu entlassen war ebenfalls unmöglich. Dann würden sie von ihrem Dienst in der UPA erzählen, Presseinterviews geben und Memoiren veröffentlichen. Ein ewiges Zeugnis von der Teilnahme der Soldaten des Führers in der nationalistischen Bandera-Bewegung. Eine Kompromittierung. Die Mitglieder des UHWR – des Obersten Ukrainischen Befreiungsrates – überlegten nicht lange. In solchen Dingen besaßen sie Erfahrung. Sie beschlossen: Die Deutschen und die anderen der UPA angehörenden Ausländer müssen verschwinden. In des Wortes wahrster Bedeutung. Sie müssen so verschwinden, daß man nicht einmal nachweisen kann, daß sie ehedem einen beträchtlichen Prozentsatz der Hundertschaften ausgemacht haben. Jede Spur dieser Fremden muß getilgt werden. Möge niemand der ukrainischen nationalistischen Bewegung vorwerfen, sie sei faschistisch und sammle unter ihren Fahnen ehemalige Hitlerleute.

Durch das Kurierzentrum der OUN, «Holodomor», erreichte die Nachricht den Landesprowidnik Stiah. Nach einer kurzen Beratung mit seinem Stellvertreter Orlan und dem Kommandierenden der Gruppe San, Orest, setzte er fest, daß die Deutschen und die anderen Ausländer in allen Hundertschaften gleichzeitig, sehr diskret und nur mit Hilfe der ergebensten Schützen zu liquidieren seien. Man habe sie jeweils verschiedener schwerer Vergehen zu beschuldigen, zum Beispiel der Organisierung von gemeinsamen Desertionen, Plänen, sich dem Feind zu ergeben, oder der Sabotage der Befehle. Bei gutdurchdachten Provokationen wären öffentliche Massenexekutionen nicht ausgeschlossen.

Gemäß einem Beschluß des UHWR war es verboten, irgendwelche schriftlichen Instruktionen oder Befehle über die Angelegenheit herauszugeben. Angefangen bei dem Beschluß selbst und aufgehört bei den Anweisungen an die niedrigsten Vollstrecker, sollte alles nur auf mündlichem Wege erfolgen. Termin für die Ausführung des Befehls: spätestens bis Mitte Januar 1947.

Der Verbindungsmann Wyr überbrachte diesen mündlichen Bescheid Kurinnij Ren, der die Instruktion sofort an seine Untergebenen weiterleitete.

«Die Ukrainische Aufständische Armee ist eine demokratische Organisation, und wir können in unseren Reihen keine Hitlerleute dulden», erklärte der Kommandeur des Kurins seinen Hundertschaftsführern Hryn, Bir und Stach.

Er zeigte ihnen ferner die in diesem Zusammenhang von Orlan und dem Redakteur der «Peremoga», Pewnij, verfaßten Flugschriften. Die Autoren teilten mit, daß die UPA in ihren Aktionsgebieten die ehemaligen Hitlerleute und Kriegsverbrecher verschiedener Nationalität, die sich unter anderem in den Karpaten verborgenhalten, liquidiere. Dies war sehr klug. Es kam eventuellen Angriffen, von welcher Seite auch immer, zuvor, begründete die planmäßige Liquidierung und bewies mit einem Schlage, daß die Bandera-Leute eine fortschrittliche, demokratische Organisation seien.

«Gar nicht dumm!» Bir war begeistert. «Wir haben sie noch gar nicht liquidiert, aber die Artikel sind schon da.»

«Die Zahl der Schützen in den Hundertschaften nimmt dadurch ab», sagte Hryn.

«Schadet nichts. Wir haben sowieso nicht übermäßig viel zu fressen. Die Polacken liquidieren in einem fort die Magazine. Zum Frühjahr werden wir eine neue Mobilmachung erlassen», beschwichtigte ihn Stach, ein schmächtiges Kerlchen. Er hatte die krummen Beine eines Jockeis und ein stets verzerrtes Gesicht, als quäle ihn irgendein inneres Leiden.

Ren setzte seine Untergebenen außerdem davon in Kenntnis, daß die Ärzte von der Liquidierung ausgenommen seien. Sie seien zu wichtige Spezialisten, als daß die Ukrainische Aufständische Armee auf sie verzichten könnte. Sie alle würden in Zusammenhang damit sofort in die Lazarette der UPA übergeführt und von den anderen Deutschen abgesondert. Einige Monate müsse man sie von den Hundertschaften fernhalten, später dann werde man irgendeinen Vorwand finden.

«Das wird wieder Nerven kosten», sagte Bezirksprowidnik Ihor nach dieser Besprechung zu Ren.

«Sie sind noch immer nicht hart genug, lieber Doktor.» Ren klopfte ihm auf die Schulter. «Aber ich habe eine glänzende Nachricht für Sie ...» Er ergötzte sich eine Weile an der Neugier, die er in dem anderen geweckt hatte. Aufmerksam die Wirkung seiner Worte prüfend, sagte er: «In der zweiten Januarhälfte übernehmen Sie die Funktion des Chefs des Landessekretariats bei Prowidnik Stiah!»

Ihor war zunächst sprachlos vor Rührung. Endlich war er einen Schritt vorangekommen. Es war zwar noch nicht die Ausreise in die westliche Zentrale der Bewegung, aber vom Sekretariat Stiahs – er leitete die OUN im gesamten Polen – war es immer noch näher zum UHWR als von Rens fernem Kurin aus. Ihor strahlte vor Glück.

Tags zuvor hatte es geschneit. Jetzt werden sich die Hundertschaften endlich ausruhen können, dachte der Kommandeur des Kurins. Der Winter war im vergangenen Jahr der Verbündete der UPA gewesen, weshalb sollte er es nicht auch in diesem Jahre sein?

«Ich muß meine Frau von meiner Ernennung in Kenntnis setzen!» ereiferte sich Ihor.

«Nach der Liquidierung der Deutschen werden Sie zu ihr fahren können», versicherte ihm Ren.

Die Liquidierung verlief planmäßig.

Stabsarzt Kemperer wurde in das neue unterirdische Lazarett der UPA an der Kraglica geschickt. Er sollte es John Curtis zeigen, der nach seinem Urlaub bereits das dritte Mal in dieser Gegend weilte.

In Hryns Hundertschaft ging die «Demokratisierung» glatt vonstatten. Der bärtige Heinz wurde erschossen wegen Diebstahls, begangen an Kameraden, obwohl er beteuerte, niemals gestohlen zu haben. René aus Lyon wurde eine Kugel durch den Kopf gejagt, weil er sich eine venerische Krankheit zugezogen hatte – es war bekannt, daß er bereits vor seinem Eintritt in die Hundertschaft daran litt. Acht Deutsche, die man der geplanten gemeinsamen Desertion beschuldigte, wurden gehenkt. Alles in allem schaffte sich Hryn unter verschiedenen Vorwänden vierzehn Personen vom Halse. Die Slowaken, Ungarn und Rumänen waren zum Glück noch im Sommer und Herbst aus der UPA desertiert und, ungeachtet des Risikos, in ihre Heimatländer zurückgekehrt.

In Stachs Hundertschaft waren acht Deutsche zu töten. Bei Bir waren es zwölf. Beide Hundertschaften führten den Befehl tadellos aus.

Auf dem Gipfel des Halicz erschienen in diesem Winter alle paar Tage neue Bandera-Galgen. Das Militär machte sich auf den Weg, um die Gehenkten abzunehmen. Sie hatten Pappschildchen umgehängt mit der erläuternden Aufschrift, daß so die «faschistischen Verbrecher» von der UPA bestraft würden. Die Gefangenen Hauptmann Wiśniowieckis und Oberleutnant Siemiatyckis erkannten in den Toten die treuesten und bisher ergebensten Schützen der Ukrainischen Aufständischen Armee – die Deutschen und andere Ausländer.

Auf diese erstaunlich einfache Weise wurde die UPA eine demokratische Organisation. Um allen Mißverständnissen auszuweichen, ergingen noch zusätzlich schriftliche Befehle, die das Tragen des Abzeichens der Formation

«SS-Galizien», des Hakenkreuzes sowie der Hitlerorden und -medaillen verboten. Untersagt wurde sogar der Gebrauch von Decknamen, die ihres blutrünstigen Inhalts wegen allzusehr auffielen. Zuwiderhandelnde wurden mit Prügel bestraft, an den Beinen aufgehängt oder in eiskaltes Wasser getaucht. Die Organisation der Ukrainischen Nationalisten ging scharf vor, um die Spuren der Vergangenheit zu verwischen. Sie ging scharf vor, aber sie tat es zu spät.

Der Kommandeur des Kurins, Ren, hatte sich getäuscht. In diesem Jahr war der Winter der Verbündete des Militärs. Das Blatt wendete sich zuungunsten der Ukrainischen Aufständischen Armee.

Die Soldaten stapften nicht mehr durch tiefe Schneewehen, die im vergangenen Winter ganze Einheiten lahmlegten, indem sie ihre Bewegungen in höchstem Maße erschwerten. Das Militär war jetzt mit Skiern und weißen Tarnanzügen ausgerüstet. Ein einfacher Schachzug, der den Soldaten sofort das Übergewicht über den Feind verschaffte.

Als bester Skitrainer im Regiment erwies sich Oberleutnant Zajączek. Die Bretter an seine Storchenbeine geschnallt, stand er auf dem Gipfel des seit dem denkwürdigen Strafexerzieren «Monte Cassino» benannten Hügels und dirigierte von dort aus die Soldaten, um sie in die Geheimnisse der schwierigen Kunst des Skilaufens einzuweihen. Stundenlang fuhren sie einzeln und gemeinsam den «Idiotenhügel» hinunter, kletterten wieder hinauf, fielen hin, gewöhnten die anfangs widerspenstigen Beine an Kristianias und Telemarks. Dann folgten der Reihe nach das Fahren mit nur einem Stock und ganz ohne Stock, mit dem Gewehr über der Schulter und in der Hand, die Überwindung der verschlungenen Hohlwege im Wald, das Üben von Umfassungsangriffen und das Beziehen der Schützenstellungen mit Brettern an den Füßen.

Oberleutnant Zajączeks scharfe Stimme durchschnitt die Frostluft und peitschte die trainierenden Soldaten von früh bis spät an. In verhältnismäßig kurzer Zeit beherrschten die Kompanien die neue Kunst so weit, daß sie die Ausbildung bereits in unmittelbaren Kampfhandlungen mit dem Feind vervollständigen konnten.

Die weißgekleideten Bataillone schoben sich durchs Gebirge wie Gespensterzüge. Im Morgengrauen und in der Abenddämmerung waren sie fast unsichtbar. Sie gewannen an Schnelligkeit und Wendigkeit. Die Entfernungen lasteten nicht mehr so unerträglich auf ihnen wie im Sommer oder im vorangegangenen Winter. Auf Skiern ließen sich die Kilometer um vieles leichter zurücklegen.

Die Bewegungen des Gegners waren nun sehr erschwert. Der Schnee ist wie ein sauberes Blatt, von dem man jede Spur ablesen kann. Der Feind hinterließ zwangsläufig Spuren, denen wiederum das Militär folgte, ohne dabei soviel Zeit zu verlieren wie früher. Die Bandera-Leute hatten immer größere Verluste. Man spürte ihnen unablässig nach, überfiel und vernichtete sie. Bald konnten sie sich fast überhaupt nicht mehr bewegen. Sie steckten in den Wäldern und trauten sich kaum noch hervor.

Noch in einer anderen Beziehung waren sie in einer schwierigen Situation. Dadurch, daß man die Lebensmittelbunker aufgefunden hatte, war die Ernährungsgrundlage des Gegners untergraben. An die Lager der Hundertschaften Rens, Bajdas, Berkuts und Żeleźniaks klopfte ein gefährlicher Feind: der Hunger. Die Zahl der bewohnten Dörfer hatte sich im Jahr zuvor bedeutend verringert. Der überwiegende Teil war von den Umsiedlern verlassen worden, der Rest in den Kämpfen oder während der Racheaktionen der UPA niedergebrannt. Die Kurine wußten nicht mehr, woher sie Lebensmittel nehmen sollten. Ihre letzten Vorräte waren aufgebraucht.

Mit dem Hunger stellten sich Krankheiten ein. Reiche Ernte hielt in den Dörfern und Hundertschaften der Flecktyphus. An dieser Krankheit starben Bauern und Bandera-Leute. Der Impfstoff, den die Militärärzte lieferten, erreichte noch gerade die Dörfer, aber die Bandera-Leute kamen an ihn nicht heran. Mehrere Arzneimitteltransporte für die Banden fielen den Mitarbeitern der Sicherheitsorgane auf der Eisenbahn in die Hände. Neue trafen nicht ein.

Das Militär, der Hunger und die Krankheiten plagten die Ukrainische Aufständische Armee. Ihre Lage war sehr schwer. Kurinnij Ren hatte sich gehörig verrechnet. Der Winter war jetzt der Verbündete der «Roten».

Der Verbindungsmann des Kurierzentrums «Holodomor», der sich auf dem Weg zu Kurinnij Ren befand, fiel bei Typskopa den Soldaten von Hauptmann Jerzy Ciszewskis Bataillon in die Hände. Er fiel im wahrsten Sinne des Wortes. In dem dichten Schneegestöber hatte er das Militär überhaupt nicht bemerkt. Aufgefordert stehenzubleiben, griff er nach der Maschinenpistole. Unteroffizier Matysek kam ihm zuvor. Der Bandera-Mann stürzte in den Schnee und färbte ihn tiefrot. Der Tote wurde durchsucht, und man fand bei ihm einen auf Seidenpapier geschriebenen Brief. Der Prowidnik des Sicherheitsdienstes der UPA, Dalnycz, warnte darin Kurinnij Ren vor der Aufnahme jeglicher Kontakte mit dem Kommandeur der Abteilung «Brennendes Herz», Major Żubryd. Dalnycz stellte fest, daß man nach der Amnestie zu den Gruppen der Organisation WIN keinerlei Vertrauen haben könne. Alles – so meinte der Prowidnik des Sicherheitsdienstes – deute auf den «Zusammenbruch der Organisation WIN» hin, und eben dadurch könnten Kontakte die Ukrainische Aufständische Armee schädigen.

Rasch eilten die Worte durch den Äther.

Auf dem Funkwege übermittelte Hauptmann Ciszewski den Inhalt des

Briefes an Major Grodzicki. Im Regimentsstab zog man, nachdem man sich mit Oberleutnant Turski ins Einvernehmen gesetzt hatte, Schlußfolgerungen aus dem Inhalt des Briefes: Wenn man den Bewegungen von Żubryds Abteilung folgte, würde man nicht – wie bisher angenommen – zu Ren gelangen. Somit war es sinnlos, die übriggebliebenen Żubryd-Leute in Ruhe zu lassen, denn Ren hatte diese Nachricht womöglich auch von anderer Seite erhalten. Die Abteilung «Brennendes Herz» könnte vernichtet werden. Ihre genaue Position und daß sie in der Nähe von R. auf eine Begegnung mit Ren wartete, waren dank Makowskis und Garubas letzter Meldung bekannt. Hauptmann Ciszewski erhielt die entsprechenden Befehle.

«Haben Sie Verbindung mit Dwernicki?» fragte ihn über Funk Oberleutnant Turski.

«Nein», lautete die Antwort.

«Das ist schade», der kleine Oberleutnant war betrübt, «die Liquidierung der Żubryd-Leute würde dem Alten eine ungeheure Genugtuung sein. Er hat so lange darauf gewartet!»

«Was soll ich also tun?»

«Keine Gefühlsduseleien! Den Befehl ausführen!» schaltete sich Major Grodzicki in das Gespräch ein.

Die Skier glitten über den Schnee. Fünfhundert Paar Bretter zerfurchen die weiße Fläche. Die Soldaten in ihren Tarnanzügen sehen aus wie weiße Vögel. Kompanieweise zerstreuen sie sich über die Alm und schießen auf Hunderten von Bahnen hinab in die Tiefe. Eine silbrigweiße Wolke steigt auf. Die Luft saust in den Ohren. Die Schußfahrt benimmt einem den Atem. Die Bäume des Waldes, der die Wiese säumt, fliehen zurück. Der weiße Tod nähert sich der Abteilung «Brennendes Herz». Er kommt näher und näher.

Żubryd wartete mit seinen Leuten auf eine Nachricht von Ren.

Sie hatten drei verlassene, am Ufer eines Baches gelegene Hütten bezogen. Tagsüber steckten sie die Nase nicht heraus. Frische Luft schöpften sie nur nachts. Die Lebensmittel waren ihnen ausgegangen. Drei Männer waren erkrankt. Der Teufel mochte wissen, woran. Sie hatten hohes Fieber. Sie phantasierten und hatten Schüttelfrost. Żubryd litt unter dem Mangel an Schnaps. Er wollte sich mit Makowski und Garuba nach dem nächsten, etwa zwölf Kilometer entfernten Dorf aufmachen, um welchen zu besorgen, aber Zawieja erhob dagegen Einspruch. Sie zankten sich und warfen einander finstere Blicke zu. Doch es half nichts. Man mußte auf den Verbindungsmann warten. Einzig die UPA konnte jetzt den Trümmern der WIN-Abteilung helfen. Im Dämmerlicht der Hütte blitzten unruhig die Augen der Żubryd-Leute. Augen gehetzter Tiere. In ihnen waren Wachsamkeit und Besorgnis zugleich. Das Schlimmste ist das Warten. Die Nerven der Mitglieder der Abteilung

«Brennendes Herz» befanden sich bereits seit Monaten in einem Zustand höchster Anspannung. Gegenwärtig hatte die Anspannung den Höhepunkt erreicht. Sie war so groß, daß die WIN-Leute sich erleichtert fühlten, als sie den ersten Schuß vernahmen, der den Fensterrahmen einer der Hütten zertrümmerte.

Leutnant Daszewskis Kompanie schoß Dauerfeuer. Die Soldaten lagen auf dem Gipfel eines kleinen Hügels gegenüber den Hütten und leerten Magazin um Magazin ihrer Maschinenpistolen. Die MG-Schützen nahmen eine Hütte nach der anderen aufs Korn. Daszewski beobachtete gelassen, wie die Żubryd-Leute ins Freie liefen und auf der ausgedehnten Wiese jenseits des Gebirgsbaches Stellung bezogen.

Die Kompanien der Oberleutnante Rafałowski und Zajączek schlichen sich an eine kleine Schonung heran. Die Soldaten schnallten die Skier ab und steckten sie in den Schnee. Auf den Gewehren blitzten in den Strahlen der Wintersonne die Bajonette. Beide Kompanien knieten nieder wie zum Eid. Die Bajonette neigten sich nach vorn. Die Soldaten waren gefechtsbereit.

«Wir werden uns nicht lange mit den Banditen aufhalten», sagte Ciszewski zu den Offizieren. «Sobald die Leuchtkugel steigt, greifen wir an.»

«Fertigmachen zum Angriff!» wurde von Gruppe zu Gruppe durchgegeben.

Ciszewski gab dem Schützen Rudzki, der die Leuchtpistole schußbereit hielt, ein Zeichen. Die Soldaten beugten sich vor wie Läufer auf der Aschenbahn.

In diesem Augenblick spürte Hauptmann Ciszewski, daß ihn jemand am Ellenbogen packte. Es war Oberleutnant Zajączek. Sein ausgestreckter Arm zeigte auf den Wald. Jerzy blickte in diese Richtung. Der Schütze Rudzki ließ die Leuchtpistole sinken und schaute ebenfalls dorthin.

Zwischen den Bäumen sammelte sich Krzysztof Dwernickis Kavallerie zur Attacke.

Oberleutnant Turski war es doch gelungen, sie von dem Unternehmen gegen die Reste der Abteilung «Brennendes Herz» zu benachrichtigen. Der alte Pferdeliebhaber war im letzten Augenblick an Ort und Stelle eingetroffen, um seinen Schwur einzulösen.

Ciszewski gab den Kompaniechefs einen Wink.

«Wir lassen ihnen den Vortritt», sagte er, auf die Kavalleristen zeigend. Die Bajonette richteten sich auf.

Dwernicki murmelte ein Dankgebet vor sich hin. Sein Gesicht war fast so weiß wie der Schnee. Die Stunde, auf die er so lange gewartet hatte, war da. Die Vorsehung erwies sich ihm gnädig. Er war so bewegt, daß er kein Wort herausbrachte. Es fiel ihm schwer, sich zu beherrschen. Er wischte die Tränen fort, die seinen Blick verschleierten. Eine Weile blickte er auf den Feind, von dem ihn einige hundert Meter trennten. Die Wiese war abschüssig. Der Wind hatte hier den Schnee weggefegt, die Erde war hartgefroren. Ideale Angriffsbedingungen. Der Gegner konnte die zwischen den Bäumen stehenden Kavalleristen nicht sehen. Die Żubryd-Leute erwiderten in einem fort Daszewskis Feuer, ohne im geringsten zu bemerken, daß auf der linken Seite, in der Schonung, die Infanteriekompanien lauerten, auf der rechten dagegen, auf einem Hügel im Walde – die Kavalleristen.

Krzysztof Dwernicki stellte sich in den Steigbügeln auf, mit pfeifendem Geräusch zückte er den Säbel. Seine achtzig Mann wiederholten diese Bewegung. Die Pferde spitzten unruhig die Ohren.

Dwernickis Säbel hob sich in die Höhe. Er durchschnitt die Luft, zweimal das Zeichen des Kreuzes machend: über den Köpfen der Kavalleristen und in Richtung des Feldes, in das sie einfallen sollten.

Ciszewski gab dem Schützen Rudzki zum zweitenmal ein Zeichen. Zischend zertrennte die Leuchtkugel die Luft. Daszewski stellte das Feuer ein. Dwernicki rief mit hoher Stimme: «Vorwärts, in Gottes Namen!»

Mit schwerem Hufschlag bewegten sich die Reiter vorwärts. Unter ohrenbetäubendem Hurrageschrei stürzten sie zwischen den Bäumen hervor. In einer breiten Woge ergossen sie sich über die Alm, hinab in die Tiefe.

Zawieja sprang auf das MG zu. Wie ein Besessener feuerte er eine Geschoßserie auf die Kavalleristen ab. Er bemerkte, daß zwei aus ihrer Mitte vom Pferd fielen. Er wollte die Trommel wechseln, aber niemand war mehr bei ihm. In Panik geraten, rannten die Żubryd-Leute in wilder Flucht davon. Dwernickis Männer waren im Nu bei ihnen. Zawieja wurde mit den Säbeln aufgespießt. Dwernicki persönlich spaltete Jastrząb den Schädel. Garuba, der ehemalige Deserteur, der sich rehabilitierte, indem er von den Bewegungen Żubryds Mitteilung machte, floh in Richtung der Soldaten Daszewskis. Er glaubte auf diese Weise seine Leben retten zu können. Für die Soldaten war er jedoch nur ein Bandit. Von seiner Tätigkeit in der letzten Zeit, nach der Amnestie, wußten sie nichts. Er fiel, durchsiebt von einem Feuerstoß aus einer Maschinenpistole. Es ging alles blitzschnell. Im Laufe weniger Minuten waren über die Hälfte der Banditen tot. Ein gutes Dutzend warf die Waffe weg und hob die Hände. Oberleutnant Rafałowskis Kompanie mußte eingreifen, um sie den rasenden bärtigen Kavalleristen zu entreißen.

Die Abteilung «Brennendes Herz» der Organisation «Freiheit und Unabhängigkeit» hatte aufgehört zu bestehen. Die Abteilung wohl, nicht aber ihr Kommandeur.

Żubryd war es gelungen, sich in dem allgemeinen Durcheinander im Gebüsch jenseits des Baches zu verbergen. Niemand bemerkte es, nicht einmal Dwernicki, der überall nach ihm suchte. Der Bandit sprang ins Wasser und stahl sich, indem er bis zum Hals watete und immer wieder tauchte, aus seinem letzten, vom Militär umgebenen Lager fort. Nur der zweite Deserteur, Makowski, der Garuba hatte sterben sehen und es vorzog, sich bei besserer Gelegenheit zu ergeben, lief ihm hinterher. Sie gingen lange, ohne aus dem Wasser herauszukommen. Dank dieser alten Methode hinterließen sie keine Spuren. Bald brach die Nacht an und verbarg ihre Flucht.

Dwernicki war über Żubryds Entkommen verzweifelt. Ciszewski und die anderen Offiziere waren wütend. Ihre einzige Entschuldigung war, daß sich der Kommandeur der Abteilung «Brennendes Herz» so verändert hatte, daß er wirklich schwer zu erkennen war. In dem Funkspruch an den Regimentsstab meldete Ciszewski das Resultat der Aktion. Oberleutnant Turski kam ans Gerät. «Über Żubryd lassen Sie sich keine grauen Haare wachsen», sagte er zu Jerzy. «Das ist jetzt meine Sache.»

Die einen tragen Siege auf dem Schlachtfeld davon, die anderen am Schreibtisch.

Hauptmann Wiśniowiecki, der seit Wochen unermüdlich den Intendanten oder Quartiermeister des Renschen Kurins, Demian, verhörte, konnte sich nun wenigstens eines geringen Erfolges rühmen. Der Bandera-Mann bezeichnete genau die Stelle, an der sich das Lager von Hryns Hundertschaft befand, und zeigte sie auf der Karte. In Birs Lager war Demian nie gewesen und konnte nur ungefähr sagen, wo es lag.

Die Aktion gegen Hryn wurde unverzüglich unternommen. Größere Truppenteile wurden dafür abkommandiert.

Nachts brachte der Panzerzug Oberstleutnant Chmuras Abteilungen nach Komańcza. Von dort begaben sie sich bis in die Nähe von Duszatyn und drangen geradewegs in den Chryszczata-Wald ein.

Major Grodzicki führte seine Bataillone über Roztoki, Huczwice und Rabe. Marschziel: der Hügel Maguryczne. Hryns Hundertschaft war die einzige, die ihren Rastplatz nicht gewechselt hatte, sie hatte ihn lediglich den neuen Bedingungen angepaßt.

Die Abteilungen vollzogen ihre Bewegungen ausschließlich in der Dämmerung oder im nächtlichen Dunkel. Die Soldaten bewegten sich auf den Skiern vorwärts wie Blinde. Sie stolperten und fielen immer wieder hin.

«Unteroffizier Matysek, was ist mit euch, verdammt noch mal?» fragte Oberleutnant Zajączek böse. «Habt ihr verlernt, auf den Brettern zu laufen, oder was?»

Der Unteroffizier schüttelte den Kopf und seufzte. «Weiß der Teufel, was uns ist … Wir sehen nichts …»

«Was heißt ‹nichts›? Wir haben doch eine völlig klare Nacht, Schnee, es ist hell wie am Tage», behauptete der Oberleutnant hartnäckig.

«Mag sein. Aber uns trübt irgend etwas die Sicht. Sowie es ein bißchen dunkler wird, sind wir nicht mehr in der Lage, die Gegenstände genau voneinander zu unterscheiden. Man wird so unsicher», erklärte der Unteroffizier verlegen.

Ähnlich empfand die Mehrzahl der Soldaten. Ganze Kompanien bewegten sich wankend vorwärts. In den Augen der Skiläufer lauerte Angst. Sie hielten sich bei den Händen, stützten sich gegenseitig, versuchten einander zu helfen, wenn jemand fiel.

«Nachtblindheit», stellte Doktor Pietrasiewicz fest, als er die Gehenden betrachtete. «Jetzt rächen sich die monatelange schlechte Ernährung, der Vitaminmangel, die schlaflosen Nächte, der allgemeine Erschöpfungszustand des Organismus … Wann schlafen sie denn? Nachts marschieren sie, tags gehen sie in den Kampf, und nur hin und wieder, völlig unregelmäßig, stehlen sie sich ein paar Stunden Schlaf. Das muß sich ja auf den Organismus auswirken.»

«Wie kann man dem abhelfen?» fragte Major Grodzicki. Er wollte nicht zugeben, daß er schon seit längerer Zeit an sich selber den Schwund der Sehfähigkeit in der Dämmerung beobachtete. Er wußte nicht, daß über die Hälfte der Offiziere ebenfalls an dieser Krankheit litt, niemand hatte jedoch davon gesprochen.

«Wir werden Vitamine verabreichen», sagte Pietrasiewicz und verfinsterte sich nachdenklich. Er war sich darüber im klaren, daß das Wichtigste besseres Essen sei. Aber konnte man zu den Einsätzen in den Bergen Feldküchen, Säcke voll Proviant mitnehmen und an dem Grundsatz festhalten, die Speisekarte müsse abwechslungsreich sein? Die Soldaten schleppten den gesamten Proviant, oftmals für eine tagelang dauernde Aktion, auf den eigenen Schultern. Außerdem waren sie bepackt mit der Waffe und der Munition. Die Ausrüstung war wichtiger als der Proviant. Diesem Prinzip treu bleiben hieß die Gesundheit schädigen.

Der Regimentsstab quartierte sich für die Nacht in Mików ein. Zur selben Zeit waren die Bataillone bereits auf den Höhen 640 und 689 in Stellung gegangen. Oberstleutnant Chmura hatte seine Soldaten auf den Höhen 913, 906 und 816 postiert. Die Einsatzgruppe der Grenztruppen aus Cisna befand sich im Süden des Maguryczne. Hryns Lager war eingekreist.

Im Laufe der Nacht kam es ein paarmal zu einem kurzen Schußwechsel. Die Bandera-Leute erkundeten die Lage. Auf Grund ihrer Meldungen verstand Kurinnij Ren, daß das Lager dicht von Militär umschlossen war. Die Situation war ernst. In den Bunkern des Maguryczne hatten sich die Hundertschaften Hryns und Stachs einquartiert. Nachdem die Grenzsoldaten Stachs Lager zerstört hatten, mußte die Hundertschaft hierher übersiedeln. So waren also zwei Drittel des Kurins eingeschlossen.

«Wir haben uns doch schon manchmal aus der Klemme gezogen!» tröstete

Ren die beiden Hundertschaftsführer und die sechs Zugführer. «Und da hat es womöglich noch schlimmer ausgesehen.» Er gab ihnen den Kampfplan bekannt und legte einen Weg aus der Umzingelung fest. Man hörte ihm schweigend zu. Nur Stach sagte, das Gesicht verziehend: «Keiner von den Schützen wird den morgigen Sonnenuntergang erleben. Wir sind alle zum Tode verurteilt.»

«Unke nicht!» rügte ihn Ren.

Die letzte Besprechung der Offiziere fand in der requirierten Hütte des Dorfschulzen von Mików statt, die von den Bewohnern geräumt worden war. Die beiden Hand in Hand arbeitenden Kommandeure besprachen, daß zum Angriff auf das Lager zwei Bataillone des Regiments von Major Grodzicki und eins von Oberstleutnant Chmura antreten würden. Der restliche Teil der Truppen erhielt Befehl, eine elastische Sperre zu bilden, die je nach Bedarf und im Falle eines im Kampfgeschehen eintretenden Wechsels angreifen sollte. Den Kern der Sperre stellte die Einsatzgruppe der Grenztruppen dar, die den eventuellen Rückzugsweg der Banditen nach Süden abzuriegeln hatte. Den Weg nämlich, den sie wahrscheinlich wählen würden, weil er in die Täler hinabführte.

Die Besprechung endete zu später Nachtstunde. Nicht nur die Artilleristen gingen auseinander. Die Männer des Panzerzuges hatten Befehl, in die Nähe von Osławica zu fahren und zur Vorbereitung des Angriffs von den Gleisen aus das Lager zu beschießen. Die gleiche Aufgabe hatten die in einer Abteilung zusammengefaßten Granatwerfer der beiden Regimenter. Ihre Batterien waren auf der Höhe 824 in Stellung gegangen.

«Ich warne davor, in den Hütten zu schlafen», sagte Doktor Pietrasiewicz. «Hier herrscht Typhus …»

Die nächtliche Stille wurde von kurzen Feuerstößen aus Maschinenpistolen unterbrochen. Die Patrouillen beider Seiten tasteten einander ab. Von Zeit zu Zeit schossen irgendwo in der Ferne farbige Leuchtkugeln empor. Das Militär war auf der Hut, damit die Bandera-Leute nicht im Schutze der Dunkelheit ausbrachen. Diese Absicht hatte Kurinnij Ren jedoch nicht. Er fürchtete, daß man die Hundertschaften zersprengte und die Schützen sich verliefen. Außerdem wußte er vorerst zuwenig über den Feind. Die Wahl der Durchbruchstelle hing von der Tiefe der Gefechtsordnung ab, die das Lager umgab. Der Ring mußte dort durchbrochen werden, wo er am dünnsten war, möglichst in der vom Gegner am wenigsten vermuteten Richtung. Diese Kampfregel kannte Ren nur zu gut.

An Doktor Pietrasiewicz trat unter vielen Verbeugungen ein Bauer heran. In der Dunkelheit ertönte seine brüchige Greisenstimme: «Man sagt, daß ein Herr Doktor hier ist … Wir haben ein krankes Kind. Mein Enkelchen. Die

Tochter bittet den Herrn Doktor, so gütig zu sein. Ich heiße Stanicki. Ich bin von hier. Ein Bauer aus Mików ...»

Pietrasiewicz seufzte. Diese Bitten wiederholten sich in allen Dörfern. Er konnte nur wenig helfen. In die weit abgelegenen Gebirgsdörfer gelangten zu dieser Zeit keine Arzneimittel. Der Tod raffte die Menschen ohne Pardon dahin. «Gehen Sie voran, Vater», sagte er zu dem Bauern.

Ciszewski ging mit ihnen. Er hatte keine Lust, sich im Schnee schlafen zu legen, wie manche es taten. Er wollte auch nicht allein sein.

Aus der offenen Stubentür schlug ihnen heiße, verbrauchte Luft entgegen. Ciszewski wich unwillkürlich zurück, aber Pietrasiewicz ging unverdrossen hinter dem Bauern her. Eine hochgewachsene weibliche Gestalt erhob sich neben einem hölzernen Kinderbett. Sie ging zu der an der Wand hängenden Lampe und schraubte den Docht hinauf. Es wurde heller.

Jerzy konnte den Blick nicht von der Frau wenden. Sie hatte hellblondes Haar, einen kühn gewölbten Busen, der ihren Pullover aus grober Schafwolle zu sprengen drohte. Die Augen der Frau waren dunkelblau; im Licht der Lampe glänzten sie wie brünierter Stahl. Sie hatte strenge Gesichtszüge und eine von Kummer durchfurchte Stirn.

«Der Herr Doktor ist da, Maria», sagte Stanicki.

Sie verbeugte sich schweigend. Pietrasiewicz trat an das Bettchen, er beugte sich über das Kind, das schmerzhaft zu weinen anfing. Der Arzt nahm das Stethoskop aus der Instrumententasche. Lange lauschte er auf den Atem des Kleinen, der nicht aufhörte zu weinen.

«Wie alt ist er?»

«Zweieinviertel Jahre. Was fehlt ihm, Herr Doktor? Seit gestern fiebert er, will nichts essen und auch nicht schlafen ... Ist es ...?» Die Stimme der Frau war tief, Besorgnis schwang in ihr.

«Sie denken an Typhus? Es ist schwer zu sagen. Noch liegen keine Anzeichen dafür vor ...»

«Was soll ich tun, Herr Doktor? Was soll ich tun?» Sie rang die Hände.

Pietrasiewicz setzte sich auf einen Stuhl. «Bitte, kochen Sie Wasser ab», ordnete er an. «Ich werde ihm eine Injektion machen, aber ich würde Ihnen empfehlen, wenn es Ihnen möglich ist, ihn nach Sanok ins Krankenhaus zu bringen. Er müßte unter ärztliche Aufsicht gestellt werden. Der Aufenthalt hier ist für ihn gefährlich.»

Sie schwieg. Stanicki hantierte am Herd. Die Flamme schoß hoch und beleckte den verrußten Wasserkessel. Weit draußen erklangen die rhythmischen Feuerstöße leichter MGs. Sie wurden von dem emsigen Rattern eines schweren Maschinengewehrs übertönt. Orgelnd zog ein Artilleriegeschoß seine Bahn. Offenbar begannen sich die Geschütze des Panzerzuges auf die angegebenen Ziele einzuschießen.

«Wann soll ich ihn wegbringen?» fragte Maria. Ciszewski bemerkte, daß sie mit angespannter Aufmerksamkeit auf den Widerhall der fernen Kanonade lauschte.

«So bald wie möglich, am besten gleich morgen», murmelte Pietrasiewicz, das Serum in die Spritze ziehend.

Maria nahm den Kleinen auf den Arm. Das klägliche Geschrei des Kindes ertönte. Die Frau krümmte sich, als habe man ihr die Nadel in den Körper gestochen. Dann legte sie ihren Sohn wieder behutsam in das Bettchen.

«Die Banditen belästigen euch hier nicht, Vater?» fragte der Arzt Stanicki. «Ihr seid ihre nächsten Nachbarn.»

«Ins Dorf kommen sie nicht ... Fünf Monate waren sie nicht mehr hier», log der Hausherr.

«Habt ihr denn keine Angst, eure Tochter hierzubehalten? Wo ist ihr Mann?»

«Wohin soll die Frau flüchten, Herr Doktor? Es kommt, wie Gott will. Und ihren Mann haben die Bandera-Leute schon fünfundvierzig umgebracht. Er wollte nicht in die Hundertschaft gehen ...», erklärte Stanicki.

Ciszewski begegnete dem kalten, gleichgültigen Blick Marias. Sie mußte in diesem Augenblick mit ihren Gedanken weit fort von ihnen sein.

«Mit ihnen dort», sie zeigte mit der Hand hinter sich, zum Wald hin, «ist es aus, nicht wahr, Herr Doktor?» fragte sie unvermittelt.

«Das kann man wohl sagen. Wenn nicht heute, dann morgen», sagte er und blickte sie forschend an.

«Krieg wird es nicht geben ...», meinte Stanicki wie im Selbstgespräch.

«Nein», bestätigte Pietrasiewicz. «Den wird es nicht geben.»

Er schrieb eine Krankenhauseinweisung für das Kind und reichte sie Maria. «Wann fahren Sie?»

«So schnell wie möglich, Herr Doktor.» Ihre Stimme war nun hart und entschlossen. Wieder lauschte sie auf die vereinzelt fallenden Schüsse.

Sie verließen die Hütte und sogen mit Wohlbehagen die Frostluft in die Lungen. Der Mond zog gleichgültig seine Bahn. Er war in ein nebliggraues, orangefarbenes Wams gehüllt. Die Schüsse waren verstummt.

«Wenn sie die Tochter dieses Alten ist, bin ich der Sohn von Hirohito», murmelte Doktor Pietrasiewicz. «Haben Sie bemerkt, wie sich die Frau ausdrückt, Hauptmann?»

«Und wie sie aussieht», fügte Ciszewski hinzu.

Beide ahnten nicht, daß sie durch ihren Besuch Marias Entschluß, diese Gegend zu verlassen, beschleunigt hatten.

Aus der Dunkelheit tauchte Wachtmeister Kaleń auf. «Alles klar zum Gefecht», sagte er. «In einigen Stunden werden wir den Banditen aber Zunder geben!»

«Weshalb streifen Sie im Dorf herum, Wachtmeister?» fragte der Arzt streng. «Es wurde ausdrücklich verboten.»

«Ich wollte mich nur ein wenig umschauen. Wir sind übrigens geimpft. Das ganze Dorf wird wohl abkratzen. In allen Häusern Todeskandidaten. Sie sehen aus wie Skelette. Schwarz. Schrecklich. Ein scheußlicher Gestank. Es scheint, daß in einigen Hütten schon Leichen liegen. Niemand begräbt sie. Die noch leben, haben keine Kraft, sich zu bewegen. In so einem verpesteten Dorf war ich mein Lebtag noch nicht.»

«Ein verurteiltes Dorf», sagte der Doktor mit leiser Stimme. Ciszewski sah Kaleń zum erstenmal erschüttert.

Im Morgengrauen begannen die Geschütze des Panzerzuges zu donnern. Gleich darauf meldeten sich die Granatwerfer. Die Geschosse drangen pfeifend und wummernd in den Wald ein. Die angriffsbereiten Soldaten beobachteten das Aufblitzen des Feuers inmitten der Bäume.

Der Tag war nebligtrüb. Oberstleutnant Chmura war auf einem überfrorenen Steg ausgeglitten und ins Wasser gefallen. In eine Decke gewickelt, saß er wütend auf der Beobachtungsstelle. Seine über dem Feuer aufgehängten Sachen dampften. Die Soldaten lachten. Der Oberstleutnant zwirbelte aufgeregt seinen fuchsroten, großen Schnurrbart.

«Weshalb lacht ihr, Dummköpfe?» fragte er ärgerlich. «Da habt ihr wenigstens einen Rauchvorhang. Der wird euch beim Angriff unterstützen.»

In der Regimentsfunkstation ging es hoch her. «Hier ‹Achilles›, hier ‹Achilles›, ich rufe ‹Agamemnon›, ich rufe ‹Agamemnon› … Wie hören Sie mich? Wie hören Sie mich? Null achtundvierzig hat befohlen … gelbe Leuchtkugel: Rauch … gelbe Leuchtkugel: Rauch … Ausführen sechsundachtzig …, ausführen sechsundachtzig», rief der Funker aufgeregt.

«Hier ‹Agrippa›, hier ‹Agrippa›», antwortete sein Kamerad, der neben Major Grodzicki lag. «Achten Sie auf Abstimmung … Achten Sie auf Abstimmung.»

«Hier ‹Agamemnon›, hier ‹Agamemnon›. Habe sechsundachtzig ausgeführt …, ausgeführt … Gehe auf Welle zweiundneunzig.»

«Hier ‹Artemis›, hier ‹Artemis›», stellte sich die Funkstation der Einsatzgruppe der Grenztruppen vor, ihre Ansprüche an «Apoll» beziehungsweise die Funkstation des Divisionskommandeurs anmeldend und sich gleichzeitig mit «Asmodi» oder dem Panzerzug in Verbindung setzend.

Im Äther ertönten die Stimmen von «Kassiopeia», «Kalliope», «Xanthippe», «Polyhymnia», «Pollux» und «Paris» – die Funkstationen der Bataillone. Die ganze antike Mythologie und Geschichte. Einem Einfall des Chefs des Divisionsstabes, Oberstleutnant Tomaszewski, entsprechend.

Oberstleutnant Tomaszewski stand nun neben dem Divisionskommandeur und den Stabsoffizieren auf der Höhe 906, unmittelbar gegenüber dem Lager Hryns. Der Morgenwind wehte ihre Zeltumhänge auseinander. Die Silhouetten der Offiziere sahen im Nebel aus wie die legendären Gestalten der Karpatenritter.

Major Grodzicki mühte sich, von seinem Beobachtungspunkt auf der Höhe 689 aus etwas in dem sich niedriger dahinziehenden Wald zu erspähen. Der Nebel erschwerte jedoch die Sicht. Der Regimentskommandeur wischte vergeblich die Gläser des Feldstechers ab. Major Pawlikiewicz starrte auf die Karte, die er zusammen mit Hauptmann Wiśniowiecki ausgebreitet hatte. Oberleutnant Rapski blätterte gelassen in seinen Notizen.

«In zehn Minuten ist die Artillerievorbereitung beendet», sagte Pawlikiewicz.

Major Grodzicki war blaß. Immer hatte er in solchen Fällen Lampenfieber wie ein Schauspieler vor dem Bühnenauftritt.

Einstweilen kamen die Bandera-Leute nicht aus den Bunkern heraus. Auf Befehl Rens sollten sie erst nach Beendigung des Artilleriefeuers in Stellung gehen. Die Banditen hielten nervös die Gewehre umklammert. Sie fühlten sich wie umstellte Tiere, aber wie diese waren auch sie zu allem entschlossen. Sie wußten, daß sie einen Kampf auf Leben und Tod würden führen müssen. Es würde für sie kein Pardon geben.

«Gott sei Dank, daß Ihor nicht hier ist. Der würde schlottern vor Angst», sagte Kurinnij Ren zu Hryn. Er mühte sich nach Kräften, den Untergebenen zu beweisen, daß er sich nichts aus dem Feind mache und kaltes Blut bewahre.

«Schade, daß Kemperer im Lazarett ist. Wir könnten ihn hier gebrauchen», stellte der Hundertschaftsführer fest.

Die Sanitäter bemühten sich geschäftig um die Verwundeten und Toten. Die Geschosse der Artillerie und der Granatwerfer hatten zwei Bunker zerstört. Der Kurin hatte neun Tote und dreizehn Verwundete.

«Was soll mit ihnen geschehen?» fragte Stach.

Ren machte eine unbestimmte Handbewegung. In diesem Augenblick verstummte die Artillerie. Die Männer sprangen aus den Bunkern und rannten zu den Schützenstellungen. Bewegungslos erwarteten sie den Feind.

Die Soldaten gingen langsam, in lockerer, weit auseinandergezogener Schützenkette mit gefälltem Bajonett vor. Nebelknäuel schwebten zwischen den Bäumen. Der Schnee knirschte, zertreten von Hunderten von Stiefelpaaren. Die zerbrechenden Zweige knackten.

Ciszewski sah, wie Oberleutnant Zajączek mit dem Gewehr in der Hand dem neben ihm gehenden Soldaten etwas zeigte. Rafałowski lächelte ihm zu. Er hatte die rosigen Wangen eines Kindes. Auf seinem Gesicht lag nicht die mindeste Spannung. Daszewski ging, die Maschinenpistole an die Seite gepreßt. Seine Bewegungen waren geschmeidig wie die einer Katze. Aufmerksam spähte er ins Unterholz.

Plötzlich stürzte ihnen eine Feuerlawine entgegen. Sie kam unmittelbar von vorn. Ein Hagel von Geschossen. Sie spalteten Splitter von den Bäumen, wirbelten Schneefontänen auf, durchsiebten die Körper der Soldaten. Jemand stöhnte und rief um Hilfe. An einigen Stellen erschienen im Schnee scharlachrote Flecke.

Die Soldaten gingen augenblicklich in Deckung. Sie feuerten aus Gewehren und Maschinenpistolen. Ein dumpfe Wut, genährt von der Furcht, das Leben zu verlieren, überkam sie. Erst jetzt sahen sie den Gegner und konnten gezielt schießen.

Die Bandera-Leute waren hinter den Bäumen und in den Löchern, die sie im Laufe der Nacht ausgehoben hatten, in Deckung gegangen. Nach Rens Plan sollten sie sich nicht lange verteidigen. Das hatte keinen Zweck, dem Militär, das zudem das Übergewicht an Feuerstärke und Mannschaftsbestand besaß, würden sie nicht standhalten. Es galt lediglich, den Feind aufzuhalten, ihn zu überraschen und aus dem Ring der Umzingelung auszubrechen. Eine von den Hundertschaften oft angewandte Methode.

Aber der Gegner kannte sie ebenfalls. Während Ciszewski und Gorczyńskis Bataillone die Bandera-Leute durch Beschuß banden, ließ Oberstleutnant Chmura seine Soldaten zum Sturm antreten.

Das traditionelle «Hurra» wurde von den Bäumen und Schneewehen verschluckt. Die Angreifer prallten auf Stachs Hundertschaft, die den rechten Flügel von Rens Gruppierung verteidigte. Bajonett knirschte gegen Bajonett. Gewehrkolben wurden geschwungen. Der heftige Nahkampf dauerte nur wenige Minuten. Die Bandera-Leute ergriffen die Flucht, Tote und Verwundete an Ort und Stelle zurücklassend. Sie lagen nun zusammen mit den gefallenen und verwundeten Soldaten.

Die Schützen aus Hryns Hundertschaft erblickten die herbeieilenden Leute Stachs. Es war keine Zeit mehr zu verlieren. Kurinnij Ren erteilte einen Befehl. Die Zugführer rissen ihre Untergebenen empor und bildeten einen Keil. Vornweg ging Ukleja mit seinem Zug, dann kamen, mit ihren Zügen die linke und rechte Flanke bildend, Stjenka und Resun, der sich seit dem letzten Erlaß Dnipr nannte. Ihnen folgte in aufgelöster Formation die zersprengte Hundertschaft Stachs.

Der Keil trieb in eine Lücke zwischen den Bataillonen der Hauptleute Ciszewski und Gorczyński. Die Bandera-Leute zogen sich in eine für sie – so hätte es scheinen mögen – ungünstige Richtung zurück: nicht nach Süden, auf die Täler zu, sondern gerade entgegengesetzt, nach Norden, zum Berg hin. Dies war überaus klug, zumal Oberst Sierpiński und die Regimentskommandeure die Flucht des Gegners auf den Riegel zu erwarteten, der von der beweglichen berittenen Einsatzgruppe der Grenztruppen des Oberleutnants Siemiatycki und des Panzerzuges gebildet wurde.

Der Keil der Bandera-Leute zwängte sich durch ein Feuerspalier. Beide Bataillone schossen aus allen Rohren. Immer stärker und in immer dichteren Abständen färbte sich der Schnee mit Blut.

Ciszewski sah, wie Oberleutnant Zajączek mit dem Kolben dem fliehenden Dnipr den Schädel zertrümmerte. Unteroffizier Matysek stieß einem Banditen das Bajonett mit solcher Wucht in die Seite, daß dieser im Fallen das Gewehr des Soldaten mit sich riß. Der Schütze Karasiński warf eine Handgranate zwischen die Fliehenden. Erde, vermischt mit Schnee, spritzte empor. Einige Banditen krochen unter schmerzhaftem Gewinsel ins Gebüsch. Leutnant Daszewski sprang auf Hundertschaftsführer Stach zu. Der legte die Maschinenpistole an, aber die Waffe schoß nicht. Entweder hatte sie Ladehemmung, oder aber der Bandit hatte vorher die ganze Munition verschossen. Daszewski richtete – ein unbeschreibliches Wutblitzen in den Augen – das Bajonett auf die Brust des Hundertschaftsführers.

«Habt Erbarmen, Herr!» brüllte Stach, von Todesfurcht gepackt.

Der Offizier schüttelte den Kopf. Er führte den Stoß nach allen Regeln der Bajonettfechtkunst. Stach stürzte zu Boden und drehte sich zu einem kleinen Knäuel zusammen wie eine im Flug abstürzende Wespe. Die krummen Beine des Bandera-Mannes schlugen noch eine Weile, den Schnee aufwühlend. Dann erstarrte sein plumper Körper in einer großen roten Blutlache im weißen Schnee.

Ciszewskis Befehle gingen im Lärm der Schüsse und Schreie auf beiden Seiten unter. Die Bandera-Leute jagten dahin, ihr «Urra» brüllend und heftig das Feuer erwidernd. In der Mitte des Keils befand sich Kurinnij Ren. Hryn, der neben Ukleja lief, führte den ersten Zug an. Jerzy bemerkte, daß der Richtschütze neben ihm nicht mehr lebte. Er nahm dem Soldaten die Waffe aus den Händen und schoß nun selber ein Magazin nach dem andern leer.

Die Bandera-Leute entfernten sich jedoch immer mehr. Vergebens versuchte Oberleutnant Rafałowski an der Spitze seiner Kompanie, ihnen den Weg abzuschneiden. Der Nebel und das Waldesdickicht des Chryszczata deckten den Rückzug des Feindes.

Im Äther kreuzten sich die Befehle. Die Funker wüteten an den Geräten. Mit heiseren Stimmen gaben sie die Anweisungen der Kommandeure durch. «Agamemnon» hatte den Fluchtweg der Banditen mit Sperrfeuer zu belegen. «Achilles» beziehungsweise das Regiment Chmuras nahm die Verfolgung auf, «Apoll» – das war das Schlüsselwort für die Division – sendete auf ein und derselben Welle die Anordnungen für den Panzerzug «Asmodi» und für die verschiedenen Bataillonsfunkstationen.

Der Wald brannte an einigen Stellen. Die Kommandeure sahen von ihren

Beobachtungsstellen aus große Rauchsäulen über den Bäumen. Die Schießerei ebbte langsam ab und entfernte sich nach Norden.

Die Sanitäter bargen die Verwundeten. An einer Stelle legte man die Toten
in eine Reihe. Soldaten mit aufgepflanztem Bajonett bewachten ein Dutzend
Gefangener, in deren Mitte Hauptmann Wiśniowiecki auftauchte.

Ciszewski rückte zusammen mit den Kompanien Oberleutnant Zajączeks
und Leutnant Daszewskis zum Lager Hryns vor. Hier herrschte Unordnung
durch den plötzlichen Aufbruch seiner bisherigen Bewohner. In einem Gebäude stöhnten Verwundete – die ersten Opfer des Artillerie- und Granat-
werferbeschusses. Sie lagen da mit finsterem Gesicht, schmutzig, zerlumpt,
mit wucherndem Bart, seit Wochen unrasiert. Ihre Körper waren ausgemer-
gelt vom Hunger. Aus fiebrigen Augen verfolgten sie entsetzt die Bewegungen der Soldaten.

Geheimnisvoll zeichneten sich die Zugänge zu den anderen, leeren Bunkern ab. Oberleutnant Zajączek betrat einen von ihnen. Im selben Augenblick zerriß ein Knall die Luft. In der Eingangsöffnung des Bunkers erschienen Rauchwolken. Zwei Sanitäter liefen in den Bunker. Vergebens. Eine
explodierende Mine hatte Oberleutnant Zajączek in Stücke gerissen.

Die Bandera-Leute hatten im Laufe der Nacht das ganze Lager vermint, als
sie sich auf die Flucht vorbereiteten. Minen befanden sich in allen Bunkern.
Die herbeigerufenen Pioniere entdeckten sie in der gutgetarnten Mühle, in
der Lagergerberei, sogar im Lazarett, wo drei an Typhus gestorbene Banditen
lagen.

Einige Soldaten, die die Wut übermannte, griffen nach den Maschinenpistolen. Sie liefen zu den verwundeten Bandera-Leuten. Daszewski hielt sie
im letzten Moment zurück. «Seid ihr verrückt geworden, ihr Teufel!» rief er,
mit einem großgewachsenen Unteroffizier ringend, dessen weißer Tarnan-
zug mit Blut bespritzt war.

«Ich schlage die Hundesöhne tot!» Der Unteroffizier raste. «Für unseren
Oberleutnant! Warum haben sie ihn nicht gewarnt?»

Die bis zur Unkenntlichkeit verstümmelte Leiche Zajączeks wurde von
den Sanitätern in einer Zeltbahn fortgetragen. Die Pioniere sprengten einen
Bunker nach dem andern, systematisch das Lager Hryns zerstörend.

Ciszewski stieg langsam an der Spitze des Bataillons bergan, den
Chryszczata-Wald verlassend. Eine tiefe, steile Falte durchzog die Stirn des
Hauptmanns. Er konnte sich nicht an den Gedanken gewöhnen, daß Zajączek nicht mehr lebte, nicht mehr mit seiner Kolonne marschierte, nicht
mehr auf seine derbe Art die Soldaten rügte und ihnen niemals mehr Skiun-
terricht erteilen würde. Die Dämmerung brach rasch herein und hüllte das
Schlachtfeld in das Leichentuch der Stille.

In dieser Nacht, das Regiment befand sich noch auf dem Marsch, wurde einer der Bandera-Gefangenen zu Hauptmann Wiśniowiecki gebracht, der von den Soldaten der Eskorte verlangt hatte, man möge ihn zu einem von der Führung bringen. Der Chef der Aufklärung des Regiments verhörte den Gefangenen. Es war der Schütze Wolos. Beim Licht einer Taschenlampe zeigte er auf der Karte die Lage des Lazaretts von Rens Kurin am Hügel Krąglica.

«Weshalb tust du das?» fragte ihn neugierig Wiśniowiecki.

«Rens Gendamerie hat meinen Vater zu Tode geprügelt», sagte der Gefangene: «Ich habe geschworen, daß sie dafür bezahlen werden.»

Hauptmann Wiśniowiecki leuchtete das bleiche, wütende Gesicht des jungen Burschen an. Ohne Mühe las er in seinen Augen, daß er nicht log. «Gut», murmelte er, «ich werde mir dein Entgegenkommen merken. Es kann dir nur von Nutzen sein.»

«Daran liegt mir nichts», entgegnete der Gefangene. «Es ist ganz gleich, wie dieses Hundeleben endet ...»

Der Offizier zuckte mit den Schultern. Major Grodzicki befahl, die Mitteilung über Funk an den Kommandeur der berittenen Einsatzgruppe der Grenztruppen weiterzugeben, die der bezeichneten Stelle am nächsten war.

«Endlich geben Sie uns Arbeit», rief Oberleutnant Siemiatycki erfreut. «Heute früh haben Sie uns einen völlig sinnlosen Platz angewiesen.»

«Wir teilen Ihnen immer mit, was wir über die Banditen wissen», verteidigte sich der Regimentskommandeur. «Wir behalten die Informationen doch nicht für uns ... Denken Sie an das Lager Stachs, Oberleutnant.»

«Das haben wir selber entdeckt», ertönte im Kopfhörer stolz die Stimme Siemiatyckis. «Sie haben uns nur den Weideplatz der Pferde dieser Hundertschaft angegeben ...»

«Schon gut, schon gut ... Streiten wir uns nicht, Bürger Oberleutnant», lenkte Grodzicki ein. «Ich bitte Sie sehr, unverzüglich aufzubrechen.»

«Das braucht man den Soldaten der Grenztruppen nicht zweimal zu sagen. Wir sind keine Infanterie, Bürger Major. Im Morgengrauen sind wir an Ort und Stelle ...»

Major Grodzicki seufzte. Der Kommandeur der Einsatzgruppe war, was die Ehre seiner eigenen Formation betraf, ein empfindlicher Mensch.

Das Regiment kehrte nach Baligród zurück, aber nicht allen Soldaten war Ruhe vergönnt.

Oberleutnant Turski wartete ungeduldig auf Hauptmann Wiśniowiecki. Am Morgen desselben Tages war bei ihm Romuald Wodzicki erschienen, der Landwirt aus R., bekannt durch die Affäre mit Dwernickis Pferden. In der Untersuchung dieses Falles waren sie auf dem toten Punkt angelangt. Herr Wodzicki traf mit einem Fuhrwerk ein. Er konnte sich kaum rühren. Er erklärte, die Żubryd-Leute hätten ihn kürzlich schwer verprügelt, und er wollte Oberleutnant Turski sogar den übelzugerichteten Körperteil zeigen. Er setzte hinzu, daß er sich rehabilitieren und gegenüber den Behörden Loyalität beweisen wolle, wenngleich dies nicht der eigentliche Anlaß seines unerwarteten Besuchs sei. Er wünschte, Żubryd die Respektlosigkeit, mit der man ihm begegnet war, heimzuzahlen. Er sagte aus, daß er den Schlupfwinkel des Kommandeurs der Abteilung «Brennendes Herz» angeben könne. Dies war sehr wesentlich, da Wiśniowiecki seit der Zerschlagung der Bande den Kontakt zu dem Deserteur Makowski verloren hatte.

Żubryd verbarg sich in einem der Häuser von R. Er trank dort über die Maßen mit Makowski und der Jagielska. Die beiden ließen jedoch nichts von sich hören, obwohl sich der Deserteur kurz nach der Amnestie in jenem denkwürdigen Brief an Hauptmann Wiśniowiecki dazu verpflichtet hatte. Wanda Jagielska dagegen war bis dahin regelmäßig mit Turski in Verbindung getreten. Die beiden Offiziere hatten keine Ahnung, welches die Gründe für die plötzliche Unredlichkeit dieses sauberen Pärchens waren. Dabei war die Sache ganz einfach. Unter trunkenem Stammeln hatte der Exkommandeur der Abteilung «Brennendes Herz» seinen Kumpanen gestanden, daß er noch Geld versteckt habe, aber er weigerte sich hartnäckig, das Versteck zu verraten. Makowski und die Jagielska versuchten, jeder auf eigene Faust, Żubryd das Geheimnis zu entlocken, um sich erst einmal in den Besitz des Geldes zu bringen und später dann zu überlegen, was mit dem Banditen selbst geschehen solle.

Oberleutnant Rafałowskis Kompanie brach nach R. auf. Dank den Skiern erreichte sie den Ort noch gegen Abend desselben Tages. Sie kam jedoch zu spät. Der letzte Schlupfwinkel Żubryds stand in Flammen. Die Dorfbewohner mühten sich erfolglos, den Brand zu löschen. Das Haus wurde von Munitionsexplosionen erschüttert. Wie fast alle Häuser in diesen Gegenden war es auf seine Weise ein Arsenal gewesen.

Makowski, der letzte Żubryd-Mann – vor Erregung oder vor Alkoholgenuß konnte er sich kaum auf den Beinen halten –, erzählte Oberleutnant Rafałowski, was geschehen war.

Einige Stunden zuvor hatte Żubryd verraten, wo sich das Geld der Abteilung «Brennendes Herz» befand und mit welchem Losungswort man es in Empfang nehmen könne. Mehr brauchte Makowski nicht. Er wollte sich sofort auf den Weg machen, aber damit waren weder Żubryd noch Wanda Jagielska einverstanden. Es entbrannte ein heftiger Streit. Der ehemalige Deserteur erklärte Oberleutnant Rafałowski, daß er die Absicht gehabt hätte, seinen Anführer den Behörden auszuliefern und gleichzeitig das Versteck des Geldes zu nennen. Die Lüge war fadenscheinig, und Makowski berichtigte sie in der späteren Untersuchung. In Wirklichkeit hatte sein Plan anders ausgesehen. Er wollte Żubryd und die Jagielska umbringen, sich so der unbequemen Teilhaber entledigen, dann das Geld holen, es abermals irgendwo verstecken und sich erst dann beim Militär oder bei der Miliz melden und erklären, daß er gezwungen gewesen sei, seinen Anführer und dessen Geliebte zu töten. Von dem Geld hätte er im Todesfall der beiden überhaupt nichts zu erwähnen brauchen. Diese Absicht verfolgte er seit langem, und an diesem Tag hatte er sie wahr gemacht. Der Mord gelang vortrefflich. Der völlig betrunkene Żubryd war nicht einmal fähig, nach dem Revolver zu greifen. Die Jagielska überfiel der Deserteur in der Küche und erschoß sie dort. Eine seiner Kugeln mußte eine Petroleumkanne getroffen haben, die die Hausbesitzer aufbewahrten. Kurz vor dem Eintreffen des Militärs begann das Haus wie ein Strohschober zu brennen.

Oberleutnant Rafałowski hörte sich die verworrenen Erklärungen des Deserteurs an, ließ ihn festnehmen und verließ R. Auf dem Rückmarsch bewunderte er das in schneeiger Stille schlummernde friedliche Kloster der Schwestern S., berühmt in der ganzen Umgebung durch seine Landwirtschaft und seinen Gemüseanbau. Es schien, als habe alles, was rings geschehen war, diesen Mauern nichts anhaben können.

Das brennende Haus, den rasenden Makowski und den Abmarsch der Kompanie beobachteten hinter den Fensterläden des Klosters die fromme Äbtissin Modesta und der breitschultrige Kanonikus aus Przemyśl. Die Schwester bekreuzigte sich in tiefem Nachsinnen.

Am späten Abend klopfte Herr Romuald Wodzicki an die Klosterpforte und erstattete dem Kanonikus genauen Bericht vom Verlauf seines Besuchs in Baligród. Um diese Zeit schliefen die gottesfürchtigen Schwestern bereits, Kräfte sammelnd für die Nachtandacht. Sie konnten ruhig schlafen. Keine Ungewitter bedrohten mehr das Kloster.

Die berittene Einsatzgruppe der Grenztruppen – eine Abteilung, auf die Oberleutnant Siemiatycki mit Recht stolz sein konnte, denn sie war eine der in den Gebirgskämpfen am besten geschulten Gruppen der Grenzsoldaten – langte zum festgesetzten Zeitpunkt in der Nähe des Hügels Krąglica an.

Ein neuer Wintermorgen graute, als die Soldaten, die Pferde am Fuße des Berges zurücklassend, das unterirdische Lazarett einkreisten und Leutnant Teodor Walczak mit weithin vernehmlicher Stimme das gesamte Sanitätspersonal zum Verlassen des Objektes aufforderte. Als Antwort erhielt er einen Feuerstoß aus einem leichten Maschinengewehr. Einer der Grenzsoldaten griff sich an den Kopf und stürzte dem Offizier vor die Füße. Alle anderen warfen sich wie auf ein Kommando hin.

Das Lazarett von Rens Kurin war das mustergültigste Bauwerk seiner Art in der ganzen Ukrainischen Aufständischen Armee. Es bildete eigentlich ein

System untereinander verbundener Bunker. Dazu gehörten ein Operationsbunker, zwei Genesungsbunker, ein Küchenbunker und ein Wohnbunker für die Schwestern und den Arzt sowie ein Vorratsmagazin für Lebensmittel. Es besaß sogar fließendes Wasser: ein Bächlein, das den Operationsbunker und die Küche versorgte und den Schmutz aus dem unter der Erde installierten Abort fortspülte. Alles in allem war es der Gipfel des Maulwurfsbaukomforts der Bandera-Leute, denn auch das Tageslicht drang in diesen Bau durch vortrefflich getarnte Lichtschächte, die eine Beobachtung ermöglichten und im Bedarfsfall als Feuerstellungen dienten. Stabsarzt Kemperer, der die Pläne für das Lazarett erarbeitet, den Platz für dessen Errichtung gewählt und den Bau überwacht hatte, konnte stolz auf sein Werk sein. Einige Wochen zuvor hatte er John Curtis durch diese Bunker geführt. Der Engländer war begeistert. Er erklärte, daß er ein so großartiges Material für die Reportage über den Aufenthalt in der UPA noch nie gesammelt habe.

In dem Augenblick, da die Einsatzgruppe der Grenztruppen aus Cisna das Lazarett eingekreist hatte, befanden sich darin vierzehn Verwundete und kranke Bandera-Leute, drei Wachposten mit dem hierher strafversetzten, degradierten Halahan an der Spitze, Doktor Kemperer und zwei Sanitäterinnen. In dem Magazin – und das sollte sich für die Bunkerbewohner als verhängnisvoll erweisen – bewahrte man seit langem Päckchen mit Sprengkapseln und einige hundert Kilogramm Trotylwürfel auf, die die Hundertschaften zum Sprengen von Bahngleisen benutzten. Das explosive Material wurde hier untergebracht, weil im Lager auf dem Maguryczne dafür kein Platz mehr vorhanden war.

Die Atmosphäre im Lazarett war gespannt. Den ganzen vorangegangenen Tag hatte man hier die aus der Tiefe des Waldes vom Maguryczne heraufdringende Schießerei gehört. Stabsarzt Kemperer und die anderen Bandera-Leute waren sich darüber im klaren, daß das Lager von starken Kräften angegriffen wurde. Das beunruhigte sie, aber für das Hospital fürchteten sie nichts. Nur der Kommandeur des Kurins und die Hundertschaftsführer kannten seine Lage. Das Trotyl hatten zwar einige Schützen vom Maguryczne herübergeschafft, aber wie Halahan, der sie geführt hatte, versicherte, gehörten die von ihm ausgewählten Leute zu den zuverlässigsten.

Das Erscheinen der Grenzsoldaten und die Aufforderung Leutnant Walczaks rief in den Bunkern zunächst Bestürzung, dann Panik hervor. Halahan reagierte auf die einfachste Weise. Einen der Lichtschächte als Schießscharte benutzend, beschoß er die Soldaten mit einem leichten MG.

Kemperer raste. «Was machst du, verfluchter Idiot? Du weißt doch, daß wir nichts zu unserer Verteidigung haben.»

Der ehemalige Führer der Gendarmerie stieß ihn mit solcher Wucht zurück, daß der Stabsarzt in die Arme der vor Schreck erstarrten Sanitäterinnen fiel.

Die drei Bandera-Leute von der Wache bezogen an den anderen Schießscharten Stellung und eröffneten, dem Beispiel ihres Anführers folgend, das Feuer. Die Verwundeten und Kranken verließen ihre Pritschen. Sie kauerten sich an den Wänden des Genesungsbunkers, der Küche und am Ausgang nieder.

«Ein Lazarett, das das Feuer eröffnet, ist nach den internationalen Regeln kein Lazarett», erklärte Oberleutnant Siemiatycki seinem Stellvertreter.

«Ich bin der gleichen Meinung», pflichtete ihm Leutnant Teodor Walczak bei und fragte: «Können wir also mit gleicher Münze zurückzahlen?»

Der Kommandeur der Einsatzgruppe wurde nachdenklich. «Wir haben alles Recht dazu», murmelte er, «aber gleich werden die Bandera-Leute in die ganze Welt posaunen, daß wir Verwundete morden, und es werden sich im Westen Journalisten finden, die lang und breit darüber berichten, wobei sie das Vorgehen der Banditen vollständig außer acht lassen.»

«Ich bin kein Spezialist in der hohen Politik», stellte Leutnant Walczak fest, seinen Kommandeur mit plötzlichem Respekt anblickend.

«Wir werden versuchen, die Bunker auszuräuchern. Leuchtkugeln sind ein harmloses Mittel. Wir werden sie ihnen aus ungefähr zwei, drei Meter Entfernung hineinballern. Das Magnesium blendet und betäubt sie … Diesen Moment nutzen wir aus und überwältigen die Banditen ohne Schießerei.»

«Prima!» Walczak schüttelte den Kopf. «Bürger Oberleutnant haben eine völlig neue Methode der Bunkereroberung erarbeitet.»

«Ideen sind meine Spezialität», erklärte bescheiden der Kommandeur der Einsatzgruppe der Grenztruppen.

Zwei Soldaten mit Leuchtpistolen schoben sich vor. Ein gutes Dutzend anderer sollte sofort nach dem Abfeuern der Leuchtkugeln in die Bunker eindringen. Die Eingänge waren den Soldaten dank Wolos' Aussagen genau bekannt.

«Feuer!» kommandierte Oberleutnant Siemiatycki.

Aus den Läufen schossen farbige Leuchtkugelschlangen hervor. Zischend drangen sie in die Öffnungen der Lichtschächte ein.

Fast im selben Augenblick ließ eine starke Explosion den Wald erbeben. An der Stelle, wo sich das unterirdische Lazarett befand, schwoll die Erde vor den Augen der verblüfften Soldaten an, flogen Steine und Baumsplitter in die Höhe. All das dauerte nur Bruchteile von Sekunden, dann erblickten die Grenzsoldaten einen langen Trichter, zuckende Menschenleiber, zerschmetterte Bretter, irgendwelche Geräte, ineinander verwickelte Lumpen und schwer erkennbare Gegenstände.

«Sie haben sich in die Luft gesprengt!» rief Leutnant Teodor Walczak.

Den Irrtum klärte der in den letzten Zügen liegende Stabsarzt Kemperer auf, dem beide Beine abgerissen waren, der aber das Bewußtsein nicht verloren hatte. Er zitterte vor Kälte und bat, man möge ihn mit Decken zudecken.

Ehe er verschied, erzählte er von dem Trotyl und machte seinem Zorn über Halahans Dummheit Luft. Drei andere, leichter verwundete Bandera-Leute wurden nach Cisna übergeführt.

So hörte zugleich mit dem Lager Hryns auch das Lazarett von Rens Kurin an den Hängen des Hügels Krąglica auf zu bestehen.

Nach diesen Ereignissen verweilte Major Grodzickis Regiment nicht lange in Baligród. Auf Befehl des Divisionskommandeurs übersiedelten der Regimentsstab und zwei Bataillone nach Lesko. In der ehemaligen Regimentsgarnison blieb nur das Bataillon des neu aus Warschau eingetroffenen Hauptmanns Wiesław Muszyński. Die Truppenverlegung des Regiments wurde von der Situation diktiert. In dem Bezirk südlich von Baligród existierten nur noch wenige Dörfer. Es gab niemanden mehr, der beschützt werden mußte. Die Banden irrten nach den Hieben, die sie bezogen hatten, in den Wäldern umher und hatten sich, auf der Suche nach neuen Schlupfwinkeln, mehr nach Norden, in Richtung der dichter bevölkerten Landstriche verzogen. All das erforderte eine Konzentration größerer Truppenformationen in der Nähe von Lesko und Sanok und nicht mehr bei Baligród und Cisna.

Eines Abends verabschiedete sich Ciszewski von Ewa und Jan Rozwadowski. Ihm war schwer ums Herz, aber er mühte sich, es nicht zu zeigen. Ewa wich seinen Blicken offensichtlich aus.

«Lesko ist so nahe, daß wir uns oft sehen können», tröstete sie ihn an diesem letzten Abend.

Niedergeschlagener als sonst, marschierte er an der Spitze seines Bataillons ab.

Nicht nur Jerzy befand sich in gedrückter Stimmung. Sein Unterstellter, Leutnant Daszewski, war seit einigen Tagen in einem wirklich bedauernswerten Zustand. Ela Wasser war schwer erkrankt. Sie hatte hohes Fieber, phantasierte und erkannte zeitweise ihre Umgebung nicht mehr.

Daszewski war verzweifelt. Seine heißblütige, nur schwer zu zügelnde Natur rebellierte gegen alle Schwierigkeiten des Lebens, besonders gegen jene, denen nicht beizukommen war. Jede freie Minute verbrachte er bei der Kranken. Er magerte noch mehr ab, seine Augen lagen tief in den Höhlen, er aß fast nichts mehr, seine Brust wurde von einem trockenen Husten erschüttert.

«Wenn Ela etwas zustößt», sagte er zu Ciszewski, «bin ich am Ende. Dann ist mir alles gleich. Ich habe niemanden außer ihr und will auch niemanden haben.»

Jerzys Worte hörte er nicht an. Oberstleutnant Tomaszewski, der sich an diesem Tage vorübergehend in Lesko aufhielt, erklärte: «Daszewski ist hysterisch ... Für einen Offizier mit Herzenskummer gibt es nur einen Trost: den Dienst. Man muß ihm soviel Beschäftigung geben wie möglich. Dann kommt er wieder zu sich.»

Deshalb erhielt der Leutnant immer neue Dienstaufträge. Aber Tomaszewskis Methode nützte nicht viel. Daszewski verbrachte die Nächte bei dem im Fieber liegenden Mädchen und bestürmte in jeder freien Minute Doktor Pietrasiewicz. «Was fehlt ihr, Doktor?» fragte er zum hundertstenmal.

«Schwer zu sagen ..., Typhus ist es vermutlich nicht. Eher eine schwere Grippe. Ich bin nicht der Meinung, daß die Patientin in Lebensgefahr schwebt. Der junge Organismus muß solche Fieberattacken aushalten.»

««Schwer zu sagen ...› ‹Eher ...›, ‹Ich bin nicht der Meinung ...›»», ahmte ihn der erregte und von Schlaflosigkeit erschöpfte Daszewski nach. «Was taugt die ganze Medizin? Ihr wißt nichts. Eine Wissenschaft, die noch in den Windeln liegt. Es ist überhaupt keine Wissenschaft! Ein ganz gewöhnlicher Humbug.»

Auf Befehl Major Grodzickis übertrug Ciszewski Leutnant Daszewski häufig den Postendienst an der Brücke über den San, nahe der Łysa Góra. Dort wurden die hinüberfahrenden und herüberkommenden Schlitten und die Fußgänger kontrolliert.

Eines schönen Tages hielt Daszewski einen Schlitten an, in dem ein hochgewachsener, breitschultriger Geistlicher und zwei Ordensschwestern reisten. Nach Durchsicht der Dokumente stellte sich heraus, daß es der Kanonikus aus Przemyśl sowie die Schwestern Modesta und Beata aus R. waren. Der Leutnant gab ihnen die Papiere zurück, befahl den Soldaten aber nicht, den Schlagbaum, der die Straße sperrte, zu heben.

«Können wir weiterfahren?» fragte ungeduldig der alte Geistliche.

«Sofort ...», murmelte der Offizier; eine Weile erwog er etwas in Gedanken, dann wandte er sich entschieden an den grauhaarigen Kaplan. «Herr Pfarrer», sagte er, in dessen strenges Gesicht blickend, «wenn man Gott inständig um etwas bittet, wird es dann erfüllt?»

Der Kanonikus lächelte. «Ein Gebet ist dem Herrn immer angenehm und daher erfolgreich, mein Sohn.»

«Selbst wenn man nicht gläubig ist?»

«Wer betet, ist gläubig, wenn er jedoch irgendwann einmal gesündigt hat durch Zweifel, so sollte er Buße tun.»

«Das ist nichts für mich», murmelte Daszewski.

Der Geistliche sah ihn forschend an. «Sie haben irgendeinen Kummer, junger Mann.»

«Herr Pfarrer haben es erraten, aber darüber wollte ich nicht sprechen. Sie, die Geistlichen, haben ihre Kontakte zur Vorsehung, könnten Herr Pfarrer sich nicht für mich verwenden?»

Nun erblühte nicht nur auf dem Gesicht des gestrengen Kanonikus ein Lächeln, sondern es färbten sich auch Schwester Modestas Wangen rosig.

«Natürlich könnte ich das tun», bestätigte der Geistliche. «Doch auch du selber wärst ganz gewiß in der Lage, dies zu tun, mein Sohn.»

«Ich verstehe mich nicht aufs Beten. Ich habe es noch nie gebraucht, aber jetzt bin ich dem Wahnsinn nahe, und diese Idioten von Ärzten sind nicht imstande zu helfen.» Daszewski fuhr sich mit der Hand über die Stirn, auf der Schweißtropfen standen. «Ich kenne nicht einmal die Worte.»

«Man kann mit seinen eigenen Worten beten, Leutnant. Jedes Gebet erreicht den Schöpfer.»

«Herr Pfarrer sprachen von Buße.»

«Oftmals genügt ein Stoßseufzer mit der Bitte um Gnade», sagte Schwester Beata leise.

«Zu Stoßseufzern bin ich nicht fähig», stellte Daszewski selbstkritisch fest.

Der Kanonikus nickte. «Eine Tat, vollbracht, um Gnade zu erwirken, ist dem Herrn auch angenehm. Es ist übrigens schwer zu sagen, was du tun sollst, mein Sohn», sagte er, schon mit einer leichten Ungeduld in der Stimme. «Alle religiösen Vorschriften wurden lediglich von Menschen gemacht, die der Herr inspiriert hat. Wir auf Erden wissen jedoch nicht, wie der Allmächtige unsere Absichten aufnimmt. An ihm wird es auch sein, was du unternimmst, zu beurteilen. Können wir nun fahren, junger Mann?»

«Eine Tat …, sagen Herr Pfarrer. Eine Tat? Das ist auf jeden Fall leichter als andere Sachen», murmelte er, unerfindlich, ob zu sich selber oder an die Adresse der Reisenden gerichtet.

Daszewski befahl, den Schlagbaum zu öffnen. Schwester Beata peitschte die Pferde an, und der Schlitten fuhr davon.

«Verstehst du etwas von all dem?» redete der Leutnant den neben ihm stehenden Soldaten an, dessen Gesicht struppig aussah wie das eines Seeräubers.

Der Befragte zuckte mit den Schultern und spuckte aus.

«Du hast recht», der Offizier setzte sein Selbstgespräch fort. «Genau derselbe Humbug wie die medizinische Wissenschaft. Niemand weiß etwas. Ungewißheit und armseliges Geschwätz. Nirgendwoher Hilfe. Doktor Pietrasiewicz ist soviel wert wie der Kanonikus und der Kanonikus soviel wie Pietrasiewicz … Was glotzt du so?» fuhr er plötzlich den Soldaten an und entfernte sich, begleitet von dem erstaunten Blick seines Unterstellten.

Leutnant Daszewski konnte jedoch noch am selben Abend seine Tat vollbringen.

Gegen acht Uhr bemerkte er einen winzigen Lichtschein auf dem Hang der Łysa Góra. Jemand ging durch den Wald, bestrebt, Chaussee und Brücke zu meiden.

«Ich gehe selber nachsehen», erklärte der Leutnant den Soldaten. «Irgendein Kerl hat offenbar kein reines Gewissen, wenn ihm so sehr daran liegt, uns nicht zu begegnen.»

«Bürger Oberleutnant gehen allein?» fragte einer der Soldaten verwundert.

«Tut es dir leid? Denkst du, ich werde nicht ohne dich fertig, du Dummkopf?» rügte ihn Daszewski.

«Vielleicht sollte die Alarmkompanie …», schlug der Soldat vor.

«Das fehlte noch! Wegen eines solchen belemmerten Kerls werden wir eine ganze Kompanie auf die Beine bringen. Euch geht es wohl zu gut!» knurrte er. «Übrigens habt ihr gehört, was der Pfaffe heute nachmittag gesagt hat. Vielleicht ist das jetzt meine Tat!»

Ohne Zögern begab er sich in den Wald. Er ging schnell, so daß er bald das Knacken brechender Zweige vor sich hörte. Die Verbitterung, verursacht durch Elas Krankheit, der Zorn, hervorgerufen durch die eigene Ratlosigkeit und die in ihm brodelnde unverwüstliche Energie – all das zusammen beeinflußte das Verhalten des jungen Offiziers und ließ ihn jegliche Vorsichtsmaßregel vergessen.

«He, ihr da!» rief er. «Stehenbleiben, verflucht noch mal!»

Als Antwort fuhr ein blauroter Blitz aus der Dunkelheit, und über Daszewskis Kopf flog eine Geschoßgarbe aus einer Maschinenpistole hinweg. Ihn packte die Wut. Er zog die Leuchtpistole hinter dem Koppel hervor. Eine rote Alarmleuchtkugel stieg zum Himmel. Unmittelbar darauf eröffnete der Leutnant das Feuer aus seiner MPi. Gleichzeitig begann er mit Stentorstimme Kommandos zu erteilen, als führe er eine größere Anzahl Soldaten.

«Kompanie, vorwärts!» schrie er aus vollem Halse, unaufhörlich schießend. «Erster Zug, nach links! Packt sie von vorn! Schnell! Im Laufschritt, Tempo, maaarsch!»

Er schoß noch eine Leuchtkugel ab und schleuderte blindlings eine Handgranate, die mit ohrenbetäubendem Knall explodierte. Er hörte die Stimmen der herbeieilenden Soldaten der Alarmkompanie. Dann aber, beim Licht der dritten Leuchtkugel, erblickte er einige Meter vor sich zwei Männer mit erhobenen Händen.

«Hinlegen!» befahl ihnen Daszewski.

Die Bandera-Leute führten gehorsam den Befehl aus. Als die Alarmkompanie eintraf, war der Leutnant Herr der Situation.

Im Regimentsstab sagten die Banditen ohne weiteres aus. Sie erklärten, daß sie Verbindungsleute seien, die Ren zu Bezirksprowidnik Ihor geschickt habe. Gemäß dem an sie ergangenen Befehl sollten sie den Bezirksprowidnik zum Aufenthaltsort von Birs Hundertschaft bringen.

«Wo ist Bezirksprowidnik Ihor jetzt?» fragte Major Grodzicki die Bandera-Leute.

«In einem Haus in Baligród.»

«Kennt ihr das Haus?»

«Wir waren im vergangenen Jahr mehrmals dort. Die Frau des Bezirksprowidniks wohnt darin, und er besucht sie von Zeit zu Zeit.»

«Könnt ihr das Haus zeigen?»

«Ja, Herr.»

«Wißt Ihr, wer der Besitzer des Hauses ist?»

«Nein.»

«Gut. Die Soldaten werden mit euch nach Baligród fahren. Ihr werdet ihnen Ihors Unterschlupf zeigen. Wenn ihr lügt ...»

«Wir lügen nicht, der Herr bewahre uns!»

Die weiteren Aussagen der Bandera-Leute betrafen den Lagerplatz von Birs Hundertschaft.

«Sie sind demoralisiert», stellte Hauptmann Wiśniowiecki fest. «Früher haben sie nicht so leicht ausgesagt.»

Er hatte recht. Seit einiger Zeit «verpfiffen» die Bandera-Gefangenen ohne Gewissensbisse ihre Kameraden. Ein sichtbares Zeichen der Zersetzung der Ukrainischen Aufständischen Armee.

Hauptmann Ciszewski machte sich mit einem Zug Soldaten aus Oberleutnant Rafałowskis Kompanie nach Baligród auf.

«Bitte begeben Sie sich persönlich dorthin», hatte Major Grodzicki zu Jerzy gesagt. «Das ist eine heikle Angelegenheit. Es wird bestimmt Konflikte mit Zivilisten geben ... Hauptmann Muszyński hat noch keine Erfahrung in solchen Dingen.»

«Daß sich aber auch Bezirksprowidnik Ihor als Wohnsitz ausgerechnet Baligród, die Militärgarnison, ausgesucht hat! Unerhört!» meinte Major Pawlikiewicz verwundert.

«Möglich ist alles», murmelte Oberleutnant Turski, der sich zusammen mit Ciszewski auf den Weg machte.

Major Grodzicki schimpfte unterdessen mit Leutnant Daszewski. «Ewig machen Sie uns Scherereien durch Ihr Verhalten, Bürger Leutnant! Sie hätten doch dabei umkommen können! Sich sinnlos der Gefahr auszusetzen ist für einen Soldaten ein Vergehen. Selbst wenn Sie der Divisionskommandeur für diese heutige Entgleisung auszeichnen will, von mir werden Sie vorher bestraft.»

«Mir ist alles gleich», erklärte Daszewski melancholisch.

«Das dürfte ein Irrtum sein», mischte sich Doktor Pietrasiewicz ein, der bisher schweigend an der Wand gesessen hatte. «Während Sie, Leutnant, in dem Wald herumgewütet haben, besuchte ich eine gewisse kranke Person, an der, so scheint mir, Ihnen etwas liegt. Das Fieber ist gefallen. Der Patientin geht es besser ...»

Daszewski blickte ihn geistesabwesend an. «Wirklich?» stammelte er. «Ein Wunder ... Ein Wunder ist geschehen!»

«Wunder hin, Wunder her ... Ich sagte Ihnen, daß wir gestern Penicillin bekommen haben und ich bereits angefangen habe zu spritzen. Sie wollten es nicht hören. Und sagen Sie nie: ‹Mir ist alles gleich.› Dem Menschen ist immer an irgend etwas gelegen.»

Aber der Leutnant war bereits aus dem Zimmer. Mehrere Stufen auf einmal überspringend, rannte er zu Ela. Pietrasiewicz seufzte schwer und murmelte, daß die Liebe ebenfalls eine Art Krankheitszustand sei, gegen den eine Arznei zu entdecken es sich lohne.

Die Hauptleute Ciszewski und Wiśniowiecki sowie Oberleutnant Turski trafen mit dem Zug Soldaten kurz nach Mitternacht in Baligród ein. Das Städtchen schlief. Auf dem Marktplatz stiegen sie aus den Autos.

«Nun führen Sie uns zu Ihors Unterschlupf», befahl Jerzy den beiden Bandera-Leuten.

«Es ist nicht weit», sagte der eine von ihnen. «Wir kommen immer von der anderen Seite hierher. Durch die Schlucht, die zum Fluß abfällt.»

An der Ecke des Gäßchens, das zu jenem Hause führte, das ein Jahr lang Ciszewskis Quartier gewesen war, machten sie halt. Doch Rens Verbindungsleute bogen an dieser Stelle ohne Zögern ab.

Jerzy war sprachlos. Sie näherten sich dem Haus der Rozwadowskis.

«Hier gibt es nur eine Villa, die des Vizestarosten Rozwadowski», ließ sich Hauptmann Wiśniowiecki streng vernehmen. «Habt ihr euch auch nicht in der Straße geirrt?» fragte er die Verbindungsleute.

«O nein, Herr!» beteuerten sie lebhaft. «Wir wissen nicht, wem das Haus gehört, aber dieses ist es. Da, man kann es schon sehen.»

Ein Dutzend Meter vom Hause der Rozwadowskis entfernt, hielten sie.

«Das ist unmöglich, ihr Halunken», brauste Jerzy auf. «Ihr lügt.»

«Gott bewahre!» Die Bandera-Leute schlugen sich an die Brust. «Wir waren noch im vergangenen Jahr hier. Auch Bezirksprowidnik Ihor … Im Haus waren wir nicht, Herr. Nein! Das stimmt, aber so eine grauhaarige Frau kam zu uns heraus und nahm die Post in Empfang. Bezirksprowidnik Ihor war drinnen. Er besuchte seine Frau … Wir schlichen uns manches Mal in solchen weißen Leinenumhängen hierher. In denselben, die Sie uns bei der Durchsuchung abgenommen haben. Sie können es glauben, Herr. Wir sagen die Wahrheit.»

Der kleine Oberleutnant Turski drückte Jerzys Ellenbogen. «Hier darf man sich über nichts wundern, Hauptmann», sagte er sanft.

Ciszewski erinnerte sich der Gerüchte über den «Geist», der in der Nähe seines Quartiers umgehen sollte, und ein Schauer überlief seinen Rücken.

Hauptmann Wiśniowiecki klopfte an die Tür. Nach einer Weile erschien Frau Rozwadowska.

«Das ist sie … Die Grauhaarige, die von uns die Post für Bezirksprowidnik Ihor in Empfang nahm», flüsterte der eine der Gefangenen Ciszewski zu, der vor ihm stand.

«Es tut uns außerordentlich leid, gnädige Frau», sagte unterdessen Wiśniowiecki. «Befinden sich bei Ihnen vielleicht fremde Personen?»

Die Soldaten umstellten das Haus. Es war noch ein Zug von Hauptmann Muszyńskis Bataillon eingetroffen. Er selber war ebenfalls erschienen, neugierig gemacht durch den ungewöhnlichen Vorfall.

Die Rozwadowska leugnete energisch, daß sich noch jemand außer ihr und ihrem Sohn im Haus aufhalte. «Wie können Sie es wagen!» Sie tat entrüstet. «Mein Sohn ist Fliegeroffizier, Invalide. Er hat das Augenlicht im Krieg verloren. Wir leben ruhig und treten niemandem zu nahe. Wir sollten irgendwelche Banditen verstecken? Ein toller Einfall! Mein Mann ist Vizestarost. Was stellen Sie sich vor, meine Herren?»

Mit ihrem Körper versperrte sie die Eingangstür. Hauptmann Wiśniowiecki schaute sich hilflos nach den anderen Offizieren um. Ciszewski stand im Dunkeln. Er wollte von der Rozwadowska nicht gesehen werden. Oberleutnant Turski schob sich vor.

«Wir müssen unsere Pflicht tun, gnädige Frau», sagte er hart. «Wir werden Haussuchung halten.»

Sie betraten das Haus. Die Durchsuchung brachte keine Ergebnisse. Man schaute in den Zimmern nach, im Keller, auf dem Boden, blickte in die Schränke und unter die Betten. Außer der alten Frau und dem Blinden, der auf dem Bett sitzend, unruhig lauschte, wurde niemand gefunden. Die genaue Untersuchung des Kellers – und die Soldaten hatten zu der Zeit bereits ziemlich viel Erfahrung in solchen Dingen – ließ nicht auf das Vorhandensein irgendeines Bunkers schließen.

«Ich fange an zu glauben, daß Bezirksprowidnik Ihor eine Tarnkappe besitzt», seufzte Hauptmann Wiśniowiecki.

Die Rozwadowska triumphierte. «Es ist ein Skandal!» rief sie aus. «Ich werde meinem Mann schreiben. Ich werde Genugtuung auf dem Gerichtswege verlangen. Ich bitte, mein Haus augenblicklich zu verlassen!» Dann erblickte sie Jerzy. Das hatte einen neuen Ausbruch zur Folge. «Auch Sie sind mit hier, Hauptmann Ciszewski? Sie waren Gast in meinem Hause, und das ist nun der Dank!»

Hauptmann Muszyński war beunruhigt. «Die Alte macht Hackfleisch aus uns!» Sein Zorn entlud sich über den beiden Bandera-Leuten, die jedoch versicherten, daß Bezirksprowidnik Ihor in diesem Hause sei.

Oberleutnant Turski betrat wiederum den Schauplatz. «Es bleibt uns nichts weiter übrig», erklärte er der Rozwadowska ruhig, «wir werden das Haus abtragen, gnädige Frau.»

Hauptmann Wiśniowiecki und der auf das äußerste erregte Jerzy schauten ihn ungläubig an. Er rief sie auf die Seite. «Die Bandera-Leute lügen nicht», stellte er fest. «Ich habe schon Hunderte solcher Banditen verhört. Es muß etwas dransein ... Ich nehme die Verantwortung auf mich. Bitte beginnen sie beim Dachboden.»

Die Rozwadowska erbleichte so sehr, daß es selbst beim Licht der Petroleumlampe ins Auge fiel und den flinken Augen des kleinen Oberleutnants nicht entging.

Mehrere Soldaten stiegen auf den Boden. Nach einer Weile ertönte das Krachen zerbrechender Bretter. Die Soldaten rissen den Fußboden auf. Die Rozwadowska sank auf einen Stuhl. Sie rang schwer nach Luft.

«Warm ... Warm ...», flüsterte Oberleutnant Turski und hob den Kopf.

Alle lauschten.

Plötzlich wurde das Haus von dem dumpfen Widerhall einer Detonation erschüttert. Auf dem Boden begann jemand schmerzhaft zu heulen. Dann fielen zwei, drei Schüsse.

Oberleutnant Turski stürzte zur Leiter. «Fangt sie lebend!» rief er. «Lebend müssen wir sie haben!»

Vom Boden drangen Schreie, der Fußboden dröhnte dumpf, als wälzten sich darauf mehrere Leiber. Jemand fluchte laut und stöhnte.

Endlich erschienen bloße Füße in der Bodenluke. Ein magerer Mann, nur in Unterhose und Hemd, kam die Leiter heruntergekollert und fiel den sich im Hausflur drängenden Soldaten direkt in die Arme.

«Bezirksprowidnik Ihor!» rief einer der Bandera-Leute erleichtert.

Der Magere wurde ohne Mühe überwältigt. Er leistete übrigens keinen Widerstand. Mit seinen kurzsichtigen Augen blickte er in die Runde. Plötzlich schwankte er und fiel zu Boden. Auf seinem Hemd zeigte sich ein großer Blutfleck. In diesem Moment sank die Rozwadowska vom Stuhl. Sie hatte das Bewußtsein verloren.

Vorsichtig wurde ein verwundeter Soldat die Leiter heruntergelassen, dann der Körper einer toten, halbnackten Frau.

«Er hat sie erschossen und wollte Selbstmord verüben», sagte Oberleutnant Turski, auf Ihor und seine tote Frau zeigend. «Er hat außerdem einen Soldaten verwundet.»

Vor Tagesanbruch kehrte die Expedition nach Lesko zurück.

«So also endete die Geschichte unseres ‹Geistes›», sagte Oberleutnant Turski lächelnd. Er hatte tiefe Schatten unter den Augen, aber sein Gesicht strahlte vor Zufriedenheit.

Hauptmann Matula hörte mit gelangweiltem Lächeln die Erzählung seines Kameraden von den Sicherheitsorganen an und erklärte, daß ihm die Sache mit dem ‹Geist› immer verdächtig vorgekommen sei. «Erinnern Sie sich, Oberleutnant, an unser Gespräch damals, in Baligród, als sie versuchten, den ‹Geist› zu erwischen? Beide waren wir damals voller Argwohn, unser Verdacht hat sich jetzt als richtig erwiesen. Jaja, Wachsamkeit ist unerläßlich ...

Apropos, Hauptmann», wandte er sich plötzlich mit blitzenden Augen an Jerzy, «wie ist es möglich, daß Sie nichts bemerkten, Sie haben doch so lange bei den Rozwadowskis gewohnt? Das ist merkwürdig, sehr merkwürdig ...»

Er ging fort, in Gedanken seinen Bericht über den ganzen Vorfall zurechtlegend. Er kam zu vielen Schlußfolgerungen, die seine Vorgesetzten überraschen sollten.

Bezirksprowidnik Ihors Wunde erwies sich als völlig harmlos.

«Als Arzt sollten Sie wissen», erklärte ihm beim Verbinden Doktor Pietrasiewicz, «daß man sich niemals mit der rechten Hand ins Herz schießen darf. Zwischen dem Lauf und dem Herzen entsteht ein Winkel, der die Geschoßbahn ändert, und die Sache endet mit einer oberflächlichen Wunde. Der richtige Selbstmörder schießt immer mit der linken Hand, obwohl es unbequem ist, den Revolver auf diese Weise zu halten. Man muß mit dem Daumen abdrücken ...»

Ihor-Zhorlakiewicz sagte ohne Widerstand aus. Nicht ein einziges Mal machte er Hauptmann Wiśniowiecki und Oberleutnant Turski Scherereien. Er erklärte, daß ihn mit den Rozwadowskis eine langjährige Freundschaft verbinde. Sie kannten sich noch aus der Studentenzeit in Lwów. Außerdem war seine Frau die Schwester der Rozwadowska.

«Weshalb töteten Sie Ihre Frau?» fragte Turski.

«Ich wollte nicht, daß sie nach meinem Tod mit einem anderen Manne lebt. Sie war fünfunddreißig Jahre alt. Übrigens war unser gemeinsamer Selbstmord im Falle unserer Festnahme vorgesehen», entgegnete Ihor.

Er schilderte dann eingehend, auf welche Weise er sich in den Wintermonaten, gekleidet in einen weißen Tarnumhang, an das Haus der Rozwadowskis herangeschlichen hatte. Damit man die Spuren auf dem Hof nicht bemerkte, habe die Rozwadowska den Schnee besonders zertreten. Im Sommer sei die Verbindung mit seiner Frau noch leichter zustande gekommen. Er habe auf allen vieren durch das hohe Gras kriechen und hinter den Unebenheiten des Bodens Deckung nehmen können. Der Zugang zum Hause der Rozwadowskis sei leicht gewesen. Die tiefe Schlucht führte bis zum Fluß hinab. Die Soldaten von den Wachbunkern vermochten sie nicht einzusehen.

Ihor berichtete über alle seine Erlebnisse in der UPA. Er bedauerte, daß er nicht ins Ausland habe gehen können. Er glaubte kurz davorgestanden zu haben. Er habe doch die Ernennung zum Leiter des Sekretariats des Landesprowidniks Stiah erhalten. All das erzählte er und behauptete, daß ihm nach dem Tod seiner Frau nichts mehr am Leben gelegen sei. Die Liebe zu seiner Frau war der einzige menschliche Zug an diesem blutigen und gleichzeitig schwachen Banditen. Eine seltsame Liebe, eng verknüpft mit einem Verbrechen; denn die letzte Tat des Bezirksprowidniks war die Ermordung der Frau, die er liebte.

Im Winter des Jahres 1947 wurde auch Bir angeschlagen. Die Truppen zerstörten sein Lager am Bukowe Berdo. Zum Lager Hryns mußte man noch einmal zurückkehren, denn die Bandera-Gefangenen hatten das beim ersten Aufenthalt nicht entdeckte Versteck angegeben, in dem Hryn das bei Dołżyca erbeutete Geschütz verborgen hatte. Man fand es in beklagenswertem Zustand, ohne Schloß. Hauptmann Ciszewski weilte anläßlich der Suche nach dem Geschütz in Mików. Maria, die seine Neugier erweckt hatte, traf er nicht mehr an. Sie war mit dem Kind abgereist, hatte sich aber im Krankenhaus in Sanok nie gemeldet. Von ihrem Standpunkt aus war es das einzig Richtige, zumal kurze Zeit später Hauptmann Wiśniowiecki von den Bandera-Gefangenen erfuhr, wer sie wirklich war. Man suchte intensiv, aber erfolglos. Vielleicht hatte sie sich John Curtis' Dienste zunutze gemacht, von denen der kleine Oberleutnant Turski auf anderem Wege Kenntnis erhielt. Er konnte übrigens noch einen weiteren Erfolg verbuchen. Er verhaftete endgültig den frommen Herrn Romuald Wodzicki aus R. Im Garten hinter seinem Hause, wo der ungewöhnliche Birnbaum gewachsen war, fand man viele alte Grabstellen von Leuten, die während der Okkupation versucht hatten, nach Ungarn zu flüchten. Herr Wodzicki hatte es übernommen, sie über die Grenze zu bringen. Nachdem er sie in sein Haus gelockt, tötete er sie gemeinsam mit seinem Bruder und raubte sie aus. Offiziere, die das Kriegsgefangenenlager fürchteten, jugendliche Feuerköpfe, die vom Dienst in der fernen Armee Sikorskis träumten, und Juden, die von den Hitlerfaschisten verfolgt wurden, sie alle hatte man hier verscharrt.

Ein wichtiges Ereignis des Winters waren die ersten Wahlen zum Sejm der Republik. In den Bieszczady verliefen sie ebenso ruhig wie im ganze Land. Die Banden der Organisation WIN waren in diesem Gebiet bereits liquidiert. Żubryd, Kosakowski, Wołyniak und Mściciel schreckten niemanden mehr. Die Bandera-Leute hatten eigene Sorgen, die alles andere als gering waren. Und so konnten sich die Menschen an diesem Sonntag, dem 19. Januar 1947, ohne Furcht an die Wahlurnen begeben. Das einzige Hindernis bildete der reichliche Schnee, aber die Wahlbeteiligung war groß, zumindest nicht geringer als in anderen Teilen Polens. Die amerikanische Protestnote, deren Inhalt die Funker des Regiments am Dienstag, dem 28. Januar, hörten und die die Legalität dieser Wahlen anzweifelte, wurde in den Bieszczady-Dörfern und Militäreinheiten mit sarkastischem Lächeln aufgenommen. Hier wußten alle nur zu gut, wie die «Legalität» ausgesehen hätte, die Mikołajczyk und «die aus dem Wald» durch Vermittlung des Weißen Hauses forderten.

Der Winter ging dem Ende zu. Die Sonnenstrahlen schmolzen den Schnee immer stärker. Die beiden kämpfenden Parteien gaben sich jedoch nicht der Täuschung hin, daß der Kampf beendet sei.

Der Oberkommandierende der Gruppe San, Orest, verfaßte einen ellenlangen Bericht, in dem er die Hundertschaften anwies, zum Angriff überzugehen, das heißt, Aktionen durchzuführen, die die Moral der Truppe hoben. Das Selbstgefühl der Bandera-Leute war zum Ausgang des Winters ziemlich schlecht. Das Militär, der Hunger, die Fröste, der Typhus und andere Krankheiten hatten ihre Reihen stark gelichtet. Die Kurine hatten nur noch die Hälfte des Mannschaftsbestandes des vergangenen Jahres. Die Mehrzahl der Dörfer war niedergebrannt und verlassen, die Lebensmittelgrundlage war ihnen entzogen. Dennoch bereiteten sich die Kommandeure der Kurine auf neue Kämpfe vor. Dies verlangte Orest auf Geheiß des Landesprowidniks der OUN, Stiah, der wiederum vom Obersten Ukrainischen Befreiungsrat und von Stefan Bandera persönlich dazu aufgerufen worden war. Hinter ihnen standen Machthaber, die nicht einmal genau die Lage der Bieszczady auf der Karte kannten, aber daran interessiert waren, daß es im polnischen Land nicht so rasch zu Ruhe und Frieden käme.

Das Militär bereitete sich ebenfalls auf Kämpfe vor.

Im Regimentsstab strich Major Pawlikiewicz eifrig die farbigen Zeichen auf den Karten aus. Neben ihm saß der Parteisekretär des Kreises, Drozdowski, und gab die Namen der Dörfer an, die aufgehört hatten zu bestehen. Die Angaben brauchte Pawlikiewicz für einen Bericht, den das Oberkommando angefordert hatte.

«Huczwice, Rabe, Habkowice, Bystre, Kołonice, Balnica, Rożki, Wola, Górzańska, Radziejowa, Łopienka, Tyskowa, Buk, Polanki, Ryczywół, Przysłup, Strubowiska, Smerek, Zawój, Jaworzec, Wetlina, Berehy Górne, Wołosate, Tworylne, Tworylczyk, Krywe, Hulskie, Zatwarnica, Ryskie, Dwernik, Nasiczne ...», zählte der Sekretär mit monotoner Stimme auf, und der Stabschef kratzte emsig mit dem Bleistift über das Papier.

«Das Leben konzentriert sich entlang den Hauptstraßen und den Eisenbahnlinien», sagte der Sekretär. «Hier wird es sich wohl behaupten, aber später, wenn Ruhe herrscht, kehrt es in jene Gegenden zurück.»

Er sah sehr müde aus.

«Die tragischste Gestalt dieser Kämpfe ist der Bieszczady-Bauer», fügte er nachdenklich, wie im Selbstgespräch, hinzu. «Vor dem, was hier geschieht, hat es kein Entrinnen gegeben. Das ist nicht nur ein Kampf um die Macht. Es geht um völlig veränderte Beziehungen zwischen den Menschen. Dafür eben bezahlen wir, denn alles hat seinen Preis.»

Auf Pawlikiewicz' Karte umgaben mit schwarzem Bleistift durchstrichene Kreise die nicht mehr existierenden Dörfer. «Leider ist es noch nicht vorbei, Bürger Sekretär», murmelte der Chef des Regimentsstabes, der in diesem Augenblick an die neue Aktion gegen Hryn dachte. Er wußte nicht, daß der Hundertschaftsführer, rasend vor Schmerz über Marias Flucht, Stanicki und drei andere Mików er Landwirte gehenkt hatte. Dann trank er zwei Tage lang bis zur Bewußtlosigkeit. Die Bandera-Leute brachten den Besinnungslosen mit einem Fuhrwerk in den Wald. In der Nacht stießen die Kavalleristen der berittenen Einsatzgruppe unter Oberleutnant Siemiatycki auf die Banditen. Hryns ganze Eskorte stob auseinander, den Hundertschaftsführer seinem Schicksal überlassend. Die Grenzsoldaten setzten den Fliehenden nach. Leider interessierten sie sich nicht für das Fuhrwerk, auf dem, im Heu vergraben, der stockbetrunkene Hundertschaftsführer schlief. So schlief er friedlich bis zum Morgen, worauf er zur Hundertschaft zurückkehrte. Daß er Hryn in der Hand gehabt hatte, erfuhr Oberleutnant Siemiatycki erst mehrere Tage später von einem der Gefangenen. Es dauerte lange, ehe der Zorn des Kommandeurs der Einsatzgruppe verraucht war. Um sich Erleichterung zu verschaffen, bestrafte er unter einem Vorwand seinen Stellvertreter, Leutnant Teodor Walczak. Eine Woche sprachen sie nicht miteinander.

Die Tage wurden länger. Der Frühling traf wie ein guter Fernzug nach dem Kalenderfahrplan ein.

Hauptmann Jerzy Ciszewski kam von der tschechoslowakischen Grenze zurück. In der Nähe des Okrąglik war er mit dem Stabshauptmann der Streitkräfte der ČSR, Josef Muhada, zusammengetroffen, mit dem er verschiedene Fragen besprochen hatte, die die Zusammenarbeit der Truppen beider Länder bei der Niederwerfung der Banden betrafen. Die Zusammenarbeit entwickelte sich seit einigen Monaten ausgezeichnet. Die Bandera-Leute wurden immer mehr eingeengt.

Major Grodzicki führte zur selben Zeit eine Unterredung mit dem Kommandeur der sowjetischen Grenzeinheit, Oberst Dergatschenko. In Ustrzyki Dolne koordinierten sie den Plan der gegenseitigen Hilfe für die Frühjahrsaktionen. Dies war überaus wichtig und nahm einige Tage in Anspruch.

Irena nutzte die Abwesenheit ihres Mannes. Sie verbrachte die ganze Freizeit mit Jerzy.

«Ich liebe dich», sagte sie. «Eine dumme Geschichte, die mir bei solchen Abenteuern zum erstenmal passiert. Ich kann nichts dagegen machen ... Weshalb schweigst du, Dummkopf?» rief sie ärgerlich. «Schau mich an: Ich bin der einzige Lichtblick in dieser Hölle. Begreifst du das wirklich nicht, du miserabler Maler und noch erbärmlicherer Soldat!» Sie beleidigte ihn und überhäufte ihn mit Beschimpfungen im Wechsel mit Koseworten.

«Wenn du meinst, ich sei ein Dummkopf, weshalb behauptest du dann, mich zu lieben?» fragte Ciszewski.

«Versteh doch, du Idiot: Wenn man jemanden liebt, weiß man niemals, weshalb es so ist», wiederholte sie.

Draußen gingen die Wachposten regelmäßig auf und ab. Zuweilen erblühte am Himmel der rote Feuerschein eines Brandes. Im Äther kreuzten sich Befehle, in den Bergen rückten Truppeneinheiten vor, krachten Schüsse.

Das menschliche Leid nahm kein Ende. In den südöstlichen Teilen des Landes ging immer noch in alten deutschen Lumpen der Tod mit dem blutigen «Dreizack» an der Mütze um und griff nach neuen Opfern.

Mit Ankunft des Frühlings verlegten sich die Bandera-Leute wieder auf ihre Lieblingsart von Kampfhandlungen: auf Hinterhalte an den Chausseen.

XIV

Das Telefon läutete unvermittelt, schrill, abgerissen. Sofort entfloh der Schlaf. Major Grodzicki reckte sich im Bett und dachte zufrieden daran, daß Irena seit zwei Tagen in Kraków sei und in diesem Augenblick nicht geweckt werde. Nichts brachte sie so auf wie das zudringliche Läuten des Feldfernsprechers bei Nacht.

Der Regimentskommandeur hob den Hörer ab.

«Hier ‹048›. Wer ist am Apparat?» krächzte die Stimme des Divisionskommandeurs, des Obersten Sierpiński.

«Hier ‹012›», antwortete Grodzicki gedankenlos, an solche nächtlichen Anrufe – eine Spezialität des Divisionskommandeurs – schon gewöhnt.

«Sie schlafen schon?» Sierpiński wunderte sich. «Um diese Zeit?» Er konnte sich nie mit dem Gedanken abfinden, daß jemand zu einem Zeitpunkt schlief, da er es nicht tat.

«Ich war ein wenig eingenickt ... Heute ist es bei uns ruhig», entschuldigte sich, ein Gähnen unterdrückend, der Regimentskommandeur.

«Ich bitte Sie also aufzuwachen», brummte der Gesprächsteilnehmer. «Es ist erst zehn. Lächerlich früh! Ich möchte Ihnen etwas Wichtiges durchsagen.»

«Ich schlafe doch nicht!» knurrte Major Grodzicki. Er suchte gleichzeitig die Streichhölzer, um die auf dem Nachttisch stehende Petroleumlampe anzuzünden.

«Hören Sie, ‹012›, Sie werden morgen Gäste haben. Sie besuchen Lesko und Baligród. Ich wünsche, daß überall Ordnung herrscht. In Ihren Unterkünften war das neulich nicht der Fall. Sorgen Sie dafür, daß alles tipptopp aussieht.»

Seit sich die Reihen der Banden gelichtet hatten, kehrten in den Einheiten wieder die guten alten Kasernengewohnheiten ein. Man verlangte von den Soldaten, daß sie sich rasierten, daß sie die Sachen «auf Kante» legten und stramm salutierten, Militär ist und bleibt eben Militär.

«Zu Befehl! Es wird aussehen. Um wieviel Uhr kommen sie?»

«Gegen sechs Uhr früh. Ich werde mit ihnen fahren.»

«So zeitig?»

«Natürlich. Sie haben es eilig, Sie müssen schon gegen Mittag wieder in Sanok sein. Wenn Sie keine weiteren Fragen haben, dann Ende. Guten Abend!»

«Ende. Guten Abend!» Der Major seufzte tief.

Endlich hatte er die Zündhölzer gefunden. Die Lampe blakte. Der Lichtkreis tanzte an der Decke. Grodzicki drehte die Kurbel des Fernsprechers. Der diensthabende Offizier meldete sich. Der Regimentskommandeur befahl ihm, Major Pawlikiewicz zu ihm zu schicken.

Die breite Silhouette des Stabschefs schien das ganze Zimmer einzunehmen.

«Inspektion!» Er lächelte, das Wort ironisch dehnend. «Da kommen wieder ein paar Kerle aus Kraków oder aus Warschau und werden uns den Kopf zurechtsetzen. Kasernenordnung. Sauberkeit. Dienstvorschrift … Man versuche, ihnen klarzumachen, daß hier so etwas wie ein Krieg im Gange ist!»

Grodzicki bemühte sich, ihn zu besänftigen. «Es wird eine kurze Inspektion sein, Bürger Major!»

«Ganz gleich, es wird eine Kopfwäsche», beharrte Pawlikiewicz.

«Ich bitte darum, daß Ordnung in den Unterkünften herrscht, neulich war das nicht der Fall …», sagte der Regimentskommandeur. «Die Ehrenkompanie von der Unteroffiziersschule soll sich morgen zu sechs Uhr einfinden. Sie sollen neue Mützen aufsetzen. Aus dieser Kompanie stellen wir auch die Bewachung für die Inspektion auf der Fahrt nach Baligród. Auf die Strecke bitte ich außerdem noch heute nacht Patrouillen zu entsenden.»

«Bitte melden zu dürfen, daß mir das alles bekannt ist. Wir gehen immer so vor», sagte Pawlikiewicz ungeduldig.

«Ich bitte, ebenfalls Hauptmann Muszyński zu benachrichtigen.»

«Jawohl! Darf ich fragen, wer kommt?»

Major Grodzicki machte ein saures Gesicht. «Weiß ich, wer kommt? Sie glauben doch wohl nicht, Bürger Major, daß der Kommandeur mir das durchs Telefon gesagt hat! Es kommt einfach irgendeine Inspektion.» Er winkte resigniert ab.

«Alles wird in Ordnung sein. Darf ich gehen?»

Die Schritte des Wachpostens ertönten regelmäßig auf dem Pflaster vor dem Stabsgebäude. In einem der Fenster schimmerte geheimnisvoll das schwachblaue Licht der Funkstation. Es war das einzige sichtbare Lebenszeichen in der pechschwarzen Nacht, die Lesko einhüllte, die Berge und die in ihnen ausgestellten Feldwachen – diese ganze in Dunkelheit erstarrte Welt.

Major Grodzicki blies die Lampe aus, eine Weile betrachtete er die rubinroten, noch am Docht glimmenden Fünkchen, dann fiel er in einen tiefen, festen Schlaf.

Er erwachte im Morgengrauen. Die Häuser von Lesko, das alte Schloß der

Kmitś, die gotische Pfarrkirche aus dem 16. Jahrhundert waren in das Glühen des heraufziehenden Tages getaucht. Auf den Gipfeln der Berge keine Spur mehr von Schnee. Die Luft war frisch und kühl, sie duftete nach Frühling.

«Was für ein schöner Tag heute!» rief Grodzicki Major Pawlikiewicz zu.

«Er wäre schön, wenn nicht die Inspektion käme», erwiderte der Stabschef seufzend und meldete: «Die Quartiere der Soldaten sehen aus wie die Säle im Louvre, die Kompanie ist bereit, die Lastwagen für die Bewachung sind ebenfalls klar; es fahren drei Offiziere, fünf Unteroffiziere und vierzig Unteroffiziersschüler; die Patrouillen sind unterwegs, Hauptmann Muszyński ist benachrichtigt; der Rest liegt in der Hand Ihrer Hausgeister, die uns beiden gnädig sein mögen.»

Die Stiefel der Ehrenkompanie erdröhnten auf dem Pflaster. Gekonnt marschierten die Soldaten um den Platz und stellten sich in Linie zu zwei Gliedern auf.

«Nicht mit dem Gesicht zur Sonne!» rief Pawlikiewicz. «Wie oft habe ich das schon gesagt! Sonst verziehen sie die Gesichter, als ob sie Zahnweh hätten.»

«Zu Befehl!» entgegnete Oberleutnant Rafałowski, der seit einiger Zeit die Ausbildungskompanie befehligte. Die Soldaten rückten trippelnd weiter und blieben seitlich zur Sonne stehen, deren Strahlen sich nun auf ihren funkelnden Mützenschirmen widerspiegelten und auf den brünierten Gewehrläufen glänzten.

Grodzicki blickte auf die Uhr, er stellte fest, daß noch genügend Zeit war, und ging ins Stabsgebäude. Den Soldaten der Ehrenkompanie wurde «Rührt euch!» befohlen. Etwas abseits standen die Offiziere in einer kleinen Gruppe beisammen und unterhielten sich. Der Regimentskommandeur ließ sich telefonisch mit Baligród verbinden. Hauptmann Muszyński war bereit.

«Bei mir wird die Inspektion gut ausfallen, Bürger Major», erklärte er. «Es herrscht mustergültige Ordnung! Ein Wetter ist das heute! Der Frühling …»

«Ja, der Frühling … Ich komme zu Ihnen. Guten Morgen!»

Die Offiziere des Regimentsstabes stellten sich im rechten Winkel zu der in Linie zu zwei Gliedern angetretenen Ehrenkompanie auf. Alle mit Portepee, in Handschuhen. Oberleutnant Osiecki – der Chef des Kraftfahrzeugdienstes – prüfte etwas am Motor des «SIS», mit dem die Eskorte fahren sollte.

«Wir haben die Kompanie ganz unnötig so früh antreten lassen. Die Inspektion verspätet sich», stichelte Major Pawlikiewicz.

«Die Hälfte seines Lebens wartet der Soldat vergebens», murmelte Hauptmann Ciszewski.

Der Wachposten, der auf dem Turm des Leskoer Schlosses, in dem die Artillerie des Regiments einquartiert war, Ausschau hielt, schwenkte mehrmals ein Fähnchen. Dies war das vereinbarte Zeichen. «Sie kommen!» Eine Weile später erschienen der grüne Opel des Divisionskommandeurs und zwei Kraftfahrzeuge vom Typ Dodge mit der Bewachung. Sie kamen von Sanok her. Auf dem Platz wendeten sie und hielten. Schmetternd erscholl ein Kommando. Es knallten die gleichzeitig zusammengeschlagenen Hacken der Soldatenstiefel. Die Ehrenkompanie präsentierte das Gewehr.

Aus dem Opel stieg ein untersetzter Mann mit den Rangabzeichen eines Generals am Mantel. In dem Maße, wie er sich der Kompanie näherte, hellten sich die Gesichter auf, sogar das Gesicht des Stabschefs Major Pawlikiewicz.

Der General!

Auf dem Platz herrschte Stille. Man hörte nur die Schritte des Generals und die der hinter ihm gehenden Kommandeure des Wehrbezirks und der Division.

Major Grodzicki machte mit vor Erregung zitternder Stimme Meldung. Der General lächelte.

«Guten Morgen, Soldaten!»

«Morgen, -ürger -eneral!»

«Ich bin nicht zu einer Inspektion hergekommen», erklärte der General, als «Rührt euch!» gegeben worden war. «Ich will mich nur mit euch unterhalten, hören, wie es euch geht und wo der Schuh drückt ...»

Sofort barst die Paradeordnung. Ein Kreis von Soldaten umgab den General. Er unterhielt sich mit ihnen ruhig, sachlich.

«Guten Morgen, mein verehrter Wachtmeister! Was für ein Zusammentreffen», sagte er, plötzlich Hipolit Kaleń erblickend.

Der wurde bis über die Ohren rot. «Bürger General erinnern sich noch an mich ...», stammelte er.

«Na, und Sie, erinnern sich an mich, Kaleń? Was soll also die Frage? Bei Zgorzelec, als die deutschen Panzer kamen, waren Sie aufgeweckter ... Ich bat Sie damals um Feuer und erhielt ein wirklich gutes Feuerzeug, aber der Tölpel von Ordonnanz hat es unlängst verlegt.»

«Ich habe ein neues Feuerzeug für Sie, Bürger General», erklärte der Artillerist.

«Ausgezeichnet. Haben die Frauen Sie noch nicht zugrunde gerichtet?»

«Melde gehorsamst, nein, -ürger -eneral.»

«Wir fahren zusammen nach Baligród und unterhalten uns unterwegs ein bißchen. Bei Budziszyn haben Sie den Wagen recht ordentlich gelenkt. Ich hoffe, Sie haben es noch nicht verlernt.»

Der General betrat das Stabsgebäude. Man bot ihm ein Frühstück an, aber er winkte ab. Eine Weile stand er nachdenklich über der großen, auf dem Tisch ausgebreiteten Operationskarte. Er hob den Kopf und erblickte Ciszewski.

«Nun, wie ist es, Hauptmann?» wandte er sich an Jerzy. «Ich habe von Ihnen das Gesuch um Versetzung nach Warschau nicht erhalten. Weshalb nicht?»

«Die Sache ist nicht mehr aktuell, Bürger General.»

«Ist es aus mit Barbara?»

«Wahrscheinlich.»

«Kleine Ursachen, große Wirkungen», murmelte er vor sich hin und warf einen Blick auf die Uhr. «Fahren wir nach diesem Baligród», sagte er. «Ich habe wenig Zeit ... Ich muß noch in Sanok halten und mit den Arbeitern der Waggonfabrik reden. Sputen wir uns.»

«Er ist müde. Das ganze Rzeszówer Gebiet hat er abgefahren. Man hat ihn schon mehrmals nach Warschau zurückgerufen. Er hat dort dringend zu tun ...», erklärte Oberst Sierpiński Major Grodzicki, als sie dem General zu den Kraftfahrzeugen folgten.

Die Kompanie präsentierte noch einmal das Gewehr. Die Soldaten der Bewachung kletterten auf die Wagen. Der General winkte den in Linie zu zwei Gliedern angetretenen Unteroffiziersschülern zu. Vorn fuhren die beiden Dodges, dahinter der Opel, am Schluß der SIS, an dessen Lenkrad Oberleutnant Osiecki Platz genommen hatte. Er wollte an diesem Tag selber das abgeklapperte Kraftfahrzeug überwachen – er hatte schon das beste, das im Regiment vorhanden war, genommen. Einen der Dodges lenkte Wachtmeister Hipolit Kaleń. Er vertrat den ärgerlichen Chauffeur, der von Sanok her gefahren war.

«Jetzt werde ich den General fahren», verkündete er dem Fahrer. «Ich weiß, wie er zu fahren wünscht, du hast ja keine Ahnung davon ...»

Der Chauffeur protestierte, aber Kaleń sah ihn mit einem vernichtenden Blick an. «Söhnchen», sagte er mit Nachdruck, «hast du gehört, wie der General mit mir gesprochen hat? Widersetze dich nicht seinem und meinem Willen, es würde uns wirklich um dich leid tun ...»

Die Kraftfahrzeuge passierten die Kurve am Schloß. Eine Staubwolke erhob sich und verhüllte die den General verabschiedende Kompanie und die Offiziere des Regimentsstabes. Hinter der Brücke über den San nahmen die Wagen Fahrt auf.

Das Dröhnen der Motoren lockte die Milizionäre des Stützpunktes in Hoczew an die Fenster. Unterfeldwebel Kolanowski, die Unteroffiziere Łemko und Rogala standen stramm. Ernst neigte der alte Krzysztof Dwernicki das Haupt, der in einer der Koppeln bei den Pferden arbeitete. Seine Kavallerieabteilung bestand zu dieser Zeit nicht mehr. Sie wurde nicht mehr gebraucht, und Dwernicki war zu seiner Lieblingsbeschäftigung, der Pferdezucht, zurückgekehrt.

In Baligród, vor der Villa des Notars, stand wiederum eine in Linie zu zwei

Gliedern angetretene Kompanie des Bataillons von Hauptmann Muszyński. Und wieder unterhielt sich der General mit den Soldaten.

«Ist das die letzte Militärgarnison in diesem ‹Blinddarm›?» fragte der General, die populäre Bezeichnung gebrauchend.

«Weiter südlich von uns, in Cisna, steht noch die berittene Einsatzgruppe der Grenztruppen», meldete einer der Offiziere.

«Das heißt, die am weitesten in südlicher Richtung gelegene Garnison ist Cisna?» vergewisserte sich der General. «Man müßte sie mal besuchen», murmelte er.

«Wir haben keine Zeit, Bürger General. Und Sanok?» Oberst Sierpiński war bekümmert.

«Wir kommen noch zurecht, Oberst, wir schaffen es noch ...», sagte der General ruhig.

«Die Einsatzgruppe ist, soviel ich weiß, unterwegs. Dort wird kaum jemand sein», mischte sich Hauptmann Muszyński ein. «Übrigens ist die Strecke nicht bewacht; die Banditen liegen dort oft im Hinterhalt. Die Fahrt nach Cisna war nicht vorgesehen ...»

«Es stimmt, Bürger General: Die Strecke ist nicht bewacht, die Straße in einem fürchterlichen Zustand, die Fahrt ist zu gewagt ...», versuchte Major Grodzicki seinen Unterstellten zu unterstützen. Die anderen Offiziere pflichteten ihm bei. Sie kannten den General offenbar nicht gut genug. Ihre Überredungskünste verstärkten nur seinen Eigensinn.

«Ich sollte vor dem Besuch der am weitesten vorgeschobenen Garnison zurückscheuen? Was soll dieses Gerede, Herrschaften?» Er wurde ungeduldig. «Die Strecke ist nicht bewacht, Hinterhalte ... Und in Warschau kann einem Spaziergänger nicht ein Ziegelstein auf den Kopf fallen? Das ist wohl ein schlechter Scherz! Fahren wir!»

«Er war immer so», sagte Wachtmeister Kaleń zu Hauptmann Ciszewski und Oberleutnant Osiecki. «Wenn es galt, die Soldaten an der Front zu besuchen, zögerte er nie. Dort waren die Strecken ebenfalls nicht bewacht.»

Die Kraftfahrzeuge, die mit ihren Motorschnauzen nach Lesko zeigten, wendeten auf der Straße. Der grüne Opel mußte zurückgelassen werden. Er würde eine Fahrt auf der Straße Baligród–Cisna nicht durchgestanden haben.

Der General und Oberst Sierpiński nahmen in dem Dodge Platz, der von Wachtmeister Kaleń gesteuert wurde. Im Wagenkasten saßen: der Kommandeur des Wehrbezirks, Major Grodzicki, Hauptmann Ciszewski, der Kommandeur des Pionierbataillons der Division und zwei Soldaten mit einem leichten Maschinengewehr. Vorn fuhr der andere Dodge mit der Begleitmannschaft aus Sanok. Den Abschluß der kleinen Kolonne bildete der von Oberleutnant Osiecki gelenkte SIS, in dem Oberleutnant Rafałowski und die Unteroffiziersschüler fuhren.

Anfangs war die Chaussee gut. Der schlechte Abschnitt begann erst hinter Bystre und Jabłonki. Die Kraftfahrzeuge fuhren rasch. Bis Cisna waren es alles in allem zwanzig Kilometer. Der General war in prächtiger Laune. Unaufhörlich scherzte er, der Frontzeiten gedenkend, mit Kaleń. Dann schlug er einen ernsteren Ton an.

«Lange werdet ihr nicht mehr in dieser Gegend bleiben», erklärte er. «Wir bereiten eine Großaktion gegen die Banden vor. Die Kämpfe im Lubliner und Białystoker Raum sind fast beendet. Wir werfen eine große Anzahl Militär hierher und liquidieren die UPA. Ich denke, wir werden mit dieser Großaktion in einigen Wochen beginnen können. Bis zum Herbst muß hier Ruhe herrschen.»

«Das schwierigste Problem sind die Bunker in den Dörfern, Bürger General», sagte Oberst Sierpiński. «Die noch übriggebliebenen, weit entlegenen Dörfer in den Bergen gewähren den Banden Unterschlupf und liefern ihnen Lebensmittel. Die Bewohner handeln teilweise unter Terror, aber es gibt auch solche, die die Banditen begünstigen. Diese Dörfer bilden die Hauptstütze der Hundertschaften der UPA.»

«Das haben wir vorausgesehen», stellte der General fest. «In einigen Fällen wird man Zwangsumsiedlungen vornehmen. Es hilft nichts. Die Sache ist schmerzlich, aber Schachzüge dieser Art sind unbedingt notwendig. Die Umsiedler erhalten volle Entschädigung und größere, moderner eingerichtete Wirtschaften in den westlichen oder nördlichen Grenzgebieten. Übrigens nehmen wir nicht als einzige zur Umsiedlung Zuflucht. Auf der ganzen Welt verfährt man so mit Dörfern, die auf geplanten Eisenbahnlinien, Staudämmen oder anderen großen industriellen Anlagen liegen. In den Bieszczady wird der Anlaß der Umsiedlung der Kampf gegen die Banden sein. Ein hinreichender Grund.»

Der General hielt inne. Der vorn fahrende Dodge blieb stehen, die anderen beiden Wagen zum Halten zwingend. Die Fahrer sprangen auf die Chaussee. Alle drei beugten sich über den reglosen Motor. Der General verhehlte seine Ungeduld nicht. Immer wieder blickte er auf die Uhr. Schließlich entschied er: «Wir fahren weiter, die holen uns wieder ein.»

«Bürger General ...» Oberst Sierpiński versuchte zu widersprechen.

«Wir fahren!»

Der von Wachtmeister Kaleń gelenkte Dodge fuhr an. Der SIS mit Oberleutnant Osiecki folgte laut ratternd. Die Sonne wärmte so stark, daß die Offiziere die Mäntel aufknöpften. Auf den Wiesen zeigte sich das erste, noch zaghafte Frühlingsgrün.

Die Kraftfahrzeuge näherten sich Bystre. Ein Ort mit schlechtem Ruf. Hier hatten vor einem Jahr die Banditen eine berittene Patrouille der Grenztruppen angegriffen. An der Chaussee lag noch das Skelett eines damals getöteten

Pferdes. Und erst vor wenigen Monaten hatte Hryn an dieser Stelle einen Hinterhalt auf die Transportkolonne des Regiments legen wollen. Osiecki und Daszewski hatten ihm damals eine Tracht Prügel verabfolgt.

Ringsum herrschte völlige Einöde. Bystre und Jabłonki existierten nur als Namen auf der Landkarte. Die Häuser waren längst abgebrannt. Die Straße zwängte sich hier in einen engen Schlund. Auf der rechten Seite, völlig entblößt, der steile Hang eines hohen Berges, auf der linken – eine Waldlichtung, durchschnitten von dem Gebirgsbach Jabłonka, und gleich dahinter wieder der Hang eines mit dichtem Nadelwald bedeckten Berges; vorn eine Windung des Baches, eine kleine Straßenbrücke und stark welliges Gelände.

Als sich die Kraftfahrzeuge der Brücke näherten, pfiffen Geschosse durch die Luft. Sie heulten kläglich und durchdringend. Schmerzhaft zerrissen sie die Stille des heiteren Tages.

Wachtmeister Kaleń bremste heftig. Eine Weiterfahrt wäre Leichtsinn gewesen: Die Brücke konnte vermint sein. Die Banditen gingen oft auf diese Weise vor, wenn sie einen Hinterhalt legten. Der General, die Offiziere und Wachtmeister Kaleń sprangen aus dem Wagen.

Vom Hügel zur Rechten und von vorn kam starker Beschuß. Mehrere Geschosse trafen das Kraftfahrzeug. Splitter flogen von seiner rechten Bordwand. Gebückt laufend, gingen die Offiziere am Hang des Berges in Deckung. Gleichzeitig schwärmten die Unteroffiziersschüler, ungeachtet des Feuers, in Schützenkette aus und kletterten bergan, auf die Stellungen der Banditen zu. Sie hatten Erfahrung in diesem Kampf.

Der Gegner unterhielt ein mörderisches Feuer. Die leichten deutschen Maschinengewehre, mit denen die Bande bewaffnet war, knatterten in einem fort. Die Soldaten kannten ihre Stimme sehr genau. Schon oft war sie in den verschiedenen Gefechten erklungen. Danach konnte man genau bestimmen, wer den Hinterhalt organisiert hatte.

«Hryns Bande und die Leute von Stach. Hundertachtzig Bajonette», sagte Major Grodzicki zu Ciszewski. Hundertachtzig Mann gegen unsere dreißig, dachte Jerzy. Wir könnten mehr sein, wenn nicht dieser verfluchte Dodge liegengeblieben wäre!

«Bürger General, bitte Deckung nehmen!» rief mit flehender Stimme Oberst Sierpiński, der ein paar Meter von Grodzicki entfernt lag. Sie waren beide im ersten Schwung hinter der Schützenkette hergelaufen und nun am Hang in Deckung gegangen. Das Feuer der Banditen nagelte sie buchstäblich an der Erde fest. Die Schützenkette kam ebenfalls auf dem völlig entblößten Abhang nicht weiter.

«Bürger General!» rief der Kommandeur des Wehrbezirks. «Bitte hinlegen!»

Ciszewski wandte den Kopf und blickte zur Chaussee, wo die Kraftfahrzeuge hielten. Der General stand dort hochaufgerichtet. Die Hände auf dem Rücken, den Kopf erhoben, blickte er zum Kamm des von der Bande besetzten Hügels empor. Er ist ja gänzlich ungedeckt, fuhr es Ciszewski durch den Sinn.

«Bitte hinlegen! Bürger General!» riefen immer wieder die Offiziere.

Oberleutnant Osiecki erhob sich plötzlich, knöpfte die Klappe der Pistolentasche auf und rannte gebückt vorwärts. Mit einemmal blieb er stehen und fiel gleich darauf mit dem Gesicht zur Erde.

«Oberleutnant Osiecki ist tot!» ging der Ruf die Schützenkette entlang. Die Soldaten schossen unaufhörlich. Die MG-Schützen legten immer wieder neue Gurte ein. Das kleine Tal dröhnte von den Schüssen und dem in den Bergen vielfach widerhallenden Echo.

Wachtmeister Kaleń ließ kein Auge vom General. Er sah, wie um ihn herum die Geschosse die Straßendecke zertrennten, Kies und Steine aufwerfend. Er suchte das MG der Banditen, das den General aufs Korn genommen hatte. Da hatte er es entdeckt! Er würde es zum Schweigen bringen. Der Bandera-Mann lag etwas höher auf dem Abhang, etwa zwanzig Meter von ihm entfernt. Kaleń kroch darauf zu, eine Handgranate in der Hand. Er kam dem Gegner immer näher. Gleich würde er die Handgranate schleudern … Leider hatte der Feind die Gefahr rechtzeitig erkannt. Eine MG-Garbe durchsiebte den Wachtmeister. Hipolit Kaleń fiel ohne einen Klagelaut.

«Schießt! Schießt!» schrie Oberleutnant Rafałowski. Er war verwundet; der Knöchel des rechten Fußes war zerschmettert worden. Er fühlte keinen Schmerz. Der Nerv wird zerquetscht sein, dachte er.

Es bedurfte keiner Ermunterung. Die Soldaten schossen ohne Pause.

«Schützenkette auseinanderziehen! Die Abstände vergrößern!» kommandierte der General von der Chaussee her.

«Abstände vergrößern!» wiederholten die Soldaten mechanisch.

Ciszewski verspürte einen mächtigen Stoß gegen das rechte Bein und gleich darauf einen brennenden Schmerz. Sein Stiefel war zerrissen. Aus dem Hosenbein sickerte ein Blutrinnsal. Er war eher erstaunt als erschrokken. Er preßte sich stärker gegen die Erde. Die Geschosse strichen flach über seinen Kopf hinweg. Ringsum stoben kleine Erdfontänen auf. Ein hinlänglich bekannter Anblick. Weiter unten brannte da und dort das trockene vorjährige Gras. Die Banditen schossen offensichtlich mit Leuchtspur.

Der General stand noch immer auf der Chaussee. Er hatte nun den Mantel und die Uniformbluse aufgeknöpft und betrachtete aufmerksam eine Stelle unterhalb der Brust. Ciszewski schob sich, ungeachtet des stechenden Schmerzes im Bein, den Hang hinunter. In Windeseile befand er sich auf der Chaussee.

«Sind Sie verwundet, Bürger General?» fragte er.

«Es ist nur ein Streifschuß … Bitte sorgen Sie sich nicht weiter um mich.»

«Schützenkette, Feuer! Feuer!» kommandierte Rafałowski.

«Der General ist verwundet!» rief einer der Soldaten.

«Unsinn! Ich bin gar nicht verwundet!» erscholl die wohlklingende Stimme des Generals, die das Rattern der Geschosse seltsam übertönte. «Höchstens ein Streifschuß», sagte er zu Ciszewski. Er knöpfte die Uniform zu. Wieder stand er hochaufgerichtet da, nur daß er auf die linke Chausseeseite hinübergegangen war und von dort aus den am Hang liegenden Soldaten etwas zurief. Ciszewski und ein Pionieroffizier hockten ein paar Meter von ihm entfernt im Straßengraben.

Auf dem linken Flügel wurde das Feuer der Bandera-Leute zusehends stärker. Sollten sie etwa versuchen, uns einzukreisen? überlegte Major Grodzicki. Aber da drang auch schon die Stimme des Generals an sein Ohr: «Lassen Sie eine Rückendeckung am Hang, und gehen Sie mit den Leuten hinter den Bach zurück. Schnell, schnell!»

Die Soldaten schoben sich den Hügel hinunter. Einer nach dem andern liefen sie über die Chaussee und über die noch immer hier und da brennende Lichtung; in langen Sätzen erreichten sie das Ufer des Baches, gingen in Stellung und eröffneten wieder das Feuer, den Übergang der Kameraden deckend. Gefährlich war dieser Übergang, denn die Lichtung war dem ungehinderten Beschuß der Banditen ausgesetzt. Auf dem Hang blieb nur Unteroffizier Matysek mit fünf Soldaten und einem leichten Maschinengewehr. Sie bildeten den Feuerschutz für den Stellungswechsel und eine Art vorgeschobene Position in diesem Gefecht.

Oberleutnant Rafałowski hinkte als letzter herbei, gestützt von einem Soldaten. Ciszewski, der sich selber kaum noch auf den Beinen halten konnte, folgte dem General.

Als dieser ein kleines Haselgesträuch jenseits des Baches erreicht hatte, zuckte er zusammen und sank zu Boden. Ciszewski stürzte zu ihm.

«Bürger General!» rief er flehentlich. «Bürger General!»

Er erhielt keine Antwort. Der General rang mit offenem Munde schwer nach Luft. Sein Gesicht war kreideweiß. Die Augen hatte er geschlossen.

Die Soldaten gingen am Ufer in Stellung, das Bett des Gebirgsbaches als Schützengraben benutzend. Sie standen bis zu den Hüften im Wasser und schossen unentwegt. Der verwundete Soldat Rudzki stöhnte dumpf. Karasiński feuerte aus seinem MG, was das Zeug hielt. Er runzelte die Stirn und visierte angestrengt einen bestimmten Punkt auf dem Hügel an.

«Ziele gut, Söhnchen, ziele gut …», sagte der Kommandeur des Wehrbezirks zu ihm. «Hast du noch Munition?»

«Es reicht.»

Jerzy war, mühsam durch das Wasser watend, bei Major Grodzicki angelangt. «Der General ist ernsthaft verwundet», sagte er leise. «Ich fürchte, er wird sterben …» Als er dies sagte, war er fast genauso bleich wie der General.

«Das ist ja schrecklich! Schrecklich!» flüsterte der Kommandeur des Wehrbezirks. «Vielleicht irren Sie sich aber auch?» fragte er mit plötzlicher Hoffnung in der Stimme.

Ciszewski schüttelte den Kopf. Mit Mühe schluckte er den Speichel herunter. «Ich irre mich nicht. Er ist zum zweitenmal getroffen worden. Er ist aus eigener Kraft bis zu dem Haselgesträuch gegangen. Dort brach er zusammen. Ich habe den Pionieroffizier bei ihm zurückgelassen.»

«Bitte kehren Sie zum General zurück», befahl Major Grodzicki. Eine tiefe Falte durchschnitt seine Stirn. «Nehmen Sie das MG. Der General und die anderen Verwundeten müssen sofort von hier fortgebracht werden.»

Jerzy entfernte sich in Begleitung eines Soldaten mit dem leichten Maschinengewehr.

Das Feuer verstummte nicht. Die entlang dem Gebirgsbach auseinandergezogenen Soldaten und die mit Unteroffizier Matysek auf dem Hang verbliebenen Männer schossen und schossen. Sie hielten die Banditen in Schach, die trotz des zahlenmäßigen Übergewichts nicht zum Sturm anzutreten wagten.

Oberleutnant Rafałowski war auch am anderen Bein verwundet. Er konnte sich nicht bewegen. Er erteilte, in dem Haselgesträuch auf dem Bauch liegend, seine Befehle.

«Wir müssen den General fortschaffen, und das sofort», sagte Grodzicki. «Man müßte eines der Kraftfahrzeuge in Richtung Baligród wenden. Aber unter diesem Beschuß.»

Es meldete sich ein Chauffeur, der Schütze Niebylski. Derselbe, den Wachtmeister Kaleń vom Lenkrad verdrängt hatte. Niebylski war schmächtig, durchtrainiert, gewandt.

«Ich werde es versuchen», murmelte er, das Koppel abnehmend, um größere Bewegungsfreiheit zu haben. Er kroch auf das Ufer des Baches und begann über die Lichtung zum Kraftfahrzeug zu robben. Es war ein hoffnungsloses Unterfangen. Selbst wenn er die Lichtung überwindet, wie soll er unter dem Feuer der Banditen das Auto wenden? dachte Major Grodzicki. Mehr als zwanzig Augenpaare folgten mit gespanntester Aufmerksamkeit den Bewegungen Niebylskis.

Die Bemühungen des Fahrers waren umsonst. Kaum hatte er sich auf die Lichtung hinausbegeben, blieb er bewegungslos liegen. Sein rechter Arm hing schlaff herab. Er hatte einen Schuß in die Hand bekommen.

In eben demselben Moment vernahmen alle das Surren eines Kraftfahrzeugmotors. Der reparierte Dodge mit den übrigen Soldaten der Eskorte kam endlich.

Er hielt vorsorglich am Ausgang des Talkessels. Die Soldaten sprangen vom Wagen und jagten den von der Bande besetzten Hügel hinauf. Geradewegs auf ihren linken Flügel zu.

Das Feuer der Bandera-Leute verstummte augenblicklich, wie abgehackt. Hryn hielt das Kraftfahrzeug für herangekommenen Entsatz. Er befahl den Rückzug. Nun hörte man nur noch das Feuer der Soldaten.

Der General konnte das nicht sehen. Seit einer Viertelstunde lebte er nicht mehr. Seine letzte Schlacht hatte er in den Bieszczady geschlagen. Sein Leichnam wurde auf denselben Dodge gebettet, mit dem ihn Wachtmeister Kaleń gefahren hatte. Die letzte Schlacht und die letzte Reise. Der Wachtmeister ruhte neben dem General, zusammen mit Oberleutnant Osiecki. In dem zweiten Wagen fuhren die Verwundeten: Hauptmann Ciszewski, Oberleutnant Rafałowski, die Schützen Rudzki und Niebylski.

Der restliche Teil der Soldaten marschierte mit Major Grodzicki, der von einem Querschläger eine Prellung davongetragen hatte, hinter diesen Kraftfahrzeugen her.

In den Herzen aller herrschte eine entsetzliche Leere. Der Schmerz war so groß, daß sie ihn noch nicht zu beherrschen vermochten. Eines war ihnen bewußt: Dieser Hinterhalt erwies sich als die größte Niederlage des Militärs in den Kämpfen gegen die Banden. Der General war dabei ums Leben gekommen.

Auf dem Rückweg nach Baligród begegneten sie Hauptmann Muszyńskis Bataillon, das die Verfolgung Hryns aufnahm.

Die Banden der UPA waren noch immer in der Lage, die Zähne zu fletschen und zu beißen.

Kaum einige Tage nach dem Tode des Generals überfiel Hundertschaftsführer Bir mit seinen Leuten, Orests berühmten Befehl über Aktionen zur «Hebung der Moral der Schützen» befolgend, einen Transport kranker und verwundeter Soldaten der Einsatzgruppe der Grenztruppen. Der Hinterhalt wurde wiederum bei Bystre organisiert. In dem ungleichen Kampf ermordeten die UPA-Leute alle dreißig Soldaten.

Das beschleunigte die große Offensive gegen die Bandera-Leute, von der der General bei seinem letzten Besuch gesprochen hatte.

Hryn war mit dem Verlauf des Kampfes im Talkessel nicht zufrieden. Er kannte die Ergebnisse nicht. Ein MG, das er auf der gegenüberliegenden Seite der Chaussee, im Rücken der angegriffenen Soldaten postiert hatte, schwieg. Die drei Bandera-Leute der Bedienung behaupteten hinterher, das Maschinengewehr habe Ladehemmung gehabt. Der Hundertschaftsführer glaubte ihren Erklärungen nicht. Er war mit Recht der Meinung, die Soldaten waren nur deshalb nicht zwischen zwei Feuer geraten, was ihnen die Verteidigung erleichterte. Überhaupt hatte sich die Hundertschaft – seiner Meinung nach – überaus furchtsam gezeigt. Sie zum Sturm emporzureißen war unmöglich. Dabei hatten sie doch in anderen Hinterhalten angegriffen! Der wütende Führer der Hundertschaft beschloß, ein Exempel zu statuieren und die drei Männer der MG-Bedienung zu henken. Das Urteil wurde nicht vollstreckt. Die Delinquenten wurden begnadigt, da einige Tage nach dem Gefecht Kurinnij Ren seinem Untergebenen Zeitungen sandte, die vom Tode des Generals im Kampf gegen die Bande Hryns berichteten.

Der Bandenhäuptling war nun stolz auf seine Tat. Stolz war ebenfalls das ganze Kommando der UPA, die Führung der OUN in Polen und der UHWR im Ausland. Die Freude währte jedoch kurz. Unerbittlich nahte das Ende des blutigen Bandera-Abenteuers.

XV

Die Verwundung Hauptmann Jerzy Ciszewskis war nicht schwer, doch der Heilungsprozeß verlief schleppend. Wochen vergingen, Jerzy konnte das Lazarett nicht verlassen. Es ging ihm nicht schlecht. Zum erstenmal seit Jahren konnte er sich richtig ausruhen. Das Lazarettleben ist nur scheinbar eintönig. Die Verwundeten, mit ihren Beschwerden beschäftigt, messen die Zeit anders. Sie ist für sie eine Funktion ab- oder zunehmenden Leidens. Jeder Verbandwechsel, jede Arztvisite ist ein Ereignis, das Gesprächsstoff für Stunden liefert. Die regelmäßigen Mahlzeiten teilen die Tage in gleiche Abschnitte, angefüllt mit Nachrichten aus der Außenwelt. Und dann sind da noch die Besucher von jenseits der Lazarettmauern ... Wenn also die Wunde nicht schwer und die völlige Genesung sicher ist, läßt sich eine solche Lebensweise vortrefflich ertragen.

Eines Sonntags besuchte der Divisionskommandeur, Oberst Sierpiński, die Verwundeten. Er brachte eine ansehnliche Schachtel voller Orden mit. Auf Ciszewskis Lazarettpyjama blitzte ein Kreuz.

Jerzy empfing auch andere Besuche. Seine Kameraden kamen für ein, zwei Stunden: die Hauptleute Gorczyński und Muszyński, Major Grodzicki, Major Pawlikiewicz, Hauptmann Wiśniowiecki und Oberleutnant Rapski. Sie brachten viele Neuigkeiten von draußen mit. Seit mehreren Wochen rollte die vom General angekündigte Großaktion der Operationsgruppe «Weichsel» ab. Die sechste, siebente, achte und neunte Infanteriedivision, die kombinierten Regimenter aus der vierten und zwölften Division, eine große Operationsreserve, bestehend aus der Bürgermiliz, die Pionier- und die motorisierten Regimenter sowie ein Flugzeuggeschwader, alle diese Kräfte wurden gegen die Banditen geworfen. Man gewahrte auch in den Bieszczady die gelben Mützenränder der Soldaten der berühmten 1. Division «Kościuszko», die seit 1943 an der Seite der Roten Armee gekämpft hatten, und die dunkelblauen der bewaffneten Einheiten der Sicherheitsorgane. Die Aktion wurde von einem Stab von Männern geleitet, die große Erfahrungen im Kampf gegen die Banden besaßen. Männer, die vorher das Bandenunwesen in anderen Teilen des Landes liquidiert hatten.

Die Militäreinheiten suchten nun jeden Quadratkilometer des Geländes ab. Man spürte Banden in den Bezirken Radziejowa, Jabłonki, Cisna, Baligród, Krywe, Hulski, Tworylne, Dobra, Malawa, Leszczawa, Kuźnica, Łomna, Prijca, Jamna Dolna und Górna auf – überall … Gleichzeitig verfügte man die vollständige Evakuierung der Bevölkerung aus dem südöstlichen Zipfel des Kreises Lesko – jenem zu trauriger Berühmtheit gelangten «Wurmfortsatz», des «Blinddarms», der – von unterirdischen Bunkern unterwühlt – den Banditen Schutz bot und stets so viele Sorgen bereitet hatte. Evakuiert wurde die Bevölkerung auch aus anderen Gebieten, in denen die OUN und die UPA in Aktion waren. Die Züge, mit denen das Militär gebracht wurde, nahmen auf der Rückfahrt die Bewohner der evakuierten Landstriche mit in die westlichen und nördlichen Grenzgebiete. Die Aktion verlief reibungslos. Verkehrsschwierigkeiten, wie sie einst Oberst Sierpińskis Division so schwer zu schaffen machten, gab es jetzt nicht mehr. Mit einem Schlage war die materielle Basis der Banditen zerstört – die Dörfer, die ihnen Lebensmittel und Unterschlupf gewährten, sowie die Hundertschaften selbst.

Die Kurine Rens, Bajdas, Żeleźniaks und Berkuts schmolzen von Tag zu Tag dahin wie Schnee in der Sonne. Den Hundertschaften Hryns, Birs, Burlaks, Lastiwkas, Chromenkas, Krylatschs, Brodytschs, Schums, Tutschas, Kalinowitschs, Kruks, Jars, Tschausys, Dudas, Dawids und Wolodas wurde der Todesstoß versetzt. Es zerfiel der gefährliche, die Dörfer terrorisierende Sicherheitsdienst des Prowidniks Dalnycz. Zerrissen wurde das Nachrichtennetz der Bezirksprowidniks der OUN.

Die Vernichtung des Banditentums in den südöstlichen Teilen des Landes vollzog sich unter Kämpfen, die den seit zwei Jahren in diesen Gebieten weilenden Soldaten wohl bekannt waren. Es waren immer die gleichen Nachtmärsche und Gebirgseinsätze, die gleichen Sturmangriffe im Morgengrauen. Vor Jerzys Augen zogen die Kampfszenen vorüber, von denen die ihn besuchenden Kameraden erzählten. Die Bandera-Leute hatten nichts zu verlieren. Bereits ohne jede Hoffnung auf einen Krieg, trachteten sie jetzt nur nach einem: sich den Weg nach dem Westen zu bahnen, sich zur amerikanischen Besatzungszone Deutschlands durchzuschlagen. Dies war das letzte strategische Ziel der Ukrainischen Aufständischen Armee. Die mehrfachen Kriegsverbrecher versuchten, die eigene Haut zu retten. Dem entgegenzuwirken mühten sich die Männer, die die Aktion «Weichsel» leiteten.

Auf beiden Seiten gab es Verwundete und Tote. Am Montag, dem 11. August, wurden etwa fünfzehn verwundete Soldaten aus der Gegend von Dołhobyczów in das Lazarett eingeliefert. Neun ihrer Kameraden waren in diesem Gefecht gefallen. Eine Woche später fielen sieben Soldaten des neunten Regiments. Am folgenden Freitag, dem 22. August, verloren in einem mörderischen Gefecht mit einer der Banden achtzehn Soldaten das Leben. Die Krankensäle füllten sich. Die leichter Verwundeten erzählten von den tobenden Kämpfen. Davon sprachen auch die amtlichen Berichte der Operationsgruppe «Weichsel». In eben diesem Monat August töteten allein die Einheiten des achten und neunten Infanterieregiments sowie die bewaffneten Einheiten der Sicherheitsorgane neunundvierzig Banditen und nahmen neunundfünfzig gefangen. Erbeutet wurden mehrere Granatwerfer, zwanzig leichte MGs, vierundfünfzig Maschinenpistolen, zwanzigtausend Stück Munition, tausendeinhundert Minen, dreieinhalbtausend Artilleriegeschosse, eine Funkstation und anderes Kriegsgerät. Unaufhörlich wurden Leute aus dem «Zivilnetz» der OUN verhaftet. Insgesamt liquidierten die eingesetzten Truppen eintausendfünfhundertundneun Banditen, das waren fünfundsiebzig Prozent des Mannschaftsbestandes der Ukrainischen Aufständischen Armee.

Im Raum Lubaczów, Hrubieszów und Tomaszów Lubelski im Norden bis nach Sianki im Süden; von Krynica, Jasło und Krosno im Westen bis Przemyśl im Osten brannten die Dörfer. Tausende von Bauerngehöften, in Brand gesteckt von den zu allem entschlossenen Banditen, gingen in Rauch auf. So beendete die verbrecherische Organisation des Stefan Bandera ihre Tätigkeit.

Die Kurine existierten eigentlich schon nicht mehr. Im Verlauf der Aktion «Weichsel» wurde ihr Zerfall immer mehr beschleunigt. Ren, Bajda, Żeleźniak und Berkut bildeten immer kleinere Hundertschaften, sie wußten, daß große dem Druck des Militärs nicht würden standhalten können. Längst war in der UPA die strenge Einteilung nach Operationsräumen aufgehoben. Alles mischte sich durcheinander. Der eiserne Ring des Militärs schloß sich. Sowjetische und tschechoslowakische Einheiten hielten sorgfältig die Grenzen besetzt. Die Abteilungen der Streitkräfte der ČSR vernichteten Gruppen von Bandera-Leuten, die sich über das Gebiet der Tschechoslowakei zur amerikanischen Besatzungszone in Westdeutschland durchschlagen wollten.

Im Lazarett wußte man über all das Bescheid. Eines Tages erfuhr Jerzy vom Tod des kleinen Oberleutnants Turski. Er kam ums Leben, nachdem er das Stabsarchiv des Kommandierenden der Gruppe San, Orest, ausgekundschaftet hatte. Das Archiv war in einem Bunker untergebracht, und der Zutritt dorthin führte durch einen – Brunnen. In einem Eimer zum Wasserschöpfen gelangte man hinunter. Der Bunkereinstieg befand sich in einer Seitenwand des Brunnenschachtes. Er war vermint. Die Mine zerfetzte Turski, aber durch die Informationen, die dieser unermüdliche Aufklärer vor seinem Tode gesammelt hatte, wurde Orest, alias Jarosław Onyszkiewicz unschädlich gemacht. Der alte Führer der UPA war einer ihrer ersten Organisatoren aus dem Jahre 1943. Nach Onyszkiewicz wurden die anderen Bandera-Anführer verhaftet. Den Banden wurde auf diese Weise der Kopf abgeschlagen.

In diesen Sommertagen des Jahres 1947 kam auch Oberstleutnant Tomaszewski um. Das Kraftfahrzeug, mit dem er sich nach Komańcza begab, stieß an einem Eisenbahnübergang mit einem Panzerzug zusammen.

Ciszewski wurde durch den Lazarettaufenthalt immer ungeduldiger. Die Wunde heilte allmählich, aber das Allgemeinbefinden des Hauptmanns besserte sich nicht. Er schrieb ein paar Zeilen an Barbara. Der Brief enthielt zwar nur wenige lakonische Sätze, aber eine gehörige Portion Hoffnung. Auf den Brief bekam er keine Antwort. Das war ein schwerer Schlag für Jerzy. Ewa, an die er oft dachte, besuchte ihn nur einmal. Die junge Lehrerin hatte Ferien. Sie beabsichtigte, mit Jan Rozwadowski nach Bad Kudowa zur Kur zu reisen. Sie sprach viel von ihren Urlaubsplänen. Für Ciszewskis Angelegenheiten interessierte sie sich auf so höfliche und banale Weise, daß er über ihre Gefühle keine Zweifel haben konnte.

Oft kam nur Irena. Sie hatte sich sehr verändert. Gewöhnlich saß sie neben Ciszewski auf einer Bank im Garten und schaute ihn mit ernstem Blick an. Sie hatte viel Zeit. Major Grodzicki verfolgte mit seinen Soldaten unablässig die Spuren der Bandera-Leute. In Lesko war er fast nie.

«Wie schwierig ist es, im Leben das zu bekommen, was man möchte», sagte sie. «Ich glaubte oft, daß ich jemanden liebte, aber heute weiß ich: Ich hatte mich geirrt. Wirklich liebgewonnen habe ich nur dich, und ausgerechnet du kannst mich nicht ausstehen ...»

Jerzy gab ihr im stillen recht. Es ist schwierig, im Leben das zu bekommen, was man sich wünscht. Aber er versicherte ihr, daß er «eine Schwäche für sie habe». Irena wußte, daß er log. Sie empfand jetzt das gleiche wie er damals bei Ewas Besuch.

Irena preßte die Lippen zusammen. Es kostete sie Mühe, die aufsteigenden Tränen zurückzuhalten. Tapfer ertrug sie die Schläge, die er ihrem Stolz versetzte. Bisweilen wurde sie zornig wie früher und nannte Jerzy einen «miserablen Maler», einen «Niemand», einen «Menschen, der nicht weiß, was er will». Dann wieder bat sie ihn um Verzeihung. Ciszewski war nach ihren Besuchen müde und mißmutig.

«Sie sollten sich mit etwas beschäftigen, Hauptmann», sagte Oberleutnant Rafałowski, der wußte, daß er noch lange nicht würde gehen können und vielleicht sogar das ganze Leben ein Krüppel bleiben würde. «Welche Pläne haben Sie eigentlich, wenn all das hier vorüber ist?»

Jerzy hatte keine Pläne. Voller Neid sah er zu, wie Rafałowski medizinische Bücher studierte. Oberleutnant Rapski brachte sie ihm mit. Beide diskutierten stundenlang über ihr künftiges Studium. Sie wollten Arzt werden. Das allein interessierte sie.

Eines Tages besuchte der Kreissekretär der Partei, Drozdowski, die Verwundeten. Mehrere Minuten verweilte er an Jerzys Bett.

«Kollege Sekretär, ich möchte Sie etwas fragen», sagte Ciszewski. «Ich habe mich mit der Geschichte der Bieszczady befaßt ... Vor vielen Jahrhunderten kamen Nomaden mit ihren Viehherden in diese Gegend. Sie wurden im Laufe der Zeit zu den seßhaften Lemken und Boiken. Heute gehen diese Menschen fort. Zurück bleibt eine Einöde, genau die gleiche wie die von vor einem Jahrtausend. Was sind also tausend Jahre in der Geschichte der Menschheit, wenn es heute zu etwas Derartigem kommt? Wie geht es weiter, Sekretär? Vor unseren Augen verschwinden doch bestimmte ethnische Gruppen, wie einst vor Jahrhunderten die Jadzwingen oder die Altpreußen verschwanden. Dieser Prozeß ist viel tiefgreifender als die Liquidierung der Banden der UPA ...»

Er blickte in die dunklen, klugen Augen Drozdowskis. Auf die Ellenbogen gestützt, wartete er gespannt auf eine Antwort.

Die Stirn des Sekretärs wurde von einer tiefen Furche durchschnitten. «Außer den Lemken und Boiken gibt es noch das ganze Land, Bürger Hauptmann», begann Drozdowski. «Die Tragödie der Bieszczady-Bewohner ist unermeßlich groß, aber das Land braucht Ruhe. Übrigens sehen sie das alles zu pessimistisch. Umgesiedelt wird nur ein Teil der Bevölkerung, der, der sich freiwillig oder infolge des Terrors mit den Banden verbündet hat. Die Dörfer an den Achsen Lesko–Baligród, Wielopole–Łupków, Hoczew–Terka, Uherce–Wołkowyja und viele andere tasten wir nicht an. Sie werden die Keimzelle der künftigen Bevölkerung sein. Sie fragen, was tausend Jahre in der Geschichte der Menschheit seien ... Diese Frage ist schwer zu beantworten. Viele Jahrhunderte werden doch noch kommen und gehen, die Geschichte der Zivilisation aber ist nicht älter als fünf-, sechstausend Jahre. Verändert hat sich jedoch das Bewußtsein des Menschen. Mir scheint, das lassen Sie außer acht, Hauptmann. Die bewußte Formung der Gesellschaft. Die bewußte und nicht wie in den vergangenen Jahrhunderten die spontane Gestaltung des Lebens. Ein paar tausend Menschen gehen heute von hier fort infolge einer historischen Notwendigkeit. Wir sind uns dessen bewußt. Dasselbe Bewußtsein wird in gewiß nicht allzuferner Zukunft, wenn hier endlich Ruhe herrscht, die Besiedelung dieser Landstriche herbeiführen. Eine geplante und systematische Besiedelung, die nichts mehr gemein hat mit dem einstigen spontanen Umherziehen der nomadisierenden Stämme. Dessen bin ich sicher.» Er lächelte, und sogleich wurden seine strengen Gesichtszüge milder.

Zum Fenster flogen große Nachtfalter herein und schwirrten um die Lampe. Oberleutnant Rafałowski blätterte in einem medizinischen Lehrbuch. Zwei der verwundeten Offiziere spielten Dame. Der Sekretär streckte Jerzy seine Hand hin, die breit war wie ein Schaufelblatt.

«Geduld, Hauptmann», sagte er. «Geduld und etwas mehr Vertrauen. Wir werden bemüht sein, es nicht zu enttäuschen ...»

Ciszewski war fast völlig genesen, als eine Abordnung der örtlichen Frauenorganisation ins Lazarett kam, die die Soldaten betreute. Die Verwundeten lebten auf. Die Frauen plauderten, setzten sich an die Betten, überreichten den Soldaten Päckchen mit Süßigkeiten. Nicht ohne ein gewisses Erstaunen entdeckte Jerzy die ihm aus Baligród bekannte Frau Stefania. Die gesellschaftliche Tätigkeit eröffnete ihr ungeahnte Möglichkeiten. Sie hatte jetzt nicht nur die Markttage zu ihrer Verfügung, an denen der Veterinär unablässig beschäftigt war. Sie konnte bedeutend öfter aus seinem Blickfeld verschwinden. Daraus zogen viele Soldaten Nutzen, unter ihnen der wackere Hauptmann Matula, der sie sogar während dieses Besuchs begleitete. Er war übrigens nicht mehr Hauptmann. Seine Vorgesetzten hatten ihn zum Major befördert. Ciszewski und Rafałowski sprachen ihm ihre Glückwünsche aus, die er mit bescheidenem Lächeln entgegennahm. Sie bemerkten, daß sein Uniformkragen aufgeknöpft war. Er konnte sich das jetzt erlauben: Sein ewiger Widersacher, Oberstleutnant Tomaszewski, lebte nicht mehr.

Für Ciszewski kam der Tag der Entlassung aus dem Krankenhaus.

«Wir haben die Möglichkeit, Bürger Hauptmann, Sie in ein Sanatorium zu schicken», sagte der Oberarzt zu ihm. «Wir haben jetzt Saison. Alle Kurorte sind voller Menschen. Sie werden sich amüsieren, sich zerstreuen», meinte er aufmunternd.

Ciszewski schüttelte verneinend den Kopf. Er erinnerte sich an die Begegnung mit Barbara, Zofia, Zębicki und Charkiewicz. An die Gespräche mit ihnen. Er hatte Angst vor der Rückkehr in jenes normale Leben. Hier fühlte er sich unter seinesgleichen, aber dort wußte er nichts zu sagen. Er erinnerte sich noch, wie fremd ihm die Welt der Menschen, von denen Barbara und Zofia sprachen, erschienen war. Er fürchtete diese Welt, ohne selber zu wissen, warum.

«Ich kehre zum Regiment zurück», erklärte er dem Arzt.

«Etwas Erholung würde Ihnen bestimmt guttun. Die Frauen sind jetzt sonnengebräunt, leicht bekleidet und wohlwollend», scherzte der Oberarzt des Lazaretts. «In solchen Kurorten ...» Er verstummte, als er dem leeren, strengen Blick des Hauptmanns begegnete, und schrieb ihm rasch den Entlassungsschein für die Einheit aus.

Das Regiment bahnte sich seinen Weg durch den Cryszczata-Wald. Auf dem linken Flügel gingen die Soldaten der ersten Division der bewaffneten Einheiten der Sicherheitsorgane. Seit einigen Tagen versetzte man in diesem Gebiet den Resten der Banden Hryns, Birs, Stachs, Burlaks, Lastiwkas, Krylatschs und Chromenkas den Todesstoß. Die Hundertschaften waren vollständig durcheinandergeraten. Die Bandera-Leute flüchteten einzeln und in Gruppen zur tschechoslowakischen Grenze, aufgespürt wie wilde Tiere.

Die Sonne sank. Das Bataillon von Hauptmann Jerzy Ciszewski ging in weit auseinandergezogener Schützenkette vor. Im Wald krachten immer wieder Schüsse. Ein an einem Baumstamm lehnender Bandera-Mann, dem das Bajonett eines Soldaten den Bauch aufgeschlitzt hatte, schaute entsetzt auf die zwischen den Fetzen seiner zerlumpten deutschen Uniform hervordringenden Eingeweide. Neben ihm stand ein Sanitäter und redete auf den Verwundeten ein. Aus der offenen Medikamententasche des Sanitäters fiel Verbandzeug zur Erde. Niemand beachtete das Paar. Von Zeit zu Zeit erschollen Kommandorufe. Die Soldaten beschleunigten den Schritt. Sie näherten sich Smolnik.

Die Schützenkette trat auf dieselbe Wiese hinaus, auf der einst Oberleutnant Wierzbickis Kompanie in einen Hinterhalt gelockt und zerschlagen worden war. Ein beleibter Bandera-Mann rannte wie ein Besessener zum Dorf hinunter, das gar nicht mehr bestand.

«Ein Wahnsinniger!» sagte Leutnant Daszewski, auf den Bandera-Mann zeigend. «Weit wird er nicht kommen. Er rennt direkt auf das Minenfeld zu.»

Sie gingen weiter, systematisch das Gehölz durchsuchend. Der fliehende Bandera-Mann blieb plötzlich hilflos stehen. Er drehte sich auf einer Stelle im Kreise, als steckte sein Fuß in einer unsichtbaren Falle.

«Hab' ich's nicht gesagt!» Daszewski lachte auf. «Jetzt weiß er, daß er sich inmitten der Minen befindet. Das Feld ist an die zwei Kilometer breit und mindestens einen Kilometer tief.»

Die Soldaten drängten sich gegenüber dem Feld zusammen. Sie standen gute zwanzig Meter von dem Banditen entfernt.

«Vorsicht! Er kann schießen!» warnte Major Grodzicki. «Sofort von dort zurückziehen!» befahl er.

Die Soldaten gehorchten dem Befehl. Sie zogen sich hinter eine Geländefalte zurück. Von dort aus hatte Hryns Hundertschaft im Winter des vorangegangenen Jahres den langsamen und schrecklichen Tod der Überreste von Wierzbickis Kompanie beobachtet.

«Der hat was anderes im Kopf als Schießen», murmelte Daszewski, sich eine Zigarette anzündend. «Er überlegt jetzt, wie er da herauskommt. Kannst du nicht aufpassen, verdammt noch mal!» schrie er plötzlich einen Soldaten an, der sich heftig nach vorn drängte und ihm die Zigarette aus der Hand geschlagen hatte. Der Soldat antwortete nicht. Der Offizier packte ihn am Arm, ließ die Hand aber sofort fahren. Er gewahrte seine in grenzenlosem Haß geweiteten, starr auf den Bandera-Mann gerichteten Augen. «Was ist los, Gąsienica?» fragte Daszewski.

«Das ist Kurinnij Ren ...», flüsterte der völlig ergraute Gorale.

In der Stille, die auf der Wiese herrschte, näherte er sich Ren. Der Kurinnij erblickte den Soldaten. Beide maßen einander mit den Augen. Gąsienica entsicherte langsam die Maschinenpistole.

«Ich verbiete Ihnen zu schießen!» rief Major Grodzicki. «Man muß ihn lebend fangen.»

«Ich will nicht schießen», sagte der Gorale gepreßt. «Er muß jetzt tanzen.»

«Ich verbiete es! Hören Sie?» wiederholte der Regimentskommandeur befehlend.

Ren fiel auf die Knie. Mit zitternden Händen tastete er das Gras ab. Er wollte sich überzeugen, ob er nicht eine Mine unter den Füßen hatte. Ein vergebliches Unterfangen. Die Minen waren gut getarnt. Die Deutschen hatten es verstanden, Minenfelder anzulegen.

«He, du da!» rief Hauptmann Wiśniowiecki dem Bandera-Mann zu, «verhalte dich ruhig. Die Pioniere kommen gleich, dann holen wir dich 'runter. Du entgehst dem Galgen sowieso nicht», fügte er leise hinzu.

Ren nickte, zum Zeichen, daß er verstanden habe. Gąsienica ließ kein Auge von ihm. Sie standen einander gegenüber, allein auf der weiten Lichtung. Zwei Todfeinde. Der Kurinnij hatte den Goralen bestimmt nicht erkannt, der jedoch erinnerte sich seiner nur zu gut. Seine Kinnbackenmuskeln zuckten nervös. Seine Hände umklammerten die Maschinenpistole, daß die Finger weiß wurden. Er wartete. Einige Dutzend Meter hinter seinem Rücken saßen oder lagen die Soldaten im Gras, wenig interessiert an dem sonderbaren Duell zwischen diesen beiden. Niemand von ihnen wußte, was in dem Goralen vorging. Er indessen durchlebte noch einmal die Augenblicke jenes Winterabends, als auf eben dieser Wiese das Lachen Rens erscholl und der Tod mit den letzten Männern der unglücklichen Kompanie Oberleutnant Wierzbickis spielte. Er rief sich alle diese Szenen ins Gedächtnis zurück. Er sah Ren Fußtritte verteilen in dem Schuppen, in dem sie die Nacht vor der Exekution zubrachten, er hörte seine verhaßte Stimme und das abscheuliche Schmatzen des Beils auf der Lichtung bei Smolnik. Es kam ihm zeitweilig vor, als höre er die Stimmen seiner gequälten Kameraden. Unter höchster Willensanstrengung beherrschte er sich, um nicht zu schießen.

Ren bewegte sich plötzlich unruhig. Er war zu Tode erschöpft von der Flucht. Seit Tagen hatte er nichts gegessen. Er wußte nicht, wann er das letztemal geschlafen hatte. Ihn wandelte eine übermächtige Lust an, sich auf die Erde zu legen. Er wollte es sehr vorsichtig tun ... Er kniete nieder. Er stützte sich aufs Gras, zuerst mit der einen, dann mit der anderen Hand. Er winkelte die Arme an ...

Eine Explosion zerriß die Luft. Schwarzer Rauch stieg auf. Gąsienica zuckte zusammen, wich aber nicht zurück. Alle Soldaten waren von ihren Plätzen aufgesprungen. Ren lebte noch. Die explodierende Mine hatte ihm beide Beine abgerissen, die Arme bis zu den Ellenbogen zerfetzt und das Gesicht schrecklich verunstaltet.

«Leute!» schrie der Kurinnij. «Leute!» stieß er noch einmal hervor. Einen Augenblick stützte er sich auf die Armstümpfe, dann sank er zusammen und erstarb in Reglosigkeit.

Im letzten Moment seines Lebens rief einer der größten Verbrecher unter den Banditen der UPA nach den Menschen. Der Anblick war so gräßlich, daß sich die seit Jahren in den Kämpfen abgehärteten Soldaten abwandten. Nur Gąsienica stand noch lange gegenüber dem Minenfeld und starrte auf die sterblichen Überreste des Kommandeurs des Kurins, Ren.

In derselben Nacht überschritten die letzten Teile von Chromenkas Hundertschaft die tschechoslowakische Grenze. Auch Hryn und Burlak gelangten mit den Überresten der Banden auf tschechoslowakisches Gebiet.

Es war ein nebliger, kühler Morgen – die Ankündigung des nahenden Herbstes. Der Stabshauptmann der Streitkräfte der ČSR, Mohada, hatte Dienst in der Nähe der Grenze. Er und seine Soldaten waren rechtschaffen müde. Die ganze Nacht hatte der Schußwechsel zwischen ihrem Bataillon und den Bandera-Leuten angedauert. Nun verfolgten andere Einheiten die Banditen. Das Bataillon von Stabshauptmann Mohada sperrte den Übergang an einem Wald, der über einen schroffen Felsabhang zu einem Gebirgsbach abfiel. Die Soldaten waren gut verborgen. Trotz der Erschöpfung beobachteten sie aufmerksam das Gelände. Eine Stunde zuvor hatten sie drei Bandera-Leute aus Hryns Hundertschaft festgenommen. Es war möglich, daß andere an derselben Stelle herüberkamen.

Die Annahme erwies sich als richtig. Gegen acht Uhr blickte eine Gestalt in einem langen deutschen Mantel über den Felsabhang. Offenbar beruhigt durch die herrschende Stille, begann der Bandit den Abstieg. Er tat es außerordentlich ungeschickt, sich nur mit einem Arm stützend. Der andere hing kraftlos herab. Ein Verwundeter oder ein Krüppel, dachte Mohada, und als sich jener in der Mitte des Abhanges befand, forderte er ihn mit weit vernehmbarer Stimme auf, die Waffe wegzuwerfen.

Der Bandera-Mann blieb stehen. Aus der Manteltasche holte er eine Handgranate und zog sie mit den Zähnen ab.

Stabshauptmann Mohada wartete nicht länger. Einer der Soldaten drückte auf den Abzug des leichten Maschinengewehrs. Der Feuerstoß aus dem MG und das Krachen der Handgranate ertönten zur gleichen Zeit. Der Bandera-Mann stürzte in die Tiefe.

Die Gefangenen erkannten den Toten mühelos. Es war ihr Hundertschaftsführer – Hryn, der Mann mit dem kraftlosen linken Arm.

Tagelang noch setzten die Einheiten der tschechoslowakischen Streitkräfte den Bandera-Leuten nach, die sich um jeden Preis über das Territorium der Tschechoslowakei zur amerikanischen Besatzungszone in Westdeutschland durchschlagen wollten. Burlak und Chromenka wurden getötet. Das gleiche Los traf die Mehrzahl ihrer Untergebenen. Bei den Grenzposten der US-Army meldeten sich schließlich nur ein gutes Dutzend übriggebliebener Banditen.

Mitte September machte sich Hauptmann Jerzy Ciszewski auf den Weg nach Baligród. Formell: aus Gründen der Höflichkeit, um sich von den Bekannten zu verabschieden. Tatsächlich: weil er sich noch Hoffnungen machte ... Zu dieser Zeit waren die Banden fast völlig liquidiert. Die Patrouillen der bewaffneten Einheiten der Sicherheitsorgane, der Bürgermiliz und der Grenztruppen griffen nur noch vereinzelte Banditen auf.

Jerzy holte Ewa in der Schule ab. Sie gingen die Hauptstraße zum Marktplatz hinunter. Ciszewski war verlegen. Er fühlte sich wie vor einem Angriff auf eine Bandera-Hundertschaft. Nach vielen banalen und verworrenen einleitenden Sätzen trat er endlich zum Sturm an. «Ewa», sagte er, «ich möchte nicht von hier fortgehen, ohne von Ihnen zu hören, ob ...»

«Es hat keinen Sinn», unterbrach sie ihn. «Ich habe Sie sehr gern, Hauptmann, aber nichts sonst. Übrigens bin ich nicht frei. Erinnern Sie sich an die Geschichte von dem blinden Maler, die Sie einmal Jan erzählten? War es eine wahre Geschichte, Jerzy?»

«Nein. Ich habe sie erfunden. Ich habe niemals von einem blinden Maler gehört.»

«Das dachte ich mir auch, aber Jan hat sie ernst genommen. Ich ebenfalls. Freilich wird er nicht malen, ich werde jedoch, wie man so sagt, mit ihm gemeinsam durchs Leben gehen. So haben wir es in Kudowa beschlossen.»

«Mitleid ist kein gutes Fundament für eine Liebe», murmelte Ciszewski.

«Von Mitleid kann keine Rede sein. Ich liebe ihn seit langem.»

«Aber warum?» entfuhr es Jerzy, der nicht begreifen konnte, daß die junge und schöne Frau den Blinden heiraten wollte.

Sie blickte ihn mit einem nachsichtigen Lächeln an. «Man weiß nie, weshalb man jemanden liebt», klangen die Jerzy so gut bekannten Worte Irenas aus Ewas Mund.

Sie gingen schweigend weiter. Ein Gespräch kam nicht mehr zustande. Der Wind trieb die trockenen, von den Bäumen abgefallenen Blätter vor sich her. Die Bieszczady legten allmählich die Winteruniform an.

In einer der Nebengassen ertönten verzweifelte Schreie. Eine Frau mit aufgelöstem Haar stürzte Jerzy und Ewa entgegen.

«Retten Sie die Kinder!» schrie sie. «Retten Sie sie!»

Ihren zusammenhanglosen Worten entnahmen sie, daß ihr älterer Sohn Pietrek irgendwo eine Handgranate gefunden und sich mit einer ganzen Schar kleiner Jungen zum Fluß begeben hatte, um sie dort auszuprobieren. Das hatte soeben ihr neunjähriges Töchterchen erzählt, das die Jungen vom Spiel ausgeschlossen hatten.

Sie liefen mit der Frau so schnell sie konnten zum Fluß. Mit geübtem Auge gewahrte Ciszewski, wie sich einer der Jungen mit der Handgranate abplagte. Mit einer entschlossenen Bewegung stieß er Ewa und Pietreks Mutter weg.

«Deckung!» rief er ihnen zu, als wären sie Soldaten. Er selbst ergriff im Laufen ein an einem Zaun lehnendes dickes Brett, stürzte zwischen die Jungen und deckte, das Brett vor sich haltend, mit dem Körper die Handgranate zu.

Es war höchste Zeit. Der mächtige Knall einer Detonation ertönte. Die Jungen stoben auseinander wie ein Schwarm Sperlinge nach dem Schuß aus einer Luftbüchse. Keinem von ihnen war etwas geschehen. Nur Ciszewski lag bewußtlos in einer Blutlache, inmitten von Holzsplittern.

Der Sanitätswagen einer jetzt in Baligród stationierten Einheit der Sicherheitsorgane brachte Jerzy in das Lazarett, das er einige Wochen zuvor verlassen hatte.

«Ich habe ihm ja gesagt, daß er ins Sanatorium fahren soll ... Was für Menschen es gibt!» meinte der Oberarzt entrüstet.

Diesmal war die Verletzung sehr schwer. Mehrere Ärzte, darunter Doktor Pietrasiewicz, operierten Ciszewski. Oberleutnant Rafałowski erkundigte sich nach seinem Befinden.

«Wenn die Wirbelsäule nicht verletzt ist, kann er sich wieder aufraffen», erklärte ihm Pietrasiewicz.

Nach einigen Tagen kam Jerzy wieder zu Bewußtsein. Er hatte Bluttransfusionen erhalten, für die sich unter anderen Offizieren Major Grodzicki zur Verfügung gestellt hatte.

Ohne Rücksicht auf ihren Mann zu nehmen, war Irena ständig bei dem Verwundeten. Grodzicki ahnte nicht im entferntesten, daß seine Frau mit dem Hauptmann mehr verband als eine gewöhnliche, begreifliche Sympathie.

Ciszewski ging es schlecht. Die Ärzte hatten kaum noch Hoffnung. Der Verwundete war jedoch bei Besinnung. «Weine nicht», sagte er zu Irena. «Ich kann weinende Frauen nicht ausstehen. Andere sind schlimmer krepiert als ich ... Mir tut nichts weh. Der Tod ohne Schmerz ist gar nicht schrecklich.

Wozu weinst du? Ich bin müde … Endlich werde ich mich ausschlafen können. Außerdem – was ist schon groß dabei! Da stirbt ein ‹miserabler Maler› und ein noch ‹miserablerer Soldat›. Du selbst hast mir das oft genug gesagt. Stell dir vor, ich teile deine Ansicht. Ich habe nichts Ordentliches im Leben zustande gebracht. Ich war ein – nun, ein Vagabund, der nicht wußte, wohin er geht und weshalb …»

«Die übliche Nervenzerrüttung nach dem Unfall», konstatierten die Ärzte. «Das kommt oft bei Verwundeten vor. Man muß ihn unbedingt aus diesem Zustand herausreißen.»

«Ich habe Unsinn geredet!» Irena schluchzte. «Nie habe ich so von dir gedacht. Du bist ein ausgezeichneter Maler. Ich liebe deine Bilder. Immer haben sie mir gefallen, Jerzy. Und was kümmert es mich, was für ein Soldat du bist. Die können mir alle gestohlen bleiben. Du weißt das sehr gut. Ich liebe dich so wie du bist.»

Ciszewski lag da, die Augen starr auf die Zimmerdecke gerichtet. Seine Fieberkurve sah aus wie die hohen Felsspitzen in der Tatra. Von Tag zu Tag schwanden die Kräfte. Eines Sonntags diktierte er einer Schwester des Lazaretts eine Art Testament. Die Andenken aus Paris befahl er, im Falle seines Todes, Barbara zu senden. Es waren eine Miniatur des Eiffelturms, ein Dutzend ihrer gemeinsamen Aufnahmen aus dem Jahre 1939 und die Eintrittskarten für irgendeine Theatervorstellung, die er mit Barbara besucht hatte. Seinen Colt, den er noch aus Holland mitgebracht hatte, befahl er, Leutnant Daszewski zu senden. Er wußte, daß er ihm damit eine Freude bereiten würde. Einige Bilder bestimmte er für Irena. Diese kleine Bosheit konnte sich Jerzy nicht versagen.

Doktor Pietrasiewicz erfuhr von dem Testament, schalt Jerzy aus und führte ein entscheidendes Gespräch mit dem Oberarzt des Lazaretts. Sie beschlossen, daß der Verwundete in wenigen Tagen nach Warschau gebracht werden solle. Vielleicht fand man dort Rat. Bis Krosno sollte Ciszewski im Sanitätswagen fahren, zusammen mit einem der Transporte, die ins Landesinnere in ständige Garnisonen abgingen. In Krosno würde den Hauptmann ein Flugzeug aufnehmen, das seit einiger Zeit Verwundete aus dem Kampfgebiet evakuierte.

Der Abend kam. Der Zug sollte jede Minute abgehen. Ciszewski lag in einem Bett dicht am Fenster. Er sah ein Stück Himmel, der schräg von der Kammlinie einer Anhöhe durchschnitten wurde. Auf dem Kamm tauchten die Umrisse von Reitern auf. Sie verharrten völlig reglos, wie in Erz gegossen. Es waren die Kavalleristen der berittenen Einsatzgruppe der Grenztruppen aus Cisna, die der Abfahrt des Zuges zuschauten. Oberleutnant Siemiatycki salutierte. Sein Stellvertreter, der hochgewachsene Leutnant Teodor Walczak, streckte die Hand aus, um seinem Kommandeur etwas zu zeigen. Immer neue Reiter erschienen auf der Anhöhe.

Jerzy sah sie wie verzaubert an, als wollte er für immer den Anblick im Gedächtnis behalten, den er so viele Male gesehen hatte: die Silhouetten von Reitern vor dem Hintergrund der Berge und dem blaßgrünen Abendhimmel.

Abschied. Kann man denn nichts von all diesen Bildern festhalten? dachte Ciszewski. Wird man nie herausfinden, in welcher Dimension die Gedanken eines Menschen, der gestorben ist, erhalten bleiben? Erfahren wir nie, wo die Liebe und der Haß, der Schmerz und die Furcht, die Worte, welche Zweifel und Hoffnungen ausdrücken, die Schreie der Qualen und des Triumphs, die Befehle und Warnungen hingeraten? Wenn nichts in der Natur verlorengeht, müssen sie doch irgendwo fortbestehen. Es gibt wohl so etwas wie eine vierte Dimension, in der sie erhalten bleiben. Vielleicht wird sie einmal von einem Menschen entdeckt. Nicht alles läßt sich doch in Form von Briefen, Tonbändern oder Fotos aufbewahren.

Er war so in Gedanken versunken, daß er nicht die sich nähernden Schritte Doktor Pietrasiewicz' vernahm.

«Wie fühlen wir uns?» fragte der Arzt. In dem halbdunklen Wagen bemerkte er die glänzenden Augen des Verwundeten und seine sich lautlos bewegenden Lippen.

«Seien Sie guten Mutes. Morgen werden Sie in Warschau sein», sagte Pietrasiewicz. Er sah, daß jener den Kopf schüttelte.

«Doktor», vernahm er plötzlich das deutliche Flüstern des Verwundeten, «sagen Sie mir, ob es auf der Welt eine Idee gibt, in deren Namen die einen Menschen das Recht haben, die anderen ums Leben zu bringen.»

Die Augen Hauptmann Ciszewskis waren jetzt wie zwei Flammen. Es sammelte sich in ihnen das ganze verlöschende Leben des Verwundeten. Der Arzt fühlte die ungeheure Anspannung, mit der sein Patient auf Antwort wartete.

«Schwester, bitte eine Injektion vorbereiten», befahl Pietrasiewicz der Krankenpflegerin. «Er verliert gleich das Bewußtsein.»

Der Verwundete bemühte sich angestrengt, den Kopf zu heben. Die Lokomotive stieß einen durchdringenden Pfiff aus. Vom Bahnsteig sandte der kürzlich zum Unterfeldwebel beförderte Funker Hermann, zusammen mit seinem Gehilfen, Unteroffizier Kwapiński, eine Meldung in den Äther: «Hier ‹Berdo›, hier, ‹Berdo› ... Ich rufe ‹Bieszczady›. Ich rufe ‹Bieszczady› ... Letzter Transport abgegangen in Richtung Krosno ... Ich melde, letzter Transport. Haben Sie mich verstanden?»

Der Arzt beugte sich über Ciszewski mit dem Ausdruck der Sorge im Gesicht. «Es gibt keine solche Idee, in deren Namen man töten darf», sagte Pietrasiewicz streng. «Wenn jedoch ein einzelner Mensch oder eine ganze

Gruppe von Menschen mit Mord und Brand die Ruhe der anderen stört und den Tod sät, dann muß man darauf reagieren und so verfahren, wie man mit gewöhnlichen Verbrechern verfährt.»

Der weitere Teil der Antwort des Doktors ging in dem Poltern der Räder unter. Ciszewski konnte den Blick nicht von den schwindenden Silhouetten der Kavalleristen auf dem Hintergrund der Berge losreißen. Das Fieber trübte den Blick des Verwundeten. Es schien ihm plötzlich, als bewegten sich am Zug entlang viele Schatten. Der General kam daher mit wehendem Mantel, in seiner schlechten Haltung ritt der kurzsichtige Major Preminger vorbei, die Oberstleutnante Rojewski und Tomaszewski schüttelten mißbilligend die Köpfe, eilte mit langen Schritten Oberleutnant Zajączek herbei … In dichten Scharen folgten ihnen die anderen: Oberleutnant Wierzbicki an der Spitze seiner Kompanie, der «Erste Liebhaber» des Regiments, Oberleutnant Osiecki, Wachtmeister Hipolit Kaleń, der kleine Oberleutnant Turski und wieder Soldaten, ganze Haufen von Soldaten. Der Wind wehte ihre zerfetzten Mäntel auseinander, es knarrten entsetzlich die abgetragenen Stiefel, deutlich hoben sich die scharfen Spitzen der Bajonette ab. Geräuschlos neigten sich die Federbüsche des Feuers und des Rauches über den brennenden Dörfern. Rhythmisch, wie die Pendel sonderbarer Uhren, schwangen die Gehenkten auf dem Gipfel des Halicz. In endloser Reihe zogen die Bauern mit Bergen von Bündeln auf den Fuhrwerken vorbei. Und irgendwo unter all dem ballten sich wie schwarze Wolken die Hundertschaften mit den Abzeichen des «Dreizacks» und des «Brennenden Herzens».

Ciszewski stieß einen gellenden Schrei aus. Auf der Stirn fühlte er die kühle Hand des Arztes. Er öffnete die Augen und sah die Gipfel der von den letzten Strahlen der untergehenden Sonne beleuchteten Bieszczady. Pietrasiewicz schien es, als erblühe ein Lächeln auf den Lippen des Verwundeten. Vielleicht war es wirklich so, aber in diesem Augenblick verlor Hauptmann Ciszewski das Bewußtsein.

Epilog

Was geschah am Ende mit den Helden der geschilderten tragischen Ereignisse, deren Schauplatz die Bieszczady in den Jahren von 1945 bis 1947 waren?

Vor allem mit dem Haupthelden?

Hauptmann Jerzy Ciszewski starb nicht. Seine Wirbelsäule war nicht verletzt. Die schwere Verwundung fesselte ihn mehrere Monate ans Bett, ehe sie heilte, aber schließlich verließ Jerzy das Krankenhaus. Seine kräftige Natur ließ ihn nach einer gewissen Zeit sein Gleichgewicht wiederfinden. Aus dem Militärdienst schied er aus. Doch zur Malerei kehrte er nicht zurück. Er ist heute ein höherer Angestellter in einer der kulturellen Institutionen. Mit großer Bestimmtheit äußert er sich über die verschiedenen Schulen der Malerei, und die jungen Künstler beklagen sich, daß er zu apodiktisch sei. Er hat sich weder mit Barbara noch mit Ewa, noch mit Irena verheiratet. Die Geschichte seiner Eheschließung ist recht amüsant. Eines Tages begegnete er im Eisenbahnabteil einer Frau, deren Gesicht ihm bekannt vorkam. Im Gespräch erfuhr er, daß die Reisende die Tochter des Notars aus Baligród sei. Ihr Porträt hatte ständig im Regimentsstab gehangen und war oft von Oberstleutnant Tomaszewski bewundert worden. Jerzy aber war betroffen über die Ähnlichkeit des Mädchens mit Barbara. Nach der Heirat erwies sich diese Ähnlichkeit als rein äußerlich. Die Tochter des Notars hat es verstanden, die Zweifel, die Ciszewski auf verschiedenen Gebieten plagten, einzudämmen. Sie hält ihn kurz, was Jerzy recht gut bekommt. Sie haben zwei Kinder und führen ein geordnetes Leben. Ciszewski spricht oft von den Bieszczady, aber seine Frau langweilt sich dabei. Infolgedessen verwischen sich Jerzys Erinnerungen immer mehr.

Barbara hat Ingenieur Zębicki geheiratet, der erst vor kurzem eine allgemein beachtete wissenschaftliche Arbeit schrieb und Dozent geworden ist. «Präses» Charkiewicz ist Direktor immer neuer Handelsinstitutionen. Unter die Stellung eines Direktors steigt er nie hinab. An schönen Tagen kann man ihn mit Zofia in einem neuen Fiat durch die Straßen Warschaus fahren sehen.

Ewa ist es schlechter ergangen. Jan Rozwadowski wurde zwei Jahre nach ihrer Heirat in Kraków von einem Auto überfahren. Ewa hat bis jetzt nicht wieder geheiratet und wird es wohl auch nicht tun. Sie ist weiterhin Lehrerin. Irena hat sich nicht von ihrem Mann scheiden lassen.

Major Grodzicki ist dank seinem Fleiß und Arbeitseifer zum General ernannt. Er schult sich ständig und erweitert seine militärischen Kenntnisse.

Irena hat ihr Verhalten nicht geändert. In ihrer Wohnung kann man einige Bilder von Jerzy sehen. Es ist der einzige Ort, an dem sie ausgestellt sind.

Im Armeedienst geblieben sind auch Major Pawlikiewicz, Leutnant Daszewski und Hauptmann Wiśniowiecki. Alle drei sind befördert worden.

Daszewski hat Ela geheiratet. Sie sind bekannt als glückliches Ehepaar. Sie haben ein Kind, ein kleines Mädchen, auf das sie sehr stolz sind.

Hauptmann, Verzeihung, Major Matula hat sich offenbar dem Einfluß von Wachtmeister Kaleńs Geschmack nicht entziehen können: Er hat die Kellnerin Krysia aus Herrn Szponderskis Kneipe geheiratet. Aus dem Militärdienst ist er in hohem Bogen geflogen, als die militärische Abwehr von Leuten seines Schlages gesäubert wurde. Die Oberleutnante Rafałowski und Rapski haben das Medizinstudium absolviert. Beide sind heute Ärzte. Rafałowski hat nie wieder richtig gehen gelernt. Beide sind heiter und ausgeglichen. Sie haben Frau und Kinder. Sekretär Drozdowski ist im Jahre 1949 gestorben. Ein Herzinfarkt überraschte bei seiner Lebensweise niemanden. Nicht mehr am Leben ist ebenfalls der alte Herr Krzysztof Dwernicki. Er starb kurze Zeit nach den geschilderten Ereignissen. Schade, denn bestimmt hätte ihn der Bericht erfreut, den eine unserer populären Wochenzeitschriften über die sogenannten «Bieszczady-Cowboys» brachte, die auf den Almen bei Terka Pferde weiden. War er doch ihr Vorläufer.

Frau Stefania ist heute eine überaus würdige Person. Aber sie lebt in einem gewissen Mißklang mit ihrer Umgebung, die Zweifel an ihrem Alter hegt. Das ist purer Unsinn, denn Frauen altern ja niemals. Frau Stefania führt häufig große Reden über die Verderbtheit, die sich ihrer Meinung nach unter der heutigen jungen Generation breitmacht. Und viele Personen teilen diese Ansichten.

Doktor Pietrasiewicz praktiziert in einer der kleinen Kreisstädte. Es geht ihm gut.

John Curtis ist im Koreakrieg ums Leben gekommen. Er hatte weniger Glück als Robinson, der jetzt ständig in London lebt, niemals mehr verreist und ellenlange Artikel veröffentlicht, in denen er der Regierung Ihrer Königlichen Majestät Ratschläge erteilt. Was aus Maria geworden ist, weiß man nicht. Niemand hat sie je wiedergesehen.

Touristen, die in Baligród Station machen, sind bei Herrn Szponderski, der weiterhin sein Lokal führt, immer gern gesehene Gäste. Er muß recht gut verdienen, denn kürzlich hat er sich ein schönes massives Haus errichten lassen, dessen Zimmer er an Sommergäste vermieten will.

In den Bieszczady kehrt das Leben allmählich wieder in die gewohnten Bahnen zurück. Mit jedem Jahr erscheinen mehr Ansiedler. Sekretär

Drozdowski hatte völlig recht, als er einen solchen Verlauf der Dinge ankündigte. In diesem schönen und von ungewöhnlichem Reiz erfüllten Teil unseres Landes haben sich sehr viele Soldaten jener Einheiten angesiedelt, die hier einmal kämpften, unter anderen Unteroffizier Matysek und der Schütze Karasiński. Der Gorale Gąsienica ist Droschkenkutscher in Zakopane. Gern erzählt er den «Flachländern» von den Kämpfen in den Bieszczady, niemals erwähnt er jedoch die Tragödie bei Smolnik.

Nach dem Sturm glätten sich die Wogen. Es bleiben nur Erinnerungen, aber auch sie verblassen mit der Zeit wie alte Fotografien. Es ist schwer vorauszusehen, wie sich der Lebensweg der Helden des Buches weiterentwickeln wird. Die Geschicke der Menschen sind verschlungen wie die Wege und Pfade in den Bieszczady.

Nachwort zur deutschen Ausgabe

Dieses Buch schrieb ich in Anlehnung an persönliche Erinnerungen. Von 1945 bis 1947 war ich Offizier in einem der gegen die Banden der UPA und WIN kämpfenden Regimenter. Meine Einheit operierte im Raum Lesko – Baligród – Cisna. So war ich fast von Anfang bis Ende Zeuge der Tragödie in der Bieszczady.

Die in diesem Buche geschilderten Begebenheiten sind wahr, ebenso habe ich die historisch verbrieften Decknamen und teilweise auch ihre richtigen Namen übernommen.

Meiner Schilderung der «Beisetzungszeremonie Polens» liegen Aussagen von Bandera-Gefangenen zugrunde. Einige dieser Gräber haben wir geöffnet. Den Text des in einer Flasche steckenden Dokuments habe ich frei nach dem Gedächtnis wiedergegeben. Historisch sind die Fakten, die die Zusammenarbeit der UPA und der WIN betreffen. Der Rahmen des Buches und die Komposition der Fabel ließen es nicht zu, alle anzuführen.

Die sogenannte Ukrainische Aufständische Armee (UPA) wurde von der aus der Vorkriegszeit bekannten Organisation Ukrainischer Nationalisten (OUN) im Jahre 1943 gegründet. Während der faschistischen Okkupation unterdrückte die UPA den polnischen und sowjetischen Partisanenkampf. An der Spitze dieser nationalistischen ukrainischen Bewegung stand Stefan Bandera, der den Obersten Ukrainischen Befreiungsrat (UHWR) leitete. Oberkommandierender der UPA und Bandera unterstellt war ein gewisser Taras Czuprynka (Roman Szuchiewicz).

Die politische Organisation der OUN in Polen wurde vom Landesprowid geleitet, in welchem Sitz und Stimme hatten: der Landesprowidnik und die militärische Führung der UPA mit den Referaten Organisation, Propaganda, Wirtschaft sowie Propaganda und Sicherheitsdienst (eine spezielle politische Polizei, die die Bevölkerung terrorisierte und sie zur «Loyalität» zwang). Dem Landesprowidnik unterstanden die Bezirks- und Ortsprowidniks der OUN. Insgesamt zählte die militärische Organisation etwa 2500, die zivile dagegen 3500–4000 Mann.

Im Jahre 1945 wurden die auf dem Territorium Polens operierenden Einheiten der UPA in der sogenannten Gruppe San zusammengefaßt. An ihrer Spitze stand Jarosław Onyszkiewicz, einer der Organisatoren der «Armee» aus dem Jahre 1943. Er hatte zahlreiche Decknamen, deren populärster

«Orest» lautete. Landesprowidnik war Jarosław Staruch («Stiah»), Prowidnik des Sicherheitsdienstes Piotr Fedoriw («Dalnytsch»).

Sowohl die Tätigkeit der UPA als auch die unserer Streitkräfte kann man in drei Perioden einteilen. In der ersten Periode (Sommer 1944 bis Frühjahr 1946) operierten die Banden fast völlig offen, sie beherrschten ganze Landstriche, verbargen sich fast gar nicht, wohnten in Waldhütten, führten Truppenkonzentrationen durch, stiegen in die Dörfer hinab und anderes mehr. In der zweiten Periode (Sommer 1946 bis Frühjahr 1947) erlitten sie eine Reihe schwerer Niederlagen und waren gezwungen, sich in die Wälder zurückzuziehen. Von der Beherrschung irgendwelcher Verwaltungsbezirke konnte keine Rede mehr sein. Die Banditen schufen zu dieser Zeit ein kunstvolles Netz unterirdischer Bunker in Wäldern und Dörfern, sie verstärkten die Konspiration und den Terror. Es war die Periode der «Maulwurfsbaue» (die Bezeichnung stammt von den eigentümlichen Bunkern, die die UPA baute). Die dritte Periode endlich erstreckt sich vom Frühjahr bis zum Ende des Jahres 1947. Dann wurden die Banden in der Aktion «Wisła» endgültig liquidiert. Über die mit der Bandenbekämpfung verbundenen Schwierigkeiten, über die Änderung unserer Taktik und andere Schachzüge berichte ich in meinem Buch ausführlich. Ab April 1946 wurden die Kampfgebiete von den polnischen Behörden, nach Wojewodschaften getrennt, in Operationszonen eingeteilt, an deren Spitze die dem Staatlichen Komitee für Sicherheit unterstellten Wojewodschaftskomitees für Sicherheit standen. Ihnen gehörten Vertreter der Polnischen Armee, der Truppen der Sicherheitsorgane, der Behörden für Öffentliche Sicherheit und der Bürgermiliz an. Die Wojewodschaftszonen gliederten sich in «Verantwortungszonen», in denen die Einheiten der Sicherheitsorgane, der Polnischen Armee, der Bürgermiliz und der Grenztruppen operierten.

Von April bis Oktober 1946 wurde die Aktion gegen die Banden der UPA und WIN von der Operationsgruppe «Rzeszów» (die 8. und 9. Division der Polnischen Armee) geleitet. Die Tätigkeit der Gruppe reichte nicht aus, die Banden zu liquidieren. Deshalb wurde am 17. April 1947, nach dem tragischen Tode von General Karol Świerczewski (28. März 1947) bei Jabłonki, die Operationsgruppe «Wisła» ins Leben gerufen, die General Stefan Mossor kommandierte. Einige Divisionen der Armee und der Sicherheitsorgane zerschlugen und vernichteten schließlich die Kurins Rens (in den Kreisen Sanok, Krosno und Jasło), Bajdas (in den Kreisen Sanok und Lesko), Żeleźniaks (in den Kreisen Przemyśl und Lubaczów) sowie Berkuts (in den Kreisen Hrubieszów und Tomaszów – Lubelski). Ende 1947 hatten die Banden der UPA und der politischen Organisation OUN aufgehört zu bestehen. Einheiten der Sicherheitsorgane und der Bürgermiliz griffen im Verein mit der ORMO bis März 1948 die letzten Reste der Banden auf. Von da an herrschte in den südöstlichen Landesteilen Polens endlich Ruhe.

Die Hauptanführer der UPA, Stiah und Dalnytsch, wurden festgenommen. Viele von ihnen kamen um. Unter anderen fiel auf einem Minenfeld in der Nähe des Chryszczata-Waldes der Kommandeur eines Kurins, Ren, einer der blutigsten Banditen, die es in den Bieszczady gab, Organisator der scheußlichen Exekution von Dutzenden Soldaten des 34. Schützenregiments «Budziszyn», die auf seinen Befehl enthauptet wurden. Der Tod Rens (Iwan Mizernys) – des Mitattentäters auf den Sanacja – Minister für Auswärtige Angelegenheiten, Pieracki –, den ich in meinem Buch beschreibe, wurde nicht bestätigt. Der einzige dem Massaker bei Smolnik entgangene Soldat behauptete jedoch, daß der Bandera-Mann, der auf dem Minenfeld umkam, Ren gewesen sei.

Die einheimischen polnischen Banden ihrerseits trieben, wie bereits betont, ihr Unwesen im Zusammenwirken mit der UPA. Es waren solche Organisationen wie «Freiheit und Unabhängigkeit» (WIN), «Nationale Streitkräfte» (NSZ), «Nationale Militärorganisation» (NOW), «Widerstandsbewegung der Heimatarmee» (AK) sowie eine große Anzahl anderer Organisationen. Die zahlenmäßig bedeutendsten waren die vier obengenannten Gruppen. Die Organisation WIN und die «Widerstandsbewegung der Heimatarmee» entstanden aus jenen Teilen der bürgerlichen und während der Hitlerokkupation kämpfenden «Heimatarmee», die die volksdemokratische Herrschaft in Polen nicht anerkannten, da sie eng mit der kapitalistischen und junkerlichen Reaktion verbunden waren. Die NSZ und die NOW sowie eine Reihe anderer Gruppierungen waren anderen Ursprungs. Diese Organisationen wurden ganz einfach während der Naziokkupation in Polen von der Abwehr und der Gestapo gebildet, um die patriotische polnische Illegalität von innen her zu zerschlagen. Die NSZ und die NOW waren während der Okkupation nur scheinbar illegal, da die Anführer dieser Gruppen in ständigem dienstlichem Kontakt mit den entsprechenden Stellen der hitlerfaschistischen Polizei und des Abwehrdienstes standen. Nach dem Zusammenbruch des Hitlerfaschismus zog sich die Mehrzahl der Banden der NSZ und der NOW mit den Einheiten der Wehrmacht und der Waffen-SS aus Polen zurück. Berühmt ist unter anderen der Rückzug der größten Bande der NSZ, der sogenannten «Heiligenkreuzer Brigade» unter «Oberst» Bohun. Die Offiziere dieser Brigade hatten, wie übrigens die der anderen Banden der NSZ und der NOW auch, in Instruktionslagern für Diversion und Provokation, die von der Abwehr oder der Gestapo organisiert wurden, eine Spezialausbildung erhalten. Viele dieser Leute leben bis auf den heutigen Tag in der Bundesrepublik Deutschland, in Frankreich, England oder anderen westlichen Ländern. Nach der Befreiung Polens kämpften diejenigen Banden der NSZ und der NOW weiter, denen es nicht gelungen war, sich mit den Hitlerfaschisten zurückzuziehen.

Es ist eine außerordentlich charakteristische, auf die Einheit der Führung aller Banden der Illegalität hinweisende Tatsache, daß diese das Territorium Polens untereinander aufteilten. So gab es in den Gebieten, in denen die Banden der UPA ihr Unwesen trieben, nicht sehr viele und nur für eine verhältnismäßig kurze Zeit operierende Banden der polnischen Untergrundbewegung. Das beweist nachdrücklich, daß die in München, Wien, Stuttgart, Paris und London befindlichen Diversions- und Spionagezentren genau die Rollen unter den einzelnen Mitgliedern der Bewegung verteilt hatten. Alles in allem operierten in den Jahren 1944–1948 auf dem Territorium Polens 360 einheimische Banden. Sie zählten mehr als 22 000 Mann. Die Tätigkeit dieser Banden war völlig analog derjenigen, welche die UPA ausübte, oder auch derjenigen der in diesem Buch authentisch geschilderten Gruppe Żubryds, die in Verbindung mit der UPA ihr Unwesen trieb. Diese Banden verübten im Laufe der vier Jahre von 1945–1948 insgesamt 29 972 Überfälle und ermordeten 12 556 Personen, davon 8 728 politisch tätige und mit der Volksmacht verbundene, überwiegend wehrlose Menschen sowie 3 828 Funktionäre der Öffentlichen Sicherheit. In den Kämpfen gegen die Banden fielen 3 000 Angehörige der Sicherheitsorgane und 1 300 Soldaten der Polnischen Volksarmee, Verwundungen trugen 3 000 Soldaten beider Formationen davon. Folgende Verbrechen wurden von den Banditen verübt: Sie steckten 10 000 Bauernwirtschaften in Brand, vernichteten 8 000 Hektar Wald, zerstörten 20 Bahnstationen und 6 Erdölbohrtürme und sprengten 40 Brücken. Aus staatlichen, genossenschaftlichen und privaten Unternehmungen raubten sie Güter im Werte von 100 Milliarden Złoty alter Währung.

Die Verluste der Banditen in dieser Zeit beliefen sich auf 7 000 Tote und 2 000 Verwundete.

Im Ergebnis der von der polnischen Regierung im Februar des Jahres 1947 erlassenen Amnestie für die bewaffneten Banden und für diejenigen Personen, die ihnen Unterstützung gewährt und mit ihnen gemeinsame Sache gemacht hatten, stellten sich rund 11 000 Banditen und über 30 000 Personen. Die Banditen und ihre Helfershelfer legten 11 430 Stück Waffen nieder. Die Amnestie führte jedoch nicht zur vollständigen Liquidierung der Untergrundbewegung, in der auch weiterhin fast vollständige NSZ- und NOW-Banden sowie viele Banden, die unter politischem Vorwand ausschließlich Raubüberfälle verübten, bestehen blieben. In weiteren schweren Kämpfen wurden sie vernichtet, in Kämpfen, die eine harte Schule für die neue polnische Gesellschaft waren.

Die junge Generation wächst heran. Auf den Bieszczady-Wegen wandern Touristen. In jedem Jahr ziehen junge Skiläufer auf der «Strecke des Generals

Walter» ihre Bahn. Sie entdecken in den Bergen die seit langem von der üppigen Vegetation überwucherten Spuren verbrannter Dörfer. Sie schauen auf Gräber namenloser Soldaten, deren Verdienst es ist, daß niemandem mehr die Silhouetten der Galgen auf dem Berge Halicz die schöne Aussicht verderben. Ich wünsche, sie alle wüßten, wie es in den Bieszczady zugegangen ist. Mögen es auch diejenigen erfahren, welche sich mit jedem Jahr zahlreicher in diesen großartigen Bergen ansiedeln, und alle, alle die anderen. Mögen sie die Bieszczady lieben.   *Jan Gerhard*

Die wichtigsten Personen
der Handlung

Reguläre polnische Truppen

Divisionskommandeur	Oberst Sierpiński
Politstellvertreter des Div.-Kdr.	Major Preminger
Regimentskommandeur	Oberstleutnant Tomaszewski
Bataillonskommandeur (später Reg.-Kdr.)	Major Grodzicki
Bataillonskommandeur	Hauptmann Ciszewski (Jerzy)
Chef der Regimentsaufklärung	Hauptmann Wiśniowiecki
Offizier der militärischen Abwehr	Hauptmann Matula
Offizier der Sicherheitsorgane	Oberleutnant Turski
Kompaniechef der Grenztruppen	Oberleutnant Siemiatycki

Bandera-Leute (UPA-Bande)

Bataillonskommandeur (Kurinnij)	Ren
Hundertschaftsführer	Hryn
Hundertschaftsführer	Bir
Hundertschaftsführer	Stach
Der Führer von Rens Gendarmerie	Berkut

Faschistische polnische WIN-Bande

Anführer	Major Żubryd
Stellvertreter	Hauptmann Piskorz

Dieser bewegten und alles entscheidenden Zeit wendet sich auch der namhafte polnische Autor Wacław Biliński in seinem Buch «Der Tod lauert am Wolnapaß» zu. Hier eine Leseprobe daraus:

Olejniczak war auf dem Baumstumpf am Wege sitzen geblieben, bis die Genossen zwischen den Bäumen verschwunden waren. Dann breitete er seinen Umhang auf das Moos und machte es sich bequem, im Nu waren die Beschwerden vergessen.

Er lag auf dem Rücken und schaute in das flimmernde Grün des zarten jungen Laubs. Angenehme Kühle umfing ihn, er war müde. An seinen geschlossenen Augen schwammen Lichtsprenkel vorüber. Seine Gedanken irrten weit fort. Da verspürte er einen schneidenden Schmerz im Nacken. Er sprang auf, wie von der Tarantel gestochen, und schlug sich mit der Hand auf den Hals. Irgendwo in der Nähe mußte ein Ameisenhaufen sein, denn die schwarzen Insekten liefen in Scharen über den Umhang. Er schüttelte sie ab und sah sich nach einem besseren Platz um. Plötzlich erstarrte er. Ihm war, als habe er jemand rufen gehört. Er hatte sich nicht getäuscht. Aus der Richtung, in die Niewidziajło und Kobryś gegangen waren, kamen deutlich Schreie. Beunruhigt sprang er ins Unterholz, damit man ihn vom Weg aus nicht sähe, und jagte in schnellem Lauf in dieser Richtung davon. Atemlos erreichte er den Waldrand. Durch das Buschwerk vor ihm schimmerte ein sonnenüberfluteter Kahlschlag.

Im Gestrüpp eines jungen Haselnußstrauchs machte sich eine Gruppe von Menschen zu schaffen. Olejniczak besaß die ausgezeichnete Sehkraft und den geschärften Instinkt des Aufklärers. Er erkannte sofort, daß es Bandera-Leute waren.

«Heilige Mutter!» flüsterte er entsetzt. «Die Jungs sind ihnen in die Hände gefallen!»

Man mußte die Grenzwache alarmieren. Er machte kehrt und rannte so rasch er konnte zurück. Er mochte knapp hundert Meter gelaufen sein, als plötzlich der Wald aufstöhnte und von den Echos einer Schießerei widerhallte. Erschrocken blieb Olejniczak stehen, sein Herz schlug wie toll. Ein nicht enden wollendes schweres Krachen setzte ein und trug aus Richtung Tal das Knallen heftigen Feuers herbei. Ein Überfall, vermutete er. So ein Feuer?

Vor Schreck sträubten sich ihm die Haare, er warf sich hinter einem Busch zu Boden. Die Schießerei wurde mit jeder Sekunde heftiger. Wie viele Bandera-Leute mochten es sein? Das ist Johann, dachte er. Was tun?

Der Weg zur Grenzwache war abgeschnitten. Das Bataillon, mit dem die Grenzwache keine Verbindung hatte, mußte benachrichtigt werden. Er mußte es tun, um jeden Preis. Er lugte aus den Büschen hervor, schlich sich vorsichtig an den Kahlschlag heran. Hinter jedem Baumstamm, hinter jedem Strauch konnte der Feind lauern.

Er erreichte ohne Zwischenfall den Waldrand, die Stelle, von der aus er kurz zuvor die Bandera-Leute erblickt hatte.

Etwa hundert Meter entfernt von ihm, am Wald, standen die Banditen. Olejniczak duckte sich nieder, beobachtete mit angehaltenem Atem und wartete, daß sie weitergingen. Er wollte wissen, ob sich noch andere im Unterholz aufhielten. Diese hier reichten einander irgendwelche Gegenstände zu. Er erriet, daß sie die Beute teilten. Wieder packte ihn die Angst, und er wäre um ein Haar ins Waldesinnere geflüchtet. Aber da teilte sich die Gruppe – die einen benutzten den Weg, der zur Grenzwache führte, die anderen drehten nach links ab und gingen die Schneise hinauf.

Der Wind rauschte in den Bäumen und trug vom Kahlschlag einen warmen, schweren, nach feuchter Erde riechenden Lufthauch herüber. Die Schießerei im Tal schien abzuflauen.

Wenn diese hier die Nachhut sind, überlegte Olejniczak, muß die Bande sehr stark sein. Voller Verzweiflung dachte er, daß die Dinge auf der Grenzwache schlecht ständen, daß die Banditen die Besatzung überrascht hätten. Was bedeuteten schon ein paar Wachposten und ein sMG gegenüber einer solchen Zahl von Angreifern.

Dieser Gedanke trieb ihn an – die Schneise entlanglaufen, das Gestrüpp des Kahlschlages erreichen! Noch einmal lugte er aus dem Buschwerk hervor. Kaum hatte er jedoch den Kopf aus dem Versteck gebeugt, als er ihn auch schon zurückzog.

Beide Gruppen der Banditen waren im Wald verschwunden, doch am Wegrand hatten sie einen Posten, bewaffnet mit einer MPi, zurückgelassen. Er bewachte den Weg zum Städtchen, der von hier aus fast völlig einzusehen war. Der Bandit stand ungetarnt am Wald, mitten in der Schneise. Er beobachtete den Kahlschlag. Nach einer Weile sah er sich um und ging am Rand des Waldes entlang auf die Fichtengruppe zu, unter der sich Olejniczak versteckt hielt. Diese Stelle – sie beherrschte den ganzen Kahlschlag – war ein ausgezeichneter Beobachtungspunkt. Das hatte den Banditen sicherlich angelockt.

Olejniczak wollte sich bereits in das Waldesinnere zurückziehen und den Kahlschlag auf einem Umweg umgehen, doch dann änderte er seinen Entschluß: Rundum konnten die Banditen Posten aufgestellt haben. Sich duckend, blieb er in seinem Versteck und behielt den Bandera-Mann fest im Auge. Er wollte abwarten, bis dieser sich auf ein paar Schritt Entfernung genähert hatte. Sein Herz schlug heftig, aber der Rachedurst gewann die Oberhand über die Angst. Er faßte einen kühnen, nahezu wahnwitzigen Plan.

Ich gehe nicht mit leeren Händen zum Bataillon, dachte er grimmig.

Der Bandera-Mann war schon zum Greifen nahe. Der Kahlschlag nahm seine ganze Aufmerksamkeit in Anspruch. Von der Grenzwache drang das einförmige, dumpfe Knattern von Maschinengewehren herüber. Die Erde stöhnte unter dem Krachen der Salven, und der Bandit begriff, daß ihm von seiten der umzingelten, bestürmten Grenzwache nichts drohte. Er stand regungslos da, den Hals zum Kahlschlag vorgereckt wie ein Raubvogel. Olejniczak setzte ein-, zweimal zum Sprung an, aber der Moment war jedesmal ungünstig gewählt. Er mußte seine ganze Willenskraft aufbieten, um das nervöse Zucken der Muskeln zu unterdrücken. Er visierte den Kerl mit der MPi an. Schlimmstenfalls würde er ihn mit dem Metall durchbohren und dann im Dickicht untertauchen.

Der Bandit, der Olejniczak noch immer den Rücken zukehrte, stellte plötzlich seine Maschinenpistole weg. Eine Sten. Er lehnte sie an den nächsten Baum und setzte sich seelenruhig nieder. Vor Erregung stockte Olejniczak geradezu der Atem. Ein geeigneterer Augenblick würde sich nicht finden.

«Hände hoch!» befahl er mit gesenkter Stimme. Darauf bedacht, das Versteck nicht zu verlassen – in der Schneise stand womöglich ein zweiter Posten –, blieb er, über den Halunken gebeugt, stehen, der sich gerade abquälte, einen Stiefel auszuziehen. Olejniczak erkannte Niewidziajłos juchtenlederne Infanteriestiefel. Sie mußten den Banditen gedrückt haben.

«Keine Bewegung», warnte er und wiederholte: «Hände hoch!»

Der Bandera-Mann erstarrte. Eine Sekunde zögerte er, dann hob er die Hände über den Kopf.

«Steh auf!»

Der Bandit erhob sich und stolperte, sein Fuß steckte noch im Stiefelschaft. Er schaute sich um, in seinen Augen standen Angst und Verblüffung. Olejniczak stieß ihn mit dem MPi-Lauf in den Rücken.

«Los, vorwärts!»

Gebeugt, die großen Hände erhoben, setzte sich der Bandit gehorsam in Bewegung. Olejniczak bückte sich, ergriff die MPi und warf sie sich über die Schulter.

«Sachte ... Und wenn du versuchst zu fliehen, knall' ich dich ab wie einen Hund.»

Wieder ein diebischer, verstohlener Blick rückwärts. Olejniczak ging am Rande des Unterholzes entlang, er folgte dem Banditen dicht auf, wachsam, jeden Augenblick schußbereit. Er führte ihn durch die Schneise bis hinter einen Bergrücken. Am Rande des Waldes machte er halt und befahl: «Setz dich!»

Der Bandit zögerte, schien sich zum Sprung zu ducken. Olejniczak knurrte unheilverkündend: «Nun …» Der Bandera-Mann setzte sich.

Was tun mit solch einem Wolf, der einem jeden Augenblick an die Gurgel springen konnte? Olejniczak überlegte, wie dem zu begegnen sei. Plötzlich kam ihm eine Idee.

Der Bandera-Mann zog gehorsam Mantel, Uniform und Stiefel aus. Während er den Befehlen nachkam, blickte er erschrocken um sich wie ein zu Tode gehetztes Raubtier. Er hatte ein stumpfes, müdes Gesicht. Olejniczak stand, vorsichtig Umschau haltend und auf den Gefechtslärm lauschend, neben ihm.

«Hab keine Angst. Wenn du gehorchst, erschieße ich dich nicht», beruhigte er den Banditen.

Dieser war nur noch mit Hemd und Hose bekleidet. Olejniczak zog eine Schere aus der Tasche und warf sie dem Banditen hin.

«Schneide die Knöpfe ab von Hose und Unterhose. Alle! Aber schnell.»

Er gab der Kleidung des Banditen einen Fußtritt, sie flog in hohem Bogen ins Gebüsch.

Jetzt gingen sie nicht mehr über den Kahlschlag, sondern einen Umweg machend, am Rande eines Hochwalds entlang. Zwischen den hohen Stämmen war der Bandit in seinem weißen Hemd ausgezeichnet zu sehen und konnte, der Bewegungsfreiheit beraubt, nicht fliehen. Olejniczak kannte hier jeden Strauch, er trieb den Banditen rasch vor sich her und geizte nicht mit Stößen in dessen Rücken. Die Erfahrung hatte ihn manches gelehrt. Er behielt den Halunken im Auge, bereit, ihn jeden Augenblick zu töten.

Der Bandera-Mann hielt mit der einen Hand die rutschende Hose fest, die andere Hand hatte er auf den Rücken gelegt. Er war gleichgültig geworden, er schaute sich nicht mehr um, nur die Neigung des Nackens deutete allenfalls noch darauf hin, daß er auf einen geeigneten Moment wartete, Olejniczak anzuspringen.

Aber dieser Moment kam nicht.

Der Kahlschlag war weit hinter ihnen geblieben, die Schießerei, durch die Entfernung gedämpft, wurde leiser und leiser. Olejniczak fühlte sich immer sicherer, er trieb den Banditen zu schnellerem Marschieren, zum Laufen an. Anfangs ging es durch Wald, dann einen Weg entlang, der zwischen bewaldeten Hügeln hindurchführte. Als sie unter den Bäumen hervor auf die Straße traten, atmete er auf. Hier entkam ihm der Bandit nicht mehr.

«Habt ihr die Unsern ermordet? Warte, Luder, dafür bezahlst du mir. Nach Stiefeln hat's dich gelüstet, du wirst sie bekommen. Ich messe sie dir gleich an.»

Er bebte vor Wut, er holte aus und versetzte dem Banditen einen Schlag mit dem MPi-Lauf. Der stöhnte auf, schaute sich um. Olejniczak begegnete seinem wilden, entsetzten Blick. Kaum konnte er der ungeheuren Versuchung widerstehen, den Abzug der Maschinenpistole zu betätigen.

«Schneller, Teufelsbrut! Sind dir deine Beine zu schade? Renne, Kerl, denn wenn ich dir erst Beine mache, geht es dir schlecht. Rede, wie viele seid ihr in der Bande?»

Der Bandit lief mit schwerfällig schaukelndem Schritt, sein Atem ging rasselnd.

«Du willst nicht reden? Nicht nötig. Nicht reden, sondern singen werden wir dich lehren. Wart's ab, du Aas!»

Hinter dem letzten Hügel tauchte das Städtchen auf – klein, ruhig, wie ausgestorben. Am Fluß, nahe den Bergen, lagen die Kasernen des Bataillons. Schon von weitem bemerkte er, daß dort ungewöhnliche Ruhe herrschte. Nur der Wachtturm war mit einem sMG bestückt, das hatte es lange nicht mehr gegeben.

Der Wachtposten am Tor staunte.

«Was denn, hast du einen Vogel gefangen?»

«Ech, Bruder. Es steht schlecht!» Olejniczak winkte mit der Hand ab. Er führte den Banditen in das Wachgebäude und überschüttete den Wachführer, einen Oberleutnant, sogleich mit einer Flut von Worten.

«Bürger Oberleutnant, Alarm! Eine Bande hat die Grenzwache überfallen.» Der Offizier sprang auf.

«Was sagen Sie? Die Grenzwache am Wolnapaß?»

Er führte Olejniczak in die Schreibstube. Unterwegs erkundigte er sich nach Einzelheiten. Der Soldat erzählte widerstrebend. Jetzt erst verspürte er Müdigkeit, dicke Schweißtropfen bedeckten sein Gesicht, die Uniform klebte ihm am Körper. Als sie den Hof überquerten, bemerkte er, daß das Bataillon ausmarschiert war. In der Kaserne war nur die Wachkompanie geblieben.

Der abwesende Major wurde durch den Kompaniechef vertreten.

Olejniczak meldete ihm die Vorfälle auf der Grenzwache. Der Hauptmann versuchte vergeblich, sich eine Zigarette anzuzünden und schwieg wie gebannt. Das erste Streichholz erlosch, das zweite zerbrach. Er schleuderte die Streichholzschachtel in die Schublade und zerdrückte die Zigarette zwischen den Fingern. Er befahl, den Gefangenen vorzuführen. Aber sie erfuhren nichts, es war, als ob der Bandit die Sprache verloren hätte.

Als der Bandera-Mann abgeführt worden war, brach es aus Olejniczak hervor: «Bürger Hauptmann, es ist eine riesige Bande! Man muß der Grenzwache unbedingt helfen. So schnell wie möglich!»

Der Kompaniechef runzelte die Brauen, murmelte in barschem Ton etwas von einem Befehl, den er auszuführen habe, und ging in den Nebenraum zu den Funkern. Von dort hörte man monotone, hartnäckige Rufzeichen im Wechsel mit ständig wiederholten Decknamen.

Der Oberleutnant versuchte, Olejniczak zu beruhigen.

«Keine Sorge, der Hauptmann wird sich schon was einfallen lassen.»

«Ich weiß, aber jede Sekunde ist kostbar. Wo ist denn das Bataillon?»

Der Oberleutnant sah ihn verwundert an.

«Das weißt du nicht? Im Morgengrauen haben die Bandera-Leute doch die Grenzwache in Trzemeszno überfallen.»

«Die auch?» staunte Olejniczak. «Und wo kommen die vielen Banditen her? Im Herbst hat's hier doch keine mehr gegeben.»

Der Hauptmann trat aufgeregt in die Stube.

«Ich kann nichts machen. Wir müssen warten.»

Olejniczak stöhnte auf. «So lange halten die Unsern nicht durch ... Bürger Hauptmann!»

«Was soll ich denn machen?» schnauzte der Offizier. «Wir können doch nicht die Kaserne und die Stadt ohne Schutz lassen. Weiß der Teufel, was alles passieren kann.»

Blaß, verzweifelt stand Olejniczak mitten in der Stube. Er hielt die Augen geschlossen, er rief sich das fröhliche, stets lächelnde Gesicht Niewidziajłos ins Gedächtnis zurück.

«Sie haben mir meinen besten Freund ermordet», sagte er und brach plötzlich in Tränen aus wie ein Kind. Unsagbarer Schmerz und ein brennendes Gefühl der eigenen Ohnmacht erfaßten ihn.